1855

NORTH AND SOUTH

北與南

Elizabeth Gaskell 伊莉莎白・蓋斯凱爾

陳錦慧——譯

導讀

棉絮飛揚下的浪漫

台大外文系教授　吳雅鳳

十九世紀中期英國小說家伊莉莎白．蓋斯凱爾（Elizabeth Gaskell）最擅長描繪當代英國社會在工業革命潮流下各個階層之間的衝突與磨合，即所謂「英國當代情境」（the Condition of England），作品通常以她居住的英國北方工業城市如曼徹斯特（Manchester）為摹寫典範。《北與南》（一八五五）承襲她第一部小說《瑪麗．巴頓》（*Mary Barton*，一八四八）對工業革命下資本家與勞工相對狀況所表現的悲憫關懷。但在《北與南》中，蓋斯凱爾對男女主角愛情的鋪陳更有精彩純熟的掌握，放在工業發展的複雜脈絡裡，其錯綜複雜的情形對於二十一世紀以來受到全球經濟整合龐大衝擊的我們，或許一點也不陌生。製造業經濟發展的動盪因素包括：英國棉花紡織業已逐漸失去全球市場競爭力，工人要求加薪以應付愈來愈高的糧食費用，美國棉花業的原料供應也出現問題，殖民地印度的紡織業削價競爭、愛爾蘭工人因為大饑荒即將來臨，寧願到英國來接受更低廉的薪水，因而對採取罷工要求加薪的當地英國工人造成威脅等等。困難重重的愛情與工廠的惡劣環境，還有罷工所引起的社會治安與武力鎮壓的危機，交疊進行，高潮迭起，比起《瑪麗．巴頓》來說，蓋斯凱爾對人性的觀察更為精煉。

蓋斯凱爾對低下階級的描寫除了生活風俗之外，更試著以非標準的英文表現勞工階級生動活潑的方言或俚語。蓋斯凱爾自己的背景與夫婿的神職工作都屬於英格蘭北方的非英國國教的統一教會（Unitarian Church）。此教派以耶穌的人性為標竿，不承認神聖三一的教條，強調宗教良知與理性為教育的中樞。基於此，她期許自己的作品可以為社會不同階級搭起感性互信的橋梁。但一些苛刻的批評家還是論道，出身中產階級的蓋斯凱爾，雖然對勞工表示同情，也仍是以中產旁觀者的高姿態，仔細描繪勞工的衣食起居與語言，主要為了不讓她的中產讀者對勞工因為陌生而害怕畏懼，但她仍是站在自己的舒適圈窺探勞工的生活種種喜怒哀樂。這種立論未免失之公允。讀者可以歸結出自己的答案。

《北與南》設於一八五〇年代，正是歐陸各個民族國家爭取獨立或統一的時刻，工業發展領先歐陸的英國則在這樣動盪的大環境下，逐漸感受到社會內部各個階級彼此的衝突，尤其是中下階級長期受到壓抑而產生怨懟，要求改革的聲浪愈來愈迫切。執政者也同時試圖鞏固其海外帝國的勢力。從十九世紀初便有雛形的政治經濟學的理論，賦予資本家極高的權力，不免與基督教為主調的舊道德經規範相衝突。

小說女主角瑪格麗特．赫爾就像是讀者的代表，從優渥富裕的南方進入風雲詭譎的北方工業城，從旁觀察工業城裡資方與勞方明明相互依存，卻要彼此對立、互相牽制，深深感到憂慮，也企圖從中協調，過程非常艱辛危險。瑪格麗特懷著前一世代的浪漫主義對基本人性與人權的信任與尊重，而這一切都將在冷冽的北方受到挑戰。

小說以瑪格麗特表妹的婚禮準備開始，凸顯出原在英國南部位於新林（New Forest）的海爾斯東（Helston）長大的瑪格麗特，幼時便由擔任神職工作的父親安排到倫敦阿姨家裡與表妹一起接受大都會的淑女養成教育。所以對瑪格麗特來說，到北方前，已經歷過恬靜鄉間與倫敦大都會兩種不同的生活，都是富裕鼎盛之地，新林是英國皇家傳統的狩獵之地，田園歷史悠久，生活恬靜；倫敦則是大英帝國的樞紐。後來又因父親對英國國教失去信仰，辭去神職，與妻女搬到位於英格蘭北方的米爾頓（Milton，暗指曼徹斯特），以不穩定的私人教職維生。這正反映了一八五〇年代英國宗教信仰正面臨來自國內外種種衝擊，主流的英國國教因為天主教復權的龐大壓力，迫使非主流的其他新教教派要表態歸隊，反而逼得原本便對英國國教所謂高教會教條有所質疑的人士，對宗教失去信心。

這部小說依著一八五〇年代以來英國加速發展的兩個北與南的軸線進展。有評者認為此書是蓋斯凱爾向珍・奧斯丁（Jane Austen）致敬之作，尤其是《傲慢與偏見》。蓋斯凱爾更成功地塑造了女主角在道德、愛情、階級文化的衝突之間成長。相較於奧斯丁局限在陽光普照的英格蘭南方，蓋斯凱爾更指明了所謂文化鼎盛的南方，其實奠基於北方這個財富的生產者。而今工業生產已受到全球市場的衝擊。工廠裡棉絮飛舞，彷彿是雪花瀰漫的地獄，成年男女跟著紡織機前進後退，有些人已經染肺病，小孩們忙著在紡織機告一段落之際，匍匐到機器下撿拾掉落的棉花球，還得敏捷起身，因為機器一開始，便有生命危險。在這個只有利益計算、工人與老闆均得配合機器運轉而調整作息的工業城，人人都愁苦不堪，但紡織業已經失去榮景，因為市場開始萎縮，還有來自殖民地的競爭，資方獲利減少，也很難滿足勞方提高工資的要求。

男主角桑頓（John Thornton）是一紡織廠的老闆，因為管理有方，也擔任行政首長（magistrate）。桑頓向來以誠實公平為原則，對犯錯的工人絕不手軟。雖然他讓工人了解彼此利益是相連的，他的治理方法還是傳統父權模式，認為他不需要向工人解釋自己的艱難處境，也由於他從小獨立堅毅，從不覺得需要關心工人下班後的生活。他與瑪格麗特的命運產生交集，在於他受教於瑪格麗特的父親。桑頓的父親因為投資失敗自殺身亡，他很小便輟學扛起家庭生計，現在才有閒重新拾起古典教育，他選擇的讀本是柏拉圖的《共和國》，可見他在利益計算、紀律維持的實際生活外，仍懷抱一份高遠、出世的理想。

小說裡除了暴力結束罷工的場景集聚了勞資雙方劍拔弩張的壓力外，還有兩個場景展現蓋斯凱爾敏銳的人性觀察與社會記錄：一是桑頓到老師家喝茶時，充滿了對代表英國高級社會茶道禮儀的期待。桑頓的豪宅佈置華美也一塵不染，自然熟悉飲茶文化，所以他對瑪格麗特作為飲茶時的女主人的種種臆想與期待，其實只說明他對瑪格麗特的好感，希望趁機多了解她，而非真正呈現兩種文化的差異，但瑪格麗特卻因為先前得幫忙洗晾窗簾，飲茶時已經累得呵欠連連，也說明了精緻儀式實際上需要勞力付出。二是倫敦的世界博覽會（The Great Exhibition），在當時新式鋼鐵與玻璃打造的宏偉建築裡，各國展現其最尖端的科技與工藝，也包含了英國國內的新式製造機器。就在這個場合，南與北兩組人馬互相較勁。

小說的結尾展現了蓋斯凱爾少有的幽默，或許沿襲了奧斯丁輕巧嘲諷的遺緒。二〇〇四年BBC製作的電視影集將結尾高度戲劇化，場景搬到火車站，各往南北的火車在一站交會等待，瑪格麗特從原來與追求她的律師同坐的車廂裡走出，與桑頓在月台偶遇，冰釋一切誤解，然後律師明白自己沒有機會得到瑪格麗特的芳心，只得愣愣將行李交給她。桑頓原本已經面對北上的車廂要離開，不料瑪格麗特來到跟前，他以極具磁性的低沉嗓音問道，「你打算跟我回家嗎？」這個場面調度雖然不是小說原本安排，卻為小說雙重情節做了最好的詮釋，也在畫面上提供完美句點。影集裡飾演桑頓的阿米提斯（Richard Armitage）曾說到這個角色對他的吸引力便是一深沉的矛盾：擁有至高權力的企業家與市長，內心卻極其脆弱渴望愛情。

除了高潮迭起的情節外，小說裡逐漸堆疊的物質也很引人，從一開始，精緻昂貴的印度披肩（Indian shawl）便是瑪格麗特表妹的婚禮焦點。由於蓋斯凱爾以寫實手法為出發點，我們很清楚地看出物質作為室內擺設、人物裝束、除了表示擁有者的成長背景、社會地位與美感品味之外，也與國內傳統手藝、工業發展、市場潮流與帝國擴展息息相關。其實這也是《傲慢與偏見》中耽溺呈現的，蓋斯凱爾的關懷更廣闊些。男主角的豪宅建在工廠旁，可以方便管理監控，其實也是為了提醒自己，工廠是自己家族東山再起的基礎，不可懈怠。所以他的房舍與工廠就像代表《傲慢與偏見》達西先生的士紳傳統與文化價值的潘伯利莊園（Pemberley Estate）一樣，具體表徵桑頓白手起家的勤奮踏實精神與對文化、美感的憧憬。小說裡除了與北方紡織業有關的棉布、與相對高價位的麻布外，還有壁紙、蕾絲等等與女性空間與經驗相關的之物品。蓋斯凱爾能同時關注這些物質的生產與消費，最令人欽佩。

目錄

本篇故事最初在《家常話》雜誌連載，一來必須順應週刊作業流程，二來為求緊扣讀者心弦，不能免俗地犧牲些許自由揮灑空間。儘管這些限制已經降到最低，作者仍因此無法以最原始的構思鋪陳故事，以致內容情節行色匆匆奔向結局。為求彌補一二，作者在原來的架構上插入許多小段落，也添補幾個新章節。謹此簡短說明，至祈讀者賞識：

「以謙卑至誠之心，懇請諸君以仁慈與悲憫，包容此疏漏之作。」[1]

1. 此句摘自英國修士兼詩人約翰・李嘉德（John Lydgate，一三七〇～一四五一）譯詩〈村夫與鳥〉（The Chorle and the Bird）。

第一章　婚禮忙忙忙

覓得佳婿，披上嫁衣，如此這般。[2]

「伊迪絲！」瑪格麗特輕聲叫喚。「伊迪絲！」

瑪格麗特沒猜錯，伊迪絲睡著了。她蜷起身子躺在哈里街這棟房子內廳的沙發上，輕柔的純白洋裝搭配淡藍緞帶，襯托出她的嬌美。倘若莎士比亞戲劇《仲夏夜之夢》裡的仙后泰坦妮亞也是一身輕柔白洋裝配淡藍緞帶，在某個內廳的緋紅錦緞沙發上入睡，伊迪絲大有可能被誤認是她。瑪格麗特衷心讚嘆表妹的姿色。她們從小一起長大，伊迪絲的美貌贏得所有人讚賞，唯獨瑪格麗特從不置評，因為她沒想過這件事。然而，過去這幾天她卻深有同感。兩人分別在即，她更珍視伊迪絲的各種討喜性格與迷人特質。近來她們的話題始終圍繞著婚紗、婚禮、新郎雷納克斯上尉，以及一對新人即將在新郎所屬軍團駐地科孚島展開的新婚生活。她們也聊到以後鋼琴恐怕很難找到人定期調音（伊迪絲彷彿覺得這會是她婚姻生活最大的困擾），以及去蘇格蘭度蜜月時伊迪絲該帶哪些衣裳。她們聊著聊著，原本的輕聲細語漸漸夾帶昏沉睡意。停頓半晌後，瑪格麗特發現果不其然，儘管隔壁房間嘰嘰喳喳話聲不斷，伊迪絲依然在沙發上進入了安詳的餐後小憩，縮成一團柔軟棉布衣裳、藍色緞帶與細滑鬈髮。

瑪格麗特正想告訴伊迪絲，自己對回到鄉下牧師公館後的生活有些什麼計畫與憧憬。牧師公館是瑪格麗特父母的住處。過去近十年來，姨媽家等於是她的家。她偶爾回鄉小住，度過愉快的假期。既然唯一的聽眾睡著了，她只好靜靜思考接下來的變動。這次跟慈祥的姨媽和親愛的表妹分別後，重逢之日遙遙無期，心中不免遺憾。不過，終於可以回到海爾斯東的牧師公館，承擔起獨生女兒的重責大任，她還是相當興奮。隔壁的談話聲斷斷續續傳進她耳裡，姨媽陪著來家裡用餐的五、六位女士在說話，那些女士的先生還在飯廳。這些人都是家裡的常客，是附近鄰居，姨媽和他們建立友誼，因為她剛好比較常跟這些人用餐，也因為如果她和伊迪絲有事找這些人，或這些人有事找她們，彼此都可以無所顧忌地在午餐前造訪對方。今天的餐宴是為即將出閣的伊迪絲辦的惜別會，這些人以好友身分應邀前來。原本伊迪絲不贊成辦這次餐會，因為雷納克斯上尉這天稍晚會搭晚班火車抵達。只不過，縱使她嬌生慣養，個性卻漫不經心、大而化之，沒有太多主見。所以，當她知道媽媽預訂了一些最合適的當季美食，來對治惜別餐會上的感傷情懷，就不再堅持。她自顧自地靠向椅背坐在位子上，撥弄盤中菜餚，面色凝重、心不在焉。餐桌上其他人都開心地聽葛瑞先生說笑。葛瑞先生來蕭家做客時，總是坐在餐桌末端，也總會央求伊迪絲到客廳彈奏幾曲助興。這次惜別餐會上，葛瑞先生格外逗趣，男士們留在樓下飯廳的時間也比平時來得久。瑪格麗特聽見女士們的談話內容，覺得男士們慢點上來也好。

「我以前沒少吃苦啊。倒不是說我跟過世的將軍的婚姻有多麼不美滿，只是，年齡差距確實是個障礙，我絕不讓伊迪絲步上我的後塵。當然，不是我當媽媽的偏袒自己的孩子，我一直有預感親愛的伊迪絲會嫁得早。真的，以前我就常說，她一定會在十九歲生日以前出嫁。所以，雷納克斯上尉出現時，我就有預感……」這時她刻意壓低嗓門，說起悄悄話。

瑪格麗特能輕而易舉地填補那段空白。伊迪絲這場真愛進行得特別順利，她年輕貌美，將來

2. Wooed and married and a'，蘇格蘭民謠曲名。

可望繼承家產，姊妹淘都認為她可以嫁個條件更好的對象。但蕭夫人最後還是接受了自己所謂的「預感」，甚至催促小倆口儘快成婚。她說她唯一的孩子必須為愛而嫁，說這話時還煞有介事地嘆息一聲，彷彿當年她下嫁將軍不是為了愛。對於這樁浪漫婚約，蕭夫人似乎比女兒更興高采烈。倒不是說伊迪絲愛得不夠情真意切、不夠矢志不渝，只是，相較於雷納克斯上尉描述的那些未來在科孚島如詩如畫的生活樣貌，她更喜歡住在倫敦上流住宅區的豪宅裡。瑪格麗特聽雷納克斯上尉說起科孚島美景時，眼神總是為之一亮，偏偏伊迪絲會故意打起哆嗦，裝出畏懼神情。部分原因在於，她喜歡在心愛的情人溫言軟語哄勸下、勉為其難地接受不喜歡的事物。另外，也因為她真的不喜歡那種居無定所的吉普賽式軍旅生活。只不過，就算她身邊出現擁有華屋、恆產外加高貴頭銜的追求者，在那人消失以前，她會緊緊抓住雷納克斯上尉。一旦追求者離去，她也許又會不加掩飾地唉聲嘆氣，埋怨上尉沒能集所有優越條件於一身。在這方面可說是有其母必有其女，蕭夫人當年選擇蕭將軍，純粹只是愛慕他的身分與地位，婚後雖然沒有明說，暗地裡卻經常惋惜自己嫁了個不愛的男人。

「我幫她置辦嫁妝一點都不手軟。」是瑪格麗特聽到的下一句話。「我把將軍買給我那些漂亮印度披巾都給了她，我反正用不上了。」

「她可真走運。」另一個聲音說。瑪格麗特聽得出來那是吉柏森太太。吉柏森太太對這些話題特別感興趣，因為她有個女兒幾星期前才出嫁。「海倫原本打定主意要一條印度披巾，後來我發現價格太貴，只好拒絕她。她聽說伊迪絲的嫁妝裡有印度披巾，羨慕得不得了。妳給她的是哪一種披巾？德里的嗎？有漂亮滾邊那種？」

瑪格麗特又聽見姨媽的聲音，這回像是從斜倚的姿勢坐起身來，探頭望進光線較為昏暗的內廳這邊。「伊迪絲！伊迪絲！」她喊了兩聲，又靠回椅子裡，彷彿喊累了。瑪格麗特走過去。

「姨媽，伊迪絲睡著了。需要我幫忙嗎？」

女士們聽見這個叫人心疼的消息，紛紛說道，「可憐的孩子！」蕭夫人懷裡那條迷你寵物犬也出聲吠叫，彷彿感染到眾人的同情心。

「泰妮，安靜！妳這淘氣的小丫頭！別吵醒小姐。我只是想讓伊迪絲去叫紐頓把披巾拿下來。親愛的瑪格麗特，或者妳去跑一趟？」

瑪格麗特走上樓，去到屋子頂樓的舊兒童房，紐頓在那裡忙著準備婚禮要用的花邊。紐頓轉身去拿（免不了嘟嘟囔囔地埋怨）當天已經展示四、五回合的披巾，瑪格麗特趁機環顧兒童房一圈。這是九年前她熟悉的第一個房間，當時她還是個在森林裡長大的野孩子，突然被帶進這個家，跟表妹伊迪絲一起玩耍、一起學習。她還記得這個倫敦兒童房當時漆黑昏暗的模樣，由嚴格又一板一眼的保母負責管理。那個保母特別在乎雙手乾不乾淨，衣服有沒有弄破。

她想起第一次在這裡吃晚餐的情景，那時爸爸和姨媽在樓梯底下深不見底的地方用餐。因為（當時她心想）除非她身在高空中，否則他們一定是在地底深處。她來到哈里街之前，家裡媽媽的梳妝間就是她的兒童房。他們在鄉下牧師公館作息時間比較早，她都跟爸爸媽媽一起吃飯。

唉！如今這個修長高貴的十八歲女孩清楚記得，在那第一天晚上，那個九歲小女孩把頭埋在被單裡，哭得肝腸寸斷；也記得當時保母要她別哭，免得吵醒伊迪絲小姐。她仍然哭得很傷心，只是壓低了聲音。直到那個她初次見面、風華絕代的姨媽帶著爸爸赫爾先生輕輕走上樓來看她，小瑪格麗特這才止住哭聲，靜靜躺在床上假裝熟睡，免得自己的心酸惹爸爸難受。她也不敢在姨媽面前表露自己的哀傷，她覺得自己根本不該傷心，畢竟這件事經過長時間的期待和籌畫，好不容易備妥了適合這個華麗新環境的衣裳，爸爸也在百忙之中抽出難得的幾天空閒、離開教區帶她來倫敦。

如今這間舊兒童房雖然已經清空，她對它仍然滿懷眷戀。想到三天後就要永遠離開，不免像貓兒徘徊舊居般，對這兒時住處感到依依不捨。

「唉，紐頓！」她說。「要離開這個可愛的小房間，我們都會很捨不得。」

「不瞞您說，小姐，我倒是不會。我的眼力比以前退步很多，這屋子光線太暗，我補花邊一定得坐在窗子邊，可是那裡經常冷不防吹來一陣風，幾乎會害人染上風寒送命。」

「等妳到了那不勒斯，一定會有充足的光線和溫暖的天氣。妳最好盡量把這些縫縫補補的活兒留到那時候再做。謝謝妳，我拿下去就行了，妳還有事要忙。」

瑪格麗特抱著一堆披巾下樓，一路嗅聞著披巾上的東方香料氣息。伊迪絲還沒睡醒，所以蕭夫人要她站在那裡當模特兒，方便向客人展示披巾。瑪格麗特體型高眺勻稱，近期因為爸爸的某位遠親亡故，穿著黑色絲綢喪服。披巾那些美麗長褶，可能會悶得伊迪絲透不過氣，在她身上卻顯得特別優雅迷人。只是，在場女士們都沒注意到這點。瑪格麗特乖巧順服地站在水晶吊燈下方，任由姨媽調整披巾。

當她偶然轉身，瞥見自己的影像映在壁爐架上的鏡子裡，會對自己披著公主衣飾的熟悉身影嫣然一笑。她輕輕撫摸垂掛在身上的披巾，享受它們的柔軟觸感與鮮麗色彩。她挺喜歡這樣的盛裝打扮，以孩子般的天真盡情體驗著，嘴角掛著一抹溫柔婉約的欣喜笑容。這時突然門開了，僕人通報亨利．雷納克斯先生到訪，有些女士慌忙退避，彷彿為自己對服飾的興趣感到羞愧。蕭夫人伸手歡迎新到的訪客，瑪格麗特一動不動地站在原處，心想自己可能需要繼續充當披巾架。她用爽朗逗趣的表情看著亨利，似乎相信他一定能夠理解她當時處境的滑稽感。

亨利沒能趕上今天的晚宴，蕭夫人拉著他問東問西，比如他的新郎弟弟，他的伴娘妹妹（將會與上尉一起從蘇格蘭來參加婚禮），以及雷納克斯家族的其他成員近況。瑪格麗特發現她不再需要擔任披巾架，就過去陪那些暫時被姨媽遺忘的賓客說說話。幾乎同一時間，伊迪絲從內廳走出來，乍見強光，瞇起眼睛眨呀眨地。她把有點蓬亂的鬈髮甩到背後，活脫脫就是個剛從夢中驚醒的睡美人。即使處於假寐狀態，她仍然直覺認為雷納克斯家族成員的出現值得她清醒過來。她想知道親愛的珍妮特的近況，對這個素未謀面的準小姑，她表達出的好感如此之強烈，如果瑪格麗特不是那麼自信滿滿，恐怕要對這個來勢洶洶的競爭對手生起嫉妒之心。姨媽也加入談話陣容之後，瑪格麗特悄悄退到一旁。她看見亨利的視線投向她附近一張空椅子，心知一等伊迪絲問完話，亨利就會過來坐那個位子。

早先由於姨媽聊起亨利的行程時語焉不詳，瑪格麗特不確定他這天晚上究竟會不會過來，所以看見他時有點意外。現在她很開心總算有個聊得來的人出現，因為他們倆興趣幾乎一模一樣。想到這裡，她的臉色亮了起來，露出一股真誠又坦然的光輝。不一會兒他來了，她對他一笑，笑容裡沒有一絲羞怯或忸怩。

「看來妳們大家也都業務繁忙，我指的是女士們的業務。跟我的業務大異其趣，我忙的是如假包換的法律業務。玩披巾跟撰寫協議書是很不一樣的工作。」

「我就知道你看見我們這麼投入地欣賞漂亮服飾，會覺得好笑。不過說真格的，印度披巾確實品質一流。」

「這點我完全贊同，它們的價格也是一流，十全十美。」

男士們魚貫走進來，現場說話聲音低沉了些。

「這是你們最後一場晚宴了，對吧？星期四以前不會再請客了？」

「嗯。我已經連續忙了好幾星期，今晚過後應該可以鬆口氣。至少已經沒有什麼需要動手做的事，一切都準備就緒，只等著全心全意去出席婚禮。我很高興終於有點時間可以沉思，相信伊迪絲也一樣。」

「她我可不敢說，但妳一定會。最近我只要看到妳，妳總是捲進別人掀起的旋風裡，身不由己。」

「確實。」瑪格麗特想到這一個多月來成天為些瑣事忙得團團轉，有點感慨。「我想不通，難道婚姻非得要以你所謂的『旋風』揭開序幕。也許在某些情況下，可以在比較寧靜祥和的氛圍中展開。」

「比如說，灰姑娘的神仙教母一手包辦嫁妝、婚宴、喜帖之類的事。」亨利笑著說。

「這些麻煩真的不可避免嗎？」瑪格麗特抬眼直視亨利，想聽聽他怎麼說。過去六星期以來，大家為了這場以伊迪絲為最高指揮官的美麗盛事殫精竭慮，她覺得被一股難以形容的疲乏壓迫著，很希望有個人能私底下跟她分享一些有關婚姻的愉快話題。

「喔，那是當然。」他的語調忽然嚴謹了些。「有些習俗和儀式無法免除。與其說是為了自我滿足，倒不如說是為了避免別人說長道短。不把別人的嘴堵上，人很難活得稱心如意。妳呢？妳會辦什麼樣的婚禮？」

「嗯，我沒想過這個問題。我倒希望選個風和日麗的夏季早晨，穿過林蔭走向教堂，不要有太多伴娘，也不要婚宴。看來我是下決定心要排除那些目前帶給我最多麻煩的流程。」

「我倒不這麼認為。隆重又簡樸的風格跟妳的性格很搭。」

瑪格麗特不太喜歡他這番話，想到之前他曾經幾度引導她聊她的性格和做事方法，而他只是一味恭維，她更想避開這個話題。她打斷他的話，轉而說道：

「自然而然地，我想的是海爾斯東教堂，以及到教堂那段步行，而不是搭車穿越街道前往倫敦的教堂。」

「跟我說說海爾斯東，還沒聽妳描述過。我很好奇，等哈里街九十六號關起大門、變得陰暗骯髒以後，妳會生活在什麼樣的環境裡。首先，海爾斯東是個村莊或小鎮。」

「喔，只是個小聚落，我覺得那裡稱不上村莊。那裡的草地長滿玫瑰花，綠地上有教堂和附近幾間屋子——應該說農舍比較貼切。」

「一年四季繁花盛開，特別是聖誕節期間。這麼一來，妳的風景畫就完整了。」

「不，」瑪格麗特有點不悅。「我不是在幻想，我只是描述海爾斯東的真實樣貌。你不該那麼說。」

「我知錯了。」他說。「只不過，聽起來真的比較像是故事書裡的村莊，不像在真實世界裡。」

「確實如此。」瑪格麗特熱絡回應。「體驗過海爾斯東所在的新林區美景之後，我到過的英格蘭其他地方都變得生硬又乏味。海爾斯東像詩裡的村莊，像丁尼生[3]的詩描寫的地方。我不多說了，如果我告訴你我對它的感覺，也就是它的真實模樣，只會被你取笑。」

「我絕不會，但我看得出來妳心意已決。好吧，那麼跟我說說牧師公館，這個我更想知道。」

「哎呀，我沒辦法形容自己的家。那就是家，我沒辦法用言語表達它的迷人之處。」

「我投降。瑪格麗特，妳今天晚上很嚴格。」

「怎麼會？」她轉過頭來，一雙溫柔的大眼睛直盯著他。「我不覺得呀。」

「唔，只因為我說了句不中聽的話，妳就不肯告訴我海爾斯東是什麼樣的地方，也不肯形容妳的家。儘管我再三強調我真的非常想了解這兩個地方，尤其是妳的家。」

3. 阿弗烈・丁尼生（Alfred Tennyson，一八〇九～一八九二），十九世紀英國最受歡迎的詩人。作品意境深遠，辭藻優美。

「可是我真的沒辦法告訴你我自己的家是什麼樣子。我覺得家不是一個可以用言語形容的地方，除非你親自去過。」

「那麼……」停頓片刻。「告訴我妳在那裡都做些什麼。在這裡妳上午讀書，或上課，或做其他提升心靈的事。午餐後出去散步，然後搭車陪妳姨媽出門，晚上總會有某些活動。好啦，現在跟我說說妳在海爾斯東的一日行程。妳騎馬、搭車，或走路？」

「當然是走路。我們沒有馬，連爸爸都沒有，他徒步走到教區最偏遠的角落。在那裡走路非常心曠神怡，搭車就太可惜，騎馬也有點可惜。」

「那麼妳會種種花草嗎？我覺得這應該很適合鄉居的年輕小姐們。」

「不知道，我恐怕不會喜歡那麼辛苦的工作。」

「那麼射箭大會、野餐、賽馬舞會或狩獵舞會呢？」

「喔，才不！」她笑著說。「爸爸的薪俸不高，即使附近有這類活動，我也不確定自己是不是該參加。」

「我明白了。妳什麼都不肯說，只肯告訴我妳不做這個，不做那個。看來我只好趁假期結束前去拜訪妳，看看妳平時都做些什麼。」

「希望你真的來，那麼你就可以親眼見識海爾斯東的美。不跟你聊了，伊迪絲要彈琴，我剛好懂一點樂理，可以幫她翻樂譜。再者，伊迪絲彈琴時，姨媽不喜歡有人聊天。」

伊迪絲彈得悅耳動聽。樂曲進行中途，房門被推開一半，雷納克斯上尉在門外遲疑著該不該進來，伊迪絲見狀立刻停止彈奏飛奔出去。瑪格麗特一頭霧水地站在原地，困窘地向震驚的賓客解釋伊迪絲為什麼突然跑掉。上尉提早到了，或者時間當真這麼晚了？賓客們看看自己的錶，吃了一驚，連忙告辭離去。

伊迪絲重新出現，臉上綻放喜悅的光采，半嬌羞半自豪地帶她挺拔帥氣的上尉進來。亨利上前跟弟弟握手，蕭夫人以她一貫的和藹親切歡迎他。這份和藹親切之中不免夾帶些許哀愁，這是她經年累月以不美滿婚姻受害者自居養成的習慣。如今將軍已經不在人世，她的生活衣食無缺、養尊處優，幾乎了無遺憾，卻發現自己心裡始終有一股鬱悶感。那種感覺即使不是悲傷、也算得上是焦慮，她為此茫然不解。不過，近來她終於撥雲見日，認定那股鬱悶的禍首就是她的健康。一想到這個，她就神經質地輕咳幾聲。某位擅於察言觀色的醫生投其所好，開出正合她意的處方：到義大利過冬。蕭夫人和大多數人一樣，有著許多強烈渴盼，卻不喜歡光明正大地追求自己心嚮往之的享樂。她喜歡在別人的命令或期盼下，勉為其難地滿足自己，也當真相信自己是屈服於某些外在要求。因此，即使她其實是一償夙願，卻能輕聲地訴苦怨懟。

她就是以這種口吻向上尉說起她的義大利行。上尉也善盡本分地附和準岳母的每一句話，目光卻追尋著伊迪絲。伊迪絲忙著備置晚餐，雖然上尉一再強調他不到兩小時前才用過餐，她還是命人端上各式各樣的美食佳餚。

亨利斜倚壁爐架站著，趣味盎然地觀賞這一幕居家生活即景。他站的位置離他玉樹臨風的弟弟不遠。他家人個個儀表出眾，就屬他最平凡，所幸他一臉聰明相，敏銳又機靈。瑪格麗特發現他沉默不語，卻明顯以一種趣味中帶點嘲諷的表情觀察她和伊迪絲，不免好奇他心裡在想什麼。那股嘲諷其實是針對蕭夫人與他弟弟的談話而來，跟眼前情景勾起的那股趣味風馬牛不相及。他覺得瑪格麗特和伊迪絲忙著布置晚餐桌的畫面相當好看。伊迪絲搶著做大部分工作，因為她喜歡向未婚夫展現她將來會是多麼稱職的軍人眷屬。她發現壺裡的水已經涼了，吩咐廚房把大茶壺送上來。這個決定的唯一結果是，她到門口拿大茶壺時，發現茶壺太重，她拿不動，又嘟著小嘴走回來，潔白洋裝上多了一塊黑色印記，一隻白嫩的小手被壺把壓出了凹痕。她像個受挫的孩子，向上尉展示她的手，毫不意外地，得到專屬受挫孩子的呵護。瑪格麗特迅速調整好的酒精燈才是最有效的處方，因為它吸引了伊迪絲的注意。伊迪絲有時候興致一來，會覺得吉普賽營區是最像軍營的地方。不過，酒精燈也能營造出類似效果。

這天晚上之後，大家陷入一團忙亂，直到婚禮結束才恢復平靜。

第二章 玫瑰與刺

憑藉林間空地那抹淡綠柔光，
在你幼時嬉戲的青苔堤岸上；
你的視線穿過庭院那株大樹，
深情地初次凝視那夏日天幕。
——赫曼茲夫人[4]

瑪格麗特再度換上外出服，安然隨父親搭車返鄉。赫爾先生專程北上協助婚禮事宜，赫爾太太因故留在家中，理由很多，卻都有欠充分，除了赫爾先生之外，誰也弄不明白。赫爾先生心裡很清楚，儘管他說好說歹，妻子就是不肯穿那件半新不舊的灰色綢緞禮服出席婚禮。此外，也因為他沒能力幫太太從頭到腳打點一套全新行頭，所以，即使她唯一的妹妹的獨生女出嫁，她也拒絕到場。如果蕭夫人猜到赫爾太太沒跟夫婿同行的真正原因，一定會送她一堆禮服。可惜蕭夫人嫁作人婦已經將近二十年，不再是當年那個楚楚可憐的貝瑞福德小姐，除了她每半小時訴苦一回的老夫少妻悲哀婚姻，她也確實遺忘了生活中的所有不幸。最親愛的瑪麗亞嫁了自己心愛的男

4. Mrs. Hemans，指菲莉西亞・赫曼茲（Felicia Hemans, 一七九三～一八五三），英國詩人。此處詩句摘自她的詩作〈故鄉的魔力〉（The Spells of Home）。

人，年紀只比她大八歲，個性無比隨和，擁有一頭極為罕見的泛藍黑髮，講起道來讓人心悅誠服，更是教區牧師的完美典型。對於姊姊的命運，她根據這些前提做出以下結論，或許不太合邏輯，卻很符合她的性格特質：「親愛的瑪麗亞嫁了自己心愛的男人，人生還有什麼缺憾？」有關這點，如果赫爾太太肯說實話，可能會用一張現成的表單回答她：「一件銀灰色光滑絲質禮服、一頂白色草帽。哦！幾十件參加婚禮的物品，幾百件家裡需要的用品。」

瑪格麗特只知道媽媽有事沒辦法來，基於哈里街這個家過去這兩三天的混亂狀態，她倒寧願跟媽媽在海爾斯東的牧師公館久別重逢。因為婚禮前這段時間她必須扮演費加洛[5]的角色，同一時間所有事都要她處理。回想起過去四十八小時裡自己做了多少事、說了多少話，就覺得腦子和身體一齊發疼。跟眾人的道別倉促草率，特別是那些跟她一起生活那麼長時間的人，她內心升起一股深深的傷感。她懷念那些消逝的時光，無論那是些什麼樣的時光，都已經一去不復返。瑪格麗特完全沒想到回家的心情可以如此消沉，畢竟那是她溫暖的家，多年來她一直渴望回到那裡、找回那種生活。特別是每到夜深人靜，敏銳的感官在睡意中漸漸朦朧，深切的企盼與渴求取而代之的時刻。她猛力把沉緬於過去的自己拉回來，專心思索未來充滿希望的安適生活。

此時她看到的不是過去的種種，而是眼前的真實景象。她親愛的爸爸靠向椅背，在火車廂裡熟睡。他的泛藍黑髮如今已經斑白，稀疏地垂落額頭。臉龐的骨架明顯可見，太明顯。幸好他五官夠端正，否則只怕會減損了俊俏。也由於他五官夠端正，以至於整體相貌看上去即使不算俊美，也稱得上風度翩翩。他睡眠中的臉龐頗為安詳，但那卻是疲困後的暫歇，而非生活過得愜意知足的人該有的泰然自若。看著那張寫滿風霜的憂慮臉龐，瑪格麗特內心一陣抽痛，她回顧父親光明磊落的一生，明白了他臉上那些苦惱與消沉的皺紋從何而來。

「可憐的弗列德！」她邊想邊嘆息。「唉，真希望弗列德選擇當牧師，而不是加入海軍，從此離開我們！真希望我能弄清楚來龍去脈。姨媽一直沒有說清楚，我只知道他因為那次可怕的事件，再也不能回英國。可憐的爸爸！他看起來多麼哀傷！幸好我要回家了，以後可以陪在爸媽身邊安慰他們。」

赫爾先生醒來時，瑪格麗特以開朗的笑臉迎向他，那笑容裡沒有一絲疲憊。他也報以微笑，那笑容淡淡的，彷彿格外費勁似的。他的臉再度露出慣有的憂愁，他經常雙唇微啟，像是想說點什麼，唇形因此變化多端，臉上的表情也顯得猶疑不決。不過，他跟女兒一樣，有著溫柔的大眼睛，一對眼珠子在眼眶裡徐徐轉動，幾乎顯得莊嚴，有時又被通透的淨白眼皮給徹底覆蓋。瑪格麗特長得比較像爸爸。人們總不免納悶，這一對俊男美女父母，怎麼會生出這麼個姿色平平的女兒，根本稱不上漂亮。她的嘴稍嫌大了點，不是那種輕輕張開時只能發出一聲「是」、「不」和「先生，就照您的意思。」的櫻桃小口。然而，她的嘴巴雖大，紅潤的嘴唇卻特別飽滿，嘴角向上勾出柔美弧線。還有她的皮膚，雖然不夠白淨，至少也是光滑細嫩的象牙白。她臉上的表情通常有一股超齡的莊重與含蓄，然而，此時跟父親閒聊時卻燦爛得有如晨光，頻頻露出酒窩與孩子般歡天喜地的眼神，對未來懷抱無限希望。

瑪格麗特返鄉的時間在七月下旬，森林裡的樹木是暗沉、飽滿而蓊鬱的綠，林間地面的蕨類植物被斜射的陽光照亮。天氣悶熱，周遭籠罩著揮之不去的靜寂。瑪格麗特跟爸爸一起出門時總會重重踩踏那些蕨類，當她感覺到它們在腳底下被碾碎，發出陣陣特殊清香，便體驗到一股殘酷的快感。他們走在開闊的公有地上，溫暖的陽光彷彿夾帶香氣；各種活蹦亂跳、無拘無束的野生動物徜徉在陽光下；香草與鮮花在驕陽下盡情生長。這種生活——至少這些步行——完全符合瑪

5. Figaro，莫札特歌劇《費加洛婚禮》（Le Nozze di Figaro）主角。

格麗特的期待，她很以她的森林為榮。這裡的人們都是她的同胞，她真心跟他們做朋友，學習他們的特有方言，開心地用這些詞語跟他們交談；跟他們打成一片；照顧他們的嬰兒；以緩慢而清晰的口吻跟他們的老人說話，或為他們讀書；給病人送可口食物；不久後還決心到學校裡教書。她父親每天到學校去，像執行奉派的工作。她卻經常忍不住開溜，到森林綠蔭深處某間木屋探望某個男性、女性或年幼的朋友。她的戶外生活無可挑剔，家居生活卻不盡完美。她懷著為人子女必然的羞愧感，責備自己目光太過敏銳，看見家裡不該存在的現象。她媽媽儘管對她親切溫柔，卻似乎偶爾會不滿於現狀，覺得主教不知為何疏忽了自己的職責，沒能把赫爾先生調到更好的教區。另外，她幾乎指責丈夫不肯主動開口表明他希望離開目前的教區，調到更大更繁榮的地方。對於妻子的怨言，赫爾先生總是長吁短嘆地回答，他能在小小的海爾斯東做自己該做的事，就該心存感恩了。只是，隨著日子一天天過去，他愈來愈覺得壓力龐大，覺得這個世界越發叫人困惑。

每回赫爾太太催促先生設法爭取升遷，瑪格麗特就會發現父親愈來愈退縮，她只好努力勸說母親安心留在海爾斯東。赫爾太太總會回答，住家附近有太多樹，對她的健康沒有益處。這時瑪格麗特就會想辦法哄媽媽出門，到公有地上走一走，那裡風景宜人、視野開闊、地勢較高，陽光處處，又有雲朵遮蔭。她覺得母親太習慣待在室內，需要多到教堂、學校和附近村屋以外的地方走走。這個辦法一度奏效，可是當秋天的腳步接近，天氣變幻無常，她母親更覺得那個地方有礙健康，也更常埋怨，說她丈夫的學識比休姆先生豐富，當起牧師來比胡茲渥先生更稱職，升遷運卻沒有那兩位前鄰居來得好。

母親每天長達數小時的牢騷與不滿，破壞了靜謐的家庭氣氛，這是瑪格麗特始料未及的。她早就知道自己回家後勢必捨棄在哈里街的種種奢華享受，但那些享受對她而言只是麻煩，徒然限制她的自由，少了它們，她反倒開心。對於各種感官享受，她通常懷有一股自豪，清楚知道必要時自己可以拋棄那一切。那股自豪即使沒能勝過那份享受，至少也不分軒輊。只是，生命的烏雲未必都出現在預期的方位。過去瑪格麗特返鄉過節時，她母親也曾對海爾斯東和她父親的職位有過微詞與嗟嘆，只是，那些時光在她腦海裡通常只留下歡樂的回憶，所以她遺忘了那些不太愉快的小細節。

到了九月下旬，秋雨與暴風來襲。海爾斯東周遭沒有任何文化水平與他們相當的鄰居，瑪格麗特不得不比早先更常留在家裡。

「這裡肯定是全英格蘭最偏僻的地方，」赫爾太太又哀愁地說，「我經常覺得遺憾，因為妳爸在這裡沒有可以交往的朋友。他被孤立，每天遇見的不是農夫就是工人。如果我們住在教區的另一頭，情況就會不一樣。那邊幾乎走路就可以到史坦費茲家，而高曼家肯定在步行距離裡。」

「高曼家，」瑪格麗特說，「就是在南安普頓做生意發財的高曼嗎？噢！幸好我們不需要跟他們往來，我不喜歡生意人。我覺得我們這樣好得多，生活裡只有村民和雇工，以及一些不會裝模作樣的人。」

「瑪格麗特，乖女兒，妳不可以這麼挑剔。」赫爾太太暗地裡想到她曾經在休姆家遇見一個年輕帥氣的高曼先生。

「才不！我倒覺得我的喜好很廣泛，只要是從事土地相關工作的人我都喜歡。我也喜歡軍人和船員，還有那三種所謂的高知識行業[6]。媽媽，妳一定不希望我去喜歡屠夫、麵包師和蠟燭工人，對吧？」

6. 指神學、法律與醫學。

「可是高曼家不是屠夫也不是麵包師，而是很正派的馬車製造商。」

「話是不錯，但製造馬車一樣是做生意，而且我覺得這行比屠夫和麵包師更沒有用處。唉，以前我多麼厭煩天天坐姨媽的馬車，多麼希望能走路！」

瑪格麗特也確實身體力行，不管天氣如何，她都走路。她只要陪爸爸走到戶外，就會開心得手舞足蹈。偶爾走過石南荒原，柔而有勁的西風從背後吹來，她似乎被風推著向前走，身子無比輕盈自由，宛如隨著秋日和風飄揚的落葉。夜晚時分就沒那麼舒暢了，晚餐後她父親會立刻回他的小書房，留下她跟媽媽單獨相處。赫爾太太不喜歡書，剛結婚時赫爾先生很希望能在她做針線活時讀書給她聽，卻被她婉拒。有一段時間他們下雙陸棋消遣，後來赫爾先生對學校和教區事務興致愈來愈高昂，他發現太太並不認為這些是他職務上不可避免的一環，只要事情找上門來，她就懊惱抗拒，覺得家庭生活受干擾，飽受煎熬。因此，孩子們還小的時候，如果他在家吃晚餐，飯後就會躲進書房，讀他最喜歡的那些純理論或哲學書籍。

過去瑪格麗特回家過暑假時，總會帶一大箱老師或女家教推薦的書籍。她常發現夏季時間太短，沒辦法在回城裡之前讀完所有的書。現在客廳只剩一些裝訂精美、鮮少閱讀的英國經典文學，都是她從爸爸書房篩選出來、好填滿客廳的小書架的。湯姆森[7]的詩集《四季》、海利[8]的《古柏傳》和米鐸頓[9]的《西賽羅傳》是其中最輕鬆、最新、也最有趣的。不過，書架上的書沒辦法打發她和母親的夜晚，瑪格麗特只好鉅細靡遺地跟媽媽描述她在倫敦的生活情景。對於這些，赫爾太太聽得很起勁，偶爾她會覺得挺有趣，會提出問題；有時卻會拿妹妹優渥舒適的生活條件來跟海爾斯東牧師公館的匱乏兩相比較。這種時候瑪格麗特通常會突然打住，靜靜聆聽雨點打在小凸窗的滴答聲。曾經有那麼一兩回，瑪格麗特發現自己機械性地數著單調的雨聲，盤算著究竟該不該提出她最關心的那個問題，問問媽媽弗列德目前人在哪裡，在做什麼，他們上一次收到他的信是多久以前的事。只是，她意識到媽媽時好時壞的身體和對海爾斯東的嫌惡，都是從弗列德涉入叛變那段時間開始的，只好打消提問的念頭。有關那起事件，瑪格麗特還沒聽過完整版本，看來真相恐怕會永遠埋藏在哀傷的遺忘裡。她待在媽媽身邊時，總覺得這件事問爸爸比較恰當；跟爸爸在一起時，又覺得跟媽媽談話更自在。也許這件事根本沒有新的進展。

她離開哈里街前不久，爸爸曾在信中告訴她他們收到弗列德的信，他還在里約，身體很好，請爸爸代他轉達他對唯一的妹妹最親切的問候。這些消息當然很令人欣慰，卻不是她渴望知道的重要訊息。家人偶爾提起弗列德時，總是喚他「可憐的弗列德」。他的房間至今還保持原樣。赫爾太太的貼身女僕蒂克森定期進去打掃撢灰塵。蒂克森平時不做打掃工作，但她永遠記得當年貝瑞福德夫人雇她來照顧約翰爵士的漂亮女兒們——拉特蘭郡首屈一指的美女——那一天。蒂克森總覺得赫爾先生是小姐人生路上的禍害，如果當年小姐不要急著下嫁這麼個窮牧師，天曉得她現在會過著什麼樣的生活。忠心耿耿的蒂克森不願在小姐受苦沉淪（指她的婚姻）時棄她而去，所以繼續留在小姐身邊照顧她，以善良的守護仙子自居，擔起阻撓邪惡巨人（赫爾先生）的重責大任。弗列德少爺是她的心肝寶貝，也是她的榮耀，因此她會稍稍放下她尊貴的表情與姿態，每星期走進那房間，謹慎小心地收拾整理，彷彿他當天晚上就會回來似的。

瑪格麗特不得不猜想，近來也許有某些涉及弗列德的新消息，媽媽不知情，爸爸卻為之焦慮不安。赫爾太太並沒有發現先生的舉止或神態有任何改變。他的個性原本就體貼仁慈，任何一丁

7. 詹姆士・湯姆森（James Thomscn, 一七〇〇～一七四八），蘇格蘭詩人兼劇作家。
8. 威廉・海利（William Hayley, 一七四五～一八二〇），英格蘭劇作家。《古柏傳》是他為當時的知名詩人威廉・古柏（William Cowper, 一七三一～一八〇〇）撰寫的傳記。
9. 康尼爾・米鐸頓（Conyers Middleton, 一六八三～一七五〇），英格蘭神職人員兼作家。

點有關別人福祉的小事都會影響他的心情。他只要探視過彌留病人、或聽見任何犯罪事件，就會沮喪個幾天。瑪格麗特卻發現爸爸經常心不在焉，彷彿腦海裡思考著某項議題。無論他做什麼日常活動，比如安慰亡者家屬或在學校授課提升下一代的道德觀，都無法消除那份壓迫感。赫爾先生不像以前那麼頻繁探視教區居民，他更常把自己關在書房裡，焦急地等待村裡的郵差。郵差來時總會輕敲後廚房的百葉窗，過去經常要敲個幾下，屋子裡任何當時清醒著的人才會意識到那聲音意味著什麼，這才走過去收信。如今，如果那天早晨天氣不錯，赫爾先生就會在花園徘徊；若是天候不佳，他就遊魂似地站在書房窗邊，直到郵差上門。有時郵差過門不入，走在巷子裡對牧師半恭敬、半心照不宣地搖搖頭。牧師就會隔著歐洲野薔薇樹籬目送郵差，看著他越過那株高大的楊梅樹，漸行漸遠，這才轉身開始一天的工作，整個人顯得心事重重，若有所思。

然而，瑪格麗特正值青春年華，任何欠缺事實根據的煩惱，只要碰到晴朗的日子或某種愉快的外界氛圍，很容易就會被暫時拋到腦後。所以，當十月份那風和日麗的十四天來到，她的愁思都像薊花冠毛，輕輕地隨風而逝。她滿腦子只想著森林的美妙景象。蕨類的收割季已經結束，雨也停了，很多樹林深處的空地不再難以接近。在七、八月的氣候裡，瑪格麗特只能匆匆一瞥這些幽靜地域。過去她跟伊迪絲學會作畫，颳風下雨那段期間，她經常懊惱自己晴天時完全陶醉在四周的美景裡，沒能用畫筆記錄下來。現在她決定，在寒冬來到之前，要盡可能描繪眼前的風光。某天上午她正忙著準備畫具，家裡的女僕莎拉突然打開客廳門，宣布：「亨利．雷納克斯先生來訪。」

第三章 欲速則不達

學會博得女性的信任，
要高尚，因為這事很重要；
要勇敢，彷彿生死攸關，
懷著忠誠的肅穆。

帶她離開宴席，
帶她觀賞星空；
守護她，用你的肺腑之言，
切莫摻雜求愛的花言巧語。
——白朗寧夫人[10]

「亨利。」瑪格麗特片刻前還想到他，想起他問她在家裡會做些什麼事。這真是法國人說的「才說起太陽，就見到陽光。」她放下畫板，走上前去和他握手，燦爛的陽光正好照在她臉上。

10. Mrs. Browning，伊莉莎白・白朗寧（Elizabeth Barrett Browning，一八〇六～一八六一），英國維多利亞時代最受推崇的詩人。此處詩句引自她的詩〈仕女的允諾〉（The Lady's Yes）。

適。」

「可是午餐前要讓他做點什麼？現在才十點半。」

「我知道他會畫畫，我邀他陪我出去寫生，這樣妳就不必費心接待他。現在先跟我出去，妳再不出去，他會覺得奇怪。」

赫爾太太脫下身上的黑色絲質圍裙，收拾起愁容。她以接待姻親該有的熱誠招呼亨利時，就像個非常美貌端莊的高貴女性。他顯然預料到主人家會留他用餐，開心地一口答應，赫爾太太不禁又希望午餐菜色能豐盛些。他欣然接受一切安排：樂意跟瑪格麗特一起出去畫畫；無論如何也不想打擾赫爾先生，畢竟午餐就會見面。瑪格麗特把畫具拿出來讓他挑選。等他選好畫筆和紙張，他們倆就帶著愉快心情出發了。

「我們在這裡停留一下好嗎？」瑪格麗特說。「下雨的那兩星期裡，我天天想著這兩間小屋，非常自責沒有早點畫下來。」

「趁它們倒塌消失以前。的確，如果要畫這些屋子，最好別拖到明年，何況它們確實很別致。不過我們要坐哪裡？」

「你怎麼好像直接從倫敦聖殿區的法律事務所過來，一點都不像已經在蘇格蘭高地待兩個月的人！這裡有一塊漂亮的木頭，是伐木工人留下的，剛好在光線最合適的地方。我把格紋披巾鋪在上頭，就是一個標準的森林王座。」

「那麼那個水坑就成了妳的皇家椅凳！別動，我挪一下位子，妳可以過來一點。那些小屋裡住的都是些什麼人？」

「是五、六十年前來這裡開墾的人蓋的。其中一間是空屋，林務單位想拆掉它，只等住在另一間那個老人家過世。可憐的老先生！瞧，他出來了，我得過去跟他打個招呼。他耳朵重聽，所以等會兒我跟他的秘密都會被你聽光光。」

那老人家沒戴帽子，在小屋前倚著手杖站在陽光下。瑪格麗特走上前去跟他說話，他原本肅穆的表情鬆弛下來，慢慢露出一抹微笑，亨利迅速在畫紙上勾勒出眼前那兩個身影。等他們畫好起身，收好水、畫紙，向彼此展示作品時，瑪格麗特覺得亨利讓畫中人物反客為主，把周遭的景物當成陪襯。她紅著臉笑了，亨利直勾勾盯著她。

「你耍詐，」她說，「你要我去問他小屋歷史，我完全沒想到你會把我跟老艾塞克變成你作品裡的主題。」

「我忍不住，妳不知道那畫面多麼吸引人。我簡直不敢告訴妳我有多麼喜歡這張畫。」

瑪格麗特轉身走到小溪邊清洗畫具，亨利不確定她有沒有聽見他最後那句話。她回來時臉色泛紅，神情卻一派無辜，似乎一無所知。他很慶幸，因為那句話不知怎的就脫口而出，以他這種習慣三思而後行的男人而言，這種失常行為實屬罕見。

他們回到牧師公館時，屋裡的氣氛已經恢復正常，一片歡欣。鄰居適時送來兩條鯉魚，幸運地抹去赫爾太太額頭上的烏雲。赫爾先生結束上午的工作返家，在通往花園的小門外等候客人，身上的外套和帽子略顯破舊，紳士風度卻沒有絲毫減損。瑪格麗特很以父親為榮，每次看見他如何折服初見面的人，內心總會湧起一股全新的榮耀。不過，她仍然快速掃視父親臉龐，找到某種不尋常的煩憂。那煩憂還沒清除，只是暫時擱下。

赫爾先生想看兩人的畫作。

「我覺得妳的茅草色調暗沉了些，妳覺得呢？」說著，他把瑪格麗特的畫遞還給她，再伸手拿亨利的，亨利略微遲疑，不過只有一下下。

「爸，才不，我不覺得。下雨那段時間，石蓮花和垂盆草顏色變暗了許多。爸，他畫得很像吧？」她說。赫爾先生正在看亨利畫中的人物，她在爸爸背後探頭看著。

「嗯，是很像，把妳的體型和神態畫得維妙維肖。還有可憐的老艾塞克，他風溼痛的背僵硬前彎的模樣很傳神。掛在樹枝上的這個是什麼？肯定不是鳥巢。」

「喔，不是！那是我的帽子。我戴著帽子就不會畫畫，因為頭會發熱。不知道我能不能畫人物，這裡有很多我想畫的人。」

「只要妳非常想把某個人畫好，就一定能成功。」亨利說。「我相信意志力，我覺得我把妳畫得很不錯。」赫爾先生已經先進屋了，瑪格麗特還在外面逗留，想摘幾朵玫瑰，等會吃午餐時好配戴在前襟。

「一般的倫敦女孩會聽得懂我剛剛那番話的弦外之音，」亨利心想，「她這種年紀的女孩應該很習慣在男士說的話當中尋找意在言外的讚美。可是我覺得瑪格麗特不……」這時他叫道。「等等！我來幫妳。」他幫她摘了幾朵她搆不著、絲絨般柔滑的紅玫瑰，把戰利品分成兩份，自己留了兩朵別在釦眼上，而後讓她開開心心地進屋去整理她的花朵。

午餐時的談話十分和諧流暢，賓主盡歡。雙方都有許多問題要問，交換蕭夫人在義大利的動態。早先亨利發現瑪格麗特說父親收入微薄原來所言不虛，心裡未免有點失望。不過，用餐時可喜的談話內容、牧師公館毫不做作的樸實氛圍，更重要的是，瑪格麗特近在咫尺，讓他忘懷那小小的失望。

「瑪格麗特，乖女兒，妳去摘些梨子給大家當飯後甜點。」赫爾先生說。這時僕人把剛倒出酒瓶、招待貴客的葡萄酒放上餐桌。

赫爾太太一陣忙亂，彷彿甜點這種東西在牧師公館並不常見，完全看興致而定。事實上，只要赫爾先生轉頭看看背後，就會看見餅乾和橘子醬之類的東西，整整齊齊擺放在餐具櫃上。可惜吃梨這個念頭已經穩穩進駐赫爾先生腦袋，拒絕被擺脫。

「南牆邊有幾顆棕色的熟梨，比任何外國水果或蜜餞都美味。瑪格麗特，快去，幫我們摘些回來。」

「我提議我們移師到花園，在那裡吃梨。」亨利說。「咬一口被太陽曬得又暖又香、鮮脆多汁的梨，那才是人間美味。可惜的是，放肆的大黃蜂總會在你吃得最津津有味的關鍵時刻，跑來跟你爭食。」

他站起來，似乎想尾隨從落地窗走出去的瑪格麗特，只等赫爾太太附和他的提議。赫爾太太寧可行禮如儀地結束午餐，何況到目前為止這頓午宴進行得無比順暢，特別是她和蒂克森特地從儲藏室找出洗手杯，這才符合她身為蕭夫人姊姊該有的排場。赫爾先生直接站起來，準備陪客人出去，她也只好屈服。

「我要帶把水果刀，」赫爾先生說，「我已經有年紀了，沒辦法用你剛剛描述的那種豪邁方式吃水果。我一定得削皮、再切成四片，才能品嘗它的美味。」

瑪格麗特用甜菜葉充做盤子，鋪在梨子底下，把梨子褐中帶金黃的色澤襯托得格外搶眼。只不過，亨利看她的時間多於看梨。赫爾先生好不容易暫時拋開愁悶，似乎打算好好體驗這一小時的滋味與精髓，優雅地挑選了最熟的一顆梨，坐在花園長椅上，悠哉悠哉地品嘗起來。瑪格麗特和亨利漫步走在南牆下小小的階梯形步道上，那裡有蜜蜂嗡嗡鳴叫，在蜂窩裡忙進忙出。

「妳在這裡的生活好像完美極了！以前我有點鄙夷那些詩人，因為他們總是想著『潛居山麓茅棚』[12]那一類的事。現在，事情的真相恐怕是，我只不過是個城市鄉巴佬。剛剛我還在想，只

12. 摘自英國詩人薩繆爾・羅傑斯（Samuel Rogers, 一七六三～一八五五）的詩〈心願〉（A Wish）。

要能過上一年這種寧靜生活，就足以回報鑽研法律二十年的辛勞。這碧藍的天空！」——抬頭仰望——「這深紅琥珀相間的樹葉，像那樣完全靜止不動！」指向某些把花園圍得像鳥巢的挺拔大樹。

「請你務必記住，我們的天空不會永遠像此時此刻這麼蔚藍。這裡也會下雨，樹葉會凋落，會浸溼。不過，我覺得海爾斯東已經是非常完美的地方了。別忘了有一天晚上在哈里街，你曾經藐視我對它的描述，說它是『故事裡的村莊。』」

「『藐視』，瑪格麗特，妳這個指控太重了些。」

「也許吧。只是，我知道當時我很願意告訴你我心裡最直接的感受，而你——那麼我該怎麼形容？——相當失禮地說海爾斯東不過是故事裡的村莊。」

「我再也不會了。」他溫柔地說道。他們隨著步道拐了個轉。

「瑪格麗特，我幾乎希望……」他欲言又止。做為律師，亨利向來口若懸河，這時竟半吞半吐，瑪格麗特有點納悶地抬頭看他。不知為何，她忽然希望自己此刻在家裡跟媽媽或爸爸在一起，或在任何沒有他的地方。因為她很肯定他即將說出她不知如何答覆的話。又過了一會兒，她天生的傲氣浮現，戰勝突如其來的不安，暗自希望他沒發現自己剛才的慌亂。她當然能夠答覆，而且會給他適當的回應。她認為，沒有勇氣聽別人說話是既可憐又可鄙，一副她沒有能力以她崇高的女性尊嚴結束那個話題似的。

「瑪格麗特，」他突然開口，嚇了她一跳。他還牽起她的手，害得她只好定定站著，專注聆聽，過程中一直譴責自己怦怦亂跳的心臟。「瑪格麗特，真希望妳沒那麼喜歡海爾斯東，沒有在這裡過得這麼恬靜快樂。過去三個月以來，我一直希望妳會非常懷念倫敦，也稍微懷念倫敦的朋友，這樣妳也許會肯好心地……」（因為此刻她雖然沉默不語，卻堅定地想抽回被他握住的手）

「傾聽一個條件不夠好的人的話。這是真的，我除了未來展望，一無所有。可是我真心愛妳，瑪格麗特，愛得幾乎無法自拔。瑪格麗特，我嚇著妳了嗎？妳說說話！」因為他看見她的嘴唇不住顫抖，好像快哭了。她努力鎮定，直到有把握控制自己的聲音，才開口說話：

「我太震驚，我不知道你會對我有那種感情。我一直把你當朋友，所以，拜託你，我希望繼續把你當朋友。我不喜歡你用剛才那種口氣跟我說話，也沒辦法給你你想要的答案，如果因此惹惱你，我很抱歉。」

「瑪格麗特，」他注視她雙眼，她以坦然、直率的目光回望，眼神傳達出全然的誠懇與不願帶給人痛苦的心情。「那麼妳」──他原本想問──「有喜歡的人了嗎？」只是，對於那雙無比沉靜的眼眸，這個問題似乎是一種羞辱。「如果我太唐突，請原諒我，我受到懲罰了。請給我希望，給我一點微薄的安慰，告訴我妳還沒有遇見任何……」他再次停頓，沒辦法把話說完。瑪格麗特為自己帶給他的憂傷非常自責。

「唉！如果你不要有這些怪念頭，我很慶幸有你這個朋友。」

「可是瑪格麗特，也許哪天妳能把我當情人，我可以抱著希望，對吧？我懂了，還不行，不急，等以後……」

她沉默片刻，想在回答之前弄清楚自己內心的真正想法。接著她說：

「我一向只把你當朋友。我喜歡把你當朋友，我確定我不想跟你發展別種關係。求求你，我們都忘掉這些……」（她原本想說「不愉快的」，及時打住）「剛剛說過的這些話。」

他默然無語。過了一會才以一貫的冷淡語調說道：

「當然，既然妳心意已決，而且這段對話顯然讓妳很不開心，那就不需要記在腦海。把一切痛苦全部忘掉，理論上是很好，可惜對我來說，實踐起來有困難。」

「你生氣了，」她哀傷地說，「但我又能怎麼辦？」

她說這話時似乎真心感到難過，所以他花了一點時間收拾起自己的失望之情，用比較開朗，卻仍然有點嚴厲的語氣說：

「瑪格麗特，妳應該包容我的屈辱，不只因為我對妳的愛，更因為我是這麼一個不擅長談情說愛的人——人們口中精明世故的我，竟一時抵擋不了愛情的力量，做出一反常態的行為。好啦，我們別說了。我好不容易為自己與生俱來那些更深刻、更美好的情感找到出口，卻慘遭拒絕與挫敗，我只好奚落自己的痴傻來自我安慰。一個還在為前程打拚的律師竟然想結婚！」

瑪格麗特無話可說。他說話的語氣令她心煩。雖然他是最好相處、最有同理心的朋友，也是哈里街親友之中最了解她的人，但他那種語氣讓她想起彼此之間那些讓她對他心存芥蒂的差異點。拒絕了他雖然讓她感到痛苦，但她發現那份痛苦之中摻雜著一絲鄙視。她美麗的嘴唇輕蔑地噘了起來。幸好，他們繞著花園走一圈之後，突然見到赫爾先生。他們倆早已經忘記他也在花園裡。赫爾先生還沒吃完那顆梨，他細心地削下一長條薄得像銀箔的梨皮，不慌不忙地享受它的滋味。就像那個東方國王，在巫師要求下把頭埋進水盆浸了一下立刻抬起來，短短一瞬間體驗了一生的經歷。

瑪格麗特神情呆滯，心緒紊亂，沒辦法跟父親和亨利一起話家常。她有點拘謹，不太想講話，滿腦子想著亨利什麼時候才要離開，好讓她喘口氣，好好琢磨過去十五分鐘裡發生的一切。他也急於告辭，幾乎就跟她希望他離開一樣迫切。只是，為了彌補他受辱的面子或自尊，不管多麼費勁，幾分鐘輕鬆自在的閒聊是必要的犧牲。他的視線不時投向瑪格麗特哀傷又憂鬱的臉龐。

「我在她心目中並不像她所想的那麼不重要，」他尋思著，「我不放棄希望。」

不到一刻鐘的時間，他已經語帶譏諷地聊起倫敦的生活和鄉下的生活，彷彿他意識到自己那慣於冷嘲熱諷的第二天性，害怕自己的嘲弄。赫爾先生一頭霧水，他的訪客似乎變了個人，比他在先前的婚禮或今天的午宴上見到的那個人更輕率、更現實、更老練，讓他覺得話不投機。所以，當亨利說他必須直接趕到車站，免得錯過五點那班車，三個人都鬆了一口氣。他們一起走回牧師公館找赫爾太太，彼此互道珍重。到了最後一刻，亨利最真實的自我衝破虛假的外殼：

「瑪格麗特，不要唾棄我。雖然我說話的方式一無是處，但我還是有一顆真心。證據就是，雖然過去這半小時裡妳對我所說的一切充滿不屑，但我並不恨妳，反而更愛妳。再見，瑪格麗特，瑪格麗特！」

第四章　疑惑與艱難

將我放逐在光禿禿的海岸，
在那裡我只能找到
遇難船隻的哀傷殘跡。
只要祢在，即使大海翻騰，
我也不再乞求更平靜的風浪。

——哈賓頓[13]

他走了。入夜後牧師公館大門緊閉，不再有湛藍天空或鮮紅琥珀色彩。瑪格麗特上樓更衣，準備提早吃晚餐，發現蒂克森氣呼呼的。這也難免，忙碌的日子偏巧客人上門，當然會打亂一天的作息。蒂克森的怒氣發洩在瑪格麗特的頭髮上，她藉口要趕著去服侍赫爾太太，粗魯地草草梳理幾下了事。然而，瑪格麗特在客廳等了好長時間，媽媽才下樓來。她自個兒坐在爐火旁，背後桌上的蠟燭還沒點燃。她在回想這一天的種種，愉快地散步、開心地作畫、氣氛融洽的午餐，最後是花園裡那段彆扭、悲慘的路程。

男人跟女人真是天差地別！這會兒她心亂如麻又悶悶不樂，只因她的直覺告訴她必須拒絕。而他，他這一生最深刻、最神聖的求婚行動遭拒，幾分鐘後又滔滔不絕地聊起訴訟、成功，以及伴隨成功而來的膚淺結果——比如華屋美宅、結交社會賢達——是他矢志追求的唯一人生目標。唉！如果他不是這樣的人，她一定會愛他的。仔細一想，他那種性格似乎有欠高尚，幾乎是低俗。接著她又想，他那些輕浮表現也許是裝出來的，只為了掩飾失望的難堪。如果是她被自己愛的人拒絕，那種失望一定也會重重踐踏她的心。

媽媽走進客廳時，她還陷在混亂的思潮裡，沒能理出頭緒。她只好努力甩開一天下來做過的事、說過的話，體貼地聽母親訴說蒂克森如何埋怨燙衣毯又燒焦了，蘇珊・萊弗特又如何把假花別在帽子上，流露出她虛榮輕浮的本性。赫爾先生出神地啜著茶，不發一語。瑪格麗特只好一肩擔起回應母親的責任。她想不通父母怎麼會這麼健忘，完全沒把他們這天的訪客放在心上，連他的名字都沒提起。她忽略了一件事：亨利並沒有向她父母求愛。

晚餐後赫爾先生站起來，手肘擱在壁爐架上，手托著下巴，想著某件心事，不時長吁短嘆。赫爾太太去找蒂克森討論哪些冬衣可以送給窮人。瑪格麗特幫媽媽準備織毛線的物品，煩惱著該怎麼熬過這段夜晚時光，只希望就寢時間已經到了，她可以回房再把這天的事從頭到尾回想一遍。

「瑪格麗特！」赫爾先生喚了一聲，口氣顯得突然又急迫，嚇了瑪格麗特一跳。「那些毛線的東西急著要用嗎？我是說，妳能不能暫時放下，跟我到書房去？我要跟妳談一件跟我們大家切身相關的大事。」

「跟我們大家切身相關的大事。」亨利被她拒絕後並沒有機會跟她父親私下交談，否則那的確會是一件大事。首先，瑪格麗特內疚又難為情，因為自己已經長大變成女人，談起婚姻大事

13. 此詩選自十七世紀英國詩人威廉・哈賓頓（William Habington，一六〇五～一六五四）的長詩〈卡斯塔拉〉（Castara）。

了。再者，她自作主張拒絕亨利的求婚，不知道爸爸會不會不高興。她轉念又想，父親要跟她談的，應該不是任何近期突然發生、必須深思熟慮的事件。父親要她坐他旁邊那張椅子，他撥弄著爐火，剪了燭花，說話前又嘆息一兩回，最後脫口而出：「瑪格麗特！我要離開海爾斯東。」

「離開海爾斯東！為什麼？」

赫爾先生沉默不答。他緊張的雙手無所適從地撥弄桌上的紙張，想說點什麼，卻又沒有勇氣說出口，嘴巴幾度張開又閉上。瑪格麗特受不了這種懸疑氣氛，因為她父親明顯比她更受折磨。

「親愛的爸爸，究竟為什麼？請告訴我！」

他突然抬頭看她，以一種強自鎮定的徐緩語氣說道：

「因為我不能再擔任英國國教的牧師了。」

瑪格麗特原本以為，事情不過是爸爸終於得到媽媽非常期待的升遷，迫使他不得不離開他最喜歡、如詩如畫的海爾斯東，也許被迫搬到某個她在大教堂所在城鎮裡見到過的、輝煌而僻靜的小院落。那些都是莊嚴肅穆、氣勢雄偉的地方。只是，要去那種地方，勢必要永遠離開海爾斯東這樣的美麗家園，那會是令人惆悵的恆久傷痛。可是，比起爸爸剛剛那句話帶給她的震撼，那些傷感根本不值一提。

爸爸的話是什麼意思？這種百思不得其解的感覺更叫人慼得發慌。爸爸臉上那種叫人心疼的哀傷神情，幾乎像在向自己的女兒請求慈悲寬容的評斷，瑪格麗特突然覺得五臟六腑一陣翻攪。他會不會是受到弗列德的牽連？弗列德是個罪犯，爸爸會不會基於天生的父愛，縱容任何……

「到底什麼事？爸，說吧！全都告訴我！你為什麼不能再當牧師？當然，如果主教知道了弗列德那些事，而那些冷酷、不公平……」

「跟弗列德沒有關係；主教也不會拿那些事做文章。都是因為我自己。瑪格麗特，我會告訴妳，我會回答妳所有問題，但只有這一次，今晚以後我們就別再提起這件事。我可以接受我自己痛苦、不幸的疑惑衍生的後果，卻沒辦法討論那些為我帶來這麼多痛苦的原因。」

「『疑惑』，爸！對宗教的疑惑嗎？」瑪格麗特更震驚了。

「不，不是對宗教的疑惑，這個疑惑絲毫沒有危及我的信仰。」

他停頓下來。瑪格麗特嘆了一口氣，彷彿即將面對全新的驚恐。赫爾先生又說話了，這回說得又快又急，像是急著交差了事。

「就算我告訴妳，妳也沒辦法理解，多年來我始終懷著一股焦慮，不確定自己是不是有資格擔任神職。這麼多年來，我一直努力藉助教會的威權平息這股持續發酵的疑惑。唉！瑪格麗特，我多麼愛戴這個我即將被排除在外的神聖教會呀！」他突然語塞，停頓片刻。瑪格麗特不知該說些什麼，這整件事實在太令人費解，彷彿爸爸決定改信伊斯蘭教似的。

「今天我讀了那兩千個被迫脫離教會的牧師的史料，」赫爾先生露出淡淡苦笑。「想向他們偷點勇氣。可惜沒用，沒有效果，我只是更強烈地感受到自己未來的處境。」

「可是爸，你考慮清楚了嗎？噢，這件事簡直太嚴重、太震撼了。」瑪格麗特突然哭了起來。她的家與她對心愛父親的觀感，向來是她心中最穩固的基石，如今似乎在旋轉動搖。她能說什麼？又該做些什麼？赫爾先生看見女兒心煩意亂，決定打起精神安撫女兒。他硬生生吞下那股持續在心底翻攪、蓄勢待發、叫人喘不過氣來的哽咽，走向書架取下一本書。他近來經常閱讀這本書，也從中得到力量、走上目前選擇的這條路。

「親愛的瑪格麗特，妳聽聽這個。」說著，他伸手摟住她的腰。她拉起爸爸的手，緊緊握住，可惜她心情太激動，沒辦法抬起頭，也沒辦法專心聽他朗讀。

「寫這段獨白的人跟我一樣是個鄉村牧師，他姓歐菲爾德，是一百六十年前——或者更早——德貝郡卡辛頓鎮的牧師。他的苦難結束了，他打了一場漂亮的仗。」他說最後這兩句話時壓低了嗓門，彷彿在自言自語。接著他大聲念：

「如果你繼續留任現職會讓上帝蒙羞、會敗壞你所屬教會的名聲、會損及你的正直、違背你的良心、破壞你的平靜、甚至可能妨礙你的救贖……總而言之，如果你繼續從事這份工作（假設你要繼續）的前提是建立在罪惡上頭，而且不能獲得上帝話語的認可，那麼你可以，是的，你必須相信上帝會將你的緘默、中止、免職與放棄，變成祂的榮耀，變成增進福音的助力。當上帝停止以某種形式運用你，祂會改採另一種形式。一個渴望服侍神、榮耀神的靈魂絕不會欠缺機會。你也不可以小看基督這位以色列聖人，以為祂只有一種方法可以透過你榮耀祂。無論你選擇緘默或宣說，選擇放棄或持續，祂都可以運用你榮耀祂。假裝為上帝做最偉大的服務，或扛起最繁重的責任，也不能使最微小的罪得到赦免。即使那份微罪讓你有能力或有機會去完成那項責任，也沒有差別。唉，我的靈魂啊，如果你被控禮拜不夠虔敬、誓言虛偽不實，卻為了保有聖職，假裝禮拜與誓言不可或缺，你並不會得到感謝。」

赫爾先生讀了這些文字，又瞄了幾眼那些他沒有讀到的段落，找到了更大決心，覺得自己似乎也能夠勇敢而堅決地做自己認為該做的事。可是，等他停下來，聽見瑪格麗特抽搐似的低聲啜泣，他強烈感受到一陣苦楚，原本鼓起的勇氣也消失了。

「瑪格麗特，乖女兒！」他把她拉過來。「想想過去那些殉道的人，想想那幾千個曾經受過苦的人。」

「可是爸爸，」她突然抬起她淚痕斑斑的紅通通臉龐，「過去那些殉道的人為真理受苦。可是你，噢！最最親愛的爸爸！」

「孩子，我是為良心受苦。」他說得正氣凜然，之所以有點顫抖，只是因為他天生極端敏感。「我必須憑著良心做事。長久以來我一直背負著自我譴責，就算比我遲鈍、比我懦弱的心靈也覺醒了。」他搖搖頭，接著又說，「妳可憐的母親期待已久的願望終於實現了。那些過度期待的願望通常會以這種嘲弄的方式達成，因為它們是所多瑪的蘋果[14]。正是她的願望引發了這場危機，為此我應該心懷感激，也希望我心懷感激。不到一個月前，主教指派我另一份職位，如果我接受了，我就必須在那個單位的禮拜儀式上重新宣誓信奉國教。瑪格麗特，我努力過了，我曾經以為只要我拒絕升遷，就可以壓制我的良心，繼續安安穩穩留在這裡，就像我過去也曾這樣泯滅自己的良心一樣。上帝寬恕我！」

他站起來，在書房來來回回踱步，低聲說著自責與自貶的話語，瑪格麗特很慶幸自己只聽見一點點。最後，他說：

「瑪格麗特，回到那個悲傷的老話題，我們必須離開海爾斯東。」

「是，我明白。什麼時候？」

「我寫信給主教了。我剛才可能跟妳說了，但我最近很健忘。」談到艱難的現實議題時，赫爾先生又顯得消沉沮喪。「我告訴他我要辭職，他很仁慈，講了很多道理勸我。可惜沒用，沒有用。我也用那些道理勸過自己，沒有一點作用。我必須去遞送辭職書，親自謁見主教，向他道別。那不是件容易的事，可是更困難的，遠比那艱困許多的，是離開這些親愛的教區民眾。有個助理牧師奉派來這裡主持祈禱儀式，他姓布朗，明天會來我們家。下星期天是我最後一次告別講

14.《聖經・創世記》記載，所多瑪是死海南岸一座罪惡之城，後來毀於上帝降下的硫磺和火。所多瑪的蘋果引申為虛有其表，華而不實之意。

道。」

事情當真這麼突然嗎？瑪格麗特心想，不過，或許這樣比較好。拖拖拉拉只會增加痛苦，像這樣一口氣聽完這些看來已經全都安排妥當的事，讓自己震驚得完全麻木，反而比較好。「媽媽怎麼說？」她深深嘆了一口氣。

令她驚訝的是，爸爸並不回答，又開始踱方步。最後他停下來，說：

「瑪格麗特，我終究是個可悲的懦夫，狠不下心帶給別人痛苦。我非常清楚妳母親對她的婚姻生活有點失望，她有權覺得失望。這件事對她會是重大打擊，所以我不忍心、也沒勇氣告訴她。但她一定得知道，不能再拖了。」說著，他憂愁地看著女兒。瑪格麗特發現母親對這件已經進展到這個地步的事竟然一無所知，幾乎崩潰！

「對，確實不能再拖了。」她說。「畢竟，也許她不會……噢，會的，她會的，她一定會很震驚。」想像母親會受到多大打擊時，她再次體驗到這個消息的衝擊力。「我們要搬到哪裡去？」她問，忽然納悶起一家人的未來怎麼安排——如果父親確實做了安排。

「去米爾頓，」他的語氣呆滯而淡漠。因為他已經發現，儘管女兒基於對他的愛，願意支持他，並且一度努力以這份愛來安慰他，可是，她內心的強烈痛楚始終不曾淡化。

「米爾頓！達克夏那個工業城鎮？」

「對。」他答，口氣依然沮喪哀戚。

「為什麼選那裡？」她問。

「因為在那裡我可以賺錢養家；因為那裡沒有我認識的人，也沒有人知道海爾斯東這個地方，沒人能跟我聊起這裡。」

「賺錢養家！我以為你跟媽媽有……」她突然打住，因為她看見憂鬱神色漸漸籠罩父親額頭，只好壓抑住對一家人未來生活的關切。赫爾先生憑著他直覺的同理心，像照鏡子似地在女兒臉上看見自己的鬱鬱寡歡，努力收拾起低落的心情。

「瑪格麗特，我會把所有的事都告訴妳，只是，妳要幫我告訴妳媽媽。除了這件事，我什麼都能做：一想到她會有多麼苦惱，我就害怕得心慌。如果我把一切都告訴妳，也許明天妳可以跟她說。明天我要出門一整天，去向農夫達布森和布雷希公有地上那些窮人道別。瑪格麗特，妳會不會很不願意告訴妳母親這個消息？」

瑪格麗特的確不願意，她這輩子做過許多不得不做的事，就屬這次最為難。一時之間她無法言語。赫爾先生說，「瑪格麗特，妳真的很不喜歡做這件事，對吧？」

這時，她克服自己的怯懦，堅強開朗地說：

「這件事是很痛苦，卻一定得做，我會盡我的能力處理好。你一定也有很多困擾的事要做。」

赫爾先生喪氣地搖搖頭，感激地捏捏女兒的手。瑪格麗特難過得差點又痛哭失聲，為了轉移注意力，她說，「爸，跟我說說，接下來我們怎麼做。除了牧師薪俸之外，你跟媽媽還有錢，對吧？我知道姨媽有。」

「對，我們自己每年應該有一百七十英鎊的收入。其中七十鎊直接匯給弗列德，因為他人在國外。我不知道他需不需要這筆錢，」他語帶遲疑地說，「他在西班牙軍隊裡，應該也有薪餉。」

「不能讓流落陌生國度的弗列德缺錢用，」瑪格麗特斷然說道，「畢竟他的祖國待他不公。我們還有一百鎊，你、我和媽媽不能在英格蘭找個生活費非常低廉、非常清幽的地方，靠這一百鎊過日子嗎？我覺得沒問題！」

「不行！」赫爾先生說。「這樣行不通。我一定得找點事做，讓自己忙一點，免得胡思亂想。再者，只要待在鄉村教區，我一定會痛苦地回想起海爾斯東，回想起我在這裡的職責。瑪格麗特，那樣我無法承受。再者，一年一百鎊，扣掉基本生活開銷，就不夠讓妳媽媽過上她習慣了、也應該享有的舒適生活。不行，我們一定得去米爾頓，這件事已經定案了。如果不受我愛的人的影響，我自己通常可以做出比較明智的決定。」他說，算是為他先斬後奏做出這些決定聊表歉意。「別人一反對，我就不知如何是好，變得猶豫不決。」

瑪格麗特決定保持沉默。畢竟，相較於這個駭人聽聞的巨變，他們搬去哪裡其實已經不重要了。

赫爾先生接著說，「幾個月前，我的疑惑已經到了再不說出來就無法承受的地步，我寫信給貝爾先生。瑪格麗特，妳記得貝爾先生吧？」

「不記得，我應該沒見過他。我知道他是弗列德和我的教父，你在牛津大學時的導師，是嗎？」

「嗯。他是普利茅斯學院評議員。他好像是米爾頓人，總之，他在那裡有不動產。自從米爾頓變成大型工業城鎮以後，他的房地產大幅增值。我有理由這樣相信——或想像——不過，我最好別談那件事。我相信他一定能理解我，我不知道他是不是給了我很大力量，畢竟他這輩子都在學校裡過著輕鬆悠閒的生活。他很仁慈，多虧他，我們才能去米爾頓。」

「怎麼說？」瑪格麗特問。

「他在那裡有租戶、有房子、有廠房。即使他不喜歡那個地方——太忙亂嘈雜，不適合他那樣清閒度日的人——仍然跟那個地方的人有密切聯繫。他告訴我那裡正好有個很不錯的私人家教缺。」

「私人家教！」瑪格麗特驚呼，一臉的鄙夷。「開工廠的人怎麼會需要經典、文學，或紳士的教養？」

「嗯，」赫爾先生說，「那裡有些人好像還不錯，明白自己的不足，這已經比牛津很多人好得多。有些人儘管已經成年，還是堅持要學習，有些則是想讓孩子受更好的教育。總之，我說過了，那裡剛好有個私人家教缺。貝爾先生把我推薦給他的一個租戶桑頓先生。從那人的來信，我看得出來他非常聰明。瑪格麗特，我在米爾頓即使過得不開心，至少會很充實。另外，那裡的人和環境截然不同，我永遠不會想起海爾斯東。」

瑪格麗特知道這就是背後的動機，因為她自己也有同感。那裡的生活會很不一樣。有關英格蘭北部，瑪格麗特過去也略有所聞，那地方幾乎令她憎惡。只是，那裡的廠商、那裡的人、那裡雜亂無章的荒涼鄉間儘管不如人意，至少有個好處：它跟海爾斯東判若天淵，永遠不會讓他們想起這個心愛的地方。

「我們什麼時候走？」沉默半晌後，瑪格麗特問。

「我不確定，我想先跟妳商量商量，畢竟妳媽現在什麼都不知道。不過，我猜兩星期吧，等我把辭職信遞出去，就沒有理由繼續留在這裡了。」

瑪格麗特幾乎驚呆了。

「兩星期！」

「不，不，日子還不確定。現在什麼都還沒敲定。」赫爾先生焦慮中帶點遲疑，因為他看見女兒臉色丕變，眼神裡出現朦朧的哀傷。瑪格麗特很快恢復鎮定。

「不，爸爸，這件事越快越好，而且像你說的，要堅定。但媽媽還蒙在鼓裡！這是最大的難題。」

「可憐的瑪麗亞！」赫爾先生溫柔地說。「可憐、可憐的瑪麗亞！唉，如果我沒結婚，如果我孤家寡人，事情肯定簡單得多！總而言之，瑪格麗特，我不敢告訴她！」

「我明白。」瑪格麗特傷心地說。「我來告訴她。明天晚上以前，我會找合適時機告訴她。噢，爸爸，」她突然激動起來，語帶懇求地說，「告訴我這只是一場噩夢，一場可怕的夢，不是清醒時的真相！你的意思不是真的要離開教會，放棄海爾斯東，永遠脫離我和媽媽的信仰，被某種錯覺、或某種誘惑誤導！你不是真的要這麼做！」

赫爾先生一動不動地呆坐原處，靜靜聽她說。

然後他注視她的臉，用緩慢、沙啞、慎重的語氣說，「瑪格麗特，我確實要這麼做。妳不可以自欺欺人，懷疑我的話的真實性，懷疑我不容改變的意圖和決心。」他說完之後，以同樣剛毅、冷靜的表情看著她。她也以哀求的眼神回望，這才相信一切已經無法挽回。她起身走向書房門，手指碰觸門把時，聽見爸爸喚她。他站在壁爐旁，佝僂著腰背，等她走近，才挺直身子，雙手放在她頭上，肅穆地說：

「孩子，願上帝賜福妳！」

「也願祂讓您重返祂的教會，」她脫口而出，說出心裡的期盼。她又擔心這個回應對父親不敬，也不恰當，因為聽到女兒說這樣的話，父親可能會傷心。她連忙伸手摟住父親脖子，父親也擁住她，她聽見父親喃喃念道，「殉道者和受難者承受更大的痛苦，我不會退縮。」

他們聽見赫爾太太在找女兒，嚇了一跳，連忙放開對方，各自想到即將面臨的困境。赫爾先生匆匆說道，「去吧，瑪格麗特，去吧！明天一整天我都不在家。妳得在太陽下山以前告訴妳媽媽。」

「好。」她答，懷著震驚又紊亂的心緒回到客廳。

第五章 決定

我向你索求體貼的愛，
時時悉心留意與關懷；
以笑容面對歡喜的臉，
擦抹去傷心垂淚的眼；
擁有一顆從容的心，
給予撫慰，給予同情。
——佚名[15]

赫爾太太絮絮叨叨說著她打算如何分贈教區窮苦人家小小慰問品，瑪格麗特耐心地聆聽。她不得不專心聽，只是，母親的每一個新構想都刺進她的心。因為等到第一場冰霜降下，他們已經離開海爾斯東遠去。老賽門的風溼病可能會惡化，視力可能會變糟，卻再也沒有人會去探望他，去讀書給他聽，帶著小碗肉湯和高級紅色法蘭絨衣服去溫暖他的心。就算有，也會是陌生人，老人家再也等不到她。瑪麗．多穆維爾的跛腳兒子會爬到門口，眼巴巴地等著她從樹林鑽出來，結果

15. 此處詩句摘錄自安娜．威靈（Anna Waring，一八二三～一九一〇）於一八五〇年出版的知名讚美詩〈父親，我一直都懂〉（Father, I know that all my life），收錄在威靈的詩集《讚美詩與冥想》（*Hymns and Meditations*）。

是一場失望。其他還有更多人，這些可憐的朋友永遠不會明白她為什麼拋下他們。「妳爸總是把他的牧師薪俸用在教區裡，這回我可能會透支下個月的薪俸。今年冬天看起來會很冷，我們一定得幫幫那些可憐的老人。」

「媽媽，我們要盡力去做。」瑪格麗特熱切地說。她只想到這是他們最後一次幫助那些人，沒考慮到他們不會再有下一筆薪俸。「我們也許很快就會離開這裡。」

「乖孩子，妳身體不舒服嗎？」赫爾太太擔憂地問，沒聽出瑪格麗特在暗示他們未來的不確定性。「妳看起來蒼白又疲倦。一定是這種疲軟、潮溼又不健康的空氣害的。」

「不，不是，媽媽，不是那個問題。這裡的空氣很香醇，跟哈里街的煙霧比起來，這是最新鮮、最純淨的空氣。不過我確實累了，睡覺時間應該快到了。」

「是快到了，現在九點半，妳最好趕快上床。跟蒂克森要點稀粥。等妳上床躺好，我就來看妳。妳可能著涼了，或被某些臭水塘的濁氣……」

「媽，」瑪格麗特笑了笑，親一下媽媽。「我沒事，別擔心，我只是累了。」

瑪格麗特上樓回房，為了讓媽媽放心，乖乖喝了一碗粥，而後疲累地躺上床。赫爾太太依言上樓來探詢她的身體狀況，親了她一下，才又下樓回房。瑪格麗特一聽見母親的房間鎖上，就從床上跳起來，披上睡袍，在房裡來回踱步，直到聽見地板嘎吱嘎吱響，這才想到不可以弄出聲音。她走到那扇窄小的嵌壁深窗，蜷縮在窗座上。那天早上她起床望向窗外時，看見教堂尖塔上方明亮清透的光線，預告晴朗的好天氣，一顆心還雀躍不已。到了晚上，頂多不過十六小時以後，她坐下來，悲傷得哭不出來，胸口隱隱約約發冷刺痛。她的青春活力和輕快舒暢都被擠壓出去，再也回不來了。亨利的來訪和求婚，就像一段不屬於她的真實生活。最難以接受的現實是，她父親竟會允許讓人迷失的疑惑進入心靈，以至於與教會分裂，自我放逐。所有的後續變化都圍繞著這個叫人頹喪的重大事實開展。

她凝視教堂的灰黑輪廓，方正而筆直地矗立在視野正中央，凸顯在遠方通透的深藍色背景裡。她凝望著，覺得自己即使就這麼坐到地老天荒，時時刻刻都看見更遠的地方，也看不到上帝！在那個當下，她覺得地球就算被圈圍在鐵製穹窿裡，都沒這麼孤寂淒涼。因為在那穹窿後方也許有全能上帝那份永不抹滅的安詳與榮耀：那渺無邊際宇宙深處的靜謐祥和，在她看來卻是比任何實質界限更挫折人，因為它封閉了世間苦難人們的呼號。那些呼號極可能在飄升到那無比壯闊的廣袤空間之後，就消失無蹤，無跡可尋，沒來得及達到祂的寶座。她深陷在這些翻騰的思緒裡，沒注意到父親進房來。月光夠皎潔，赫爾先生看見女兒一反常態地坐在窗座冥思苦想。等他走到她身邊，伸手碰觸她肩膀，她才發現父親來了。

「瑪格麗特，我聽見妳下床，忍不住進來邀妳跟我一起誦念主禱文，這對我們倆都有好處。」

父女倆屈膝跪在窗座前，赫爾先生抬頭仰望，瑪格麗特謙卑羞愧地低垂著頭。上帝在那裡，就在他們近旁，聆聽他父親的低語。若說她父親是個異端，五分鐘前的她不也在絕望的疑惑中變成了更徹底的懷疑論者？她一直保持沉默，等父親離開，才躡手躡腳回到床上，像個犯了過錯、滿懷愧疚的孩子。如果這世界充滿令人迷惘的問題，那麼接下來她只信任、也只要求看見當下需要踏出的那一步。亨利的到訪與求婚那段記憶被當天接下來的事件排擠出去，卻在當晚縈繞她夢境。他爬上一棵參天大樹，要拿她掛在枝頭的帽子。他摔下來了，她掙扎著要去救他，卻被一隻強而有力、隱形的手拉住。他死了。場景瞬間轉換，她重新回到哈里街客廳，像從前一樣跟他談天，過程中一直意識到自己曾經目睹他摔死的驚悚過程。

睡不安枕的悽慘夜晚！沒辦法養足精神應付隔天的任務！天亮時她驚醒，精神仍然疲乏，立刻想到某些比她煩亂的夢境更難熬的現實問題。所有的憂愁都回來了。不只如此，連那憂愁裡叫人傷透腦筋的紛亂糾結也回來了。父親的心被疑惑牽引，究竟飄蕩了多遠？而那疑惑，在她看來其實是魔鬼的引誘。她渴望問個明白，卻無論如何也得不到解答。

這天早晨格外涼爽，吃早餐時她母親精神特別好，心情特別愉快，滔滔不絕說著，籌畫村莊裡的善行，沒注意到丈夫的沉默與女兒的簡短回應。餐桌還沒收拾好，赫爾先生已經站起來，一隻手按著桌面，彷彿要撐住自己：

「我晚上才會回來。今天我要去布雷希公有地，會在農夫達布森家吃午飯。七點趕回來吃晚餐。」

說話時他沒有看妻女。瑪格麗特明白他的意思：她必須在七點以前告訴媽媽。如果是赫爾先生，一定會拖到六點半才說。瑪格麗特個性跟爸爸不一樣，她沒辦法一整天忍受那種懸而未決的揪心壓力。最好快刀斬亂麻，一整天的時間恐怕還不足以安慰母親。只是，當她站在窗台前構思如何開口，順便等僕人離開，母親已經上樓換裝，準備到學校去。母親下樓時已經穿戴整齊，心情比平時愉快得多。

「媽，今天早上陪我去花園走走，一圈就好。」說著，瑪格麗特伸手摟母親的腰。

她們從敞開的落地窗走出去。赫爾太太在說話，說了某件事，瑪格麗特沒聽進去。她瞥見一隻蜜蜂飛進一朵長長的鐘形花朵裡，等那隻蜜蜂帶著花蜜飛走，她就要開始說，那是信號。牠出來了。

「媽！爸爸要離開海爾斯東！」她開門見山。「他要離開教會，搬到米爾頓住。」

她終於百般艱難地說出這三項難以啟齒的事實。

「妳怎麼說這種話？」赫爾太太以震驚又不可置信的口氣問。「這些胡說八道的話是誰說的？」

「是爸爸親口說的。」瑪格麗特搜索枯腸，想說些撫慰人心的溫柔話語，卻不知從何說起。她們來到一張長椅旁，赫爾太太坐下來，開始啜泣。

「我不知道妳是怎麼回事，」她說，「可能妳弄錯了，或者我完全不了解妳。」

「不，媽媽。我沒弄錯。爸已經寫信給主教，說他心裡有些疑惑，他的良心不允許他繼續擔任英國國教的牧師，所以必須辭去海爾斯東的職務。他也找貝爾先生商量過，一切都計畫好了，我們要搬到米爾頓去。」瑪格麗特說這些話時，赫爾太太一直抬頭望著她。她臉上的陰鬱神色顯示，至少她相信瑪格麗特的話。

「我實在不相信這是真的，」赫爾太太終於說道，「他應該不會等事情發展到這個地步才告訴我呀。」

瑪格麗特強烈認為，媽媽應該提早知道。不管媽媽平時發了多少不滿的牢騷，父親都不該讓她從女兒口中得知他的想法變了，他的生活也即將改變。瑪格麗特在母親身旁坐下，把母親順服的頭部拉到自己胸前，再彎下自己的頭，用柔軟的臉龐親暱地摩挲母親臉頰。

「親愛的、心愛的媽媽！我們多麼不想帶給妳痛苦。爸爸很感性，妳也知道妳身體不好，這整個過程中有太多磨人的等待。」

「瑪格麗特，他什麼時候告訴妳的？」

「昨天。昨天才說的。」瑪格麗特意識到母親話中的妒意。「可憐的爸爸！」她希望轉移母親的思緒，引導母親去同情父親經歷的種種折磨。赫爾太太抬起頭。

「他說心裡有疑惑是什麼意思？」她問。「他不會以為自己的想法與眾不同，以為自己比教會更有見地吧？」瑪格麗特熱淚盈眶地搖搖頭，因為母親碰觸到她自己最敏感的痛處。

「主教也沒能開導他嗎？」赫爾太太有點不耐煩地問道。

「恐怕不行，」瑪格麗特說，「我沒問，我沒有勇氣聽他的回答。反正一切都成定局了。他兩星期內就要離開海爾斯東。我不確定他有沒有說他遞了辭呈。」

「兩星期！」赫爾太太驚呼道。「這件事實在太古怪，這樣很不對，未免太硬心腸。」她讓眼淚撲簌簌落下，藉此宣泄情緒。「妳說他有疑惑，決定辭職，卻完全沒跟我商量。我敢說，如果他一開始就告訴我他的疑惑，我一定可以防患未然，及早將它們鏟除。」

儘管瑪格麗特覺得父親的做法有欠周延，聽見母親的責備卻難以忍受。她知道父親之所以三緘其口，是出於對母親的愛護。這種做法或許懦弱，卻不是硬心腸。

「媽，我幾乎以為妳會慶幸可以離開海爾斯東。」沉默片刻後，她說，「妳向來不適應這裡的空氣。」

「像米爾頓那種到處都是煙囪和灰塵的工業小鎮，妳覺得那裡的髒空氣會比這裡好？這裡的空氣雖然太疲軟，讓人提不起勁，至少純淨又鮮甜。妳想想，住家附近都是工廠，還有開工廠的人！只不過，如果妳爸真的離開教會，我們以後也別奢望被社會接納了。這對我們是多麼不光彩的事！可憐的約翰爵士！幸好他沒活著看妳爸淪落到什麼地步！以前在貝瑞福德府，我跟妳姨媽還小的時候，每次家裡有宴會，他帶頭敬酒時總說，『敬國教和國王！打倒殘缺議會[16]！』」

母親的心思已經轉向，不再氣惱父親對她隱瞞內心最重要的事，瑪格麗特為此深感慶幸。除了她父親信仰上產生疑惑這件茲事體大的苦惱之外，母親的反應就是瑪格麗特最擔心的事了。

「媽，我們在這裡本來就很少跟人來往。高曼家算是離我們最近的鄰居，可以稱得上同一個社交圈，可是我們很少跟他們見面，而他們跟米爾頓那些人一樣，都是生意人。」

「話是沒錯，」赫爾太太幾乎有點憤憤不平。「可是再怎麼樣，全國大約半數以上的仕紳階級乘坐的馬車都是高曼家製造的，所以他們有機會跟上流社會交往。而這些開工廠的……有哪個買得起亞麻的人會願意穿棉布？」

「媽，就別在乎那些棉紗廠商了。我不是替他們說話，更不是替任何生意人說話，反正我們不太有機會跟他們往來。」

「妳爸到底為什麼一心一意要搬到米爾頓？」

「部分原因在於，」瑪格麗特嘆息道，「那裡跟海爾斯東完全不一樣。另一部分原因是，貝爾先生說那裡有個私人教師職缺。」

「在米爾頓當私人教師！他為什麼不去牛津，當那些紳士的老師？」

「媽，妳忘了，他為了自己的理念離開教會，他的疑惑對他在牛津的發展沒有幫助。」

赫爾太太半晌不說話，默默垂淚。最後她說：

「那些家具怎麼辦。我們要怎麼處理搬家的事。我這輩子還沒搬過家，何況現在只剩兩星期時間！」

瑪格麗特如釋重負，因為媽媽的焦慮和沮喪已經降低到這個程度，擔心起這些在她眼中微不足道、絕對有辦法處理的瑣事。她開始規劃、承諾，引導媽媽盡可能把那些在知道爸爸進一步計畫前可以做的事先安排好。這天瑪格麗特一直陪在媽媽身邊，盡心盡力撫慰媽媽情緒上的任何變化，尤其到了近晚時分。因為爸爸在外面一天想必十分疲倦、苦悶，她希望他回家時能感受到家的溫暖，從中得到慰藉。她說起父親長期以來想必獨自承受莫大壓力，她媽媽只是冷冷地答道，

16. 一六四八年英國國王查理一世因與議會鬥爭及種種施政，引發政局動盪，遭到逮捕拘禁。當時控制議會的長老會意圖與查理一世談和，新模範軍的普萊德（Thomas Pride）率部屬把守下議院，只允許同意判處國王死刑的議員入內，結果全部四百八十九名下議員之中，只有七十一人進入國會，此即殘缺議會。

他早該跟她說的，那樣的話，至少有個人可以給他一點意見。瑪格麗特聽見走廊上響起父親的腳步聲，一顆心頓時疲弱無力。她怕惹母親不高興，不敢出去迎接他，告訴他她這一天都做了什麼。父親在門外磨蹭，彷彿在等她，或等她的信號，可惜她不敢妄動。母親雙唇在抽動、臉色驟變，顯然也知道丈夫回家了。父親打開房門，站在門口，猶豫著該不該進來。他的臉色蠟灰、毫無血色，眼神裡有股怯懦與畏懼。男人臉上出現這種神情，任誰見了都會憐惜的。正是那種萬念俱灰、身心俱疲的表情觸動妻子的心。她起身走向他，撲進他懷裡，哭喊道：

「噢！理查，理查！你該早點告訴我的！」

瑪格麗特含著淚水離開，衝上樓回到自己房間，撲倒在床上，臉埋在枕頭裡悶住哭聲。經過一整天嚴謹的自我控制，那股壓抑的淚水終究還是潰堤了。

她不知道自己躺了多久，連女僕進來整理房間也沒聽見。飽受驚嚇的女僕見狀又悄悄離開，連忙去對蒂克森說，赫爾小姐哭得心都要碎了，如果繼續這樣哭下去，一定要生大病的。正因如此，瑪格麗特發覺有人碰她，趕緊從床上坐起來。她看見原來的房間，看見蒂克森站在陰暗處，手上的蠟燭稍稍往後挪，免得光線刺激她視線模糊的浮腫雙眼。

「蒂克森！我沒聽見妳進房！」瑪格麗特重新召喚出她有點動搖的自制力。「很晚了嗎？」她疲憊地下床，雙腳踩著地板，還沒完全站起來。她撥開臉上被淚水浸溼的亂髮，努力裝出沒事的模樣，彷彿她只是睡了一覺。

「我也不知道現在幾點了，」蒂克森悲痛地說，「晚餐前我幫妳媽換衣服，她告訴我這個壞消息，之後我就忘記時間了。我不知道以後我們大家會怎樣。赫爾小姐，剛才夏綠蒂告訴我妳在哭，我心想，也難怪，可憐的孩子！老爺活到這個年紀忽然決定變成異端，雖然他在教會表現不是非常優秀，至少也不差。小姐，我有個堂哥活到五十歲才改行當起衛理教會的傳教士。他當了一輩子裁縫，沒幫人做過一條合身的褲子，所以那也難怪。可是老爺！就像我跟太太說的，『可憐的約翰爵士如果知道會怎麼說？他根本不贊成妳嫁給赫爾先生。如果他知道事情演變到這個地步，一定會罵出更難聽的詛咒，如果這世上還有他沒罵過的難聽詛咒！』」

蒂克森太習慣在太太面前數落老爺的不是（赫爾太太有時會聽她說，有時不聽，看心情而定），沒發現瑪格麗特兩眼噴火、鼻翼擴張。僕人竟然當她的面這樣批評她父親！

「蒂克森！」她用情緒激動時慣用的低沉語氣喊了一聲，她的聲音裡彷彿隱藏著某種遙遠的騷動，或在遠方發威、即將來襲的暴風雨。「蒂克森！妳忘了自己在跟誰說話。」她挺直身子穩穩站著，面對蒂克森，銳利的眼神直盯對方。「我是赫爾先生的女兒。妳走吧！妳犯了叫人無法理解的錯。妳是個好心人，所以我相信等妳回想起自己說的這番話，一定會後悔。」

蒂克森不知如何是好，又在房裡徘徊逗留。瑪格麗特說，「妳可以走了，我希望妳出去。」聽到這麼決絕的話，蒂克森不知道該生氣，或該哭。這兩種反應對太太都有效，可是，正如她告訴自己的：「瑪格麗特小姐有點像她外公，可憐的弗列德少爺也是。我想不通這種性格打哪兒學來的。」如果對她說這些話的人態度不夠高傲、不夠剛強，她一定會發火，這時她卻放下身段，用謙卑中帶點受傷的口氣說：

「小姐，妳不要我幫妳解衣釦、整理頭髮嗎？」

「不必！今晚不需要，謝謝妳。」說完，她拿蠟燭幫蒂克森照明，讓她離開房間，順手門上門。從此之後蒂克森對瑪格麗特百依百順，也很欣賞她。她說那是因為瑪格麗特很像可憐的弗列德少爺。然而，事實的真相是，蒂克森跟大多數人一樣，喜歡那種被剛毅果斷的人指揮調度的感覺。

瑪格麗特需要蒂克森在行動上全力協助，也需要她在言語上保持沉默。這陣子以來，蒂克森覺得最好盡量少跟小姐說話，藉此表達她的不滿，因此把所有精力都用來做事，而非說話。要處理搬家這麼大的工程，兩星期實在不夠用，正如蒂克森所說，「除了紳士以外的任何人，坦白說，幾乎所有紳士……」這時她瞥見瑪格麗特一本正經的神情，只得乾咳一聲，嚥下另外那半句話，乖乖地接下瑪格麗特遞給她的苦薄荷藥水，好治療「我心窩裡的微微發癢，小姐。」可是，除了赫爾先生，幾乎所有人都能務實地看出，這麼短的時間很難在米爾頓——其實任何地方都一樣——找到房子，擺放從海爾斯東牧師公館搬走的家具。

赫爾太太忽然發現自己有太多問題要解決，太多決定要做，應付不來，一下子病倒了。媽媽臥床休養後，所有責任都落到瑪格麗特頭上，她反倒鬆了一口氣。蒂克森身為忠實的貼身保鑣，也一直守在太太床前，偶爾走出赫爾太太房間，就不停搖頭嘆息，喃喃念叨些瑪格麗特寧可充耳不聞的話語。因為，擺在瑪格麗特眼前的事簡單明瞭：他們必須離開海爾斯東。教會已經指派了繼任人選。再怎麼說，父親做出決定之後，他們就不能再逗留，這樣對父親比較好，也符合各方面的考量。父親最近每天忙著達成他向教區所有人逐一道別的心願，心情一天比一天低落。瑪格麗特在搬家這方面毫無經驗，也不知道該向誰請教。廚子和夏綠蒂用心甘情願的雙手和不屈不撓的忠心勤奮地搬移打包。在這方面，瑪格麗特卓越的見地讓她看出怎麼做才是最好的，也能做出最適切的指揮。但他們要搬到哪裡去？再一星期他們就得離開，直接去米爾頓嗎？或什麼地方？某天晚上，雖然父親精神明顯不濟，瑪格麗特還是決定提出這個問題，因為有太多事等著安排。赫爾先生答道：

「天哪！我最近要考慮的事太多，還沒想到這件事。妳母親怎麼說？她希望怎麼做？可憐的瑪麗亞！」

他得到的回應是一聲嘆息，比他自己的嘆氣更大聲，因為蒂克森剛巧走進來，要幫太太倒茶，聽見赫爾先生的最後幾句話。她仗著赫爾先生在場，不再畏懼瑪格麗特責備的眼神，大膽地說，「我可憐的太太！」

「她今天身體狀況變糟了嗎？」赫爾先生迅速轉頭問道。

「先生，這我可不敢說，我有什麼資格亂說。太太的心好像病得比身體嚴重得多。」

赫爾先生顯得極為痛苦。

「蒂克森，妳最好趁還沒茶冷掉幫媽媽送去。」瑪格麗特的口氣裡隱含著權威。

「噢！抱歉，小姐！我滿腦子只想到我可憐的……只想到太太。」

「爸爸！」瑪格麗特說，「這樣遲疑不決對你跟媽媽都不好。當然，你對信仰有所疑惑，媽媽一定很難受，這點我們也無可奈何。」接著她口氣軟化。「既然接下來要走的路已經確定了，至少確定了一部分。如果你能告訴我接下來的計畫，我一定能讓媽媽打起精神來幫我。她沒表達過任何想法，只想著那些不能改變的事實。我們要直接去米爾頓嗎？你在那裡租好房子了嗎？」

「還沒。」他答。「我想我們得先找個臨時住處，再慢慢找房子。」

「那麼家具先打包好，寄放在火車站，我們先去找房子？」

「應該是吧。妳看著辦。只要記住，我們能用的錢比以前少得多。」

據瑪格麗特所知，家裡的經濟向來不寬裕。她覺得這是個落在她肩頭的重大負擔。四個月以前，她需要做的決定不外乎該穿哪件衣服赴宴、或幫伊迪絲規劃家裡宴會的賓客座次。當時她住的那個家也沒有太多事需要做決定。除了雷納克斯上尉求婚那件大事之外，其餘的一切都像時鐘一樣規律。每年姨媽和伊迪絲都會花很多時間討論她們究竟要去懷特島、出國，或去蘇格蘭。那時瑪格麗特可以輕輕鬆鬆地回到自己寧靜的家。如今，自從那天亨利來訪，逼她做出重大決定之後，每天都有新的問題等待解決，這些問題對她、對她所愛的人影響甚鉅。

晚餐後赫爾先生上樓陪太太。瑪格麗特獨自留在客廳。突然間，她拿起一根蠟燭走進父親書房，找出一本大地圖，使勁搬到客廳，開始查看英格蘭地圖。等赫爾先生下樓時，她已經準備好用輕鬆的笑容迎向他。

「我剛剛想到一個棒透了的計畫。你看這裡，在達克夏，距離米爾頓幾乎不到我的一根指頭寬的地方，那是黑斯敦。我常聽北部人說，那是風景優美的小型海水浴場。如果我們先把媽媽和蒂克森送去那裡，我們兩個去米爾頓找房子，等房子找好、布置妥當，再接她們過來，你看怎麼樣？她可以吹吹海風，養足精神準備過冬，免去奔波找房子的疲累。蒂克森會很樂意照顧她。」

「蒂克森也跟我們去嗎？」赫爾先生有點驚慌無助。

「當然！」瑪格麗特說。「她很願意跟著我們。何況，我不敢想像媽媽沒有她要怎麼辦。」

「可是我們以後的生活恐怕不比往昔，城裡的物價高得多。蒂克森可能沒辦法過得很舒適。瑪格麗特，坦白跟妳說，有時候我覺得那女人盛氣凌人。」

「爸，她確實是這樣，」瑪格麗特回答，「只是，如果她必須忍受比較低劣的生活條件，我們只得忍受她肯定會愈來愈嚴重的高姿態。她真心愛我們大家，如果要她走，她會很傷心，尤其在這個時候，這點我敢肯定。所以，為了媽媽，也為了蒂克森的忠誠，我確實覺得她應該跟我們走。」

「那好吧。接著說，我全聽妳的。到底黑斯敦離米爾頓多遠？我沒辦法根據妳手指的寬度準確地評估距離。」

「嗯，我猜五十公里左右，不算太遠！」

「以距離而言是不遠，但以……算了！如果妳真的覺得這樣對妳媽媽比較好，就這麼辦吧。」

這是很大的進展。這下子瑪格麗特總算可以放手操辦、執行與計畫。赫爾太太想到可以在海邊度過一段愉快時光，終於擺脫倦怠，忘記痛苦，打起精神來。她唯一的遺憾是，她在海邊那兩個星期裡，赫爾先生不能像早年他們剛訂婚、她跟爸爸媽媽去西南部的海濱城鎮托基度假那兩星期一樣，全程陪在她身邊。

第六章　離別

無人聞問的園中枝椏隨風擺動，
嬌嫩花朵逕自飄零；
山毛櫸轉成黃褐，
楓樹也火紅地燃燒；

乏人憐愛的向日葵綻放嬌顏，
火焰般的花瓣環繞盛裝種子的圓盤；
無數玫瑰與康乃馨
向忙碌的空中吐露夏日芳香。

直到從花園與荒野
吹送來一股全新情誼；
年復一年，這方土地
在那陌生孩子眼中不再陌生。

年復一年，那工人耕耘著

他慣見的田園，或修剪林間空地；
年復一年，我們的記憶隱遁
在周遭的山巒之間。

——丁尼生[17]

出發前一天，滿屋子都是打包好的箱子，陸續放上推車送到門口，準備運往最近的火車站。屋子裡打包用的乾草被風吹起，從敞開的門窗飄出去，落在屋旁的漂亮草坪上，草坪因此變得雜亂不堪。房間裡有種古怪的回音，刺眼的光線毫不留情地從摘去窗簾的窗戶照射進來，一切都變得生疏又怪異。赫爾太太的化妝間到最後一刻才動手整理。她跟蒂克森在裡面收拾衣物，不時以一聲驚嘆打斷對方，百般憐惜地拿起某件孩子們幼時使用過、老早被遺忘在記憶角落的物品，整理工作進展緩慢。

而在樓下，瑪格麗特沉著又鎮定地站著，隨時準備詢問或指揮被喚來協助廚子和夏綠蒂那些男人。廚子和夏綠蒂哭了停，停了哭，兩人悄聲嘀咕說，已經這時候了，小姐怎麼還那麼冷靜？最後得出結論，小姐八成不太喜歡海爾斯東，畢竟她在倫敦住了那麼久。小姐直挺挺站在那裡，蒼白又沉默，一雙肅穆的大眼睛緊盯一切，就連眼前最微小的細節都不錯過。他們倆不知道小姐的心持續悶痛，彷彿壓著千斤重擔，再多的嘆息也無法去除或紓解；他們也不知道小姐必須讓感官保持忙碌，才不會難過到痛哭失聲。再者，假使她崩潰了，誰來主持大局？她父親在教堂法

17. 此處詩句摘自阿弗烈・丁尼生（Alfred Tennyson）為哀悼摯友哈蘭姆（Arthur Henry Hallam，一八一一～一八三三）驟逝寫的〈悼念集〉（In Memoriam A.H.H.）。

衣室跟執事交接文件、簿冊和登錄簿等物品，等他回到家，還得打包他自己的書本，因為除了他自己，誰也沒辦法做得令他滿意。

此外，瑪格麗特難道會輕易在外人面前崩潰嗎？即使是在廚子或夏綠蒂這樣朝夕相處的人面前都不可能！她不會的。等那四個打包工人到廚房喝茶吃點心，已經在門廳那個定點站了許久的瑪格麗特這才僵硬而緩慢地移動腳步，穿過音聲迴盪的客廳，踏入十一月初的薄暮時分。空氣中瀰漫著朦朧面紗似的輕柔霧氣，把周遭的一切遮掩得若隱若現。太陽還沒完全西沉，那薄霧全染上了淡紫色澤。有隻知更鳥在啼囀，瑪格麗特猜想，或許就是父親經常提及的那隻。他將牠視為他的冬季寵物，在書房窗子旁親手為牠打造了鳥屋。此時的樹葉比任何時候更為美麗。等第一波冬霜降下，它們就會凋落地面。這時已經有一兩片持續飄落下來，在斜射的夕陽光裡閃耀著琥珀與金黃。

瑪格麗特沿著梨樹園牆旁的小徑往前走。自從那日跟亨利一起在這裡漫步之後，她就沒再走過這條小路。就在這裡，在這片百里香旁，他說出那些她此刻不該想起的話。她思考著如何答覆時，目光就落在那株晚開的玫瑰上。他最後那句話說到一半時，她忽然覺得胡蘿蔔那羽毛似的葉片多麼生動美麗。那是短短兩星期前的事，如今人事全非！他現在人在哪裡？在倫敦，照舊過著他的日子，跟哈里街那群老朋友、或他自己那些比較開朗的年輕朋友一起吃飯。即使在此刻，她在暮色中憂傷地走過潮溼陰鬱的花園，四周的花草樹木都在褪色凋落，都在衰朽，他或許正開心地收起法律書籍，心滿意足地結束一天的辛勞。然後，就像他以前告訴過她的，到聖殿教堂公園跑一圈，消除一天的疲勞。數萬名忙碌人們含糊難辨的話聲匯聚成嗡嗡聲，在他耳畔響起，近在咫尺卻不得而見。他快步轉彎時，眼睛會瞥見城市的燈光從河流深處映照上來。他經常跟瑪格麗特聊起他利用讀書與餐會之間的空檔出門快走的所見所聞。他總是在精神最好、心情最愉快的情況下跟她分享這些事，引起她的無限遐思。而在這裡，到處靜悄悄地。那隻知更鳥已經飛走了，消失在廣闊無邊的靜夜裡。偶爾，遠處一扇木屋門開了又關，接納操勞一天的疲累主人返家，那聲音聽起來非常遙遠。

森林地面乾枯落葉之間傳來鬼鬼祟祟、偷偷摸摸、窸窸窣窣的響聲，就在花園外，幾乎近在咫尺。她知道那是盜獵的人。今年秋天裡，她經常滅了燭火後遲遲不睡，沉醉於天堂與大地的莊嚴美，就曾多次聽到盜獵者輕巧無聲地躍過花園圍籬，快步橫越月光下沾滿露珠的草坪，消失在黑暗的靜寂中。他們那種充滿冒險、自由放任的生活型態，帶給她無邊幻想，她一點也不害怕，也願意祝他們成功。今晚她卻不知為何心驚膽顫。她聽見夏綠蒂在關窗子，上了閂，準備過夜，顯然不知道還有人在花園裡。最靠近花園的樹林裡有一根小樹枝重重地掉落地面，也許是自然腐朽，也許被人折斷。瑪格麗特拔腿狂奔，速度快得像卡蜜拉[18]，直跑到窗外，又驚又急地猛力敲打，嚇著屋裡的夏綠蒂。

「讓我進去！讓我進去！夏綠蒂，是我！」直到安全地走進客廳，把所有窗子都關好門牢，熟悉的牆壁圍繞在四周，怦怦跳動的心臟這才恢復平靜。她悶悶不樂地坐在箱子上，近乎空蕩的淒涼客廳冷森森的，沒有爐火，除了夏綠蒂還沒掐熄的長蠟燭，沒有其他亮光。夏綠蒂驚訝地望著她。瑪格麗特雖然看不見夏綠蒂訝異的神情，卻感覺到了。她站起來，說道：

「夏綠蒂，我怕妳把我關在屋外。」她似笑非笑，「等妳回到廚房，就聽不見我喊妳了。往巷子和教堂前院的門老早鎖上了。」

18. 典故出自古羅馬詩人維吉爾（Vigil，西元前七〇～西元前一九）的作品《伊尼亞斯紀》（*Aeneid*）。卡蜜拉是狩獵女神黛安娜的女僕，她健步如飛，跑過麥田不會折斷麥桿，奔過大海不會沾溼腳底。

「小姐，我很快就會發現妳不見了。幫忙打包的人會來問妳接下來要怎麼做。我也已經把晚餐擺在老爺書房，目前也只有那個房間還算舒適。」

「謝謝妳，夏綠蒂。妳人真好，我一定會想妳的。將來如果妳需要任何幫助或建議，一定要寫信給我。能接到從海爾斯東寄出的信，我會很開心。等我知道新地址，一定寫信通知妳。」

書房裡已經備妥晚餐，熊熊火焰在壁爐裡燃燒著，桌上的蠟燭還沒點亮。瑪格麗特坐在地毯上，部分原因是為了取暖，因為夜晚的溼氣還停留在她衣服上，過度勞累也讓她渾身發冷。她雙手抱膝保持平衡，低垂的頭靠近胸前。不管她腦子裡想著什麼，她的坐姿都顯得意志消沉。她聽見父親的腳步踩在外頭的碎石子路上，連忙站起來，把厚重的黑髮甩到背後，抹去臉上幾滴不知為何落下的淚水，去幫爸爸開門。赫爾先生看起來比女兒頹喪得多。她刻意聊些爸爸感興趣的話題，每一番話似乎都耗盡她最後一絲氣力，卻很難逗爸爸開口說話。

「你今天走了很遠的路嗎？」她問，因為她發現爸爸什麼都不吃。

「走到佛罕比屈，去探望馬特比寡婦。她沒辦法親自跟妳道別，非常傷心。她說這幾天小蘇珊一直望著巷子口。咦，瑪格麗特，親愛的，怎麼啦？」瑪格麗特想到小女孩滿懷期待等著她，結果卻失望連連。她不是健忘，實在抽不出空。這簡直是壓垮駱駝的最後一根稻草，她淚如雨下，一顆心彷彿都要碎了。赫爾先生不知所措地站起來，緊張地在屋子裡走來走去。瑪格麗特努力克制自己，不過，在她確定嗓音穩定以前，不願開口說話。她聽見父親喃喃有辭，彷彿在自言自語。

「我受不了了。我可以耐心地熬過自己的苦難，卻沒辦法眼睜睜看別人受罪。難道沒辦法回頭了嗎？」

「不行，爸。」瑪格麗特直視父親，用穩定的口氣低聲說。「知道你犯錯已經夠糟了，如果發現你是個偽君子，更叫人無法接受。」講到「偽君子」時，她刻意壓低音量，彷彿把父親跟這三個字牽扯在一起，有點不恭敬。

「何況，」她接著說，「今晚我只是有點累，親愛的爸爸，請不要誤以為你做的任何事讓我受苦。我想今晚我們倆都沒心情聊這個話題。」說著，她還是不由自主地啜泣落淚。「我最好把晚餐給媽媽送去。她今天吃得早，那時我太忙，沒時間去看她，我猜她一定想再多吃點東西。」

隔天早上，火車時刻毫不留情地將他們與心愛的海爾斯東硬生生分開來。他們走了，看了半掩在月季花與火棘叢後方、低矮狹長的牧師公館最後一眼。清晨的陽光閃耀在窗子上，每扇窗子裡都是叫人懷念的房間，比任何時候都更有家的感覺。他們坐上從南安普頓來接他們去火車站的馬車，就此踏上旅程，不再返回。瑪格麗特覺得心頭彷彿有一根刺，忍不住趁馬車拐彎時望向車窗外。她知道那地方能遠眺露出樹梢的教堂尖塔。父親顯然也知道，她默默把看見尖塔的唯一機會讓給更需要回眸一望的父親。她靠向椅背，閉上雙眼，晶瑩的淚珠湧了出來，在濃密的睫毛上停滯片刻，才滾下臉頰，又默默地滴落衣襟。

他們要在倫敦一家幽靜的旅館停留一晚。可憐的赫爾太太幾乎哭了一整天。蒂克森的悲傷表現在她乖戾的脾氣上，一路上氣急敗壞地撥弄衣裙，一點都不想碰觸到渾然不覺的赫爾先生，只因她認定他是這整起悲傷事件的禍首。

他們穿越熟悉街道，經過以前時常拜訪的人家，路過那些她陪著姨媽閒逛的商店，不耐煩等著姨媽做出某些沒完沒了的重要決定。也確實有幾個熟悉身影出現在街頭。他們挨過無比漫長的上午，總覺得這天應該已經結束，恬靜的夜晚也已來到，事實上，他們抵達倫敦時，正值十一月某個午後最繁忙的時刻。赫爾太太已經很久沒來到倫敦，興奮地東張西望，觀看車窗外的新奇街景，盯著商店和馬車，像個孩子般驚呼連連。

「哇，那是哈里森百貨，我在那裡採買了很多結婚用品。天哪！變了好多！他們裝了大片大片的玻璃櫥窗，比南安普頓的克雷福百貨還大。喔，還有那邊，不，不是。對，沒錯。瑪格麗特，剛剛那個人是亨利。他上哪兒去？這裡到處都是商店。」

瑪格麗特驚訝得上身前傾，卻立刻靠回椅背，為自己的反應啞然失笑。這時他們已經相隔大約一百公尺，他看起來卻像海爾斯東的殘餘回憶，讓人聯想到明亮的早晨、不平靜的一天。只要不被他看見，彼此不需要交談，她倒滿想看看他。

那天晚上他們在旅館高樓層的房間裡度過，無所事事的夜晚顯得特別漫長而頹喪。赫爾先生去熟悉的書店拜訪一兩位朋友。他們見到的每個人，不管在屋裡或在街頭，似乎都趕著去赴約：有人等著，或等著別人。只有他們人生地不熟，沒有朋友，孤單寂寥。不過，就在方圓一哩內，瑪格麗特認識一戶又一戶的人家，那些屋子裡的人會看她的面子接納她，也會看姨媽的面子歡迎她母親，只要她們沒有任何憂愁煩惱，開心地上門拜訪。如果她們懷著哀傷前去，希望以類似目前這種難以理解的困境獲取同情，那麼這些稱不上朋友的舊識會把她們當成影子。倫敦的生活太忙亂，行程太緊湊，沒有人能夠像約伯的朋友那樣，撥出哪怕是短短一小時，默默地傳達深厚的溫情。約伯的朋友「陪他一起坐在地上七天七夜，誰也沒對他說半句話，因為他們看得出來他非常痛苦。」

第七章 新環境新臉孔

霧氣遮蔽陽光，
冒煙的矮房子，
將我們團團圍住。
——馬修．阿諾德[19]

第二天下午，他們在距離米爾頓約莫三十公里的地方進入通往黑斯敦的鐵路支線。黑斯敦只是一條錯錯落落的長街，跟海灘平行。這個小鎮有它自己的風格，跟英格蘭南部那些小型海水浴場有所差別，正如南部那些小浴場跟歐洲大陸浴場也不同。套句蘇格蘭俗語，這裡的一切看上去更為「務實」。這裡農村馬車的馬具多了些鐵製零件，少了木頭和皮革；街上的人們儘管喜歡玩樂，腦子卻忙得很；這裡的色彩灰撲撲的，雖然不夠鮮豔美觀，卻更耐久；沒有人穿工作罩衫，包括鄉下人，因為罩衫絆手絆腳，也容易捲進機器裡，所以已經退流行。瑪格麗特在南部這類濱海小鎮見過不少商店老闆，他們空閒時會在門口閒晃，呼吸新鮮空氣，瞧瞧街頭望望街尾。在這裡，即使沒客人上門，店主也會給自己找點事做。瑪格麗特猜想，他們甚至會多此一舉地將整捆

19. Matthew Arnold，一八二二～一八八八，英國詩人、教育家兼評論家。此處文句摘自他的詩〈慰藉〉（Consolation）。

緞帶展開又收捲。瑪格麗特是在到達的隔天陪媽媽出去找地方住時，觀察到這些南北差異。

他們住兩天旅館的費用超過赫爾先生的預估，所以一看見乾淨、清爽、馬上可以入住的短期租屋，立刻租了下來。搬進去以後，瑪格麗特才終於可以放鬆下來，這種放鬆感宛如置身夢中，因此更加完美、更為舒適，讓她充分得到休息。遠處的大海沖刷著沙灘，傳來規律的浪濤聲；近處趕驢的小伙子吆喝著，奇特的情景像圖畫般在眼前移動，她心神鬆懈，沒有興趣趁它們消失前加以細究；漫步走到海邊，在沙灘上嗅聞大海的氣息，即使到了十一月末尾，海風依然輕柔和煦；浩瀚的海平線迷迷濛濛地銜接柔和淡雅的天際；遠方船隻的白色風帆，在微弱陽光下閃現銀光。她覺得自己彷彿可以在這可遇不可求的冥思中度過如夢的一生，在那夢中她只專注於當下，不敢回想過去，也不願想望未來。

無論未來如何嚴峻殘酷，終究還是得面對。某天晚上他們商量妥當，隔天瑪格麗特和爸爸必須去米爾頓找房子。赫爾先生接到了幾封貝爾先生的來信，也有一兩封桑頓先生的信，因此急著想了解他在米爾頓的職位和成功機會等相關事宜。要打聽這些事，唯一的辦法就是跟桑頓先生見上一面。瑪格麗特知道他們必須儘快找到房子安頓下來，只是，一想到工業小鎮，她就心生厭惡，何況她覺得黑斯敦的空氣對媽媽的身體有益，因此她樂於拖延米爾頓之行。

他們來到距離米爾頓幾公里遠的地方時，看見一片暗灰色烏雲盤旋在前方地平線上。第一波冰霜已經悄悄降臨黑斯敦，在周遭灰藍色的冬季天空襯托下，那烏雲顯得更暗了。等他們距離拉得更近，空氣中有淡淡的煤煙氣味，或者，與其說有什麼明確氣味，不如說缺少了青草和香料植物的芬芳。一眨眼功夫他們就被捲進筆直得叫人心寒的長長街道，兩旁屋舍建得規律整齊，都是磚造小房子。其中偶爾穿插一棟有許多窗戶的矩形大工廠，像一群小雞之中的母雞，噴出「議會明令禁止」的黑煙，充分說明先前瑪格麗特誤認為暴雨將至的那團烏雲從何而來。

他們從車站前往旅館時，馬車駛過那些更大更寬的馬路，一路走走停停，因為有許多載滿貨物的大型卡車堵塞了那些終究不夠寬敞的大道。過去瑪格麗特偶爾也曾陪姨媽搭車進城，可是，城裡那些笨重車輛的目標與意圖似乎各有千秋。而在這裡，所有貨車、運貨馬車和卡車都載運棉花，不管是一袋袋的原料，或一捆捆織好的印花棉布。人行道上擠滿了人，那些人身上的衣服多半質地良好，看上去卻似乎散漫不修邊幅。瑪格麗特覺得有點詫異，因為在倫敦，跟他們同一階層的人儘管衣衫骯髒破舊，卻顯得精明機靈。

「這是新街，」赫爾先生說，「應該是米爾頓最主要的馬路。我常聽貝爾提起。這裡原本是條小巷子，三十年前拓寬成大馬路，他的房地產因此大幅升值。桑頓先生的工廠應該就在附近，因為他是貝爾的租戶。他好像是做批發起家的。」

「爸，我們的旅館在哪裡？」

「應該是在這條路盡頭。我們要先吃午餐，或先去看我們在《米爾頓時報》圈起來那些房子？」

「先辦正事好了。」

「那好，等一下我先去櫃台問問有沒有桑頓先生給我的字條或信件，他說如果打聽到合適房子，會通知我。之後我們就出發。我們請出租馬車等我們，免得迷路，或下午趕不上火車。」

旅館沒有信，他們開始看房子。他們只能負擔一年三十鎊的租金，這筆錢在漢普夏可以租到房間數夠多、又有花園的房子，在這裡卻連最基本的四房兩廳都租不到。他們看遍了圈選起來的標的，沒找到一間中意的，心灰意冷地四目相望。

「我看我們只能回頭找第二間，就是克朗頓那間，那好像是近郊的地名。那房子有三間客廳，你記不記得我們當時還取笑一番，說為什麼不是三間臥房？不過，我都想好了：樓下前段那個房間做你的書房兼飯廳，（可憐的爸爸！）因為我們說好讓媽媽擁有最舒適的起居室，就是在樓上前段、貼著驚悚藍色配粉紅色壁紙、還裝潢了誇張的楣梁那間。那裡視野很好，可以俯瞰外面的平原，還有一條大轉彎的河流，或運河，或管它是什麼。我住後面的小臥房，就在第一段樓梯口延伸出去、廚房上面那間。你跟媽媽的房間在客廳後面，頂樓那個更衣室剛好做你們的梳妝間。」

「可是蒂克森和新雇的女僕呢？」

「等一等。我忽然發現自己辦事能力這麼強，有點樂暈頭了。蒂克森就住……嗯，我想想，我已經安排好了，後面那間休息室。我覺得她應該會喜歡，她一直抱怨在黑斯敦要爬樓梯。新女僕就住你和媽媽房間上面那間斜屋頂閣樓。這樣行吧？」

「我看沒問題。可是那些壁紙，真古怪的品味！整棟屋子幾乎塞滿飽滿的顏色和厚重的楣梁！」

「爸，沒關係！你好好跟房東談，應該可以說服他重貼一兩個房間的壁紙，比如客廳和你們的臥室，因為媽媽最常待在那兩個房間。你的書櫃可以遮掉飯廳大部分的俗豔圖案。」

「那麼妳覺得那房子最合適？如果是，我最好馬上去拜訪刊登廣告這位鄧金先生。我送妳回旅館，妳先訂午餐，休息一下，等午餐準備好，我差不多也回去了。希望可以爭取到新壁紙。」

瑪格麗特嘴裡雖然不說，心裡也這麼希望。她還沒領教過這種覺得裝飾——無論多麼糟糕——勝過單純的品味，其實單純本身就是優雅的基調。她父親帶她走進旅館大門，送她到樓梯口，就出門去找他們相中的那棟房子的房東。瑪格麗特正要拉開休息室的門，聽見背後傳來侍者匆忙的腳步聲。

「小姐，抱歉。剛剛那位男士走得太快，我沒來得及告訴他。你們一離開，桑頓先生就來了。因為剛剛那位先生說你們大約一小時後會回來，我就這麼告訴他。他五分鐘前又來了，還說他要等赫爾先生。他現在在你們房間裡。」

「謝謝你！我父親馬上就回來，等他回來你跟他說一聲。」瑪格麗特打開門，以她慣常的端莊高貴姿態，坦然無懼地走進房間。她一點都不覺得彆扭，畢竟在倫敦見過不少世面。這個人只是來跟父親談事情，再者，他特地趕來提供協助，她很願意客客氣氣地接待他。桑頓先生倒是比她更驚慌失措。他等的是性情溫和的中年牧師，卻來了個落落大方的女子，而且是個跟他平時慣見的女性天差地別的年輕小姐。她的打扮非常樸素，頭上的草帽大小適中，款式與質料都是上品，以白色緞帶飾邊；深色絲質禮服，沒有任何裝飾或荷葉邊；一條寬大的印度披巾披在身上，長而厚重的褶子優雅地垂落，儼然像個穿著綾羅綢緞的皇后。他不知道她是誰，只見她一臉單純、坦率、蠻不在乎，那張象牙白漂亮臉蛋顯然並沒有把在場的他放在眼裡，所以沒有泛起詫異的紅暈。他聽說赫爾先生有個女兒，但他以為只是個小女孩。

「你是桑頓先生吧！」瑪格麗特主動開口，因為他一時啞口無言，空氣凝結了片刻。「請坐。我父親不到一分鐘前送我到門口，可惜他不知道你在這裡，又出去辦事了。他事情辦完會馬上回來。很抱歉讓你跑兩趟。」

桑頓先生是個慣於發號施令的人，卻好像立刻被她收服。在她回來以前，他已經等得心浮氣躁，只因為上班日平白把時間耗在這裡。此刻他接受她的邀請，靜靜地坐下來。

「妳知道令尊上哪兒去了嗎？也許我可以去找他。」

「他去卡紐特街找一位鄧金先生。那位先生在克朗頓有棟房子，我父親想租下來。」

桑頓先生知道那棟房子。他看到招租廣告，也到現場看過，一來是因為貝爾先生要求他全力協助赫爾先生，另外，赫爾先生基於個人理由放棄牧師職位，這件事也讓他格外感興趣。原本桑頓先生覺得克朗頓那間房子很合用，這時他見到瑪格麗特儀態不凡、顧盼生姿，又深感羞愧，覺得自己很不該認為那房子適合赫爾一家人住，畢竟當時就看出那房子有點俗氣。

瑪格麗特微微噘起的上唇、渾圓厚實而上揚的下巴；她擺頭的模樣、她的舉手投足，在在流露出女性嬌柔的輕蔑，經常給陌生人一種傲慢的印象。但容貌是天生的，她也沒辦法。這時候她累了，不想說話，只想照父親的安排好好休息一下。只不過，她不能愧對自己的淑女風範，只好偶爾客氣地跟眼前這個陌生人說幾句話。坦白說，這個人穿過米爾頓擁擠的街頭走到這裡，頭髮並不是太整齊，衣裳也沒有很光鮮。她希望他離開，而不是坐在那裡，用簡短的話語回應她拋出的每一個話題，畢竟他剛才也說要走。她已經拿下披巾，掛在椅背上。她面對陌生人，也面對燈光，嬌美動人的容貌在那人眼前展露無遺：圓潤白皙的頸子連接著豐滿卻輕盈的身軀；還有她的雙唇，說話時微微開闔，那美麗高傲的唇形不論怎麼變化，都沒有破壞她臉上冷淡平靜的神情；略帶憂鬱的雙眸回望著他，有種未婚女子的嫻雅與自在。兩人談話還沒結束，他幾乎已經告訴自己他不喜歡她。不過，這只是為了撫慰受創的心靈，因為當他情不自禁地用欣賞的眼光望著她，她回報的卻是驕傲與蠻不在乎。他惱怒之餘告訴自己，她把他看成他自以為的那種人：一個大老粗，沒有一點優雅與教養。他將她的恬靜冷淡解讀為鄙視，為此氣憤難平，幾乎想起身告辭，從此跟赫爾家和他們的自命清高井水不犯河水。

雖然兩個人聊得不多，詞句也很簡短，瑪格麗特的話題也已經山窮水盡。幸好她父親及時回來，以他彬彬有禮的紳士風度連連致歉，這才挽回了桑頓先生對他個人與全家的觀感。

赫爾先生和桑頓先生一聊起他們的共同朋友貝爾先生，話匣子就此打開。瑪格麗特慶幸接待客人的職責已了，走到窗子邊，想熟悉一下附近那些陌生街道。她把全副心思都投注在外頭的一切，幾乎沒聽見父親在對她說話。赫爾先生只得重複一次：

「瑪格麗特！房東覺得那些荒謬的壁紙很好看，堅持要留著，看來我們只好將就點。」

「天哪！真遺憾！」說著，她開始思考該如何用她的素描遮擋，最後決定放棄，因為那可能只是反效果。在此同時，赫爾先生發揮鄉下人的待客熱情，極力勸請桑頓先生留下來共進午餐。桑頓先生實在不方便再耽擱，話雖如此，如果瑪格麗特用言語或表情附和她父親的提議，或許他會恭敬不如從命。他很高興她沒有附和她父親，卻又氣惱她沒留他。他離開時，她慎重地對他欠身行禮，他則是有始以來第一次發現自己的四肢竟是如此笨拙彆扭。

「瑪格麗特，該吃午餐了，越快越好。妳叫他們準備了嗎？」

「沒有。我回來時那男人已經在這裡了，沒有機會吩咐。」

「那麼我們只好有什麼吃什麼。桑頓先生在這裡等了很久吧。」

「簡直天長地久。你回來的時候，我都快撐不下去了。他從頭到尾都不搭話，只給簡短突兀的回應。」

「他的回答應該挺切題的，他頭腦很清楚。他說（妳聽見沒？）克朗頓是砂礫地質，而且是米爾頓周邊最乾淨的近郊。」

之後他們趕回黑斯敦。吃晚餐時，赫爾太太問了很多問題，他們邊吃邊向她轉述這一天的經歷。

「那麼跟你接洽的桑頓先生是什麼樣的人？」

「問瑪格麗特，」赫爾先生說，「我去找房東時，她費心跟他聊了好一陣子。」

「哎呀！我根本不知道他是什麼樣的人，」瑪格麗特累得沒力氣花心思描述，懶洋洋地回答。不一會兒又打起精神說道，「他個子很高，體型魁梧，差不多……爸，你覺得他幾歲？」

「我猜三十左右。」

「差不多三十歲，長相不算普通，卻也稱不上英俊，沒什麼特色，涵養也不夠。不過這也難怪。」

「卻也不粗俗或鄙陋。」赫爾先生補充，深怕自己在米爾頓唯一的朋友被人貶低。

「那倒是！」瑪格麗特說，「任何一張臉，不管五官多麼平凡，只要有那樣的剛毅與力道，就不可能粗俗或鄙陋。我絕不想跟他討價還價，他看起來很不好商量。媽，總之，他就是個很適合做他那一行的人：精明、強悍，適合當個優秀的生意人。」

「瑪格麗特，別說米爾頓的廠主是生意人，」赫爾先生說，「他們很不一樣。」

「是嗎？我覺得那些有實質商品待價而沽的人，都是生意人。爸，如果你覺得這個詞不好，我就不說。對了，媽，說到粗俗或鄙陋，妳要有心理準備，我們的壁紙圖案是粉紅色和藍色玫瑰，配黃色葉子！而且整個房間圍著厚重的楣梁！」

然而，等他們搬進米爾頓的新家，那些令人髮指的壁紙已經不見了。房東沉著地接受他們的道謝，而且不介意他們誤認他回心轉意，決定換掉壁紙。他也覺得不需要特地告訴他們，他不肯答應赫爾先生的事，卻很樂意因為桑頓先生一聲強烈抗議迅速辦妥。畢竟赫爾牧師在米爾頓沒沒無聞，桑頓先生可是財力雄厚的工廠老闆。

第八章 思鄉

我衷心掛念的，
就是故鄉、故鄉、故鄉。[20]

他們需要房間裡那些漂亮的淡雅壁紙，才能勉強接受米爾頓。他們還需要更多、更多無法擁有的東西。赫爾太太遷入新居時，十一月的黃色大霧已經鋪天蓋地襲來，山谷裡河流彎道形成的那片平原也消失在蒼霧裡。

瑪格麗特和蒂克森已經忙了兩天，拆行李、物品歸位，屋子裡卻還是一片凌亂。外頭的霧氣悄悄來到窗前，一團團叫人窒息、有礙健康的白霧也進逼到每一扇敞開的門口。

「噢，瑪格麗特！我們真的要住這裡嗎？」赫爾太太茫然無助地問。

瑪格麗特的內心其實也像母親的語調一樣悽慘，她好不容易才強迫自己回應道，「倫敦的霧有時比這嚴重得多！」

「可是那時候妳對倫敦很熟悉，也有很多朋友在那裡。在這裡，哎！我們孤立無援！噢，蒂克森！怎麼會有這樣的地方呀！」

20. 摘自蘇格蘭詩人亞倫・康寧翰（Allan Cunningham，一七八四～一八四二）的詩〈故鄉、故鄉、故鄉〉（Hame, Hame, Hame）。

激。他們已經走到谷底，情況不會再壞了。等伊迪絲和姨媽的信送到，她們必然會表達驚愕和氣餒，她只能勇敢面對。

想到這裡，瑪格麗特站起來，開始慢慢更衣。經過一整天的忙碌，雖然時間很晚了，她還是讓自己享受一下從容不迫的舒暢感。她睡了，期待睡醒時見到光明，不管內在或外在。如果她知道光明多久以後才會來到，一顆心只怕會沉入海底。眼下正是對人的身心健康最不利的季節：赫爾太太得了重感冒；蒂克森顯然也身體違和，只是，如果瑪格麗特想為她治療，或照顧她，簡直是在羞辱她。他們找不到新女僕來分擔她的重任，因為年輕女孩都在工廠裡上班。那些來應徵的人都被蒂克森狠狠訓斥，因為她們不自量力，竟然覺得自己的條件好得足以在紳士家裡幹活。他們不得不讓那個打雜的婦人長時間來幫忙。瑪格麗特很想把夏綠蒂找來，可惜，如今他們已經請不起夏綠蒂這麼能幹的幫手，何況路途也太遙遠。

赫爾先生見了幾個學生，有的是貝爾先生介紹來的，有的則是因為桑頓先生更直接的影響力而來。這些學生多半很年輕，是大多數男孩子還在就學的年紀。只是，基於米爾頓普遍而且明顯有其根據的觀點，如果想把孩子培養成優秀商人，最好及早讓他適應工廠、辦公室或貨倉的生活。即使只是送他到蘇格蘭上大學，學成後他就定不下心來從商。萬一他讀的是滿十八歲才能入學的牛津或劍橋，情況會有多嚴重？因此，大多數廠主會在兒子十四、五歲時安排他們從基層做起，毫不留情地修剪掉所有往文學或更高心靈教養方向發展的枝椏，希望這株小樹能把全部的氣力和熱情都投注在商業上。只不過，還是有些比較明智的父母或年輕男子，他們有足夠的見識，能看見自己的短處，努力加以修補。不，也有幾個已經不年輕的男人，他們正值壯年，有足夠的智慧察覺自己的無知，成年後開始亡羊補牢，學些未成年時就該學習的東西。在赫爾先生的學生當中，桑頓先生或許年紀最大，卻最受喜愛。赫爾先生如今開口閉口桑頓先生，顯然十分看重他的觀點，以至於他的妻女經常打趣說道，這對師生上課那一小時裡究竟有沒有研究書本，因為聽起來似乎都在聊天。

瑪格麗特擔心爸爸這段新友誼會讓媽媽吃味，因此格外贊成以這種輕鬆愉快的方式看待爸爸跟桑頓先生的往來。過去在海爾斯東，就算赫爾先生把大多數時間用來讀書或關懷教區民眾，赫爾太太也不在意另一半經常不見人影。可是，當丈夫每天熱烈地期待跟桑頓先生見面交談，赫爾太太好像有點受傷，不太高興，彷彿結婚以來丈夫首度像這樣不珍惜跟她相處的時光。赫爾先生對桑頓先生的過度讚譽，不可避免地引發過度讚譽必然導致的效果，因為旁觀者有點不服氣，不喜歡阿里斯提德總是得到「公正之士」的稱號[21]。

赫爾先生在鄉村擔任牧師，度過二十多年平靜生活之後，在米爾頓見識到克服重大難題的幹勁，不禁感到目眩神馳。那些機器的力量、那些人的能力，讓他大開眼界。他心悅誠服地崇拜這種恢宏氣勢，完全不去探究這些活動背後的種種細節。瑪格麗特比較少接觸到機器與人力，很難體會它們眾所周知的效果。另一方面，在各種關乎大眾的社會措施當中，為了大多數人的福祉，總有極少數人被犧牲，必須承受重大苦難。巧的是，瑪格麗特偏偏碰上了一兩個這樣的人。問題總是在於，社會是不是盡了一切努力，好讓那些人所受的苦降到最低？或者，在多數人以勝利之姿列隊前進時，那些無助的弱勢者會不會慘遭踐踏？或被輕柔地挪到路旁。即使他們沒有力

21. 典故出自西元前五世紀的雅典城邦，當時的政治家阿里斯提德（Aristides）和特米斯托克利（Themistocles）總是意見相左，雅典城於是啓動「陶片放逐制」，以全民投票放逐其中一人。投票時有個目不識丁的人拜託阿里斯提德幫他在陶片上寫「阿里斯提德」。阿里斯提德非常驚訝，詢問那人阿里斯提德做過什麼傷害他的事，那人說，他根本不認識阿里斯提德，只是聽膩了大家喊他「公正之士」（the Just）。阿里斯提德於是默默在陶片上寫下自己的名字。開票結果阿里斯提德被放逐。

氣加入征服者的行列，也不至於擋在路中央？

找個女僕來協助蒂克森的責任最後落到瑪格麗特身上。這件事原本由蒂克森操辦，她決心要找個合適人選來做家裡所有粗活，她心目中的理想人選是以記憶裡海爾斯東學校那些乾淨整潔的女學生為範本。那些女孩認為有機會到牧師公館幫忙是莫大榮幸，對蒂克森畢恭畢敬，見到赫爾先生與赫爾太太更是戰戰兢兢。蒂克森當然察覺到那些女孩對她的敬意，她非但不排斥，反倒沾沾自喜，就像路易十四看見他的弄臣在他面前以手遮眼、阻擋他不可逼視的耀眼光芒[22]。然而，如果不是基於對赫爾太太的赤誠愛戴，她無論如何無法忍受米爾頓女孩粗野妄為的行徑。那些女孩前來應徵女僕職位，回答她針對她們的資格提出的問題之餘，竟然反過來向她提問，因為她們也有自己的疑慮與擔憂。在她們看來，這個家庭只付得起三十英鎊租金，卻自命不凡，雇兩個傭人，其中一個還趾高氣昂、神氣活現，天曉得將來付不付得出工資，畢竟赫爾先生在人們心目中已經不是海爾斯東的牧師，而是一個手頭拮据的人。蒂克森總是在赫爾太太面前數落這些未來女僕，瑪格麗特聽得又累又煩。當然，瑪格麗特也對這些人的無禮舉止起反感，她挑剔講究的自尊心也讓她很難回應她們過分親熱的應對方式。再者，那些人對於他們這樣一個住在米爾頓的非生意人家庭的收入和職位有著明目張膽的好奇，這點也讓瑪格麗特非常厭惡。面對越是無禮的舉動，瑪格麗特越是避而不談。總之，如果由她親自尋找女僕，至少不會向媽媽傾訴她的失望，或那些假想或真實的羞辱。

於是，瑪格麗特在街頭巷尾穿來走去，到肉鋪或雜貨店四處打聽，想找個極品女孩。只是，她的希望與期待每星期向下調整。因為在工業小鎮裡，幾乎所有女孩都寧可選擇工廠提供的更優渥工資與更高自主性。在這種繁忙城鎮，獨自出門對瑪格麗特而言是一大考驗。過去在哈里街，姨媽基於本身對禮儀規矩的講究，以及她對別人的依賴，伊迪絲和瑪格麗特只要走出哈里街或附近社區，就一定要有男僕隨行。瑪格麗特當時覺得姨媽這條規定限制她的行動自由，曾經悄悄地反抗，也因此更享受在樹林裡的漫步與遊蕩，因為二者的反差太明顯。在樹林裡時，她會踩著無所畏懼的輕快步伐，如果趕時間，更會奔跑起來。偶爾她會一動也不動站在原地，傾聽在茂密枝葉間鳴唱的野生動物，或觀察牠們銳利明亮的眼眸在矮樹林或枝條錯結的荊豆叢裡向外張望。習慣了森林裡動靜自如的節奏，一下子要適應行走街頭必要的平穩端莊步伐，也著實讓她傷透腦筋。原本她可以取笑自己竟會介意這種改變，只可惜這改變還伴隨著更惹人厭煩的後果。

克朗頓有一條大馬路，經常有大批工人穿梭往返，因為那裡的巷道中有不少工廠，每天固定時段會湧出湧入大批男男女女，一天總有個兩三回。瑪格麗特弄清楚他們出廠進廠時刻以前，很不幸地經常碰見他們。那些人總是一窩蜂衝過來，神情放肆大膽，高聲談笑，尤其會針對那些階級或職位明顯高於他們的人說些打趣的話。他們的口氣肆無忌憚，完全不把上街禮儀放在眼裡，一開始確實嚇著了瑪格麗特。有些女孩子雖然言行舉止大咧咧，卻沒有惡意。她們會對她品頭論足，評論她的衣裳，甚至動手摸她的披巾或禮服，辨識它們的質料；甚至，曾經有那麼一兩次，有人因為特別欣賞她身上某件飾物，問了好些問題。她們似乎單純地相信，同樣是女性的瑪格麗特能理解她們對衣飾的喜愛，也相信她會友善回應她們。所以，瑪格麗特弄懂她們的意思之後，便開心地回答她們的問題，也似笑非笑地回應她們的評論。無論在路上遇見多少扯著嗓門說話、喧鬧不休的女孩，瑪格麗特都不介意。碰到男性工人時，她卻會感到害怕，或被激怒。因為那些人同樣會毫不顧忌地談論她，評論的卻不是她的衣著，而是容貌。一直以來她都認為，任何有關

22. 法國國王路易十四（一六三八～一七一五）曾自封太陽王，在位時創下無數功績，被譽為現代最優秀的國王，讓法國成為歐洲強權。

她長相的評論，不管表達得多麼含蓄，都是非常無禮的冒犯，如今她卻得忍受這些口無遮攔男人對她堂而皇之的讚賞。不過，正因為他們出言直率，顯示他們沒有任何意圖傷害她纖細的心，有關這點，如果她對眼前的混亂失序少一點畏懼，或許也能察覺得出來。她聽見他們某些話語時，害怕之餘又生起一股怒氣，雙頰因此漲得緋紅，深色眼眸噴出火焰。等她安全回到家，靜心一想，又覺得那些人說的某些話雖然叫人氣結，卻也挺好笑。

比方說，有一天她從一群男人身邊走過，其中幾個照例誇讚她，說真希望她是他們的愛人。其中一個人補了一句，「這位小姑娘，妳那張漂亮臉蛋把四周變得更明亮啦！」又有另一天，她因為某個閃過腦海的念頭下意識地露出微笑，有個衣著寒酸的中年男人對她說，「姑娘，妳很該多笑笑，生了這樣漂亮臉蛋的人都會笑的。」這個男人看起來特別消瘦憔悴，瑪格麗特忍不住對他報以微笑，很欣慰自己這樣的長相竟然能夠讓人產生愉快的念頭。那人似乎能領會她的目光，從此以後，只要兩人在街上相遇，彼此之間似乎有一種心領神會。他們從不交談，除了第一次的稱讚之外，誰也沒再說過什麼。儘管如此，這男人卻比米爾頓其他任何人更讓瑪格麗特感興趣。曾經有那麼一兩個星期日，她看見他跟一個女孩走在街上，那女孩顯然是他女兒，而且，儘管不太可能，身子卻似乎比他更羸弱。

有一天，瑪格麗特陪父親走到城鎮周邊的田野。那是初春時節，她在樹籬和山溝旁採摘了好些野花，有野生紫羅蘭、榕葉毛茛之類的，心裡有一股沒說出口的感傷，懷念南方的鮮甜花草香。途中赫爾先生進城辦事，她在回家路上遇見那對父女。那女孩一臉欣羨地望著瑪格麗特手上的花朵，瑪格麗特憑著直覺反應，把花遞給那女孩。女孩接過花時，淡藍色眼珠露出光采。女孩的父親替女孩致謝：

「謝謝妳，小姐！貝西會特別珍惜花兒，一定會的。而我會珍惜妳的好心腸。妳不是本地人吧？」

「不是！」瑪格麗特嘆息道，「我從南部來的。從漢普夏來。」她補了一句。有點擔心萬一自己說出了對方沒聽過的地名，會讓他自覺無知、心靈受傷。

「那應該是在倫敦以南吧。我從伯恩利來的，這裡往北六十公里的地方。看吧，南部人和北部人在這個烏煙瘴氣的大城裡碰上了面，還算是交上了朋友。」

瑪格麗特放慢腳步，配合這對父女的速度。由於那女兒身體虛弱，所以他們走得很慢。瑪格麗特跟那女孩說話，話聲裡有一股溫柔的憐惜，讓那父親深受感動。

「妳身體好像不太好。」

「是啊，」女孩說，「而且再也好不起來了。」

「春天來了。」瑪格麗特說，希望讓女孩想些愉快、充滿希望的事。

「春天夏天對我都不會有幫助。」女孩靜靜說道。

瑪格麗特抬頭看看那父親，幾乎希望聽到他出聲反駁，或者至少說點樂觀的話，扭轉女兒絕望的念頭。沒想到他卻說：

「她說的只怕是真的。她的身體只怕已經耗損太嚴重了。」

「我要去的地方會有春天，會有花兒，會有傳說中的不凋花，還有金光閃閃的長袍。」

「可憐的丫頭，可憐的丫頭！」那父親低聲嘆道。「那些事我不是很肯定，不過，妳能得到安慰就好了。可憐的丫頭，可憐的丫頭。可憐的爸爸！就快了！」

瑪格麗特為這番話感到震驚，震驚卻不反感，而是產生了好奇和關切。

「你們住哪裡？我們經常在這條路上碰面，應該是鄰居。」

「我們住法蘭斯街九號，過金龍街以後第二條巷子左轉。」

「你們貴姓大名？我一定要記住。」

「我行不改名坐不改姓。我叫尼可拉斯・席金斯。她叫貝西・席金斯。妳問這做什麼？」

他的問題出乎瑪格麗特意料。在海爾斯東，只要她問了姓名地址，對方就會明白她打算前往那些貧困地區探訪。

「我是想……我打算改天去看你們。」她突然不太敢說出她想上門拜訪，畢竟，除了對陌生人的友善關懷之外，好像找不到理由說明自己的意願。突然之間，她的做法好像有點不禮貌，她也從那男人眼神裡看出這層意思。

「我不是很喜歡陌生人上我家來。」說著，男人發現瑪格麗特臉色漲紅，又補充說，「妳算是個外地人，在這裡認識的人不多，還送這些花兒給我的妞兒，妳喜歡就來吧。」

他的回答讓瑪格麗特又好氣又好笑。席金斯雖然同意她上門，卻說得像天大的恩惠似的，所以她已經興趣缺缺了。等他們回到鎮上，來到法蘭西街，貝西停下腳步，說道：「妳別忘了妳要來看我們。」

「好啦，好啦。」席金斯不耐煩地說。「她會來。她現在有點鬧彆扭，因為我說話太不文明。不過她會想通，也會過來。她那張驕傲的漂亮臉蛋什麼都瞞不了我。來吧，貝西，工廠鈴聲響了。」

瑪格麗特回家時一路想著這對新朋友，想到席金斯竟然看穿她腦子裡的念頭，不禁失笑。從那天起，她心目中的米爾頓變得清亮多了，不是因為料峭晴朗的春日長晝已經來到，也不是因為她慢慢適應她居住的這個城鎮，而是因為她在這地方發掘出了人情味。

第九章　換裝赴宴

那染上繽紛色彩的瓷器，
描畫了金線，補綴了蔚藍紋理。
歡欣地盛裝印度茶葉可喜的韻味，
或日曬咖啡豆沖泡出的汁液。
——巴鮑德夫人[23]

瑪格麗特遇見席金斯父女的隔天，赫爾先生突然上樓走進小客廳，他平時很少這個時間出現。他在客廳裡走來走去，看看這個又瞧瞧那個，彷彿仔細研究那些物品。瑪格麗特知道父親只是在掩飾他的緊張，每當他有話要說、又不敢說時，就會這樣拖延。最後他終於開口：

「親愛的！今天我邀請桑頓先生來家裡吃晚餐。」

當時赫爾太太半躺在安樂椅裡，閉著眼睛，臉上露出近來常見的痛苦表情。聽見丈夫的話，她怨聲載道。

「桑頓先生！而且是今晚！那個男人到底為什麼要來我們家？蒂克森正在洗我的薄紗衣裳和

23. 本名為安娜・莉蒂西亞・巴鮑德（Anna Laetitia Barbauld，一七四三～一八五二），知名英國文學家兼評論家。此處詩句摘自她的詩〈杯之嘆〉（The Groans Of the Tankard）。

織品。水也不夠暖，因為那討人厭的東風吹個不停，我看在米爾頓是一整年都不會停了。」

「親愛的，風向慢慢在變了。」赫爾先生望著窗外的黑煙說道。那些煙從正東方吹過來，但他還弄不清楚東西南北，只是配合當時情境隨意編派一下。

「怎麼可能！」說著，赫爾太太打起寒顫，又把披肩裹緊了些。「不管東風或西風，這男人一定會來吧。」

「媽媽！這話說明妳還沒見過桑頓先生。他看起來是那種喜歡對抗他碰上的所有逆境的人，比如敵人、強風或局勢。雨越大風越強，他就越可能來。我先去幫蒂克森的忙，我現在幾乎是擅長漿燙出了名的。再者，他反正只想跟爸爸說話。爸，我倒很期待見見你這位達蒙的生死至交皮厄希斯[24]。我只見過他一次，當時我們都不知道該跟對方說些什麼，相處得不算太融洽。」

「瑪格麗特，我不知道妳會不會喜歡他，或看他順眼。他不是那種懂得討女人歡心的男人。」

瑪格麗特鄙夷地揚起下巴。

「爸，我才不欣賞那種會討女人歡心的男人。桑頓先生是你朋友，是一個懂得欣賞你……」

「米爾頓唯一的一個，」赫爾太太說。

「所以我們會好好接待他，請他吃點椰子蛋糕。如果我們拜託蒂克森做，她會覺得很榮幸。媽，妳的帽子就由我來燙。」

那天上午瑪格麗特多麼希望桑頓先生不要來。因為她自己也有很多事要做：寫信給伊迪絲、讀點但丁的精彩作品、去拜訪席金斯父女。她一面專心漿燙，一面聽蒂克森碎念。她只希望，如果她對蒂克森的煩心事表達無盡的同情，或許蒂克森就不會再去向媽媽傾訴她的滿腹辛酸。每隔一段時間，瑪格麗特就得提醒自己，父親非常看重桑頓先生，藉此壓抑那股悄悄襲上心頭的疲乏與惱怒，順道緩解隨之而來、近日經常發生的劇烈頭痛。等她終於坐下來，幾乎沒有力氣說話。

她告訴媽媽，她已經卸下燙衣女僕職責，重新變回瑪格麗特．赫爾。原本她只是開開玩笑，孰料說者無心、聽者有意，讓她十分懊惱自己口無遮攔。

「是啊！當年我還是貝瑞福德小姐、全郡數一數二時，如果有人告訴我有一天我的孩子會在窄小的廚房裡站上半天，像個僕人一樣沒命地工作；或告訴我有一天我們要款待生意人，而那個生意人是唯一……」

「噢，媽媽！」瑪格麗特打起精神。「別為一句無心的話這麼懲罰我。我不介意為妳和爸爸做漿燙或任何家務。我生來是個淑女，也有淑女的教養，就算要刷地板或洗碗碟，也改變不了這個事實。現在我只是有點累，只要休息一下，半小時後我就有力氣把同樣的事再做一次。至於桑頓先生是個生意人這件事，他現在想轉行也來不及了，可憐的人，他受的教育恐怕不足以勝任其他工作。」她慢慢站起來，回自己房間，因為她再也無法忍受了。

就在這個時候，桑頓先生家裡上演著一齣類似卻不盡相同的戲碼。一名塊頭挺大、老早過了中年的婦人坐在擺設華麗的冷森森飯廳裡縫縫補補。她的面容正如她的體格，強硬又巨大，卻不是肥胖。她臉上的表情緩緩變換，從一個堅毅神情換到另一個同樣堅毅的神情。她表情變化不大，只是，任誰看見了，都會看第二眼，就連街上擦肩而過的路人也一樣，會側過頭來，凝視那個剛強、肅穆又威風凜凜的婦人。這婦人不在乎什麼街頭禮儀，只會筆直地朝自己的明確目標前進，腳步從不停歇。

24. 典故出自希臘神話，達蒙（Damon）與皮希厄斯（Pythias）是一對好友，皮希厄斯因案被判處死刑，達蒙為了讓他返家探親，自願到牢裡當人質。國王說，如果行刑前皮希厄斯沒有回來，就處死達蒙。後來皮希厄斯及時趕回，國王感動之餘，赦免了他。

她衣著考究，一襲黑色絲質衣裳，沒有任何一根線鬆脫或褪色。她正在修補一塊又大又長、上等質料的桌布，偶爾拿起來對著光線，努力找出變薄的部位，再細細縫補。飯廳裡除了馬修．亨利的《聖經注釋》全套六冊，沒有別的書籍。那套書陳列在龐大的餐具櫃上頭，一端擺著茶壺，另一端則是一盞燈。遠處人家傳來鋼琴聲，有人正在練習某支沙龍小曲，彈奏速度相當快，平均每第三個音就會模糊，或根本漏掉，最後那些響亮的和弦有一半是錯的，彈奏的人似乎還是相當滿意。桑頓太太聽見腳步聲經過飯廳門口，聽起來意志堅定，像她自己的。

「約翰！是你嗎？」

她兒子打開門，站在門口。

「你今天怎麼這麼早回來？我記得你要去貝爾先生的朋友家吃晚餐，就是那個赫爾先生。」

「沒錯，媽。我只是回家換衣服！」

「換衣服！哼！我年輕時，年輕男人一天穿一套衣裳就夠啦。你不過是去跟個老牧師吃飯，何必換衣服？」

「赫爾先生是個紳士，他的夫人和女兒都是有教養的仕女。」

「夫人和女兒！她們也在教書嗎？她們做什麼工作？你沒提起過她們。」

「沒錯，媽。因為我沒見過赫爾太太，跟赫爾小姐也只相處過半小時。」

「約翰，你可得提防點，別被身無分文的女孩勾引了。」

「媽，我沒那麼容易被勾引。我不希望妳這麼批評赫爾小姐，妳該知道那種話在我聽來很刺耳。到目前為止我還沒發現有任何年輕女孩想勾引我，相信也沒有哪個女孩白費過這種心思。」

桑頓太太不願意承認兒子說得對，否則的話，她通常是很為女性感到驕傲的。

「好啦！我只是讓你小心點。我們米爾頓的女孩還算有骨氣，人品高尚，不會成天想釣金龜婿。這個赫爾小姐是從那種貴族階級的地方來的，如果傳說是真的，那裡的金龜婿都是搶手貨。」

桑頓先生的額頭緊蹙，上前一步走進飯廳。

「媽，」他輕蔑地一笑，「妳逼得我跟妳說實話。我見到赫爾小姐的那一次，她雖然客客氣氣，卻很高傲，言談舉止之中充滿不屑。她對我的態度像個高高在上的女王，而我是她卑微的下層奴僕。妳放輕鬆吧。」

「不！我輕鬆不起來，也很不滿意。憑她一個叛教牧師的女兒，有什麼資格瞧不起你！如果我是你，才不會為這些人換衣服，一群沒禮貌的傢伙！」

他轉身離開時，說道：「赫爾先生人很好，文質彬彬，又有學問。他不會沒禮貌。至於赫爾太太，如果妳想知道她是什麼樣的人，晚上我會告訴妳。」說完，他關上門離開。

「竟然瞧不起我兒子！把他當成卑微的奴僕！跟真的一樣！哼！我倒要看看她上哪兒找這麼優秀的人！不管年紀大小，他是我見過最高貴、最勇敢的男人。這跟我是不是他媽媽無關，我眼睛沒瞎，懂得看人。我知道我女兒芬妮的個性，也清楚我兒子約翰的個性。竟敢瞧不起我兒子！我討厭她！」

第十章　鍛鐵與純金

我們是越搖晃越穩固的樹木。
——喬治・赫伯特[25]

桑頓先生直接離開家，沒再走進飯廳。時間有點晚了，所以他加快腳步朝克朗頓走去。他擔心萬一沒能遵守禮節準時抵達，會顯得輕忽他的新朋友。他站在門口等人開門時，七點半的教堂鐘聲正好敲響。蒂克森慢吞吞地，每回她不得不紆尊降貴親自應門，動作就會加倍遲緩。他被迎進小客廳，赫爾先生親切地招呼他，帶他上樓見自己的太太。赫爾太太見客時顯得倦怠又冷淡，她蒼白的面容和身上緊裹著的披巾默默地為她辯白。

桑頓先生進門時，天色已經微暗，瑪格麗特正在點燈。柔美的燈光投向房間正中央。他們保留鄉下的生活習慣，窗簾沒有拉上，納入窗外的夜空與暮色。不知怎的，這個房間跟他剛離開不久的那個房間形成對比。那裡富麗堂皇、笨重沉悶，除了他母親所在的那個位置，一點都看不出來有女性居住其間。那個空間除了吃飯喝茶，也不適合做任何其他事。沒錯，那是飯廳，但他母親喜歡坐在那裡，母親的意願就是家規。家裡的客廳也跟這間大不相同，它的布置精緻一倍，不，精緻二十倍，舒適度卻不及這裡的四分之一。這裡沒有鏡子，沒有任何玻璃來反射光線，發揮水面在戶外風景色中的效果。這裡並不金碧輝煌，海爾斯東珍貴的舊印花棉布窗簾和椅套，向整個房間投射出溫暖樸素的色澤。正對著門的窗前有張桌面敞開的活動面板小書桌；另一扇窗子前有個置物架，上面立著白瓷長瓶，瓶口垂落一圈圈常春藤、淡綠色樺樹枝條和古銅色櫸木葉。屋子裡四處擺放著裝針線活的漂亮籃子。還有書本，並非純粹裝飾用，就擺在桌上，像是才剛放下不久。門後有張桌子，備妥了晚餐，白色桌巾上有豐盛的椰子蛋糕，籃子裡堆滿橘子和鮮紅的美國蘋果，底下鋪著翠綠的葉子。

桑頓先生覺得，這種生活上的優雅講究是這個家庭的慣常作風，特別符合瑪格麗特的氣質。她站在晚餐桌旁，一襲素雅的細棉布衣裳透著粉紅光澤。她好像並沒有在聽他們說話，專心備置餐具，一雙豐潤白皙的玉手忙個沒停，優雅又美麗，沒有發出一點聲響。她勻稱的手臂戴著一只手鐲，不時滑落柔嫩的手腕。桑頓先生觀賞這只礙事的飾品被推回原位、比聽赫爾先生說話專心得多。看著她不耐煩地把手鐲往上推，直到它穩穩卡在手臂上，又看見它鬆開、下滑，彷彿趣味無窮。他幾乎可以精準喊出「啊，又掉了！」他到的時候，餐桌的擺設已經大致就緒，不一會兒工夫就被請上桌用餐，害他覺得有點可惜，沒機會再偷偷欣賞瑪格麗特。她傲氣十足地為他送上一杯茶，像個心有不甘的奴隸。不過，他喝完第一杯茶時，她馬上就注意到了，幫他又倒了一杯。他多麼希望請她也為他做她配合爸爸做的小動作：她爸爸用他充滿陽剛氣息的手捏起她小巧的食指與拇指，用來夾方糖。父女倆上演著這齣自以為沒人察覺的默劇時，桑頓先生看見她美麗的雙眸望著父親，眼神裡有笑意有孺慕，散發著光彩。

瑪格麗特的頭還在隱隱作痛，從她的蒼白面容與靜默無語不難推知一二。但她打定主意，只要父親與客人談話中斷太久，以至於父親的朋友、學生兼客人覺得受冷落，她會立刻加入，填補空缺。幸好父親與桑頓先生聊得熱絡，等餐桌收拾完畢，她就帶著針線活移到媽媽附近的角落，

25. George Herbert，一五九三～一六三三，英國詩人，此處文句摘自他的作品〈磨難：五〉（Affliction:V）。

覺得自己可以放膽任由思緒馳騁，不必擔心突然要出面炒熱氣氛。

桑頓先生和赫爾先生都聚精會神聊著某個上一次見面時提起的話題。瑪格麗特聽見媽媽低聲敘述某件無關緊要的小事，心思才轉回到當下。她的視線突然從手中的針線活往上移，瞥見父親與桑頓先生外表上的差異，這種差異凸顯了他們倆南轅北轍的性格。她父親身材瘦削，只要不是像現在這樣，有高大魁梧的人在身邊兩相比較，看起來會比真實身高來得高大。她父親臉部的紋路柔和靈動，經常浮現波浪起伏的顫動，展現各種動態情感；眼皮又大又彎，一雙眼睛因此有種慵懶美，幾乎有點女性化；眉毛彎得恰到好處，只是，受到迷濛眼皮寬度影響，似乎離眼睛稍嫌遠了些。

再來看桑頓先生，他平直的眉毛低低壓在清澈、真摯的深陷眼窩上；專注的眼神似乎能一眼穿透眼前任何事物的核心與本質，卻不至於尖銳得令人不悅；他臉上的紋路稀少，卻很穩定，彷彿鐫刻在大理石上，主要集中在唇邊。那兩片嘴唇略顯扁長，覆蓋在牙齒上。每當難得一見的開朗笑容突然從他的雙眼綻放出來，那口毫無缺陷的漂亮牙齒就會有種燦爛陽光乍然露臉的效果，徹底轉化原本那種隨時準備好應付一切、挑戰一切、嚴厲而堅定的男性表情，變成只有在孩子臉上見得到、真心實意享受著當前時刻的那種無畏而即時的神態。瑪格麗特喜歡那抹笑容，這也是她父親這位新朋友身上第一個讓她欣賞的特點。他們背道而馳的性格——充分展現在她剛剛觀察到的這些外貌細節上——說明了他們之間那股顯而易見的互相欣賞。

她幫媽媽重新理好了編織的毛線，再度陷入沉思。在此同時，桑頓先生也完全忘記她的存在，彷彿她根本不在場似的，因為他非常投入地向赫爾先生解說蒸氣錘威力如何強大，力道的調節又是如何巧妙。蒸氣錘讓赫爾先生聯想到《一千零一夜》故事裡某些神通廣大的精靈的精彩故事，它們可以上一刻從地面伸展到天空，跟地平線一樣寬廣，下一刻又順服地縮進小到可以握在孩童手中的花瓶裡。

「這種力量的發想、這種卓越理念的實踐，其實來自我們這個優秀城鎮裡某個男人的智慧。那個男人有種與生俱來一步步往上邁進的動力，每回都能創造出更令人讚嘆的奇蹟。我不得不說，如果哪天那人離開人世，我們還有很多人會跳出來補位，繼續打這場戰役，迫使——必然迫使——所有物質力量臣服於科學。」

「你說得這麼誇口，讓我想到以前讀過的兩句古代民謠：

『我在英格蘭有一百個隊長，』他說，『都跟他一樣英勇。』」

瑪格麗特聽見爸爸念起古老民謠，猛地抬起頭來，眼神裡滿是好奇與探詢。他們怎麼會從齒輪聊到〈徹維山狩獵〉[26]呢？

「我不是誇口，」桑頓先生答，「那只是顯而易見的事實。我不否認自己以身為這個城鎮的一份子為榮，或者我該說一個『地區』。這個地區的窮困孕育了這麼傑出的構想，我寧可在這裡勞累受苦，不，寧可在這裡一敗塗地，也不願意在南方那些你所謂更為高雅的社會裡，遵循那裡苟延殘喘的習俗，在緩慢而輕鬆自在的日子裡，過著枯燥乏味的富裕生活。你說不定會沾滿蜂蜜，再也飛不起來。」

「你錯了，」瑪格麗特心愛的南方受到這樣的中傷，逼得她激動地出聲維護，臉頰漲得通

26. The Ballad of Chevy Chase，英國民謠，描述十四世紀諾森伯蘭伯爵（Earl of Northumberland）帶領的大規模狩獵行動。當時的蘇格蘭道格拉斯伯爵（Earl of Douglas）視之為侵略行動，因而引發戰事，死傷慘重。

紅，氣憤的淚水在眼眶裡打轉。「你對南方一無所知。那裡也許欠缺激發這些巧妙發明的商業性投機精神，因此少了點冒險、少了點進步——我不能說少了點刺激——但那裡也少了點苦難。在這裡，我看到街上來來往往的男人，個個像是活在某種痛苦難當的憂傷或煩惱中，飽受煎熬。那些人不只受苦受難，也滿腹怨恨。再來說說南方，那裡確實有窮人，但他們臉上沒有我在這裡看到的那種遭受不公平待遇的慍怒表情。桑頓先生，你不了解南方。」她說完後幾乎虛脫，決定不再發言，也氣惱自己說了這麼多話。

「那麼我能不能說妳不了解北方？」他問道，他的語氣裡有種無法言傳的溫柔，因為他知道他真的傷了她的心。她不為所動地保持沉默，內心忽然極度想念遠方漢普夏那些她經常流連忘返的美景，這份渴盼太過熱切，她覺得自己如果開口說話，聲音一定會顫抖。

「總而言之，桑頓先生，」赫爾太太說，「你應該不否認米爾頓比南方任何城鎮都更多黑煙，也更骯髒。」

「有關乾淨度這方面我確實無話可說。」桑頓先生臉上閃過一抹燦爛微笑。「議會已經要求我們燒掉自己的煤煙，所以我猜我們會像聽話的乖小孩，照法令的規定去做，總有一天會的。」

「我記得你告訴過我，你已經改建了煙囪，可以把煤煙回收再燃燒，不是嗎？」赫爾先生問。

「我是自願改建的，早在議會介入之前就做了。這麼做當然馬上多出一筆開銷，但煤炭的用量減少了，也算是回報。如果等到法令通過，我就不確定我會不會去做了。至少，我應該會等到被告發、被罰款，惹上種種法律上的麻煩，才會屈服。所有要靠告發和罰款執行的法律，都因為它本身的可憎，變得功能不彰。過去五年來，米爾頓有些工廠的煙囪持續把他們三分之一的煤炭以這裡所謂的『議會明令禁止』的黑煙排放出來，但我很懷疑其中有幾家被舉發過。」

「我只知道棉布窗簾在這裡根本撐不到一星期，在海爾斯東時，窗簾通常可以一個月或更久才換洗，拆下來也不顯髒。至於我們的手，瑪格麗特，妳說妳早上到中午十二點總共洗了幾次手啦？是三次，對吧？」

「是呀，媽。」

「你好像強烈反對所有規範你們經營模式的議會法案或法規。」赫爾先生說。

「的確是。有很多人跟我一樣，我認為我們有充足理由。整個棉花產業的機制——我現在談的不是木頭和鐵器組成的機械——還非常新穎，如果短時間之內沒辦法各方面都步上軌道，也不足為奇。七十年前是什麼景象？如今什麼景象不會發生？未加工過的天然原料湊在一起，教育程度和社會階級相當的男人突然有了雇主和雇工的不同身分。基於與或然率相關的天生智能，有些人因此嶄露頭角，擁有獨到的遠見，可以看出理察．阿克萊特爵士[27]發明的那部紡織機原型背後潛藏著多麼光明的未來。這個或許可以稱之為新興行業的產業迅速發展，帶給早期那些廠主龐大的財富與權威。我說的不只是對工人的權威，也包括對採購商，乃至對全世界的市場。我現在馬上就可以給你看一則不到十年前出現在米爾頓在地報紙的廣告，上面說某某人（當時屈指可數的印花棉布商之一）每天中午關閉倉庫，所有的採購商都得趕在中午以前前往。你想想，一個人可以獨斷獨行地決定什麼時間賣東西，什麼時間不賣。如今，如果有個好客戶選擇半夜過來，我一樣會起床，拿著帽子恭候他的大駕。」

瑪格麗特抿起雙唇，不知怎的不得不聽下去，再也沒辦法躲進自己的冥思裡。

「我講這些只是為了說明，這個世紀初的製造商擁有的權力幾乎沒有上限，那些人也因此迷失自我。一個男人事業做得成功，未必代表他的思維在其他方面會有均衡的表現。相反地，他的

27. Richard Arkwright，一七三二～一七九二，原為鐘錶匠，一七六九年發明以水力驅動的紡紗機。

正義感和他的純樸，經常因為財富暴增而徹底摧毀，所以外界流傳不少有關早期棉業大亨尋歡作樂的事蹟，說他們如何盡情享受放浪豪奢的生活。毫無疑問地，他們也會對手底下的工人殘暴專橫。赫爾先生，你也聽過那句俗話：『讓乞丐騎上馬背，他就直接投奔魔鬼。』嗯，早期那些製造商確實以非常豪華的姿態奔向魔鬼。冷酷無情地用他們的馬蹄，踩碎人類的血肉之軀。後來出現了反作用力，社會需要更多工廠、更多廠主、更多工人。廠主與工人之間的權力漸趨平衡，雙方展開公平戰鬥。我們連仲裁者的決議都未必聽從，更何況是某個好管閒事傢伙的干預。這個傢伙對事實真相只是一知半解，儘管他就是所謂的議會。」

「有必要把它說成兩種階級之間的戰鬥嗎？」赫爾先生問。「我明白，你會用這個詞，是因為它能夠忠實呈現出你心目中的真相。」

「確實如此，我相信有此必要。就跟審慎的智慧與良好的品行永遠和無知與短視對立，永遠與之戰鬥一樣。我們這個制度有個最大的優點，那就是工人可以憑藉自己的努力與作為，爬升到廠主的地位，取得廠主的權力。事實上，任何人只要懂得自制，行為舉止合情合禮、有節有度，認真盡責，都能晉升到我們的行列。他不一定會是廠主，卻可以是主管、出納、會計或職員，站在權力與命令的那一方。」

「如果我沒誤解你的意思，你認為那些不管為了什麼原因沒能出人頭地的人，都是你的敵人。」瑪格麗特的嗓音清亮而冷淡。

「肯定是他們自己的敵人，」他毫不遲疑地回答，一點也沒有被她表達方式與說話口氣之中隱含的那種傲慢與責難激怒。只是，片刻之後他又覺得，對於她剛剛那個問題，他直截了當的坦誠回答既不夠充分，又嫌閃爍其詞。不管她態度如何不屑，他都必須盡可能把話說清楚，才算對得起自己。只是，要想把她剛才那番解讀跟他的意思明確區分開來，其實頗有難度。為了闡述他的意思，最好的辦法就是說出自己的親身經歷。可是，對陌生人而言，這樣的話題會不會太私人？話雖如此，這終究是把意思表達清楚最簡單而直接的方式，於是，他不去理會黝黑臉龐上因害羞泛起的紅暈，說道：

「我這話是有根據的。十六年前，我父親過世時景況悽慘。我不得不輟學，短短幾天內被迫（盡我所能）長大成人。我很有福氣，有個世間少有的母親。她是個本領強大、意志堅定的女性。我們搬到鄉村小鎮，因為那裡的生活開銷比米爾頓低。我在一家布店找到工作（順道一提，那是獲取商品知識的最佳場所）。我每星期的收入是十五先令，有三個人要靠這筆錢過活。我母親很節儉，這十五先令我固定可以存下三先令。這就是開頭，也教會我自我克制。如今我已經有能力讓我母親享享清福，不是因為她想過好日子，而是她的年紀不得不然。我無時無刻不感謝她早年的訓練。每當我想起自己的例子，覺得我靠的只是生活習慣，不是好運、優點或天賦，我就會鄙視不是靠自己雙手努力賺來的享受。說真的，那種事我絕不會多想。所以，我相信赫爾小姐所說、刻畫在米爾頓居民臉上的磨難，只是因為他們在過去生命某些階段裡享受了不該享有的歡樂，自然而然受到的懲罰。我不認為自我放縱、注重感官享受的人值得我憎恨，我只會因為他們的低劣性格瞧不起他們。」

「但你至少受過一些好的教育，」赫爾先生說，「你目前讀荷馬史詩那股濃厚興趣，讓我覺得你不是第一次接觸這本書。你以前讀過，現在只是喚醒過去的記憶。」

「的確是這樣，我求學時代草草讀過。我敢說當時我在古典文學方面的表現還滿受肯定的，只是，之後拉丁文和希臘文就跟我分道揚鑣了。但我請問你，以我當時那樣的處境，學這些東西對我的謀生有什麼幫助？一點也沒有，完全沒有。以教育程度來說，任何人只要能讀能寫，就已經擁有跟當時的我一樣多的實用知識了。」

「唔，我不贊成你的話，不過，在這方面我可能是個迂腐的老學究。你記憶中荷馬時代那種偉大的單純生活，難道對當時的你沒有產生激勵作用？」

「一點也沒有！」桑頓先生笑著說，「當時我太忙，我要照顧身邊的活人，要圖三餐溫飽，沒時間想起死人的事。現在我終於讓母親過上她這個年齡該有的安定生活，讓她過去的操勞得到適當的補償，我就能把心思轉移到那些古老篇章，全心全意地享受它們。」

「看來，我會有那些見解，肯定是因為對自己的職業過度自以為是。」赫爾先生說。

桑頓先生起身告辭時，跟赫爾先生、赫爾太太握了手，又以同樣姿態走向瑪格麗特，向她道晚安。那是當地常見的習慣，卻是瑪格麗特始料未及。她只是欠身道別。當她看見他的手伸到中途又趕緊縮回，也為自己沒能察覺他的用意感到抱歉。另一方面，桑頓先生不知道她心中的歉意，挺直上身走出門，離開時自言自語地說：

「從沒見過比她更傲慢、更不討人喜歡的女孩。她那蔑視一切的態度，讓人徹底忘記她嬌美的容貌。」

第十一章 第一印象

據說，我們的血液裡含有鐵質，
若是微乎其微，倒還不算壞事
可是啊，他讓我強烈感覺，
他血液裡的鐵質多了一些。

——佚名

「瑪格麗特！」赫爾先生送客下樓回來後說，「剛才桑頓先生承認他曾經當過布店夥計，我有點擔心，一直在注意妳的表情。這事我老早就聽貝爾先生說過了，所以心裡有數。我以為妳會站起來走掉。」

「爸！我在你心目中真的那麼淺薄嗎？坦白說，他說了那麼多話，我真心喜歡的只有那段。其他那些都太冷酷，讓我倒盡胃口。他聊起自己的事倒是很直率，幾乎沒有生意人那種自吹自擂的粗俗感，對他母親又非常體貼尊敬。早先他把米爾頓吹捧得比天高，一副這地方舉世無雙，或者冷漠地宣稱自己鄙視他人的輕忽懈怠和無謂的短視，我才真的聽不下去。因為他一點都沒想到他有責任用他母親給他的教養去扶持那些人，去幫助那些人改變。雖然我不清楚他今天有什麼成就，但那些顯然都是靠他母親的教養才辦到的。才不！我最喜歡聽的，正是他當布店夥計那段往事。」

「瑪格麗特，妳讓我很驚訝。」赫爾太太說，「以前在海爾斯東時，妳不是成天說別人太像生意人！赫爾先生，你沒事先讓我們知道這人背景，就介紹他跟我們認識，我覺得有欠妥當。他說的某些話真的讓我非常震驚，我只希望我沒有表現出來。他父親『過世時景況悲慘』，一定是死在濟貧工廠裡。」

「說不定比在濟貧工廠更悲慘。」赫爾先生答。「我們搬來這裡以前，我從貝爾先生那裡聽說了他過去很多事。既然他自己已經說出一部分，我就來補充他沒說的那些。他父親做生意太投機，鬼迷心竅。為了把曾經擁有、不算龐大的財富賺回來，不惜偷偷把別人的資金拿來當賭注，做任性、毫無希望的掙扎。結果一敗塗地，因為承受不了恥辱，選擇自我了斷。事情敗露以後，過去的朋友都躲得遠遠的，沒人願意對他們孤兒寡母伸出援手。他們家好像還有另一個孩子，是個女孩，當時年紀太小，沒辦法工作賺錢，還得靠人養活。出事時沒有人立刻出面幫他們，我猜桑頓太太也不會坐以待斃，痴等遲來的善心主動找上門，才舉家遷離米爾頓。我知道他到商店裡幹活，賺的錢有一小部分交給他母親保管，剩下的都拿來養家。貝爾先生說，他們一家人有好幾年的時間只喝稀粥度日，他也不明白他們是怎麼熬過來的。老桑頓先生自殺後，他那些債主即使曾經奢望拿回債款，後來也都放棄了。沒想到幾年後這個年輕人回到米爾頓，悄悄拜訪每一個債主，償還第一期欠款。債主們沒有爭吵，沒有聚集起來大鬧，一切都默默地、和平地進行。最後在某位債主的大力協助下，總算把債務清償完畢。那位債主是個性情乖張（據貝爾先生說）的老人家，他找桑頓一起做生意，算是合夥人。」

「那件事他做得很好。」瑪格麗特說。「真可惜，這種性格的人最後卻因為變成米爾頓的工廠老闆，被污染了。」

「怎麼被污染了？」

「爸，被那種以財富為標準衡量一切的風氣所污染。他談到機器的威力時，顯然只把機器當成讓他生意規模更大、賺更多錢的工具。至於他身邊那些窮人，他們之所以窮，要怪他們自己墮落；那些人不值得他同情，因為他們沒有他那種鐵血性格，也沒有那種性格帶來的致富能力。」

「不是『墮落』，他沒說過這種話。我記得他說的是『短視』和『自我放縱』。」

瑪格麗特正在收拾媽媽的針線，準備回房休息。她離開客廳以前，腳步略顯躊躇。她想說點真心話，她覺得爸爸聽了會開心點。只是，如果要毫無保留地說出心裡感受，難免有點刺耳。總之，她還是說出來了。

「爸，我覺得桑頓先生很了不起。可惜，就個人觀點，我一點都不喜歡他。」

「我倒是挺喜歡他！」赫爾先生笑著說，「套用妳的話，就個人觀點，以及其他各方面。我沒有把他當成英雄，或任何偉大人物。晚安了，女兒。妳母親今晚好像特別疲倦。」

瑪格麗特發現母親面容倦怠已經有一段時間了，內心感到焦慮不安，此時赫爾先生的話，讓她帶著一股隱隱約約的恐懼感上樓就寢。米爾頓的生活跟她母親在海爾斯東過慣了的日子有如天壤。在海爾斯東時，母親經常可以到戶外呼吸新鮮空氣。就連空氣本身也大不相同，這裡的空氣好像沒有一點醒神舒心的效果。家裡的煩心事史無前例地悲慘，壓得生活在同一個屋簷下的幾個女人幾乎喘不過氣來，所以她更有理由相信母親的健康已經受到嚴重危害。還有其他幾個跡象顯示赫爾太太不太對勁：她和蒂克森經常躲在房間裡低聲交談，事後蒂克森總是紅著眼出來，逢人就發脾氣。只要太太有什麼苦惱，護主心切的她就會變得暴躁易怒。有一次，蒂克森前腳剛離開，瑪格麗特馬上走進媽媽房間，發現媽媽跪在地上，連忙躡手躡腳走出來。她聽見媽媽的聲音，明顯是在祈禱上帝賜予力量與耐心，好承受身體上的劇烈痛苦。過去瑪格麗特在姨媽家長住，跟媽媽之間那份親密與互信橫遭阻斷。因此，她想方設法以輕柔的撫摸與窩心的言語，潛入母親內心深處最溫暖的角落，希望重拾母女親情。母親也毫不吝惜地以輕柔撫慰與溫婉言語回應她。若是在過去，她會感到興高采烈，如今她卻始終覺得母親有件她無從得知的心事，而這樁心事跟母親的健康有莫大關聯。

這天晚上她難以成眠，滿腦子只想著該如何減輕米爾頓的生活帶給母親的不良影響。就算投注她所有的時間，也一定要找個女僕來幫蒂克森的忙。這麼一來，母親就可以像過去一樣，身邊隨時有人照料著。隔天瑪格麗特念茲在茲的，就是走訪職業介紹所、會見各式各樣不合適的人選、以及極少數幾個還算稍微有點可能的人選。

某天下午她在街上遇見貝西，停下腳步跟她說說話。

「貝西，妳好嗎？風向已經變了，妳應該好多了吧。」

「好了點，卻沒有比較好。妳應該明白我的意思。」

「我不明白。」瑪格麗特笑著說。

「我好了一點，因為晚上不會咳到不成人形。但我對米爾頓已經厭倦到底，很想逃到比烏拉荒地[28]。想到我離比烏拉愈來愈遠，我的心就直往下沉。我沒有比較好，我更糟了。」瑪格麗特轉過身來，陪著虛弱無力的貝西一起走。她靜默了一會兒，最後低聲問道：

「貝西，妳是不是想死？」因為她自己還不想死，就像所有年輕有朝氣的人一樣，自然而然會眷戀生命。

這回換貝西沉默了片刻，才說：「如果妳過著我這樣的人生，跟我一樣對它厭倦，有時候又會想，『也許我還要再熬五六十年——真的有人熬這麼久。』這時那六十年裡的每一年好像都在我身邊打轉，搞得我暈頭轉向，茫然恍惚又噁心作嘔，甚至用它的無數小時、無數分鐘和沒完沒了的短暫片刻嘲笑我：丫頭！妳聽好了，如果大夫說他擔心妳見不到明年冬天，妳只會覺得慶幸。」

「為什麼？貝西，妳過的是什麼樣的人生？」

「我的人生不會比其他很多人更糟，只是我會覺得苦惱，別人不會。」

「但那到底是什麼樣的人生？妳也知道我剛搬到這裡，沒辦法像土生土長的米爾頓人一樣，馬上能聽懂妳的話。」

「妳說過妳會來我們家，如果當時妳說到做到，我可能已經跟妳說了。爸爸說妳跟其他那些人一樣，貴人多忘事。」

「我不知道妳說的其他那些人都是誰，我這陣子太忙。而且，實話告訴妳，我把答應妳的事給忘了……」

「妳自己說要來的！不是我們開口要求妳來。」

「我把當時說的話給忘了。」瑪格麗特繼續平靜地說。「我事情忙完一個段落之後，應該要想起來的。我現在可以跟妳去嗎？」貝西迅速瞄了瑪格麗特的臉一眼，看看她的話是不是發自肺腑。她看見瑪格麗特溫柔友善的目光，銳利的眼神馬上轉變成熱切的渴盼。

「這世上也沒幾個人關心我，如果妳真的關心，那就來吧。」

她們默默並肩向前走。不久，她們轉進骯髒街道上的一條小巷弄。貝西說：

「如果爸爸在家，板著臉說些不禮貌的話，妳可別嚇著了。他很看重妳，妳說妳要過來，他

28. land of Beulah，語出《聖經・以賽亞書》第六十二章第四節。在十九世紀英格蘭佈道家約翰・班揚（John Bunyan）所著的寓言詩〈天路歷程〉（Pilgrim's Progress）裡，比烏拉荒地象徵安樂地，朝聖者在此等待奉召進入天國。

盼了很久。因為他喜歡妳，所以才會生氣又失望。」

「貝西，妳別擔心。」

不過，她們進門時，席金斯不在家。有個體格壯碩的邋遢女孩在水槽旁忙著。女孩看起來年紀比貝西小，但個子比較高，身子骨也硬朗些，做起家事挺俐落，只是粗手粗腳地東撞西碰，弄出的哐噹聲響直叫瑪格麗特頻頻皺眉，擔心可憐的貝西耳根不得清靜。貝西此時坐在離門口最近的椅子，剛才走那段路好像累癱了。瑪格麗特請那女孩倒杯水。趁女孩跑著去取水（一路上撞掉生火用具，又絆到椅子跌了一跤），她幫貝西解下帽子，讓她呼吸更順暢些。

「妳覺得這樣的生活值得留戀嗎？」貝西終於氣喘吁吁地說。瑪格麗特沒有回答，只是把水遞到貝西唇邊。貝西急忙喝了一大口，又靠回椅背，閉上雙眼。瑪格麗特聽見她喃喃自語：「他們不再苦於飢渴，豔陽與高溫也不再炙烤他們。」29

瑪格麗特上身前傾，說道，「貝西，不管妳過去和現在過的是什麼樣的人生，都別厭煩！別忘了是誰賜給妳生命，是誰一手安排！」她聽見背後傳來席金斯的聲音，嚇了一跳。她沒聽見他進門。

「我可不喜歡別人來對我女兒說教。她滿腦子美夢和衛理公會那些怪念頭，成天幻想黃金大門和珍貴寶石的城市，已經夠糟的了。不過，只要她喜歡就好，我不介意。可是我不允許別人往她腦子塞更多東西。」

「可是，」瑪格麗特轉過頭來。「你也相信我說的話，相信上帝給她生命，也安排了她的人生吧？」

「我相信我親眼看見的東西，就這樣。我只相信眼見為憑，小姐。我不會聽什麼信什麼。不！不會全信。我倒是聽見有個年輕小姐煞有介事地問我們住在哪裡，說要來看我們。我這個丫頭信以為真，只要聽見陌生腳步聲，就興奮激動起來，根本不知道我在注意她。年輕小姐終於來了，我們很歡迎，只要她別拿自己也不懂的事對別人說教。」

貝西一直留意瑪格麗特的表情，這時她半坐起來說話，把手搭在瑪格麗特手臂上，表達懇求之意。「別跟他生氣。這地方有很多人想法跟他一樣，很多很多。如果妳聽過他們說話，現在就不會覺得震驚。我爸是少見的好人，可是啊，唉！」她絕望地躺回椅背。「有時候他說的話只會讓我更想死，因為我想知道的事太多，成天納悶東納悶西的，腦子轉個不停。」

「可憐的丫頭，我可憐的大丫頭，我一點都不想惹妳心煩，真的。可是人必須說真話，我看到這世道這麼錯亂，淨拿些自己不懂的事給自己傷神，反倒把手邊亂糟糟的事都給擱下不處理。唉，要我說，這些宗教話題多說無益，不如動手做些你看得見也能明白的事。這是我的信條。很簡單，不難捉摸，做起來也輕鬆。」

貝西只是更焦急地央求瑪格麗特不要生氣。

「別怪他。他是好人，真的。有時候我覺得，就算我到了上帝的聖城，如果爸爸不在那裡，我一定會傷心難過，無精打采。」她臉頰發熱泛紅，眼神也彷彿燃燒起來。「爸爸，你也會在那裡！一定會！噢！我的心臟！」她的手摀住胸口，臉色突然一陣死白。

瑪格麗特把她抱在懷裡，讓她疲憊的腦袋靠在自己胸前。她再伸手撥開貝西太陽穴的柔軟髮絲，用水擦拭她的太陽穴。瑪格麗特只要做個手勢，愛女心切的席金斯馬上明白她需要什麼東西。就連那個雙眼圓瞪的妹妹聽見瑪格麗特要她「小聲點！」走動時也格外努力放輕腳步。不一會兒，這陣幾乎奪命的急症緩解了，貝西醒轉過來，說道：

29. 出自《聖經・以賽亞書》第四十九章第十節。

「我要上床了，那是最適合我的地方，可是……」她拉住瑪格麗特的衣裳。「妳會再來，我知道妳會，但我要聽妳親口說！」

「我明天就來。」瑪格麗特答。

貝西靠在爸爸身上，準備讓爸爸抱上樓。瑪格麗特起身告辭時，席金斯勉強擠出幾句話：「我願意希望這個世界上有神，但只是為了請祂賜福給妳。」

瑪格麗特帶著哀傷與滿懷思緒離開。

她回到家時已經過了晚餐時間。以前在海爾斯東，沒有準時回家吃飯在媽媽眼中是一大過錯。只是，如今吃飯不守時——以及生活上其他諸多小疏失——好像不再能惹惱媽媽。瑪格麗特有點希望媽媽能像以前一樣碎碎念。

「親愛的，妳找到僕人了嗎？」

「沒有。媽，那個安．巴克莉絕對不行。」

「換我來試試如何？」赫爾先生說，「為了這個大難題，每個人都出了一份心力。現在讓我來試試，說不定我就是可以穿上那隻鞋的灰姑娘。」

聽見爸爸開的這個小玩笑，瑪格麗特笑不出來，席金斯家的情景依然讓她心情無比悲酸。

「爸，你想做什麼？打算怎麼做？」

「唔，我會請有經驗的家庭主婦幫我介紹她或她家傭人認識的人。」

「好主意。可是我們首先得碰上這位家庭主婦。」

「妳已經碰上她了。應該說她會自投羅網，只要妳技巧夠好，明天應該就能碰上她。」

「赫爾先生，你這話什麼意思？」赫爾太太不禁好奇地問道。

「喔，我的模範學生（套用瑪格麗特給他的稱呼）告訴我，他母親打算明天來拜訪赫爾太太和赫爾小姐。」

「桑頓太太！」赫爾太太驚呼。

「就是他跟我們提起的那個媽媽？」瑪格麗特問。

「正是桑頓太太。他應該只有這個媽媽。」赫爾先生一派冷靜地說。

「我倒想見見她。她一定是個不平凡的人。」赫爾先生補充道。

「說不定她有哪個親戚很適合、也願意來幫我們。聽起來她是謹慎又節儉的人，她的親戚該會合我的意。」

「親愛的，」赫爾先生有點擔心。「千萬別打這主意。我猜桑頓太太一身傲骨，比我們的小瑪格麗特毫不遜色。桑頓先生毫不避諱說出來的那些苦難、貧困和節儉的過去，她恐怕都已經拋到腦後。無論如何，我相信她不會喜歡陌生人知道那些事。」

「爸，請注意，就算我有傲骨，也不是那種傲骨。雖然你老是這麼說我，但我不承認我有。」

「我也不敢肯定她有那種傲骨。只不過，根據我從桑頓先生那裡聽到的一些小事，我猜是這樣。」

瑪格麗特和媽媽沒興趣追問桑頓先生怎麼描述他母親。瑪格麗特只想知道自己是不是非得留在家裡見客，如果是，那麼她去看貝西的時間就得延遲，因為大清早的時間她通常用來處理家務。再者，她不能讓媽媽獨自承擔招待客人的重任。

第十二章　早晨的拜訪

嗯，看來我們必須如此。

——《契友會談錄》30

桑頓先生費了好一番工夫，才說動他母親去做這次禮貌性拜訪。桑頓太太很少到別人家走動，每次出門訪友，她總是懷著鬱悶的心情去履行職責。兒子為她買了一輛馬車，她卻不許他蓄養拉車的馬兒。如果碰到某些隆重場合，比如她早晨或午後出門訪友，他們就雇幾匹馬來拉車。不到兩星期前她才租了馬匹三天，輕輕鬆鬆「解決」舊雨新知，這下子輪到那些人花錢花時間來探望她了。然而，克朗頓路程太遠，走路到不了。她反覆徵詢兒子，是不是真的很希望她到赫爾家走一趟，就算花錢搭出租車都在所不惜。如果他的意願沒那麼強，她會很慶幸，因為她說，「跟米爾頓這地方的家教或老師們交朋友或密切往來一點用處都沒有。哼，接下來你可能會要求我去拜訪芬妮的舞蹈老師的妻子！」

「媽，如果梅森老師和他太太跟赫爾一家人一樣，在陌生城鎮舉目無親，我確實會這麼做。」

「好啦，你口氣也別這麼急。我明天就去，我只是希望你真的明白這件事。」

「如果妳明天去，我會去雇馬。」

「瞎說。不知情的人還以為你家財萬貫。」

「那倒還沒，不過馬兒的事我已經決定了。上次你搭出租車出去，顛得妳回家時頭疼。」

「我可什麼也沒說。」

「當然沒有。我媽不是輕易抱怨的人。」他語氣裡帶點自豪。「正因如此，我更該主動關心妳。至於芬妮，吃點苦對她有好處。」

「約翰，你妹妹性格跟你不一樣。她承受不了。」

桑頓太太說完這話之後，靜默下來，因為她最後那句話牽涉到某個讓她沒面子的議題。她下意識裡對軟弱的性格懷有一絲鄙夷，而芬妮性格的軟弱處，正是媽媽和哥哥最堅強的地方。桑頓太太不是個喜歡思前想後的人，果決的判斷和堅定的信念，遠比優柔寡斷地在心裡反覆琢磨更適合她。她本能地知道，沒有任何方法可以讓芬妮耐心地吃苦受罪，或勇敢地挨過難關。她雖然不太願意承認女兒的不盡完美，卻也因此對女兒生起一股憐惜的慈愛，正如天底下當媽媽的也都是這麼對待她們那些比較體弱多病的孩兒。

不知情的外人或粗心的旁觀者或許會認為，桑頓太太對兩個孩子的態度證明，她對芬妮的愛比對約翰多得多。這可就大錯特錯了。她跟兒子可以敞開胸懷對彼此說出不中聽的實話，顯示他們的心靈是多麼穩定地相互信賴。而她對女兒言談舉止間有種彆扭的疼愛，她知道女兒欠缺某些她自己不自覺地擁有、又特別看重的崇高特質，因而羞愧地想為女兒遮掩。這份羞愧恰恰顯示，她對女兒的愛欠缺穩固根基。她始終直呼兒子「約翰」，「寶貝」、「親愛的」這類詞語只保留給芬妮。然而，兒子讓她日日夜夜感謝天地，也讓她在其他女性面前揚眉吐氣。

30. *Friends in Council*，英國作家亞瑟・黑爾帕斯（Arthur Helps，一八一三～一八七五）的著作，書中透過與虛構人物的對談，發表個人對各種社會與道德議題的看法。

「芬妮寶貝，今天我會雇馬來拉車，去拜訪赫爾一家人。妳要不要去看看保母？剛好順路，她看到妳總是很開心。妳可以留在她家，等我從赫爾家回來接妳。」

「媽，那裡太遠了。我好累哦。」

「為什麼累？」桑頓太太額頭微微蹙起。

「不知道……天氣吧，讓人提不起勁。媽，妳不能把保母帶來家裡嗎？派馬車去接她，這樣她可以在家裡待大半天，她一定會喜歡的。」

桑頓太太沒有答話，只是把手上的針線活放在桌上，彷彿在考慮。

「這樣她晚上走路回家太遠了！」她終於開口。

「我會雇車送她回家。我怎麼可能讓她走路。」

這時桑頓先生走進來，準備出門去工廠。

「媽！我應該不需要提醒妳，赫爾太太身體不好。如果有任何妳幫得上忙的小事，妳會主動提出來吧。」

「如果我看到我能做的事，我會的。可是我自己沒生過病，不知道病人腦袋裡裝的都是些什麼奇思怪想。」

「那麼就問芬妮，她一天到晚這裡痛那裡不舒服的，一定可以提供很好的建議。對吧，芬妮？」

「我哪有一天到晚不舒服。」芬妮氣呼呼地說，「而且我不跟媽媽去。我今天頭疼，不可以出門。」

桑頓先生沉下臉來。桑頓太太視線往下盯著針線活，兩手忙不迭地織了起來。

「芬妮！我希望妳去。」桑頓先生一聲令下。「對妳只有好處，沒有壞處。就算給我面子，別讓我再多說一句。」

話聲一落，他馬上轉身走出去。

即使他客氣地說「就算給我面子」，如果他多留一分鐘，芬妮一定會被他的命令式口吻氣哭。但他已經走了，所以芬妮只是埋怨兩句。

「約翰老是這樣說，一副我在裝病，我根本沒裝過病。這些姓赫爾的到底是什麼人，約翰為什麼這麼小題大作？」

「芬妮，別這樣說妳哥哥。他一定有他的理由，否則他不會要我們去。趕快去換衣裳。」

兒子跟女兒的小小拌嘴，並未讓桑頓太太對「這些姓赫爾的」印象更好。她嫉妒的心提出跟女兒相同的問題，「他們是什麼人，為什麼他急著要我們去搭理他們？」這個念頭像歌曲的副歌，在她心裡反覆播放，芬妮卻老早拋到九霄雲外，心花怒放地站在鏡子試戴她的新帽子。

桑頓太太個性內向，直到最近幾年才有足夠的空閒接觸社交圈，可惜她不喜歡那種送往迎來的社交生活。如果是設宴招待客人，或評論別人家的宴席，她倒是樂在其中。只是，像這樣巴巴地跑去認識陌生人，又是另一回事了。她走進赫爾家的小客廳時，只覺渾身不自在，看起來比平時更威嚴，更讓人望而生畏。

瑪格麗特正在繡一小塊細棉布，是為了幫伊迪絲還沒出生的孩子做衣裳用的。「膚淺、沒價值的活兒。」桑頓太太見狀在心裡嘀咕。相較之下，她覺得赫爾太太的雙面編織好得多，實用又不花俏。整間客廳滿滿都是小擺飾，只怕要花不少時間撣灰塵，對於收入有限的人而言，時間就是金錢。她一面在心裡對主人家品頭論足，一面莊嚴高貴地跟赫爾太太閒聊，說些大多數人即使心不在焉也說得出來、了無新意的應酬話。赫爾太太倒是比較盡心盡力地回應，因為她注意到桑頓太太身上貨真價實的古典蕾絲料子。就像事後她對蒂克森說的，「那種傳統英式織法的蕾絲已經七十年沒有生產了，市面上不可能買得到。應該是傳家寶，顯示她也是大戶人家出身。」於是，原本赫爾太太只會淡淡地應對幾句，讓客人覺得受冷落，多虧了那塊祖傳蕾絲，它的主人得到相當程度的尊重。就在這個時候，瑪格麗特挖空心思找話題跟芬妮閒聊，也聽見她母親跟桑頓聊起僕人這個海闊天空的話題。

「你們不喜歡音樂吧？」芬妮說，「我沒看見鋼琴。」

「我喜歡聽些優美的曲子，但彈得不好。我爸媽對音樂不特別喜愛，所以我們搬來這裡時把舊鋼琴給賣掉了。」

「真難想像你們沒鋼琴怎麼過日子，對我來說鋼琴幾乎是生活必需品。」

「一星期工資十五先令，其中三先令還得存起來！」瑪格麗特心裡嘀咕著。「不過那時候她年紀應該還太小，也許忘了當時的事，但她一定知道家裡挨過那種日子。」瑪格麗特再開口說話時，語氣裡多了一分冷淡。

「你們這裡應該有不錯的音樂會。」

「是啊！好聽極了！可惜人太多，這點最糟糕。那些經理不篩選觀眾，什麼人都放進去。不過保證可以聽到最新的曲子就是了。每次聽完音樂會的隔天，我都會跟詹森公司下一大筆訂單。」

「那麼妳喜歡新樂曲，純粹只是因為它們很新嗎？」

「那些新歌一定都是倫敦最流行的曲子，否則歌手也不會帶來這裡演唱。對了，妳在倫敦住過。」

「是啊。」瑪格麗特答。「我在那裡住過幾年。」

「哇！倫敦和阿罕布拉宮[31]是我最想去的兩個地方！」

「倫敦和阿罕布拉宮！」

「正是！自從我讀過《阿罕布拉宮傳說》以後。妳不知道那本書嗎？」

「應該不知道。不過，去倫敦一點都不難。」

「是啊，只不過……」芬妮壓低聲音，「媽媽自己沒去過倫敦，沒辦法理解我的渴望。她以米爾頓為榮，我覺得這裡到處髒兮兮，煙霧瀰漫。我覺得正因如此，她更加喜歡這裡。」

「如果桑頓太太已經在這裡住了很久，理所當然會喜歡這個地方。」瑪格麗特以她銀鈴般的清亮嗓音說道。

「赫爾小姐，妳剛剛說我什麼？我可以知道嗎？」

瑪格麗特被問得突然，一時之間答不上來。芬妮代她回答：

「沒事，媽！我們只是在聊妳有多喜歡米爾頓。」

「謝謝妳。」桑頓太太說。「我在這地方出生，在這裡長大，又住了這麼多年，自然而然會喜歡這地方。我不覺得這有什麼好討論的。」

瑪格麗特覺得心煩。依照芬妮所描述的，她們確實有點失禮地在背後議論桑頓太太。可是桑頓太太這麼直接表現出被冒犯的不滿，也讓瑪格麗特有點反感。

桑頓太太停頓片刻之後，接著又說：

「赫爾小姐，妳對米爾頓了解多少？妳參觀過這裡的工廠嗎？或那些壯觀的貨倉？」

「沒有！」瑪格麗特答。「我還沒去過那類地方。」之後她又覺得，她沒有表明自己對那些地

31. Alhambra，位於西班牙格拉納達的蘇丹王宮，始建於十三世紀中葉，直到十五世紀才完成。美國作家兼外交家華盛頓・歐文（Washington Irving，一七八三～一八五九）為了撰寫西班牙入侵格拉納達的史書，入住阿罕布拉宮蒐集資料，寫成《阿罕布拉宮傳說》（*Tales of the Alhambra*）一書。

方興趣缺缺，等於沒說真話。

「如果我想參觀，爸爸一定會帶我去的。只是，我真的不覺得參觀工廠有什麼意思。」

「工廠讓人很好奇。」赫爾太太說。「可惜那裡面總是太嘈雜、太多灰塵。我記得我曾經穿著淡紫色絲綢禮服去參觀蠟燭工廠，結果好好的衣裳都給毀了。」

「有此可能。」桑頓太太的語氣有點暴躁不悅。「我只是在想，你們剛搬到這個陌生城鎮來，而這個城鎮的特殊產業既有特色又進步神速，舉國聞名，也許你們會想參觀一下那些產業的經營場所，那是在大英帝國其他地方看不到的。哪天赫爾小姐改變主意，願意屈尊一探米爾頓的製造業，我一定很樂意幫她安排，讓她去參觀印染工廠、扣片[32]製造，或者我兒子工廠裡那些更簡單的紡紗作業。我相信妳可以在那裡看見紡織機歷經各種改良後的最完善模樣。」

「我很高興妳不喜歡工廠、製造廠和那類地方。」芬妮起身走向媽媽時悄聲說。桑頓太太正在向赫爾太太告辭，倉促中不失尊貴。

「如果我是妳，我應該會想弄懂那方面的一切。」

「芬妮！」馬車啟程後，桑頓太太說，「我們可以對這些姓赫爾的人以禮相待，但別太急著跟他們家女兒交朋友。她對妳不會有好處。那個媽媽好像病得不輕，看起來人還不錯，話也不多。」

「媽，我才不要跟赫爾小姐交朋友。」芬妮噘著嘴說。「我只是盡我當客人的本分，跟她說說話，陪她消磨時間。」

「嗯！這下子約翰總該滿意了吧。」

32. 紡織機上的機件，每一絲線都要從扣齒穿入，成語「絲絲入扣」典故即在此。

第十三章　悶熱環境裡的習習涼風

不論疑惑和憂慮、恐懼與痛楚，
乃至苦惱，都只是無謂的幻影，
就連死亡本身，也不會留步；

我們跋涉於疲憊的荒漠，
穿越沉鬱的曲折巷弄，
踽踽行過幽暗地道；

但，只要我們遵循唯一的指引，
那最沉鬱的路途，最幽暗的蹊徑，
終將通往天堂般的燦燦白晝；

此時，我們被拋擲在各處岸濱，
只要通過這段危險旅程，最終，
將在天父的家園團聚。

——理察·特倫奇[33]

客人一離開，瑪格麗特立刻飛奔上樓，戴上帽子披上圍巾，跑到席金斯家探望貝西，陪貝西坐到不得不回家吃晚餐。她走在狹窄巷弄間時，覺得很不可思議，只因她學會關心住在這裡面的某個人，這些巷道在她眼中就有了全新意義。

貝西那個邋遢妹妹瑪莉為了瑪格麗特的到訪，盡她所能把房子打理乾淨。地板正中央明顯打磨過，只是桌椅底下和牆腳邊的石板仍舊維持髒污面貌。雖然天氣挺熱，爐柵裡卻是燃著熊熊烈火，弄得整間屋子像烤箱。那一大盆煤炭，其實是瑪莉款待貴客的一番心意，可惜瑪格麗特無從得知，誤以為病中的貝西需要這種高溫。貝西躺在窗子底下一張小沙發上，看起來比前一天虛弱得多。她整個早上聽見腳步聲就起身查看，這會兒已經疲憊不堪。現在瑪格麗特來了，坐在她身旁的椅子上，貝西靜靜地躺回沙發上，心滿意足地盯著瑪格麗特的臉，觸摸她的衣裳，像個孩子似地欣賞那細緻的質料。

「以前我總是不明白《聖經》裡那些人為什麼喜歡柔軟的衣料。不過，能穿上妳這樣的衣裳，一定很不錯，跟一般人的衣服不一樣。那些上流社會的人多半穿得五顏六色，看得我眼睛都花了。不知怎的，妳的衣服卻讓我覺得很輕鬆。妳這件衣裳在哪買的？」

「倫敦。」瑪格麗特覺得挺有趣。

「倫敦！妳去過倫敦？」

「嗯！我在那裡住過幾年。不過我家在森林裡，在鄉下。」

「跟我說說。」貝西說，「我喜歡聽些有關鄉下、樹木之類的事。」她靠回椅背，閉上眼睛，雙手交疊擱在胸口，躺得安詳寧靜，彷彿不論瑪格麗特說什麼，她都欣然接受。

自從搬到米爾頓至今，瑪格麗特還沒跟人聊起過海爾斯東，只除了偶爾提及那個地名。夢裡的海爾斯東比真實世界的海爾斯東更為鮮活生動，夜裡她進入夢鄉後，經常隨著記憶，暢遊故鄉所有賞心悅目的景點。不過，她對貝西毫無保留：「貝西，我真的很愛我們以前那個家！真希望妳也能親眼看見那地方。我沒辦法說出它全部的美，連一半都表達不出來。那裡到處都是高聳的大樹，枝椏橫伸得很遠，即使日正當中，也有濃密的樹蔭供你休息乘涼。雖然樹葉好像都靜止不動，你總是能聽見四周不斷傳來沙沙聲響，那聲音彷彿不在近處。有時候草地像天鵝絨一樣柔軟細緻，有時候卻是蒼翠茂盛，飽含水氣，因為附近有一條看不見的潺潺小溪。其他地方則有迎風起伏的蕨類植物，綿延不絕的一大片，有些被暗綠陰影覆蓋，有些則是灑上了長條長條的金黃色陽光，就像大海一樣。」

「我沒看過大海。」貝西喃喃說道，「接著說。」

「四面八方都有寬闊的公有地，地勢極高，像在樹梢上……」

「這我喜歡。我總覺得被壓得很低，喘不過氣來。我出去散步時，就會往高處走，去看遙遠的地方，深吸幾口那裡的飽滿空氣。我在米爾頓老覺得快要窒息，妳剛剛說到樹林裡的聲音，持續不斷的，一定會讓我頭昏腦脹，以前工廠裡那種聲音害我頭疼。對了，那些公有地應該沒什麼噪音吧？」

「沒有。」瑪格麗特說，「只是高空中偶爾會有雲雀的叫聲。有時我會聽見農夫大聲責罵僕人。那聲音太遙遠，只是讓我開心地想到遠處有人正在辛勤工作，而我坐在石南原裡發懶。」

「以前我曾經想過，如果我有一整天的時間，去到妳說的那種安靜的地方，什麼都不做，也許我又會好起來。現在我已經清閒很久了，這種日子卻跟上工那時候一樣，讓我非常厭煩。有時候我實在厭煩極了，會覺得如果我不能好好休息一下，將來到了天堂也沒辦法好好享受。我很害

33. Richard Chenevix Trench，一八〇七～一八八六，英國國教樞機主教，也是詩人，為十九世紀聖詩權威。

怕死了以後會直接上天堂，沒辦法先在墳墓裡好好睡上一覺，消除疲勞。」

「別害怕，貝西。」說著，瑪格麗特把手搭在貝西手上。「上帝賜給妳的安息，會比妳在人間的清閒或墳墓裡的長眠更舒暢。」

貝西心神不寧地挪動身體，接著又說：

「真希望爸爸別老是用那種口氣說話。他沒有惡意，這我昨天跟妳說過了，也會一次一次再跟妳說。白天裡我一點都不相信他的話，可是到了夜裡我發著高燒、半睡半醒時，他那些話就浮現我腦海。糟透了！那時我就會想，如果這就是一切的終點，如果我生下來只是為了工作，就這麼耗盡我的感情和我的生命；在這種可悲的地方生病，工廠的雜音永遠在我耳朵裡響著，直到我忍不住尖叫，要它們停下來，給我一時半刻的寧靜；肺裡塞滿棉塵，直到我因為吸不到一口妳說的那種清新空氣，絕望地死去；我媽媽死了，我永遠沒有機會再跟她說我有多愛她；還有我的一大堆煩惱。如果這段生命就是終點，如果沒有上帝來抹掉所有眼睛裡的淚水……喂，妳這丫頭！」這時她坐起來，使勁抓住瑪格麗特的手，力道有點過猛。「我可能會發瘋，可能會殺了妳，真的。」她重新躺下，激昂的情緒讓她筋疲力竭。瑪格麗特跪在她身旁。

「貝西，我們的天國裡有個天父。」

「我知道！我知道。」她嗚咽著說，一顆腦袋不安地左搖右晃。

「我太邪惡了，我說了邪惡的話。別被我嚇得以後再也不敢來！我連妳的一根頭髮都不會傷害的。而且……」她睜開眼睛，真誠地望著瑪格麗特。「我相信接下來會發生的事，信心也許比妳更堅定。我把〈啟示錄〉讀得滾瓜爛熟，幾乎都背下來了。我醒著或腦袋瓜清楚時，沒有懷疑過我將要看見的天國榮光。」

「我們別再聊那些妳發燒時胡思亂想的事了。我想聽聽妳生病以前過著什麼樣的生活。」

「媽媽過世時我身體好像還沒出問題。差不多從那個時候開始，我愈來愈虛弱。媽媽過世不久，我去工廠的梳棉室工作，棉塵飄進我的肺，害我中毒。」

「棉塵？」瑪格麗特好奇地追問。

「棉塵。」貝西重複一次。「細小的棉花屑，梳理棉纖時飄出來的，空氣裡滿滿都是，像微細的白色灰塵。他們說棉塵會纏繞肺臟，讓肺臟緊縮起來。總之，很多在梳棉室工作的人後來都害了肺病，咳個不停，還吐血，因為他們都中了棉塵的毒。」

「沒辦法處理嗎？」瑪格麗特問。

「不知道。有人在梳棉室裝大風扇，鼓起一陣風，把棉塵吹走。可是風扇很貴，可能要五、六百英鎊，又不能幫工廠賺錢，只有少數廠主願意裝。我也聽說有些男人不喜歡在裝了風扇的地方工作，因為風扇會讓他們肚子餓。他們老早習慣把棉塵吞下肚，少了棉塵就沒有體力。如果要他們在這樣的地方工作，工資要多給才行。所以，因為廠主和男工的關係，風扇就裝不上啦。我倒是希望我以前工作的地方裝了風扇。」

「妳爸不知道這事嗎？」瑪格麗特問。

「知道，他也很懊惱。我們工廠大致上還不錯，有一群還算可靠的工人。如果我自己到別的工廠工作，爸爸會擔心。現在妳可能看不出來，以前很多人都喊我漂亮小姐。我也不喜歡讓人家覺得我太弱不禁風。媽媽交代過要讓瑪莉繼續念書，爸爸又喜歡買書，經常去這裡上課那裡聽演講的，那些都要花錢，我只好一直做下去，做到耳朵裡的嗡嗡聲永遠停不下來，或喉嚨裡老是卡棉塵。就這樣。」

「妳多大年紀？」瑪格麗特問。

「到七月就滿十九歲。」

「我也十九歲。」瑪格麗特尋思。想到她們之間的對比，她的心情比貝西還悲傷。為了壓抑澎湃洶湧的思緒，她停頓半晌，說不出話來。

「關於瑪莉，」貝西說，「我想拜託妳把她當朋友。她十七歲，是家裡最小的孩子。我不希望她到工廠上班，卻不知道她能做什麼。」

「她大概沒辦法……」瑪格麗特下意識地瞄了一眼屋裡沒打掃的角落。「她大概做不來女僕的工作吧？我家裡有個忠心的老女僕，幾乎像我們的老朋友了，她需要找個幫手。她很挑剔，幫她找個成天惹她惱火發怒的幫手，恐怕不太好。」

「是不太好，妳說得沒錯。瑪莉是個好女孩，可惜沒人教她怎麼收拾屋子。媽媽走了，我一直在工廠上班，現在我什麼都做不了，只會責罵她做不好那些連我自己都不會做的事。雖然如此，我還是很希望她能跟妳一起住。」

「她是不是真的不適合過來住在我們家當幫傭，這我不敢說。不過，為了妳，我會努力把她當朋友。我該走了，有空我會再來。如果不是明天，或後天，甚至一星期或兩星期以後，別以為我忘記妳了。我可能有事忙著。」

「我知道妳不會再忘記我了，以後我都會相信妳。只是妳別忘了，再過一星期或兩星期，我可能死掉下葬了。」

「我會儘快再來。」瑪格麗特緊捏貝西的手。「萬一妳病情加重，一定要派人通知我。」

「嗯，我會。」貝西也回捏瑪格麗特的手。

從那天起，赫爾太太的病情每下愈況。伊迪絲結婚也快滿一年了，瑪格麗特回想過去這一年煩心事接踵而來，不明白自己是怎麼撐過來的。如果她事先預料到會有這些苦難，肯定會畏縮躲藏，拒絕面對這段時期！然而，日子一天一天過去，每個日子本身倒還不難忍受，總有微小的、強烈的、亮麗的愉悅片刻，在一片愁苦之中閃耀著光彩。一年前她剛回到海爾斯東、側面發現媽媽怨天尤人的個性，那時的媽媽如果預知自己會在一個陌生、孤寂、嘈雜又繁忙的城鎮忍受漫長的病痛，家裡的舒適程度又遠遠不及過去，一定會怨聲載道。如今媽媽有了更充足更正當的理由可以抱怨，卻變得異常堅忍卓絕。當她身體承受著劇烈痛楚，外在表現卻是溫和又平靜。那種對比，幾乎就像當初明明沒有難過的理由，卻總是牢騷滿腹、消沉沮喪一樣。赫爾先生也為此憂心忡忡。只是，他的擔憂不多不少，正好會讓他這種男人選擇刻意忽視，不敢面對。只要女兒說出對媽媽身體的掛慮，他就顯得特別惱怒，而這種惱怒也是前所未有的。

「說實在話，瑪格麗特，妳愈來愈愛幻想了！如果妳母親病得很重，我一定是第一個察覺的。以前在海爾斯東，她只要頭疼，就算不開口，我們也都看得出來。她生病時會變得很蒼白、面無血色，可是現在她臉頰總是健康紅潤，就跟我剛認識她時一樣。」

「可是爸……」瑪格麗特欲言又止。「我覺得那種紅潤是病痛造成的。」

「胡說！瑪格麗特，妳真的想太多。我覺得身體不舒服的是妳。明天請醫生來家裡幫妳看看。為了讓妳安心，可以請醫生順便看看妳媽。」

「謝謝你，親愛的爸爸。這樣做我真的會比較開心。」她走上前去親吻爸爸，卻被他輕輕推開，彷彿只要將她推開，她說的那些不愉快話語也會隨之消失。他在屋子裡來回踱方步。

「可憐的瑪麗亞！」他像在自言自語，「但願一個人做出正確選擇時，不會犧牲到其他人。萬一她……我一定會恨這個城鎮，也恨我自己。瑪格麗特，妳母親有沒有跟妳聊過海爾斯東那些熟悉的地方？」

「沒有，爸爸。」瑪格麗特哀傷地說。

「所以囉，她不可能是因為想念那些地方心情鬱悶，對吧？妳媽媽個性單純又直率，她有任何一點心事，我都會知道。如果她健康出了大問題，絕不會瞞我的。瑪格麗特，妳說對吧？我敢肯定她不會的，別再讓我聽見那些愚蠢又討人厭的話了。來，給我一個吻，回房睡覺去了。」

等瑪格麗特慢條斯理、有氣無力地換好睡衣，躺在床上靜下來聆聽，父親還在來回踱步。

（套句她跟伊迪絲以前常說的，像浣熊走路。）

第十四章 叛變

過去的我
總是睡得像孩童般香甜，
如今只要狂風驟起，我就心驚；
想到我可憐的兒子在大海上
顛簸晃盪，我似乎覺得，
就為了如此微小過失，
把他從我身邊帶走，
未免殘酷。

——邵塞[34]

大約這段時間，瑪格麗特很感快慰，因為媽媽對她的態度，比起小時候更加溫柔親切。媽媽把她當知心朋友，對她吐露心事，這是瑪格麗特日夜期盼的事，過去也一直為此羨慕蒂克森。只要母親有任何需要，她都不辭辛勞地回應。母親也頻頻召喚她，很多時候只是些微不足道的小

34. Robert Southey，一七七四～一八四三，英國浪漫派詩人，一八一三年被封為桂冠詩人。此處詩句摘自邵塞的《英文牧歌》（*English Eclogues*）第五首〈水手的母親〉（The Sailor's Mother）。

事，換做瑪格麗特自己，根本不會注意到，也不會在乎。正如大象不會在乎牠腳上的小小別針，不過，只要主人要求，牠還是會小心翼翼地舉起來。不知不覺之中，瑪格麗特得到了回報。

有天晚上，赫爾先生不在家，赫爾太太主動提起弗列德。這個話題瑪格麗特老早就想問，卻因為膽怯而埋在心底，有別於她平時有話直說的風格。她越是想知道弗列德的近況，就越不敢開口問。

「瑪格麗特，昨天晚上颳了強風！從我們房間的煙囪呼呼灌下來！我睡不著。風大時我就睡不著。自從可憐的弗列德出海以後，我就這樣了。到了現在，即使我不會馬上醒過來，也會夢見他在暴風雨的海上，船的兩邊都是通透得像綠色玻璃似的滔天巨浪。浪頭比船的桅杆高出許多，凶猛殘暴的白色泡沫在船的上空捲繞，像長了頂冠的巨蛇。這是我以前常做的噩夢，現在只要颳風，它就會出現，直到我慶幸自己醒過來，滿懷恐懼，僵硬又挺直地坐在床上。可憐的弗列德！他現在都在陸地上，強風傷害不了他了。不過，也許風會把那些插天似的煙囪吹倒。」

「媽，弗列德人在哪裡？我知道我們寫的信都寄給西班牙卡地斯一位巴伯爾先生，可是弗列德人在哪裡？」

「我記不得那個地名。不過他現在不姓赫爾了，這妳應該知道。他寄來的信角落上都寫個『狄』字。他現在改姓狄肯森。我原本希望他用貝瑞福德，畢竟是他外公的姓氏。妳爸爸覺得這樣不好，擔心他用我的娘家姓會被認出來。」

「媽……」瑪格麗特說，「出事時我住在姨媽家，當時我可能年紀太小，不能知道太多。現在我很想弄清楚。我能……如果妳談起這件事不會太難受的話。」

「難受！不會。」赫爾太太臉色泛紅。「只是，想到我可能再也見不到我親愛的兒子，心裡真的很難受。他沒做錯什麼，別人想說什麼隨他們說去，我有他寫來的親筆信。他是我兒子，我寧願相信他，也不相信世上任何軍事法庭。乖女兒，去我房間那個日本小櫃子，打開左手邊第二個抽屜，裡面有一疊信。」

瑪格麗特上樓去拿。那裡面是海水浸漬過的泛黃書信，有著海上書信的特有氣味。瑪格麗特把整疊信拿下來給媽媽。赫爾太太用顫抖的手指解開捆綁信件的絲繩，檢視信件日期，拿給瑪格麗特讀。瑪格麗特還沒讀懂內容，赫爾太太已經焦急地就信件內容評論起來。

「瑪格麗特，妳看到了，他一開始就不喜歡李德艦長。那時弗列德還是少尉，第一次出海執勤，在『獵戶座號』上。可憐的孩子，他穿著少尉的制服看起來多麼英俊挺拔，手上的短劍像裁紙刀似的，割開一張張報紙！這個李德先生好像從一開始就不喜歡弗列德。然後，停住！這些信是他在『羅素號』上寫的。他後來被派到這艘軍艦，發現指揮官就是宿敵李德，原本打算耐心地忍受他的專橫。妳看！就是這封。瑪格麗特，妳讀吧。他在這封信裡提到……停住……『父親可以相信，我做為一名軍官、一名紳士，一定會拿出該有的耐心，容忍另一名軍官兼紳士的一切作為。只是，根據我過去對目前長官的認識，坦白說，我覺得「羅素號」將會面臨漫長的暴虐領導。』

「妳看到了，他說他會好好忍耐。我相信他做到了，他只要不被惹惱，就是個性情最溫和的孩子。那封信裡是不是說到李德艦長對船上的水兵不耐煩，因為他們操練時動作不如『復仇者號』迅速？妳看，他說『羅素號』上的水兵大多是新手，而『復仇者號』已經服役三年了，平時除了嚇阻販奴船之外，就是操練船上的水兵，直到他們個個身手矯健，可以像老鼠或猴子似地，俐落地在桅杆索具之間爬上爬下。」

瑪格麗特慢慢讀信，因為墨水褪色，有半數字跡難以辨認。內容或許——很可能——在描述李德艦長處理各種瑣碎小事時的飛揚跋扈，寫信的人恐怕不無渲染之嫌，畢竟寫信時才剛經歷那場紛爭，內心還忿忿不平。當時有些水兵在主桅中帆索具上，艦長命令他們馬上下來，還說最後一名要吃一頓九尾鞭。當時有個水兵站在桅杆最遠端，覺得自己無論如何都無法超越同伴，卻又非常畏懼鞭刑的恥辱，鋌而走險縱身一躍，想抓住底下離他很遠的一條繩索。可惜沒抓著，整個人摔在甲板上，昏死過去。那人清醒後只撐了幾小時。船上水兵義憤填膺，情緒幾乎沸騰。弗列德就是在那種心情下寫了這封信。

「我們很久以後才收到這封信，是在我們聽說叛變事件之後很久。可憐的弗列德！當時他根本不知道該怎麼把這封信寄出來，我猜光是寫寫信，對他就是很大的安慰了。可憐的孩子！之後我們在報紙上看到一篇報導，那是我們收到弗列德的信之前很久的事。報導說『羅素號』發生駭人聽聞的叛變事件，說叛軍挾持『羅素號』，一般猜測這艘船可能已經變成海盜船。報導還說李德艦長跟幾個軍官或什麼的人一起被趕上小船，在大海上漂流。報紙還刊登了那些軍官的姓名，他們後來被一艘西印度蒸汽船救起來。瑪格麗特！我和妳爸看到那份名單多麼心驚膽顫，因為那上面沒有弗列德的名字。我們當時認為一定是哪裡弄錯了，因為弗列德是這麼好的一個孩子，唯一的缺點就是情緒比較容易激動。我們希望名單上那個卡爾是赫爾的誤植，妳也知道報紙都是這麼粗心大意。那天郵差快到時，妳爸走路到南安普頓去買報紙。我在家裡坐立不安，就出門去等他。他很晚才回來，比我的預期晚很多。我坐在樹籬底下等他。最後他終於出現了，雙手無力地下垂，低著頭，腳步遲緩，每一步好像都很吃力、很艱難。瑪格麗特，那一幕我到現在還記得清清楚楚。」

「別再想了，媽。我完全了解。」說著，瑪格麗特親暱地依偎在母親身旁，親吻她的手。

「不，妳不了解。當時沒看見他的人都沒辦法了解。我忽然一陣天旋地轉，幾乎沒有力氣站起來迎上前去。等我走到他身邊，他什麼都沒說，看到我出現在離家五公里的歐德罕那棵山毛櫸旁，好像也一點都不驚訝。他挽起我手臂，不停撫摸我的手，像在安慰我，讓我在承受重大打擊時可以保持平靜。那時我全身顫抖，說不出話來。他張開手臂抱住我，頭低下來抵住我的頭，渾身打顫，用一種極力壓抑的古怪悶哼聲哭著。這下子我嚇得一動也不動，開始拜託他把聽到的事都告訴我。然後，他遞給我一份報紙，手不自主地抽動，好像有人在拉扯。報紙上說我們的弗列德是『最泯滅人性的叛徒』、『忘恩負義，讓英國海軍蒙羞』。噢，我不知道他們還有什麼難聽字眼沒用上。我一讀完，就把報紙拿起來撕成碎片。我把它撕了，瑪格麗特！我好像用嘴把它咬爛。我沒有哭，我哭不出來。我的臉頰熱得像著了火，兩眼在腦袋瓜裡燃燒。我看到妳爸灰心喪氣地望著我，我說那都是騙人的。果然沒錯，幾個月後，我們收到這封信，妳就知道弗列德是怎樣被激怒的。他不是為了自己或自己受到的傷害才反抗的。他對李德艦長說出自己心裡的話，結果反而更糟。不過，妳看到大多數水兵都跟弗列德同一陣線。」

「瑪格麗特，我覺得……」她停頓了一會兒，繼續用虛弱、顫抖、疲乏的嗓音說，「我很高興。弗列德勇敢對抗不公不義的事。比起當個好軍官，我更以這樣的他為榮。」

「我也是。」瑪格麗特堅決地說。「在智慧與公義面前，忠誠順從當然很好。可是，面對殘忍不公的專制威權，能夠為其他更弱小的人——而不是為自己——起而反抗，就更可敬了。」

「雖然有那些事，我還是很希望能跟弗列德見上一面，只要一面就夠了。瑪格麗特，他是我第一個孩子。」赫爾太太說這話時面帶愁容，幾乎像是為自己這份渴盼與冀求感到抱歉，彷彿擔心自己這番話會讓瑪格麗特覺得不受重視。瑪格麗特完全沒有那種心思，此刻她只想著該如何幫媽媽達成心願。

「媽，事情已經過了六、七年了，他們還會起訴他嗎？如果他回來接受審判，會受到什麼樣的處罰？說不定他有證據可以洗刷冤屈。」

實。現在情況改變了，他沮喪地答道：

「妳覺得她對我們隱瞞病情嗎？妳覺得她真的病得很厲害了嗎？蒂克森有沒有說過什麼？瑪格麗特！我整天提心吊膽，擔心我們搬到米爾頓這件事會害妳媽媽送了命。我可憐的瑪麗亞。」

「天哪，爸！別胡思亂想。」瑪格麗特無比震驚。「她身體不舒服，就這麼簡單。人都會生病，只要得到好的治療，就會復元，變得比過去更健康。」

「那麼蒂克森到底有沒有說過媽媽的事？」

「沒有。你也知道，蒂克森喜歡拿些小事搞神秘。這回她對媽媽的身體狀況保密到家，我才會提高警覺，就這樣。我敢說一定沒事。爸，你前幾天不是才說我想太多。」

「我希望、也相信是妳想太多。別管我那時候說了什麼，妳不妨多猜測媽媽的身體狀況，這樣很好。妳可以隨時把妳的想法告訴我，不必害怕。雖然那時我口氣聽起來一定很不高興，但我喜歡多聽聽。等會兒我們跟桑頓太太打聽一下，看她有沒有認識比較好的醫生。我們不怕花錢，要請就請最好的。停一下，我們要改走這條街。」

這條街看起來不太可能會有適合桑頓太太那種人住的大房子。桑頓先生本人並沒有給人這方面的印象，但瑪格麗特下意識地推測，體格高大壯碩、衣著體面的桑頓太太肯定住在符合她性格的屋子裡。這條馬博洛街只有成排的小房子，間或穿插光禿禿的圍牆，至少從他們所在的街口放眼望去是這樣。

「他告訴我他住在馬博洛街，這點我很確定。」赫爾先生用狐疑的口吻說道。

「可能他在這方面還維持過去的節儉習慣，住在小房子裡。附近人滿多的，我來問問。」

她向路人打聽，得知桑頓先生的住家緊鄰工廠。路人還把工廠大門的位置指給她看，原來就在他們已經留意到的那堵長長的實牆盡頭。

工廠大門像普通花園入口，有一扇緊閉的木門，專供貨車或馬車出入。守衛讓他們進入一個矩形大院，院子的一側是辦公室所在，對面是有著許多窗子的巨大廠房。工廠裡傳出持續不斷的機器哐噹聲和蒸氣引擎沒有停歇的隆隆聲，音量之大，足以損害裡面住戶的聽力。街邊那面牆的對面，就在矩形院子較為窄小的一端，有一棟美觀的石造大屋。當然，石材多多少少被工廠的煙給熏黑了，油漆、窗戶和石階倒是刷洗得一塵不染。這棟房子顯然有五、六十年歷史了，它的石材牆面、為數眾多的窗子，以及由門口兩側往上延伸、附有欄杆的階梯，都見證了這棟建築走過的歲月。

瑪格麗特只是納悶，有能力住得起這麼好的屋子、又打理得這麼整潔的人，為什麼不想搬到鄉間，甚至只是郊區，換個小得多的房子，避開工廠沒完沒了的轟隆聲與叮咚聲。他們站在階梯上等人應門時，她不慣喧囂的耳朵幾乎聽不見爸爸說話的聲音。她踏上那些老式階梯、被請進客廳的過程中觀察到，客廳的三面窗子就在前門和入口右側那個房間的正上方，所以往外只能看見沉悶的院子，視野被大門那堵實牆隔絕。

客廳裡沒有人，彷彿打從家具被人極度謹慎地套上布套那天起，就沒人來過。那些家具被保護得無比嚴密，似乎預期屋子即將被熔岩淹沒，千年之後才會被人挖掘出來。客廳牆面粉紅色與金黃色互搭；地毯的圖案是淡色背景上的一束束花朵，正中央卻被一塊沉滯的素色亞麻厚毯覆蓋；窗簾是蕾絲料子；每張椅子和沙發都有各自的網狀或編織封套；所有看得見的平面都擺放大型石膏像，安全地躲在玻璃罩裡，不怕沾染灰塵。客廳正中央有一張大圓桌，就在被包覆的水晶吊燈底下，光滑的桌面周圍規律地擺設一圈裝訂精美的書籍，像車輪那色彩活潑的輪輻。每件物品都反射光線，卻沒有任何東西吸收光線。整個房間似乎嘔心瀝血精心裝飾、處處光彩奪目、晶亮耀眼。

瑪格麗特只覺這樣的布置看著叫人難受，幾乎沒注意到，在這樣的環境裡，要花多少心力去打掃，才能讓每件物品保持得如此亮白潔淨；又要費多少工夫收拾，才能造就這種讓人渾身不舒服的交好朋友以前，他們都沒聽說過這個偉大名號，心裡不免湧起一股彆扭的滑稽感。這位驕傲母親的世界顯然跟哈里街上流社會的世界、或者鄉村牧師與漢普夏鄉紳的世界大不相同。瑪格麗特雖然努力維持專注聆聽的表情，敏感的桑頓太太卻依然察覺出她的這點心思。

「赫爾小姐，妳心裡在想，妳沒聽說過我這個優秀兒子。妳覺得我這個老太婆以為米爾頓就是全天下，以為自己的烏鴉是全世界最白的一隻。」

「不，」瑪格麗特鼓起勇氣說，「妳說得或許沒錯，我確實是在想，我來到米爾頓之前完全沒聽說過桑頓先生。不過，我來到這裡以後，已經聽到不少足以讓我尊敬他、欽佩他的話，也覺得妳對他的描述很恰當、很實在。」

「妳聽誰說起他？」桑頓太太語氣稍見緩和，卻還是擔心別人說的話沒能客觀公正彰顯她兒子的優點。瑪格麗特略有遲疑，她不喜歡桑頓太太命令式的質詢語氣。赫爾先生趕緊出聲，設法化解僵局。

「我們是從桑頓先生那裡聽來的，他跟我們說了一些自己的事。瑪格麗特，妳說對吧？」

桑頓太太打直腰桿，說道：「我兒子不是那種會自我宣傳的人。赫爾小姐，容我再問妳一次，妳聽什麼人說了我兒子的好話？當媽媽的對孩子受到的讚美，總是好奇又貪心的。」

瑪格麗特這才回答，「早先貝爾先生跟我們聊過桑頓先生的過去，桑頓先生對這些事卻隻字不提，正因為他的沉默，我們更覺得他的確很值得妳感到驕傲。」

「貝爾先生！他對約翰又能了解多少？他自己在死氣沉沉的大學裡過著懶散的生活。不過我很感謝妳，赫爾小姐。大多數年輕小姐都不願意在老太婆面前誇獎她兒子。」

「這是為什麼？」瑪格麗特直盯著桑頓太太，一臉困惑。

「還能為什麼！假使她們企圖擄獲那兒子的心，當然會覺得自己這麼做是在討好老太婆，讓老太婆替她說說好話。」

她露出嚴謹的笑容，因為瑪格麗特的坦率讓她很高興，或許也因為她剛剛問了太多問題，一副自己有權質問別人似的。瑪格麗特聽見這番話不禁哈哈大笑。她笑得太開心，刺激了桑頓太太，因為這麼一來那番話想必十分荒唐可笑，才能逗得她樂不可支。瑪格麗特看見桑頓太太沉下臉，連忙打住。

「夫人，請恕我失禮。可是我實在很感謝妳沒有懷疑我企圖擄獲桑頓先生的心。」

「之前有其他年輕小姐試過。」桑頓太太拘謹地說。

「希望桑頓小姐一切安好。」赫爾先生急於換個話題。

「她跟平時一樣好。她身體向來不結實。」桑頓太太草草回答。

「那麼桑頓先生呢？星期四我應該有機會見到他吧？」

「我沒辦法替我兒子回答這個問題。最近鎮上發生了些不太愉快的事，工人在醞釀罷工。如果真是這樣，很多朋友會找他商量，因為他在這方面特別有經驗和判斷力。星期四他應該會過去。不管如何，如果他沒辦法上課，一定會通知你。」

「罷工！」瑪格麗特驚呼一聲。「為什麼？工人為什麼要罷工？」

「為了支配和占有別人的財產。」桑頓太太狠狠地哼了一聲。「他們罷工都是為了這個原因。如果我兒子的工人罷工，那麼他們就是一群不知感恩的卑劣小人。但我相信他們一定會罷工。」

「我猜他們是為了要求加薪？」赫爾先生說。

「那只是表面。真正的動機是，他們想當老闆，把老闆變成自家工廠裡的奴隸。他們經常打這種主意，心裡老記掛著這件事。每隔五、六年，雇主和勞工之間就有一場對抗。這回他們會學個乖，事情會有點出乎他們預料。如果他們不上工，以後再想進工廠就難了。如果這回他們真的

「我是說你有你的人權。除了宗教原因之外，好像沒有其他理由可以禁止你隨意支配你擁有的東西。」

「我知道我們對宗教的看法不盡相同，能不能請妳相信，雖然我的見解跟妳不一樣，我確實也有一點見解？」

他說話時壓低了聲音，彷彿只對她一個人說。

她不喜歡跟人這樣私下交談，用正常音量回應。「我不認為我有任何理由考量你在這件事上面的特殊宗教見解。我唯一想表達的是，只要雇主樂意，世間沒有任何法律禁止他們隨心所欲把自己的金錢全花光或扔掉。可是《聖經》有些段落倒是在暗示，雇主這麼做的話，就是怠忽自己身為管理者的職責，至少在我是這麼解讀。話說回來，我對罷工、薪水、資金和勞力這些事所知有限，最好別跟像你這樣的政治經濟專家談這方面的話題。」

「不對，妳更應該談。」他熱絡地說，「我會非常樂意為妳說明所有那些在陌生人眼中顯得異乎尋常又神秘難解的事，特別是在這樣的敏感時刻，任何能拿筆寫字的人，都會對我們的一舉一動發表評論。」

「多謝你。」瑪格麗特冷冷答道。「如果我對這個城鎮奇怪的人們感到困惑，當然會先請我父親指點迷津。」

「妳覺得這裡的人古怪。為什麼？」

「我也說不上來。可能是因為，表面上我看到這裡有兩個在各方面唇齒相依的階級，他們彼此卻都認為對方的利益與自己的利益衝突。這裡的兩派人馬永遠在批判對方，我過去還沒住過像這樣的地方。」

「妳聽見誰在批判雇主？我沒有問妳聽見誰在批判勞工，因為我發現妳執意曲解我那天說的話。妳究竟聽見誰在批判雇主？」

瑪格麗特漲紅了臉，而後笑著說：

「我不喜歡被盤問，所以拒絕回答你的問題。此外，這跟事實無關。你必須相信我的話，我確實聽見某些人說──可能只是某個勞工，雇主為了自己的利益，不希望勞工賺錢，因為勞工如果銀行裡有點存款，就太獨立自主。」

「我猜應該是那個叫席金斯的人跟妳說這些。」赫爾太太說。表面上看起來，桑頓先生像是沒聽見這句瑪格麗特顯然不希望他聽見的話。但他還是聽見了。

「不只如此，我還聽說勞工的無知對雇主有利。廠主不喜歡『模擬兩可的詭辯家』，雷納克斯上尉就是這麼形容他部隊裡那些對每一道命令都要打破沙鍋問到底的人。」她最後那句話是對她爸爸說的。雷納克斯上尉是誰？桑頓先生不禁納悶。他心裡莫名地生起一股不悅感受，一時之間竟然接不上話！赫爾先生出面打圓場。

「瑪格麗特，妳對學校向來不感興趣，否則妳會發現米爾頓在教育方面多麼用心。」

「確實！」瑪格麗特口氣突然變溫柔。「我知道我對學校不夠關心。但我剛剛提到的常識和無知，跟讀書寫字、對小孩的教導和知識傳遞沒有關係，我指的是欠缺足以引導男人和女人的智慧。而他──我是指我的消息來源──的意思好像是，雇主希望他們的工人只是一群大孩子，只顧著眼前，盲目服從。」

「赫爾小姐，一言以蔽之，妳的消息來源找到了一個輕信的聽眾，無條件接收他對雇主的一切中傷。」桑頓先生明顯被觸怒了。

瑪格麗特沒有回應。她不喜歡桑頓先生為她討論的客觀現象冠上個人色彩。

赫爾先生接著說：「我必須承認，雖然我跟勞工的互動不像瑪格麗特那麼密切，但從表面上看來，雇主跟勞工之間存在明顯敵意，這點讓我很震驚。」

桑頓先生沉默片刻，才又開口。瑪格麗特剛才走了出去，兩人之間的不愉快氣氛讓他很鬱卒。只不過，這一點煩悶反倒讓他冷靜下來，思慮更周全，說話時多了一點沉穩：

「我的理論是，我的利益跟我廠裡工人的利益一致，反之亦然。我知道赫爾小姐不喜歡我稱呼他們『人手』，那麼我不用這個詞。只不過，在我看來這個詞就像所有術語一樣，使用起來很方便，不管它從哪兒來，都是在我之前的事了。將來，在某個千禧年，在烏托邦裡，這種勞資和諧的理想也許能夠實現，正如我可以想像未來共和政體變成政府的完美體制。」

「我們讀完荷馬史詩以後，就會接著讀柏拉圖的《共和國》。」

「到了柏拉圖的理想時代，我們大家——男人、女人和小孩——也許都適合生活在共和國裡。只是，以我們現階段的道德與智力，我選擇君主立憲政體。襁褓時期的我們，需要英明的專制體制來統治。事實上，即使過了襁褓期很久的兒童和年輕人，在慎重穩定的官方制定的可靠律法下生活，才是最快樂的。我同意赫爾小姐的說法，我們的人民目前還處於兒童階段，但我不認為這種現象是我們這些雇主造成的，或刻意維持的。我主張專制管理對他們最好，因此，在我跟他們接觸的那些時間裡，我必須扮演獨裁者的角色。我會用最謹慎的態度，避免哄騙，也不以慈善家自居，這些事在我們北方這裡稍嫌太多。我會謹慎地訂定明智的規則，處理我的事業時也會公正地裁奪，這些規則與裁奪首先會於我有利，其次才會對他們有利。可是，我拒絕被迫做解釋，一旦我宣示決心，也絕不退縮。他們想罷工就隨他們去吧！我跟他們都會吃苦頭，到最後他們會發現，我的立場不會軟化，也不會有任何改變。」

這時瑪格麗特已經回來，在一旁做她的針線活，默不作聲。赫爾先生回應了：

「在這方面我實在愚昧無知，根據我的粗淺了解，我倒覺得社會大眾已經迅速進入兒童與成人之間的狂飆期，不管群體或個人的生活都是如此。家長們對待這個階段的孩子時，最容易犯的錯誤就是，要求他們像過去一樣無條件服從，在個人職責方面，一味遵從『喊你你就來』和『叫你做什麼就做』這類簡明規矩。有智慧的父母會包容孩子獨立行動的需要，一旦他的絕對管教措施不再合適，就變身為孩子的良師兼益友。如果我的推論不正確，別忘了，當初是你先採用這個比喻的。」

「前不久，」瑪格麗特說，「我聽見一個三、四年前發生在德國紐倫堡的故事。那裡有個富人獨自住在占地廣闊的大房子裡，那房子過去既是住宅，也是貨倉。傳聞他有個孩子，卻沒有人知道這件事是真是假。四十年過去了，這個傳言時有時無，從來沒有真正消失。直到那人死後，大家才發現傳聞原來是真的。富人有個兒子，長得人高馬大、卻不諳世事，心智像個小孩。富人為了怕孩子受到外界引誘，怕他犯錯，用不正常手段把孩子跟外界隔絕。當這個老小孩可以自由地跟外界接觸，任何存心不良的人都可以擺布他，因為他沒辦法分辨善惡。他爸爸的錯誤在於：他把孩子教成無知的人，卻誤以為那是天真無邪。這孩子度過了為所欲為的十四個月之後，官方不得不出面收容他，否則他會活活餓死。他的口語能力太糟，連乞丐都當不成。」

「我沿用妳的比喻，把雇主比擬為家長，現在妳用它當武器來攻擊我，我無話可說。可是赫爾先生，你剛剛提到英明的父母，你說他們包容孩子有獨立自主的需求。但是，工人上班時間獨立行動的時代顯然還沒到來，所以我不太明白你剛剛那番話的意思。再者，如果雇主過度干涉他們下班後的生活，等於侵犯勞工的獨立自主，我不認為自己有資格這麼做。他們一天為我工作十小時，我不認為我有權再去控管他們的其他時間。我高度重視我個人的獨立自主，如果有個人成天指使我、給我忠告、對我說教，甚至用各種方法嚴密規範我的行動，我覺得沒有什麼比這更讓人沒面子的。就算那人是世上最有智慧的人，或最有權力的人，我還是會反抗、憎恨他的干涉。

我覺得北方人比南方人更在意這種事。」

「恕我多言，之所以造成這種現象，難道不是因為提供建言的人和接受建言的人之間沒有平等的友誼？因為每個人都站在不符合基督精神的孤立位置，遠離並嫉妒他的人類同胞：隨時隨地都在擔心自己的權力遭到侵犯？」

「我只是陳述事實。很遺憾，我八點鐘跟人有約，今晚我只能表達我所知道的事實，沒辦法仔細說明。坦白說，我們必須接受事實，再根據實際情況採取行動，背後的原因改變不了什麼。」

「可是，」瑪格麗特低聲說，「我卻覺得原因才最重要……」赫爾先生打手勢要她別再說了，好讓桑頓先生說完他要說的話。桑頓先生這時已經起身，準備告辭。

「你們一定得接納我這個觀點。身為一個堅持獨立自主的達克夏男人，我能夠因為某個人出賣勞力、而我擁有購買勞力的資金，就認為我有權主張他該如何待人處事嗎？我自己就極端痛恨這種事。」

「一點也不。」瑪格麗特決定只再說這一件事。「不管你們在勞力與資金方面擁有什麼樣的地位，這絕對不是原因。真正的原因是，你是男人，對應一群你對他們擁有無上權力的人——不管你是不是拒絕行使這種權力，也因為你們的生命和你們的福祉總是這麼密切地交織在一起。上帝安排這一切，好讓我們互相依賴。我們可以無視自己對別人的依賴，或拒絕承認別人對我們的依賴不是只有每星期那一份薪水，我們仍舊必須互相依賴，你或其他任何一個雇主都沒辦法靠自己活下去。那些最以獨立為傲的人，也仰賴周遭的人對他的性格與他的生命的隱性影響。你們達克夏自我意識最孤立的那個人，也有各方面的人依附他，他甩不開他們，正如他這顆巨石甩不開……」

「瑪格麗特，拜託別再用比喻了，妳已經害我們偏離主題一次了。」赫爾先生說話時儘管面帶笑容，心裡卻困窘不安，因為他覺得他們好像拖著桑頓先生不放。他其實誤會了，因為雖然瑪格麗特說的話總是惹惱桑頓先生，但只要她願意說，桑頓先生高興都來不及。

「赫爾小姐，請妳說說，妳自己曾經被影響……不對，這樣不公平，如果妳曾經意識到自己受到他人影響，而不是受環境影響，那麼那些人對妳的影響是直接的、或間接的？他們究竟是苦口婆心地勸誡、囑咐或端正自己的行為，好為妳樹立典範，或者他們只是單純誠實的人，扛起自己的責任，勇於實踐，完全不去想他的行為能讓這個人更勤奮、讓那個人多存點錢？怎麼說呢？如果我是個工人，雇主待人處事的誠實、守時、敏捷與堅定（所有的工人都比貼身男僕觀察更入微），會比他在上班以外的時間不管基於什麼善意干涉我的生活，更令我欽佩二十倍。我不會太仔細去思考自己是什麼樣的人，然而，我相信我的工人的坦率真誠，相信他們的反對公開透明——這跟其他工廠看待罷工者的態度形成明顯對照——因為他們知道我不屑卑鄙地占任何一點便宜，或做任何見不得人的勾當。這比講一大堆什麼『誠實為上策』的訓示效果好得多。生命往往被語言給稀釋。不，不！雇主是什麼樣的人，工人就會是什麼樣的人。雇主本身不需要操心太多。」

「真是了不起的自我招認。」瑪格麗特笑著說。「如果我看到工人們激烈又固執地追求自己的權利，我就可以穩當地推論，他們的雇主想必也是如此，也推論出他不太了解那種『恆久忍耐、和藹仁慈、不求自己利益』[37]的精神。」

「赫爾小姐，妳跟所有不明白我們這個系統如何運作的陌生人一樣。」他輕率地說道，「妳把我們的工人想像成麵團捏出來的人偶，任由我們搓圓揉扁。妳忘了我們跟他們的交集只有不到三分之一的時間。再者，妳好像也沒意識到製造商的角色不是只有雇主這一項：我們還得從事各種商業行為，這些事讓我們變成文明的重要先鋒。」

37. 語出《聖經・哥林多前書》第十三章第四、五節。

「這話讓我想到，」赫爾先生說，「你們倒是可以在家鄉帶動一點文明。你們這些米爾頓勞工可真是一群粗野的異教徒。」

「確實如此。」桑頓先生答。「花拳繡腿的改革對他們沒作用。赫爾小姐，克倫威爾[38]就會是一流的廠主。真希望能有他來幫我們壓制這次罷工。」

「克倫威爾不是我的偶像。」瑪格麗特冷冷地說道。「不過，基於你對其他人自主性的尊重，我願意努力容忍你對專制統治的讚賞。」

他聽見她的語氣，臉色泛紅。「在工人們上工的時間裡，我選擇當一個不容置疑、不負義務的雇主。等他們下了班，我們的關係就終止了。對於他們的獨立性，我會給予我自己需要的那份尊重。」

他心情太煩亂，停頓下來，沒再說話。他很快甩開那些情緒，向赫爾夫婦告辭，而後走向瑪格麗特，悄聲說道：

「今晚我一度對妳說話太輕率，甚至有點粗魯。妳也知道我只是個沒教養的米爾頓製造商，妳可以原諒我嗎？」

「當然可以。」她笑盈盈望著他。他臉上的表情有點焦慮、有點壓抑，儘管面對她甜美燦爛的笑容，幾乎也沒有絲毫改變。反觀她的面容，剛剛那場討論帶來的北風效應已經完全消融。但她沒有跟他握手，他再次察覺她省略這個禮儀，將之歸咎於她的傲氣。

38. 指Oliver Cromwell，一五九九～一六五八，十七世紀英國政治人物，在英國內戰中擊敗保王黨，處決英王查理一世，廢除英格的君主制，自封護國公，是英國歷史上頗具爭議性的人物。

第十六章　死亡的陰影

信賴那隻隱形的手，它絕不
帶領你走上嚮往的路途；
隨時做好準備迎接變局，
因為這世道慣常興衰更替。
——出自阿拉伯文

隔天下午唐納森醫生第一次來診察赫爾太太。最近以來瑪格麗特跟媽媽愈來愈親近，彷彿無話不談，這下子重新回到原點。醫生檢查時她被隔離在門外，只有蒂克森可以陪在媽媽身邊。瑪格麗特不輕易動感情，可是她一旦愛了，就毫無保留，嫉妒心也特別強。

她走進媽媽房間，留在小客廳後側等醫生出來，不停來回踱步。每隔一段時間她就停下來側耳傾聽，她好像聽見一聲呻吟。她雙手緊握，屏氣凝神。她確定自己聽見了呻吟聲，之後是幾分鐘的寂靜，接下來是椅子挪動的聲音，提高音量的話語，以及告辭的小小忙亂場面。

她聽見房門打開，連忙快步走出去。

「唐納森醫生，我父親不在家，這個時間他正在跟學生上課。能不能麻煩您跟我到他在樓下的書房？」

她看到了蒂克森設下的重重障礙，也一一克服，以類似長子的氣勢，重新找回她身為這個家女兒該有的地位，非常有效地壓制蒂克森的各種干預。瑪格麗特儘管焦慮不安，想到自己竟然對蒂克森擺出這種罕見的威嚴架勢，也覺得挺有趣。看到蒂克森的震驚表情，她知道自己的模樣想必趾高氣揚到可笑的地步，這個念頭就這麼陪著她走到樓下房間，暫時忘卻眼前這件揪心的大事。現在，她就要面對這件事了，她只覺呼吸困難，一時之間說不出話來。

她終究還是以命令的口吻提出心中的疑問：「我母親身體怎麼了？請您務必有話直說。」她發現醫生略有遲疑，又補了一句：「我是她唯一的孩子……我是指目前在家裡。我父親還不知道事情的嚴重性，所以，如果狀況緊急，就得婉轉地告訴他。這點我可以辦到，我也可以照顧媽媽。醫生，求求您說出來。我看著您的臉，卻沒辦法讀出您的心思，這比你說的任何話都令我更恐懼。」

「親愛的小姐，妳母親好像有個最關心她、也最能幹的女僕。她們的關係更像是朋友……」

「醫生，我是她女兒。」

「但她明白告訴我，她不希望妳知道……」

「我沒有那麼好的性情或耐心服從她的禁令。再者，我相信您夠明智、經驗夠豐富，不會答應幫她守密。」

「嗯，」他微微一笑，卻面容哀戚。「妳說得沒錯，我沒答應。事實上，就算我不說，這個秘密也藏不久。」

他停頓下來。瑪格麗特表情沒有一點變化，只是臉色慘白，雙唇抿得更緊些。唐納森醫生一眼就能洞悉人心，做為一名醫生，如果沒有這種本事，很難達到他如今的成就。他知道瑪格麗特不知道所有真相絕不罷休，如果他有所保留，肯定瞞不過她。再者，比起和盤托出，隱瞞實情對她會是更大的折磨。於是他低聲說了兩句話，過程中密切留意她的神態。她的眼珠子在絕望的恐懼中放大，蒼白的臉色透出青紫。他暫時打住，等那個表情消退，等她喘過氣來。

瑪格麗特說道：「醫生，我衷心感謝您坦誠相告。這幾個星期以來我一直擔心會是這樣，真的是度日如年。我可憐、可憐的媽媽！」她的嘴唇開始顫抖。醫生給她一點時間用淚水宣洩情緒，他相信她有能力克制住。

她只流下幾滴淚，馬上又提出許多心裡的疑問。「她會很痛苦嗎？」

他搖搖頭。「很難說。這要看個人體質，牽涉的因素太多了。醫學界近年來有很多新發現，我們有更好的辦法緩解她的疼痛。」

「我父親！」瑪格麗特想到父親，忽然渾身打顫。

「我不認識赫爾先生。我是說，我沒辦法給妳意見。雖然妳今天逼我一股腦把事情都說出來，我建議妳暫時先放在心裡，等妳自己慢慢接受事實，那時或許妳會更有能力安慰妳父親。在那之前，我當然會經常來看看妳母親，只是，除了減輕她的疼痛，我可能什麼忙都幫不上。這段時間裡，有太多情況可以喚醒並提高他的警覺，好讓他做足心理準備。再者，親愛的小姐⋯⋯不，親愛的，我聽桑頓先生提起過。雖然我認為你父親錯得離譜，但我很敬佩他做出的犧牲。親愛的，希望我說這話能讓妳開心。妳要記住，下次我再過來，是以朋友的身分來，妳也得想辦法把我當朋友。因為在這種情況下彼此見面，互相認識，勝過長達幾年的走動拜訪。」瑪格麗特哭得無法言語，醫生離開時她只是緊緊拉著他的手。

「這才是個好女孩！」唐納森醫生心想。他坐上了馬車，有時間查看他戴著戒指的手。「誰能想到那隻纖細的手竟有這麼大的力氣？那隻手骨頭長得密實，所以力道十足。真是個端莊的女孩！起先揚起頭逼我說出實話，而後上身前傾，急切地聆聽。可憐的孩了！我得好好注意，不能讓她把自己逼得太緊。這些有教養的人做的事、能承受的苦，真是叫人吃驚，這女孩勇敢得不得了。還有，任何人只要臉色變得那麼死白，肯定不是暈倒就是歇斯底里，她卻沒有，她不會的！她強大的意志力讓她恢復鎮定。如果我年輕三十歲，只有這種女孩才能打動我的心。現在太遲了。啊！到了亞契斯先生家了。」他跳下馬車，帶著縝密思緒、睿智、豐富的經驗與同情心，準備全心全意為這個家庭服務，暫時忘卻其他俗務。

另一方面，瑪格麗特回到父親的書房待了一會兒，在上樓看媽媽之前先沉澱心情。

「天哪！天哪！這實在太糟了。我該怎麼承受？竟然是這種絕症！沒有一點希望！媽媽，媽媽！真希望我沒有到姨媽家住，這麼多年的寶貴時光都沒陪著妳！可憐的媽媽！她該有多苦啊！上帝啊，求求祢！別讓疾病帶給她太多疼痛和恐懼。我該如何面對她的病痛？我該如何承擔爸爸的苦惱？暫時不能讓他知道，不能一下子全告訴他，那會要了他的命。從現在起，我要陪著我親愛的媽媽，一分一秒也不浪費。」

她跑上樓。蒂克森不在房裡，赫爾太太仰躺在安樂椅上。為了醫生的到來，她裹著柔軟的白色披肩，還戴了頂漂亮帽子，因為接受診察造成疲累，這時臉上有一絲血色，也顯得十分安詳。瑪格麗特看見母親面容如此平靜，有點意外。

「瑪格麗特，怎麼啦？妳的表情怎麼那麼奇怪！有什麼事嗎？」緊接著，她猜想到背後的原因，彷彿有點不高興，說道，「孩子，妳沒找唐納森醫生說話，問他任何問題吧？」瑪格麗特沒有答話，只是憂愁地望著媽媽。赫爾太太更加不悅。「他一定不會背棄他對我的承諾……」

「沒錯，媽，他跟我說了。是我逼他的，是我的錯，要怪就怪我。」她跪在媽媽身旁，握住媽媽的手。赫爾太太想抽回去，但瑪格麗特不放手。她不停地吻媽媽的手，熱燙燙的淚水滴落那隻手。

「瑪格麗特，妳實在太不應該了，妳明明知道我不想讓妳知道。」不過，或許是掙扎得累了，她不再抽手。慢慢地，她輕輕回捏一下，這個動作鼓舞了瑪格麗特。

「媽媽！讓我來照顧妳，讓蒂克森教我，我什麼都肯學。我是妳的孩子，我有權為妳做任何事。」

「妳根本不知道自己在要求什麼。」赫爾太太一陣顫慄。

「我知道。我懂很多，只是妳不知道。讓我照顧妳，至少讓我試試。過去或未來都不會有人像我這麼努力學習的。媽媽，能照顧妳，是很大的安慰。」

「我可憐的女兒！好吧，就讓妳試試。原本我跟蒂克森都認為，如果妳知道這件事，一定會嚇得不敢靠近我。」

「蒂克森認為！」瑪格麗特噘起嘴唇。「蒂克森不認為我心裡的真愛跟她一樣多。我猜她認為我是那種病懨懨的可憐女人，只想躺在玫瑰花上，整天有人在一旁搧風。媽媽，別再讓蒂克森的胡思亂想破壞我們的感情。拜託妳！」她懇求母親。

「別跟蒂克森生氣，」赫爾太太焦急地說。

瑪格麗特冷靜下來。「不，我不會的。只要您肯讓我盡全力照顧您，我會努力，會謙卑地向她學習。媽媽，妳凡事都先找我，我就貪求這個。以前我住阿姨家時，總以為妳會忘記我，經常帶著這個想法，哭著入睡。」

「而我以前總覺得，瑪格麗特過慣了哈里街舒服豪華的日子，突然回到海爾斯東因陋就簡的貧窮生活，能夠受得了嗎？所以有好幾次覺得，讓妳發現我們家那些寒酸用品，遠比讓任何陌生人發現都讓我羞愧。」

「媽！我好喜歡那個家。比起哈里街緩慢規律的步調，海爾斯東有趣多了。那個附把手的衣櫥層板，碰上重要場合就可以拿來當晚宴托盤！還有那個茶葉箱，只要塞點東西、鋪上布料，就是現成的矮凳！我覺得妳所謂的因陋就簡，正是海爾斯東的家迷人的地方。」

「瑪格麗特，我再也見不到海爾斯東了。」說著，赫爾太太眼眶湧出淚水。瑪格麗特答不出話來。赫爾太太接著說，「我住在那裡時一直想搬走，任何地方好像都比那裡討人喜歡。現在我就要死在外地了，我受到應有的懲罰了。」

「千萬別這麼說。」瑪格麗特急忙說道。「醫生說妳也許還能活好幾年。媽！我們會帶妳回海爾斯東。」

「不，不可能了！我一定要把它當成公平的贖罪。可是瑪格麗特，弗列德……」赫爾太太一提到兒子的名字，突然放聲大哭，彷彿受到極大的痛楚。只要想到兒子，她冷靜的心靈似乎就被打亂，原本的鎮定化為烏有，疲累也消失了。激動地一聲聲吶喊著，「弗列德！弗列德！回來吧。我快死了，我的小乖乖，讓我再看你一眼！」

她陷入瘋狂的歇斯底里，瑪格麗特驚恐萬分地去向蒂克森求救。蒂克森氣呼呼地走進來，指責瑪格麗特鼓動媽媽的情緒。瑪格麗特默默承受，只慶幸爸爸這時候還不會回來。她雖然過度提心吊膽，但還是遵照蒂克森的指示，做得又快又好，沒有為自己辯白。這麼一來，蒂克森態度也和緩多了。她們一起把赫爾太太送上床，瑪格麗特坐在床邊，直到媽媽入睡。蒂克森板著一張臉招手叫她出去，彷彿心不甘情不願似地。原來她在客廳幫瑪格麗特準備了一杯咖啡，要她去喝，還威風凜凜地站在一旁，盯著她喝下去。

「小姐，妳不該這麼愛打聽，這樣妳就不必太早操心，反正妳很快就會知道。現在我猜妳大概會去告訴先生，把全家鬧得雞犬不寧。」

「不，蒂克森，」瑪格麗特哀傷地說，「我不會跟爸爸說。他不像我，他受不了這個打擊。」彷彿在證明自己多麼善於忍耐，她的眼淚撲簌簌掉下來。

「哎！我就知道會這樣。太太好不容易睡熟，又要被妳吵醒了。親愛的瑪格麗特小姐，這幾個星期以來我多麼努力保守這個秘密，雖然我沒辦法假裝我跟妳一樣愛她，但世上所有男女老少之中，我最愛的就是她，除了弗列德少爺，沒有人比得上她在我心目中的地位。自從貝瑞福德夫人的女僕帶我去見她，她穿著白色縐紗，搭配麥穗和鮮紅罌粟花，當時我不小心把針插進手指，斷了一截在肉裡，別人幫我把針尖挖出來，她把自己的小手帕撕開來幫我包紮。等她從舞會回來，又幫我塗藥水。她是舞會裡最漂亮的姑娘，在這世上，我最愛的就是她了。當時我怎麼也想不到，我會看到她淪落到現在這副模樣。我這話沒有埋怨誰的意思。很多人都說妳長得漂亮標緻，即使在這個烏煙瘴氣、讓人什麼都看不清的城鎮，就連貓頭鷹都看得出妳的美。可是在這方面妳永遠比不上妳媽，不可能，就算妳活到一百歲都不可能。」

「媽媽現在還是很美。可憐的媽媽！」

「妳可別又開始，不然我也會忍不住。」她低聲啜泣。「妳現在這樣，等老爺回家來問話，妳一定撐不住。出去散散步，等心情好點再回來。很多次我想到她的病，想到將來的結局，就很想出去好好走一走，忘了那一切。」

「蒂克森！」瑪格麗特說，「以前我不知道妳心裡藏著這麼驚人的秘密，還常跟妳發脾氣！」

「好孩子！我喜歡看妳展現出一點剛烈性格，那是貝瑞福德家族的優良血統。倒數第三位約翰爵士開槍當場把總管給斃了，只因總管說他壓榨佃農。他確實壓榨佃農，直到再也榨不出一滴油水，就像沒辦法在燧石上刮出東西。」

「至少我不會開槍打死妳，以後我也盡量不跟妳生氣。」

「妳沒跟我生過氣。就算我這麼說過，那也是私底下的自言自語，只是自己說話逗樂子，因為這裡沒有人可以說話。再者，妳發起脾氣來跟弗列德少爺一模一樣。任何時候我都很願意惹妳發頓脾氣，就只是為了看到那種暴怒表情像一大片烏雲籠罩妳的臉。妳去吧，我會看著太太。至於老爺，如果他回來，只要有書陪他就夠了。」

「我馬上就出去。」瑪格麗特說。她在蒂克森身邊逗留片刻，彷彿害怕或猶豫不決，接著，她突然親了她一下，然後快步走出房間。

「上帝祝福她！」蒂克森說。「真是個甜心。這世上我只喜歡三個人，那就是太太、弗列德少爺和她。就他們三個。其他人都去死吧，我真不知道他們來這世界做什麼的。我猜老爺來到這個世界是為了娶太太。如果他讓我覺得他夠愛她，也許以後我也會喜歡他。可是他應該多花時間陪她，而不是整天讀呀讀、想呀想的。看看這些習慣害他變成什麼模樣！很多不愛讀也不愛想的人，最後都當上了教區長或司祭長之類的。只要老爺多關心太太，別成天只是讀呀想的，肯定也能像別人一樣。」她聽見前門關上，探頭往窗外一看。「她出門去了。可憐的小姐！比起一年前她剛回到海爾斯東，她現在的衣服實在太寒酸了。那時她衣櫥裡根本沒有補過的長襪和洗過的手套。這會兒……」

第十七章 何謂罷工？

每條小徑都布滿荊棘，
需要耐心以對；
所有命運都潛藏苦難，
需要至誠祈禱。

——佚名[39]

瑪格麗特懷著淒愴的心情，勉強走出家門。她還沒走到第一個轉角，這短短一段街道（沒錯，米爾頓街道的氛圍）就足以讓她年輕的心重新振作起來。她的腳步變輕盈、唇色也變紅潤。她開始觀察周遭的一切，不再一味想著自己的心事。她發現街上不尋常地多了些閒蕩的人：雙手插在口袋裡，從容漫步的男人；一群群女孩大聲說著笑著，情緒激昂，性格與行為都顯得狂放不羈。那些面貌凶惡的男人——少數幾個不體面的人——流連在啤酒館和琴酒鋪門前，抽著菸，相當肆無忌憚地評論每個過路人。瑪格麗特原本想走到郊外的田野間，現在她不想在這樣的街道上走太久，於是改變主意，決定去看看貝西。探望貝西當然不像到郊外恬靜地散步那麼提神醒腦，至少也是一種善行。

39. 此詩節錄自威爾斯詩人安娜・威靈於一八五〇年出版的詩集《讚美詩與冥想》。

「爸！」貝西說，「你們罷工又得到什麼好處？你想想，媽媽在第一次罷工時過世了，我們大家都得挨餓，你受的苦最多。結果，每星期都有很多人照原來的工資回去上工，直到所有工廠都補滿人手。有些人從此變成乞丐。」

「哎，」席金斯說，「那次罷工處理得不好。有人出面帶頭，那些人不是呆子就是孬種。妳們看著吧，這回不一樣了。」

「你說了這麼多，還是沒告訴我你們為什麼罷工。」瑪格麗特再次追問。

「喔，是這樣的。過去兩年來我們領的工資讓廠主們生意興隆，荷包滿滿。今年卻有五、六個廠主說不能維持那樣的工資。他們要求我們少拿點，我們不願意。我們要先餓死他們，到時候看誰來幫他們工作。我認為他們會把下金蛋的母雞給宰了。」

「所以你們為了報復他們，打算把命都賠上？」

「不，」他說，「我不會。我寧可死在工作崗位上，也絕不退讓。人家說死在崗位上的軍人才是值得尊敬的好漢，窮織布工為什麼不能當好漢？」

「可是，」瑪格麗特說，「軍人是為國家犧牲，是為別人而死。」

席金斯冷笑道，「這位小姐，妳只是個年輕女孩。妳不認為我一星期賺十六先令，夠養活貝西、瑪莉和我自己三個人嗎？妳以為我罷工是為了我自己嗎？我做這件事，就跟那些軍人一樣，都是為了別人。我們不一樣的地方可能是，他是為了那些他從沒見過、一輩子沒聽說過的人而死，我卻是為了約翰．鮑徹。他就住在隔壁的隔壁，太太生病，有八個孩子，都還不到可以上工的年紀。這個可憐蟲一無是處，一次只能操作兩台織布機。但我也不只為了他，我是為了正義公理。我倒問問妳，憑什麼我們要拿比兩年前少的工資？」

「別問我，」瑪格麗特說，「我什麼都不懂。問你們的廠主，他們一定說得出原因。這不是他們毫無理由、獨斷獨行做出的決定。」

「妳只是個外地人，就這樣。」他不屑地說。「妳懂得可真多。問問廠主！他們會叫我管好自己的事，他們的事他們管。我們的事就是，答應減薪，還要千恩萬謝；他們的事就是苛扣我們的薪水，讓我們連三餐都吃不飽，好增加他們的利潤。就這麼回事。」

「可是……」瑪格麗特看得出席金斯有點光火，卻不想退縮。「也許現在景氣不太好，所以他們沒辦法給你們跟過去一樣的酬勞。」

「景氣！那只是那些廠主騙人的鬼話。我現在談的是工資。景氣就掌握在廠主手裡，他們把它拿來當成恐怖的妖怪，嚇嚇調皮小孩，讓他們乖乖聽話。我告訴妳吧，他們的任務——或者『角色』，套用某些人的說法——就是打垮我們，增加他們的財富。我們的任務就是挺身而出、奮鬥到底。不只是為我們自己，也為我們身邊所有人，為了公平正義。我們幫他們賺錢，也應該幫他們花錢。這回我們不像過去那幾次，很需要他們的錢。我們都存了一點錢，大家決心同生共死。如果拿不到工會提出的合理工資，我們沒人會進廠去上工。所以我說，『罷工萬歲！』桑頓、史利克森、翰普那些人就等著瞧吧！」

「桑頓！」瑪格麗特驚呼道。「是馬博洛街的桑頓先生嗎？」

「是啊！我們喊他馬博洛工廠的桑頓。」

「他是你們對抗的廠主之一，對吧？他是什麼樣的老闆？」

「妳見過鬥牛犬嗎？讓鬥牛犬用後腳站立，幫牠穿上外套和長褲，那就是約翰．桑頓。」

「才不！」瑪格麗特笑開來。「我不贊成。桑頓先生長相雖然不怎麼樣，卻沒有鬥牛犬那種短短的大鼻子和總是咆哮掀起的上唇。」

「妳說得沒錯，長相是不一樣。可是，桑頓一旦有了什麼主意，就會像鬥牛犬一樣堅持到底。你得要拿乾草叉推開牠，牠才肯放棄走開。這個桑頓值得你花精神跟他鬥上一鬥。至於史利克森，改天他會用天花亂墜的承諾，說好說歹哄他那些工人回去。等到工人們又落入他的掌控，他就會狠狠地從他們身上把錢撈回去，準沒錯的。他這人滑溜得像條鰻魚。他像貓那麼圓滑、狡詐又凶猛。跟桑頓對抗會是光明正大的鬥爭，跟他就不是了。桑頓倔強得像門釘，是個頑固的傢伙，徹頭徹尾頑固，活脫脫的鬥牛犬！」

「可憐的貝西！」瑪格麗特轉頭看著貝西。「妳邊聽邊嘆氣。妳跟妳爸不一樣，妳不喜歡這些鬥爭和對抗，對不對？」

「是啊！」貝西沮喪地說，「我厭煩透了。我挺希望我死以前，旁邊的人能聊些別的話題，而不是我已經聽膩了的那些工作啦、工資啦、廠主啦、工人啦、工賊之類的、七嘴八舌吵吵鬧鬧的話。」

「可憐的丫頭！妳離死還遠得很哪！妳氣色好多了，可以起來走動走動了。最近我會常在家，妳會覺得家裡氣氛熱鬧些。」

「菸草的味道嗆死我啦！」貝西埋怨道。

「那我以後不在屋子裡抽菸！」他溫柔地說。「妳這傻丫頭，以前為什麼不跟我說？」

貝西靜默片刻後才說話，音量壓得很低，只有瑪格麗特聽得見：「我覺得在罷工結束以前，他需要菸跟酒的安慰。」

席金斯走出門去，顯然出去抽菸。

貝西激動地說：「小姐，妳看我是不是個傻瓜？我知道我應該要把爸爸留在家裡，不讓他去接近那些罷工期間老想引誘別人去喝酒的男人。偏偏我的舌頭非得拿那根菸斗說嘴。他會出去，一定會的，只要他想抽菸就會出去，誰也不知道哪天才會結束。真希望我先讓自己嗆死算了。」

「妳爸爸愛喝酒嗎？」瑪格麗特問。

「不，說不上愛喝。」貝西口氣依然狂野激動。「那又怎樣？我們跟大家一樣，總會碰到某些日子，早上起床後，時間一小時一小時過去，心裡盼著有一點改變，一點小小的刺激。我自己就曾經在這樣的日子裡，特地跑到平時不去的麵包店，買個四磅重的麵包，因為我想到我的眼睛每天都得看同樣的東西、聽同樣的聲音、嘴巴嘗同樣的味道、腦子想同樣的念頭（或什麼都不想），一天又一天，直到永遠，就厭煩透頂。我也曾想變成男人，出去狂歡作樂，就算只是一個到外地找工作的流浪漢也行。爸爸——所有男人——比我更容易厭倦沒有變化的生活和工作。那他們該怎麼辦？就算他們走進琴酒鋪，讓自己的血流得更快、更有活力，看看一些其他時候看不到的東西，比如圖畫、鏡子之類的，誰又能怪罪他們呢？雖然爸爸偶爾會喝得醉醺醺，他卻不是酒鬼。只是……」她的音調裡多了些哀傷和懇求。「在罷工期間，雖然大家一開始都充滿希望，卻有太多事能把他們擊垮。他們又能從哪兒得到安慰呢？他會生氣、會發狂，所有人都會。他們生氣發狂到累癱了，情緒激動時也許會做些寧可忘掉的事。上帝祝福妳那張滿是同情的甜美臉蛋！可惜妳還沒弄懂罷工是怎麼回事。」

「好了，貝西，」瑪格麗特說，「我不會說妳太誇張，因為我知道得還不夠多。可是，也許是因為妳身子不舒服，所以只看事情的一面，總還有更光明的一面可以期待。」

「妳這樣說很正常，畢竟妳一輩子都住在舒適的翠綠環境裡，沒體驗過貧苦、擔憂，或任何壞事。」

「貝西，」瑪格麗特臉頰泛紅、兩眼發光。「妳要小心，別輕易下判斷。我等會兒就得回家去看我媽媽，她病得很厲害。真的，貝西。除了死亡，她沒有機會逃離痛苦的牢籠。可是我在爸爸面前還得打起精神，因為他還不知道媽媽的病情，我得慢慢向他透露。只有一個人能理解我的苦，能幫助我，他的出現，比世上任何東西都能撫慰我媽媽。可是，他被人冤枉，如果回來探望他不久人世的媽媽，會有生命危險。貝西，這些話我只告訴妳一個人，妳千萬不能跟別人提起。米爾頓這裡沒有其他人知道這事，幾乎整個英格蘭都沒人知道。我沒有憂慮嗎？雖然我出門穿得挺體面，三餐也吃得飽，但我沒經歷過焦急不安嗎？貝西，上帝很公平，我們的命運都是祂妥善安排的。除了祂，沒有誰知道我們靈魂的苦楚。」

「請妳原諒我。」貝西謙遜地說。「有時候，只要我想到自己的人生，想到我生命中少之又少的樂趣，我總會想，也許我是那種當天上的星星掉下來、就注定要死的人。『那顆星名叫苦艾。地球上有三分之一的水變得跟苦艾一樣，因為水變苦了，人喝了那水就死了。』[40]一個人如果相信他的命運很久以前就預言好了，他就比較能承受痛苦和哀愁。不知怎的，這麼一來我的痛苦好像就有必要，好讓預言兌現，否則就一點意義都沒有了。」

「不，貝西，妳想想！」瑪格麗特說。「上帝不是故意讓我們受苦。別花太多時間在那些預言上，多讀些《聖經》裡比較容易理解的部分。」

「這樣做肯定比較明智，可是，除了〈啟示錄〉，我還能在哪裡讀到偉大的承諾？讀到跟這個沉悶世界——特別是這個城鎮——大不相同的東西呢？我曾經很多次讀第七章[41]各小節的文字給自己聽，只為了聽那聲音。它美得像風琴，也跟日常生活中的一切不一樣。不，我不能不讀〈啟示錄〉，它比《聖經》裡其他篇章更能給我安慰。」

「改天我來讀幾段我最喜歡的經文給妳聽。」

「好啊！」她渴盼地說。「妳來。也許爸爸也會聽到妳讀的經文。他根本不想聽我說的話，他說那跟目前的生活沒有關係，而目前的生活才是他在乎的事。」

「妳妹妹上哪兒去了？」
「剪粗布去了。我很不願意讓她去，但我們得要過日子啊。工會給不了多少錢。」
「我得走了。貝西，妳今天幫了我。」
「我幫了妳！」
「是啊。我來的路上心情很糟，覺得天底下只有我有傷心事。現在我聽了妳這些年來吃的苦，又打起精神來了。」
「上帝祝福妳！我以為只有紳士淑女們才能做好事。如果我覺得自己可以幫到妳，一定會很驕傲。」
「如果妳想著要這麼做，反而辦不到。一旦妳做到了，又會想不通，這也算是好事。」
「妳跟我見過的人很不一樣，實在猜不透妳。」
「我也猜不透我自己。再見！」
貝西止住搖晃，目送她出門。
「不知道南部是不是有很多像她這樣的人。她像一股鄉間的清風，讓我精神又好了些。誰又想得到，那張像我夢見的天使那樣開朗又堅強的臉蛋，竟然也得承受她說的那些苦？我很好奇她會犯什麼樣的罪，我們每個人都會犯罪。總之，我經常想起她。我知道爸爸也經常想到她，就連瑪莉也是。瑪莉難得注意到發生在身邊的事。」

40. 這段話出自《聖經・啓示錄》第八章第十一節。
41. 〈啓示錄〉第七章主要描述末日後的景象。

第十八章 喜愛與憎惡

我的心在造反，有兩個聲音
在我胸臆間，清晰可聞。
——《華倫斯坦》42

瑪格麗特回家後，發現桌上有兩封信：一封是給她母親的便箋；另一封是郵差送來的，薄薄的銀灰色信封拿在手裡沙沙作響，上面有許多外國郵戳，顯然來自姨媽。她拿起那封便箋，正在查看，父親突然進門來：「那麼妳媽媽累了，提早睡了。這種雷雨欲來的天氣恐怕不是請醫生來看她的好時機。醫生怎麼說？蒂克森說妳跟醫生聊過了。」

瑪格麗特略顯遲疑。

赫爾先生變得更凝重、更焦慮：「他不會覺得她病得很重吧？」

「目前倒還好，他說她需要治療。他人很好，說他會再來看看他開的藥效果如何。」

「只是治療，他沒建議她換個環境？他沒說這個黑煙城鎮損害她的健康吧，瑪格麗特？」

「沒有！一個字都沒提。」她神情肅穆。「我覺得他有點擔心。」

「醫生總是擔心這擔心那，職業習慣。」赫爾先生說。

赫爾先生嘴裡雖然說得輕巧，瑪格麗特看見父親的緊張神態，知道他已經產生初步的危機感。他沒辦法思索別的議題，整晚只掛念這件事，不停提出來討論，卻又不願意接受一丁點不樂觀的想法。瑪格麗特看在眼裡，悲傷得難以言喻。

「爸，這封信是姨媽寄來的。她已經到了那不勒斯，發現那裡天氣太熱，所以在蘇連多租了公寓。我看她不太喜歡義大利。」

「他有沒有提到飲食方面該注意什麼？」

「要營養、好消化。媽媽的食慾好像還不錯。」

「就是啊！這不是更奇怪，他竟然特別交代飲食的事。」

「爸，是我問他的。」兩人靜默片刻。瑪格麗特接著說：「爸，姨媽說她給我寄了些珊瑚首飾。」她露出淡淡笑容。「她擔心米爾頓的異端不喜歡那些東西。這些有關異端的念頭，她都是從貴格會教徒那裡聽來的，對吧？」

「如果妳聽見或注意到妳媽媽想要什麼東西，一定要告訴我。我擔心她不肯讓我知道她想要什麼東西。妳要記得去看看桑頓太太介紹的那個女孩。如果我們有個精明幹練的女僕，蒂克森就可以時常陪著妳媽媽。如果妳媽只是需要照料，那麼我相信她很快可以好起來。最近她實在太勞累了，天氣那麼熱，又一直找不到傭人。只要好好休息，她就沒事了。妳說是吧，瑪格麗特？」

「但願如此。」瑪格麗特的語調太哀傷，赫爾先生注意到了。他捏了捏她臉頰。

「妳臉色太蒼白，我只好幫妳捏紅潤些。孩子，把自己照顧好，不然下一個要看醫生的就是妳了。」

42. *Wallenstein*，英國詩人柯立芝創作的劇本。此劇是根據十八世紀德國劇作家席勒（Johann Christoph Friedrich Von Schiller，一七五九～一八〇五）的同名歷史劇改編而成。其中華倫斯坦（Albrecht Wenzel Eusebius von Wallenstein，一五八三～一六三四）是波希米亞傑出軍事家，為三十年戰爭的重要人物。

那天晚上他什麼事都做不了，不停踮起腳尖吃力地來回走動，去查看赫爾太太是不是還在睡。看著父親這樣躁動不安，看著他想方設法壓抑內心深處隱隱約約的恐懼感，瑪格麗特的心都痛了。最後他回來了，好像安心了點。

「瑪格麗特，她醒了。她看見我站在床邊，還笑了笑，就是那抹熟悉的笑容。她說她精神好多了，可以吃晚餐了。她的便箋呢？她想看。妳去準備晚餐，我來念給她聽。」

那封便箋原來是桑頓太太派人送來的，邀請赫爾先生闔府餐敘，時間是這個月二十一日。在得知種種悲傷消息的這一天，瑪格麗特很訝異母親竟然考慮接受邀請。她還沒聽見邀請函內容，母親就已經打定主意要丈夫和女兒出席這場晚宴。這件事可以為病人的單調生活增添一點變化，所以她執意要他們去。瑪格麗特反對，赫爾太太不依不饒，心情煩躁。

隔天瑪格麗特準備寫接受邀請的回函時，赫爾先生憂慮地說，「瑪格麗特，如果這是她的希望，我們倆最好開開心心地去。她一定是覺得身體好多了，比我們想像中健康，否則不會要我們去。妳說是吧，瑪格麗特？」

「是吧，瑪格麗特？」赫爾先生繼續追問，雙手緊張地揮動。他顯然渴望得到安慰，拒絕他似乎太狠心。此外，看著父親這樣堅持，不肯承認心中的恐懼，幾乎帶給瑪格麗特一絲希望。

「她今天好像真的比昨晚好多了，」瑪格麗特說，「眼神比較明亮，氣色也好很多。」

「上帝祝福妳。」赫爾先生誠摯地說。「真是這樣嗎？昨天太悶熱，每個人都不舒服。唐納森醫生在這個時間來看她，實在不湊巧。」

說完他就去做他這天的事。他最近比較忙，因為他答應在附近的學會為一群工人講課。他選的主題是教會建築，這個題目主要是配合他個人的興趣與專長，非關當地特色或聽講者對某種資訊的渴望。而主辦單位處於負債狀態，像赫爾先生這樣學養豐富的人願意提供免費演講，管它講題是什麼。

「媽，」那天晚上，桑頓先生說，「二十一日的晚宴有誰答應參加了？」

「芬妮，回函在哪裡？史利克森夫婦會來、柯林布魯夫婦會來、史蒂芬斯夫婦會來、布朗回絕了。赫爾……父親和女兒會來，母親身體欠安。麥克費遜夫婦會來，還有霍斯佛先生、揚恩先生。既然布朗夫婦不能來，我打算邀請波特夫婦。」

「很好。話說回來，我真的很擔心赫爾太太，根據唐納森醫生的說法，她情況不太好。」

「她病得很重，他們還接受晚宴邀請，不是很奇怪嗎？」

「我沒有說病得很重，」桑頓先生口氣有點嚴厲。「我只說不太好。也許他們不知道。」這時他忽然想到，根據唐納森醫生的說法，至少瑪格麗特一定知道真相。

「約翰，也許他們很清楚你昨天說的情況，這場晚宴對他們有很大的好處，尤其是赫爾先生。我的意思是說，他有機會認識史蒂芬斯夫婦和柯林布魯夫婦。」

「我相信他們絕不會考慮這種事。不！我想我知道原因。」

「約翰！」芬妮以她一貫神經質又怯懦的語調笑道。「你老是說得自己多了解這些姓赫爾的似的，又老是認為我們完全不了解他們。他們真的跟我們平常碰見的人很不一樣嗎？」

她無意惹惱哥哥。可是，就算她蓄意為之，也不可能達到這麼徹底的效果。他閉起嘴巴生悶氣，不屑回答她。

「我倒不覺得他們有什麼特別。」桑頓太太說。「赫爾先生看起來挺值得敬重，可惜太單純，不適合做生意。所以他過去當牧師，現在當老師，也許反倒好。赫爾太太雖然病著，倒也是個高雅的女士。至於那位小姐，我想到她時——當然，我很少想到她——總是猜不透，她好像挺喜歡端架子，一副任何人她都看不上眼似的，我實在想不通，他們又不是有錢人。根據我聽來的消息，他們家境並不富裕。」

「媽，她也不算有教養。她不會彈琴。」

「芬妮，多說點。跟妳的標準比起來，她還有什麼進步空間？」

「約翰，別這樣！」桑頓太太說。「芬妮的話沒什麼惡意。我也聽見赫爾小姐親口說她不會彈琴。只要你別干涉那麼多，也許我們會喜歡她，會看見她的優點。」

芬妮有媽媽當靠山，悄聲說道，「我絕對看不見她的優點！」桑頓聽見了，懶得理她。他在飯廳走來走去，希望媽媽叫人點上蠟燭，好讓他靜下來讀書或寫字，順便結束這個話題。在這些家務小事方面，桑頓太太維持過去的節儉習慣，桑頓從不干涉。

「媽……」桑頓欲言又止，而後勇敢地說出真心話。「我希望妳喜歡赫爾小姐。」

「為什麼？」桑頓太太問。兒子懇切溫柔的語氣令她震驚。「你不會想娶她吧？一個身無分文的女人。」

「她不可能看上我的。」他「哈」地一笑。

「嗯，確實不可能。」桑頓太太說。「我誇獎她大方說出貝爾先生對你的讚美，她笑得樂呵呵。我喜歡她表現得這麼坦然，這代表她對你沒有盤算。可是下一刻她又說出惹惱我的話……算了！你說得沒錯，她自視太高，看不上你。那個莽撞無禮的輕佻丫頭！我倒要看看她上哪兒找條件比你好的！」假使這些話刺傷她兒子，她也看不出來，因為昏暗的光線成了他的最佳掩護。片刻之後，他心情愉快地走到母親身邊，一隻手輕輕搭在她肩上，說道：

「對於您剛剛說的話，我跟您一樣深信不疑。我不打算也不期待向她求婚，所以您應該相信，如果我以後再談到她，心裡不會有別的想法。我預期那位小姐將來會碰上麻煩，也許會缺乏母親的照顧，萬一哪天她孤苦無依，我只希望您可以把她當朋友。還有，芬妮，」他說，「我相信妳夠懂事，不會認為我之所以拜託妳跟媽媽對她友善，除了剛剛我說的理由外，還懷著別種心思。如果妳這麼想，對赫爾小姐和我都是很大的傷害，對她的傷害可能更大。」

「我沒辦法原諒她那種傲慢的態度，」桑頓太太說，「不過，約翰，既然你開口了，必要時我會當她的朋友。就算你要我當耶洗別[43]的朋友，我也會答應。可是這女孩瞧不起我們大家，瞧不起你……」

「沒有的事，媽。我沒有……我是說永遠不會讓自己受到她輕視。」

「輕視，哼！」桑頓太太效果十足地哼了一鼻子。「約翰，你要我善待她，現在就別繼續談她了。我跟她相處時，實在弄不清楚自己到底喜歡她或討厭她。事後我想到她，或聽你聊起她，我就討厭她。雖然你沒說，但我看得出來她讓你吃了不少排頭。」

「就算是這樣……」他停頓一下，才接著說，「我已經不是年輕小伙子，不會被女人驕傲的神情嚇得腿軟，更不會在乎她誤解我或我的立場。我可以一笑置之。」

「那是當然！也要笑她，還有她那些高尚見解和趾高氣揚的姿態！」

「我只是不明白你們為什麼一直談她，」芬妮說，「這個話題我已經聽膩了。」

「好吧！」桑頓語帶不滿。「那麼我們換個比較討喜的話題。來聊聊罷工好了，這個話題夠愉快了吧？」

「工人當真罷工了？」桑頓太太關切之情溢於言表。

「翰普的工人確實罷工了。我的會做完這個星期，因為他們擔心如果不做到合約期滿，我會

43. Jezebel，《聖經》裡的負面人物。根據〈啓示錄〉第二章第二十到二十三節，耶洗別自稱先知，引誘聖徒犯下淫亂之罪，又叫聖徒吃祭祀假神的食物，不肯悔改，遭到降罪。

提出告訴，叫他們一個個付出違約的代價。」

「訴訟費會比那些工人的價值還高。都是些不知感恩的廢物！」桑頓太太說。

「那是當然。但我會讓他們知道我說到做到，也期待他們遵守合約，他們很清楚我的為人。史利克森的人都提早罷工，因為他們知道他不會花錢告他們。媽，罷工是避免不了了。」

「希望工廠訂單沒有很多。」

「當然很多。工人們也很清楚。雖然他們自以為什麼都懂，但他們只知其一不知其二。」

「這什麼意思？」

蠟燭已經點上，芬妮拿起她永遠織不完的精紡毛紗，呵欠連連，偶爾靠向椅背，輕鬆自在地瞪著前方發呆。

桑頓答道，「美國人生產的紗線已經打進大眾市場，我們要跟他們競爭，只好壓低生產成本。如果我們做不到，倒不如馬上把工廠收掉，工人跟老闆一起去當流浪漢。這些呆瓜卻要求我們付三年前的工資，有些帶頭的人甚至引用狄金森現在的工資。其實他們跟我們一樣心知肚明，狄金森付的實際工資比我們廠裡少，因為他從工資裡扣了不少錢，任何正直的人都不肯做那種事。他還用了其他我不屑採用的方法。媽，說真格的，我真希望組織法[44]還在施行。這些呆瓜、這些無知又倔強的人，光是把他們那些優柔寡斷的蠢腦袋湊起來，就要來掌管別人的產業，實在讓人看不下去。那些擁有產業的人是靠知識、經驗和苦思與焦慮累積出智慧，才換來如今的成就。接下來的情況就是，我們要把帽子拿在手上，恭敬謙卑地去拜託紡織工會的秘書行行好，派些工人給我們，價錢隨他們開。事實上，這樣的日子就快來了。這就是他們的目的，這些人根本看不出來，如果我們在英國沒辦法取得合理利潤，彌補我們耗費的心力，我們大可以搬到其他國家去。如果真是這樣，由於國內外的競爭，我們的獲利幾乎不可能高於合理利潤，如果平均幾年內就能達到這個目標，就該謝天謝地了。」

「你不能從愛爾蘭輸入工人嗎？那些傢伙我一天都不想留。我會讓他們弄清楚我是老闆，我高興雇就雇誰。」

「沒錯，我是可以！如果罷工拖太久，我也會這麼做。請愛爾蘭人比較麻煩，也會有額外開銷，恐怕還會有危險。不過與其屈服，我寧可去做。」

「如果要多花錢，這場晚宴好像辦得不是時候。」

「我也這麼覺得。不是因為錢，而是我有太多事要琢磨，可能也有很多臨時的事情需要處理。但我們一定得請霍斯佛先生，而他再過不久就會離開米爾頓。至於其他人，我們還欠他們一頓晚餐，所以一次解決。」

他不說話了，只是一個勁焦躁地踱步，不時深吸一口氣，彷彿努力想擺脫某些擾人思緒。芬妮問媽媽許多與罷工無關的瑣碎問題。稍微聰明一點的人應該都看得出，桑頓太太現在滿腦子只想著罷工的事，所以芬妮只得到簡短答覆。十點一到，僕人們魚貫走進來禱告，芬妮覺得鬆了一口氣。禱詞向來由桑頓太太誦念，通常讀一章。他們現在以穩定的速度讀《舊約》。禱告結束後，桑頓太太跟兒子道晚安，定定地看著兒子，那眼神雖然沒有傳達出她內心的慈愛，卻帶著滿滿的祝福。

桑頓先生繼續踱步，因為這次罷工，他事業上的規劃橫遭阻礙，突然中斷。他投注許多時間所做的深謀遠慮全都白費了，都因為那些人的愚痴，白白蹧蹋了。那些人受到的傷害只會比他慘

44. Combination law，英國於一七九九年通過的法案，全名為〈防止工人違法組織法案〉（An Act to Prevent Unlawful Combinations of Workmen），禁止英國工人籌組工會、集體討價還價等行為。此法案於一八二四年廢除。

重，卻也沒有人能夠對他們的胡鬧設限。這樣的人竟然認為他們有資格指揮雇主如何運用自己的資金！翰普這天稍早才說，如果他的事業毀於罷工，他會重新開始，只要想到那些害他淪落至此的人下場比他更悲慘，他就了無遺憾。因為他有腦袋，也有雙手，而他們只有雙手。如果他們把自己的飯碗搞砸了，就再也找不回來，也沒有別的出路。

可惜這種想法安慰不了桑頓，或許是因為復仇沒辦法帶給他快感；或許是因為他太看重他殫精竭力換來的成就，很難接受自己的事業就要毀於別人的無知或愚蠢這個事實，以至於他沒有餘力思考那些人的行為會為他們自己帶來什麼後果。他來來回回走著，偶爾緊咬牙關。最後時鐘敲了兩下，燭台上的火光閃爍不定。他點起自己的蠟燭，喃喃自語：

「就這一回，我要讓他們知道自己招惹的是什麼人。我可以給他們兩星期，最多兩星期。如果到時候他們還看不見自己的瘋狂，我就從愛爾蘭雇工人過來。這一切都是史利克森害的，這可惡的傢伙和他該死的伎倆。他以為他存貨太多，所以工會代表一找上門，他就屈服了。當然，他只是照他原來的計畫，讓那些愚蠢的傢伙更自以為是。這次風波就是從那裡開始的。」

第十九章　天使降臨

正如某些明亮歡欣夢境裡的天使，
呼喚沉睡人們的靈魂，
某些怪異念頭超越我們的慣常思緒，
窺見天國的榮光。

——亨利．沃恩[45]

桑頓家要辦晚宴，赫爾太太顯得很開心，也出奇地感興趣。她不停聊著晚宴的細節，像個天真無邪的孩子，只想提早聽到內心期盼的各種趣事。病人的單調生活往往讓他們變得像小孩，因為病人跟小孩一樣，都沒有能力判斷周遭事物的重要性，也似乎認為把他們跟外界隔離的那些牆壁和窗簾，肯定比藏在另一邊的一切大得多。再者，赫爾太太年輕時也曾經是個虛榮的姑娘，自從她下嫁窮牧師，那些虛榮心想必備受屈辱，暫時被壓抑下來，卻並沒有滅絕。她喜歡想像瑪格麗特赴宴時一身華麗裝扮，喜歡討論女兒該穿什麼衣裳，幾乎為此焦慮不安。瑪格麗特看在眼裡覺得挺好玩，因為她在哈里街只要待上一年，就比在海爾斯東住二十五年的媽媽更習慣這些交際

45. Henry Vaughan，一六二二～一六九五，威爾斯玄學派詩人。此詩選自他一六五〇年的詩集《閃耀的矽石》（*Silex Scintillans*）。

應酬。

「那麼妳是打算穿那件絲質白禮服，妳確定那件禮服合身嗎？伊迪絲結婚都快一年了！」

「沒問題的，媽！那件衣服是繆瑞太太做的，肯定很合身。就算我變胖或變瘦，腰圍最多也只會差一根乾草的寬度。我覺得我的身材一點都沒變。」

「妳要不要讓蒂克森幫妳看一下，衣服放那麼久了，可能發黃了。」

「如果妳希望這麼做，我會的。就算這件衣服不能穿，我也還有一件很漂亮的粉紅色薄紗，是伊迪絲結婚前兩、三個月姨媽送我的，那件肯定不會發黃。」

「沒錯！可是它說不定會褪色。」

「喔！那我還有一件綠色綢緞。我怎麼覺得我衣服太多，不知道該選哪件。」

「真希望我可以幫妳做決定。」赫爾太太擔心地說。

瑪格麗特態度變正經，「媽，要不要我去一件件換上，讓妳看看妳最喜歡哪件？」

「好啊！這樣最好。」

瑪格麗特於是回房換衣服。平常這個時間很少穿著打扮，她原本打算順便耍耍寶，比如轉個圈再蹲下，讓那件華麗的白絲禮服裙襬高高隆起；或者像晉見女王時一樣，面對著母親倒退出場。她發現媽媽不太高興，因為這些鬧劇干擾了眼前的正經事，這才嚴肅起來。她實在想不通大家（她身邊的人）為什麼都這麼操心她的衣著，那天下午她跟貝西談起這場晚宴（聊到桑頓太太答應幫忙找傭人的事），貝西也是大驚小怪。

「天哪！那麼妳要去馬博洛工廠的桑頓家吃晚飯？」

「是啊。妳為什麼這麼驚訝？」

「喔，我也不知道。可是他們交往的都是米爾頓的上等人。」

「那麼妳不認為我們也是米爾頓的上等人囉？」

貝西的心思被看穿，臉上泛起一陣紅暈。

「是這樣的，」她說，「這裡的人凡事向錢看，我猜你們沒什麼錢。」

「是沒有。」瑪格麗特說。「妳說的很對。但我們有學問，來往的也都是有學問的人。一個自認學識比不上我父親、願意接受他指導的人請我們吃飯，這種事很奇怪嗎？我不是在貶低桑頓先生，像他這樣當過布商學徒的人，很少能有他今天的成就。」

「你們有辦法回請他們嗎？你們家那麼小。桑頓家有三倍大。」

「嗯，我想我們可以回請桑頓先生。也許場地沒那麼寬敞，客人也沒那麼多。不過我們恐怕想都沒想過這種事。」

「我實在想不到妳會去桑頓家吃飯。」貝西重複說道。「鎮長也在那裡吃過飯，還有國會議員之類的。」

「如果有幸在那裡見到鎮長，我應該不會怯場。」

「可是那些女士們穿得很體面！」貝西憂心忡忡地打量瑪格麗特的印花洋裝。以她的米爾頓人的敏銳眼光估計，那布料一碼大約七便士。

瑪格麗特開心地笑了，露出酒窩。「貝西，謝謝妳這麼關心，怕我的衣裳趕不上那些時髦的人們。我有很多體面禮服，如果是一星期以前，我會覺得那些衣裳太華麗，我不會想去任何穿得上它們的場合。既然我要去參加桑頓太太的晚宴，也許還會見到鎮長，那麼我會穿上我最好的衣裳，這點妳可以放心。」

「妳會穿什麼衣裳呢？」貝西有點如釋重負。

「絲質白禮服，」瑪格麗特說，「是一年前表妹結婚時做的。」

「那可以！」說著，貝西重新靠回椅背。「我可不喜歡妳被人瞧不起。」

「如果這樣就可以避免我在米爾頓被瞧不起，那麼我不會有事的。」

「我真想看看妳打扮起來的模樣。」貝西說。「我猜妳不是人們所說的那種美人兒，因為妳的皮膚不夠白裡透紅。可是妳知道嗎？我早在認識妳之前很久，就夢見過妳了。」

「貝西，妳胡說！」

「是真的！就是妳這張臉。妳堅定清澈的眼睛從黑暗裡往外看，額頭上的頭髮被風吹散，像光線似地從妳的前額向外射出去。妳的前額就像現在這樣平滑又端正。妳總是來給我打氣，我好像從妳那雙深邃慈愛的眼神裡得到力量。妳穿著閃閃發亮的衣裳，就像妳說妳要穿的那件。看吧，是妳沒錯！」

「不，貝西，」瑪格麗特溫柔地說，「那只是夢。」

「我在痛苦中為什麼不能做做夢。《聖經》裡不也有人做夢？還有很多人看到異象！連我爸爸都把夢當一回事！我再跟妳說一次，我真的看見妳了，妳快速來到我面前，因為動作很快，頭髮整個往後飛，好像原本就長那樣，有點靜止不動的樣子。穿著妳打算要穿的那件閃亮的白長裙。我要去看妳穿那件衣服的樣子。我要親眼看看妳，摸摸妳，就像妳在我夢裡一樣。」

「親愛的貝西，妳可真會胡思亂想。」

「管它是不是胡思亂想，妳都來了。我在夢裡看見妳時，就知道妳會來。每次妳來坐在我身邊，我的心就踏實很多，覺得受到撫慰，就像大冷天的爐火溫暖了人心。妳說晚宴是在二十一日嗎？希望上帝允許，那天我要去看妳。」

「嗯，妳可以來，我很歡迎妳。不過別這麼說話，我聽著很難受，真的。」

「那麼我會盡量忍耐，把這些話放在心裡，雖然那些都是真的。」

瑪格麗特沉默不語。最後她說：「如果妳覺得那是真的，我們可以偶爾聊聊，但不是現在。跟我說說，妳爸爸也罷工了嗎？」

「是啊！」貝西顯得很鬱悶，說話的語氣跟片刻前判若兩人。「他跟很多人都罷工了，都是翰普的工人，另外還有其他工廠的人。這回女人也跟男人一樣憤怒。食物很貴，她們得餵飽孩子。假使桑頓把他那頓晚宴捐出來，用那些錢去買馬鈴薯和吃的，可以讓很多哇哇哭的孩子安靜下來，讓媽媽的心得到一點寧靜。」

「別這樣說！」瑪格麗特說。「我去吃那頓晚餐會內疚，覺得自己是壞人。」

「不需要！」貝西說。「有些人天生就是來享受奢華的筵席，天生就能穿紫色衣裳和細緻亞麻衣，也許妳就是那樣的人。其他人就是一輩子操勞吃苦。這年頭，連狗兒都不像拉撒路時代那麼仁慈。但如果妳要我用手指沾水溼潤妳的舌頭，我會跨越鴻溝去到妳面前，因為妳曾經在這裡陪伴我[46]。」

「貝西，妳在發高燒！我摸妳的手就知道了，從妳說的話也聽得出來。在這世上，我們有些是乞丐，有些富人，可是等到最後那一天，這些不足以區別我們。我們接受審判時，依據的不會是這種不夠充分的偶然因素，而是我們是不是虔誠追隨基督。」

瑪格麗特站起來，找到了水，把手帕浸溼，放在貝西額頭上，再搓揉貝西冰冷的雙腳。貝西閉上雙眼，接受瑪格麗特的照料。之後她說：

46. 這段話引用《聖經．路加福音》第十六章第十九到二十六節的典故。有個富翁生前慣穿紫衣和細麻衣，天天奢華宴樂，死後卻在地獄受烈火煎熬。拉撒路是一名乞丐，全身爛瘡，常到富翁家門口撿食充飢，狗兒會幫他舔潰爛的皮肉。拉撒路死後被天使帶到亞伯拉罕懷裡。在地獄受苦的富翁求亞伯拉罕派拉撒路用手指沾水，帶給他的舌頭一點清涼。亞伯拉罕告訴富翁，他們之間隔著無法跨越的鴻溝。

「如果妳也跟我一樣，每天不停有人來找爸爸，然後留下來跟我訴苦，妳也會聽得神經錯亂。他們有些人一肚子怨恨，跟我說些雇主的惡劣行為，聽得我心寒。有更多人——大部分是女人——一直抱怨，一直抱怨，滿臉的淚水也不擦，甚至根本沒發現，直說食物價格有多高，她們的孩子餓得睡不著。」

「他們覺得罷工可以解決這些問題嗎？」瑪格麗特問。

「他們說可以。」貝西答。「他們確實說生意好了很久了，廠主賺進好多好多錢。爸爸不知道他們賺了多少，但過一陣子工會就知道了。現在食物那麼貴，工人自然而然會想分點利潤。工會說，如果他們不要求廠主把獲利吐出來，就是沒有善盡本分。不知怎的廠主還是占上風，我擔心他們會一直占上風。這就像哈米吉多頓[47]那場大戰，兩邊都不退讓，齜牙咧嘴地打個不停，最後打著打著就被拋進坑裡去了。」席金斯走進來，聽見女兒最後幾句話。

「噯！我還會繼續戰鬥，而且這回我會勝利。他們再過不久就會屈服了，因為他們手上滿滿的訂單，都打了契約。他們很快就會明白，與其損失那些利潤，外加違約的罰款，不如把該給我們的百分之五給我們。啊，親愛的廠主們！我知道到最後誰會贏。」

瑪格麗特猜他可能喝了酒。倒不是因為他說的話，而是因為他的激昂語氣。另外，貝西急著催促她離開，更加確認她的想法。貝西告訴她：

「二十一日是星期四，我可能會去妳家看看妳為參加晚宴打扮起來的模樣。桑頓家晚宴幾點開始？」

瑪格麗特還沒來得及回答，席金斯已經大聲插嘴：

「桑頓家！妳要去桑頓家吃晚飯？叫他給妳滿滿一杯酒，好祝賀他訂單順利完成。到了二十一日，他已經絞盡腦汁想著該怎麼如期交貨。妳告訴他，只要他答應加薪百分之五，當天早上就會有七百個工人列隊走進馬博洛工廠工作，三兩下幫他把貨趕出來。那些人都會參加，包括我老闆翰普，他是那種老派的人，逢人就詛咒罵人。哪天他客客氣氣跟我說話，我一定會以為他快死了。不過，再怎麼說，他只是虛張聲勢，妳可以跟他說他的工人這麼說他。啊！妳在桑頓家一定會碰到很多一流廠主，等他們吃飽了飯，動都懶得動、連逃命的力氣都沒有時，我倒想去跟他們說說話。我要把我的想法全告訴他們，再跟他們說說他們對我們有多麼殘酷！」

「再見！」瑪格麗特匆忙說道。「貝西，再見！希望二十一日能見到妳，如果到時候妳身體好些。」

唐納森醫生為赫爾太太做的治療和藥方一開始效果顯著，以致赫爾太太本人和瑪格麗特都開始希望當初診斷有誤，也許她有機會康復。至於赫爾先生，雖然他始終不知道妻子的病有多嚴重，這下子也得意地取笑她們的恐懼，明顯鬆了一大口氣，足以證明他原先對病情的那一丁點認知，對他造成多大影響。只有蒂克森像隻烏鴉在瑪格麗特耳畔嘮叨個沒完。瑪格麗特抗拒那些不祥念頭，寧可抱著一線希望。

他們家裡需要這一點光明，因為外面充斥著不滿情緒。就算他們見識尚淺，也感受得到那股山雨欲來的氛圍。赫爾先生自己也認識幾個工人，聽那些人發自肺腑地訴說自己的苦處與經年的隱忍，心情也跟著沮喪起來。如果有人不需要言語就能明白他們承受的一切，他們其實是不屑多說的。但赫爾先生來自遙遠的異鄉，新來乍到，對這裡的制度不甚理解，所以大家急著要他評評理，急著跟他說說自己為什麼憤怒。赫爾先生把自己聽來的一大堆苦水都轉述給桑頓先生聽，借重他廠主的經驗加以分析，說明原由。

47. Armageddon，《聖經》中末日善惡對決的戰場。見〈啓示錄〉第十六章。

桑頓先生從不推辭，總是以最具體的經濟原則證實，買賣這檔事，收益總是有榮有枯。生意下滑時，許多廠主會破產，從此退出快樂富裕的族群，工人也不能倖免。他說得好像這種結果完全合乎邏輯，雇主和工人就算遭遇這樣的命運，也無權抱怨。雇主從此退出這場他不再有權參與的競賽，滿懷無能與失敗的挫折感，在掙扎中受傷，被急於致富的同行踐踏。曾經敬重他的人，如今都輕視他；過去給人工作，如今卻要伸出威嚴的手，卑微地向人求職。當然，身為廠主，他也可能在景氣低迷時遭逢這樣的命運。既然他用這樣的口氣客觀陳述，顯然不太可能對工人的遭遇寄予同情。

反觀那些工人，在快速又無情的改良或變化中被淘汰，寧可從此倒臥不起，默默退出那個不再需要他們的世界。只是，他留在人世那些無依無靠的親人不捨的哭聲，使得他們就算躺在墳墓裡也不得安息。只能羨慕野鳥的本事，因為牠們還能用胸口的鮮血餵養幼雛。每回他像這樣滔滔不絕，說得好像商業就是一切，人性毫無價值，瑪格麗特就特別討厭他。那天晚上他因為了解情況，私下告訴瑪格麗特，他從唐納森醫生那裡聽說赫爾太太可能會需要某些醫療用品，而那些用品由於他負擔得起，加上他母親的遠見，已經準備得很充足，只要赫爾太太有需要，隨時可以借用。

然而，瑪格麗特聽他發表了那些議論，又聽他提起母親得了不治之症這個她還不願意接受的事實，只覺得一看見他或聽見他的聲音就心情惡劣，根本無法感謝他的善意。媽媽的病除了她，只有唐納森醫生和蒂克森知情。她知道不久之後的某一天，她會大聲哭喊媽媽，而那空洞死寂的黑暗不會給她任何回應。她把這件事封存在內心深處最陰暗、最神聖的角落，除非上天賜予承擔的力量，否則根本不敢正視。他是什麼人，憑什麼獲知這個恐怖的秘密？但他什麼都知道，她從他悲憫的眼眸就能看得出來，也能從他肅穆、震顫的嗓音裡聽出來。那雙眼睛、那個嗓音怎麼能若無其事地以冷酷無情、一本正經的態度談論商業原理，又那麼沉著地接受那些原則的後果呢？這種不協調讓她生起一股說不出的嫌惡感。更重要的原因在於，她從貝西那裡聽見愈來愈多的不幸事件。關於這些，席金斯的說法當然不同，因為他被指派為委員，知道了許多不為人知的內幕。

桑頓家晚宴前一天，瑪格麗特去找貝西說話，席金斯正在跟鮑徹討論，說得格外清楚明白。鮑徹就是席金斯經常提起的那個鄰居，工作上技不如人，卻有一大家子要養，激起席金斯的惻隱之心。可是，正因為他欠缺席金斯所謂的氣魄，經常惹惱更為精力充沛、紅光滿面的席金斯。瑪格麗特進門時，席金斯明顯正在發火。鮑徹站著，雙手擱在不算低的壁爐架上，靠著雙臂的支撐，前後擺盪著身體，兩眼狂熱地望著爐火，整個人彷彿陷入絕望。這一幕雖然觸動席金斯的同情心，卻也激怒了他。貝西的身體猛烈地前後搖晃，到這時瑪格麗特已經知道，她情緒不穩時就會這樣。她妹妹瑪莉正在戴帽子，準備出門去剪粗布，粗大的手指把帽帶打出笨拙的結。她邊啜泣邊大聲說話，顯然渴望逃離這個令她心煩的場面。

瑪格麗特剛巧撞上這一幕，她在門口駐足片刻，然後把食指豎在嘴唇前，悄悄坐在貝西身旁的椅墊上。席金斯看見她進門，向她點頭致意，粗魯卻不失友善。瑪莉趁著門打開匆忙走出去，等她走到爸爸看不見的地方，就放聲大哭。只有鮑徹沒注意到誰進了門、誰又離開了。

「沒用的，席金斯。這樣下去她活不久的。她身子一天比一天虛，不是因為沒飯吃，而是沒辦法眼睜睜看著孩子們餓肚子。是啊，挨著餓呢！一星期五先令對你來說可能很夠用，妳只要養兩個女兒，其中一個已經能賺錢養活自己。我們只有五先令卻會餓死。實話跟你說吧，我猜她可能熬不到我們拿到那百分之五。如果真是這樣，我會把錢扔向老闆的臉，告訴他：『你去死吧！你那個殘酷的世界都去死吧！你們害我保不住天底下最好、最會生養孩子的老婆！』還有，老小子，我會恨你，恨工會所有人。老小子，如果這回你帶我走錯路，我就算死了，也會找你報仇。我會的！會的！席金斯，上星期三你告訴我，只要兩星期，那些廠主就會來求我們回去上工，工資照我們的要求。今天都星期二了，時間快到了，我們的小傑克躺在床上，連哭的力氣都沒了，只是偶爾太想吃東西，抽抽搭搭哭得傷心。我們的小傑克呀！老小子，我可告訴你，自從小傑克出生，她整天只瞧著他，把他當命根子一樣地疼，他也真是她的命根子，我擔心萬一他有個三長兩短，她也活不成。我們的小傑克，每天早上把他的小嘴唇嘟過來，在我粗糙骯髒的臉上找塊平滑的地方親親，把我吵醒。現在他快餓死了。」說到這裡，他哽咽得說不出話來。席金斯抬起頭看了瑪格麗特一眼，淚水盈眶，然後鼓起勇氣說：

「兄弟，撐著點。你的小傑克不會餓死。我有錢，我們這會兒就去幫他買點牛奶和一整條四磅重的麵包。不管你有什麼需要，我的就是你的。只是，兄弟，千萬別喪氣！」他一面說，一面在茶壺裡找他僅剩的錢。「我敢跟你打包票，我們一定會贏。只要再撐一星期，你就可以看到那些廠主回心轉意、求我們回去。還有，工會——我是說我——會讓你老婆小孩有飯吃。所以千萬別軟弱，別去求那些刻薄傢伙給你工作做。」

鮑徹聽了這些話轉過頭來，一張慘白憔悴又無助的臉龐掛著一行行淚水，卻顯得異常平靜，看得瑪格麗特不禁落淚。

「你也知道，有個比廠主更刻薄的傢伙說，『餓死吧，讓他們都餓死，看誰還看反對工會。』席金斯，這你清楚得很，因為你也是工會的人。你們各自可能都是好心人，可是一旦團結起來，你們對別人的同情心不會比餓得抓狂的野狼更多。」

席金斯的手搭在門把上，正要開門，這時轉過身來，面對緊跟在後的鮑徹：

「上帝作證！我真是為了你、為了我們大家著想。如果我明明做錯了，卻以為自己做對了，那是他們的罪，是他們讓我蒙昧無知地面對這些事。我想得頭都疼了，相信我，鮑徹。我再說一次，眼下我們唯一的希望，就是繼續相信工會。工會一定會勝利的，你等著瞧！」

瑪格麗特和貝西都沒有說話。她們四目相望，等著對方從內心深處發出一聲嘆息，但兩人都沒有嘆息。最後貝西說：「我怎麼也想不到會聽見爸爸喊上帝，妳也聽見了，他說，『上帝作證！』」

「是啊！」瑪格麗特說，「我回去拿我可以動用的錢，順便幫那可憐男人的孩子帶點吃的。不會很多，就跟他們說是妳爸給的。」

貝西向後仰躺，沒有留意瑪格麗特的話。她沒有哭，只是顫抖著吸一口氣。

「我的心已經乾枯了，沒有淚水了。」她說，「前幾天鮑徹來過，跟我說他有多害怕、多煩惱。我知道他個性比較軟弱，但他畢竟還像個男人。以前我好幾次跟他和他太太生氣，因為他太太跟他一樣，也不懂得怎麼理家。可是妳也知道，所有人都不聰明，上帝還是讓他們活下去，也讓他們擁有心愛的人，和愛他們的人，就像所羅門王[48]一樣。如果他們愛的人感到悲傷，他們也會像所羅門王一樣悲傷。我實在想不通，像鮑徹這樣的人有工會替他出頭，也許是好事。不過，我倒想見見工會那些人，讓他們一個個跟鮑徹面對面（如果我能一個個把他們找出來的話）。我猜想，如果他們聽了他的事，一定會要他回去上工，雖然工資沒有他們要求的那麼多，至少賺一點算一點。」

瑪格麗特不發一語坐著。那男人的聲音，那音調裡無法用言語表達的沉痛，比他說出來的話更真切地表達出他承受的苦。聽過那樣的聲音，她如何能忘得掉？如何轉身回去過舒適的生

48. Solomon，古代以色列王國第三任君主，也是耶路撒冷第一聖殿的建造者，賢能有智慧，深愛百姓愛戴。

活？她拿出錢包。錢包裡能由她自由支配的錢非常少，但她把那些都拿出來，二話不說放在貝西手裡。

「謝謝妳！很多人賺的錢沒有他多，日子卻沒那麼慘。至少沒有像他那樣表現出來。現在爸爸知道了，絕不會讓他們餓著。鮑徹是被孩子拖垮的，他老婆身子又不好，過去這一年來，家裡能當的東西都當光了。雖然我們手頭也不寬裕，妳可別以為我們會看著他們挨餓。如果鄰居不能照料鄰居，還有誰會來幫忙。」貝西似乎有點擔心瑪格麗特認為他們沒有心——或者某種程度上沒有能力——幫助一個她覺得自己有義務幫助的人。「何況，」她接著說，「爸爸很確定過不了幾天那些廠主就會屈服，他相信他們撐不了多久了。我還是很謝謝妳，為鮑徹謝謝妳，也為我自己。因為妳這麼做，讓我的心愈來愈喜歡妳。」

這天貝西顯得安靜多了，卻是無精打采、精疲力竭，看著叫人擔心。她說完話以後，顯得虛弱又倦怠，瑪格麗特有點心驚。

「沒事，」貝西說，「我還死不了。昨晚做了恐怖的夢，或者某種像夢的東西，因為我根本沒睡著。所以今天腦袋昏昏沉沉。是因為可憐的鮑徹，我才清醒過來。不！我還死不了，不過離死也不遠了。好，幫我蓋上被子，如果我咳得不太嚴重，也許會睡個覺。晚安……也許我該說午安，不過今天光線昏暗，又霧茫茫的。」

第二十章　男子漢與紳士

伙計，不管老的小的，都給他們吃吧，東西多的是；
就算他們一個人有十副牙齒，我也不在乎。

——《諾曼第公爵羅洛》49

瑪格麗特痛苦萬分地回到家，心裡想著剛剛看見、聽見的一切，幾乎不知道該如何打起精神善盡當女兒的責任，開開心心地跟媽媽聊天。如今赫爾太太沒辦法出門，總是期待瑪格麗特出門散步回來後，可以說點新鮮事給她聽聽。

「妳那個工廠朋友星期四可以來看妳打扮起來的樣子嗎？」

「她病得太重，我完全沒想到要問她。」瑪格麗特憂傷地說。

「天哪！這會兒大家好像都病了。」赫爾太太懷著一絲絲病人與病人之間那種嫉妒心說道。「住在那種窄小的後巷，生起病來肯定很辛苦。」她善良的天性戰勝嫉妒心，過去在海爾斯東的舊思維又回來了。「在這裡都夠糟的了。瑪格麗特，妳能幫她做點什麼嗎？妳出門時桑頓先生派人送來陳年波特酒。給她一瓶妳看怎麼樣？對她有好處嗎？」

49. *Rollo, Duke of Normandy*，英國十七世紀前葉的劇本，據說是由約翰・弗萊徹（John Fletcher，一五七九～一六二五）等多名英國劇作家共同創作，學者對此意見紛歧。

「不，媽媽！他們生活還過得去，至少聽起來不缺錢用。再者，貝西患的是癆病，她不會想喝酒。也許我給她帶點海爾斯東的水果蜜餞。不對！我想拿給另一個家庭。媽！我今天看到那麼悲慘的畫面，我要怎麼穿上漂亮衣裳去參加豪華宴會？」瑪格麗特激動之餘，顧不得進門前的自我約束，把她在席金斯家的見聞一五一十告訴媽媽。

赫爾太太聽得非常沮喪，心情躁動，非得做點什麼才能平靜。她要瑪格麗特馬上在客廳裡裝滿一提籃的食物，立刻給那個家庭送去。瑪格麗特告訴她明天再送去也無妨，因為席金斯已經幫他們解決了燃眉之急，而她也把自己的錢留給了貝西。赫爾太太硬是不依，幾乎發起脾氣。她指責女兒說出這種話簡直冷血，逼著瑪格麗特派人把籃子送出去，這才讓自己喘口氣。她說：「說不定我們做了錯事。上回桑頓先生才說，任何人如果幫助那些罷工的人，因而拖延罷工的時間，都不是工人真正的朋友。這個鮑徹正在罷工，對不對？」

她問的人是赫爾先生。赫爾先生剛剛結束跟桑頓先生的課程，走上樓來。他們的課照例又是以談天結束。瑪格麗特不在乎他們送的食物會不會讓罷工延長，以她目前的激動狀態，沒想那麼遠。

赫爾先生仔細聽著，努力保持法官般的冷靜。他回想不到半小時前桑頓所說的一切，當時聽起來顯得那麼清楚明白，最後他做了個自己不甚滿意的妥協。他太太和女兒這件事不但做得非常對，他也完全看不出來她們還有什麼別的選擇。然而，按常理說，桑頓說得也沒錯，罷工繼續拖下去，最後如果不是像以前經常發生的那樣，又發明某種機器來減少對勞力的需求，結果就是廠主從遠地輸入勞工。所以說，事實擺在眼前。對工人最仁慈的做法，就是拒絕以任何方式為他們的愚蠢撐腰，至於這個鮑徹，他明天一早就去探望他，看看有什麼幫得上的。

隔天一早赫爾先生果然去了。鮑徹不在家，他跟鮑徹的太太聊了很久，答應幫她安排就醫治療。他看見孩子們不太節制地享用赫爾太太送去的許多食物，鮑徹一出門，這些孩子們就在樓下無法無天。他回家後向妻女陳述的內容，比瑪格麗特原本的預期更樂觀、更叫人放心。事實上，基於瑪格麗特前一天晚上說的話，赫爾先生做了最壞的打算，這時候因為想像力的作用，又把鮑徹家的景況描述得比實際情形好得多。

「我還會再去一趟，去跟鮑徹見上一面。」赫爾先生說。「我不太知道該怎麼把這些房子拿來跟我們海爾斯東那些小屋比較。在這裡我看見一些我們那裡的工人絕不會買的家具；這裡的人常吃的食物，在我們那裡會是奢侈品。可是這些家庭一旦沒了工資，除了當鋪，好像就沒有籌錢管道。在米爾頓這地方，你得學新的語言，用不一樣的標準衡量事物。」

這天貝西身子也好多了，只是看起來好像還很虛弱。當初她說想看瑪格麗特穿禮服，就算不是半昏迷狀態下的狂熱渴望，如今也完全忘光了。

瑪格麗特滿腹愁思，心事重重，又得梳妝打扮，去一個她不想去的地方，不由得想起幾乎不到一年前她跟伊迪絲一起打扮時那種無憂無慮的年輕女孩心境。如今梳妝打扮這件事帶給她唯一的快樂是，媽媽看見她的華麗裝扮會很高興。蒂克森走進客廳說她也想看，瑪格麗特羞紅了臉。

「太太，小姐打扮起來真美，對吧？蕭夫人的珊瑚首飾太合適了，顏色搭配得恰恰好。要不然哪，小姐，妳看起來會太蒼白。」

瑪格麗特的烏黑秀髮髮量太多，沒辦法編辮子，只能一整股扭了再扭，把那柔亮的髮絲盤成大捲子，像皇冠般圈在她頭上，髮尾收攏成螺旋狀的大結，集中在後腦，再用兩個長度類似小箭的珊瑚大髮夾固定。她的白色絲綢衣袖用同款布料做成的繫帶束起來，一串沉甸甸的珊瑚珠鍊就垂掛在她白皙的頸部曲線下方。

「瑪格麗特！我多麼想帶妳參加以前在巴靈頓的那些聚會，就像過去妳外婆帶我去一樣。」

瑪格麗特吻媽媽一下，感謝媽媽表達出這種為人母的虛榮。可惜她笑不出來，因為心情實在太低落。

「媽，我寧可在家陪妳。」

「別瞎說！乖，記得多留意晚宴的細節。我想聽聽他們在米爾頓都怎麼操辦這些事的。特別是第二道菜，親愛的。看看他們用什麼取代獵來的野味。」

赫爾太太如果親眼目睹這場晚宴菜肴與餐具的奢華程度，興致肯定更高昂，也會大吃一驚。瑪格麗特以她在倫敦培養的品味看來，菜上了太多道，其實只要一半的數量賓客就能吃得飽，給人的感覺卻會更精緻、更高雅。不過這是桑頓太太嚴格要求的待客之道，每一道佳餚份量都得充足，讓所有想大塊朵頤的賓客都能盡情享用。儘管她平素對吃的不太講究，幾乎到了節儉的地步，以奢華排場宴客卻是她引以為傲的事。這方面她兒子跟她所見略同。或許他曾經想像、也應該會喜歡別種做法，但他只接觸過這種以山珍海味互相款待的社交生活。此外，雖然他在個人開銷上連一分錢也不浪費，這次晚宴邀請函發出後其實也不只一次覺得後悔，此時看到這樣的氣派席面，還是心生歡喜。

瑪格麗特跟爸爸最早到，因為赫爾先生希望準時赴宴。他們到的時候，樓上客廳只有桑頓太太和芬妮在。客廳所有布套都已經取下，整個屋子被鮮黃錦緞和華麗織花地毯襯托得光彩奪目。每個角落似乎都擺滿了裝飾品，看得人眼睛都疲勞了，也跟窗外工廠院子光禿禿的醜態形成古怪對比。工廠寬敞的折疊式大門此時敞開著，方便賓客馬車出入。工廠建築高高矗立在左側窗外，擋住了大部分光線。在這個夏日近晚時分，天還沒黑，室內已經有點陰暗。

「我兒子忙到最後一刻，他馬上就到。赫爾先生，您先請坐。」

桑頓太太說話時，赫爾先生正好站在窗子旁。這時他回過頭來，說道：「住家離工廠這麼近，你們不會偶爾覺得心煩？」

桑頓太太挺直腰桿子。

「不會。我還沒高尚到想要忘掉自己兒子的財富和權力從哪裡來。再者，你在米爾頓絕對看不到另一家這樣的工廠，一間廠房就有五十五坪。」

「我指的是工廠的排煙和噪音，還有工人來來去去，應該很煩人！」

「赫爾先生，我同意您的看法！」芬妮說。「空氣裡一直有蒸氣、油污機器的味道，還有，那噪音簡直吵得人耳聾。」

「有些美其名為『音樂』的噪音更是震耳欲聾。引擎室在工廠鄰街的那一頭，除非夏天窗子打開來，否則我們幾乎聽不見。至於工人持續不斷的說話聲，在我聽來就跟蜜蜂窩一樣，一點都不礙事。就算我偶爾留意到那聲音，我只會想到我兒子，想到那一切都屬於他，他負責指揮那些人。這時候工廠一點聲息都沒有，那些工人太忘恩負義，竟然罷工了，這件事你大概聽說了。你進門時我在談的那件事就是有關他接下來要採取什麼步驟，好讓那些人學個乖。」她向來莊重的面容此時更為深沉，有一股陰鬱的怒容。即使桑頓先生走進來，那怒氣也沒有消失，因為她一眼就看出兒子雖然欣喜又熱誠地歡迎賓客的到來，神色中卻有種甩不開的顧慮與煎熬。

桑頓先生跟瑪格麗特握手，他知道這是他們倆第一次握手，瑪格麗特卻渾然不覺。他問候赫爾太太，從赫爾先生口中聽到充滿希望的樂觀答覆，他瞥了瑪格麗特一眼，想知道她是不是認同她爸爸的話，發現她沒有一丁點反對神情。就這麼短暫一瞥，他再次被她的絕美姿色震懾住。他沒見過她穿這樣的衣裳，這會兒看起來，這樣的優雅服飾太適合她雍容華貴的體態與高傲沉著的面容，她很該天天這樣打扮。她正在跟芬妮說話，他聽不見她們的談話內容，只看見自己的妹妹毛毛躁躁、頻頻撥弄禮服，視線飄來飄去，眼神卻顯得空洞。

他不自在地把妹妹的遊移目光拿來和瑪格麗特那雙溫柔的大眼睛做比較。瑪格麗特此時定定望著前方某件物品，那眼神彷彿散發出某種從容不迫的感染力。她豐潤的朱唇微微開啟，顯然專注聆聽同伴說的話。她的腦袋略略前傾，柔順的線條從光澤動人的烏黑秀髮往下，直到光滑的象牙白肩頭。她圓潤的白皙雙臂和修長的手指，一動不動地交疊出美妙姿態。桑頓先生雖然只是匆匆一瞥，卻看得鉅細靡遺。他嘆息一聲，轉身背對她們，打起精神專心跟赫爾先生說話。

更多客人來了，愈來愈多。芬妮從瑪格麗特身邊走開，去幫媽媽招呼客人。桑頓先生發現，客人陸續湧入的這個時段，沒有人陪瑪格麗特說話，對這樣的明顯怠慢深感不安，他自己卻始終沒有走過去。他沒有看她，卻知道她在做什麼，或沒做什麼，對其他客人的動態都沒這麼瞭若指掌。瑪格麗特其實非常坦然自在，她饒富興味地觀察其他客人，完全沒注意到自己是不是落了單。有人陪她下樓用餐，她沒聽清楚那人的名字，那人好像也無意跟她多說話。男士們聊得興致勃勃；女士們大半時間都很沉默，忙著留意桌上的菜肴，評論別人的衣裳。瑪格麗特掌握到男士們的談話內容，覺得挺感興趣，專注地聽著。霍斯佛先生是外地來的訪客，這次晚宴就是為他而辦。他就本地的商業與製造業提出一些問題，在場男士——全是本地人——熱心地回答與說明。眾人意見紛紜，激起一番論戰，最後轉而徵詢桑頓先生的看法。

在此之前，桑頓先生幾乎沒開口，這會兒他表達了自己的見解，陳述得脈絡分明，原本反對的人也都折服。瑪格麗特的注意力這才轉到桑頓身上，看見他扮演東道主、款待賓客的態度儘管直率，卻又單純而謙遜，一點都不失尊嚴。她還沒見過他這麼優秀的一面。之前他在她家似乎總是有點疙瘩，要嘛太過急切，要嘛有點惱怒，好像預先假定自己會受到不公平論斷，卻又太驕傲，不願意為自己澄清。反觀現在，處在同類之間，他的態度沒有任何不確定感。朋友顯然都認為他個性果決，在各方面都有魄力。他不需要辛苦贏得他們的敬重，他本來就能服眾，而他也心知肚明。這份認知讓他在言談舉止間流露出一份優雅的從容，這倒是瑪格麗特過去沒有發現的。

他不習慣跟女士談話，即使談了，話題也總是稍顯凝重。他幾乎沒跟瑪格麗特說話。她有點意外地發現，自己在這場晚宴過得挺開心。她對這個地方已經知道得夠多，足以了解各種利害關係，甚至聽得懂某些急切的廠主使用的專業術語。對於他們討論的話題，她沉默而堅定地參與。至少，他們談話的態度積極而迫切，一點也不像過去倫敦宴會那種叫她厭煩的欲振乏力風格。她不禁納悶，大家聊了這麼多本地的商業與製造業現況，卻沒有人提到迫在眉睫的罷工事件。她還不知道廠主們多麼冷靜地看待罷工，畢竟最後的結果只有一個。毫無疑問地，那些工人又跟以前一樣做出自殺行動，既然他們執意要當傻子，任由工會裡那些領薪水的惡棍擺布，那就讓他們自食惡果吧。其中有一兩個人覺得桑頓有點萎靡不振，當然，這回罷工他肯定會有所損失。這種事他們任何人都可能碰上，桑頓處理罷工的能力並不比別人差，因為他跟所有米爾頓廠主一樣，有著鋼鐵般的意志。那些工人想跟他耍花招，恐怕找錯對象了。他們在心裡暗笑，那些工人不知天高地厚，竟然奢望改變桑頓訂下的規矩，將來免不了一場慘敗。

晚餐後那段時間瑪格麗特覺得挺無聊，所以當男士們重新回到客廳，她心情相當愉快。一來是因為跟爸爸眼神交會，把她的瞌睡蟲都趕跑，二來她可以再聽到比女士們聊的那些芝麻小事更廣泛、更重要的話題。瑪格麗特喜歡看到米爾頓這些男人那種大權在握的得意神色。他們表現出來的態度或許相當狂妄，有點浮誇，可是，他們似乎陶醉在自己已經擁有、或即將創造的成就裡，因而敢於挑戰不可能。儘管她頭腦比較冷靜的時刻可能不會贊同他們看待某些事情的心態，然而，他們能夠忘掉自己、忘掉此刻，一心一意只想著未來戰勝所有無生命物質的那一刻，天曉得他們根本都活不到那時候，那種精神還是頗值得讚賞。

這時她聽見桑頓先生在跟她說話，聲音就在近處，嚇了一跳：「剛才在晚餐桌討論時，妳好像是站在我們這邊的。赫爾小姐，我說得對嗎？」

「當然。可惜我對那件事懂得太少。我有點驚訝，因為霍斯佛先生談到有人抱持相反見解，比如說他提到的那位莫里森先生。那位先生應該算不上紳士吧？」

「赫爾小姐，我沒有資格論斷別人是不是紳士。我是說，我不太確定妳所謂的『紳士』代表什麼意思。但我會說這個莫里森稱不上男子漢。我不認識他，只是根據霍斯佛先生的話下判斷。」

「我猜我的『紳士』包括你的『男子漢』。」

「那麼妳也暗指『紳士』涵蓋的範圍比『男子漢』大得多。我的看法不同，我覺得男子漢比紳士更崇高、更完美。」

「這話什麼意思？」瑪格麗特問。「我們對這個詞的理解肯定不一樣。」

「我認為『紳士』這個詞只是描述某個人跟其他人的關係，但我們說到『男子漢』時，考慮的不只是他跟其他人的關係，還有他跟自己、跟生命、跟時間、跟永恆的關係。像《魯賓遜漂流記》裡的魯賓遜那樣淪落孤島的人，或終身被監禁在地牢裡的囚犯。不，就算是拔摩島上的聖徒[50]，要形容他的堅忍、力量與信心，最貼切的詞也是『男子漢』。我對『像個紳士』這個詞已經感到厭煩，因為人們通常用得不恰當，它的意思也經常被誇大到失真的地步。而『男子漢』和『像個男子漢』這麼簡單明瞭的詞卻沒有得到認可，我幾乎想把它們納入時下的流行用語。」

瑪格麗特尋思片刻，她還沒來得及說出自己緩慢形成的定見，他已經被某些急躁的製造商喊走。她聽不清那些人在說些什麼，卻可以從桑頓簡短明確的回應略知一二，因為桑頓的聲音像遠處禮砲低沉的轟隆聲，持續而穩定地傳過來。他們顯然在討論罷工的事，也提出了最佳對策。她聽見桑頓說：「那件事已經辦了。」緊接著是兩三個人的低語聲。

「那些都安排好了。」

某些人有所懷疑，史利克森指出某些困難點，為了加強語氣，他抓住桑頓的胳膊。桑頓稍稍移開身子，眉毛微微挑起，答道：「我願意冒這個險。你如果不願意，不需要加入。」

還是有人提出更多憂慮。

「我不害怕煽動暴亂這種卑鄙手段。我們公開對決，我有能力保護自己免於任何預想得到的暴力行為。我也有把握能保護前來為我工作的人。這回他們會充分明白我的決心，就跟你們一樣了解我。」

霍斯佛先生把桑頓拉到一旁，瑪格麗特猜測他在追問罷工問題。事實上，霍斯佛在向桑頓打聽她是誰，看起來這麼文靜、高貴又美麗。

「是米爾頓的淑女嗎？」霍斯佛得知瑪格麗特的姓氏後又問。

「不是！他們從南部來的，好像是漢普夏。」桑頓用冷淡、漠不關心的語氣答道。

史利克森先生也在問芬妮相同的問題。

「那位氣質高雅、相貌出眾的小姐是誰？霍斯佛先生的妹妹嗎？」

「哦，天哪！才不是！在那邊跟史蒂芬斯說話的那位赫爾先生是她父親。他在授課。也就是說，他陪年輕人讀書。我哥哥一星期去跟他上課兩次，這回他求媽媽邀請他們來，希望大家能認識他們。如果你需要的話，我們應該有他們的課程簡介。」

「桑頓先生嗎？他生意這麼忙，現在又碰上這個差勁透頂的罷工，當真騰得出時間去跟老師上課？」

50. Parmo，位於愛琴海東部，是古羅馬帝國放逐罪人的地方。據說耶穌十二使徒之中的聖徒約翰就曾被放逐到此十五年之久。此處拔摩島的聖徒指的就是約翰，見《聖經．啓示錄》第一章第九節。

從史利克森先生說話的態度，芬妮不太確定自己應該為哥哥的行為感到驕傲或羞愧。她就像那些慣於依據別人認定的「應該」來決定自己情緒反應的人，很容易為任何異樣舉動慚愧臉紅。幸好客人紛紛離去，打斷她的難為情。

第二十一章　暗夜

世上哪個人曾經見過
只有歡笑沒有淚水的人生。
——艾略特[51]

瑪格麗特和父親散步回家。夜色清朗，街道乾乾淨淨。她像民謠裡撩起綠色綢緞禮服裙襬的莉茲．林賽[52]一樣，把漂亮的純白絲裙「提到膝蓋」，跟著爸爸踏上歸途。夜晚的空氣沁涼如水，她開心得幾乎翩翩起舞。

「我覺得桑頓好像有點擔心這次罷工，他今天晚上情緒很緊繃。」

「如果他不擔心，我倒會覺得奇怪。不過，剛剛我們離開前不久，有人提供他不一樣的意見，他的回答就跟平日一樣冷靜。」

「吃過晚飯那段時間他也是那樣。他說話的態度向來都是那麼冷靜，恐怕要碰到很大的事，他才會激動。是他的表情讓我覺得他在擔心。」

51. 埃賓尼澤．艾略特（Ebenezer Elliott，一七八一～一八四九），英國詩人，此處詩句引自他的作品〈流亡〉（The Exile）。
52. Leezie Lindsay是蘇格蘭同名民謠裡的女主角，歌詞中提到莉茲．林賽身穿綠色綢緞禮服，將裙襬提到膝蓋。

「如果我是他，我也會擔心。他應該知道他的工人愈來愈憤怒，他們的恨意也沒有壓抑下來的跡象。工人們都認為他是《聖經》裡提到的『苛刻的人』[53]，不是不公平，只是冷酷無情。他有清晰的判斷力，卻會固執地堅守不該堅守的『權利』。畢竟，我們這些人和我們那些渺小的權利，在上帝面前又算得了什麼。我很慶幸你說他看起來憂心忡忡。我只要想到鮑徹那種近於瘋狂的神態和言語，就很難忍受桑頓先生說話時那種冷靜。」

「首先，我不太相信那個姓鮑徹的男人真有那麼苦惱。目前他當然碰到難關，這我相信，可是工會總是會暗地裡拿錢資助這些工人。再者，如妳所說，這個鮑徹顯然本來就是那種容易激動、情感外顯的類型，會把心裡的感受強烈地表達出來。」

「爸！」

「噯！我只是希望妳對桑頓公平點。我認為他的個性跟鮑徹恰恰相反，太過高傲，不屑於表露自己的情感。瑪格麗特，我原本還以為妳欣賞這種性格。」

「我確實欣賞，也會欣賞，只是我不像你那麼確定他有那種情感。他是個意志力無比堅強的人，他的條件沒有比別人好，卻能有這樣的成就，顯然有非比尋常的才幹。」

「他的條件也沒有糟到哪兒去。他從小就過著務實的生活，環境逼得他培養出判斷力和自制力，這些都發展成他的才幹。當然，他需要一些前人的知識，因為那是預測未來的堅實基礎。這點他自己知道，也察覺到了，這就很不容易。瑪格麗特，妳對桑頓先生很有偏見。」

「爸，他是我第一個有機會近距離觀察的製造商，一個做生意的人。這算是我吃到的第一顆橄欖，允許我吞的時候皺個眉頭。我知道他是他那個行業裡的好人，慢慢地，我會喜歡那個行業。我覺得我已經開始欣賞了。那些紳士們聊的話題我雖然大半都聽不懂，卻很感興趣。桑頓小姐擔心我獨自待在一大群男士之間，會很不自在，過來帶我到屋子另一邊，我甚至覺得有點遺憾。當時我忙著聽大家說話，根本沒想那麼多。爸，那些女士們實在無聊至極，太無聊了！不過，我覺得她們也算聰明，讓我想到我們以前玩的遊戲，每個人要把手上的許多名詞全放進一個句子裡。」

「女兒，這話什麼意思？」赫爾先生問。

「喔，她們說出一大堆代表財富的物品，比如管家、襯衣、園丁助手、鏡子的大小、昂貴的蕾絲、鑽石諸如此類的，然後以最優美、最不經意的方式，把這些名詞統統放進談話中。」

「如果那個女僕就像桑頓太太描述的一樣，等她來了以後，妳也會以妳唯一的女僕感到驕傲的。」

「那是當然。今天晚上我覺得自己虛偽過了頭。穿著白色絲綢禮服坐在那裡，無所事事的雙手擺在前面，腦子裡卻想著這雙手白天裡勤快俐落地做了多少家事。他們一定以為我是個高尚的淑女。」

「親愛的，連我都幾乎誤以為妳是哪個名門仕女。」赫爾先生竊笑道。

當他們看到來開門的蒂克森的表情，臉上的笑容瞬間變得蒼白而顫抖。

「老爺！瑪格麗特小姐！謝天謝地你們回來了！唐納森醫生來了。鄰居的僕人幫忙請他來的，因為我們的清潔女僕回家去了。夫人現在好多了，可是，噢，先生！一小時前我以為她會死掉。」

赫爾先生抓住瑪格麗特手臂，避免自己摔倒。他看著瑪格麗特的臉，看見驚訝和極度哀傷，卻沒有抓攫他毫無防備的心的那份驚恐。她知道的比他多，但此刻她還是流露出驚懼不安的絕望

53. 見《聖經・馬太福音》第二十五章第二十四節。

格麗特脫下禮服，嫌惡又不耐煩地將它扔到一旁，換上睡袍。她覺得自己彷彿永遠沒辦法再闔眼入睡了。為了守夜，她所有的感官都活力充沛、倍加靈敏。任何影像或聲響，不，甚至任何一縷思緒，都異常迅速地觸動某些神經。她聽見父親在客廳來回走動，不停走到媽媽房門外，駐足聆聽，前後超過兩小時。最後，她趁父親沒有站在門外的時刻，打開房門告訴他母親的現況，回答他乾燥的嘴唇勉力提出的詢問。最後，他也睡著了，整間屋子沉寂下來。瑪格麗特坐在布幔後方沉思，過去所在乎的種種，不論在時間或空間上，似乎都已經離她很遠。

不到三十六小時前，她還很關心貝西和席金斯，為鮑徹感到心痛。現在，那些好像都變成某段前世裡虛無縹緲的回憶。家門外發生的一切，似乎都跟她母親切割開來，因而顯得虛幻不實。就連哈里街都比較清晰，她還記得自己在那裡開心地望著姨媽的臉，回想母親的五官；也記得接到家裡來信，懷著對親情的渴望，想念著故鄉的家。那一切彷彿是昨天的事。海爾斯東本身已經成為模糊的過往。前一年冬天和春天那些沉悶陰暗的日子，如此平淡、如此單調，卻與她此刻最在乎的事有著更密切的關聯。那段時光正在流逝，她希望抓住它的裙襬，祈求它回來，把她擁有時沒能好好珍惜的東西再還給她。生命是多麼虛幻的一場戲啊！如此不真實、一閃即逝、匆匆掠過！彷彿有一座縹緲鐘樓，高懸在這喧騰嘈雜的塵世上空，鐘聲綿綿不絕地傳來：「一切都是幻影！一切都在流轉！一切都過去了！」清涼灰暗的晨曦來到，一如過去每一個更愉快的清晨，瑪格麗特一一查看了沉睡中的人。那驚悚的一夜幾乎像一場虛假夢境，它也是一道陰影，終究會過去。

赫爾太太醒來時，並不知道自己前一天夜裡病況多麼危急。唐納森醫生一早就來到，讓她十分驚訝，丈夫和女兒焦慮的面容更是叫她困惑不解。她答應在床上躺個一天，因為她確實也有點累。到了第二天她就吵著要下床，唐納森醫生同意她到客廳。她坐也不是、躺也不是，渾身不舒服。到了傍晚又發高燒。赫爾先生疲憊至極，什麼事都拿不定主意。

到了第三天，瑪格麗特問：「我們該怎麼做，媽媽才能睡得安穩。」

「某種程度上，那是我不得不使用的鎮靜劑導致的後遺症。你們看著雖然很不捨，她其實沒那麼痛苦。不過，如果能幫她準備一張水床，應該很有幫助。她明天就會好很多，幾乎像發病前一樣。但我還是希望她能有張水床。我知道桑頓太太有一床，下午我會找個時間過去。等等……」他看見瑪格麗特的臉因為守護病人變得蒼白。「我不確定我能去，下午我還有很多事要辦。妳散個步走到馬博洛街問桑頓太太借水床，對妳應該沒有壞處。」

「那是當然。」瑪格麗特說。「我可以趁媽媽午睡時去。我相信桑頓太太一定肯借給我們。」

唐納森醫生果然經驗老到，這天下午赫爾太太好像已經擺脫發病的後遺症，看起來氣色更好、身體也好得多，瑪格麗特原本以為再也看不到這樣的媽媽。她吃過午餐就出門。赫爾太太坐在安樂椅上，赫爾先生拉著她的手。此時的赫爾先生面容憔悴，看起來反倒比病人更萎頓。儘管如此，他總算露出笑容，笑得徐緩而微弱，卻是踏踏實實。短短一兩天前，瑪格麗特以為笑容從此消失在父親臉上。

從克朗頓到馬博洛街大約有三公里路程，天氣太熱，瑪格麗特沒辦法走太快。午後三點，八月的豔陽直接照射在街道上。瑪格麗特一路往前走，在最初的兩公里路程中，絲毫沒有察覺周遭的一切跟平時有什麼不同。她沉浸在自己的思緒裡，到這時她已經學會如何穿梭在米爾頓街頭此起彼落的人潮中。她轉進另一條擁擠的馬路時，卻驚愕地發現這條路上的人群多得不尋常。那些人好像並沒有往前走，個個隨機站在原地，說著、聽著，情緒顯得亢奮。人們讓路給她，她滿腦子只想著自己的任務，以及母親的需求，觀察力不如頭腦冷靜時來得敏銳。

她一直走到了馬博洛街，才驚覺周遭的人群中瀰漫著煩躁不安與沉鬱的怒氣。不管精神上或實質上，她都意識到一股雷雨將至的低迷氛圍。銜接馬博洛街的每一條小巷，都傳來低沉而遙遠的怒吼聲，像是匯聚了無數狂暴的憤慨話語。那些簡陋骯髒的住屋裡的人們就算沒有出來站在狹窄的巷道上，也都擠在門口或窗邊，所有臉孔都朝著同一個方向，聚精會神地望著。馬博洛街就是他們的視線焦點，他們眼神裡藏著各種心思，卻都極度專注，有些怒氣騰騰、有些低垂著眼皮目露凶光、有些害怕得瞳孔放大、有些則是哀求乞憐。

瑪格麗特走到工廠院子外那面光禿禿的高牆，來到大門旁的側門，按了門鈴。等待門房回應時，她回頭張望，聽見遠處傳來這場暴動中第一陣吶喊聲，看見第一批黑壓壓的群眾緩慢蜂湧過來。那險惡的浪峰在街道另一頭起起伏伏，暫時退卻。這條街片刻前還充斥著壓抑的人聲，現在卻是暗藏凶險的死寂。瑪格麗特注意到這些現象，但她心有旁騖，不及細想。她不明白這是怎麼回事，不能理解其中的深意。她只知道、也感受到喪母那把利刃即將一刀一刀刺在她身上。她努力讓自己接受這個現實，以便到時候有餘力安慰父親。

門房謹慎地應門，只拉開一道窄縫，她走不過去。

「小姐，是妳嗎？」他鬆了一大口氣，而後又把門拉開一點，但還是半掩著。瑪格麗特走了進去，門房快手快腳重新門上門。

「那些人朝這兒過來了吧？」他問。

「我不知道。好像有什麼事，不過這條街上好像沒什麼人。」

她橫越院子，走上門前階梯。近處沒有特別聲響，沒有蒸汽機的敲打與噴氣聲，沒有機器的哐噹聲，也沒有各種尖銳喊叫聲紛雜交融，然而，遠處那劍拔弩張的吼叫聲持續翻攪。

第二十二章 打擊與餘波

工作量減，糧食價漲，
工資也在縮水；
因為愛爾蘭人來競爭，
只拿我們一半的薪水。
——《穀物法歌謠》54

瑪格麗特走進桑頓家客廳，客廳裡的各式用品已經重新裝袋或鋪蓋，恢復平日樣貌。天氣炎熱，窗子半開著，百葉簾遮蔽窗玻璃。從底下街道反射上來的一道灰暗光線，打亂了屋裡的陰影，加上高處的微綠光線，瑪格麗特不經意從鏡子裡看見自己的臉慘白無血色。她坐下來等候，卻沒有人來。每隔一段時間，微風似乎把遠方的龐雜聲響吹得更近些。這時根本沒有風！它偶爾止息下來，化為深沉的寂靜。

芬妮終於出現。

54.〈穀物法歌謠〉（Corn Law Rhymes）是英國詩人埃賓尼澤·艾略特的作品。一八一五年英國為了避免外國穀物衝擊國內穀物價格，通過對進口穀物課徵高關稅，造成國內穀物價格高漲，窮苦百姓生活雪上加霜。艾略特振臂高呼，要求政府廢除穀物法，因而有「穀物法詩人」之譽。

「赫爾小姐，我媽馬上到，她要我先來向妳致歉。妳可能知道我哥哥從愛爾蘭引進工人，鎮上的人非常生氣，一副我哥哥沒有權利幫自己找工人似的。那些愚蠢卑鄙的傢伙不肯幫他工作，現在他們放狠話威脅，把那些吃不飽的愛爾蘭窮人嚇壞了，我們不敢讓他們出門。妳可以去看看，他們全都擠在工廠上層的房間裡，晚上也要睡在那裡，免得那些暴民傷害他們。那些暴民自己不工作，也不讓別人做。媽媽在安排他們的伙食，約翰在跟他們說話，因為有些女人哭著要回家。啊！媽媽來了！」

桑頓太太怒氣沖沖、鐵青著臉走進來，瑪格麗特不禁覺得，自己這時候上門求助給人添了麻煩。然而，這回她會來，也是因為桑頓太太親口答應過，媽媽生病過程中有任何需要，都可以提出來。瑪格麗特溫和謙卑地訴說母親的坐立難安，以及唐納森醫生希望能有張水床來緩解媽媽的痛苦。桑頓太太聽完蹙起額頭、抿起雙唇。瑪格麗特停頓下來。桑頓太太沒有立刻回答，卻忽然從椅子上跳起來，驚呼道：

「他們來到大門了！芬妮，去叫約翰，去工廠叫他回來！他們來到大門外了！他們會撞開門闖進來。我叫妳去找約翰回來！」

在此同時，人群的腳步聲已經來到圍牆外。桑頓太太剛才專心關注外面的動態，根本沒注意聽瑪格麗特說話。木門外憤怒的人聲愈來愈沸騰，木門劇烈搖晃，彷彿那些她們此時看不見的瘋狂群眾把自己的身體當成攻城的木樁，先後退一小段距離，只為了以更整齊穩定、更強勁的力道再次衝撞，他們的猛力衝擊，把堅實的木門撞得震顫不已，像在風中擺盪的蘆葦。

屋子裡的女人都聚在窗子旁，目不轉睛地看著眼前令她們心生恐懼的景象。桑頓太太、女僕和瑪格麗特都在那裡。芬妮已經回來了，她驚叫著跑上樓來，彷彿有人亦步亦趨追趕她似的，一進門就撲倒在沙發上，歇斯底里地哭泣。桑頓太太在等她兒子，他還在工廠裡。這時他出來了，抬頭看她們一眼，對著那一張張蒼白臉孔露出鼓舞的微笑。他回頭鎖上工廠門，再喊某個女僕下去幫他打開家門，因為芬妮倉皇逃回來時順手上了鎖。桑頓太太自己去開門。外面的憤怒人群聽見他那熟悉的命令語氣，彷彿嘗到鮮血的滋味，原本他們為了保留體力撞門，一直靜默無語。這會兒聽見他在裡面說話，立刻發出凶殘的鼓譟聲，就連走在兒子前面進入客廳的桑頓太太也嚇得臉色發白。桑頓先生進來時臉龐略微泛紅，目光炯炯有神，彷彿呼應著危險的號角聲。他臉上有種不服輸的自負神色，那神色雖然沒有讓他變得更俊俏，卻顯得更高貴。

瑪格麗特向來擔心自己遭遇意外變故時會喪失勇氣，會變成自己最害怕變成的那種膽小鬼。可是現在，在這個真正有理由害怕、近乎驚悚的時刻，她忘了自身安危，只對眼前的事件感受到一股強烈的憐憫之情，強烈到讓她心痛。

桑頓先生坦然走上前來，「赫爾小姐，很抱歉，妳這個時間來我家時機很不湊巧，恐怕會遭到池魚之殃。媽！妳們待在後面的房間不是比較好嗎？我不知道他們會不會從賓納巷闖進馬廄的院子，如果不會，妳們待在那裡會比這裡安全。去吧，珍！」他轉頭對管家女僕說。珍帶頭走出去，其他人跟過去。

「我要留在這裡！」桑頓太太說。「你在哪裡，我就在哪裡。」事實上，退避到後面的房間根本沒有用，人群已經包圍了後側的附屬建築，在那裡發出叫人喪膽的吼叫聲。女僕們又哭又叫地逃進閣樓。桑頓先生聽見她們的哭聲，露出輕蔑的笑容。這時他的視線投向瑪格麗特，她獨自站在最靠近工廠的窗子旁，眼神發亮，臉頰和雙唇都更顯紅潤。她似乎意識到他的目光，轉過來面對他，問了一個在她腦海裡醞釀了一段時間的問題：

「那些可憐的愛爾蘭工人在哪裡？在那邊的工廠嗎？」

「沒錯！他們哆哆嗦嗦擠在一個小房間裡，就在工廠後梯上頭。我交代他們萬一聽見有人撞工廠大門，就冒險從後梯往下逃。不過那些人找的是我，不是他們。」

「軍隊什麼時候到？」桑頓太太音量雖低，卻不失穩定。

他掏出錶，以平素那種慎重而冷靜的姿態查看，然後稍事計算：

「如果威廉斯接到指示立刻出發，途中不必閃躲那些人，大約還要二十分。」

「二十分！」桑頓太太的聲音洩露她內心的恐懼。

「媽，把窗子關上。」桑頓叫道。「他們像這樣再撞一次，大門就頂不住了。赫爾小姐，把那扇窗關起來。」

瑪格麗特關上窗子，再走過去協助雙手顫抖的桑頓太太。

基於某種原因，外面街道上的喧鬧聲停歇了幾分鐘。桑頓太太焦急萬分地望著兒子的臉，彷彿想從他的表情找到答案。他臉上刻著輕蔑不屑的剛強紋路，看不到希望，卻也沒有畏懼。

芬妮終於醒轉。

「他們走了嗎？」她悄聲問。

「走？」他答。「妳聽！」

她側耳傾聽。屋子裡的人都聽見許多人的費力喘息聲，聽見木頭嘎吱嘎吱地緩緩迸裂，鐵條咿咿呀呀地扭擰，以及厚重木門倒下時發出的巨響。芬妮搖搖晃晃地站起來，朝母親走了一兩步，而後向前撲倒在母親懷裡，昏厥過去。桑頓太太意志力與體力並用，把女兒抱上樓。

「感謝上帝！」桑頓目送媽媽離去時說，「赫爾小姐，妳最好也上樓去。」

瑪格麗特的唇形說出「不！」一字，但他聽不見，因為屋子外牆下傳來無數腳步聲，以及低沉而憤怒的凶猛咆哮，夾雜著一種達到目的、滿足而殘酷的低語，比幾分鐘前的掙扎呼喊聲更叫人害怕。

「沒關係！」他想為她打打氣：「很抱歉害妳平白捲進這場紛爭，不過不會持續太久。再過幾分鐘軍隊就來了。」

「天哪！」瑪格麗特突然叫出聲。「鮑徹在那裡。雖然他現在氣得臉色鐵青，我還是認得他。他想擠到前頭。你看！你看！」

「鮑徹是誰？」桑頓一面冷靜地問，一面走到窗子旁，想看看那個讓瑪格麗特這麼感興趣的男人。底下的人一看見桑頓，立刻高聲叫囂，那種聲音以「非人」形容都不為過。那是某種狂野的猛獸，窮凶極惡地貪求牠無法掠奪的食物。就連桑頓都震驚得後退，為自己引發的這股強烈恨意感到錯愕。

「讓他們去喊！」他說。「再過五分鐘……只希望我的愛爾蘭工人不會被這種魔鬼般的叫聲嚇得心慌意亂。赫爾小姐，拿出勇氣再撐五分鐘。」

「別替我擔心。」她匆忙說道。「五分鐘後會怎樣？你不能做點什麼安撫這些可憐人嗎？他們這樣子叫人看著難受。」

「軍隊馬上就到了，到時候他們就會講道理了。」

「講道理！」瑪格麗特急匆匆追問。「哪一種道理？」

「唯一的一種，防止他們把自己變成野獸的那種。老天！他們轉向工廠去了！」

「桑頓先生，」瑪格麗特激動得全身發抖。「如果你不是懦夫，現在馬上下去。像個男人，下去面對他們，去拯救這些可憐的陌生人，他們都是你引來的。把你的工人當成人，跟他們對談，友善地跟他們說話。別讓軍隊進來殘殺這些被逼瘋的可憐人，我看到其中就有個這樣的可憐人。如果你有任何勇氣或高貴品德，出去跟他們談談，站在平等的立場去談。」

她說話時，他轉過頭來看著她。聽著聽著，他臉上籠罩一片烏雲，而後緊咬牙關。

「我會去。麻煩妳陪我下樓，等我出去以後門上門，我母親和妹妹還需要那道門的保護。」

「天哪！桑頓先生！我不知道……也許我想錯了……只是……」

他走了，已經到了樓下大廳。她唯一能做的就是快步跟下去，把門鎖上，然後帶著煩亂的心和迷惘的腦袋，費力地爬上樓，重新來到原先那扇窗子旁。他站在門階上，她從上千道慍怒的目光的方向看出這點，除此之外她什麼都看不見，什麼都聽不見，只有那滾滾洪流般的憤怒低語裡那份粗野的滿足感。她推開窗子，群眾裡有很多人還只是小男孩，殘酷又輕率。殘酷，是因為他們輕率。有些是成年男人，像野狼般枯瘦，瘋狂地尋找獵物。她知道那是怎麼回事，他們都跟鮑徹一樣，家裡有挨餓的孩子，只想靠這次罷工贏得終極勝利，爭取更高工資。他們得知愛爾蘭人要來爭奪自己孩子的食物，怒氣一發不可收拾。瑪格麗特什麼都知道，她從鮑徹那張孤注一擲、怨怒難平的臉龐看懂這一切。只要桑頓先生肯跟他們說說話，只要讓他們聽聽他的聲音，似乎總比讓這些狂亂的衝撞與激怒投向冷漠的虛空、得不到哪怕是憤慨或責罵或任何回應來得好。

也許他正在說話，那些人有如動物般難以理解的聲音暫時止息下來。她摘下帽子，探出上身去聆聽。她只能看見，因為，即使桑頓先生當真說了話，要聽他說話的本能反應已經過去了，消失了，群眾的憤怒情緒更加高漲。他雙手抱胸，站得像一尊雕像，因為努力壓抑內心的激動，臉色泛白。工人試圖嚇唬他，想讓他退縮，每個人都慫恿別人去採取立即性的暴力行為。瑪格麗特直覺認為，暴動一觸即發，任何導火線都會讓情勢一發不可收拾，屆時就連置身這數百名暴怒男人和魯莽男孩之中的桑頓先生都有危險。片刻間那狂暴的激情就會衝破束縛，掃除理智與對後果的畏懼形成的屏障。她看見人群後面有幾個年輕小伙子彎腰脫下他們厚實的木底鞋，那是他們手邊最現成的飛彈。她知道那是引爆炸藥的火花。她發出沒人聽見的一聲驚叫，奔下樓梯，用急迫的蠻力舉起沉甸甸的鐵門，把門拉開來，站到外面，面對一大群激憤的男人，雙眼噴出指責的目光，像燃燒的弓箭般射向底下的人。那些木鞋停留在抓著它們的手上，片刻前還殘暴無情的臉孔，現在卻變得猶豫不決，彷彿想弄清楚這是怎麼回事。因為她站在他們和他們的廠主之間。她說不出話來，只是把雙手伸向他們，等待自己喘過氣來。

「別使用暴力！他只有一個人，你們那麼多人。」但她的聲音不見了，因為她的話裡沒有音色，只是一陣沙啞的低語。桑頓稍微往旁邊一站，離開她背後，彷彿不喜歡任何人事物阻擋在他跟危險之間。

「走吧！」她又說，這回像在吶喊。「軍隊就快來了，平和地離開吧。走吧。不管你們有什麼不滿，一定可以得到解決。」

「那些愛爾蘭壞蛋會被打包送回去嗎？」群眾中有個人惡狠狠地問。

「絕不可能聽你們的命令送回去！」桑頓先生說。風暴終於爆發，呼嘯聲四起，充斥空中。瑪格麗特沒有聽見，她的眼睛鎖定手拿木底鞋那群小伙子。她看見他們的動作，明白它的意義，也清楚他們的目標。再過一會兒，桑頓先生可能會被打倒，而他是受到她的鼓吹與刺激，才陷入這個險境。她張開雙臂抱住他，把自己當成盾牌，隔開周遭凶猛的群眾。他把她推開，繼續雙手抱胸。

「走開。」他用低沉的嗓音說。「這不是妳能待的地方。」

「這是我能待的地方！」她說。「你沒看見我看見的。」如果她以為自己的性別是一種保護，如果她以為只要移開畏縮的目光，不去看那些盛怒中的男人，等她再度轉頭去看時，他們會停下來自我反省、再悄悄溜走，從此消失，那麼她可就錯了。他們盲目的激情已經欲罷不能，至少其中某些人已經停不下來。因為帶頭鬧事的人，往往是那些蠻橫的小伙子，他們喜愛殘暴的刺激感，完全不在乎這種行為會造成多少傷亡。一隻木底鞋「咻」地橫空掠過。瑪格麗特呆呆望著它飛過來。木底鞋沒有命中目標，她嚇得作嘔反胃，卻沒有變換姿勢，只是把臉埋在桑頓先生的臂彎裡。之後她又轉頭說話，「拜託！別讓暴力毀了你們的訴求。你們不知道自己在做什麼。」她盡力一個字一個字說清楚。

一顆尖銳的小石頭從她身邊飛過，擦過她的額頭和臉頰，她眼前一片空白，整個人伏在桑頓肩膀上暈死過去。他連忙鬆開抱胸的手臂，用一隻手抱住她。

「你們做得好極了！」他說。「你們來驅趕無辜的外地人，幾百個人對付一個人。有個女人來到你們面前，請你們為自己保持理智，你們懦弱地把氣出在她身上！你們做得可真好！」他說話時，他們默不作聲，個個目瞪口呆，看著那道將他們從激動的顛狂狀態中喚醒的深紅色血跡。那些最靠近大門的人羞愧地偷偷溜出去，群眾開始移動，開始向外撤退。只有一個聲音喊著：

「那塊石頭是賞你的，可惜你躲在女人背後！」

桑頓氣得渾身打顫。額頭的鮮血讓瑪格麗特恢復意識，隱約而模糊的意識。他輕柔地把她放在門階上，頭靠著門框。

「妳可以在這裡休息一下嗎？」他問。他沒等她回答，轉身慢慢走下階梯，直接深入人群中。「如果你們殘暴的心願就是殺了我，現在就動手吧。這裡沒有女人保護我。你們就算活活把我打死，也不能改變我做的決定。你們辦不到！」他站在他們中間，雙手抱胸，跟之前在門階上的姿勢一模一樣。

撤退行動已經展開，而且就跟他們的怒火一樣地不可理喻、一樣盲目。或者，也許是因為軍隊即將來到，或者看見那張上仰的蒼白臉孔。那張臉依然哀傷，像大理石一樣動也不動，此時雙目緊閉，淚水從長長的睫毛之間緩緩流下，比淚水更重、更緩慢的鮮血持續從傷口滲出。就連最迫切的人，也就是鮑徹本人，也往後退，蹣跚地走開。他繃著一張臉，最後轉身離去，嘴裡低聲咒罵廠主。桑頓依然保持原來的姿勢，用蔑視的眼神看他們撤退。等撤退行動轉變成潰逃（這種事向來如此），他立刻衝上門階，來到瑪格麗特身邊。她自己掙扎著站起來。

「沒事。」她虛弱地一笑。「皮膚擦破了，我只是一時受到驚嚇。他們都走了，真是謝天謝地！」這時她終於哭了出來。

他沒辦法理解她的心情。他氣還沒消，反而因為已經沒有立即性危險，怒火燒得更旺。遠處傳來軍隊噠噠噠的步伐，剛好遲了五分鐘，沒能讓已經消失的暴民明白權威和紀律的力量。他希望那些人能看見軍隊，得知自己僥倖逃過一劫，也許會學乖點。這時瑪格麗特抓著門框站穩腳步，眼前突然又是一片模糊，幸好他及時扶住她。「媽！媽！」他大喊。「快下來。他們走了，赫爾小姐受傷了！」他抱她進飯廳，輕輕把她放在沙發上，看著她死白的臉龐，對她的滿腔情感突然湧上心頭，逼得他痛苦地說出來：

「瑪格麗特，我的瑪格麗特！沒有人知道妳在我心目中有多重要。即使妳死了、像這樣冰冷地躺著，妳還是我唯一愛過的女人！瑪格麗特，瑪格麗特！」他跪在她身邊，說得口齒不清。與其說那是言語，不如說是呻吟。他媽媽走進來時，他嚇得跳起來，為自己感到羞愧。桑頓太太什麼都沒看見，只覺得她兒子比平時更蒼白、更肅穆。

「媽，赫爾小姐受傷了。有一顆石頭擦破她額角，她好像流了不少血。」

「她看起來傷得很重，我幾乎以為她死了。」桑頓太太著實吃了一驚。

「她只是暈過去。她受傷後跟我說過話。」他說話時，全身上下的血液彷彿都急速奔流到心臟，他忍不住顫抖。

「去叫珍下來，她會幫我拿我需要的東西。你趕快去看看那些愛爾蘭人，他們又哭又叫，好像嚇得精神失常了。」他走了，帶著他離開的那雙腳似乎綁了重物。他找到了珍，也找來他妹妹。她可以得到來自女性的關懷和溫柔照料。只是，當他想到她為何下樓去到危險的最前線時，頓時血脈賁張。她是為了救他嗎？當時他推開她，對她語氣粗暴，他只知道她平白陷入不必要的危險。他找到他的愛爾蘭人，可是，只要想到她，他全身每一根神經都激動莫名，根本聽不清愛爾蘭人在說些什麼，沒辦法安撫他們，消除他們的恐懼。他們說他們不要留下來，想回故鄉。他必須思考、溝通，跟他們講道理。

桑頓太太用古龍水清洗瑪格麗特的額角，她跟珍都還沒看見傷口。酒精成分碰到傷口時，瑪格麗特睜開眼睛，顯然不知道自己身在何處，也不知道她們是誰。她眼前又是一片黑暗，雙唇抖動皺縮，再度失去意識。

「她傷得可不輕。」桑頓太太說。「有誰可以去請醫生？」

「夫人，拜託別叫我去。」珍嚇得後退。「那些暴民一定還在外面。夫人，我覺得那傷口看起來不太深。」

「她在我家受的傷，我可不要冒這個風險。珍，妳這麼膽小，我可不會。我去。」

「夫人，拜託。我找個警察幫我們跑一趟。外面來了很多警察，還有士兵。」

「這樣妳都不敢去！他們光是抓暴民就夠忙的了，我不要拿我們的事占用他們的時間。妳不至於嚇得不敢待在這屋裡幫赫爾小姐清洗額頭吧？」她不屑地問。「我十分鐘以內回來。」

「夫人，不能叫漢娜去嗎？」

「為什麼是漢娜？為什麼是別人而不是妳？不，珍。如果妳不去，我去。」

桑頓太太先回芬妮休息的那個房間。芬妮聽見媽媽進房，驚醒過來。

「媽，妳嚇死我了！我以為哪個男人闖進我們家了。」

「胡說！那些人都走了。外面到處都是士兵，遲了一步才來執行任務。赫爾小姐傷得很重，躺在飯廳沙發上。我去請醫生。」

「天哪！媽，別去！他們會殺了妳。」她抓住媽媽的衣裳，桑頓太太使勁掙脫。

「那就幫我找個人去，總不能讓她失血致死。」

「失血！太恐怖了！她是怎麼受傷的？」

「我不知道，沒時間問。芬妮，下去照顧她，讓自己發揮一點用處，珍已經在那裡了。她的傷應該沒有表面上那麼嚴重。珍不敢出去找醫生，膽小鬼！我不想再被僕人拒絕，所以我自己去。」

「天哪，天哪！」芬妮哭哭啼啼。聽見屋子裡有人受傷流血，她馬上想下樓，不想一個人留在房間。

「珍！」她躡手躡腳走進飯廳。「這是怎麼回事？她臉色好蒼白！她怎麼受傷的？他們把石頭丟進客廳嗎？」

瑪格麗特看起來確實毫無血色，但她的意識已經慢慢恢復。剛剛昏倒時那陣天旋地轉的暈眩還沒消失，人還非常虛弱。她能察覺周遭的動態，也感受到古龍水帶來的陣陣清涼，暗自希望幫她擦古龍水的人不要停。不過，當那人停下來說話時，她既睜不開眼睛，更沒辦法開口請那人繼續擦洗。正如昏死過去的人儘管身不能動、口不能言，沒有能力要求幫他操辦葬禮的人停手，卻完全清楚那些人在做些什麼，更知道他們為什麼做那些事。

珍停下手邊的動作，回答芬妮的問題。

「小姐，如果她留在客廳，或上樓跟我們在一起，就不會有事。我們都在前閣樓，那裡什麼都看得到，又很安全。」

「那麼當時她人在哪裡？」芬妮一面問，一面慢慢靠過來。她已經適應瑪格麗特慘白的面容。

「就在前門外，跟少爺一起！」珍加重語氣。

「跟約翰一起！跟我哥哥！她怎麼會跑出去？」

「不知道。小姐，不是我說的。」說著，珍的腦袋輕輕一撇。「莎拉……」

「莎拉怎樣？」芬妮不耐煩地追問。

珍繼續擦洗，彷彿不想嚼舌根，多談莎拉做或說的事。

「莎拉怎樣？」芬妮嚴厲地說。「話別只說一半，妳這樣我怎麼聽得懂！」

「唉，小姐，既然妳想聽。莎拉站右邊的窗子旁，那裡看得最清楚。她說她看到赫爾小姐雙手摟住少爺的脖子，當著那麼多人的面。」

「我不相信。」芬妮說。「我知道她喜歡我哥，任誰都看得出來。我敢說，只要他肯娶她，她什麼都可以犧牲。我也可以告訴她，我哥哥不可能娶她。我不相信她會這麼大膽、這麼主動，竟然去摟他脖子。」

「可憐的小姑娘！如果她真那麼做了，那麼她已經付出很大代價了。那顆石頭讓她的血大量湧上腦袋，肯定好不了啦。她現在看起來多麼像死人。」

「天啊，真希望媽媽快回來！」芬妮絞擰雙手。「我沒跟死人一起待在同一個房間過。」

「等等，小姐！她還沒死。她的眼皮在顫抖，眼淚都流下臉頰了。芬妮小姐，跟她說說話！」

「妳好點了嗎？」芬妮用顫抖的聲音問。

沒有回應，沒有恢復知覺的跡象。她的唇色轉紅，除此之外整張臉還是死白。

桑頓太太快步走進來，帶來離她家最近的外科大夫。「她還好嗎？親愛的，妳好點了嗎？」瑪格麗特睜開朦朧的雙眼，迷迷糊糊望著她。「羅大夫來看妳了。」

桑頓太太提高音量，加強咬字，像在對失聰的人說話。瑪格麗特掙扎著想坐起來，本能地把蓬亂的濃密秀髮撥過來遮住傷口。「我現在好多了。」她用非常微弱的聲音說道。「我剛剛只是有點暈。」

她讓醫生拉起她的手檢查脈搏。醫生說要看她的傷口，她臉色突然漲紅，抬眼看看珍，彷彿更怕被珍看見傷口。

「傷口很小。我好多了，我得回家了。」

「妳最好先讓我把傷口包紮好，然後在這裡休息一陣子。」

她趕緊坐下來，沒有再說話，讓醫生幫她處理傷口。

「好了。」她說。「我真的該走了。媽媽應該不會看見傷口。頭髮蓋得住吧？」

「嗯，誰也看不出來。」

「妳不能走。」桑頓太太不耐煩地說。「妳還沒恢復。」

「我必須走。」瑪格麗特堅決地說。「想想我媽媽。萬一他們聽說……再者，我一定得走。」

她激動地說，「我不能留在這裡。可以幫我找輛出租車嗎？」

「妳滿臉通紅，有點發熱。」羅醫生說。

「那是因為我很想離開，卻走不了。只要走出去，外面的空氣對我比什麼都好。」她懇求道。

「她說得沒錯。」羅醫生說。「如果像妳在來的路上跟我說的，她母親病得很重，又聽見暴動的事，女兒卻沒在她預計的時間回家，後果可能不堪設想。傷口不深。既然妳僕人不敢出去，就由我去找出租車。」

「太謝謝你了！」瑪格麗特說。「這樣對我比什麼都好。這屋子裡的空氣讓我很難受。」

她靠回沙發，閉上眼睛。芬妮招手叫她媽媽出去，跟媽媽說了些話。桑頓太太聽了以後也希望瑪格麗特回家，著急的程度不下於瑪格麗特。她雖然不完全採信芬妮的話，卻也聽進心裡，以致她向瑪格麗特道別時，態度冷淡得多。

羅先生帶著出租車回來了。

「赫爾小姐，請允許我陪妳回家。街上還不太平靜。」

馬車接近克朗頓時，瑪格麗特的心神已經夠清醒，急於提早擺脫馬車和羅醫生，免得驚動她父母。當時她只在乎這件事，至於別人在背後說三道四那段醜惡夢境，她永遠不會忘記，卻可以暫時擱置一旁，等到體力恢復後再說。此刻她極度虛弱，她的大腦努力把思緒集中在眼前的任何事，讓自己鎮定下來，避免在下一次討人厭的暈眩中再度失去意識。

第二十三章 錯上加錯

他母親看見那一幕，心情
無比煩擾沉痛，不知該做何感想。
——史賓塞 [55]

瑪格麗特離開不到五分鐘，桑頓先生就回到家，臉上神采奕奕。

「我用最快的速度趕回來，工頭會……她人呢？」他環顧飯廳，然後用幾乎有點凶狠的目光看著母親。他母親默默地整理弄亂的家具，沒有馬上回答。「赫爾小姐人呢？」

「回去了。」桑頓太太隨口一應。

「回去了！」

「嗯。她好很多了。我倒覺得那算不上什麼傷，有些人一點小事就暈倒。」

「很遺憾她回家去了。」他煩躁地走來走去。「她應該還不適合走動。」

「她說她沒問題，羅醫生也這麼說。我親自去請羅醫生過來。」

「謝謝妳，媽。」他停下腳步，想跟母親握個手表達感謝，桑頓太太沒注意到他的動作。

55. 英國詩人愛德蒙・史賓塞（Edmond Spencer，一五五二～一五九九），此處文句選自他的代表作《仙后》（*The Faerie Queene*）。

「愛爾蘭人的事你怎麼處理？」

「我送他們到德雷根飯店好好吃一頓，可憐的傢伙。我運氣很好，碰到葛拉迪神父，請他跟他們說說話，他們這才打消集體離開的念頭。赫爾小姐是怎麼回家的？她應該沒辦法走路。」

「坐出租車。一切都安排得很妥當，連車資也付了。我們聊點別的吧，她惹的麻煩夠多了。」

「如果沒有她，我不知道自己現在還有沒有命。」

「你真的變得這麼沒用，需要女孩子保護？」桑頓太太鄙夷地說。

他滿臉通紅。「沒幾個女孩願意為我擋下危險，而且單純出於一片好心。」

「戀愛中的女孩什麼事都做得出來。」桑頓太太口氣不悅。

「媽！」他上前一步，定定站住，心情激動得呼吸急促。

桑頓太太看到兒子費了多大力氣保持平靜，很是震驚。她不知道自己在兒子心中激起什麼樣的情緒，只知道那情緒異常強烈。是憤怒嗎？他的雙眼發亮，氣勢威武，呼吸粗重又急促。那是歡樂、憤怒、傲氣、驚喜和不可置信的渴望，可惜她沒辦法解讀。她只是覺得不安，所有叫人難以理解、無法同理的強烈情感都會產生這種作用。她走向餐具櫃，拉開抽屜，拿出一塊她放在那裡以備不時之需的抹布。她看見沙發的拋光扶手上有一滴古龍水，本能地想要擦掉它。只是，她遲遲不肯轉身面對兒子。等她開口說話時，聲音顯得有點異常，有點壓抑。

「你對這次暴動採取行動了吧？不會再有人來搗亂了吧？早先警察都上哪去了？需要他們時永遠都不在場！」

「恰恰相反，大門被推到時，我看見三、四個，很認真盡責地在對抗那些人。等那些人開始撤退，有更多警察跑過來。當時如果我腦子夠清楚，就可以逮住幾個帶頭的。不過沒關係，有太多人可以指認。」

「他們今晚不會再來鬧吧？」

「我會安排足夠的人力站崗。我跟漢伯利隊長約好半小時後在警察局見面。」

「那你得先吃晚飯。」

「晚飯！對，我是該先吃點。現在六點半，我可能沒那麼早回來。媽，今晚別等我。」

「你覺得我沒見到你安全回來能睡得著？」

「嗯，那好吧。」他遲疑片刻。「我跟警方談妥以後，還得去見翰普和克拉克森。如果還有時間，可能要去一趟克朗頓。」

他們四目相對，凝視對方大約一分鐘。然後她問：「你繞那麼一圈去克朗頓做什麼？」

「去問候赫爾小姐。」

「我會派人去。威廉斯要送她來借的水床過去，他會問候她。」

「我必須親自去。」

「不只是去問候赫爾小姐吧？」

「不只那件事。我要謝謝她挺身而出，擋在我跟暴民之間。」

「你當初到底為什麼下樓去？那根本就是把腦袋伸進獅子嘴裡！」

他敏銳地瞄了母親一眼，確定她不知道他跟瑪格麗特在客廳說的話，於是用另一個問題取代回答。

「我出去找警察這段時間妳待在家會不會害怕，或者我讓威廉斯去。等我們吃過晚餐，他們大概就到了。時間不多了，我最慢十五分內要出發。」

桑頓太太走出飯廳，對僕人做了指示。僕人不禁納悶，她說話向來明確又果斷，這天為什麼混亂又含糊。桑頓先生留在飯廳思索等會到警局該做些什麼，事實上他滿腦子都是瑪格麗特。除了她雙臂環抱他頸子的觸感之外，前後左右四面八方的一切都顯得隱約模糊。只要想到那溫柔的擁抱，他黝黑的臉色就會加深，而後消退。

晚餐原本會很安靜，只除了芬妮不停訴說自己的感受，她如何受了驚嚇，後來以為他們走掉，然後就是暈眩反胃，四肢直打顫。

「夠了。」說著，桑頓站起來。「眼前的事已經夠我忙的了。」他正要走出去，桑頓太太拉住他手臂。

「你去赫爾家以前，先回家一趟。」她壓低聲音，帶點焦慮地說。

「我什麼都知道。」芬妮自言自語。

「為什麼？那個時間去打擾人家太晚了嗎？」

「約翰，為了我，今天晚上你先回來。對赫爾太太來說是有點晚，可是問題不在那裡。明天你可以……今晚先回來，約翰！」她幾乎沒有求過兒子什麼，她太高傲，不願意那麼做，但只要她開口，就一定會如願。

「我辦完事直接回來。妳真的會派人問候他們？問候她？」

兒子出門以後，桑頓太太不太愛跟芬妮說話，也懶得聽女兒說話。等到兒子回來，她的眼睛和耳朵急切地看著聽著兒子描述的一切，聽他採取哪些步驟保護自己和他雇用的工人的安全，以免再次發生今天的暴行。他清楚自己的目標。對於那些參與暴動的人，處罰和痛苦是無可避免的結果。為了保護個人產業，為了經營者的意志可以像劍一般明快而銳利地貫徹，那些都是必要措施。

「媽！妳知道明天我必須跟赫爾小姐說什麼吧？」談話暫時停頓的空檔，桑頓突然拋出這個問題。這時候的桑頓太太其實已經把瑪格麗特給忘了。

她抬頭看著兒子。

「我知道。你別無選擇。」

「別無選擇！我不懂妳的意思。」

「我的意思是，她都已經明目張膽表達出她的感情，道義上你也只好……」

「道義？」他輕蔑地說。「這件事恐怕跟道義沒有關係。『表達她的感情！』妳指的是哪一種感情？」

「別這樣，約翰，沒必要生氣。她不是衝到樓下，撲到你身上保護你。」

「是沒錯！」他說，「可是，媽。」這時他停止踱步，在母親面前站定。「我不敢奢望。我不是個懦弱的人，可是我不敢相信這樣的女生會喜歡我。」

「別傻了，約翰。『這樣的女生！』瞧你把她說得像王公貴族的女兒似的。還需要什麼證據來證明她喜歡你？她向來都用不可一世的貴族眼光看待一切，我相信她內心有過一番交戰，最後她終於認清事實，我反倒比較喜歡她了。我能說出這番話已經很不容易了。」桑頓太太慢慢露出笑容，淚水卻在眼眶裡打轉。「因為過了今晚，我就退居第二了。我之所以拜託你明天再去，只是想多爭取幾個小時獨自擁有你的時間。」

「最親愛的媽媽！」（可惜愛情畢竟是自私的，不一會兒他又沉緬在自己的希望與恐懼中，讓桑頓太太的心緩緩蒙上一層冰冷的陰影。）「我知道她不喜歡我。我會低聲下氣求她，我必須這麼做。就算只有千分之一的機會，或百萬分之一，我都會去做。」

「別害怕！」桑頓太太強忍委屈說道。兒子沒注意到她難得迸發的母愛，沒注意到那份因為強烈的愛被忽視而引發的椎心嫉妒。「別害怕！單就愛情來說，她或許配得上你。她肯定經過一番掙扎，才能克服她的傲慢。別害怕，約翰。」說著，她吻了兒子，跟他道過晚安，步履緩慢而威嚴地走出去。一回到自己房間，就鎖上門坐下來，讓罕見的淚水盡情奔流。

瑪格麗特回到家時，媽媽和爸爸還在客廳坐著，低聲交談。她整個人蒼白無血色，一直走到父母跟前，才覺得有力氣開口說話。

「媽，桑頓太太會派人送水床過來。」

「天哪，妳看起來累壞了！外面很熱嗎？」

「是很熱。因為罷工的關係，街上不太平靜。」

瑪格麗特的氣色恢復平時的紅潤與光澤，卻又瞬間消失。

「貝西．席金斯送來口信，要妳上她家一趟。」赫爾太太說。「不過我看妳太累了。」

「是啊！」瑪格麗特說。「我累了，沒辦法去。」

她準備晚餐時特別沉默，身子也在顫抖。她很慶幸爸爸全心全意在陪媽媽說話，沒發現她的異狀。即使後來媽媽回房休息，他也想繼續陪在一旁念書給媽媽聽、直到她睡著。瑪格麗特這才有時間獨處。

「現在我要來想一想，要好好回想一下。之前我沒辦法想，不敢想。」她端坐在椅子上，雙手抱住膝蓋，嘴唇緊緊抿著，眼珠子像看見異象似地定住不動。她深吸一口氣。

「我向來不愛引人注目，我瞧不起當眾流露感情的人，總覺得那些人自制力不足。我偏偏下樓去，非得把自己攪進那灘渾水裡，像個浪漫的傻瓜！我幫上忙了嗎？我敢說就算沒有我，他們也會離開。」可惜這種想法有欠理性，她精準的判斷力果然立刻察覺。「不，也許他們不會離開，而我確實幫上了忙。可是我到底在想什麼，竟然去保護那個男人，一副他是個弱小的孩子似的！天哪！」她雙手緊緊交握。「我做出那麼丟臉的舉動，也難怪那些人以為我愛上他。我，愛上男人，而且是他！」她雪白的臉頰霎時間變成一團烈火。她舉起雙手蒙住臉，手心沾滿熱騰騰的淚水。

「我竟然淪落至此，讓那些人那麼說我！如果是為了其他任何人，我都沒辦法那麼勇敢，只因為我對他毫不在意，就算有那麼一丁點在意，頂多也只是不討厭。我比較在乎雙方的做法是不是公平，而我很清楚何謂公平。」她咬牙切齒地說。「他像那樣站在樓上，靠屋子掩護，等軍隊來抓那些被逼瘋了的可憐人，像甕中捉鱉，不費一點力氣，不好好跟他們溝通，這樣就不公平。可是，那些人那樣放話要攻擊他，又比不公平更糟糕。別人愛怎麼說我，隨他們去說，就算重新再來一次，我還是會那麼做。只要我成功化解一次可能發生的衝突，或殘酷憤怒的行動，那麼我就算盡了女人的職責。他們要踐踏我這未婚女子的尊嚴，就隨他們去吧，上帝知道我心思純正！」

她抬起頭來，臉上出現一股崇高的安詳感，因而平靜下來，直到變得「比雕刻的大理石更堅定」[56]。

蒂克森走進來。

「小姐，打擾妳。這是桑頓太太派人送來的水床。今晚我看是來不及用了，因為太太幾乎睡著了，明天就可以派上用場。」

「是啊，」瑪格麗特說，「別忘了好好謝謝人家。」

蒂克森出去了一下。

「打擾妳，小姐。他說他一定得問候妳一聲。我猜他指的是太太，可是他說，他家主人交代的最後一句話是，問候赫爾小姐。」

56. 此詩句選自英國詩人丁尼生的詩作〈夢中的美人〉（A Dream of Fair Women）。

「我！」瑪格麗特站起來。「我很好，告訴他我非常好。」只是，她的臉跟她的手帕一樣白，頭也疼得厲害。

赫爾先生走進來。赫爾太太睡著了，所以他來聽聽瑪格麗特有什麼趣事可以跟他分享。瑪格麗特猜到爸爸的心意，用溫柔的耐心強忍苦楚，沒有一句埋怨，搜索枯腸，找出許多小話題跟爸爸聊。只有暴動例外，這件事她一個字都沒提，因為一想到就五臟翻攪。

「晚安，瑪格麗特，今晚我可以睡個好覺了。妳天天陪媽媽，臉色都發白了。如果妳媽媽有什麼需要，我會叫蒂克森，妳上床去好好睡一覺。我知道妳需要休息，可憐的孩子！」

「晚安，爸。」

她不再強打精神，強裝笑顏，雙眼也因為劇烈疼痛失了光采。她的堅強意志力暫時鬆懈，恐怕到明天早上還是病懨懨、疲倦不堪。

她一動也不動躺在床上，移動手或腳，甚至只是一根手指頭，都嫌太費力，超出她意志或行動的能力範圍。她好累、好暈，覺得自己再也無法安穩入眠。她狂熱的思緒來回穿梭在半夢半醒之間，始終那麼消沉哀傷。她癱軟無力倒臥在床，卻沒辦法靜心獨處，因為有許多臉孔仰望著她。她感覺到的不是強烈而激動的怒火，也不是自身的危險，而是置身眾目睽睽下那種深刻的恥辱感。那種感覺如此尖銳，以至於她很想鑽進地底深處躲藏起來。然而，她卻逃不出那無數雙眼睛緊迫盯人的注視。

第二十四章　誤解澄清

妳的美麗先馳得點，
在我無畏的心扉刻下印痕；
我的心被妳擄獲，為愛憔悴消瘦；
儘管遭受嚴峻荒漠般的無情對待，
儘管面對冷淡拒絕與默然驕慢，
妳的僕人依然不改初衷，痴心守候。
——威廉．福勒[57]

隔天早晨瑪格麗特費力地起床，身體得到休息，精神卻依然萎靡，只慶幸夜晚已經結束。家裡一切正常，媽媽只醒過一次。悶熱的空中吹拂著些許微風，雖然周遭沒有樹木，看不到枝葉在風中活潑地輕搖款擺，瑪格麗特卻知道，在某個地方有種愉悅的、呢喃的、躍動的聲響，一種騰騰落落的蕭颯聲，也許是在路旁、在灌木叢裡、或綠意深濃的樹林裡。光是想到那聲音，就能喚醒她心中一份遙遠的歡欣。

57. William Fowler，約一五六〇～一六一二，蘇格蘭詩人。此處詩句摘自他的詩集《愛情毒蜘蛛》（*The Tarantula of Love*）。

她在母親房裡做針線活，打算等母親午前小憩醒來，協助母親更衣。午餐以後，她要去看看貝西。她要驅逐有關桑頓一家人的所有記憶，除非那些人活生生站在她面前，否則沒有必要想起他們。想當然耳，她越努力想忘掉他們，他們的影像就越清晰地浮現腦海。每隔一段時間，她白皙的臉龐就會一陣熱辣通紅，正如陽光從雲層間隙灑下，匆匆掠過海面。

蒂克森輕手輕腳打開房門，躡手躡腳走向坐在窗邊的瑪格麗特。

「小姐，桑頓先生來了，人在客廳。」

瑪格麗特手上的針線掉了下去。

「他要找我嗎？爸爸不在家嗎？」

「他要找妳。老爺不在家。」

「好吧，我去。」瑪格麗特平靜地說著，卻不知為何遲遲不行動。

桑頓先生站在窗子旁，背對著門，似乎全神貫注看著街上某項事物，其實他是對自己不放心。想到她就快來了，一顆心跳得又猛又急。他忘不了她雙臂摟住他脖子的觸感，當時他無暇細細體驗，如今回想起她的貼身保護，內心一陣陣激動，融化了他所有的決心與自制力，彷彿蠟碰著了火焰。他害怕自己會迎上前去見她，害怕自己張開雙臂，默默懇求她像前一天一樣依偎在他臂彎裡。先前他忽視了她的依偎，今後絕不會再犯相同錯誤。他的心怦怦狂跳。儘管他是個剛強的男人，想到等會兒要說的話，想到聽的人會做何回應，仍舊忍不住顫抖。也許她會低下頭、羞紅了臉，撲進他懷裡，就像撲回她自然的歸宿，一個令她放鬆自在的地方。前一刻他會因為她可能做出這種舉動而神采飛揚、焦急難耐；下一刻卻又害怕遭到憤怒的拒絕。這種念頭帶著一股致命危機，讓他的未來變得悽慘悲涼，他連想都不願意去想。這時他意識到房間裡有人，嚇了一跳，連忙轉身。她腳步聲太輕盈，他完全沒察覺。聽在他心神渙散的耳朵裡，街上的噪音要比她緩慢的步伐和輕柔的衣裳更清晰。

她站在桌子旁，沒開口請他坐下。她的眼皮低垂，半遮雙眸；兩排牙齒閉合，並沒有緊咬；嘴唇微微開啟，露出裡面的一線貝齒；纖薄秀麗的鼻翼隨著深緩的呼吸擴張開來，成為她臉上唯一看得見的動態。她細緻的皮膚、鵝蛋臉、豐滿唇形，嘴角牽引出深陷的酒窩，今天全都毫無血色。一頭烏黑秀髮放下來遮住額角，隱藏昨天受到的挫傷，更加凸顯出她失去平時紅潤氣色的面容。儘管眼皮低垂，她的頭卻略略後仰，維持一貫的自負姿態。她細長的手臂動也不動地垂在兩側，整個人看起來就像某種囚犯，遭人指控犯下她憎惡鄙視的罪行，而她太過憤慨，不屑為自己辯解。

桑頓先生急躁地向前跨出一兩步，立刻回過神來，以冷靜穩定的步伐走到門邊（她進來後讓門敞開著），把門關上。他又走回來，在她面前站了一會兒，欣賞她美麗的風采，因為他準備要說的話可能會擾亂這份美，甚至驅逐它。

「赫爾小姐，昨天我太不知感恩……」

「你沒什麼該感恩的。」說著，她視線往上，定定注視著他。「你也許會覺得應該為我所做的事感謝我。」儘管她強自鎮定，努力克制胸中怒火，她的臉依然漲得緋紅，那抹紅甚至延燒到她的雙眼，只不過，她依然保持堅定肅穆的目光。「那只是天生自然的本能，任何女性都會那樣做。我們遭遇危險時，都會覺得自己聖潔的性別是一種崇高的特權。相對地，」她忙不迭接著說，「我倒覺得我應該向你道歉，因為我說了那些有欠考慮的話，逼你走向險境。」

「妳那番話確實尖銳刺耳，難以消受，但我不是因為那些話，而是因為其中隱藏的事實。不過，妳就算這麼說，也打發不了我，阻止不了我要表達的深深謝意，我的……」他的情感幾乎爆發，但他不願意在激情之下倉促開口，他要審慎斟酌每一個字。他的意志力戰勝情感，順利打住。

「我沒有想阻止什麼，」她說，「我只是在說，你不需要向我道謝。容我補充一句，你表達的任何謝意，都會造成我的痛苦，因為我不覺得那是我應得的。不過，就算是假想的負擔，如果可以讓你放下，你就說吧。」

「我沒有什麼需要放下的負擔。」她冷靜的態度刺傷了他。「我不會問自己是不是在假想，我選擇相信是妳救了我一命……嗯，笑吧，就當是我誇大其詞吧。我相信確實如此，是因為這會讓我的生命多了一種價值。赫爾小姐！」這時他壓低音量，語氣裡充滿強烈的柔情，聽得她不禁顫抖哆嗦。「沒想到情況竟會如此轉變，將來只要我感覺生命很美好，就可以告訴自己，『我生命中的這些喜悅，我工作中得到的這種光明正大的榮耀，生命中的所有深刻感受，都是她賜給我的！』這種想法會讓我的歡喜加倍，讓我的榮耀發光發熱，讓生命的感受更為敏銳，敏銳到我幾乎分辨不出它究竟是痛苦或快樂。只要想到這一切都是某個人賜給我的……不，妳一定得聽，妳必須聽下去。」說著，他堅決而正經地上前一步。「都是某個我愛的人賜給我的，我相信我對她的愛勝過世間所有愛情。」他緊緊握住她的手。他呼吸濁重，等待她的答覆。

當他聽見她冰冷的話聲，氣得甩開她的手。她說話時雖然支支吾吾，彷彿不知該從何說起，聲音卻冷若冰霜。「你這樣說話讓我很震驚，簡直是一種侮辱。這是我的直覺反應，我也沒辦法。如果我能理解你描述的那種感覺，也許就不會有這種反應。我不希望讓你苦惱，再者，我們說話不能太大聲，因為我母親在睡覺，可是你的態度冒犯了我……」

「怎麼會！」他驚呼。「冒犯妳！我真是太不幸了。」

「沒錯！」她已經恢復矜持。「我確實覺得被冒犯，而且理由充分。你好像誤以為我昨天做的……」她的臉又是一陣緋紅，這回眼神裡閃現的是怒火，而非羞愧。「是你我之間的私事，也誤以為你可以為了那件事跑來感謝我，而不是抱持紳士該有的態度。沒錯！『紳士』。」她重複一次，暗指他們之前聊過的話題。「任何紳士都該明白，所有值得被稱為女性的人，都會勇敢出面，以她受人敬重的柔弱，去保護任何男人，讓他免受眾人暴力傷害。」

「而那位被拯救的紳士卻不能表達謝意！」他鄙夷地說。「我是個男人，我有權表達我的感受。」

「我尊重你的權利。我只是在說，你堅持向我道謝，會造成我的痛苦。」她驕傲地回答。「你似乎誤以為我的舉動不是純粹基於女性本能，而是……」她激動的淚水（已經盡最大努力壓抑許久）湧現眼眶，聲音也因此哽咽。「而是基於對你的某種特殊情感，對你！我對任何男人，就算是那群人之中最可憐、最走投無路的男人，都懷有更多同情心，也都會更真心誠意為他付出我的一丁點棉薄之力。」

「赫爾小姐，隨妳怎麼說。我明白了，妳的同情心給錯對象。現在我知道，妳當時之所以做出那麼高貴的舉動，全是因為妳天生憎惡壓迫——沒錯，身為廠主的我也可能受到壓迫。我知道妳看不起我，請容許我告訴妳，那是因為妳不了解我。」

「我沒興趣了解你。」說著，她伸手去扶桌面，穩住自己，因為她覺得他很殘忍——他確實很殘忍，氣得她全身乏力。

「是啊，我看得出來妳沒興趣了解我。妳這樣很不公平。」

瑪格麗特緊閉雙唇。面對這樣的指控，她不願意回應。只是，雖然他說了那麼殘忍的話，他其實很想拜倒在她腳邊，親吻她的裙襬。她緘默不語，一動不動，自尊受創的熱淚撲簌簌地落下。他等了半晌，希望她說點什麼，就算是奚落也好，至少他可以回應。但她只是沉默。他拿起帽子。

「我再說一句。妳好像覺得我的愛玷污了妳。這妳避免不了。不，就算我想為妳洗清這種污穢，也無能為力。不過，就算我辦得到，我也不願意。我沒有愛過任何女人，過去我一直太忙，心思全放在其他事情上。現在我愛了，就會永遠愛下去。不過別擔心，我不會再多做表示。」

「我不擔心。」說著，她挺直身子。「到目前為止還沒有人敢對我無禮，以後也不會有。可是桑頓先生，你對我父親一直很友善。」她的語調和態度都展現出最女性化的溫柔。「我們別再惹彼此生氣了。拜託你！」他沒注意聽她說話，忙著用外套袖子撫平帽子上的絨毛，擦了大約半分鐘。接著，他沒理會她伸出來的手，也假裝沒看見她後悔的戚切表情，倏地轉身走出去。他離開以前，瑪格麗特瞥見他的臉。

他走出去以後，她意識到自己好像看見他眼眶噙著淚水，滿腔傲慢與嫌惡頓時消散，變成某種更為仁慈的感受。儘管她同樣感到痛苦，卻為自己帶給別人這樣的痛苦而自責。

「我有什麼辦法呢？」她自問。「我一直不喜歡他。我對他以禮相待，沒有刻意掩飾我的漠然。我根本沒想到過我自己，也沒想到過他，我的態度想必把我真正的心意表達清楚了。昨天那些事可能讓他誤會了，但那是他的問題。雖然昨天的事帶給我這些恥辱和困擾，必要時我還是會那麼做。」

第二十五章 弗列德

復仇無不可；
重振的軍紀高聲自我宣揚，
受損的艦隊強力執行衰微律令。
——拜倫[58]

瑪格麗特不由得納悶，莫非男人求婚都像她碰上的這兩次一樣，發生時總是叫人心煩意亂，而且事前毫無徵兆，讓人始料未及。她下意識裡拿亨利和桑頓先生做比較。那時亨利基於某些情況，向她表達出友誼之外的情感時，她曾經感到遺憾。那份遺憾是她第一次被求婚時、內心的主要感受。不像現在，桑頓先生言猶在耳的這個時刻，她內心卻無比驚訝、無比震撼。以亨利來說，他在某個時刻跨越了友情和愛情的界線，到了下一刻，他好像跟她一樣遺憾，只是兩個人各自基於不同理由。至於桑頓先生這次，根據瑪格麗特的了解，他們之間並沒有發展出友誼，彼此的往來只是連串對立。他們意見相左，事實上，她不認為他在乎過任何屬於她這個人的見解。只要她的見解違逆了他頑石般的性格和濃烈的情感，他就會不屑一顧地將它們撇開，直到她覺得心

58. George Gordon Byron，一七八八～一八二四，英國詩人，為浪漫主義文學泰斗。此處詩句摘自他的詩作〈島嶼〉（The Island），這首詩描寫的是英國著名的「邦蒂號」（The Bounty）軍艦叛變事件。

灰意冷，不再多做無謂的反駁。如今，他又用這種狂野激情的怪異方式，跑來向她示愛。儘管一開始她曾經懷疑，他之所以求婚，是因為他跟其他人一樣，誤以為她公開表露出對他的情感，在憐憫心驅使下，不得不而為之。只是，他離開後不到五分鐘，甚至還沒離開前，她就已經清楚明白地知道，他確實真心愛慕她。她知道他的愛一直存在，也會持續下去。於是她畏縮、戰慄，像面對某種跟她過去的人生完全牴觸的強大魅惑力。她悄悄走避，不願想起他。可惜根本沒用。把費爾法克斯翻譯的塔索詩句稍加改寫，正是她心情的寫照：

他頑強的身影在她的腦海裡揮之不去。59

他連她的內在意志都主宰了，所以她更加討厭他。他說就算她對他不屑一顧，他也會繼續愛她。他怎麼敢說這種話？她真希望自己說得更多、態度更強硬。她腦袋裡浮現許多尖銳、決絕的語句，可惜已經來不及說了。剛剛那段談話留下的印象，就像惡夢裡的恐怖景象。就算我們已經醒過來，揉揉眼睛，唇角勉強擠出一絲笑容，它依然在屋子裡徘徊。它在那裡，就在那兒，瑟縮在房間某個角落，瞪著鬼魅般的雙眼，喃喃有辭，豎起耳朵在聽，看我們敢不敢對任何人透露它的存在。而我們不敢，多麼可悲的膽小鬼啊！

想到這裡，她一陣哆嗦，不去想他矢志愛她的恐怖宣言。他是什麼意思？她難道沒有能力嚇阻他嗎？她倒要看看。竟然這樣威脅她，實在太膽大妄為，簡直不像個男人。莫非他是因為昨天那件悲慘的事，才敢這麼做？如果有必要，她明天也會做同樣的事，會心甘情願地、歡喜地站在殘廢的乞丐身邊，就算對象是他，她也一樣會勇敢地去做，不在乎他怎麼想，也不去在乎那些女人傲慢無禮的冷言冷語。她會去做，因為拯救別人是對的事，既單純又真實，就算沒達成目標也無妨。就像那句法國俗語：「不管如何，盡力去做就對了。」

從他離開到現在，她始終沒有移動過，一直在思索他最後那幾句話，在回想他像火焰般專注熱切、令她垂下視線的眼神，沒有任何外在事務來把她從這種出神狀態喚醒。她走過去打開窗子，想驅散那股環繞著她的壓迫感。她又去打開門，急著想找人說說話，或做點什麼事，好甩開過去那一小時的回憶。可是家裡瀰漫著午時的靜謐，因為夜裡輾轉難眠的病人正在補眠。瑪格麗特不願意孤伶伶一個人待著。她可以做點什麼呢？「當然是去看看貝西。」她尋思，前一天晚上的口信忽然閃過她腦海。

於是她出門去了。

到了席金斯家時，她發現貝西躺在高背長椅上。天氣悶熱難當，她的高背長椅卻挪到了壁爐旁。貝西整個人平躺，彷彿剛經歷過陣痛，此時有氣無力地休息著。瑪格麗特覺得，如果貝西半坐起來，呼吸應該會更順暢，於是二話不說把貝西扶起來，幫她墊上枕頭。就算沒能消除她的倦怠感，至少讓她坐得舒服些。

「我以為再也見不到妳了。」貝西憂傷地看著瑪格麗特的臉。

「妳的病好像更嚴重了。我昨天抽不出時間過來，我媽病得很厲害，還有很多其他原因。」

說著，瑪格麗特的臉又紅了。

「妳可能會覺得我不懂分寸，派瑪莉去找妳。可是他們扯著嗓門大聲吵架，害我六神無主。

59. 此句原文是「她美妙的身影在他腦海裡揮之不去。」出自義大利詩人塔索（Torquato Tasso，一五四四～一五九五）一八五一年的長詩〈收復耶路撒冷〉（Gerusalemme liberate），英國詩人費爾法克斯（Edward Fairfax）於一六〇〇年譯成英文，被譽為最佳英譯詩作。

爸爸出去以後，我心想，噢！只要能聽見她的聲音，聽她讀幾段安詳的、充滿希望的文字，我就能平靜地安息，去到上帝的國度。就像嬰兒聽著媽媽的搖籃曲，靜靜入睡。」

「那麼我現在念給妳聽？」

「噯，讀吧！一開始我可能不會去理解經文的意思，會覺得它離我很遙遠。等妳讀到我喜歡的字句，讀到撫慰人心的內容，它就會像在我耳朵裡，像穿過我腦袋。」

瑪格麗特開始讀誦。貝西整個人搖來晃去。偶爾她努力聆聽，下一刻她又全身震顫，加倍坐立難安。最後，她衝口而出，「別再念了。沒用的，我滿腦子都是褻瀆的念頭，生氣地想著已經沒辦法挽回的事。妳應該聽說昨天馬博洛街發生暴動的事吧？就是桑頓的工廠。」

「妳爸爸沒參加吧？」瑪格麗特滿臉通紅。

「沒有。他會不惜任何代價阻止這件事。我煩的也是這個。他為這件事非常挫折，就算告訴他傻子總是不按牌理出牌也沒用。妳肯定沒看過比他更喪氣的男人了。」

「這是為什麼？」瑪格麗特問。「我不明白。」

「是這樣的，這次罷工事件裡，他是委員會代表。其實我不該這麼說的，可是工會指派他，是因為他們覺得他夠深沉，而且從不騙人。他跟委員會其他人訂了計畫，大家說好無論如何都要團結，只要是大多數人的意見，其他人不管同不同意，都得服從。最重要的是，任何人都不可以做出違法行為。大家看見他們默默地奮鬥、耐心地挨餓，都會支持他們。可是萬一發生打鬥或對抗，就算對象是那些工賊，一切就都完了。這是他們根據過去很多很多經驗得出的結論。他們會努力去跟那些工賊溝通，跟他們說好話，跟他們講道理，也許給他們一點警告。無論發生什麼事，委員會要求工會全體會員絕不能動手，必要時甚至不惜一死。他們認為，這樣一來社會大眾就會站在他們那邊。

「另外，委員會覺得他們的要求很正當，不希望混淆是非，害得社會大眾分不清誰對誰錯，就像我分不清藥粉和妳拿給我調在裡面的果凍粉一樣，果凍粉雖然比藥粉多得多，嘗起來卻都是藥粉的味道。好啦，我把這些事都告訴妳啦，我累壞了。妳自己想想，爸爸忙了這麼一陣子，卻被像鮑徹這樣的傻瓜給搞砸，他心裡有多難受。鮑徹非得要違反委員會的命令，毀掉這場罷工，簡直是故意要當背叛耶穌的猶大[60]。是啊！不過爸爸昨兒個晚上訓了他一頓！爸爸甚至對鮑徹放狠話，說要去告訴警察該上哪兒去抓暴動的首腦，還說他會把鮑徹交給廠主們處置。他要讓外面的人都知道罷工的真正首領不是像鮑徹這樣的人，而是個性堅定、深思熟慮的人，是好工人，也是好市民，會遵守法律和審判，會維護秩序。讓大家知道他們要的只是合理工資，在他們達到目的以前，就算餓死也不願意上工。不過，他們絕不會損害別人的生命財產，因為……」這時她壓低聲音。「聽說鮑徹拿石頭丟桑頓的妹妹，差點把她給打死。」

「不是這樣的。」瑪格麗特說，「扔石頭的不是鮑徹。」她的臉色先是漲紅，而後轉成蒼白。

「那麼當時妳也在場，是嗎？」貝西似乎累極了。她剛剛不時停頓，彷彿說起話來特別辛苦似的。

「是啊。別管那個，接著說。反正扔石頭的人不是鮑徹。那麼鮑徹怎麼回答妳爸爸？」

「他沒說話。他早先太激動，事後只是渾身發抖，我實在不忍心看他。我聽見他的呼吸愈來愈快，還一度以為他在哭。他聽到爸爸說要去報警，大叫一聲，掄起拳頭揍了爸爸的臉一拳，然後像閃電一樣跑掉。爸爸被打之後驚呆了，他以為鮑徹心情太激動又餓著肚子，根本沒力氣。爸爸坐下來，伸手遮住眼睛，然後站起來往門口走去。我不知道哪兒來的力氣，整個人從椅子上跳

60. 耶穌十二門徒之一，受猶太公會賄賂而背叛耶穌。

起來，衝過去抓住他。『爸！爸！』我說。『你不可以去告發可憐的鮑徹。除非你答應我，否則我絕不會鬆手。』他說，『別傻了，人說話通常都有口無心。雖然他罪有應得，但我沒想過要去跟警方告發他。如果有人出面去做這件齷齪事，讓警方把他抓起來，我倒是不在乎。這下子他跟我動手，我更不可能去做，因為那就變成讓別人來幫我出頭。哪天他能吃得飽，身子養壯了，我會找他好好打一架，算算這筆帳。』爸爸說完就把我甩開，因為我實在虛弱得快暈過去了。他的臉一陣紅一陣白，看得我好難受。我不知道自己睡著或醒著，或暈死過去，一直到瑪莉回家，我才要她去找妳過來。

「現在別跟我說話了，把那章讀完吧。我說出來以後心情平靜多了。我想聽聽描述那個遙遠世界的語句，好去除我嘴裡那種叫人厭煩的滋味。讀吧，別讀講道的文章，讀點故事。故事裡有畫面，我閉上眼睛就能看見。給我讀讀有關新天和新地[61]的段落，也許我能忘掉這些事。」

瑪格麗特用溫柔的嗓音低聲誦讀。貝西雖然閉著眼睛，卻也專心聽了一陣子，溼潤的淚珠蓄積在眼睫毛之間。最後她睡著了，卻睡得不安穩，不時低聲哀求。瑪格麗特幫她蓋上被子就回家去了，在此之前她心中一直覺得不安，擔心家裡需要她，只是，貝西已經奄奄一息，拋下她好像有點殘忍。

瑪格麗特回到家時，媽媽坐在客廳裡。這天媽媽情況好轉，對水床讚不絕口。她說水床非常接近她娘家的床鋪，比之後她睡過的所有床鋪都更舒適。她很納悶，現在的人做床鋪的技術好像比她年輕時差了一大截。按理說這一點也不難，因為羽毛原料還是一樣，可是不知為何，直到昨天晚上以前，她根本沒睡過一頓好覺。赫爾先生說，過去的羽毛床之所以好睡，部分原因恐怕在於年輕人活動量充足，夜裡自然睡得熟。可惜他太太對這個論點並不捧場。

「才不。真的，肯定是因為我娘家的床鋪。瑪格麗特，妳來評評理。妳是年輕人，整天忙東忙西，妳覺得家裡的床鋪好睡嗎？妳躺下來以後，可以得到充分休息嗎？或者，妳會不會翻來覆去，覺得怎麼躺都不自在，第二天醒來以後，身體還是跟前一天一樣疲倦？」

瑪格麗特笑了。「媽，說實在話，我沒有注意過我的床是哪一種。我每天晚上都睏極了，隨便躺在任何地方，都會馬上睡著。我恐怕不是合格的見證人。話說回來，我沒睡過外公家的床。我沒去過奧克森罕。」

「妳沒過去嗎？喔，是啊！沒錯。我想起來了，當時我帶的是可憐的弗列德。我結婚以後只回過奧克森罕一次，去參加妳姨媽的婚禮，當時我帶回去的寶寶是可憐的弗列德。我知道蒂克森不喜歡從仕女的女僕變成保母，所以很擔心萬一我帶她回到舊家附近，見到熟人，她可能會想辭職。可憐的小弗列德在奧克森罕時長牙齒哭鬧，而我自己身子弱，又忙著幫新娘子打點，多半時間都是蒂克森照顧他。沒想到她變得很喜歡他。那時弗列德誰也不找，就愛黏著她，讓她很得意。雖然蒂克森在我們家過的日子和她過慣了的差很多，經過那次之後，我猜她再也不想離開我了。可憐的弗列德！所有人都愛他，他天生討人喜歡。所以我才會討厭那個李德艦長，因為他不喜歡我的弗列德。光憑這點就可以證明他心腸不好。哎！瑪格麗特，妳可憐的爸爸出去了，他聽人提起弗列德，心裡就難受。」

「媽，我喜歡聽。妳想說什麼盡量說，再多我都聽不膩。跟我說說他小時候是什麼模樣。」

「瑪格麗特，妳別覺得受傷，他比妳可愛得多了。我記得第一次看見躺在蒂克森懷裡的妳時，我說，『天哪，這小東西可真夠醜！』蒂克森說，『不是所有孩子都跟弗列德少爺一樣的，上帝祝福他！』天哪，我記得很清楚，那時我可以整天抱著弗列德不放，他的小床就在我床鋪旁

61. 有關新天（New Heavens）與新地（New Earth），《聖經·啓示錄》第二十一至二十二章有詳細描述。

邊。可是現在，現在，瑪格麗特，我不知道我乖兒子人在哪裡，有時候我覺得我再也見不到他了。」

瑪格麗特坐在媽媽沙發旁的矮凳上，輕輕拉起媽媽的手，撫摸著，親吻著，像在安慰媽媽。赫爾太太哭得肝腸寸斷。最後，她在沙發上坐正，挺直上身，轉身面對女兒，淚眼婆娑，正經又真摯地說，「瑪格麗特，如果我的身子要好起來，如果上帝給我機會復元，那一定是因為再見到我兒弗列德。只要看他一眼，就能喚醒我身體裡僅存的一丁點活力。」

她停頓下來，像在蓄積能量，準備說接下來的一番話。她再度開口時，聲音哽咽、顫抖，彷彿想到某種近在眼前的古怪念頭。

「還有，瑪格麗特，如果我會死，如果我注定只剩下幾星期壽命，我一定得見到我的孩子才會瞑目。我不知道這事該怎麼安排，可是瑪格麗特，我委任妳把他帶到我面前，讓我祝福他，就像妳自己死前希望得到安慰一樣。只要五分鐘就好，五分鐘不會有什麼危險的。瑪格麗特，讓我死前見他一面！」

瑪格麗特不覺得媽媽這番話有任何不合情理的地方：我們通常不會在臨終病人的激動請求中尋找道理或邏輯，只要想到我們錯過上千個機會、沒去實現那些即將離我們而去的人的心願，就心痛不已。就算他們要我們犧牲未來人生的幸福，我們也會毫不猶豫地答應。這個願望對媽媽、對哥哥而言都是這麼自然、這麼合理、這麼正當，瑪格麗特覺得自己必須無視其中種種危險，承諾盡一切力量去促成。媽媽那雙乞求的大眼睛渴望地盯著她，雖然那對蒼白的嘴唇像孩子的嘴唇般不住抖動，目光卻是穩定而專注。瑪格麗特輕柔地站起來，面向孱弱的母親，讓媽媽從她冷靜堅定的面容看見：她的願望一定會實現。

「媽，我今晚就寫信，把妳的話轉告弗列德。我敢打包票，他收到信會馬上趕回來。妳放心，我保證妳一定可以見到他。」

「妳今晚就寫信？噢，瑪格麗特！郵件五點送出去，妳會在五點前寫好吧？我的時間不多了。乖女兒，雖然妳爸老是說得太樂觀，讓我抱著希望，我還是覺得我的病好不了。妳會馬上寫吧？一班郵車都別錯過。因為錯過一班，我可能就見不到他啦。」

「可是媽媽，爸出去了。」

「妳爸出去了！那又怎樣？瑪格麗特，難不成妳覺得他會否決我的最後心願嗎？要是他不把我從海爾斯東帶到這個沒有陽光、煙霧瀰漫、不健康的地方，我也不會病得快死掉。」

「媽！」瑪格麗特說。

「沒錯，就是這樣。他自己心裡有數，也說過很多次。他什麼都肯為我做，妳不會以為他會拒絕我這最後的願望吧。這也是我最後的祈禱。還有，瑪格麗特，我想見兒子的心阻擋在我和上帝之間，這個心願沒達成之前，我沒辦法禱告。真的，我辦不到。親愛的，親愛的瑪格麗特，別浪費時間，在下一班郵車來之前把信寫好。然後再過二十二天他就回來了！他一定會回來，任何繩子或鎖鍊都拴不住他。再過二十二天我就能看到兒子。」她靠向椅背，暫時沒發現瑪格麗特靜靜坐著，一隻手遮在眼前。

「妳沒在寫信！」赫爾太太終於發現。「拿紙跟筆來，我自己寫。」她坐起來，激動得渾身打顫。瑪格麗特放下遮在眼前的手，哀傷地望著媽媽。

「至少等爸爸回來，問問他的意見。」

「瑪格麗特，妳答應我了，不到十五分前妳說弗列德會回來。」

「他一定會回來，親愛的媽媽，別哭。我就在這裡寫，馬上寫，妳可以看著我寫。我會趕在下班郵車前寄出去。爸爸回來如果有別的想法，他可以再寫一封，只會晚一天到。媽，別哭得這麼傷心，我的心都碎了。」

赫爾太太淚水決堤，歇斯底里地流下來。事實上，她根本不想停下來，反倒在心裡回想著過去的快樂時光，想著未來的可能情景，幻想她變成屍體躺著，她日思夜想的兒子在一旁流淚，她卻渾然不覺。她就這麼想著想著，被自憐的情緒淹沒，哭得聲嘶力竭，瑪格麗特看得心痛不已。等瑪格麗特開始寫信，她總算平靜下來，貪婪地看著女兒用急迫懇切的語氣寫信。瑪格麗特寫完信連忙封起來，免得媽媽要看。而後，基於安全起見，又在媽媽要求下親自送到郵局投遞。她在回程路上遇見父親。

「我的漂亮女兒，妳上哪兒去了？」

「去郵局寄信，寄給弗列德的。爸，我可能做錯了，可是媽媽突然非常想見他，她說看到他病就會好，又說她死前一定要見他一面。我沒辦法形容她當時有多激動！我做錯了嗎？」

赫爾先生沒有立刻回答。過一會兒才說：「瑪格麗特，妳該等我回來的。」

「我一直勸媽媽……」她沉默下來。

「很難說。」赫爾先生停了一下，說道。「如果她真的那麼想見他，那就應該讓她如願，我覺得這可能比醫生的藥更有效，也許可以讓她好起來。可是，他恐怕要冒很大的危險。」

「可是兵變已經過了那麼多年？」

「沒錯。只是，政府必須採取強硬措施來鎮壓抗命行為，特別是在海軍，因為必須讓海軍的軍士們清楚知道，國家永遠支持他們的將領，萬一將領受到任何傷害，國家會傾一切力量為他伸張正義。哎！政府是不會在乎他們的權力如何被倒行逆施、如何把脾氣暴躁的人逼到發狂。就算事後可以拿被逼得發狂當藉口，這種事一開始就不被允許。國家會不惜重資，會派出軍艦在大海上搜索，只為了找出那些抗命的人。再多的歲月都沖刷不掉叛變的記憶。在海事法庭的卷宗裡，它永遠是鮮明而清晰的罪行，只有鮮血才能塗抹掉。」

「老天，爸，我做了什麼事！可是當時好像這樣做才對。我相信弗列德會願意冒這個險。」

「他會的，也應該這麼做！不，瑪格麗特，雖然我自己不敢這麼做，我很慶幸妳做了。我很感恩事情發展成這樣。換做是我一定會猶豫不決，直到一切都太遲。親愛的瑪格麗特，妳做得很對，畢竟結果不是我們能掌握的。」

聽起來還不錯。可是瑪格麗特聽完父親描述政府嚴懲叛變者的決心，只覺不寒而慄。她把哥哥叫回來，最後會不會害他用鮮血洗刷過去的失誤！父親最後雖然說了幾句話為她打氣，但她察覺到他內心深處的焦慮。她挽起父親手臂，悶悶不樂又意志消沉地踏上回家的路。

第二十六章　母與子

那個神聖的休憩處
依然未曾改變。62

——赫曼茲夫人

那天早上桑頓先生走出赫爾家時，感情受到重創，只覺眼前一片茫然，什麼都看不見。他頭暈目眩，彷彿瑪格麗特不是言談舉止溫婉嫻靜的女孩，而是個壯碩的賣魚婦，對他飽以一頓老拳。他結結實實承受著肉體上的痛苦，頭痛欲裂、脈搏陣陣抽搐。他受不了周遭的雜音、刺眼的光線和街道上持續不斷的轆轆車聲。他覺得自己太傻，竟然痛苦至此。可是，在那個當下，他想不起自己受苦的原因，也不明白那個原因是不是足以產生這麼大的作用力。如果這時有個小孩因為受到某種傷害，怒氣沖沖地坐在門階上號啕大哭，而他能夠坐在那孩子身邊痛哭，對他而言會是一種發洩。他告訴自己他恨瑪格麗特，然而，即使他還在搜索表達憎恨的詞句，內心卻又生起狂野而尖銳的愛意，像閃電般劈開他滿腔的陰鬱憤恨。他唯一的安慰就是擁抱自己的苦難，就像他親口對她說的：無論她鄙視他、貶低他、用她目中無人的冷漠態度對待他，他也不會有一絲改變。她沒辦法動搖他。他愛她，會繼續愛她，不去在乎她，也不在乎自己此時此刻的悲慘痛楚。

他呆立原地，強化這番決心。一部開往鄉間的公共馬車駛過，車夫以為他要搭車，停靠在人行道旁。這時道歉和解釋都太麻煩，他乾脆跳上車，隨著馬車揚長而去。沿途經過一長排一長排的房屋，又經過有著整齊花園的獨棟別墅，接下來是真正的鄉間樹籬，最後來到一座鄉村小鎮。所有乘客都下了車，他也跟著下車。其他人都走開了，所以他也邁開步伐往前走。他走向田野，腳步又快又急，因為敏捷的動作可以讓他的大腦放鬆。這下子他全記起來了，想起自己當時肯定是一副可憐相。他想到自己多麼荒謬，明明早知道那是世上最愚蠢的事，偏偏要去做。明明頭腦清醒時早就料到，如果哪天自己當真蠢得去做這件事，一定會落得如此下場。他是被那雙漂亮的眼眸迷住了嗎？被昨天還那麼貼近他肩膀的那兩片微微開啟、輕聲嘆息的柔軟雙唇給引誘了嗎？他忘不了她曾經靠他那麼近、她的雙臂曾經——恐怕再也不會——環抱他。他對她一知半解，完全猜不透。有時她是那麼勇敢，有時又那麼膽小；忽而如此溫柔，下一秒又變得傲慢自負、高不可攀。他把以往他們見面的情景全都回想一次，希望最後能徹底忘了她。他回想她穿過的每一套衣裳，她展現的每一種情緒，不知道哪一個才最適合她。即使在今天早上，她看上去多麼高貴。當她發現她出面搭救竟讓他誤以為她有那麼一點喜歡他，眼裡噴出了怒火！

那天早上桑頓先生斬釘截鐵告訴自己二十遍，他是個大傻瓜。如果真是如此，那麼那天下午的他並沒有多長些智慧。他花了六便士搭了趟馬車，只得到一個更明確的信念，那就是：世上不會、也不可能再有像瑪格麗特這樣的女人；而她從沒愛過他，也永遠不會愛他。然而，她不能——不！全世界都不能——阻止他愛她。他回到那個小市集，重新搭上駛往米爾頓的公共馬車。

他在他的貨倉附近下車時，已經接近傍晚。熟悉的環境喚回熟悉的習慣和思維模式。他知道

62. 此處詩句摘自赫曼茲夫人的詩作〈希臘島的新娘〉（The Bride of the Greek Island）。

自己還有很多事要做，基於前一天的混亂，他今天的待辦事項比平時來得多。他得去見見他的治安官同僚，還得處理早上沒做完的事，比如安撫他新聘的愛爾蘭工人，確保他們的安全，不能讓他們跟米爾頓那些忿忿不平的工人接觸。最後，他還得回家面對他母親。

桑頓太太一整天都坐在飯廳裡，每分每秒等著兒子求婚成功的消息。只要家裡有任何動靜，她就強打起精神，拾起中斷的針線活，隔著模糊的眼鏡，用抖動的雙手勤奮地縫縫補補。一次又一次，飯廳門打開來了，卻是某個不相干的人走進來辦些不重要的小事。之後，她僵硬的面容軟化了，鐵灰色的冰霜表情消散開來，五官也一反平時的嚴峻，變得沮喪消沉。兒子結婚勢必為她的生活帶來諸多討人厭的改變，但她不准自己多想，硬把思緒拉回熟悉的家務事上。新婚的小倆口需要全新的家飾織品，桑頓太太命人拿來一大籃一大籃的桌巾和餐巾，開始清點數量。其中有些很難分辨是她的或兒子的：她的繡了GHT（代表喬治和漢娜・桑頓），兒子的是用他自己的錢買的，上面繡著他的姓名縮略字。有些繡有GHT樣的織品是舊款的荷蘭錦緞，質料格外細緻，這年頭已經找不到那樣的品質了。桑頓太太站在原地盯了老半天。當年她結婚時，那些錦緞曾經讓她引以為傲。她皺起眉頭、緊抿雙唇，細心地拆掉上面的GH。她甚至不嫌麻煩地翻找土耳其紅繡線，好繡上新的縮略字。可是那種線已經用完了，她暫時還沒有心情派人去買，只好定定望著空中發呆，腦海閃過連串畫面。她兒子是那些畫面的主題，是唯一的內容：她的兒子、她的驕傲、她的所有。他還沒回來，必定是跟赫爾小姐在一起。她原本是兒子心目中最重要的人，現在已經漸漸被這段新戀情取代。無謂的嫉妒帶來劇痛，刺穿了她，她幾乎分辨不出那究竟是心理或身體上的疼痛，只知道她疼得必須坐下來。片刻之後她又起身，站得跟平時一樣挺直，露出這天第一抹冷峻笑容，等著房門打開，迎接歡天喜地、得意洋洋的兒子。絕不能讓兒子發現他的婚姻帶給母親多少傷痛與懊喪。

在這些沉思默想中，那個未來媳婦幾乎沒有被視為獨立個體。她會是約翰的妻子，即將取代桑頓太太、成為這個家的女主人，這還只是裝點這份至高榮耀的諸多豐碩成果之一。她還會享有滿屋子的富裕與舒適、華麗精緻的織品、名譽、愛情、權威、成群的朋友，這些都像王袍上的珍寶般自然而然來到，它們各自的價值也同樣被忽略。只要被約翰看上，就算是廚房裡的幫傭都會一步登天。赫爾小姐至少不算太糟。如果她是米爾頓在地人，桑頓太太肯定會喜歡她。她個性夠嗆辣、有品味、有魄力、有韻味。沒錯，她太固執己見，愚昧無知，南方人不都是這樣。桑頓太太不自覺地拿她跟女兒芬妮做比較，竟然莫名奇妙地覺得沒面子，一度惡聲惡氣對女兒說話，毫不留情地辱罵。事後彷彿為了懺悔，拿起馬修．亨利的《聖經注釋》，專心讀了起來，不再做檢視桌巾這種她頗為自豪又樂在其中的事。

他的腳步聲終於響起！她聽見了，這時她就快讀完某個句子。她的視線掠過那個句子，大腦機械性地逐字複誦的同時，聽見兒子從前門進來。她格外靈敏的感官可以判讀每一個動作的聲音：他在帽架旁、現在來到飯廳門外。他為什麼停下來？不管什麼壞消息，都來吧。

但她埋首書頁，沒有抬頭。他走到桌子旁站定，等她讀完那個顯然非常吸引她的段落。她勉強抬起頭，「約翰，結果呢？」

他知道這短短幾個字是什麼意思。他已經做好心理準備。他很想用玩笑話應付了事，他痛苦的心輕易就能做得到，但他不可以這樣敷衍母親。他繞到母親背後，免得她看見他的表情，然後捧起母親灰白的嚴肅臉龐，親吻一下，低聲說道：

「媽，除了妳沒有人愛我，沒有人喜歡我。」

他轉身走到壁爐旁，頭倚著壁爐架，克制不住的淚水湧上他陽剛的眼眸。她站起來，腳步踉蹌。堅強的她有生以來第一次步履蹣跚。她雙手搭在兒子肩上。她個子很高，可以平視兒子的臉，她要兒子看著她。

「約翰，媽媽的愛是上帝的賜予，永遠永遠不會動搖。女人的愛像一陣輕煙，風一來就變了。所以她拒絕了，兒子，是這樣嗎？」她咬緊牙關，像發狠的狗兒般露出整排牙齒。他搖搖頭。

「媽，我配不上她。我知道我配不上。」

她咬牙切齒地說了幾個字，他聽不清她說了什麼，但她的眼神透露，即使那字句不算最粗鄙，用意未必最歹毒，至少是一聲詛咒。不過，得知兒子重回自己懷抱，她的心雀躍了起來。

「媽！」他急忙說，「我不想聽到對她不利的話。饒了我，饒了我吧！我的心很痛、很脆弱。我還是愛她，比以前更愛她。」

「我卻恨她。」桑頓太太壓低音量，惡狠狠地說，「當她介入我們之間，我盡量不去恨她。因為我告訴自己，她可以帶給你幸福，只要你能幸福，我什麼都可以犧牲。可是現在，我恨她讓你受苦。兒子，你不需要在我面前扮笑臉，我是你媽，你的悲傷就是我的痛苦。就算你不恨她，我恨。」

「媽，這樣我會更愛她。妳對她不公平，我只好偏向她。不過我們何必在這裡聊什麼愛呀恨的？她不喜歡我，這就夠了，太夠了。我們再也不要談這個話題了，關於這件事，妳唯一能為我做的就是不要提起。我們別再談她了。」

「我完全贊成。我只希望她和一切跟她有關的東西，全都滾回他們原來的地方。」

他一動不動站著，靜靜凝視爐火。她望著兒子，威嚴而朦朧的雙眼溢滿罕見的淚水。不過，等兒子再度開口時，她似乎找回了平日的堅定與冷靜。

「媽，警方已經發出拘捕令，要找出三個陰謀份子。昨天的暴動正好化解罷工危機。」

於是，瑪格麗特的名字不再出現在桑頓母子的談話之間。他們恢復舊有交談模式，只談事實，不發表看法，更不會觸及感情。他們的語調如此平靜、冷淡，如果哪個陌生人看見了，可能會想，還真沒見過關係這麼親近的兩個人、對彼此的態度竟是這麼冰冷、漠不關心。

第二十七章　水果籃

只要抱持實意真情，
任何獻禮都得人心。
——《仲夏夜之夢》63

隔天桑頓先生直接著手處理各項要務。市場上對成衣還有些需求，跟他這行有所關聯，於是把握商機，全力談個好價錢。他準時去會見治安官同僚，以果決的判斷與精準的預測，提供他們最佳協助，迅速做出抉擇。很多人都仰仗他敏捷而中肯的智慧，包括年高德劭、在鎮上素有聲望的人，以及那些比他更富有的人。那些人已經把財富變成了不動產，而他手上擁有的都是流動資金，全數投注在生意上。大家推派他去跟警方會面商談，在各項必要措施上唯他馬首是瞻，不自覺地聽從他，他卻一點都不以為意。正如他不把那一陣陣西風放在心上，因為那西風疲弱無力，幾乎拂不動從高聳煙囪筆直升空的煙氣。他全心全意關注目標是否迅速達成，沒注意到大家對他懷有一股沒說出口的敬重。如果他發現了，說不定會覺得這是他邁向當前目標的障礙。他母親那雙不知足的耳朵倒是從其他治安官和富人們的女眷口中聽到，這位和那位先生多麼推崇桑頓先生，都覺得多虧有他，否則事情恐怕會往相反方向發展，結果會不堪設想。

那天他以凌厲手法解決了所有事，彷彿前一天遭受到的重大屈辱、以及事後那幾小時恍惚失神漫無目標的遊蕩，把他大腦裡的迷霧全都掃蕩一空。他意識到自己的能力，也盡情發揮。他幾乎可以無視他的心。如果他聽過迪河邊磨坊主人唱的那首歌[64]，這時恐怕也會不自主地哼唱起來：

「我不在乎誰，也沒有誰在乎我。」

他搜集到飽徹和其他帶頭暴動的人的犯罪證據，另有三名共犯罪證不足。他嚴正要求警方繼續監控，一旦掌握證據，必須迅雷不及掩耳地出擊。之後，他離開地方法庭那間悶熱難當的會議室，走到空氣較為清新，卻同樣悶熱的街道上。他好像一下子洩了氣，整個人倦怠無力，控制不了思緒，又想起了她。他的腦子喚回種種景象，不是前一天的挫敗與遭拒，而是再前一天她的神態與行動。他木然走在街道上，在人群中鑽進鑽出，對街上行人視而不見，內心極度渴望那半小時——她依偎著他，她的心跳緊貼他心跳的那段短暫時光——能再次上演。

「哎，桑頓先生，我不得不說，你也太冷漠，連個招呼都不打。桑頓太太還好嗎？今天天氣可真好。坦白說，我們當醫生的一點都不開心。」

「唐納森大夫，真是對不住，我真沒看見你。我母親很好，謝謝關心。天氣是很不錯，但願對田裡的收成很有幫助。如果小麥豐收，我們明年就會生意興隆，至於你們醫生我可就管不著

63. 《仲夏夜之夢》（*A Midsummer Night's Dream*）是英國劇作家莎士比亞的浪漫喜劇。此處文句摘自劇本第五幕第一場。

64. 這首歌名為〈快樂的磨坊主人〉（There Was a Jolly Miller Once），是英格蘭西北部民謠，出自愛爾蘭劇作家艾塞克・比克塔斯夫（Isaac Bickerstaffe，一七三三～一八一二）一七六二年發表的劇作《村莊戀情》（Love in a Village）。

了。」

「是呀，人不為己天誅地滅。你的壞天氣、你的壞時機，就是我的好日子。景氣蕭條時，米爾頓生病、垂死的男士比你想像中來得多。」

「我可不會，我是鐵打的。過去我得知自己負了一大筆債務，心跳速度沒有一點變化。這次罷工我受到的損失比米爾頓任何人都嚴重，甚至比翰普更慘，我的食慾卻一點都不受影響。你要找病人別指望我。」

「對了，你介紹了個好病人給我，可憐的女士！不跟你說笑了，我真的覺得赫爾太太──就是克朗頓那位女士──再活也只有幾星期了。我應該跟你說過，她的病已經回天乏術。今天我才去看過她，我覺得她情況很不好。」

桑頓沉默片刻，剛剛吹噓的穩定心跳剎那間失了靈。

「醫生，有什麼我能做的嗎？」他改用正經的語調說道。「你應該看得出來，他們手頭不是很寬裕。病人需要什麼東西或食物嗎？」

「沒有。」醫生搖頭答道。「她很想吃水果，她一直在發燒。早熟梨就很不錯了，目前市場上多得很。」

「如果有什麼我能做的，你一定會告訴我吧。」桑頓說。「我全仰仗你了。」

「別擔心！我不會替你省錢，我知道你荷包滿滿。如果你對我所有的病人也都這麼慷慨、也願意滿足他們的需求就好了。」

可惜桑頓不是對所有人都這麼好，不是一視同仁地發揮善心，甚至很少有人會稱讚他有一副好心腸。可是他直接去了米爾頓最高級的水果行，挑選果粒最飽滿的葡萄、顏色最鮮豔的桃子，搭配最新鮮的藤葉。店員把他挑選的水果裝進籃子裡，問道，「要幫您送到哪裡呢？」而後等待他的回答。

他卻沒有回答。「先生，要送回馬博洛工廠嗎？」

「不！」桑頓說。「把籃子給我。我自己拿。」

他得用雙手才能提得動，還得走過女士們逛街購物的最熱鬧街道。不少認識他的年輕小姐好奇地轉頭張望，想不通他為什麼變成腳夫或跑腿小弟。

他心裡則是在想，「我才不會被她嚇得不敢去做我想做的事。我樂意送這些水果去給那位可憐的女士，我本來就該這麼做。不管她怎麼藐視我，我都要去做自己喜歡做的事。如果我因為害怕某個高傲女孩，就不去為某個我敬愛的男人做點好事，那就真的太可笑了。我這麼做都是為了赫爾先生，也是為了表示我不在乎她。」

他的步伐出奇地快，不一會已經來到克朗頓，兩步並一步奔上樓。蒂克森還沒來得及通報屋裡的人，他已經進了客廳，滿臉通紅，明亮的眼神裡盡是體貼與真誠。赫爾太太躺在沙發上，身子發著燒。赫爾先生正在大聲朗讀，瑪格麗特坐在母親身邊的矮凳上，忙著手裡的針線活。這次見面害她心臟怦怦跳，桑頓先生的情況就不得而知了。他根本沒注意到她，幾乎也沒看見赫爾先生，直接捧著提籃走到赫爾太太面前，用溫柔的語調輕聲說話。一個身強體健的男人用這種嗓音對虛弱的病人說話，聽起來很令人感動。

「夫人，我剛剛碰見唐納森醫生，他說水果對您有益，我就自作主張，幫您帶了些我覺得還不錯的水果，實在太冒昧了。」赫爾太太格外驚訝、格外開心，興奮得幾乎渾身顫抖。赫爾先生說的話比妻子少，卻表達了更深的謝意。

「瑪格麗特，拿個盤子來，或籃子，或任何東西。」瑪格麗特起身站在桌子旁，有點害怕走動或發出聲音驚動桑頓先生，被他發現她也在場。她覺得兩個人見面難免一場尷尬，也猜想剛才自己坐在矮凳上，這時又站在爸爸背後，他匆忙之際應該沒看見她。只不過，儘管他的視線自始至終都沒落在她身上，他卻一點都沒有忽略她的存在。

「我不能待太久，得走了。」他說。「請原諒我這麼率性而為，我這種魯莽作風恐怕太唐突了，下回我會文雅一點。如果我再看見這麼可口的水果，請容許我再給您帶些過來。午安，赫爾先生。再見，赫爾太太。」

他走了。一句話都沒對瑪格麗特說，連看都沒看她一眼。她相信他沒看見她。她默默拿了個盤子過來，用纖細的手指輕輕拿起籃子裡的水果。他真好心，送這些過來，何況昨天才發生那種事！

「噢！真是太好吃了！」赫爾太太有氣無力地說。「他人真好，竟然想到我！瑪格麗特，來嘗嘗葡萄！他心腸真好，對吧？」

「是啊。」瑪格麗特輕聲回答。

「瑪格麗特！」赫爾太太口氣有點不高興。「桑頓先生無論做什麼妳都不喜歡。我還沒見過哪個人成見像妳這麼深。」

赫爾正在為妻子削桃子，順道切一小片給自己。他說：

「就算我對別人有成見，也會被這麼甜美的水果給融化掉。我還沒吃過這麼好吃的水果。真沒有！連小時候在漢普夏老家都沒有，而小孩子吃水果是最不挑嘴的。我還記得當時連黑刺李和沙果都吃得津津有味。瑪格麗特，妳還記得舊家花園西牆牆角那叢茂密的紅醋栗嗎？」

她怎麼會忘？她怎麼忘得了那堵老石牆歷經風吹雨打留下的斑駁痕跡？怎麼忘得了石牆上灰黃相間的青苔，把整面牆裝點得像地圖？怎麼忘得了長在牆縫裡那些小小天竺葵？這兩天的事件深深撼動了她，對她堅忍的性格是一大考驗。不知怎的，爸爸幾句不經意的話語，喚起過去的美好時光，讓她猛地呆住，手裡的針線活也停頓了。她匆匆走出客廳，回到自己的小房間。她才開始啜泣，就發現蒂克森站在她的五斗櫃旁，顯然在翻找東西。

「天哪，小姐！妳嚇著我了！太太還好吧？出了什麼事嗎？」

「沒，沒事。我只是自己犯傻，現在想喝杯水。妳在找什麼？我的床單枕巾都在那個抽屜裡。」

蒂克森沒答話，只是繼續找。薰衣草的香氣傳了出來，擴散到整個房間。最後蒂克森找到她要的東西，瑪格麗特沒看見那是什麼。蒂克森轉過頭來對瑪格麗特說：

「我不想告訴妳我在找什麼，因為妳自己已經夠煩躁的了，聽見這件事心情一定更不好。我原本打算晚點再告訴妳，也許是晚上，或其他時間。」

「什麼事？蒂克森，拜託妳現在就說。」

「妳常去探望的那個女的，姓席金斯那個……」

「怎麼啦？」

「哎！她今天早上死了。她妹妹來了，提出很奇怪的要求。死掉的那個年輕女孩好像很希望有妳的東西陪葬，所以她妹妹來找我們要，我想找頂普通點的睡帽給她。」

「噢！我來找。」瑪格麗特淚眼汪汪地說。

「可憐的貝西！沒想到我再也看不到她了。」

「呃，這是第二件事。樓下這個女孩要我問妳要不要去看看她姊姊。」

「可是她死啦！」瑪格麗特臉色有點發白。「我沒看過死人。不！我寧可不去。」

「如果妳沒走進來，我就不會問妳。我已經告訴她妳不去了。」

「我下樓去跟她說說話。」瑪格麗特擔心蒂克森威嚴的態度會傷到瑪莉。她拿著睡帽去到廚房。瑪莉的臉哭得又紅又腫，一看見瑪格麗特，忍不住又放聲大哭。

「噢，小姐，她愛妳，她很愛妳，真的！」接下來很長一段時間，瑪格麗特什麼都問不出來，只能聽她反覆重述這幾句話。最後，瑪格麗特的同情心和蒂克森的責罵雙管齊下，才終於讓瑪莉說出事情經過。席金斯一早就出門了，當時貝西的情況跟前一天一樣好。只是，不到一小時，她的病情加重。某個鄰居跑到瑪莉工作的地方找到她。卻到處找不到席金斯。瑪莉回家後不到幾分鐘，貝西就斷氣了。

「一兩天前她才說要跟妳的某樣東西一起下葬。只要聊到妳，她怎麼也不嫌膩。她總說妳是她看過最漂亮的女生，她非常愛妳。她最後的遺言是，『替我向她表達最深的敬意；別讓爸爸喝酒。』小姐，妳去看看她，她一定會覺得很榮幸。」

瑪格麗特不太敢答話。

「嗯，也許我會去。好，我去。我吃晚飯以前去。瑪莉，妳爸人呢？」

瑪莉搖搖頭，站起來準備回家。

「小姐，」蒂克森悄聲說，「妳去看躺在那裡的可憐人又有什用呢？如果妳去對她有好處，我一定不反對。如果她喜歡的話，我一點都不介意親自跑一趟。這些普通老百姓總是有這些念頭，覺得這是死者的榮幸。喂。」說著，她猛地轉身。「我會去看看妳姊姊。赫爾小姐很想去，只是她忙得很，去不了。」

瑪莉一臉期待地看著瑪格麗特。蒂克森去或許也是一種榮幸，在瑪莉心目中卻大不相同，因為過去她一直很羨慕姊姊跟這位小姐之間的親密往來。

「不，蒂克森！」瑪格麗特心意已決。「我去。瑪莉，下午妳一定可以見到我。」為免自己心生膽怯，她說完就轉身離開，不給自己機會改變主意。

第二十八章 悲傷中的慰藉

從十字架到王冠！雖然你的靈魂
遭到數不清的磨難無情襲擊，
歡呼吧！歡呼吧！凶險的衝突將要結束，
你終將與基督共同安詳統治。

——高瑟賈騰[65]

是啊，我們覺得鴻運當頭，路途中不需要你照料；
可是萬一災難降臨，連靈魂也啞了，叫喊不出『上帝』。

——白朗寧夫人[66]

那天下午她快步走到席金斯家。瑪莉一直等著她，臉上帶著懷疑的表情。瑪格麗特看著她的眼睛，用微笑讓她安心。她們穿過屋子走到樓上，來到靜臥著的亡者面前。她很慶幸自己來了，

65. 高瑟賈騰（Gotthard Ludwig Kosegarten，一七五八～一八一八）德國神學家、詩人及作家。此處文句摘自他的詩作〈十字架之路，光明之路〉（Via Crucis Via Lucis）。

66. 此處詩句摘自白朗寧夫人的詩作〈棕色念珠之歌〉（The Lay of the Brown Rosary）。

貝西的臉龐經常因為身體疼痛顯得疲憊、因心神不寧而煩躁不安，此刻卻露出長眠後的淡淡笑容。瑪格麗特雙眼慢慢滲出淚水，內心卻湧現一股深沉的寧靜。原來這就是死亡！看起來比活著更為安詳。她腦海浮現許多美麗的經文：「他們息了自己的勞苦。」[67]、「筋疲力盡的人得享安息。」[68]、「祂讓祂所愛的人安睡。」[69]

瑪格麗特非常緩慢地從亡者床邊走開，瑪莉在她背後低聲哭泣，兩人默默地走下樓。

席金斯站在屋子正中央，手按住餐桌。他從巷子走進來時，從一些多嘴多舌的人口中聽到消息，震驚得瞪大了眼睛。他的眼神一本正經、激動狂熱，正在消化女兒死去的事實，努力讓自己接受女兒再也不會出現在熟悉的地方。她病得太久，經常在垂死邊緣掙扎，所以他已經說服自己她不會死，一定能「挺過去」。

席金斯才剛聽說貝西死亡這件事，瑪格麗特卻已經充分了解，她覺得自己沒必要再多做逗留。她走下樓時看見他，一度在陡峭彎曲的樓梯上停下腳步。這會兒她打算悄悄從他呆滯的眼前溜走，讓他留在自己家悲傷肅穆的氛圍裡。

瑪莉一碰到椅子就坐了下來，把圍裙掀起來蒙住頭，失聲痛哭。

哭聲顯然驚擾了他。他突然拉住瑪格麗特的手不放，直到他能說出話來。他的喉嚨好像乾掉了，發出的聲音濁重、哽咽又粗啞：「當時妳跟她在一起嗎？妳看見她斷氣了嗎？」

「沒有！」瑪格麗特答。既然已經被他發現，她便耐心地站在原地。過了大半晌他才又開口，但始終沒放開她的手。

「人都有一死。」他終於說話，語氣異常莊嚴。一開始瑪格麗特以為他喝了酒，雖然沒醉，卻足以攪混他的思緒。「可是她比我年輕。」他仍然在尋思著，眼睛沒有看瑪格麗特，手卻仍然緊緊抓著她。突然間，他抬起視線看她，眼裡有一種急切的探詢。「妳確定她死了，不是暈過去？她以前也暈倒過，常有的事。」

「她死了。」瑪格麗特答。雖然他抓得她手發疼，痴傻的眼神射出狂野的光芒，她並不害怕跟他說話。

「她死了！」她重複一次。

他仍然用那種探詢的眼光盯著她，在他凝視的同時，那份探詢漸漸消退。而後他突然放開瑪格麗特，上身趴向桌面，猛力抽噎，震動了桌子和屋裡所有家具。瑪莉哆嗦著走向他。

「妳走開！妳走開！」他一面大叫，一面不分青紅皂白地狂打她。「我才不在乎妳！」瑪格麗特拉起瑪莉的手，溫柔地握住。席金斯抓自己的頭髮，用腦袋去撞硬木桌面。最後他累癱了，傻傻地躺著。瑪莉和瑪格麗特寸步不移，瑪莉全身不住抖動。

最後，也許經過十五分，或一小時，他才重新站起來。他雙眼浮腫、布滿血絲，好像忘了身邊還有別人。等他看見她們，又怒氣沖沖地板起臉孔，身子劇烈搖晃了一下，瞪了她們一眼，一句話都沒說，直接朝門口走去。

「爸，爸！」瑪莉衝過去拉住他手臂。「今晚別去！任何時候都可以，就今晚別去！幫幫我！他又要出去喝酒了！爸，我絕不放手。你可以打我，我絕不放手。她最後一句話就是別讓你去喝酒！」

瑪格麗特站在門口，沉默不語，卻威風凜凜。他不服氣地看著她。

67. 出自《聖經．啓示錄》第十四章第十三節。
68. 出自《聖經．約伯記》第三章第十七節。
69. 出自《聖經．詩篇》第一二七之二。

「這是我家，小姑娘，閃一邊去，否則別怪我動粗！」他使勁甩開瑪莉，看樣子也打算對瑪格麗特動手。瑪格麗特連眼皮都沒眨一下，始終專注威嚴地注視他。他也盯著她，眼神裡有股陰沉的狠勁。如果她的手或腳稍微動一下，他肯定會用比剛剛甩開瑪莉更狠的勁道推開她。瑪莉被他推得撞上椅子，臉頰受傷流血。

「妳為什麼用那種眼神看我？」最後他終於被她剛強的冷靜力量給震懾折服。「如果妳認為只因為她愛妳，妳就可以擅自跑到我家來阻止我出去給自己找點樂子，妳就錯了。一個男人不能出去尋求他僅剩的安慰，是非常痛苦的事。」

瑪格麗特覺得席金斯已經屈服於她的力量。接下來她該怎麼做呢？這時他坐在靠近門口的椅子上，半服從半憤懣，不願意實現五分鐘前的威脅，對她訴諸暴力，只好等她移動腳步，再找機會出門。瑪格麗特伸手碰他手臂。

「跟我來。」她說。「上樓看看她！」

她說話的音調低沉而莊嚴，對他這個人、對他是否聽從，沒有一絲畏懼與懷疑。他氣呼呼地站起來，猶豫不決，臉上有種頑強的遲疑。她在原地等著，耐著性子平靜等候。他故意讓她等，從中獲得莫名的快感，最後還是走向樓梯。

他們倆站在遺體旁。

「她對瑪莉說的最後一句話是，『別讓爸爸喝酒。』」

「現在對她已經沒差別了。」他喃喃應道。「現在什麼都傷害不了她了。」接著他提高音量，像在高聲吶喊：「不管我們吵架翻臉，重新和好變成朋友，或者餓到皮包骨；不管我們多麼傷心，她都不會知道了。她生前吃的苦夠多了，先是努力工作，後來又生病。她活得像條狗，沒過上一天好日子，就這樣死了！不，小丫頭，不管她說了什麼，她現在都不會知道了。我一定得喝點酒，才能有力氣應付傷痛。」

「不。」瑪格麗特看到他態度軟化，口氣也柔和多了。「你不可以。就算她的生命像你說的一樣，至少她不像某些人那樣害怕死亡。你真該聽聽她怎麼談死後的世界，那個受上帝庇護的世界，她現在已經了那裡了。」

他一面搖頭，一面轉過臉來瞧著瑪格麗特。他蒼白枯槁的面容令她心痛。

「你累壞了。這一整天你都上哪兒去了？不是去工作吧？」

「肯定不是去工作。」他發出一聲冷笑。「不是妳所謂的那種工作。我去了委員會，想跟那些呆子講道理，搞得煩透了。今天早上七點鮑徹的老婆讓人來找我。她病得下不了床，卻又氣又急，胡言亂語地追問她那個蠢才混蛋老公的下落，一副我有責任看住他，一副他會乖乖聽我的似的。那個該死的呆瓜，非得插手攪亂我們的計畫！後來我又東奔西跑，去見一些不肯見我的人，因為他們對我們採取法律行動，走得我腿都疼了。可是腿疼還比不上心疼。後來有人請我去喝一杯，我真不知道她躺在這裡快死了。貝西，乖女兒，妳相信我的話，對不對？」他轉頭看著床上沉默無語的可憐遺體，誠懇地請求。

「我相信。」瑪格麗特說。「我相信你真不知道，事情發生得很突然。可是現在你知道了，也看見她躺在這裡，聽見她用最後一口氣說的話。你不會去吧？」

沒有回答。他能上哪兒找安慰呢？

「跟我回家。」她大膽提議，卻又擔心得有點發抖。「至少你能好好吃上一頓飯，你現在需要吃點東西。」

「妳爸是個牧師？」他問，似乎忽然改變主意。

「以前是。」瑪格麗特立刻答道。

「既然妳這麼說，我就去跟他吃頓晚飯。我有很多事一直想找個牧師說說，我不在乎他是不是個現職牧師。」

瑪格麗特忽然不知所措。席金斯跟爸爸共進晚餐？爸爸事前完全不知情，媽媽又病得厲害，這根本不可能。只是，如果她這時候反悔，情況只會更糟糕，他肯定會上酒館去。她心想，只要能把他帶回家，就是很大的進展，之後的事只能順其自然了。

「再見了，乖女兒！我們終於分開了！打從妳出生以後，就是爸爸的心肝寶貝。孩子，上帝祝福妳那對蒼白的嘴唇，它們現在帶著微笑！雖然從今以後我會孤單寂寞，可是我很高興再看到妳的笑。」

他俯身向前，憐愛地親吻女兒，然後遮蓋好她的臉，轉身隨瑪格麗特離開。瑪格麗特快步下樓告訴瑪莉他們的安排，她說只有這個辦法能阻止他去酒館。她希望瑪莉一起去，因為她不忍心把這個情真意切的女孩單獨留在家裡。瑪莉說住附近的朋友要過來陪她，她沒事，可是爸爸……

瑪莉話還沒說完，席金斯已經來了。他收拾好了心情，彷彿為剛剛的情感流露深覺羞愧，他甚至故作鎮定過了頭，擠出一絲苦笑，像鍋子底下燃燒荊棘發出的爆裂聲[70]。

「我要去跟她爸爸吃晚飯，是的！」

他走到街上時，把帽子往下拉，遮住額頭。走在瑪格麗特身邊時，兩眼直視前方，因為他害怕聽見鄰居同情的言語，更害怕看見他們憐憫的目光。他們倆默默往前走。

接近瑪格麗特家那條街時，他低頭看看自己的衣服、雙手和鞋子。

「也許我該先把自己梳洗乾淨，對吧？」

可以的話當然最好，瑪格麗特要他放心，等他進到她家院子，就可以拿到肥皂和毛巾洗洗手臉。她絕不能讓他從她身邊溜走。

他隨著僕人沿著走廊經過廚房，一路上小心翼翼地踩著油布地墊上的暗色花紋，免得污黑鞋印太顯眼。瑪格麗特趁機飛奔上樓。在樓梯口遇見蒂克森。

「媽媽還好嗎？爸爸人呢？」

太太累了，回自己房間去。她想直接上床睡覺，蒂克森勸她先在沙發上躺著，一會兒在沙發上吃晚飯，免得在床上躺太久，反而厭煩。

到目前為止一切順利。那麼爸爸人呢？在客廳。瑪格麗特走進客廳，即將要開口的難題讓她呼吸急促。當然，她說得不夠完整。赫爾先生聽見有個醉醺醺的紡織工人在他靜謐的書房等著他，他還得跟對方共進晚餐，簡直「大驚失色」。瑪格麗特為那人苦苦求情，個性溫和心地善良的赫爾先生原本會很樂意安慰痛失愛女的男人，很可惜，瑪格麗特過度強調他喝了酒，還說她之所以帶他回家，是因為如果不這麼做，他一定會去酒館。一件小事就這麼自然而然引發另一件小事，瑪格麗特看到爸爸臉上的反感，這才意識到自己幾乎弄巧成拙。

「爸，你先別太震驚，他真的不是那種會惹你討厭的人。」

「可是瑪格麗特，妳把一個醉漢帶回家來，何況妳媽病得這麼重！」

瑪格麗特一臉失望。「爸，很抱歉。他很平靜，一點也沒醉。一開始他可能會有點怪，但那是因為可憐的貝西死掉了。」瑪格麗特眼裡含著淚水。赫爾先生雙手捧起女兒哀求的臉龐，吻她額頭一下。

「親愛的，沒事。我去見他，我會盡量安撫他。妳去照顧媽媽。只要妳有空，就來書房加入

70. 此句典故出自《聖經・傳道書》第七章第六節，「愚人的笑聲，像鍋子底下燃燒荊棘發出的爆裂聲，也是空虛。」

我們，這樣我會很高興。」

「我會的。謝謝爸！」赫爾先生即將走出客廳時，她追上去：「爸，無論他說什麼你都別覺得奇怪。我是說，他不太相信我們做的這些事。」

「天哪！不信神的酒醉紡織工人！」赫爾先生驚慌地尋思。但口頭上他只對瑪格麗特說，「等妳媽媽睡了，一定要馬上過來。」

瑪格麗特走進媽媽房間，正在打盹的赫爾太太抬起頭。

「瑪格麗特，妳什麼時候寫信給弗列德？昨天還是前天？」

「媽，是昨天。」

「昨天。信寄出去了？」

「嗯。我自己送去的。」

「哎，瑪格麗特，我很擔心他會回來！萬一他被認出來！萬一他被抓走！他躲了那麼多年，一直很安全，萬一他被處死怎麼辦！每次我一睡著，就夢見他被抓起來審判。」

「媽，別擔心。當然會有一點危險，我們會盡量降低風險，何況他冒的險實在很小。如果我們還住在海爾斯東，那麼風險可能有二十倍或一百倍。那裡每個人都記得他的事，如果家裡有個陌生人，大家都會猜到那就是弗列德。這裡沒人認識我們，也沒人會注意我們家的事。他回來那段時間，蒂克森會像嚴格的女舍監一樣把守大門。蒂克森，妳說對不對？」

「如果他們過得了我這關，算他們厲害！」蒂克森光想到就恨得牙癢癢。

「而且他不需要出門，除非天黑以後。可憐的哥哥！」

「可憐的兒子！」赫爾太太跟著說，「可是瑪格麗特，我有點希望妳沒寫那封信。如果現在再寫一封，是不是已經太遲了？」

「媽，恐怕來不及了。」瑪格麗特想到自己在信裡請求哥哥立刻出發，趕來見母親最後一面。

「我向來不喜歡做事這麼急性子。」赫爾太太說。

瑪格麗特默不作聲。

「太太，別多想了。」蒂克森用爽朗又果斷的口吻說，「妳也知道妳最希望的就是見弗列德少爺一面。我很高興小姐當場就寫了信，一點都不拖拖拉拉。我自己也一直很想這麼做。我們會把他保護得很好，這點妳不必擔心。萬一有什麼事，這個家裡所有人都會盡一切努力來救他，只有瑪莎例外。我都想好了，到時候可以讓她回去看她媽媽。她提過一兩次想回去看媽媽，因為她來這裡以後，她媽媽中風了，她只是不願意主動開這個口。等我們知道弗列德少爺回來的日子，我就會安排讓她回去。上帝祝福少爺！所以啊，太太，妳就安心吃飯吧，相信我。」

赫爾太太對蒂克森的信任確實比對瑪格麗特多，這番話暫時讓她放心下來。瑪格麗特靜靜地準備晚餐，努力想找點開心的話題，她的腦袋給的回應卻有點像丹尼爾．歐洛克[71]：當月球上的人要求他鬆手放開鐮刀，他說，「你越是要我放，我就越是不動。」她越想找個與弗列德行蹤敗露無關的話題，她的想像力就越是緊抓著那個不幸的念頭不放。她媽媽跟蒂克森嘰嘰喳喳閒聊起來，顯然完全忘記弗列德可能受審被處死刑，也完全忘記那封信雖然是瑪格麗特寫的，要弗列德回來冒險的卻是她自己。赫爾太太就是那類型的人，他們會拋出各式各樣恐怖的可能性、悲慘的機率和不幸的機會，就像火箭噴出火花，那些火花很容易落在某些易燃物上，一開始先悶燒，最後冒出驚人火焰。瑪格麗特溫柔謹慎地盡完了孝道，慶幸終於可以下樓到書房去。她好奇爸爸跟

71. Daniel O'Rourke，愛爾蘭民間故事的主角。丹尼爾喝醉酒後摔進河裡，被老鷹載到月球。老鷹讓他掛一把插在月球表面的大鐮刀柄上。月球上的人不歡迎他，要他鬆手離開。

席金斯相處得如何。

首先，赫爾先生這位文雅、仁慈、單純的老派紳士以他有教養又謙遜的態度，不知不覺中喚醒了他的訪客沉睡已久的禮貌細胞。

赫爾先生對待所有人一視同仁，他從沒想過要根據對方的階級給予差別待遇。他幫席金斯拿來一張椅子，一直到席金斯應他要求就座，自己才跟著坐下。而且自始至終都喊他「席金斯先生」，而不是這位「不信神的酒醉紡織工人」聽慣了的簡慢稱呼「尼可拉斯」或「席金斯」。席金斯既非酒鬼，也不是完全不信神。他自己肯定會說，他喝酒是為了澆愁；而他之所以不信神，是因為他還沒找到任何一種可以讓他全心全意信服的信仰模式。

瑪格麗特發現爸爸跟席金斯聊得熱絡，有點驚訝，卻很開心。他們倆儘管意見有所衝突，對待彼此卻溫和有禮貌。席金斯雖然只是在水槽湊和著稍作清洗，看起來卻乾淨又整齊。他壓低聲音在說話，瑪格麗特覺得他簡直變了一個人，畢竟她只見過他在自己家那種無拘無束的大剌剌模樣。他用清水把頭髮給抹得「伏伏貼貼」，領巾也拉正了，還借了一小截蠟燭擦亮腳上的木底鞋。此刻坐在那裡，對她爸爸表達他的個人見解。沒錯，他是說得一口濃重的達克夏腔，但他壓低了嗓門，臉上也帶著一股真誠的平靜。她爸爸也興致勃勃地傾聽客人的話語。她進門時爸爸轉過頭來露出笑容，靜靜地把椅子讓給她，又以最快的速度坐下來，並且為這些干擾向客人鞠躬致歉。席金斯點頭跟她打個招呼。她在桌邊輕輕整理針線，準備聆聽父親與客人的談話。

「像我剛剛說的，先生，如果你也住在這裡，在這裡長大成人，肯定也不會有堅定的信仰。如果我說得不對，請你原諒。我所謂的信仰，指的是想著某個你沒見過的人說的話或格言或承諾，而那些話又是有關你或任何人都沒見過的東西或生命。你說那些都是真實的東西，真實的話，真實的生命。我只想問，證據在哪裡？我身邊有很多很多比我更有智慧、書讀得比我多得多的人。那些人有時間可以想這些事，而我的時間都得拿來養家活口。我看得到那些人，他們的生活我看得一清二楚，他們都是活生生的人。他們不相信《聖經》，真的不信。他們表面上可能會說他們信，可是老天，先生，你覺得他們清早起來喊出的第一句話會是『我該怎麼做才能得永生？』或『我該怎麼在這美好的一天填滿我的荷包？我該上哪兒去？今天該怎麼談個好價錢？』荷包、黃金和鈔票都是真的東西，可以摸到感覺到的東西，這些很實際。永生只是嘴上說說，比較適合……

「先生，請包涵。據我所知你是個失業的牧師。嗯！我絕不會對跟我一樣處境的人說出不敬的話。可是先生，我來問你另一個問題。我不要你回答，只希望你先放在腦子裡好好想想，別急著斷定我們這些只相信看得到的東西的人都是傻子和呆瓜。如果救贖和死後的世界之類的東西都是真的，不是口頭上說說，而是在人們的內心深處。你覺得他們不會像在對我們宣傳什麼政治經濟學一樣、成天拿來對我們嘮叨嗎？他們非常希望我們接受政治經濟學那番大道理，可是如果另一番道理才是真的，那就會是信仰上的重大改變了。」

「可是廠主們跟你們的信仰無關，他們跟你們之間唯一的關係就是生意。他們心裡這麼認為，也只關心這些。所以，他們想改正的，是你們在生意方面的觀念。」

「先生，我很高興……」席金斯怪里怪氣地眨了眨眼。「你補了一句『他們這麼認為』。儘管你是個牧師，或者正因為你是牧師，如果你沒加這句，我恐怕會認為你是個偽君子。如果宗教是真的，而你談到宗教時，卻不認為所有人都應該把宗教看得比整個地球上任何東西都重要，並且努力讓所有人都相信它，那麼我就會認為你是個無賴，不配當牧師。我寧可你是傻子，也不願意你是無賴。先生，希望你別生氣。」

「沒事。你覺得我錯了，我倒覺得你犯了更致命的錯誤。我不奢望一天之內就說服你，只談一次話不可能。我們先彼此熟悉一下，盡量說出對這些事的看法，真相自然會浮現。如果我連這點信心都沒有，就不該相信上帝。席金斯先生，不管你放棄了什麼，你總還相信……」此時赫爾先生壓低聲音以示尊敬。「你總還相信祂。」

席金斯突然起身，站得直挺挺。瑪格麗特也嚇得站起來，因為她看見他的表情，以為他就要抽搐了。赫爾先生驚愕地望著她。席金斯開口說道：

「老兄！你這樣引誘我，我簡直可以把你打倒在地。你憑什麼用你自己的疑惑測試我？你想想，她那樣活了一輩子，現在躺在那裡；你再想想，我最後的一點慰藉就是這世界確實有個上帝，而祂安排了她的一生，你卻連這也要剝奪。我不認為她會再復活……」說著，他坐下來，對著無情的爐火悶悶不樂地說，「我不相信死後還有來生。她在這一世受了這麼多苦，操了這麼多心，我沒辦法相信這些都是偶然，隨便一絲微風就可以讓它改變。我曾經很多次覺得自己不相信上帝，可是我從來沒有像很多人一樣，把這種想法清清楚楚說出來。也許我會嘲笑那些敢說出口的人，事後我又會轉頭四下張望，心想萬一真有個祂，祂會不會聽見。今天我白髮人送黑髮人，我不想聽你的問題，不想聽你的疑惑。在這個讓人頭昏腦脹的世界裡，只有一件事穩固又安定，不管有道理沒道理，我都要牢牢抓住它。那些幸福的人大可以……」

瑪格麗特溫柔地碰觸他手臂。她一直沒有說話，他也沒聽見她站起來。

「你誤會我爸爸了，我們不是想跟你講道理。我們不講道理，我們只相信，你也是。在這種時刻，那是一種慰藉。」

他轉過來抓住她的手。「噯，沒錯，沒錯。」他用手背抹去臉上的淚水。「可是，她死了，躺在家裡，我難過到精神恍惚，有時候根本不知道自己在說什麼。就好像以前別人說的話，那些我聽到時覺得很明智、很中肯的話，在我心碎時全都冒出來了。罷工也失敗了。小姐，這事妳知道嗎？我帶著鬱悶的心情回家，像個乞丐一樣想求她給我一點安慰，卻聽人說她死了，死了。我一下子全垮了。就這麼簡單，我幾乎承受不住。」

赫爾先生擤了鼻涕，站起來剪燭芯，掩飾他的情緒。「瑪格麗特，他不是不信神，妳怎麼可以這麼說？」他用責備的口氣喃喃說道。「我很想讀〈約伯記〉第十四章[72]給他聽。」

「爸，暫時先別讀，或者根本不要讀。我們來問他罷工的事，把他需要的、想從可憐的貝西身上得到的所有安慰都給他。」

於是他們開始發問，聆聽。工人打的算盤（正如同大多數廠主）都是基於錯誤的前提。他們把其他工人看成機器，以為他們的能力可以精準計算得出來，毫無誤差。他們沒有設想到人類的情感會超越理智，就像鮑徹和其他那些暴動工人的狀況。他們也認為只要表達出自己受到的傷害，住在遠方的陌生人就能感同身受，就像那些傷害（姑且不論是真是假）發生在他們自己身上一樣。於是，當那些可憐的愛爾蘭人容許自己被廠主輸入英格蘭、取代他們的位置，他們當然既震驚又憤怒。然而，工人瞧不起「那些愛爾蘭佬」，想到那些人工作時笨手笨腳、無知又愚蠢，讓廠主一個頭兩個大，就覺得開心。這些情緒某種程度上化解了他們的怒氣，鎮上流傳著各種有關愛爾蘭工人的荒誕離奇故事。可是，最殘酷的傷痕卻是米爾頓工人自己製造的。工會要求在任何情況下都要保持和平理性，工人卻違抗，自亂陣腳，害得大家受到法律追訴，人心惶惶。

「那麼罷工結束了。」瑪格麗特說。

「是啊，小姐，確實無誤。明天工廠的門就會大開，任何人只要願意都可以進去工作，或者

72.《聖經・約伯記》第十四章記載約伯敘述自己的苦難，並延伸到人生在世的痛苦。第一節開宗明義就說，「人由婦人所生，壽命短，煩憂多。」

只是去表明他們跟罷工行動沒有關係。事實上，這個計畫如果執行得好，就能把工資提到過去十年來的新高。」

「你也會找到工作吧？」瑪格麗特說。「你在工人之間很出名，對不對？」

「翰普死也不會讓我到他工廠上工，以前不會，以後也不會。」席金斯平靜地說。瑪格麗特沉默無語，暗自神傷。

「有關工資的事。」赫爾先生說。「希望你別介意，我覺得你們犯了一些不幸的錯誤。我很願意為你讀我的某本書裡的一段話。」他起身走向書架。

「先生，別麻煩了。」席金斯說。「書本上的東西我是左耳進右耳出，對我一點用都沒有。我跟翰普意見不合以前，工頭告訴他我煽動工人要求加薪。有一天翰普在工廠的院子碰到我，他手上裡拿著一本薄薄的小書。他說，『席金斯，有些傻瓜以為只要開口要就能加薪，而且只要硬把工資拉高，以後就再也不會降下來，聽說你也是其中之一。來，我給你個機會，看看你這人還沒有一點腦袋。這裡有一本書是我朋友寫的，只要你讀一讀，就會知道工資的額度是怎麼自然而然產生的，廠主或工人根本左右不了它。只是，有些人會用罷工自找死路，就像那些腦袋進水的呆瓜。』

「嗳，先生，你是牧師，曾經講過道，也希望人們用你認為對的方式思考。我來問問你，你會一開始就喊他們呆瓜之類的，或者你會先跟他們說些好話，讓他們打開心胸，可以的話就接納你。你講道時會不會經常停下來，半對他們半對自己說，『你們實在是一群笨蛋，我強烈覺得跟你們多說無益。』我承認當時我不是很願意接受翰普的朋友書裡寫的內容，因為翰普那樣跟我說話，我心情糟透了。可是我心想，『好吧，我來看看這些小伙子想說些什麼，看看到底傻的是他們或是我。』所以我拿了那本書，很費力地讀了一下。天哪，裡面一直講資本和勞工、勞工和資本，看得我睡著了，永遠搞不清楚哪個是哪個。書本把它們說得像是善與惡，而我只知道人的權利，不管窮人或富人，只要是人都一樣。」

「沒錯，」赫爾先生說，「翰普先生向你推薦他朋友的書時，做法確實很不禮貌，很不聰明，也不符合基督精神。但如果那本書確實像他說的，能證明工資會自動落在合理的水準，而最成功的罷工只能暫時把工資拉高，最後工資都會因為罷工導致的後果，減少更多。那麼那本書表達的就是真相。」

「嗯，先生。」席金斯相當固執。「也許，也許不。關於這個問題有兩種見解。可是，就算是兩倍強的真理，只要我沒辦法接納，它就不是真理。我敢說你架上的拉丁文書裡也有真理，可是除非我認識那些字，否則在我眼中那些只是胡言亂語，不是真理。先生，如果你或其他知識豐富又有耐心的人找上我，說你願意教我認識那些字的意思，就算我有點笨，或忘了這個跟那個的關係，也不會狠狠臭罵我一頓，日子一久，也許我會了解其中的真理，也許不會。我不會說我的想法到最後會跟誰的一樣，我也不認為真理可以用語言表達得像鑄造廠的工人切出來的鐵片一樣清楚明瞭。不是所有人都吞得下同一根骨頭，它可能會卡在這人喉嚨的這裡，那人喉嚨的那裡。除此之外，就算吞下去了，也許對這個人來說太硬，對那個人又太軟。那些想用他們的真理改造這個世界的人，必須能迎合不一樣的腦袋，表達時態度還得溫和些，否則那些可憐的傻子可能會直接把真理吐在他們臉上。翰普先是打了我一巴掌，又把他的藥丸扔給我，說他覺得這藥對我沒效，因為我是個大傻瓜。事情就是這樣。」

「真希望那些最善良、最明智的廠主能跟某些工人見個面，好好聊聊這些事。這肯定會是解決你們的困難最好的辦法，因為我認為你們的困難都是來自於你們對某些議題的不了解。請原諒我這麼說，席金斯先生。為了彼此的共同利益，廠主與工人都該了解那些議題。我在想……」稍微轉頭詢問瑪格麗特。「桑頓先生會不會願意出來做這件事？」

「爸，別忘了……」瑪格麗特音量壓得很低。「他那天說的話，就是有關政府的那些。」她不願意清楚提及當時他們聊的有關管理工人的模式：透過給人足夠的知識讓他們自我管理，或由廠主睿智地專制管理，因為她發現席金斯即使沒聽見他們的對話，也注意到了桑頓這個名字。果然，他開始談桑頓。

「桑頓！他就是那個立刻叫人引進愛爾蘭工人的年輕人，引起那場破壞罷工的暴動。就連翰普那個霸道的傢伙都會等一等，桑頓卻是冷不防就出絕招。到了現在，原本工會感謝他追究鮑徹和那些違反我們命令的工人，沒想到桑頓又帶頭走出來，冷冷地說，既然罷工已經結束，身為受害者，他決定放棄控告暴動的人。我原本以為他更有膽識，以為他會貫徹他的意志，公開報仇，他卻說（有個在法院的人轉述他的話）『大家都認識他們這些人，他們往後很難找到工作，這就是他們的行為帶來的懲罰。這種懲罰已經夠嚴重了。』我只希望他們把鮑徹抓起來，帶到翰普面前，看那個凶狠的老傢伙會怎麼對付他！他會放過他嗎？不可能！」

「桑頓先生做得對。」瑪格麗特說。「你現在很氣鮑徹，否則你一眼就能明白，自然的懲罰就夠嚴重了，更多的處分只會變成報仇。」

「我女兒對桑頓沒有太多好感。」赫爾先生對瑪格麗特一笑。瑪格麗特的臉羞得比康乃馨更紅，低頭加倍認真地做她的針線。「不過我也贊成她說的話。桑頓先生這麼做深得我心。」

「先生，我對罷工的事很厭倦，可是，如今只因為少數幾個人不願意默默忍受，不願意勇敢又堅定地撐下去，造成罷工失敗，我難免有點喪氣。」

「你忘了！」瑪格麗特說。「我對鮑徹了解不多，我只見過他一次，那次他不是為他自己抱怨，而是為他生病的妻子和他的孩子。」

「話是沒錯！但他也不是堅強的人，後來他就為自己的不幸哭天搶地。他不是吃得了苦的人。」

「他是怎麼進工會的？」瑪格麗特率真地問道。「你對他的評價好像不太高，讓他加入工會應該沒多大好處。」

席金斯皺起眉頭。他沉默了半晌，才不耐煩地答道：

「我沒資格評論工會。他們愛怎麼做就怎麼做。同一個行業的人一定得團結起來，如果他們不願意跟其他人一起碰碰運氣，工會自有他們的方法和手段。」

赫爾先生看得出來席金斯不喜歡話題朝這個方向發展，因此保持沉默。瑪格麗特雖然也看得出席金斯的心情變化，卻有不一樣的想法。她直覺認為，如果能讓席金斯清楚明白地把心裡的想法表達出來，那麼也許能弄清楚一些觀念，進而為正義公理辯護。

「那麼工會的方法和手段是什麼呢？」

他抬眼看她，彷彿打算固執地拒答。她用冷靜的眼神定定望著他，表達了充分的耐心和信任，逼得他不得不回應。

「如果某個工人不屬於工會，在他隔壁機台工作的人會收到命令不准跟他說話，就算他處境可憐或生病都一樣。他是外人，跟我們不是一夥的。他跟我們在同一家工廠，跟我們一起工作，卻不是我們的同路人。在某些地方，跟這些人講話會被罰錢。小姐，妳試試那種生活，試試那樣過個一兩年。人們看到你就別開臉，妳身邊有很多人跟妳一起工作，可是他們個個心裡懷恨你。如果妳告訴他們你很快樂，沒有人眼睛會發亮，沒有人嘴皮會動一下。如果你心情很鬱卒，同樣什麼也不能說，因為他們不會注意你嘆息或哀傷的表情。更何況，一個人如果必須大聲呻吟，別人才會來關心他，這人也活得太沒意思了。小姐，妳試試一年三百天、每天十小時這樣，妳就會明白工會是怎麼一回事了。」

「哇！」瑪格麗特驚呼。「這也太蠻橫了！不，席金斯，我不怕你生氣。我知道就算你不高興，也不會真的跟我發火。我得跟你說實話：在我讀過的所有歷史裡面，沒看過像這樣漫長而持續的折磨。你竟然也是工會的一份子！竟然指控廠主們蠻橫！」

「不。」席金斯說。「妳想說什麼就說！有個亡者阻止我對妳發怒。妳以為我忘了誰躺在**那裡**嗎？忘了她有多麼愛妳嗎？如果工會有罪，也是廠主們讓我們犯罪。或許不是這一代廠主，而是他們父親那一代。他們的父親把我們的父親磨成了塵沙，把我們磨成了粉末！牧師！我好像聽我母親讀過一段文字，『父親們吃了酸葡萄，孩子們的牙齒酸軟了。』[73]他們就是這樣。工會就是從那段痛苦壓迫的日子開始的，當時有其必要，我認為如今也有必要。無論過去、現在或未來，工會都是對抗不公不義的工具。它可能像戰爭，因為犯罪會隨之而來，可是我認為，放任不管才是更大的罪過。我們唯一的機會就是把所有人團結起來，為共同利益奮鬥。就算其中有些是懦夫、有些是笨蛋，他們都得一起跟上來，加入這場大進擊，因為人數是我們唯一的力量。」

「唉！」赫爾先生嘆口氣說。「你們的工會追求的目標如果是全人類的利益，而不只是單一階級對抗另一個階級，那麼它就會是非常美好、非常輝煌的組織，也會符合基督精神。」

「我想我該走了。」席金斯聽見時鐘敲了十下，起身告辭。

「回家嗎？」瑪格麗特柔聲問道。他明白她的意思，拉起她伸出來的手。「小姐，我回家。雖然我是工會的一份子，妳可以信得過我。」

「我完全相信你。」

「先別走！」赫爾先生匆匆走向書架。「席金斯先生！你不介意跟我們一起晚禱吧？」

席金斯遲疑地望著瑪格麗特。瑪格麗特美麗的雙眸也堅定地回望他，眼神裡沒有勉強，只有深深的關切。他沒答話，卻留在原地。

於是，虔誠的國教信徒瑪格麗特、脫離教會的赫爾先生和不信神的席金斯一起跪下來。對他們反正沒什麼壞處。

73. 出自《聖經·耶利米書》第三十一章第二十九節。

第二十九章 一抹陽光

某些願望浮現我心，帶來些微振奮，
有那麼一兩件憂喜參半的卑微喜悅，
各自乘著幽暗清冷的希望光芒，
以銀光裝點它的薄翼，靜靜飛過——
像月光下的飛蛾！

——柯立芝[74]

隔天早上瑪格麗特收到伊迪絲的來信。信寫得真情流露，卻拉拉雜雜，前言不搭後語，完全符合伊迪絲的性格。瑪格麗特天生重感情，所以信裡流露的深刻情感讓她很窩心，至於那拉拉雜雜的風格她從小就習慣了，根本沒感覺。信的內容如下：

「天哪，瑪格麗特，我兒子絕對值得妳大老遠從英格蘭來看他！他真是個帥呆了的小傢伙，特別是戴著帽子時，更特別是戴著妳送給他的帽子時。妳這個心地好、手藝好又有毅力的小淑女！這裡的媽媽們都羨慕死了。接下來我要讓沒見過他的人瞧瞧他，聽聽不一樣的讚美。可能就是這個原因，可能不是。不對，也許其中摻雜著一點點表姊妹的情誼，瑪格麗特，我真的特別希望妳能來！我相信這對姨媽的身體有很大的好處。這裡每個人都年輕又健康，天空總是那麼藍，陽光總是燦爛，樂隊從早到晚演奏好聽的曲子。

「好了，回到我的主題，我兒子成天笑嘻嘻。我一直很想要妳幫他畫張肖像。他在做什麼都無所謂，他永遠是最可愛、最優雅、最乖巧的。我覺得我愛他比愛我丈夫多得多。我丈夫愈來愈頑固、脾氣愈來愈壞，老是說他『忙得很』。不！不是這樣。他剛剛進來告訴我，目前停泊在底下港灣的『冒險號』上的軍官打算辦一場迷人的野餐會。因為他帶回來這麼開心的消息，我把剛剛說的話全部收回。不是有某個人因為後悔自己說過或做過的事，就燒自己的手？我不能燒我的手，因為會痛，疤痕也會很醜。但我會用最快的速度收回我說的話。

「科斯莫其實跟我的寶貝兒子一樣討人喜歡，而且一點也不頑固，也跟天底下所有的丈夫一樣不暴躁。只是，有時候他真的非常、非常忙。我這麼說一點也沒違背人妻本分……我說到哪兒啦？我有件很特別的事要跟妳說，我有這個印象。喔，對了，最親愛的瑪格麗特！妳一定得來看我，像我剛才說的，這對姨媽的身體有好處。讓醫生命令她出門，告訴醫生都是米爾頓的黑煙害她生病。這我一點都不懷疑，真的。只要在這種美好的天氣裡生活三個月（妳們至少要住三個月），她的病就全好啦。這裡天天陽光普照，葡萄就跟黑莓一樣普遍。我沒邀請姨丈——（到這裡信的內容變得比較拘謹，措辭也更中規中矩。赫爾先生因為放棄了神職，像個淘氣的孩子似地被罰站在牆角。）——因為我敢說他不贊同戰爭啦、軍人啦、樂隊之類的事，至少，據我所知很多脫離國教的人都參加了和平協會[75]，我擔心他不會想來。可是，親愛的，如果他願意來，請告訴他我和科斯莫會盡全力招待他，我會把科斯莫的軍服和佩劍收起來，讓樂隊演奏些比較莊嚴肅

74. 此處文句出自英國詩人柯立芝的短詩〈幸好有可能〉（Twas Sweet to Know It Only Possible）。
75. Peace Society，一八一六年在英國成立的和平組織，全名為「促進全球永久和平協會」，設立宗旨是透過仲裁手段，漸進式促使世界各國解除軍備。

穆的曲子。或者，如果他們非得演奏些浮誇虛榮的曲子，速度也會慢一倍。

「親愛的瑪格麗特，雖然我有點害怕那些為了良心去做某些事的人，但如果姨丈要陪妳和姨媽來，我一定會設法讓他在這裡過得很開心。希望妳從來沒有為了良心去做某些事。我估計妳們來的時間應該是在下半年，叫姨媽別帶太多厚衣服，妳很難想像這地方有多熱！有一次我披漂亮的印度大披巾參加野餐會，非常努力遵照『美麗要付出代價』那類鼓舞人心的俗話撐了好久，可惜沒有用。我就像媽媽養的小狗狗泰妮披上了大象的彩毯，被我美麗的服飾蓋住，悶得透不過氣來。所以我把它變成完美地毯，讓大家坐在上面。我兒子過來了。瑪格麗特，妳收到信以後如果不立刻收拾行李出發來看他，那麼我會認定妳是希律王[76]的後代！」

瑪格麗特確實很希望能過上一天伊迪絲的生活：無憂無慮的日子，充滿歡笑的家和晴朗的天空。如果願望能夠帶走她，那麼她早就出發了，只要一天就好。她渴望透過環境的改變帶來力量，希望能在那種心曠神怡的日子裡停留短短幾小時，重新體驗年輕的感覺。她還不到二十歲！卻不得不承擔如此龐大的壓力，因此心都老了。那是她讀完信後的第一份感受。之後她又重讀一遍，這回她讀得忘我，被伊迪絲的文如其人逗得笑呵呵。蒂克森攙扶著赫爾太太走進客廳時，她正笑得開心。瑪格麗特見到媽媽進來，連忙奔過去挪靠墊。赫爾太太的身子似乎更虛弱了。

「瑪格麗特，妳剛才在笑什麼？」赫爾太太在沙發上躺好，喘過氣後問道。

「是伊迪絲的信，今天早上收到的。媽，要不要我讀給妳聽？」

她大聲讀信，赫爾太太似乎一度對信的內容挺感興趣，一直好奇伊迪絲給孩子取了什麼名字。她提出很多可能的名字，也一一說明取這些名字的原因。她們猜寶寶名字的過程中，桑頓先生來了，為赫爾太太帶來另一籃水果。他不能——或者該說他不願意——剝奪自己跟瑪格麗特見面的喜悅。除了帶給自己一點滿足感之外，他沒有別的意圖。算是一個平時相當理性自制的男人一點倔強任性。他走進客廳，一眼就看到瑪格麗特也在，他在屋子另一頭冷淡地朝她欠身致意之後，似乎再也不曾正眼看她。他把桃子獻給赫爾太太，親切體貼地問候幾句，然後用被冒犯後的冷漠眼神跟瑪格麗特對望一眼，算是告辭，就走出去了。瑪格麗特默默坐下來，臉色蒼白。

「瑪格麗特，我對桑頓先生的印象愈來愈好了。」

沒有回應。而後瑪格麗特冷冷地擠出一句：「是嗎？」

「沒錯！我覺得他的舉手投足愈來愈高雅了。」

這時瑪格麗特的語調比較穩定了。她說，「他很好心，想得也周到。這點毫無疑問。」

「不知道桑頓太太為什麼一直沒來。她一定知道我病了，因為我們跟她借了水床。」

「應該知道，她兒子會告訴她妳的情況。」

「我很想見見她。瑪格麗特，妳在這裡沒什麼朋友。」

瑪格麗特知道媽媽的心思，那是一種溫柔的企盼，希望即將喪母的女兒能得到另一個女人的善意關懷。但她不能明說。

「妳可不可以……」赫爾太太停頓片刻後又說。「去跑一趟，請桑頓太太過來看我。只要一次就好，我不想太麻煩人家。」

「媽，無論妳要我做什麼，我都會去做，可是萬一……弗列德回來……」

「啊，說得對！我們要把門關好，不可以讓任何人進來。我不確定自己是不是希望他回來，有時候我覺得我寧願他不要回來，有時候我會做些很恐怖的夢。」

76. King Herod，西元前一世紀猶太國王，在位時聽術士說未來的猶太王已經誕生，因而下令殺害伯利恆附近兩歲以下小孩。

「哎呀，媽！我們會很小心。萬一真有什麼風吹草動，我會立刻守住大門，不讓他受一點傷害。媽，妳放心把他交給我，我會像母獅子照顧小獅子一樣守護他。」

「我們什麼時候會有他的消息？」

「至少一星期吧，或者更久。」

「我們一定要提早打發瑪莎回家。不能等到他回來，才匆匆忙忙要她離開。」

「到時候蒂克森會提醒我們。我在想，弗列德回來以後，如果家裡需要幫手，可以找瑪莉過來。她工作有一搭沒一搭，是個好女孩，我相信她會盡全力去做事。而且她可以回家過夜，白天也不需要上樓來，不會知道屋子裡有誰在。」

「都聽妳和蒂克森的安排。可是瑪格麗特，別用那些挺恐怖的米爾頓方言，什麼『工作有一搭沒一搭』，那是土話。妳姨媽回來聽見妳說這種話，會是什麼反應？」

「媽！別拿姨媽嚇唬我。」瑪格麗特笑道。「伊迪絲跟雷納克斯上尉學了很多軍中俗話，姨媽根本都沒注意到。」

「可是妳說的是工廠土話。」

「既然我住在工業小鎮，我需要工廠俗話時就得用。媽，我還可以說出很多你一輩子沒聽過的話，保證妳聽得很吃驚。妳一定不知道什麼是工賊。」

「我不知道。我只知道它聽起來很粗俗，我不想聽妳說這種話。」

「好吧，最親愛的媽媽，我不說。那樣一來我就得用一整個句子來表達它。」

「我不喜歡米爾頓這地方。」赫爾太太說，「伊迪絲說得對，這裡的黑煙害我病得這麼重。」

瑪格麗特聽見媽媽說這話，嚇了一跳，因為爸爸剛走進來。她一直認為爸爸好像有點覺得是米爾頓的空氣害媽媽生病，她不希望爸爸的這種念頭加深或得到確認。她看不出來爸爸是不是聽見了媽媽說的話，只想趕緊轉移話題，卻沒注意到桑頓先生就跟在爸爸後面。

「媽媽說我來到米爾頓以後學得很粗俗。」

她所謂的「粗俗」指的純粹是本地方言的運用，是她們剛才在對談中聊到的詞語。沒想到桑頓先生的臉色一沉，瑪格麗特忽然意識到他可能誤解她的話。她天性善良，不喜歡帶給別人不必要的痛苦，因此強迫自己走上前去簡單跟他打招呼，沿續剛才的話題對他說：

「桑頓先生，雖然『工賊』這個詞聽起來不太悅耳，可是它是不是很貼切呢？如果我想提到它代表的意思，能夠不用這個詞嗎？如果使用當地的語言就是粗俗，那麼我以前住在森林裡時就非常粗俗了。媽媽，妳說是嗎？」

瑪格麗特平時很少主動發表自己的見解，但她實在很怕桑頓先生會因為不經意聽到的話心裡不痛快，等她終於把話說完，已經窘得滿臉通紅，尤其桑頓先生好像完全沒弄懂她這番話的要點或意思，冷淡又客氣地從她身邊走過，去跟赫爾太太說話。

赫爾太太看見桑頓先生，又想起自己希望跟桑頓太太見上一面，以便請她照顧瑪格麗特。瑪格麗特面紅耳赤默默坐下，既懊惱又難為情。她發現只要桑頓先生在，自己就很難保持平常心，不像平時那樣沉著從容。她聽見媽媽在請求桑頓太太來看她，而且要快，可以的話明天就來。桑頓先生承諾母親一定會來，又閒聊幾句，就告辭離去。瑪格麗特的動作和聲音似乎立刻擺脫某種隱形鎖鍊。他始終沒有看她，然而，他刻意避開的視線卻又證明，萬一它們不經意想搜索她，肯定知道目標在何方。如果她說話，他會裝做沒聽見，可是，他對別人說出的下一句話明顯因為她說的話做了調整；或者直接回應她的話，對象卻是另一個人，一副他的話與她無關似的。這些並不是無知導致的失禮行為，而是一個人深深受辱後的刻意忽視。當時是刻意為之，事後又會悔恨不已。

然而，再精密的計畫、再狡猾的謀略，對他都不會有這麼大的幫助。瑪格麗特比過去更常想到他，倒不是因為她對他有任何一絲所謂的情愫，而是懊惱自己傷他這麼深。於是她溫柔地、耐心地試圖修補關係，希望回到過去那種敵對的友誼。沒錯，她覺得自己以前跟爸爸媽媽一樣，一直把他當朋友看。現在她對他的態度相當謙卑，彷彿默默地在為暴動隔天那些傷人話語道歉。

那些話在他耳裡嗡嗡迴響，令他無比憤慨，在這種情況下他還能盡心盡力對她的父母表達一切善意，他很以自己的無私大愛為榮。只要想到任何可以帶給她父母喜悅的事，他就會強迫自己去面對她，而且為自己的這種能力感到高興。他以為自己不喜歡見到任何讓他受到屈辱的人，可是他錯了。跟她處在同一個屋子裡、感覺到她的存在，竟能讓他心頭雀躍。可惜他不擅長分析自己的動機，所以誤解了自己的行為。

第三十章　終於到家

最悲傷的鳥兒，也有引吭高歌的季節。

——邵思衛[77]

別以長袍掩蓋深藏的痛苦，
別，再因記憶的愁雲慘霧，
垂頭喪氣！你已經到家了！[78]

——赫曼茲夫人

隔天早上桑頓太太來探望赫爾太太。赫爾太太病情嚴重許多，是那種突然的惡化，明顯一夜之間向死亡邁進了一大步。經過十二小時的病痛，家人看見她慘白憔悴的臉色，心驚不已。桑頓太太上一次見到她是幾星期前的事，這時一看見她，頓覺心軟不捨。她今天是應兒子要求，看兒子面子才來的。對於瑪格麗特所屬的這個家，她懷抱著與生俱來的高傲不滿。她不相信赫爾太太

77. Robert Southwell，一五六五～一五九五，英國詩人、耶穌會士，殉道而亡。此處文句摘自他的詩〈時光荏苒〉（Times Go By Turns）。
78. 此處文句摘自赫曼茲夫人的詩作〈兩個聲音〉（The Two Voices）。

當真病了，覺得自己放下這天預定要處理的種種事項，只是為了應付赫爾太太一時幻想。她對兒子說，真希望赫爾一家人沒搬到米爾頓來，希望他不認識這樣的一家人，更希望世上根本沒有拉丁文和希臘文這些沒用的語言。他沉默地忍受這一切，等媽媽結束對那兩種走入歷史的語言的謾罵，他冷靜地以急切而堅定的語氣，簡單扼要地說他希望她照約定的時間去探望赫爾太太，因為那個時間對病人最方便。桑頓太太百般不情願地順從兒子的心願，卻又因此更加喜愛兒子。她在心裡加油添醋地尋思，兒子這麼不屈不撓地跟赫爾家保持友好關係，在在證明他是個心地特別善良的人。

他的善良幾近軟弱（在桑頓太太心目中，所有善行美德都是如此）。原本桑頓太太滿腦子都是對赫爾夫婦的鄙視和對瑪格麗特的徹底嫌惡，當她看見死亡天使雙翼的暗影時，猛地心頭一凜，所有的鄙視與嫌惡頓時化為烏有。赫爾太太躺在那裡：同樣身為人母，比她年輕得多，躺臥在病榻上，明顯復元無望。在那間陰暗的房間裡，光線的明暗對她再也沒有意義；沒有行動的力量；幾乎改變不了姿勢；只有偶爾幾句輕聲細語和刻意保持的靜寂。然而，這樣的單調生活卻幾乎超出她的負荷！

身強體健、精力充沛的桑頓太太走進房間時，赫爾太太一動不動躺著，臉上的表情顯示她知道來者是誰。有那麼一兩分鐘，她沒睜開眼睛，溼潤的淚水蓄積在睫毛上。之後她抬起眼皮，虛弱的手在床單上摸索，想碰觸桑頓太太穩定有力的大手。她說話時氣若遊絲，桑頓太太只好彎下挺直的上身去聆聽：

「瑪格麗特……妳也有女兒……我妹妹在義大利。我的孩子就快失去媽媽……在這個陌生的地方……如果我死了，妳能不能……」

她模糊而遊移的視線帶著一股強烈渴望，定定望著桑頓太太的臉。接下來那一分鐘裡，那張冷峻的臉龐沒有絲毫變化，嚴苛而堅定，不為所動。不，若非赫爾太太眼眶裡的淚水愈來愈多，視線更為模糊，或許她會看見那冷漠的臉龐飄過一朵烏雲。最後她之所以心軟，不是因為想到兒子，或她還在人世的女兒芬妮。也許屋子裡的某種擺設勾起她的回憶，她忽然想起多年前在襁褓中夭折的小女兒。這段回憶像乍現的陽光，融化了冰層，在那冰層底下有個真正溫柔的女人。

「妳希望我當赫爾小姐的朋友。」桑頓太太話聲謹慎，聽起來明確而清晰，沒有隨著她的心變柔軟。

赫爾太太依然盯著桑頓太太的臉，按了按桑頓太太放在床單上的手，說不出話來。桑頓太太嘆了一口氣。「如果有必要，我會當個真正的朋友。我不能當個體貼的朋友，我沒辦法這樣……」（她幾乎說出『對她』，看見眼前那張可憐、焦慮的面容，又心軟了。）「我個性就是這樣，就算心裡充滿感情，也不會表現出來，通常也不會主動給別人忠告。不過，既然妳開口了……如果這樣能讓妳放心，我可以答應妳。」話聲停頓。桑頓太太為人太正直，不肯承諾自己不願意做的事。此時此刻的她比過去任何時候都更討厭瑪格麗特，要她基於善意為瑪格麗特做任何事，實在很為難，幾乎不可能。

「我答應……」她認真嚴謹地說。這話讓赫爾太太產生無比信心，彷彿比生命——飄忽、倉促而搖曳的生命！——本身更值得信任。「我答應萬一赫爾小姐碰到任何困難……」

「喊她瑪格麗特！」赫爾太太喘吁吁地說。

「而她來找我幫忙，我會盡一切力量幫她，就像她是我親生女兒一樣。我也承諾如果我發現她做出我認為不對的事……」

「瑪格麗特從來不會做錯事，不會明知故犯。」赫爾太太為女兒辯解。桑頓太太彷彿沒聽見，繼續說下去：

「如果我發現她做出我認為不對的事，我會坦白明確地告訴她，就像對待我自己的女兒一樣。不過，她犯的錯必須與我或我家人無關，否則我的立場可能有所偏頗。」

談話中斷好半天。赫爾太太覺得這樣的承諾雖然夠充分，卻不夠周全。她認為桑頓太太有所保留，卻不明白為什麼，她只覺渾身乏力、暈眩又疲累。桑頓太太正在檢視自己做出的承諾裡包含的各種可能狀況。想到自己可以以履行職責為名，對瑪格麗特說出一些不入耳的真話，她就稱心如意。

赫爾太太又說：「感謝妳。我會祈求上帝祝福妳。在這個世界上我再也見不到妳了，我要對妳說的最後一句話是，感謝妳答應善待我的孩子。」

「不是善待！」桑頓太太趕緊澄清，堅持到底地說著不討喜的實話。可是，雖然這些話化解了她良心上的不安，她並不遺憾赫爾太太沒聽見。她捏了捏赫爾太太軟弱無力的手，起身離去，出去的過程中沒有遇見任何人。

桑頓太太跟赫爾太太晤談時，瑪格麗特和蒂克森正在積極密商，討論該如何保守弗列德回家這個重大秘密，不讓外人得知。他的信隨時會到，他的人肯定也隨後就到。要先讓瑪莎休假，蒂克森嚴密看守大門，只讓少數幾個來家裡的訪客進到樓下赫爾先生的書房。赫爾太太的重病變成這種安排的絕佳藉口。如果必須請瑪莉來協助蒂克森處理廚房的工作，就得盡量避免讓她聽見或看見弗列德。萬一有必要對瑪莉提起弗列德，一律用「狄肯森先生」這個代號。不過，瑪莉遲鈍不好奇的個性就是最大的防衛。

她們決定當天下午讓瑪莎回家去。瑪格麗特覺得應該前一天就讓她離開，因為媽媽病情突然加重，很需要人手，他們卻讓僕人放假，恐怕會啟人疑竇。

可憐的瑪格麗特！一整個下午她都得扮演「羅馬人的女兒」[79]，發揮自己所剩無幾的力量為父親打氣。這段時間赫爾先生看著妻子一次次發病，又一次次舒緩，他始終懷抱希望，粉飾太平地告訴自己，那些都是復元的跡象。於是，當妻子病情日漸加劇，每一次發病對他都是新一波折磨，都是更煎熬的失望。這天下午他沒辦法忍受一個人待在書房，什麼事都做不了，只能坐在客廳。他趴在桌子上，腦袋埋在交疊的胳膊裡。瑪格麗特看見爸爸這副模樣，心痛不已。只是，爸爸沒說話，她也不敢上前安慰他。

瑪莎走了，蒂克森陪著沉睡中的赫爾太太，屋子裡寂靜無聲。天色漸漸暗了，卻沒人去點蠟燭。瑪格麗特坐在窗邊，望著外面的街燈和街道，什麼也沒看見，只聽見父親的聲聲嘆息。她不想下樓拿蠟燭，擔心萬一她離開這個默默守護的崗位，父親一旦情緒崩潰，她就不能即時勸慰。只是，廚房的爐火乏人照料，她正想著要下樓去查看時，聽見事先包覆住的門鈴被人使勁一拉，那叮鈴聲雖然不大，卻響遍整棟房子。她嚇得站起來，從父親身旁走過，又調頭回來，溫柔地親吻他一下。父親並沒有因為低沉的門鈴聲驚動，依然文風不動，似乎也沒注意到她深情的擁抱。她輕聲走下樓，穿過黑暗的廊道，來到門前。換做是蒂克森，開門前一定會先閂上門鍊，可是瑪格麗特心事重重，什麼也沒多想。有個男人身影立在她和明亮的街道之間。那人原本望向別處，聽見開門的聲音，立刻又轉過頭來。

「是赫爾先生府上嗎？」那人嗓音清晰、圓潤又優雅。

瑪格麗特渾身顫抖，她沒有立即回答。不一會兒她呼出一口氣，喊道：

79. 典故出自古羅馬故事，羅馬婦人佩蘿的父親被判處餓死之刑，她於是偷偷進監獄為父親哺乳，她的孝行感動當政者，她父親因此獲釋。巴洛克時期畫家魯本斯（Peter Paul Rubens, 一五七七～一六四〇）的知名作品〈羅馬人的善舉〉（Roman Chairty）就是以這個故事為主題。

「弗列德！」她張開雙臂抱住他，帶他進門。

「瑪格麗特！」。兩人相互擁吻之後，他雙手搭在她肩上，將她推開一段距離，彷彿即使四下漆黑，他也能看清她的臉，從她臉上讀到比言語更迅速的答案：「媽媽呢？她還活著嗎？」

「嗯，還活著，我親愛的、親愛的哥哥！她雖然病得很重，可是還在人世！她還活著！」

「感謝上帝！」他說。

「爸爸傷心透了，整個人萎靡不振。」

「你們在等我嗎？」

「不，我們還沒收到信。」

「那麼我比信早了一步。媽媽知道我會回來吧？」

「當然！我們都知道你會回來。慢點！進來這裡，手伸過來。這是什麼？喔！你的帆布袋。蒂克森把窗簾放下來了。這是爸爸的書房，你先在這裡休息一下，我上樓通知他。」

她摸黑找到蠟燭和火柴。當微弱的燭火照亮彼此，她忽然有點害羞。她只看到哥哥的臉格外黝黑，那雙特別細長的藍色眼眸原本在偷瞄她，這時發現彼此在互相打量，閃過一抹逗趣神色。他們那一眼之中雖然看到了對方眼神裡的同情，卻都緘默不語。瑪格麗特已經深愛這個親手足，也確信自己會喜歡有哥哥的陪伴。她上樓時心情美妙而輕鬆，現實生活中的悲傷依然存在，但是多了個立場跟她相同的人來分擔，壓力彷彿減輕了不少，連她父親沮喪的神態也沒辦法讓她的心往下沉了。父親仍然無助地趴在桌上，但她擁有喚醒他的魔咒了。可能是因為自己如釋重負，她對他使用這道魔咒時，力道有點過猛。

「爸，」她伸手環抱父親的頸子，有點使勁地將他倦怠的頭扶起來，讓它靠在她手臂上，方便她直視他雙眼，用眼神傳給他力量與信心。

「爸！猜猜誰來了！」

他看了她一眼，模糊而憂傷的眼睛猜到了真相，卻又當它是瘋狂幻想，不予理會。他整個人往前趴，重新把臉埋在向前伸出的雙臂之中，像早先那樣伏在桌上。她聽見他在喃喃低語，悄悄俯身去聽。「我不知道。別告訴我是弗列德，別是弗列德，我受不了，我太脆弱了。他母親就快死了！」接著，他像個孩子似地放聲啼哭。這跟瑪格麗特原本的預期差太多，她失望得頭昏腦脹。沉默了片刻，她才又說話，這回語氣截然不同，不再那麼歡欣鼓舞，而是更溫柔、更謹慎。

「爸，是弗列德沒錯！你替媽媽想想，她會有多開心啊！對了，為了媽媽，我們也應該很開心！也為了他，我們可憐、可憐的弗列德！」

赫爾先生依然保持原來的姿勢，卻似乎盡力在理解這件事。

「他在哪裡？」他終於問了，臉仍舊埋在伸直的手臂裡。

「在你書房裡，一個人。我點了細蠟燭，跑上來告訴你。他一個人待在那裡，可能已經開始納悶……」

「我去看他。」說著，赫爾先生終於站起來。他扶著女兒手臂，像扶著嚮導似的。

瑪格麗特帶著父親來到書房門口，她情緒太激動，覺得自己承受不了父子重逢那一幕，於是轉身跑回樓上自己房間，痛快地哭了一場。這是幾天來她第一次膽敢允許自己這樣發洩，她發現那股壓力實在太驚人。弗列德回來了！她最寶貴的哥哥回來了，安全地跟家人團聚！她簡直不敢相信。她停止哭泣，打開房門。她沒聽見說話聲，幾乎擔心自己可能在做夢。她走下樓，在書房門口駐足聆聽，裡面有絮絮叨叨的說話聲，這就夠了。她走進廚房，把爐火燒旺，點亮整間屋子，開始為哥哥準備點心。媽媽還在睡覺，太幸運了！她知道媽媽在睡覺，因為媽媽房間鑰匙孔還插著點蠟燭的紙媒。等媽媽知道兒子回來，哥哥已經跟久別重逢的爸爸敘過舊，也吃過點心恢復體力。

等一切準備就緒，瑪格麗特打開書房門，像個女僕似地捧著沉甸甸的托盤進去。她很樂意侍候哥哥，可是弗列德一看見她，立刻跳起來，跑過來接走她手上的東西。這是一個例證，一種象徵，代表他的返家將能帶給她多大的寬慰。兩兄妹一起布置餐桌，話語不多，但他們的手互相碰觸，眼神傳達著手足至親輕易就能理解的自然言語。入夜後氣溫下降，壁爐的火熄了，瑪格麗特過去重新生火。她必須小心謹慎，以免聲音傳到赫爾太太房裡。

「蒂克森說生火靠的是天賦，不是後天學得來的。」

「詩人是天生的，不是後天造就。」赫爾先生低聲念出拉丁諺語。儘管父親的語氣悶悶不樂，瑪格麗特還是很高興聽見他又開始引用名言。

「令人懷念的蒂克森！我們見面一定會盡情親吻對方！」弗列德說。「她以前經常親我，再端詳我的臉，確認沒搞錯對象，然後又開始親！瑪格麗特，妳也太笨手笨腳了！我真沒見過這麼不靈巧、沒一點用處的小手。走開，去把手洗乾淨，準備幫我切麵包和奶油。別管壁爐火，我會處理。我是天生的生火高手。」

瑪格麗特走出客廳，不久又回來，而後又來來回回跑了幾趟。她太開心，沒辦法靜靜坐著。弗列德直覺知道，他要她做的事越多，她越開心。這是憂愁家庭裡的片刻歡愉，正因為他們內心深處都知道，等在前方的是無法扭轉的悲傷，此時的歡笑更顯強烈。

過程中，他們聽見蒂克森下樓的腳步聲。赫爾先生原本疲乏無力地坐在大扶手椅上，痴痴望著一雙兒女，彷彿孩子們在搬演著幸福的戲碼，看起來很美好，卻不真實，而他只是旁觀者。腳步聲讓他一驚，連忙站起來面向門口，臉上有種古怪而突然的焦慮，不想讓即將走進來的人看見弗列德，即使那人只是忠心耿耿的蒂克森。瑪格麗特看見這一幕，心裡一陣寒顫，醒悟到他們家庭生活裡新添的恐懼。她抓住弗列德手臂，緊緊扣住，腦子裡的念頭令她蹙起雙眉、咬緊牙關。他們知道那只是蒂克森的謹慎步伐經過走廊，進了廚房。瑪格麗特站起來。

「我去告訴她，順便問問媽媽的情況。」赫爾太太醒了。剛睡醒時發了一陣囈語，吃了點東西以後精神好多了，只是還不太有力氣說話。稍晚唐納森醫生會來回診，可能會耗掉她不少元氣，兒子回家的事最好隔天早上再告訴她。再者，他們正好問問唐納森醫生，該怎麼讓病人做好見兒子的心理準備。因為兒子已經回來了，就在家裡，隨時可以召喚到病榻前。

瑪格麗特坐不住，能夠協助蒂克森為「弗列德少爺」打點一切，讓她心情放鬆不少。她似乎永遠不會再疲倦了，只要瞥見他跟父親坐在房間裡，聊著她不得而知、也不需要知道的話題，她就覺得更有力量。她會有機會跟哥哥談心，對於這點她太有把握，所以並不急於一時。

她仔細看了哥哥的容貌，心裡很歡喜。他的五官很細緻，幸好膚色夠黑，說起話來雄渾有力，才不至於顯得陰柔。他的眼睛總是帶著笑意，可是偶爾他的眼神和嘴形會突然改變，讓她聯想到內在的激情，幾乎感到害怕。但這種表情都是一閃即逝，其中也沒有摻雜執拗或惡意，而是所有未開化或南方國度居民臉上常會瞬間閃現的凶暴神色，這種表情也許會轉化成孩子般的柔弱，顯得充滿魅力。

瑪格麗特或許會懼怕隱藏在他衝動天性之中、偶或流露的暴力，卻不會因此不信任這個久別重逢的哥哥，對他也沒有一絲畏懼。相反地，打從一開始她就很享受跟哥哥相處的時光。有哥哥在，她體驗到一種放鬆的微妙感受，這才意識到早先自己擔負著多麼重大的責任。他了解自己的父母，熟知他們的個性與弱點，以一種毫不忌諱的率性去對應，卻又極其細心，不去傷害到父母的感受。他好像直覺知道，什麼時候可以在言行舉止上耍一點天生的小聰明，既不會刺激到極度沮喪的父親，又能減輕母親的病痛。如果小聰明不恰當或不合時宜，他的耐心奉獻和警覺性就會取而代之，讓他化身為稱職的看護。

此外，他經常提起小時候在老家的事，讓瑪格麗特感動落淚。他浪跡天涯，置身遙遠國家與陌生人群中那麼久，從沒忘記過她，沒忘記過海爾斯東。她可以跟他聊老家一些熟悉的地方，永遠不必擔心他會厭煩。早先她雖然一直盼著哥哥回來，心裡卻有點怕他。畢竟七、八年過去了，她自己變了很多，不知道現在的她跟過去的她還有多少相似度。她曾經想過，這些年來她住在家裡，品味和心情都有那麼大的轉變，何況他從事的是那種她不太了解、狂放不羈的職業，肯定已經是另一個弗列德，不再是當年那個穿著水手服、讓她翹首仰望的高個子年輕人。然而，分開的這段時間裡，他們無論在年齡或其他很多方面卻都更接近了。正因如此，瑪格麗特覺得心裡的重擔和悲傷都減輕了些。弗列德的到來，是她此刻唯一的光明。

赫爾太太見到兒子後那幾個小時，精神好很多，她坐著的時候緊握住兒子的手，連睡覺時也不肯放開。瑪格麗特只得餵他吃東西，像餵嬰兒似的，免得他的手一動，會驚擾到母親。赫爾太太醒來時瑪格麗特正在餵哥哥吃飯，她慢慢把頭轉過來，弄清楚兒子女兒在做什麼、又為什麼這麼做之後，不禁露出笑容。

「我太自私了，」她說，「不過我也自私不久了。」弗列德俯身親吻媽媽虛弱的手。

唐納森醫生告訴瑪格麗特，病人這種穩定狀態應該不會持續太久，幾天內，或許幾小時內就會消失。好心的唐納森醫生離開後，瑪格麗特偷偷下樓去找躲在後側房間（原本是蒂克森房間，暫時讓出來）的弗列德。

瑪格麗特轉述醫生的話。

「我不相信。」弗列德激動地說，「她是病得很重，也許會威脅到生命，而且有立即危險。可是，她看起來精神還不錯，我沒辦法相信她快死了。瑪格麗特！應該請別的醫生來看看她，比如說倫敦的醫生。妳沒想過要這麼做嗎？」

「我是想過。」瑪格麗特說。「而且不只一次，可是我不認為那會有什麼幫助。再者，你也知道我們沒錢可以請倫敦的名醫來出診。我相信唐納森醫生的醫術就算不是一流的，也比一流醫生差不了多少。」

弗列德焦急地在房間裡踱起方步。

「我在加地斯有存款。」他說。「這裡卻沒有。都怪這討厭的改名字問題。爸爸為什麼離開海爾斯東？都是因為這個錯誤決定。」

「那件事沒有錯。」瑪格麗特憂鬱地說。「無論如何別讓爸爸聽到你剛剛說的這種話。我看得出來他已經很自責，他覺得如果我們不離開海爾斯東，媽媽就不會生病。你不知道爸爸多麼會自我折磨，看著叫人很難受。」

弗列德轉身踱步，彷彿置身軍官所屬的後甲板區。最後，他在瑪格麗特面前站定，盯著垂頭喪氣的她看了一會兒。

「我的好妹妹！」他伸手安撫她。「我們盡可能懷抱希望。可憐的小丫頭！什麼！這張臉溼答答都是淚水？我會抱著希望，我會的，不管上千個醫生怎麼說。打起精神來，瑪格麗特，要勇敢懷抱希望！」

瑪格麗特想說話，卻哽咽住了。等她終於說出來，聲音很小。

「我一定要聽你的話，要有信心。噢，弗列德！媽媽前不久才開始愈來愈疼愛我！我也開始了解她，現在死亡卻硬要把我們分開！」

「來，來，來！我們上樓去，做點什麼，別在這裡浪費寶貴的時間。親愛的，曾經有太多次，思想逼得我瘋狂，可是行動從來不會。我這個理論算是根據『去賺錢吧，兒子，盡可能別昧著良心，但要努力去賺錢。』這條古訓改編的。我的版本是：『做點什麼，妹妹，盡可能做點有益的事。總之，做點什麼。』」

「惡作劇也無妨。」瑪格麗特含著淚水淺淺一笑。

「當然。我唯一不贊成的就是事後後悔。如果妳做了不好的事，良心上特別過意不去，就用最快的速度做另一件好事來彌補。就像我們以前上學時在石板上算術，只用海綿擦掉算錯的那一半，再寫出正確答案，總比用淚水沾溼海綿好得多。這麼做最終會得到比較好的結果，又省下等待淚水的時間。」

雖然瑪格麗特覺得弗列德的理論乍聽之下不太合理，卻親眼看見他如何運用它來持續對家人付出。他堅持要跟大家輪流守夜，經過一夜的折騰，隔天早上吃早餐前就又忙碌起來，幫蒂克森做了一張擱腳凳，因為蒂克森守夜已經漸感疲倦。吃早飯時他生動活潑地講述他在墨西哥、南美洲和其他地方稀奇古怪的生活見聞，聽得赫爾先生興味盎然。換做是瑪格麗特，早就放棄希望，不再費力地想拉爸爸走出沮喪，說不定連她自己的心情都被會感染，鬱悶得說不出話來。但弗列德貫徹自己的理論，永遠都在努力做點什麼，而吃早餐的時間，除了吃東西，唯一能做的就是說話。

那天白天還沒過完，唐納森醫生的判斷果然得到證實。赫爾太太開始抽搐，抽搐停止後就陷入昏迷。她丈夫躺在她身旁啜泣，連床都震得搖晃；弗列德用強壯的胳膊輕柔地扶起媽媽，讓她躺得舒服些；瑪格麗特用雙手擦拭她的臉，可惜她全無知覺。她再也認不得他們，只能期待在天國重逢。

天還沒亮，她就溘然長逝了。

瑪格麗特從震顫與消沉中強打起精神，開始安慰爸爸和哥哥。因為這時的弗列德已經崩潰，他那些理論再也發揮不了作用。夜裡他會在自己的小房間裡痛哭，瑪格麗特和蒂克森緊張地下樓提醒他小聲點，因為房子隔板不厚，鄰居輕易就能聽到他激動的年輕哭聲，那種哭聲跟上了年紀的人那種徐緩的悲咽是不一樣的。人到了晚年總是飽經滄桑，明白了不可違逆的命運背後由誰主宰，因而不敢反抗。

瑪格麗特陪爸爸坐在媽媽房間，她寧可爸爸哭出來，但他只是安靜地坐在床邊，偶爾揭開被褥看看媽媽的臉龐，溫柔地撫摸幾下，發出幾聲無法辨識的話聲，像某種母獸在安撫幼崽。他沒理會瑪格麗特，偶爾一兩次她湊上來吻他，他沒有拒絕，等她親完就輕輕推開她，彷彿她表達的親情打擾了他，害他不能專心陪伴亡者似的。他聽見弗列德的慟哭聲，猛地回過神來，搖搖頭說：「可憐的兒子！可憐的兒子！」之後就不再理睬。瑪格麗特心痛不已，看見父親這副模樣，她無暇顧及自己的喪母之痛。

夜晚慢慢過去，黎明即將到來，瑪格麗特無預警地念出《聖經．約翰福音》第十四章第一句：「你們的心不要煩憂。」清亮的嗓音劃破屋裡的寂靜，連她自己也吃了一驚。而後她穩定地誦念出那一整章給人帶來無比慰藉的經文。

第三十一章 「舊識該遺忘嗎？」[80]

別表現出那般行為、別露出如此嘴臉，
像毒蛇般狡猾、或像罪人般墮落？
——克雷伯[81]

寒浸浸的十月清晨到來。這不是鄉間的破曉，鄉間會有輕柔的銀白薄霧，霧氣在曙光中緩緩散去，顯露出各種繽紛美麗的色彩。這是米爾頓的十月早晨，銀白薄霧在這裡變成蔽天濃霧，即使朝陽穿過層層霧霾灑落下來，照亮的也只是黑黝黝的長街。瑪格麗特忙進忙出地協助蒂克森收拾屋子，神情頹喪。她的雙眼不時湧出淚水，遮擋了視線，卻沒時間好好哭一場。爸爸和哥哥都要仰仗她。他們耽溺在哀慟中時，她必須做事、計畫、思考。就連安排葬禮這樁必要任務，似乎也得由她一肩扛起。

壁爐火亮晃晃地燒得劈啪響，早餐一切就緒，水壺也嘶嘶嘶沸騰。瑪格麗特環顧四周一圈，準備喊爸爸和哥哥吃早餐。她希望房間裡盡可能顯得歡欣愉快，只是，當周遭的一切看來那麼賞心悅目，卻又跟她內心形成強烈對比，讓她不禁悲從中來，低聲飲泣。她跪在沙發旁，把頭埋在椅墊裡，以免哭聲傳出去。蒂克森碰碰她肩膀。

「別這樣，小姐！別這樣，親愛的！妳千萬別崩潰，不然我們大家可怎麼辦哪？這個家沒個可以做決定的人，卻有這麼多事要做：由誰來操辦喪禮；邀請誰來參加告別式；喪禮在哪裡辦，這些事都得處理。弗列德少爺哭瘋了；老爺從來就不是個拿主意的人，更何況他現在像掉了魂似的走來走去，真可憐。親愛的，我知道妳很難過，可是我們總有一天都會死。妳運氣好，到現在還沒經歷過親友過世。」

或許吧。但這似乎也不是什麼好事，因為沒有機會拿來跟其他事件做比較。蒂克森的話並沒有帶給瑪格麗特任何安慰。不過，向來拘謹的蒂克森舉手投足之間流露出罕見的溫柔，深深觸動瑪格麗特的心。為了表達謝意，她勉強站起來，對蒂克森憂慮的臉龐一笑，而後去叫爸爸和哥哥來吃早飯。

赫爾先生來了，他彷彿置身夢境，或者該說像夢遊的人：無意識地走動，眼睛和心靈覺察到的，都不是眼前的事物。弗列德佯裝歡欣、腳步輕快地走進來，抓住瑪格麗特的手，凝視她雙眼，眼淚又撲簌簌掉下來。吃早餐時她努力想些無關緊要的話題閒聊，免得爸爸和哥哥想到他們前不久一起用餐時，聚精會神留意媽媽房間傳出的任何聲響或動靜。

早餐結束後，她決定找爸爸談談葬禮的事。赫爾先生搖搖頭，即使她的許多提議相互矛盾，他還是毫無異議。瑪格麗特的問題沒有得到解答，有氣無力地往外走，打算去問蒂克森，卻看見爸爸招手要她回去。

「去問貝爾先生。」他用空洞的嗓音說道。

「貝爾先生！」瑪格麗特有點驚訝。「牛津的貝爾先生？」

80. 本篇章名取自蘇格蘭民謠*Auld Lang Syne*的第一句歌詞。這支曲子的中文版為〈驪歌〉，英文版則是美國紐約時代廣場跨年夜必唱歌曲。

81. 喬治・克雷伯（George Crabbe, 一七五四～一八三二），英國現實主義詩人。此處引文摘自他的詩集《自治市》（*The Borough*）。

「沒錯，」赫爾先生答，「當年他是我的伴郎。」

這件事瑪格麗特知道。

「我今天就寫信。」她說。赫爾先生又恢復無精打采的模樣。瑪格麗特整個早上辛勞忙碌，雖然想好好休息，卻得處理接二連三的傷心事。

到了晚上，蒂克森告訴她：「小姐，我做了一件事。我實在太擔心，怕老爺會傷心到中風。今天他一整天都陪著可憐的太太，每次我在門外偷聽，就聽見他在跟她說話，說個沒停，一副她還活著似的。等我走進房間，他又安靜下來，整個人呆呆的。所以我就想，一定得叫醒他，就算一開始可能嚇到他，也許事後對他有好處。所以我就告訴他，我覺得弗列德少爺繼續待在家裡不安全。我真這麼認為。才星期二的事，那天我出門去，碰見一個南安普頓人。我搬來米爾頓後第一次碰見那裡的人，我猜南部人比較少上這兒來吧。總之，那人是李奧納，就是服裝店老闆的兒子。天底下找不到比他更壞的人了，幾乎把他老爸給氣死，之後就跑船去了。我真受不了這個人。我知道他曾經跟弗列德少爺一起待在『羅素號』上，但我忘了兵變時他還在不在船上。」

「他認識你嗎？」瑪格麗特焦急地問。

「啊，這就是最糟糕的地方。我猜他應該不認得我，可惜我這個笨蛋，竟然喊出他的名字。這個卑鄙、一無是處的傢伙，如果不是因為他是南安普頓人，出現在這個陌生地方，我也不會跟他攀親帶故。他說，『蒂克森小姐！真沒想到會在這裡遇到妳！或者我叫錯了，妳已經不是蒂克森小姐了？』所以我告訴他，他可以繼續喊我『小姐』，我說我如果不那麼挑剔，老早結婚了。他的回答還算有禮貌：『妳說的都對。』可是我才不在乎他這種廢話，我也這麼告訴他。為了反將他一軍，我問候他爸爸（我知道他爸爸把他趕出門了），一副他們還是父子情深。妳也看得出來，我們雖然表面上客客氣氣的，講的話卻愈來愈難聽。他為了刺激我，故意問起弗列德少爺的近況。他說，弗列德少爺碰上天大的麻煩（一副弗列德少爺的麻煩可以把喬治・李奧納的麻煩漂白，或者讓它們顯得不那麼骯髒齷齪、黑不拉嘰）。他說少爺如果被人抓到，一定會因為叛變被吊死；又說官方懸賞一百鎊抓他；還說少爺讓家裡沒面子。

「親愛的，他說這些都是為了報復我，因為以前在南安普頓，我曾經幫他爸狠狠教訓過他一頓。所以我告訴他，我就認識某些家庭，他們的兒子更是把全家的臉都丟光了。那些人如果能盼到自己的兒子光明磊落地在外地賺錢謀生，就謝天謝地了。聽了我這番話，這個無恥的傢伙就說，他現在的地位很受器重，如果我認識哪個不幸踏上歧途、希望走回正路的年輕人，他不介意拉那人一把。就憑他，跟真的一樣！少來，連聖人都會被他帶壞。那天站在街上跟他聊天，是我好些年來心情最惡劣的一次。想到那天沒多說幾句難聽話，就氣得想哭，因為他直衝著我笑，一副他把我那些假意奉承的話都當真了。他好像一點都不在乎我說的話，我卻被他那些鬼話氣個半死。」

「你跟他說了我們的事了嗎？或弗列德的事？」

「沒有。」蒂克森說，「他還不至於那麼懂禮數問我住在哪裡。就算問了，我也不會告訴他。我也沒問他那個寶貴的職位是什麼。他在等公共馬車，這時馬車剛好來，他舉手招車。他到最後還要激怒我，上車前轉頭對我說，『蒂克森小姐，如果妳可以幫我抓到弗列德中尉，我們就平分賞金。我知道妳很願意跟我合作，對吧？別害羞，答應吧。』說完就跳上車。我看見他那張醜八怪臉帶著奸笑斜眼瞄我，想必知道我聽見那句話會有多生氣。」

蒂克森這番話聽得瑪格麗特很不安。

「妳跟弗列德說了嗎？」她問。

「沒有。」蒂克森說，「我知道李奧納這個壞蛋在城裡，心裡很不安。可是家裡有太多事要操心，我沒有多想。後來我看到老爺那樣直挺挺坐著，眼神呆滯又悲傷，覺得他如果擔心弗列德少爺的安危，也許會打起精神來。雖然說出我跟年輕男人的對話讓我羞紅了臉，我還是把事情跟他說了。這事對老爺有好處。如果我們不希望弗列德少爺的行蹤曝光，貝爾先生來以前就得叫他離開。可憐的孩子。」

「我一點都不擔心貝爾先生，倒是害怕這個李奧納。我得告訴弗列德。李奧納長什麼樣子？」

「小姐，我可以跟妳保證，他是面目猙獰的傢伙。他那把紅通通的小鬍子如果長在我臉上，我羞都羞死了。雖然他吹牛自己身分多麼重要，身上卻穿著粗布衣裳，像個工人。」

很明顯弗列德必須離開，雖然他好不容易融入這個家，也承諾要協助並陪伴爸爸和妹妹；他必須走，雖然他對重病母親的照顧以及喪母後的哀戚，讓他跟爸爸和妹妹之間因為失去共同親人、建立起特殊情感。瑪格麗特坐在客廳壁爐前尋思這些事。爸爸雖然還沒主動提起，顯然已經因為這股新生的恐懼心神不寧，這時弗列德走進來，走到瑪格麗特身邊，親吻她前額。他神采黯淡了些，強烈的悲慟已然消退。

「瑪格麗特，妳臉色太蒼白了！」他低聲說。「妳一直在照顧每個人，卻沒人照顧妳。在沙發上躺一躺，反正現在沒什麼事做。」

「這才糟糕。」瑪格麗特用哀傷的語氣悄聲回應。但她還是走到沙發躺下來，弗列德拿披巾蓋住她的腳，然後坐在她身旁的地板上，兩人開始壓低聲音談話。

瑪格麗特跟他說了蒂克森遇見李奧納的經過。

弗列德雙唇緊閉，驚訝地「呼」了一聲。

「我倒想跟那個傢伙好好算算舊帳，從沒見過比他更壞的水手，也沒見過比他更差勁的人。瑪格麗特，妳應該知道整件事的來龍去脈了吧？」

「嗯，媽媽跟我說過。」

「那些還有點良心的水兵都對艦長的做法感到憤怒，這傢伙卻去拍艦長馬屁。呸！沒想到他也在這裡！如果他知道我此刻跟他相距不到三十公里，一定會想盡辦法把我找出來，報以前的舊仇。我寧願讓任何覺得我值一百鎊的人拿到賞金，也不要便宜了那個無賴。可惜蒂克森絕不肯出賣我，不然她也可以有一筆養老金！」

「天哪，弗列德，快別說這種話！」

赫爾先生聽見他們的對話，焦急又顫抖地走過來，伸出雙手拉起弗列德的手。

「兒子，你必須離開。我知道你很難過，可是你一定得走。能做的你都做了，你給了媽媽很大的安慰。」

「爸！他非得走嗎？」瑪格麗特問。她心裡很清楚哥哥必須走，卻忍不住這麼問。

「坦白說，我很想留下來面對一切，接受審判。只要我能找得到證據！我沒辦法忍受被李奧納這樣的惡棍吃定。換做別種情況，我幾乎會很享受這次偷偷回家的過程，簡直就像法國女人心嚮往之的禁忌戀情一樣迷人。」

「我還記得小時候的一件事，」瑪格麗特說，「弗列德，你偷摘別人的蘋果，丟了好大的臉。我們家多的是蘋果，樹上結實纍纍。有人跟你說偷來的水果比較甜，你信以為真，真的去偷摘。之後你的想法一直沒有多大改變。」

「沒錯，你一定得走。」赫爾先生重複說道。他在回答瑪格麗特剛剛的問題。他的思緒一直在這上面打轉，沒有多餘的心力去聽兩個孩子閒扯，也不想費心去聽。

瑪格麗特和弗列德四目相對。如果他走了，他們就再也體驗不到彼此之間那種心意相通的感覺：很多無法用語言表達的事，只要一個眼神就能傳達。這時兩個人都想著同一件事，直到思緒慢慢化為淡淡哀傷。弗列德先甩開它：

「瑪格麗特，妳知道嗎？今天下午我差點嚇到蒂克森和我自己。當時我在臥室裡，聽見門鈴響，後來我估計按門鈴的人應該已經辦完事，早就離開了，想走出房間。我一打開門，看見蒂克森下樓來，她皺起眉頭，把我又踢回房裡。我沒關上門，聽見有人傳口信給當時在爸爸書房的某個人，之後就走掉了。那是什麼人？哪家商店的店員嗎？」

「也許吧。」瑪格麗特淡淡地說。「下午兩點左右有個個子不高，話也不多的男人來推銷東西。」

「可是這個人個子不矮，體格高大壯碩，他來的時候已經四點多。」

「那是桑頓先生。」赫爾先生說。他們很慶幸爸爸終於加入談話。

「桑頓先生！」瑪格麗特有點驚訝。「我以為……」

「小丫頭，妳以為怎樣？」弗列德追問。

「喔，只是……」她漲紅了臉，兩眼直視哥哥。「我以為你說的不是紳士階級的人，某個跑腿的。」

「他看起來正是那樣的人。」弗列德漫不經心地說。「我還以為他是店員，沒想到是個製造商。」

瑪格麗特沉默不語。她想到初見桑頓先生時不了解他的為人，也曾經跟弗列德有相同看法，說過一樣的話。弗列德有這種印象很自然，她卻覺得有點鬱悶。她不想說話，因為她希望弗列德能明白桑頓先生是什麼樣的人，舌頭卻又打了結。

赫爾先生接著說，「我猜他是來問問有什麼他幫得上忙的。我沒辦法見他，我讓蒂克森問他要不要跟妳見個面，或者我叫蒂克森找妳，讓妳去見見他。我忘了當時怎麼說的。」

「那麼他是個很好的朋友，是嗎？」弗列德像拋球似地把問題隨意拋出去，願意接的人就回答。

「是個很和善的朋友。」瑪格麗特說，因為爸爸沒搭腔。

弗列德沉默片刻，最後他說：

「瑪格麗特，我一直沒有機會親自感謝那些善待妳的人，實在很遺憾。我們的朋友圈沒辦法重疊，除非我願意冒險接受軍事審判，或者除非妳跟爸爸來西班牙。」他用試探性的口氣說出最後那句話，之後又堅定地說，「妳不知道我多麼希望你們可以來。我在那裡有好工作，前途看好。」這時他像女孩似地羞紅了臉。「瑪格麗特，我跟妳提過的那個朵拉芮絲．巴伯爾，真希望妳能認識她。爸，如果你見到她，一定會喜歡……不，『疼愛』這個字比較正確，『喜歡』不足以表達……爸，你一定也會疼愛她。她還沒滿十八歲，如果明年她心意沒變，我們就會結婚。巴伯爾先生不同意我們用『訂婚』這個詞。如果你們能來，會發現除了朵拉芮絲，還可以結交很多朋友。爸，考慮一下。瑪格麗特，幫我說說話。」

「不，我不搬家了。」赫爾先生說。「搬一次家讓我失去妻子。這輩子我不再搬家了。妳媽留在這裡，我也會在這裡度完餘生。」

「弗列德！」瑪格麗特說，「多說點她的事。我沒想過事情會是這樣，我很替你高興。你在那裡會有個人愛你、關心你。把你們的事都告訴我們。」

「首先，她是天主教徒，只有這件事我預期你們會反對。可是爸爸已經改變想法……瑪格麗特，別嘆氣。」

這段談話結束前，瑪格麗特還有理由再多嘆息幾回。弗列德自己也改信天主教了，只是還沒正式聲明。這麼說來，當初她因為爸爸脫離教會感到極度苦惱，弗列德在來信中的反應卻很平淡，原因就在這裡。當時她以為那是海上男兒的不拘小節，實際上，那時他已經有意放棄他受洗的宗教，只是顧慮到自己的信仰會跟父親南轅北轍。愛情對他在信仰上的轉變有多少影響力，連弗列德自己也說不清楚。最後瑪格麗特不再討論這個話題，轉而思考哥哥訂婚這件事，她突然靈光一閃：

「可是弗列德，為了她，你真的應該想辦法洗刷你的冤屈。即使兵變屬實，軍方對你的指控也過度誇大了。如果將來要面對軍事法庭，你可以自己蒐證。總之，也許你可以向他們證明，當初之所以抗命，是因為長官的命令有爭議。」

赫爾先生打起精神，想聽兒子怎麼說。

「首先，誰能幫我去找證人？那些人都是水兵，後來都到不同的軍艦上服役去了，至於剩下的那些人，他們的證詞很難被採信，因為他們參與、或同情我們這邊。接下來，容許我告訴妳，妳恐怕不了解軍事法庭是怎麼回事，誤以為正義在那裡得以伸張。事實上，在軍事法庭上，上級指揮權的影響力占十分之九，證據才占十分之一。在這種情況下，證據力很難不因為權力的優勢而削弱。」

「可是，難道不值得努力一下，看看能找出多少對你有利的證據？以目前來說，過去認識你的人都認定你有罪。你從不設法為自己辯白，我們也不知道該上哪兒找證據來證明你的清白。為了朵拉芮絲，你應該洗刷自己的污名。也許她不在乎，我相信她跟我們一樣，都知道你是無辜的。但你不該任由世人誤解你，讓她跟一個背負這種重罪的人結婚。你違抗上級確實有錯，只是，當上級殘暴濫權，你卻袖手旁觀，沒有以言語或行動主持正義，那肯定更糟糕。人們只知道你做了什麼事，卻不知道背後藏有保護弱勢的英勇動機，光憑這點它就不應該是犯罪。為了朵拉芮絲，世人應該明白真相。」

「可是我該怎麼讓他們知道？即使我出來接受審判，也找到很多肯說真話的證人，我也沒辦法確定那些即將審判我的法官是不是夠公正廉明。雖然妳說那是英勇行為，我總不能派個人到大街上敲鑼打鼓，大聲為自己伸冤。即使我沿街發送自我辯護手冊，事情已經過了這麼久，不會有人有興趣讀了。」

「你願不願意找個律師問問你脫罪的機會高不高？」瑪格麗特抬頭看著哥哥，臉頰紅通通。「那我還得先找到那個律師，看看我喜不喜歡他，再決定要不要信任他。某些生意清淡的律師可能會昧著良心告訴自己，向當局告發我這個罪犯不但伸張了正義，還能賺進一百鎊。」

「弗列德，你胡說！我就認識一個值得信賴的律師，他的執業能力很受稱道。我認為他會願意為任何跟……跟姨媽有親戚關係的人赴湯蹈火。爸，我說的是亨利。」

「這倒是個好主意。」赫爾先生說。「只是，別拖延弗列德離開英格蘭的時間。看在妳媽份上，別這麼做。」

「你可以明天搭晚班車去倫敦。」瑪格麗特積極地籌畫起來。「爸，他可能明天就得走。」她柔聲告訴爸爸。「這件事我們早就說定了，因為貝爾先生要來，加上蒂克森那個討人厭的舊識。」

「沒錯，我明天就得走。」弗列德堅決地說。

赫爾先生哀嘆一聲。「我不想跟你分開，但你待在家裡，我會整天提心吊膽。」

「那好吧。」瑪格麗特說。「這是我的計畫。弗列德星期五早上在倫敦，我會交給他一封給亨利的短箋。或者你來寫。不！我寫比較好。你可以到聖殿區他的事務所找他。」

「我來列一份當時在『羅素號』服勤的水兵名單，委託他去找人。他是伊迪絲的大伯，對吧？我記得妳信裡提過他。我有點錢，交給巴伯爾先生保管。只要官司有望，再多的律師費我都付得起。親愛的爸爸，那些錢我原本有別的用途，所以我就當先跟你和瑪格麗特借來用。」

「別這麼想，」瑪格麗特說，「如果你有這種想法，就不會肯冒險。而這本來就是冒險，只是值得一試。你在倫敦和利物浦都可以搭船嗎？」

「沒錯，小呆瓜。我只要置身大海上，就覺得安心自在。別擔心，我總會找到船帶我出海。我不會在倫敦停留超過二十四小時，一來你們不在那裡，二來我可以趁早遠離另一個傢伙。」

瑪格麗特寫短箋給亨利時，弗列德就站在她背後看著。弗列德這個舉動讓她的心安定不少。他跟亨利最後一次見面時發生那件不太愉快的事，現在她要當那個破冰的人，實在有點尷尬。如果弗列德沒有盯著看，她恐怕很難強迫自己穩定又扼要地寫下去，使用某些字眼會猶豫不決，更會不知道該選擇哪一種表達方式。她才寫完，還沒來得及檢查一遍，短箋就被弗列德拿走，小心翼翼地珍藏在皮夾裡。一縷烏黑長髮從皮夾裡掉出來，弗列德看見頭髮，兩眼露出喜悅的光芒。

「妳很想看吧？」他說，「不行，妳得等見到她本人。她太完美，光憑這一小部分，沒辦法認識她的全貌。再出色的磚塊，都不能忠實呈現我的宮殿。」

第三十二章　厄運連連

什麼！依舊會遭到
控訴，也可能披枷戴鎖。
——《沃爾納》82

隔天他們三個人一整天都坐在一起。赫爾先生很少開口說話，除非兩個孩子問他問題，強迫他回到現實。弗列德的言行舉止不再充滿哀傷。第一波的情緒爆發已經結束，現在他有點慚愧自己竟然被感情擊倒。雖然喪母之痛深刻又真實，也會持續一輩子，但他不會再提起。瑪格麗特一開始並沒有那麼激動，現在反倒更痛苦。有時她會大哭一場，即使聊著無關緊要的事，也會流露出一股忍淚含悲的溫柔，尤其當她的視線落在弗列德身上，想到離別在即，那種感覺更為強烈。弗列德的離去讓她心如刀割，但為了父親著想，她還是很慶幸他就要走了。赫爾先生成天擔心兒子被發現、遭逮捕，那種焦慮與恐懼遠遠超過兒子待在眼前的喜悅。自從妻子過世後，那份緊張感逐漸升高，也許是因為現在他只有這件事可以擔憂了。只要聽見不尋常的聲音，他就會嚇一跳；除非弗列德藏身在進屋的人看不見的地方，否則他一顆心就一直懸著。到了傍晚，他說：

82.《沃爾納》（Werner, or The Inheritance）是英國詩人拜倫（George Byron, 1788-1824）創作的劇本。

「瑪格麗特，妳會陪弗列德去火車站吧？我想確定他安全出發。妳會讓我知道他順利離開米爾頓，對吧？」

「當然。」瑪格麗特說。「爸，如果你一個人在家不會孤單，我很願意陪他去搭車。」

「不會，不會！除非妳可以讓我知道他已經安全搭車走了，否則我會一直幻想路上有人認識他，或他被人攔下來。還有，去奧伍德車站搭車。那裡沒有比較遠，人卻少得多。搭出租車去，比較不會被人看見。弗列德，你搭幾點的車？」

「六點十分，很接近天黑的時間。瑪格麗特，妳回程怎麼辦？」

「喔，我會想辦法。我現在非常勇敢，非常強悍。就算天黑了，那條路街燈還算亮。我上星期曾經更晚回來。」

道別——跟過世的母親與在世的父親的道別——結束了，瑪格麗特鬆了一口氣。等爸爸陪弗列德看過媽媽最後一眼，她立刻催促弗列德上車，只為了縮短惹爸爸傷心難過的離別場景。也許是因為這樣，或者因為「火車時刻表」上火車抵達小站的時間通常有欠精準，他們到奧伍德車站時，火車還要二十分才進站。購票窗口還沒開，沒辦法買票，他們乾脆邁向通往鐵路下方那層地面的階梯，那裡有一條寬敞的煤渣路，斜向穿過馬路旁的田地。他們走到那條路上，在那裡來回踱步，打發等車的時間。

瑪格麗特挽著弗列德的胳膊，他疼惜地握著她的手。

「瑪格麗特，我會去向亨利請教我擺脫罪名的可能性，那麼以後我想回來就可以回來。我回來主要是為了妳。萬一爸爸發生什麼事，我光想到妳會有多孤單，心裡就難過得不得了。爸爸整個人都變了，身心受創。基於種種原因，我希望妳可以說服他考慮來卡地斯。萬一他也走了，妳該怎麼辦？妳身邊沒有朋友。說來奇怪，我們家幾乎沒什麼親戚。」

聽見哥哥體貼地說出內心的擔憂，瑪格麗特幾乎忍不住流淚。過去幾個月來，爸爸承受太多煩惱，明顯身心俱疲，她也覺得哥哥擔心的事未必不會發生。但她強自鎮定，說道：

「過去這兩年我碰到太多不預期的變故，所以現在的我比以前更加覺得，任何事只要還沒發生，都不值得花太多心思去琢磨對策。我盡可能只考慮當下的事。」她停頓下來。此時他們站在供人從田地踏上馬路的梯磴旁，夕陽光線照在他們臉上。弗列德拉起她的手，憂愁地注視她的臉。他知道她雖然說得輕描淡寫，心裡其實藏著更多憂慮和困擾。她接著說：

「我們要經常通信，我保證，如果我有任何心事，一定會告訴你，好讓你安心。爸爸……」她微微一怔，表面上幾乎看不出來，弗列德卻從他握住的那隻手察覺到了。他轉頭過去面向馬路，看見有個人騎著馬，慢慢經過他們站的那處梯磴。瑪格麗特欠身行禮，對方僵硬地回禮。

「那是誰？」騎士還沒走遠，弗列德已經迫不及待地問。

瑪格麗特答話時有點垂頭喪氣，面帶紅暈：「桑頓先生，你見過他。」

「只看見背影。他看起來很難親近。繃著一張臉！」

「發生了讓他不開心的事。」瑪格麗特連忙解釋。「如果你看見他跟媽媽相處的模樣，就不會覺得他不好親近。」

「應該可以去買車票了。瑪格麗特，沒想到天色已經這麼黑，早知道剛剛讓車夫留下來等。」

「別操心這種事。我願意的話也可以在這裡搭出租馬車。或者沿著鐵路往前走，到了米爾頓車站以後，回家的路上就會有店鋪、行人和燈光。別擔心我，照顧好自己。我光是想到那個李奧納可能會跟你坐同一班火車，就擔心得要命。上火車前要看仔細。」

他們走回車站。瑪格麗特堅持由她走進被煤氣燈照得通明的購票口買票。幾個看起來不務正業的年輕人正在跟站長廝混，瑪格麗特覺得其中一個看著挺眼熟，那人毫不遮掩地向她投來無禮的愛慕眼光，她露出被冒犯的莊嚴神色，高傲地回瞪對方一眼。她快步走出售票處，回到哥哥身邊，挽住他手臂。「你行李帶了嗎？我們在月台這裡隨便走走。」她說。想到再過一會就剩她孤身一人，內心有點慌張。她的勇氣消失速度之快，連她自己都不願意承認。

她聽見背後石板地面上有個腳步聲跟著他們，他們停下來眺望鐵路另一端，聽著即將進站的火車嘶嘶鳴叫時，那腳步聲也停了下來。他們沒說話，各自心事重重。再過一會兒火車就來了，再過一分鐘，弗列德就走了。瑪格麗特幾乎後悔早先急急忙忙催促他去倫敦，增加他在旅途中被認出來的機會。如果他直接從利物浦搭船去西班牙，可能兩三小時內就離開英國了。

弗列德轉過身來，直接面對燈光。此時火車即將到站，煤氣燈大放光明。有個身穿鐵路搬運工服裝的人走上前來。那人面貌凶惡，似乎帶著醉意，意識還算清楚，卻蠻橫不講理。

「小姐，請讓讓！」說著，他粗魯地把瑪格麗特推到一旁，然後揪住弗列德衣領。

「你姓赫爾沒錯吧？」

說時遲那時快，瑪格麗特沒看清楚，只覺眼前影像一陣舞動。短暫的扭打過程中，弗列德身手利落地絆倒對方。那人摔落比月台低大約一公尺的柔軟泥土地上，靜靜躺在那裡。就在鐵道旁。

「快跑！快跑！」瑪格麗特呼吸急促。「火車來了。那是李奧納，對吧？快跑！我幫你拿行李。」她抓起他手臂，使出僅有的微薄力量將他往前推。火車門開了，他跳上去，探出頭來說，「瑪格麗特，上帝保佑妳！」火車從她身邊呼嘯而過，只剩下她獨自站在月台上。她整個人暈眩作嘔，異常難受，很慶幸可以回到女士候車室，坐下來休息片刻。

一開始她只是大口呼吸，什麼也做不了。整個過程迅雷不及掩耳，叫人心驚膽顫，非常驚險的一幕。如果火車沒有及時進站，那人肯定會再跳起來，叫旁人幫忙抓住弗列德。她想知道那人有沒有爬起來，絞盡腦汁回想當時他摔倒後有沒有再移動，身體有沒有受到嚴重損傷。她壯起膽子走出去。月台上燈火通明，卻沒有半個人影。她走到盡頭，驚惶不安地探頭察看。那裡沒有人。她很慶幸強迫自己過來看，否則日後可能會惡夢連連。雖然放心下來，她還是嚇得渾身發抖，覺得沒辦法走路回家，因為這時她從明亮的車站望出去，回家的路看起來確實漆黑又冷清。她要等下行的火車，搭那班車回去。可是萬一李奧納認出她就是跟弗列德在一起的人呢！她走進購票處買票之前，先四下張望一番。那裡只有幾個站務人員，大聲地跟彼此聊天。

「李奧納又喝酒了！」其中一個像是主管的人說。「這回他想保住飯碗，恐怕要動用他平常吹噓的那些影響力了。」

「他上哪兒去了？」另一個問。瑪格麗特背對他們，用發抖的手指數著找回來的零錢，等待這個問題的答案，不敢回頭去看。

「不知道。不到五分鐘前他走進來，瞎扯些有的沒的，說他怎麼又怎麼摔了一跤，邊說邊爆粗口，想跟我借錢買車票搭下一班火車去倫敦。他醉醺醺地說保證會還錢有的沒的，我沒閒工夫聽他瞎扯，叫他去做自己的事，他就從前門出去了。」

「八成去了附近的小酒館。」第一個開口的人說。「如果你傻得借他錢，你的錢也會跑到那裡去。」

「門兒都沒有！我很清楚他的倫敦是什麼意思。上次借他的五先令到現在還沒還……」說著，他們就走開了。

現在瑪格麗特一心只盼著火車快來。她再次躲進女士候車室，一聽見腳步聲，就以為那是李奧納；只要有人扯著嗓門說話，也以為就是他。不過，一直到火車進站都沒人靠近她。有個腳夫恭恭敬敬地扶她上車，她自始至終都不敢瞧那人的臉，等車子開動，她才看清楚那人不是李奧納。

第三十三章　平靜

睡吧，吾愛，睡在你冰冷的床上，
永遠不再受驚擾！
這是我最後一句晚安，你不再醒來，
只等我前去與你相會。

——金博士[83]

經歷過那場驚恐與慌亂之後，家顯得出奇寧靜。赫爾先生吩咐僕人幫她備好點心，之後又坐回平時常坐的那張椅子，陷入他哀傷的空想。廚房裡蒂克森多了瑪莉任她斥責、供她差遣。屋子裡躺著亡者，為了表達敬意，她責罵時壓低了嗓門，憤怒的低語卻依然盛氣凌人。瑪格麗特決心不告訴父親火車站最後那段驚悚插曲，說出來一點用處都沒有，反正事情圓滿收場。她只擔心李奧納借到車資，尾隨弗列德到了倫敦，在那裡搜查他的下落。幸好李奧納的計畫成功機率微乎其微，瑪格麗特決定不拿那些她無能為力的事折磨自己。弗列德一定會小心提防，只要再過一兩天，他就會安全離開英格蘭。

「貝爾先生的信應該明天就到了。」她告訴父親。

「嗯。」赫爾先生說。「應該是。」

「如果他能來，我猜明天晚上就會到。」

「如果他不能來，我會請桑頓先生陪我去參加葬禮。我沒辦法自己去，我一定會崩潰。」

「爸，別找桑頓先生。讓我陪你去。」瑪格麗特急忙說道。

「妳！親愛的，女性通常不出席葬禮。」

「沒錯。那是因為她們沒辦法控制自己。我們這種階級的女性不參加葬禮，是因為她們克制不了自己的情感，又羞於公開表現出來。窮人家的女人就會去，也不介意在人前痛哭流涕。可是爸，只要你肯讓我去，我保證不給你惹麻煩。親愛的爸爸，別撇開我找陌生人去！要是貝爾先生不能來，我就去。要是他來了，我就聽你的安排。」

貝爾先生沒辦法來，因為他痛風發作。他的來信懇切動人，為他的不克出席表達了最真誠的遺憾。如果他們願意見他，他希望不久的將來可以來探望他們，因為他在米爾頓的產業有些事需要處理。要不是他的代理人寫信告訴他，那些事他必須親自來辦，他寧可離米爾頓越遠越好。既然他非得來一趟，只能安慰自己，至少到時候可以見見老朋友，給老朋友一點安慰。

瑪格麗特費了好一番功夫，才說服父親打消邀請桑頓先生參加葬禮的念頭。她對邀請桑頓先生這件事，有一種難以形容的反感。葬禮前一天晚上，她收到一封來自桑頓太太、措辭冷淡的短箋，信中說，她應她兒子要求，派家裡的馬車送他們去葬禮，希望喪家不嫌棄。瑪格麗特把字條拿給爸爸。

「爸，我們別講究這些形式，」她說，「我們自己去，就你跟我。他們不在乎我們，否則他會主動說他要出席，而不是派一輛空馬車來。」

83. 指亨利・金（Henry King，一五九二～一六六九），曾任英國契切斯特主教，也是詩人。此處文句摘自他的詩〈他那無與倫比、叫人永生難忘的摯友的葬禮〉（An Exequy to His Matchless, Never-to-Be-Forgotten Friend）。

「瑪格麗特，我以為妳堅決反對他來參加葬禮。」赫爾先生有點驚訝。

「是這樣沒錯。我根本不希望他出現，更不喜歡由我們去要求他參加。可是他這種做法好像在嘲弄別人的哀悼，我沒想到他會這麼做。」她突然哭出來，嚇著了她爸爸。這段時間以來她一直努力克制傷痛，一直為別人著想，處理任何事都那麼溫柔有耐心，他不明白她今晚為什麼這麼不耐煩，整個人激動不安。這會兒換他溫言軟語地安慰她，她反倒哭得更傷心。

這天夜裡她輾轉難眠，隔天收到弗列德的來信時，幾乎承受不了信的內容引發的額外焦慮。亨利碰巧出城去了，他事務所的職員說他最晚下星期二會回來，也許星期一就到家。弗列德幾經考慮，決定繼續在倫敦逗留一兩天。原本他有意再回米爾頓，因為家的吸引力太大，可是想到貝爾先生住在家裡，加上搭車時碰到的驚險事件，他決定留在倫敦。他要瑪格麗特放心，他一定會採取各種防範措施，避免被李奧納掌握行蹤。

瑪格麗特非常慶幸這封信送到時，爸爸正好在媽媽房裡。如果當時他在場，一定會要她念給他聽，到時候他又會緊張不安，再多的安撫恐怕都難以奏效。因為信裡不只提到他要繼續留在倫敦，也提到他在米爾頓的最後一刻被認出來，還可能被追捕。這兩件事都讓她萬分苦惱，全身發冷，爸爸又怎麼受得了？瑪格麗特不只一次後悔當初建議並慫恿弗列德去找亨利。當時看起來並不會耽擱太多時間，被認出來的機會也微乎其微。然而，基於後來發生的連串事件，她的建議變得很不合時宜。對於這個已經無法挽回的決策，她非常懊悔；對於自己說過的那些當時聽來似乎相當明智、事後卻證明十分愚蠢的話，她充滿自責。她只能努力對抗這些懊悔與自責，她爸爸此時身心都極度憂鬱沮喪，沒辦法健全地對抗這種壓力，如果知道真相，一定會為這些追悔不及的事痛心疾首。瑪格麗特鼓起全身所有的力量硬撐下來。

她爸爸好像沒注意到這天早上應該要收到弗列德報平安的信。他滿腦子只想著一件事：亡妻的遺體即將被帶走，從此消失在他眼前。葬儀社的人幫他整理身上的黑紗時，他全身不住抖動，叫人不捨。他憂傷地看著瑪格麗特。等那些人整理完畢，他蹣跚地走向女兒，喃喃說道，「瑪格麗特，為我禱告。我一點力氣都沒有，沒辦法禱告。我放開她了，因為我不得不。我盡量堅強，真的。我知道這是上帝的旨意，但我不明白她為什麼會死。瑪格麗特，為我禱告，讓我有信心禱告。孩子，這是很大的難關。」

瑪格麗特在馬車裡依偎著爸爸，幾乎用雙手扶住他，開始背誦腦海裡那些給人帶來安慰的神聖詩篇，或那些表達真誠順從的章節。她的聲音始終穩定，她自己也從中獲得力量。她父親的嘴唇隨著她念出的語句蠕動，複誦熟悉的經文。他努力掙扎，想取得那份自己無力深植內心的順服，看著令人心酸。

蒂克森的手輕輕挪動，引導瑪格麗特去看席金斯和瑪莉，瑪格麗特的淚水幾乎奪眶而出。他們父女倆站在比較遠的地方，全神貫注在葬禮儀式上。席金斯穿著平時那套粗布衣裳，帽子上縫了一小圈黑色布塊，那是代表哀悼之意，他女兒貝西過世時他並沒有這麼做。赫爾先生什麼都沒看見，只機械性地低聲複誦主持葬禮的牧師念出的禱文。葬禮結束時，他嘆了兩三口氣，然後拉著瑪格麗特的手臂，默默求她帶他離開，彷彿他雙目失明，而她是他的忠實嚮導。

蒂克森大聲啼哭。她用手帕蒙住臉，沉浸在自己的哀慟中，沒注意到參加葬禮的人群漸漸散去，直到有人來到她身邊對她說話。那是桑頓先生。他全程參與葬禮，一直低頭站在人群後方，所以沒人發現他。

「打擾一下。妳能不能告訴我赫爾先生的情況如何？還有赫爾小姐？我想知道他們倆好不好？」

「沒問題，先生。他們的心情不難想像。老爺整個人崩潰了，小姐的情況比預期中好些。」

桑頓先生寧願聽見瑪格麗特哀慟欲絕。首先，他心裡有一點自私的念頭，希望有機會可以用他偉大的愛慰問她、安撫她，就像當媽媽的看見孩子虛弱地依偎著自己，全然仰仗自己，內心就會湧起一股微妙而強烈的欣喜。即使遭到瑪格麗特冷言拒絕，他原本還是能在心裡幻想這美好的情景，只可惜幾天前在奧伍德車站外看到的那一幕，害他陷入一片愁雲慘霧。「愁雲慘霧」根本不足以形容。他為腦海裡那個英俊男子的影像飽受困擾。

瑪格麗特當時狀似親密地站在那人身邊，那幕情景像一陣痛楚竄過他全身，只要想起來，他就得緊握雙拳才能壓抑住痛苦。時間那麼晚，離家那麼遠！過去瑪格麗特在他心目中是那麼純潔優雅的女孩，如今他需要更大的努力，才能召喚出那份信任。一旦那份努力後繼無力，他的信任也就癱軟潰散，各種瘋狂幻想就會像夢境般，在他大腦裡爭相湧現。這會兒又聽到一點折磨人的悲慘訊息：在這場傷痛中，「小姐的情況比預期中好些。」那麼她心裡確實懷著某種希望，那希望充滿光明，足以陪伴她這個新近喪母的深情女兒度過黑暗的悼亡期。沒錯！他知道她的愛情會有多麼熾烈。他之所以愛她，正因為本能地看見她擁有這種愛的能力。如果有哪個男人能藉由愛的力量，贏得她的愛，她的靈魂就會徜徉在燦爛的陽光下。即使痛失至親，她也會因為相信愛人的心與她同在，而能得到平靜。愛人的心！誰的？另一個男人的。光是想到另一個男人，桑頓先生蒼白肅穆的臉就變得更加憔悴、更加冷峻嚴苛。

「我會去拜訪。」他冷冷地說。「我是說拜訪赫爾先生。明天以後他也許可以見我。」

他口氣很平淡，彷彿一點也不在乎對方如何回應。事實不然。因為儘管他內心痛苦不堪，他還是想見到製造那些痛苦的人。偶爾他想起瑪格麗特對那男人的親密態度和當時的各種情況，就會怨恨她。但他又急著想再見到她，渴望去到她身邊，想在心頭留下她的全新倩影。他深陷激情的漩渦中，只能迴旋打轉，被捲向致命的中心點。

「先生，我相信老爺一定會見你。前些天他沒能見你，一直覺得過意不去。那天時機實在很不湊巧。」

不知為何，蒂克森沒有對瑪格麗特提起她與桑頓先生這段談話，可能只是巧合，瑪格麗特因此不知道他出席了她可憐母親的葬禮。

瑪格麗特沒再說話。直到她的手握住書房門把，才又轉頭說，「留意一下，別讓爸爸下樓來。桑頓先生在陪他說話。」

她走進書房時，警探幾乎被她高傲的姿態震住。她的表情帶著某種努力壓抑、控制下來的憤慨，因而變成倨傲的蔑視。她不驚訝、也不好奇，只是站在那裡等他表明來意，沒有主動提問。

「小姐，請見諒，職責所在，我必須請教妳幾個問題。有個男人死在醫院，原因是他在奧伍德車站跌了一跤，時間是星期四傍晚五到六點之間，也就是這個月二十六日。當時他跌倒好像沒有大礙，不過，醫生說死者原本就帶病，加上長期酗酒，所以跌那一跤就要了他的命。」

探員儘管經驗老道，觀察力敏銳，也只看到那雙直視自己臉龐的烏溜溜大眼睛稍稍瞪大，除此之外沒有任何異樣。她的嘴唇嘟了起來，因為肌肉的強力拉扯，形成比平時更生動的弧度。只可惜探員並不知道這兩片嘴唇平時是什麼模樣，因此察覺不出她堅定的唇形裡那罕見的慍怒與反抗。她沒有一點畏縮或顫抖，只是定定望著他。等他停頓下來，她才出聲，彷彿在鼓勵他把話說清楚，「嗯，接著說！」

「我們認為有調查的必要，因為有部分證據顯示，死者帶著醉意對某位女士舉止粗魯，因而挨了一拳、或被推、或跟人扭打，才會摔倒。那位女士當時就是跟推了死者那位男士一起走在月台邊上。案發時月台上的人目擊整個過程，只是，目擊者當時不以為意，因為那一推好像並沒有造成嚴重後果。基於某種原因，有人認為那位女士就是妳，這麼一來……」

「我不在場。」瑪格麗特的雙眼像夢遊的人一樣，沒有意識，沒有透露任何心情，只是盯著探員。

探員鞠躬致意，沒有說話。他眼前的瑪格麗特沒有表露任何情緒，沒有緊張害怕；沒有焦慮，也不急著結束談話。他掌握的線索相當模糊：當時車站有個腳夫衝上月台等候即將進站的火車，看見李奧納跟某個紳士發生扭打，卻沒聽見任何聲響。那位紳士有個同行女伴。等到火車重新啟動全速前進，他被喝醉酒又怒氣沖沖往前跑的李奧納撞得差點跌倒，當時的李奧納滿口粗言穢語罵個沒停。腳夫是在探員找他問話時，才又想起那件事。探員也在車站裡四處打聽，從站長口中得知案發時確實有一對男女來到車站，那位小姐非常漂亮。根據當時也在場的某雜貨店店員的說法，那位小姐姓赫爾，住在克朗頓，那家人是他們店的主顧。當然，沒有證據顯示這對男女就是月台上那對，但可能性很高。那時李奧納又氣又痛，半瘋狂地跑到附近的酒館買醉。那裡的酒保沒理會他的醉言醉語，倒是記得聽見他忽然一愣，咒罵自己沒有早點想起打電報。打電報的目的他們並不清楚，只知道他離開酒館去了電報局。途中不知是因為疼痛或酒醉，倒臥在馬路上，被警察發現，送進醫院。到醫院以後他一直沒有完全清醒，始終沒說清楚當初跌倒的原因。他確實一度恢復意識，所以醫院派人找了治安官，希望問出他的死因。只是，治安官到的時候，李奧納喃喃念叨著過去在船上的經歷，還把船上的船長、軍官的名字和車站腳夫的姓名混淆一氣。他斷氣前還在咒罵那個「康瓦爾花招[84]」，害他到手的一百英鎊像煮熟的鴨子飛了。探員在腦海裡回想這一切，一方面認為自己手上的證據太薄弱，不足以證明瑪格麗特當時人在車站，又覺得她否認時顯得非常冷靜又堅決。瑪格麗特站在原地等他繼續說話，態度從容不迫。

「那麼，女士，妳否認自己就是跟那位打或推李奧納的男士同行的女性？」

一陣劇烈的痛楚閃過瑪格麗特腦際：「上帝啊！真希望我可以確定弗列德沒有危險！」擅長觀察表情的人或許能看見她那雙憂鬱的大眼睛剎那間露出痛苦神情，像野獸被逼進死角時感受

84. Cornish trick，指英格蘭西南端康瓦爾郡（Cornwall）歷史悠久的摔角競技，比賽雙方想盡辦法將對手過肩摔，讓他躺平在地上。

到的痛苦折磨。可惜這位探員雖然機靈，卻不擅長觀察。然而，瑪格麗特接下來的回答卻令他提高警覺，因為聽起來就像機械性地重複剛才的答覆，並沒有針對他的問題稍做修改或調整。

「我不在場。」她緩慢又沉重地說。整個過程中她始終沒有閉眼，呆滯、恍惚的眼神也持續盯著他。她這樣單調地重複先前的回答，立刻引起他的懷疑。彷彿她強迫自己說了謊話，卻因為驚嚇過度，沒有餘力加以修飾。

他慢條斯理地收起筆記本，抬眼看她。她仍然文風不動，像一尊埃及雕像。

「我可能還得再來拜訪妳一趟，希望妳不會覺得我很無禮。如果我的幾位目擊者……」（其實只有一個人認出她來）「一口咬定案發時妳在現場，我可能還得傳喚妳去接受訊問，提出不在場證明。」他用銳利的眼神望著她。她還是一派冷靜，傲慢的臉龐沒有改變，也沒有顯露出一絲罪惡感。他覺得好像看見她神色有點怯懦，顯然他不了解瑪格麗特的為人。她高貴沉著的神態讓他有點困窘：應該是認錯人了。

他又說：「小姐，我剛剛說的那些後續動作發生的機率很低。我只是善盡職責，雖然很不禮貌，還是希望妳能原諒。」

探員走向門口，瑪格麗特向他行禮。她的嘴唇僵硬又乾燥，連簡單的道別話語都說不出來。她突然走上前去，打開書房門，搶先走向門口，把門打開來，等他走出去。她還是用那種呆滯目光看著他，直到他走出大門外，再關上門走向書房，中途又折返，像是受到某種強烈衝動的驅使，去把前門給鎖上。

她重新回到書房，停下腳步，踉蹌地往前走了幾步，又停下來，原地搖晃幾下，最後整個人癱倒在地板上，暈死過去。

第三十五章 贖罪

即使編造得再精密，
也得拿到陽光下檢視。

桑頓先生覺得自己為赫爾先生帶來喜悅，遲遲沒有起身告辭。此外，可憐的赫爾先生每隔一段時間就會憂愁地說「時間還早」，言下之意是請他多留一會兒，也令他十分感動。他的確納悶瑪格麗特為什麼沒有回來，但他留下來倒不是為了想見她。在這段時間裡，面對著一個深刻感受到世間萬般皆空的人，他表現得相當理性與自制。他興致盎然地傾聽赫爾先生所說的一切……

關於死亡，關於沉睡，以及關於漸趨遲鈍的大腦。

奇妙的是，桑頓先生對赫爾先生有某種影響力，能讓他掏心掏肺，說出那些他深藏心底，連瑪格麗特都沒聽過的觀點。也許是因為她的共鳴會太強烈，會太鮮明地表現出來，他怕自己招架不住；也許是因為在這樣的時刻裡，他喜愛思索的腦袋裡塞滿各式各樣的疑惑，這些疑惑各自大聲哀求吶喊，希望得到釐清與確認。而他很清楚，表達出這些疑惑會嚇壞她。不對，是這個有能力編造出這些疑惑的他令她害怕。

不管原因是什麼，面對桑頓時，他更能夠把到目前為止凍結在他大腦裡這些幻想、恐懼抒發

「噯，先生。這都該感謝您。不過，今天我這麼大膽找您說話，是為了一件小事。昨天晚上有個可憐的傢伙死在醫院，您好像就是前去採錄證詞的治安官。」

「沒錯。」桑頓答。「我去了以後只聽到一些胡言亂語，法庭的職員說那些東西沒多大用處。我看那人只是個醉鬼，只不過，他到最後確實是死於暴力。我母親有個女僕是那人的未婚妻，今天傷心得不得了。那人怎麼啦？」

「先生，我剛才看見您從那棟屋子走出來。那人的死跟那棟屋子裡的某個人莫名其妙地牽扯上了。那家人姓赫爾吧？」

「是啊。」桑頓突然轉頭，興趣濃厚地望著探員的臉。「怎麼回事？」

「是這樣的，我好像掌握到一連串相當明確的證據，證明案發時赫爾小姐跟一位紳士一起出現在奧伍德車站，那位紳士就是出手把李奧納打或推下月台致死的人。可是赫爾小姐否認她當時在場。」

「赫爾小姐否認她在場！」桑頓重複一次，語調有點變化。「那是哪一天的事？什麼時間？」

「二十六日星期四，接近六點。」

他們肩並肩、默默往前走了一會兒。探員先開口。

「先生，是這樣的，接下來可能需要調查死因。我手上的證人原本非常肯定，後來他聽說赫爾小姐否認，又拒絕宣誓作證。只不過，他還是相當肯定他看見赫爾小姐在車站，跟一位紳士走在一起，時間是在某個腳夫看見一場扭打之前不到五分鐘。腳夫認為是因為李奧納對小姐不禮貌，最後才會摔倒。先生，我看見您從那棟屋子走出來，才想問問您的看法。畢竟，這種身分不明確的案子本來就很棘手，何況除非證據確鑿，沒有人願意懷疑正派的年輕小姐說的話。」

「而她否認那天晚上她人在車站！」桑頓再說一次，這回音調低沉、彷彿在深思。

「是啊，先生，否認兩次，而且斬釘截鐵。我告訴她我會再過來。我剛才去問了那個認得她的小伙子，又看見您從她家走出來，才想請教您的意見，一來您是到醫院看李奧納的治安官，二來我有今天，全都仰仗您。」

「你做得很對。」桑頓說。「我們要再見面談一談，見面之前你先別採取任何行動。」

「那位小姐可能會等我。」

「我只耽擱你一小時。現在三點，你四點鐘來我貨倉一趟。」

「好的，先生！」

說完他們分道揚鑣。桑頓匆匆趕回貨倉，板著臉要職員禁止任何人打擾他。他直接走回自己的私人辦公室，鎖上門，開始耽溺在思前想後、整理頭緒的折磨裡。他怎麼可以在不到兩個小時前被她那淚眼汪汪的面容打動，放棄對她的懷疑，軟弱地同情她，渴望走向她，忘卻那天在那種時間、那種地點看見她和那個不知名男子在一起時引發的強烈質疑與嫉妒！一個這麼純潔的人，怎麼會沉淪至此，揚棄她端莊高貴的舉止風度！但那真是端莊嗎？是嗎？他憎恨自己揮不開她的影像，那畫面只是瞬間閃過，如此而已。然而，當它出現時，又會挾帶過去那種強大的吸引力，讓他激動莫名。

再來就是這次說謊事件，她想必很害怕某種醜事被揭發。畢竟，任何人碰到李奧納這樣的人喝醉酒後挑起爭端，不管在什麼情況下，應該都有足夠的立場站出來、公開且毫無保留地陳述事發經過！那份恐懼究竟多麼驚悚、多麼危險，可以讓誠實的瑪格麗特選擇說謊。他幾乎想憐憫她。事情結果會是如何？如果展開調查，那個小伙子出來作證，她肯定不知道自己會陷入什麼樣的處境。他突然一驚：這個案子不能調查。他要救她，他要出面阻止調查。

這個案子由於醫院方面沒有肯定說詞（他前一天晚上聽在場醫生說的），確實有疑點。醫生發現死者得了危及生命的重症，根據他們的研判，跌那一跤，或後來喝酒又吹冷風，都可能加速他的死亡。如果他知道瑪格麗特會牽扯到這個案子，如果他預知她會用謊言玷污自己的潔白，當時他只要一句話就能救她。因為就在前一天晚上，要不要調查死因其實處於模糊地帶。瑪格麗特可以愛上別人，可以對他冷淡又輕蔑，他還是要暗地裡忠誠地為她效命。他可以鄙視她，但他愛過的女人不可以蒙羞。萬一她必須在法庭宣誓後公開說謊，或站出來承認她有理由隱瞞真相，都是極大的恥辱。

桑頓從一頭霧水的職員面前走出去，臉色鐵青又凝重。他離開大約半小時，儘管任務圓滿完成，他回來時威嚴的表情並沒有比較緩和。

他在紙條上寫了兩行字，放進信封，封好後交給職員，說道：

「我約了渥森。他以前是這裡的包裝員，後來進了警界。他四點會來。我剛才碰見一個從利物浦來的朋友，他希望離開以前跟我談一談。渥森來時記得把這個信封交給他。」

紙條上寫了這些字：

這個案子不會調查，因為醫學證據不夠充分。調查到此為止。我還沒見到法醫，這部分交給我處理。

「好吧。」渥森心想，「這倒是幫我解決了燙手山芋。我的證人沒有一個立場堅定的，除了那位小姐，她的說詞倒是清楚明白。車站那個腳夫一開始說看見有人扭打，一聽見要出庭作證，又改口說可能不是扭打，也許只是兩個人鬧著玩，還說李奧納說不定是自己跳下月台，反正就是不肯給個確定說法。再來是雜貨店的詹寧斯，呃，他還不算太差，只是，他聽說赫爾小姐矢口否認以後，恐怕不願意宣誓作證。這案子會很麻煩，很難有個滿意結果。這下子我得去通知他們事情結束了。」

那天晚上他再度來到赫爾家。稍早赫爾先生和蒂克森頻頻催促瑪格麗特早點回房睡覺，不明白她為什麼一直拒絕。蒂克森知道部分原因，但只是一部分。瑪格麗特絕不會告訴任何人她說了什麼話，也沒有透露李奧納在車站摔了一跤，已經一命嗚呼。瑪格麗特躺在沙發上，明顯疲累至極，可是，不管忠心耿耿的蒂克森怎麼催促，她就是不肯上床，實在叫人納悶。她只回應，不主動說話。對於爸爸擔憂的眼神和溫柔的詢問，她會報以微笑，可惜她蒼白的雙唇讓那笑容變成了嘆息。最後，她看見爸爸實在太焦慮不安，才勉強答應，開始收拾東西準備回房。她相信這天晚上探員不會再來，畢竟時間已經超過九點。

她站在爸爸身邊，扶住他的椅背。

「爸，你也會早點休息吧？別一個人坐太久！」

爸爸回答的話她沒聽見，那些語句被另一個聲音掩蓋了。那聲音小得多，卻因她的恐懼而放大，填滿她的腦袋。那是門鈴的一聲輕響。

她吻了父親一下，輕巧地奔下樓去。一分鐘前看見她的人，絕對無法想像她的行動竟能如此敏捷。她把蒂克森支開。

「別來，我去開門。我知道是他來了，我可以……我必須自己去面對。」

「小姐，隨妳便。」蒂克森有點惱火，不一會兒又說。「妳身子頂不住，妳看起來奄奄一息了。」

「是嗎？」說著，瑪格麗特轉過頭來，讓蒂克森看見她兩眼燃燒著異樣火焰，臉頰紅通通，只有嘴唇還是乾裂慘白。

她打開門，門外正是探員。她領他進書房，把蠟燭放在桌上，小心翼翼地剪了燭花，這才回頭來面對他。

「你來得很晚！」她說。「怎麼樣？」然後屏息靜待。

「小姐，很抱歉造成不必要的困擾。因為他們決定不繼續調查了。我還有別的事要做，還得去見別的人，否則我會更早來。」

「那麼沒事了。」瑪格麗特說。「不會再追查了。」

「我應該帶著桑頓先生的字條。」說著，探員拿出皮夾翻找。

「桑頓先生的字條！」瑪格麗特驚呼。

「對！他是治安官……啊！找到了。」雖然她離蠟燭很近，卻沒辦法讀。不行，紙條上的字在她眼前蠕動。但她還是盯著手上的紙條，像在專心閱讀。

「小姐，我也鬆了一大口氣，因為實在沒有證據顯示死者確實被人毆打，如果連關係人的身分都沒辦法確定，案子就更複雜了。所以我才跟桑頓先生說……」

「桑頓先生！」瑪格麗特又說一次。

「我今天碰見他，那時他剛好從這棟屋子走出去，因為他是我的老朋友，又是昨晚去查看李奧納的治安官，我才敢大膽告訴他我的困擾。」

瑪格麗特深深嘆一口氣。她不想再聽下去了，她已經聽見的和她可能會聽見的，都令她害怕。她希望探員離開，於是強迫自己說話。

「謝謝你跑這一趟。時間很晚了，應該超過十點了。喔！字條還你！」她突然理解探員為什麼伸出一隻手。探員正要收起紙條，她又說，「那上面的筆跡太潦草，很難辨認，我讀不懂。你能不能讀給我聽？」

「沒問題。我收到消息就採取行動，沒想到消息是錯的，實在很對不住。起初雜貨店那小子說得很肯定，現在又改口說他從一開始就不太確定。他希望妳不會因為他這個失誤，氣得從此不再光顧他們的店。晚安，小姐。」

「晚安。」瑪格麗特搖了鈴，讓蒂克森送客人出去。蒂克森回來時在走廊遇見瑪格麗特，瑪格麗特匆匆走過。

「沒事！」她沒看蒂克森，說完快步上樓，回自己房間鎖上門，不讓蒂克森有機會問任何問題。

她和衣倒臥床上，疲倦得無力思考。經過半個多小時，她那不舒服的姿勢和隨著過度疲勞而來的畏寒，才聚集足夠的力量喚醒她麻木的知覺。她開始回想、串連與納悶。她腦海浮現的第一個念頭是，弗列德面臨的那些叫人揪心的危機全都解除了，緊張的神經可以放鬆了。然後她開始回想探員所說的每一句有關桑頓先生的話。他什麼時間遇見他？桑頓先生做了什麼？那張紙條的確切內容是什麼？她努力回想紙條內容，除非她一字不差地記起來，否則她的大腦拒絕繼續思考下一個議題。

不過，她的下一個念頭清楚明瞭：在那個關鍵性的星期四晚上，桑頓先生看見她出現在奧伍德車站附近，事後又聽說她否認去了那裡。她在他眼中成了騙子，她說了謊。她沒有想到要向上帝懺悔，她內心只有混亂與黑暗，圍繞著一個聳人聽聞的事實，那就是：在桑頓先生眼裡，她墮落了。她不願意去思考自己能找出多少理由辯解，那跟桑頓先生無關。她只是跟自己的哥哥走在一起，她從沒想過他——或任何人——會對這麼天經地義的事起疑。不過，她確實說了假話，做了錯事，而他知道了，所以有權評斷她。「噢，弗列德！弗列德！」她呼喊道。「我能做的犧牲都做了！」就算她睡著了，思緒也困在同一個地方打轉，只是，其中隱藏的痛苦更為誇大，也更驚悚。

她醒來時腦海浮現另一個念頭，像早晨的陽光般明亮燦爛。桑頓先生去見法醫之前就聽見她說謊的事，由此可知，他可能是因為這樣，才採取後來的行動，讓她不必再次說謊。她以孩子般無可救藥的頑固把這個想法拋到一旁。如果真是這樣，她也不會感謝他，因為這只顯示，他一定敏銳地察覺到她的恥辱，才會不辭勞苦地想辦法避免她明顯已經喪失的誠信再次受到考驗。

她寧可重新再經歷一次，寧可為了弗列德做偽證，也不願意桑頓先生知道這件事，從而插手救她。他怎麼那麼巧碰上那個探員？真是太不幸了！為什麼到醫院採集李奧納證詞的治安官偏偏是他？李奧納說了什麼？桑頓先生又聽懂了多少？說不定他早就從他們的共同朋友貝爾先生那裡聽說弗列德早年受到的指控。如果是這樣，那麼他只是盡力去搭救一個冒險回來探視臨終母親的兒子。在這種情況下，她可以心懷感恩，但如果他的干預是基於鄙夷，那麼她無論如何也不願意感謝他。哎！哪個人有這麼充分的理由來鄙視她？那就是桑頓先生。

到目前為止，她一直站在自己假想的高度鄙視他！這時突然發現自己跌落他腳下，為自己的沉淪有種難以理解的苦惱。她不願意循著這些前提去找出結論，因為那是個她不願意承認的結論：她是多麼重視他的尊敬與認同。只要這個念頭出現在某一段漫長的思路盡頭，她就轉頭走開，不願意往前邁進。她拒絕相信它。

隔天她清醒時，時間比她想像中更晚，因為前晚入睡前煩躁不安，忘了給她的錶上緊發條。赫爾先生也特別交代讓她多睡一會兒。不久後，房門被人輕輕推開，蒂克森探頭進來。她看見瑪格麗特已經醒了，拿著一封信進來。

「小姐，這個東西可以帶給妳好心情。是弗列德少爺的信。」

「謝謝妳，蒂克森。這封信來得真慢！」

她說得無精打采，也沒伸手接信，蒂克森只好把信放在她面前的床單上。

「妳餓了吧。我幫妳拿早餐過來。老爺的早餐已經送去了。」

瑪格麗特沒有答話，直接讓蒂克森離開。她必須一個人獨處，才有辦法讀那封信。她把信拆開之後，注意到的第一件事是：發信日期是兩天前。那麼弗列德依照約定時間寫了信，所以他們不必再擔心了，還是先看看內容再說。信寫得很倉促，卻叫人很放心。弗列德見到了亨利，亨利對這個案子知之甚詳，所以一開始先搖頭。他告訴弗列德，受到這麼嚴重的指控，控方又是權大勢大，在這種情況下回英格蘭實在太冒險。不過，等他們進一步詳談以後，亨利認為，如果弗列德能找到可信度高的證人來證實自己說法，可能有機會還他清白，那麼也許值得出庭受審，否則風險太高。亨利會再深入了解，會全力以赴。

「我忽然有一種感覺……」弗列德說，「我的小妹妹，妳的介紹信很有影響力啊。妳說是吧？他問了很多問題，真的，但那也可能只是律師的敷衍。他好像相當精明幹練，從他事務所忙碌情形和職員人數看來，經營得也不錯。我剛好趕上一班快要啟航的定期郵輪，再五分鐘就要去搭船了。我可能還得回來處理官司的事，所以這次回來的事要保密。我會給爸爸寄點在英格蘭買不到的稀有陳年雪利酒（就像此刻擺我面前的這種）。他需要這種東西，告訴他我愛他，上帝祝福他。我的馬車來了。哇，車站那件事好驚險啊！切記，別跟人說起我回來的事，連姨媽家也別說。」

瑪格麗特拿起信封來看，上面寫著「太慢了」。弗列德可能把這封信交託給某個粗心大意的侍者，那人忘了寄出去。哎！卡在我們與考驗之間的，是多麼錯綜複雜的機率之網啊。早在二十小時，不，三十小時以前，弗列德已經平安離開英格蘭，而她撒謊阻撓追捕卻是十七小時以前的事，根本一點必要都沒有。她實在太沒信心了！她引以為傲的法語座右銘：「盡力而為，別管後果。」怎麼一點用處都沒有了？假使她鼓起勇氣，說出關於自己這部分的實情，讓他們去追查她拒絕透露的那部分，此刻她的心情會有多麼輕鬆啊！不至於因為沒能相信上帝而感到卑微，在桑頓先生眼裡也不會變成墮落失格的人。

想到這裡，她悲慘地打哆嗦，連忙制止自己的思緒：她竟然把桑頓對她的貶抑跟上帝的不悅相提並論。他為什麼陰魂不散地出現在她腦海？這是怎麼回事？她是這麼自負的人，為什麼不由自主地在意他怎麼想？她覺得自己承受得住全能上帝的怒氣，因為祂什麼都知道，將來也能看見她的懺悔，能聽見她的呼救。可是桑頓先生！她為什麼全身顫抖，為什麼把臉埋在枕頭裡？她終究抵擋不了的、究竟是什麼樣的強烈情感？

她從床上跳下來，花了很長時間誠摯地禱告，從中得到撫慰，因而能夠掃除陰霾。只是，等她再一次思考自己的處境，卻發現那根刺還在，覺得自己不夠好，不夠純潔，沒辦法無視另一個人類同胞的負面評價。想到此刻的他一定對她嗤之以鼻，她就沒辦法面對自己的罪惡感。她換好衣服後馬上把信拿去給爸爸。有關車站那起意外，信裡只是語焉不詳地提起，赫爾先生根本沒注意到。事實上，瑪格麗特憂愁的臉色讓他心神不寧，所以整封信他只注意到弗列德已經安全出海，沒被發現，也沒人起疑。她好像隨時都會哭出來。

「瑪格麗特，妳過度勞累了。也難怪，現在換我來照顧妳。」

他要她躺在沙發上，拿了披巾幫她蓋上。父親的慈愛讓她的淚水決堤，哭得泣不成聲。

「可憐的孩子！可憐的孩子！」赫爾先生百般憐愛地看著女兒。瑪格麗特臉對著牆，哭得全身抽搐。不一會兒淚水止住，她不禁好奇自己有沒有勇氣向父親傾吐所有煩心事。只是，這麼做壞處比好處多。唯一的好處是她可以放下心頭重擔，壞處是，萬一弗列德將來必須再回英格蘭一趟，爸爸會更加提心吊膽。再者，雖然弗列德自始至終無意傷人性命，但有人因他而死這個事實恐怕從此變成爸爸揮之不去的心病，簡單的事實也會被幻想成各種誇張歪曲的樣貌。至於她自己犯下的重大錯誤，爸爸會為她如此欠缺勇氣與信心感到無比哀傷，也會為了幫她找理由心煩不已。

過去瑪格麗特會向爸爸訴說自己受到的試探與犯下的罪愆，因為對她來說他既是牧師也是父親，可是近來他們鮮少談到這方面的話題。再者，父親脫離國教以後，她無法預測父親會如何回應她來自靈魂深處的呼喚。不行，她必須保守秘密，獨自承受重擔。她會獨自去到上帝面前，哭著請求寬恕。她也要獨自忍受自己在桑頓先生心目中的不光彩形象。此刻父親為了讓她抛開近期以來發生的種種不幸事件，費盡心思找些愉快話題跟她閒聊，她感動得無法言喻。這幾個月以來，爸爸第一次說這麼多話。他也不准她坐起來，還多次惹惱蒂克森，因為他堅持自己照顧女兒，不許她插手。

最後她笑了，悲慘、微弱的笑容，卻帶給他最真實的喜悅。

「想想也真奇怪，我們未來最大的希望是個叫朵拉芮絲的女孩。」瑪格麗特說。這其實比較像她父親平日說話的風格，不過，今天他們的個性好像對調了。

「我猜她媽媽是西班牙人：這也說明她為什麼是天主教徒。當年我認識她爸爸時，他是個強硬的長老派教徒。話說回來，她的名字溫柔又好聽。」

「她好年輕啊！比我小十四個月。伊迪絲訂婚時也是這個年紀。爸，我們去西班牙看他們。」

他搖搖頭，嘴裡卻說，「瑪格麗特，妳想去我們就去，不過我們還要回來。妳媽媽生前一直非常不喜歡米爾頓，現在她躺在這裡，不能跟我們去，我們卻一去不回，對她好像不公平、也不仁慈。算了，乖女兒，妳自己去看他們就好了，回來再跟我說說我西班牙媳婦的一切。」

「爸，我不要。你不去我也不去。我走了誰來照顧你？」

「我倒想知道我們現在誰在照顧誰。不過如果妳去了，我會說服桑頓先生把上課時間加倍。我們可以好好欣賞古典文學，這件事我永遠不嫌煩。妳喜歡的話，也可以順便去科孚島看看伊迪絲。」

瑪格麗特沉默片刻，而後正色說道，「爸，謝謝你。我不想去。我們只能期待亨利把事情辦妥，這樣弗列德結婚後就可以帶朵拉芮絲回來看我們。至於伊迪絲，軍團可能不會在科孚待太久。說不定再過不到一年他們就回英格蘭來了。」

赫爾先生的輕鬆話題已經用完了。他腦海浮現了痛苦回憶，因此沉默不語。不久後，瑪格麗特說：

「爸，喪禮那天你看見席金斯了嗎？他去了，瑪莉也是。真是個可憐人！那是他表達弔唁的方式。他雖然表面上凶巴巴又魯莽，其實有一副好心腸。」

「這我相信，」赫爾先生說，「即使妳經常說他有什麼缺點，我一直都知道他是個好人。如果妳走得了那麼遠的路，我們明天去探望他們。」

「可以，我想看看他們。我們還沒給瑪莉工資，根據蒂克森的說法，應該是她不肯拿。我們就趁他回家吃完午飯、還沒出門上工的時間去找他。」

那天晚上，赫爾先生說：「我原本猜想桑頓先生今天會過來。昨天他提到他手上有一本我想看的書，今天會找機會帶過來。」

瑪格麗特嘆口氣。她知道他不會來。這時候她的恥辱在他腦海裡想必記憶猶新，他應該不願意冒著碰見她的風險來家裡。爸爸提起他的名字，重新喚醒她的諸多煩惱，讓她再次陷入沮喪煩悶的疲憊中。她變得意興闌珊、倦怠無力。但她突然又覺得，這根本不是展現耐心的恰當態度，也無法回報爸爸一整天下來親切慈愛的照料。她挺直坐正，主動表示要讀書給爸爸聽。赫爾先生視力漸漸衰退，欣然接受她的提議。她讀得很出色，抑揚頓挫毫不含糊。只是，等讀完以後，如果有人問她讀了什麼，她會答不上來。

她為自己對桑頓先生不知感恩而飽受折磨，原因在於，這天早上她想到他為了阻止調查的進行、主動去徵詢法醫的意見，當時並不願意接受他的這番好意。哎！她其實很感謝他！她懦弱又虛偽，而且以無法挽回的行動表現出自己的懦弱和虛偽，但她並非不知感恩。這個念頭照亮她內心，因為她知道自己能如何看待一個有理由鄙視她的人。他鄙視她的理由如此充分，萬一她覺得他不輕蔑她，她反倒不那麼敬重他了。想到自己有多麼敬重他，她就滿心歡喜。他沒辦法阻止她感受這種快樂，這是所有煩惱之中的一點安慰。

那天稍晚，赫爾先生期待的書送來了，「附帶桑頓先生的衷心祝福，並問候赫爾先生。」

「蒂克森，告訴送書來的人說我好多了，可是赫爾小姐……」

「爸，別……」瑪格麗特急忙打岔。「別提到我，他沒問。」

「親愛的女兒，妳怎麼抖得這麼厲害！」幾分鐘後赫爾先生說。「妳得立刻上床去，妳臉上沒有一點血色！」

瑪格麗特雖然不願意拋下孤單的父親，卻也沒有違抗父親的命令。這一天下來她想了太多，後悔得更多，確實需要獨處放鬆。

到了隔天，她好像恢復正常了。至於那揮之不去的哀戚與憂傷，以及偶爾的發呆出神，都是痛失至親初期的正常現象。只是，當她漸漸找回健康，她父親卻以同樣的速度陷入沉思，一方面悼念亡妻，一方面懷想生命中永遠逝去的那段時期。

第三十六章　團結未必力量大

抬棺人的步伐沉重緩慢，
悼亡者的悲咽深切悽婉。
——雪萊[86]

到了前一天約定好的時間，他們連袂出發，步行去探望席金斯和瑪莉。新換上的喪服帶給他們一絲奇特的羞怯，也讓彼此想起剛失去的至親。再者，這也是好幾星期以來，他們首度相約一起外出。父女倆懷著對彼此的關愛，默默地貼近對方。

席金斯坐在壁爐旁他慣坐的角落裡，只是少了平時不離口的菸斗。他的胳膊撐在膝蓋上，手托著腦袋。看見他們進門，也沒站起來，瑪格麗特看見了他眼裡的歡迎之意。

「坐吧，坐吧。爐火早熄了。」說著，他猛力撥了火堆，彷彿要轉移他們的注意力。他很邋遢，黑溜溜的鬍子幾天沒刮了，原本白皙的面容更顯蒼白，身上的外套好像也該縫縫補補了。

「我們就猜午餐過後比較有機會找到你。」瑪格麗特說。

「上一次見過面以後，我們也碰上了傷心事。」赫爾先生說。

「是啊，是啊。這年頭傷心事比午餐多得多。不過，我的午餐時間拉長到整整一天，你們多半可以找得到我。」

「你現在沒工作嗎？」瑪格麗特說。

「是啊。」他隨口一答。接著，靜默半晌後，他總算抬起頭來，補充說道，「我不缺錢，你們別擔心這種事。貝西，這可憐的丫頭，在枕頭底下藏了一些錢，準備在最後一刻交給我。瑪莉也在剪棉絨。不過我的確失業了。」

「我們還欠瑪莉工資。」赫爾先生說。瑪格麗特急忙拉他手臂阻止，可惜話已經說出口。

「如果她拿了，我就把她趕出門。到時候我住這四堵牆裡，她住外面。就這樣。」

「可是她好意幫我們做了那麼多事，我們沒有好好謝謝她。」赫爾先生又說。

「妳女兒為我可憐的女兒做了很多事，我也沒謝過她。我不知道該怎麼謝她。如果你非得為小瑪莉做的那點事這麼大驚小怪，那麼我也要想辦法來向你們道謝了。」

「你失業是因為罷工的事嗎？」瑪格麗特溫和地問。

「罷工結束了，這次結束了。我沒工作是因為我沒去要。我沒去要，是因為好聽話很少，難聽話很多。」

他好像喜歡上這種打啞謎吊人胃口的應答方式。瑪格麗特知道他等人請他解釋。

「好聽話是……？」

「拜託人給工作。我覺得這句幾乎是世上最好聽的話。『給我工作』的意思是，『我會像個男人努力去做。』這就是好聽話。」

「那麼難聽話就是：你去找工作被拒絕。」

「是啊。難聽話就是，『噯，我的好兄弟！你一直很遵守你的規則，那麼我也會遵守我的規

86. Percy Bysshe Shelley，一七九二～一八二二，英國浪漫主義詩人代表。此處詩句摘自他的長詩〈敏銳的植物〉（The Sensitive Plant）。

則。你盡你的能力去幫那些需要幫助的人，你就是這樣表現對自己人的忠誠，我也會對我的自己人忠誠。你是個可憐的呆瓜，只會當個如假包換、忠心耿耿的呆瓜。走開，去你的吧。這裡沒有你能做的工作。』這些是難聽話。我不是笨蛋，就算我是，也該有人來教我怎麼變得跟他們一樣聰明。如果有人肯教我，說不定我會開竅。」

「為什麼不找你的前廠主，看他願不願意再雇用你。不值得一試嗎？」赫爾先生說，「機會可能不大，總比不試的好。」

席金斯再次抬起視線，用銳利的眼神看著赫爾先生，而後輕輕發出一聲苦笑。

「前廠主？如果你不介意的話，換我來問你一兩個問題。」

「你盡量問。」赫爾先生答。

「我猜你也有某種謀生方式。大多數人如果有能力住別的地方，多半不會喜歡住這裡。」

「你說得沒錯。我個人是有些財產，但我搬來米爾頓是為了當私人教師。」

「那就是教學生。嗯！我猜他們會付你學費，對吧？」

「對，」赫爾先生笑著說，「我教書就是為了有點收入。」

「那麼對於這筆你付出心力、公平交易賺來的錢，那些付錢的人會不會告訴你這筆錢可以用在什麼地方，不可以用在什麼地方？」

「不，當然不會！」

「他們不會說，『你可能會有個兄弟，或某個情同手足的朋友，他需要你手上這筆錢，理由你跟他都覺得很正當，不過，你必須承諾不會把錢給他。你可能會覺得把錢花在某個地方很值得，可是我們不贊成。如果你還是把錢花在那裡，我們就再也不跟你交易了。』他們不會說這種話吧？」

「不，當然不會！」

「如果他們當真那麼說，你能接受嗎？」

「光是要我考慮願不願意屈服於這種獨裁行為，恐怕就要施加很強硬的壓力。」

「在這個廣大的地球上，沒有任何壓力可以逼我屈服。」席金斯說。「這樣你就明白了。你已經說到重點了。我的前廠主翰普要工人承諾，不會拿出任何一分錢支持工會，或救濟先前參加罷工那些快要餓死的人。不管他們做出什麼保證或要人做什麼承諾，」他不屑地補充，「都是叫人當騙子、當偽君子。在我看來，像這樣不准別人去幫助有需要的人，或禁止別人參與對抗強權的正當作為，把人變得鐵石心腸，其實是更差勁的罪。就算國王用世界上最好的工作當條件，我也絕不會背棄自己的誓言。我是工會的成員，我認為工會是為工人謀福利的唯一途徑。我曾經罷工，知道挨餓是什麼感覺。所以，如果我手上有一先令，只要有人來討，我可以分給他一半。只是，我不知道上哪兒去賺那一先令。」

「所有工廠都不准工人捐錢給工會嗎？」瑪格麗特問。

「我也不清楚。那是我們工廠的新規定，至少目前在實施。我猜以後他們會發現這種規定行不通，不久以後他們就會明白，暴君只會製造出騙子。」

談話暫時中斷。瑪格麗特猶豫著要不要說出心裡的話，她不想惹惱原本已經夠憂鬱夠沮喪的人。最後她還是說了，只是語氣溫柔，態度遲疑，顯示她不願意說出任何不討喜的話來，所以席金斯好像沒生氣，只是有點困惑。

「你記不記得鮑徹說過工會是暴君？他好像說工會是最糟糕的那一種。我記得當時我贊同他的話。」

他隔了好長一段時間才說話。他用兩隻手撐著頭，眼睛注視火堆，她看不到他的表情。

「我不否認工會有必要強迫工人去做對他們自己有益的事。沒有加入工會的工人過著悲慘生活。一旦加入工會，就會有人為他爭取福利，比他自己能爭取到的更多。工人只有團結起來，才能爭取到權利。工會會員越多，每一個人受到公平待遇的機會就越大。政府會照顧傻子和瘋子，如果哪個人想傷害自己或鄰居，不管他樂不樂意，政府都會約束他。我們工會做的也是這些。我們不能把人關進牢裡，卻可以讓他生不如死，最後只好加入我們，不由自主地變聰明、變有用。鮑徹從頭到尾都是個笨蛋，到最後更是個天字第一號大笨蛋。」

「他對你們造成傷害嗎？」瑪格麗特問。

「嗯，確實是這樣。他跟那群人違法暴動以前，輿論一直是站在我們這邊的。結果罷工也被迫結束了。」

「這樣的話，一開始就別干涉他，別逼他進工會不就得了？他對你們沒有好處，你們也把他逼瘋了。」

「瑪格麗特，」赫爾先生看見席金斯臉色沉下來，低聲提醒瑪格麗特。

「我欣賞你女兒，」席金斯突然說，「雖然她還是不了解工會，但她有話就說。工會是強大的力量，也是我們唯一的力量。我讀過一首詩，描述犁頭碾過小雛菊，那時我還沒掉過眼淚，讀這首詩卻掉了眼淚。可是，雖然那人也同情雛菊，我敢保證他是不會因此停止犁地的。他自然而然知道不可以那麼做。工會就是犁，為了收成，先把地耕好。像鮑徹這樣的人，把他比喻成小雛菊也太抬舉他。他比較像到處亂長的雜草，逼得人家不得不把他清除。我現在很氣他，所以說的話可能對他不公平。我會非常樂意親自推著犁鏟除他。」

「為什麼？他做了什麼事？有什麼新進展嗎？」

「是啊。那傢伙隨時隨地都在胡鬧。首先，他非得暴跳如雷，像個發了瘋的呆子，搞出那場暴動。之後又跑去躲起來。如果桑頓照我原本的期待，追究他的過失，他到現在還不敢出來。可是桑頓達到他自己的目的以後，撤銷對那些暴亂份子的告訴，所以鮑徹又溜回自己家。他至少還有點羞恥心，在家裡躲了一兩天。之後呢，你們猜他上哪兒去了？哼，去找翰普。可惡的傢伙！他明知道工廠那條新規定，工人不可以支持工會，不可以幫助挨餓的罷工份子，他還是帶著那張我看著都覺得噁心的虛假嘴臉，去拜託人家給他工作！哼，如果當初他最困難時工會沒幫他一把，他早就餓死了。結果他去啦，主動說他什麼都答應，什麼承諾都願意給，說他願意把工會的一切行動都告訴他們，那個沒用的猶大！不過我得稱讚翰普一句，到死的那天我都會感謝他，因為他把鮑徹趕走，不肯聽他說話，一個字也不聽。當時很多人在旁邊圍觀，他們說那個叛徒哭得像個小娃娃！」

「天哪！太震撼了！太可憐了！」瑪格麗特驚呼。「席金斯，今天我實在不懂你。難道你看不出來是你把鮑徹逼到這個地步的？你強迫他加入工會，他其實心不甘情不願。是你害他變成這樣！」

「害他變成這樣！變成什麼樣？」

狹窄的街道傳來陣陣空洞、壓抑的聲響，慢慢匯聚、慢慢匯聚，逼得他們不得不注意它。很多人悄聲說著話；很多腳步裹足不前，至少沒有迅速或穩定地移動，而是圍繞著某個定點。沒錯，是有一陣明顯而緩慢的踏步聲，清楚明白地傳遞過來，送進他們耳裡，是幾個男人抬著重物那種慎重而費力的步伐。他們被一股難以抗拒的衝動吸引到門口，那不是毫無意義的好奇，而是某種莊嚴肅穆的衝擊感。

六個男人走在馬路中央，其中三個是警察。他們肩膀上扛著一扇卸下鉸鍊的門板，門板上躺著一具死屍。水不停從門板四周往下滴。街坊全都出來查看，看著看著就跟著往前走，每個人都向扛屍的人打聽。那些人已經回答太多次，所以拖到最後才開口回答。

「我們在那邊那條小溪找到他。」

「那條小溪！那溪裡的水淹不死人啊！」

「他一心求死啦，臉朝下躺著。不管是什麼原因，他反正活得太膩了。」

席金斯偷偷摸摸來到瑪格麗特身邊，用尖細的聲音問道，「不會是鮑徹吧？他沒這種勇氣。沒錯！不是鮑徹！嗐，他們都看著這個方向！妳聽！我腦子裡嗡嗡響，什麼都聽不到。」

他們輕輕把門板放在石子地上，所有人都看見了那個溺水的可憐蟲。他只有一隻眼睛半睜著，呆滯地望著天空。由於他被發現時是俯身向下，他的臉已經浮腫，毫無血色。他的皮膚也被溪水染了色，因為那條溪上游有染坊。他的腦門童禿，後腦留著稀疏長髮，此時每一綹髮絲都滴著水。儘管死者的容貌已經變形，瑪格麗特還是認出來那是鮑徹。她忽然覺得直視那張痛苦扭曲的臉似乎有點不敬，本能地走上前去，拿出手帕輕柔地將它覆蓋。完成這個善舉之後，她轉身往回走。那些人的目光追隨著她，落到動也不動站在原地的席金斯身上。他們跟彼此討論一番，其中一個走到席金斯面前。席金斯很想躲回自己家裡。

「席金斯，你認識他！你得去通知他老婆。老兄，婉轉一點，不過要快，我們不能讓他在這裡躺太久。」

「我不能去，」席金斯說，「別叫我去。我沒辦法面對她。」

「你跟她最熟，」那人說，「我們費了一番工夫把他帶回來，你也該盡點力。」

「我沒辦法，」席金斯說，「我光是看見他都快暈倒了。他生前就不是我朋友，何況他已經死了。」

「唉，你不肯去就算了，總要有個人去呀。這個任務很哀傷，可是時間寶貴，如果能有個人去慢慢告訴她，總比突然聽說這事、受到打擊來得好。」

「爸，你去吧。」瑪格麗特悄聲說。

「如果我可以……如果我有時間想想該怎麼說，但事情這麼突然……」瑪格麗特發現爸爸確實無能為力，因為他從頭到腳都在發抖。

「我去。」她說。

「上帝祝福妳，小姐。妳這是做好事，因為我聽說她身子骨挺弱，這裡沒幾個人認識她。」

瑪格麗特敲了敲那扇緊閉的門扉，可是裡面太吵，像是有很多乏人管束的小孩在胡鬧，所以她聽不見回應。她甚至懷疑裡面的人有沒有聽見敲門聲。她擔心時間拖得越久，她就越退縮，乾脆直接推開門走進去，順手把門關上，背著鮑徹的妻子上了門閂。

鮑徹太太坐在壁爐另一邊的搖椅上，壁爐雜亂不堪。整間屋子好像已經好幾天沒打掃了。

瑪格麗特說了幾句連自己都聽不懂的話，她的喉嚨和嘴巴非常乾燥，孩子們的吵鬧聲徹底掩蓋她的聲音。她重複一次。

「鮑徹太太，妳好嗎？看起來好像不太好。」

「我怎麼好得了？」鮑徹太太沒好氣地說，「我一個人照顧這群孩子，沒什麼東西可以哄他們安靜。約翰不該出門去的，我身體這麼差。」

「他出門多久啦？」

「已經四天了。這裡沒有人肯雇他，他只好走路去格林菲德。可是他早該回來啦，就算找到工作，也該派人給我送個口信。他應該……」

「別再怪他了，」瑪格麗特說，「我相信他自己心裡也很不好受。」

「你別吵，讓我聽聽這位小姐在說什麼！」她用不太溫柔的語氣，對一個一歲左右的小傢伙說話。然後又帶點歉意地對瑪格麗特說，「他整天吵著要『爹地』和『奶油麵包』。我沒有『奶油麵包』可以給他，『爹地』又出門去了，我猜他把我們給忘了。孩子的爸最疼這個小的，真是這樣。」說著，她心情突然轉變，把那孩子抱到膝蓋上，慈愛地吻他。

瑪格麗特把手搭在鮑徹太太胳膊上，吸引她的注意。兩人四目相對。

「可憐的小傢伙！」瑪格麗特慢慢說道。「他爸爸**生前**最疼他。」

「他爸爸**現在**最疼他。」說著，鮑徹太太急匆匆站起來，跟瑪格麗特面對面站著。接下來那段時間誰也沒說話。最後鮑徹太太用低沉的怒吼聲說話，情緒愈來愈激動。「他爸爸**現在**最愛他。窮人也跟富人一樣，可以疼愛他們的孩子。妳為什麼不說話？妳為什麼用那雙同情的大眼睛看著我？約翰人在哪裡？」儘管她身子衰弱，卻使勁搖晃瑪格麗特，要她回答。「噢，天哪！」她突然明白那含淚的表情代表什麼意思。她向後跌坐進椅子裡。瑪格麗特把那孩子抱起來，放進她懷裡。

「他生前很愛這孩子。」她說。

「是啊，」鮑徹太太邊說邊搖頭，「他生前愛我們大家，我們曾經有個人可以愛，那是很久以前的事了。可是，他活著、跟我們在一起時，真的愛我們，真的。我們之中，他最愛可能是這個娃兒。不過他愛我，雖然五分鐘前我還罵他，但我也愛他。妳確定他死了嗎？」她想要站起來。「如果他只是病了，病得快死了，也許還能治得好。我自己也經常病著，我病了很久了。」

「可是他死了，溺水死了。」

「以前也有人淹死過，後來又救活了。我腦子到底在想什麼，我該起來找點事做，為什麼一直坐著不動？喂，你別吵！孩子，別吵！這個拿去，或找個什麼東西玩，別在這兒哭，這會兒我心都碎了！哎，我的力氣都上哪兒去了？噢，約翰，我的丈夫！」

鮑徹太太雙腿一軟，被瑪格麗特及時抱住，才沒摔倒。瑪格麗特坐在搖椅上，把鮑徹太太抱在懷裡，頭靠著自己肩膀。其他的孩子嚇得圍過來，開始理解這一幕代表什麼意思。只是，他們的小腦袋比較遲鈍，反應很慢。他們猜到事情真相以後，絕望地齊聲痛苦，讓瑪格麗特不知如何是好。小傑克哭聲最響亮，只是他顯然不知道自己為什麼哭，可憐的小娃兒。

鮑徹太太躺在瑪格麗特懷裡顫抖，瑪格麗特聽見門外有聲響。

「開門，快點去開門。」她對年紀最大的孩子說。「門鎖上了。別出聲，安靜點。爸，請他們小聲地抬上樓，也許她聽不到。她只是暈過去了，沒事。」

「可憐的女人，這樣也好。」某個跟著抬屍行列進門的婦人說。「妳這樣抱著她自己也吃不消。等等，我去拿個枕頭，我們輕輕把她放在地上。」

這位熱心鄰居幫了瑪格麗特一個大忙。她顯然對這個家不熟，剛搬到這一區，卻是仁慈又體貼。瑪格麗特覺得自己暫時沒事做了，也許該做個榜樣，帶頭離開喪家，因為屋子現在擠進許多滿懷同情卻無所事事的圍觀者。

她四處尋找席金斯。他不在這裡，所以她對幫忙把鮑徹太太放在地上那個婦人說：

「妳能不能暗示這些人，請他們靜靜離開？等會兒她醒過來，身邊就會只有一兩個熟人。爸，你能不能跟他們說說，請他們出去？這麼多人圍在這裡，她連呼吸都有困難，真可憐。」

瑪格麗特跪在鮑徹太太身邊，用醋擦抹她的臉。不到幾分鐘時間，她察覺到一陣新鮮空氣，詫異地轉頭，看見父親和那個婦人相視而笑。

「怎麼回事？」她問。

「沒事，只是我們這位好朋友想到一個清空屋子的絕妙辦法。」赫爾先生答。

「我請他們離開，各帶一個孩子走，也提醒他們這些都是孤兒，他們的媽媽是個寡婦。這是他們能做的最好的事了，孩子們今天肯定可以吃得飽，也能得到關懷。她知不知道他怎麼死的？」

「不知道。」瑪格麗特答。「我沒辦法一股腦全說出來。」

「她一定得知道，因為警方會來做死因調查。妳看！她醒過來了。妳說還是我說？或者最好讓妳爸爸來。」

「不。妳來，妳來。」瑪格麗特答。

他們默默等到她完全清醒。這時鄰居婦人坐在地板上，把鮑徹太太的頭和肩膀扶到她懷裡。

「鮑徹太太，」她說，「妳男人死了。妳猜猜他怎麼死的？」

「他溺水死的。」鮑徹太太虛弱地說。被人這麼直接地問起傷心事，她第一次哭出聲來。

「他被人發現時已經溺死了。他在回家的路上，感到這個世界沒有一點希望。他覺得上帝應該不會比人殘酷；也許不會這麼殘酷；也許像母親一樣溫柔，也許更溫柔。我沒說他做的對，我也沒說他做錯了。我只是在說，希望我或我的家人都不會像他那麼痛苦，否則我們可能也會走上跟他一樣的路。」

「他丟下我一個人照顧這些孩子！」鮑徹太太悲嘆道。她對這件事的反應沒有瑪格麗特想像中那麼哀傷，她只是想著丈夫的死會對她和孩子們造成什麼影響，這點其實跟她軟弱的個性相當符合。

「妳不是一個人。」赫爾先生肅穆地說。「有誰與妳同在？有誰會為妳承擔一切？」鮑徹太太睜大眼睛看著剛才說話的人，她到現在才注意到赫爾先生在場。

「有誰承諾當孤兒的父親？」他又說。

「可是我有八個孩子，先生，最大的還不到八歲。先生，我不是懷疑祂的力量，只是，這種事需要全心全意的信任。」說著說著她又哭了。

「先生，她要到明天才比較有精神說話，」鄰居婦人說，「現在這時候，孩子是她最大的安慰。可惜他們把最小那個抱走了。」

「我去抱回來。」瑪格麗特說。幾分鐘後她抱著傑克回來。小傑克吃得滿臉都是食物，雙手抓著貝殼、一小塊水晶和石膏頭像。她把孩子放進媽媽懷裡。

「好啦！」那婦人說，「你們可以走了。他們會一起哭，互相安慰，孩子帶來的安慰比任何人都有效。只要她需要，我就會待在這裡。如果你明天過來，就可以好好跟她講講道理，今天不適合。」

瑪格麗特陪著爸爸慢慢往前走，在席金斯家門前停下腳步。

「我們要不要進去？」赫爾先生問。「我剛才正好想起他。」

他們敲了門，沒有人回應。又推推門，門鎖上了。他們聽見他在裡面。

「席金斯！」瑪格麗特喊道。沒有人答腔。原本他們以為屋裡沒人，準備離開，裡面卻好像有書本掉地上的聲音。

「席金斯！」瑪格麗特又喊。「就我跟爸爸，你不讓我們進去嗎？」

「不要。」他說。「我門了門，意思已經很清楚了。今天讓我靜一靜。」

赫爾先生原本想再說服他，但瑪格麗特把食指豎在他嘴唇前。

「這也難怪，」她說，「我也想一個人靜一靜。經過這樣的一天，能一個人靜一靜比什麼都好。」

第三十七章　遙想南方

鐵鍬！草耙！鋤頭！
鶴嘴鋤或長鉤刀！
用鐮刀收割，或長柄鐮刀除草，
拿起連枷，或任何東西……
這裡有現成的人手
會拿起合用的農具，
他曾在勞動這所嚴格的習藝所，
受過艱辛磨練，所以技巧純熟。

——胡德[87]

隔天他們去探望鮑徹太太，發現席金斯家的門還是鎖著。不過，這回有個熱心鄰居告訴他們，席金斯確實不在家。他出門去辦不管什麼事以前，倒是先去看了鮑徹太太一趟。瑪格麗特跟爸爸這次探望鮑徹太太的過程不盡如人意。鮑徹太太認為，丈夫尋短害她受苦受難。她這個想法還算言之成理，讓人無法反駁，只是，看到她滿腦子只想著自己和自己的處境，實在叫人無法接受。她的自私甚至擴展到她跟子女的關係，即使她對孩子們有一種類似動物本能的慈愛，仍然覺得他們是累贅。瑪格麗特去陪其中一兩個孩子聊天，她爸爸則是想盡辦法要把鮑徹太太的思緒提升到更高的層次，別只是說些毫無意義的怨言。瑪格麗特發現，比起鮑徹太太，孩子們對爸爸的悼念更誠摯、更純真。爹地生前是個好爹地，他們個個爭相用結結巴巴的話語，訴說爹地以前對他們的溫柔和寵愛。

「樓上那個東西真是爹地嗎？看起來不像他。我害怕那個東西，可是我從來不怕爹地。」

瑪格麗特聽見鮑徹太太為了自己內心得到安慰，竟然帶孩子上樓去看他們容貌走樣的爹地，不由得心裡淌血。那是把低劣的恐懼感與深刻而真摯的悲傷混雜一氣。她努力轉移他們的思緒，讓他們想想自己能幫媽媽做些什麼，想想爹地——這麼說效果會比較好——會希望他們怎麼做。瑪格麗特得到的成果比她爸爸豐碩。孩子們覺得自己可以做點身邊的小事，盡一分小小力量，每個人開始聽她指揮，幫忙收拾雜亂的屋子。

赫爾先生為生性懶散又疾病纏身的鮑徹太太訂的標準太高，提出的觀點太不切實際。鮑徹太太遲鈍的大腦沒辦法靈活地想像，丈夫踏上絕路之前內心會有多麼悽楚。她只看得到這件事如何影響到她自己。上帝沒有插手干預，阻撓溪水淹死她俯臥溪中的丈夫，所以她沒辦法認同這樣的上帝會有恆久的慈悲。雖然她暗地裡責怪陷入絕望的丈夫，拒絕承認他有任何理由衝動尋死，卻也頑固地辱罵所有那些逼他走上絕路的人，例如那些廠主。特別是桑頓先生，他的工廠遭到鮑徹攻擊，卻在警方以滋事罪嫌通緝鮑徹之後，又撤銷告訴；還有工會，在她心目中，席金斯就是工會代表；再來是孩子，這麼多個、餓著肚子，吵鬧不休。這些組成一支龐大隊伍，與她為敵。都怪這些人，她現在才變成無依無靠的寡婦。

87. Thomas Hood，一七九九～一八四五，英國詩人，此處文句摘自他的詩〈勞工之歌〉（The Lay of the Labourer）。

瑪格麗特聽了太多非理性言語，無比氣餒。他們走出來時，她發現爸爸心情也盪到谷底。

「城鎮的生活就是這樣，」她說，「周遭一切的迅速又忙亂，他們的神經跟著緊張起來，更別提住在這種狹窄拘束的小房子裡。這種房子本身就足以讓人悶悶不樂、焦慮不安。鄉下就不一樣了，那裡的人更常待在戶外，小孩子也不例外，冬天也一樣。」

「可是總得有人住在城裡。再者，有些人在鄉下住久了，大腦懶得思考，幾乎變成宿命論者。」

「也對，這我同意。看來每一種生活模式都有它的試煉與考驗。城裡的人覺得很難保持耐心和平靜，同樣地，鄉下人也覺得不容易常保積極進取，無法應付偶發的緊急事件。雙方一定都覺得很難放眼未來：其中一方是因為當前的一切是如此鮮活、匆忙又迫近；另一方則是因為生活誘使他沉迷於動物般的單純存在，所以他不知道、也不在乎那種透過計畫、自制與期待達成目標的成就樂趣。」

「如此一來，一邊被迫全神貫注地活著，另一邊麻木地滿足於當下，最後導致同樣效果。可憐的鮑徹太太！我們能幫她的實在太有限了。」

「雖然可能會白費力氣，我們還是不敢放手不管。爸！這個世界實在太苦了！」

「孩子，確實如此。不管怎樣，我們現在就有這種體會。不過，我們即使遭逢苦難，還是過得很開心。弗列德回家那段時間實在太愉快了！」

「嗯，的確是。」瑪格麗特爽朗地說。「我們偷偷享受了一段不被允許的溫馨時光。」她突然不說話了。她用自己的懦弱破壞了弗列德返家的美好回憶。對於別人的過錯，她最瞧不起的就是缺乏勇氣，以及撒謊騙人的卑劣心態。如今她自己成了那樣的人！她又想到桑頓先生知道她說了謊。她不免好奇，如果發現她說謊的是別人，她會不會那麼介意。她發揮想像力，把對象換成姨媽、伊迪絲、爸爸、雷納克斯上尉、亨利和弗列德。雖然她撒謊是為了弗列德，但如果弗列德知情，她會最難過，因為他們之間那份相互關懷的兄妹之情才剛萌生。只是，不管弗列德如何看輕她，都比不上未來再次和桑頓先生見面時那種羞愧感，那種令她退縮的羞愧感。然而，她卻又渴望見到他，想把事情了結，想知道他如何評價自己。

她想到自己跟他相識初期曾經那麼傲慢，不覺羞紅了臉。當時她有意無意地暗示自己對商業行為的反感，因為商業行為一方面不免牽扯到以劣質商品充當高級商品，另一方面則會以信用擴充並未擁有的財富或資產。她記得當時桑頓先生鎮定自若的表情中帶有一絲鄙夷，用簡單幾句話就讓她了解，在偉大的商業藍圖裡，所有不誠實的手法長久下來勢必反受其害。再者，光是以成功這個粗糙標準來衡量，這些在商業上或任何其他方面的欺騙行為，都是愚蠢又沒智慧的。她記得當時——那時的她從沒說過謊，所以態度強硬——問他，難道他不認為用最便宜的價格買進，再以最昂貴的價格賣出，就欠缺了光明正大的公平性，而這種公平性本身跟誠實又是密不可分。當時她用了「俠義精神」這個詞，她父親糾正她，認為應該用更高層次的「基督精神」，就此把話題接過去，她則是帶著淡淡的蔑視、不發一語坐著。

她再也沒資格蔑視別人了！再也沒資格談論俠義精神了！從今以後，她在他面前只會覺得羞愧與丟臉。可是她什麼時候能見到他？每次家裡門鈴響起，她就嚇得心臟狂跳。等門鈴重歸寂靜，失望的感覺又帶給她莫名的傷悲與不悅。她爸爸顯然很希望見到他，對於他的銷聲匿跡很是驚訝。實際的情況是，前幾天他跟爸爸聊到某些話題，因為時間有限，沒能深入討論。當時他曾經表示，可能的話第二天晚上再見面詳談，如果隔天他來不了，至少一有空就會過來。那天桑頓先生離開後，赫爾先生就等著他再次來訪。當初妻子病重，赫爾先生暫停所有課程，到現在還沒復課，所以這時候他比平時更清閒。過去這一兩天發生的大事（鮑徹的自殺），讓他比平時更急於探討內心的種種思維。他整晚心神不寧，不停說道，「我以為桑頓先生會過來。昨天晚上送書來那個人應該帶了字條，只是忘了拿出來。今天不知道有沒有口信？」

「我去問問。」瑪格麗特說，因為爸爸換著方式又問了同樣的問題。「等等，門鈴響了！」她立刻坐下來，低下頭，專注地做針線。她聽見樓梯上有腳步聲，卻只有一個人，是蒂克森。她抬頭起，嘆了一口氣，深信自己覺得很慶幸。

「老爺，是席金斯。他想見你，不然就見小姐。或者先見小姐，再見你。他整個人怪模怪樣的。」

「那麼最好讓他上來，這樣子我跟小姐他都可以見得到，看他想找哪個人說話都行。」

「哎！老爺，這樣是很好，反正我肯定沒興趣聽他想說什麼。只是，你真該看看他的鞋，那時你就會覺得他比較適合去廚房。」

「應該可以讓他把鞋子擦乾淨。」赫爾先生說。蒂克森二話不說甩頭就走，去叫席金斯上樓。等她看見席金斯猶豫不決地看著自己的鞋子，態度又軟化了。席金斯坐在樓梯最底層，脫下那雙惹人嫌的鞋子，默默走上樓。

「晚上好，先生。」他進門時伸手把頭髮抹平。「我只穿襪子，希望她（視線轉向瑪格麗特）別見怪。我東奔西跑一整天了，街道不是什麼乾淨地方。」

他一反常態，既沉默又順服，顯然不知道該怎麼表達他來此的目的。瑪格麗特猜測可能是因為他太累了。

赫爾先生只要看到任何人顯得羞怯、遲疑或不知如何是好，憐憫之心就會油然生起，連忙出聲招呼他。

「我們正要吃晚餐，席金斯先生，你就一起用個便餐。這種溼答答的天氣讓人只想發懶，如果你已經在外面跑了一天，一定累極了。親愛的瑪格麗特，妳能不能催一下晚餐？」

瑪格麗特催晚餐的唯一辦法就是自己動手，這麼一來又惹惱蒂克森。蒂克森剛走出太太過世的傷痛，心情還處在敏感易怒的狀態。只不過，任何人只要接觸到瑪格麗特，都會開開心心地順從她的心意，而且視為一種光榮。瑪莎正是如此，大致說來蒂克森也是這樣。瑪莎的附和，加上瑪格麗特的溫柔與寬容，反倒讓蒂克森覺得不好意思。

「我們來到米爾頓以後，妳跟老爺為什麼老是邀下等人上樓，我很受不了。海爾斯東那些人最多只能進到廚房，先前我還曾經告訴其中一兩個人，他們能進到廚房，已經是莫大的榮幸了。」

席金斯發現對一個人傾吐比對兩個人訴說更容易。瑪格麗特離開以後，他走過去把門關上，再回來站在在赫爾先生身邊。

「先生，」他說，「你一定很難猜到我這一天為什麼東奔西跑，尤其如果你記得我昨天說話的態度的話。我去找工作了，是真的。」他說，「我告訴自己，不管別人說什麼，我絕不回嘴。我寧可咬自己的舌頭，也不要口無遮攔。這都是為了那個人，你知道的。」他豎起拇指，往背後某個不知名方向戳了一下。

「我不知道。」赫爾先生發現席金斯在等他確認，自己卻是一頭霧水，不知道「那個人」究竟是誰。

「就是躺在那裡那小子。」說著，他的拇指又戳了一下。「就是跑到溪裡把自己淹死那個，可憐的小子！以前我不認為他有那種勇氣可以一動不動躺在溪裡，直到溪水把他淹死。就是鮑徹。」

「嗯，我知道了，」赫爾先生說，「再回到你剛剛說的話，你說你不會口無遮攔……」

「為了他，卻也不是為了他。因為不管他現在在哪裡，變成什麼，他都不會再挨餓、不會再受凍。是為了他老婆和那群孩子。」

「上帝祝福你！」赫爾先生非常震撼。他鎮定下來，呼吸急促地說。「你這話什麼意思？都跟我說說。」

「我已經說啦。」席金斯對於赫爾先生的激動神情，有點驚訝。「我不會為了自己去求別人給我工作，可是那一家子現在是我的責任。我在想，我原本希望讓鮑徹得到更好的結果，卻害他走錯了路，現在只得扛起他的擔子。」

赫爾先生拉起席金斯的手，真心誠意地跟他握手，沒有說話。席金斯一臉尷尬難為情。

「哎呀，哎呀，先生！我們之中任何人只要稱得上是男子漢，都會做一樣的事，是啊。而且會做的更好，因為我到現在還沒找到一丁點工作，連個影子都沒有。我去找翰普，承諾書的事暫時撇開不談，因為我絕不會簽，就算為了鮑徹，我也不會簽。我告訴翰普，他工廠裡絕找不到像我這麼勤奮的工人，可是他不肯雇我，其他廠主也一樣。我是個可憐的、沒用的異類。孩子們可能會餓死，我卻什麼都做不了。除非，牧師，你肯幫我？」

「幫你！怎麼幫？我什麼都願意做，但我能做什麼？」

「你家小姐……」這時瑪格麗特已經回來，靜靜站在一旁聽著。「經常說起南方多麼美好，也提到過南方的生活方式。我不知道那裡離這裡多遠，如果我能把那一家子帶到南方，那裡食物比較便宜，工資比較高，所有的人，不管有錢沒錢、不管老闆或雇工，大家都很和善。也許你可以幫我介紹工作。先生，我還不到四十五歲，力氣還大著呢。」

「可是，你能做什麼樣的工作呢？」

「嗯，我應該還能拿鐵鍬鋤地……」

「席金斯，」瑪格麗特上前一步。「你懷著世上最好的動機去鋤地或做任何別的事，一星期也許能賺個九先令，最多可能有十先令。吃的開銷跟這裡差不多，也許你能有自己的小菜園……」

「孩子們可以照顧菜園。」他說，「反正我在米爾頓待膩了，米爾頓對我也厭煩了。」

「雖然如此，你絕對不可以去南方。」瑪格麗特說，「你受不了的。不管什麼樣的天氣，你都得待在外頭，風溼症就會要你的命。以你這種年紀，那種粗活會搞垮你的身體。食物也跟你平常習慣的很不一樣。」

「我對吃的不大講究。」他好像被惹惱了。

「可是如果你有工作做，就會希望每天能吃到肉。你得拿你賺的十先令去買肉，還得設法養活那些孩子。你會有這些念頭，都是因為我先前說的話，所以我有責任把事情跟你說清楚。你受不了那種單調生活，你根本無法想像，那種日子會腐蝕你，就像生了鏽的鐵一樣。那些一輩子都生活在那裡的人，老早習慣泡在那灘死水裡。他們就在那熱乎乎、廣闊又孤單的田野裡，日復一日操勞下去。他們成天低垂著可憐腦袋，不說話、也不抬頭。艱苦的勞力活讓他們的腦子失去生命力；一成不變的苦工剝奪了他們的想像力；一天的工作結束後，他們不會想聚在一起談天說地，不會想聊聊他們腦袋裡即使是最無趣、最荒唐的思緒。他們回到家已經精疲力盡，可憐的人！除了吃東西和休息，什麼也不想。你沒辦法讓他們來陪你說說話，而在鎮上，你說話的對象多得像你呼吸的空氣。我不知道這點究竟是好或不好，有件事我肯定知道，你絕受不了跟那樣一群工人生活在一起。他們心目中的太平日子，對你而言會是永無止境的煩惱。拜託你打消這個念頭吧。再者，你沒有錢可以把他們母子搬到南方，這倒是一件好事。」

「這點我考慮過了。我們大家只好擠一間屋子，另一間屋子裡的家具賣掉以後可以撐一段時間。那裡的男人肯定也要養家，養一家六七口人。上帝幫幫他們！」這時他突然轉念，放棄這個他疲憊焦慮了一整天的腦子醞釀出的想法。與其說是被瑪格麗特說服，倒不如說是了解了實際情景。「上帝幫幫他們！南方和北方各有各的煩惱。就算那裡工作機會又多又穩定，勞力卻只能換到吃不飽的工資。而在這裡，我們某段時期也許賺進大筆錢，下個階段卻一毛錢也賺不到。當然，這個世界太深奧，超出我或任何男人所能理解，需要好好整頓一番。可是，如果別人說是那樣，而我們只看見這樣，那麼又該由誰來整頓呢？」

赫爾先生忙著切麵包塗奶油，瑪格麗特很慶幸，因為她覺得這時候最好別跟席金斯說太多。如果這時候她爸爸稍微提到席金斯腦子裡想的東西，席金斯會覺得需要為自己的立場辯論一番，反而會繼續堅持已見。她跟爸爸聊起無關緊要的話題。席金斯不知不覺之中已經吃飽了，他把椅子推離餐桌，開始留意他們父女的談話。可惜沒有用，他再次陷入恍恍惚惚的憂鬱狀態。瑪格麗特腦海裡有個想法，卻一直卡在喉嚨，說不出口，這時她突然說道，「席金斯，你去過馬博洛工廠找工作了嗎？」

「桑頓的工廠嗎？」他問。「嗯，我去過。」

「他怎麼說？」

「像我這樣的人不太可能見得到廠主。工頭叫我走開，叫我去死吧。」

「我真希望你見到了桑頓先生，」赫爾先生說，「他可能不會給你工作，至少不會那樣跟你說話。」

「那種話我聽慣了，一點都不在乎。我被趕出來並不生氣，我介意的是，那裡不要我，其他任何地方也都不要我。」

「可是我真希望你跟桑頓先生見上一面。」瑪格麗特重複一次。「你能不能再去一趟。我知道這個要求讓你很為難，可是你明天能不能再去一趟，看看他怎麼說。如果你肯去，我會很高興。」

「恐怕去了也沒用。」赫爾先生低聲說。「最好讓我來跟他說。」瑪格麗特仍然盯著席金斯，等他回答。她溫柔認真的雙眼實在很難拒絕。他大大嘆了一口氣。

「這實在很傷自尊。如果是為了我自己，我寧可餓死算了。要我去求他，不如我先揍他一頓，我更寧可自己挨一頓打。可是妳真不是個普通的小姑娘，妳別見怪，妳做起事來也很不尋常。我明天就去一趟，我甚至會扮個苦臉。妳可別以為他會答應。那人挺有個性，就算被綁在柱子上用火燒，也不會屈服。赫爾小姐，我願意為了妳去做這件事，這是我這輩子第一次聽女人使喚。我老婆和貝西都辦不到。」

「那我更感謝你了，」瑪格麗特笑著說，「只是我不相信你的話。我相信你跟大多數男人一樣，會聽太太和女兒的話。」

「至於桑頓先生，」赫爾先生說，「我來給你寫張字條。我敢說，這張字條至少可以讓你跟他說上話。」

「先生，我非常感謝你，但我寧可靠自己。我沒辦法讓一個不清楚前因後果的人來幫我說情。插手干涉廠主和工人的事，就像插手干涉夫妻之間的家務事，需要很大的智慧，才能收到一點成果。我會在工廠門口站崗，早上六點就去等，一直等到跟他見上面。不過，如果掃馬路的工作沒被乞丐先搶走，我寧可去掃馬路。小姐，妳別抱著希望，從燧石上擠出乳汁還比這更有可能。祝你們有個美好夜晚，謝謝你們。」

「你的鞋子在廚房爐火旁，我剛才拿下去烘乾。」瑪格麗特說。

他轉頭定定看著她，然後用細瘦的手抹了抹眼睛，就出門去了。

「這人真是一身傲骨！」赫爾先生說。席金斯拒絕讓他插手桑頓的事，他有點不開心。

「確實是，」瑪格麗特說，「雖然很有傲氣，卻也是個鐵錚錚的男子漢。」

「他明顯很尊重桑頓先生身上跟他自己一樣的特質，實在挺有趣。」

「爸，這些北方人天性裡是不是都有一股堅毅？」

「鮑徹恐怕就沒有，他太太也沒有。」

「從他們說話的口音，我猜他們有愛爾蘭血統。不知道他明天能談出什麼結果，如果他跟桑頓先生可以像男人對男人那樣把心裡的話說出來：如果席金斯可以忘掉桑頓先生是個廠主，用跟我們說話的態度跟他說話；如果桑頓先生肯拿出耐心，用他仁慈的心跟他說話，而不是用他廠主的耳朵……」

「瑪格麗特，妳終於對桑頓先生有點公平的評價了。」赫爾先生愛憐地捏捏女兒的耳朵。

瑪格麗特心裡莫名地哽咽，害她一時答不出話來。「哎！」她心想，「但願我是個男人。那樣的話，我就可以去找他，逼他說出心裡的責難，再誠實地告訴他我知道自己活該。我才剛感受到他的價值，卻又失去這個朋友，實在叫人難受。他對親愛的媽媽多麼溫柔呀！即使只是為了媽媽，我真希望他能來，那麼我至少會知道我在他心目中有多卑劣。」

第三十八章 承諾實現

她驕傲地、驕傲地站起來，
雖然眼裡含著淚水，
「不管你怎麼說，無論你怎麼想，
我一句話也不會跟你說！」
——蘇格蘭民謠

瑪格麗特認為桑頓先生之所以看輕她，只為了一個原因，那就是她說了謊話。其實桑頓先生在意的還有另一件事，那就是這個謊話明顯涉及另一個情人。他忘不了她跟另一個男人對望時那種溫柔多情的真摯眼神，那種態度傳達的就算不是明確的愛意，至少也是熟悉的信任感。這個念頭一直是他心頭的一根刺，無論他到哪裡，在做什麼，那個畫面始終在他眼前。除此之外（想到這裡他忍不住咬了咬牙），還有那個夜幕低垂的時刻；那個遠離自家、相當偏僻的地點。起初他比較高貴的自我曾經認為，當時的時間和地點可能只是湊巧，背後沒有不可告人的原因。可是，一旦他承認她有權利愛人與被愛（他有什麼理由否決她的權利？她拒絕他的求婚時，不是說得清楚明白了嗎？）不免聯想到她可能一時意亂情迷，不小心散步太久、在外逗留到比她預期更晚的時間。

還有那個謊話！它不幸地顯示她心裡很清楚其中有些不妥，需要遮掩。這不像她的為人。

他如果認定她完全不值得敬重，反倒會如釋重負，但他仍然得對她公平點。他對她滿腔激情，即使她行為失檢，他仍然覺得她比任何女人都更可愛、更優秀，所以才會痛苦不堪。然而，他又覺得她太愛慕那另一個男人，甚至為了這份愛誤入歧途，違反誠實的天性。讓她蒙羞的那個謊言，就是她多麼盲目愛著那個男人的鐵證。那個男人黝黑、清瘦、優雅又俊俏，反觀他自己，卻是粗陋、古板又壯碩。他把自己推進強烈嫉妒的痛苦深淵。他想著她當時那種神情、那種態度！只要能得到那種依依不捨的柔情眼神，就算要他匍匐在她腳下也在所不惜！當初她在暴民面前保護他，原來只是無意識行為，他卻那麼珍視，他不禁嘲笑自己。如今他見識到她在真愛面前是多麼柔情似水，多麼令人銷魂。他一點一滴回想著她的尖銳言語：「她會為那群暴民之中的任何一個人這麼做，而且更為樂意。」她想要阻止流血事件的時候，他跟那些暴民在她心目中的地位相等。可是這個男人，這個秘密情人與眾不同，他獨享她的美貌、她的言語、她的依戀、她的隱瞞，一切的一切。

桑頓很清楚自己一生中從沒像現在這麼易怒。只要有人來問他問題，他總想給對方唐突的回答，與其說是言語，不如說是咆哮。這份認知深深傷害到他的自尊，因為他向來以自制力為榮。他決定自我克制。他開始壓抑，態度變得沉默而徐緩。只是，那件心事卻變得更嚴峻、更難熬。他在家比過去安靜得多，整個晚上來回踱步。如果換做是別人，他母親早就大動肝火了。即使是對這個心愛的兒子，桑頓太太也不打算多做忍耐了。

「你能不能停下來？能不能坐一下？如果你可以停止這樣沒完沒了的走、走、走，我想跟你說點事。」

他立刻找張靠牆的椅子坐下來。

「我要跟你說說貝琪的事。她說她一定得辭職，因為未婚夫的死對她打擊太大，她沒心情工作。」

「好吧。應該可以找到新廚子。」

「真是不食人間煙火的男人。問題不只在煮飯，她對家裡一切都很熟悉。另外，她跟我說了些你那位朋友赫爾小姐的事。」

「赫爾小姐不是我朋友，赫爾先生才是。」

「我很高興你這麼說。因為如果她曾經是你朋友，貝琪說的話一定會惹你心煩。」

「說來聽聽。」他用過去這幾天新發展出的高度沉著語氣說道。

「貝琪說，她未婚夫……我忘了他叫什麼名字，因為她提到他都只說『他』……」

「李奧納。」

「李奧納最後一次出現在車站、也就是他最後一次去上工那天，赫爾小姐也在那裡，跟一個年輕男人逛來逛去。貝琪認為李奧納就是被那個年輕男人打或推了，才會死掉。」

「李奧納不是因為被人打或推才死掉的。」

「你怎麼知道？」

「因為我清楚明白地問了醫院的醫生。醫生告訴我，李奧納病了很久，病因是他長期喝酒過量。他一喝醉酒，病情就會嚴重惡化，這就說明他的死是因為喝太多酒，而不是跌倒。」

「跌倒？什麼跌倒？」

「就是貝琪所說的打或推造成的。」

「那麼的確發生打人或推人？」

「應該是。」

「是誰做的？」

「因為醫生說的話，法庭決定不調查死因，所以我沒辦法告訴妳。」

「可是赫爾小姐確實在那裡？」

默不作聲。

「跟一個年輕男人在一起？」

還是沒有回答。最後他說，「媽，我告訴妳，法院不調查死因……不會訊問。我是指警方的偵查。」

「貝琪說詹寧斯（是她認識的人，在克朗頓的雜貨店當店員）敢發誓，那個時間赫爾小姐在車站跟一個年輕男人來來回回地走著。」

「我看不出來那件事跟我們有什麼關係。赫爾小姐想做什麼是她的自由。」

「我很高興你能這麼說，」桑頓太太熱切地說，「這件事當然跟我們沒多大關係，經過那些事以後，跟你更是沒有關係！可是我……我答應過赫爾太太，只要她女兒做錯事，我一定會規勸她，會告誡她，讓她知道我對這種行為有什麼看法。」

「我看不出來她那天晚上的行為有什麼不對。」說著，桑頓站起來，走到母親身旁。他站在壁爐架旁，背對著房間。

「你不會允許芬妮天黑以後出門，跟個年輕男人在人煙稀少的地方散步。當時她媽媽剛過世，還沒下葬，她竟然選這樣的時間去跟男人散步，這種行徑我無話可說。如果雜貨店店員看見你妹妹做這種事，你會高興嗎？」

「首先，我自己幾年前還是布店店員，所以雜貨店店員看見某件事，左右不了我對那件事的判斷。再者，赫爾小姐和芬妮個性大不相同。我不難想像赫爾小姐可能有什麼重大理由，讓她忽略了自己行為的恰當性。我從來沒見過芬妮做任何隱藏著重大理由的事。芬妮需要有人監督，我相信赫爾小姐可以監督自己。」

「把自己的妹妹說成這樣，真是！說真的，約翰，赫爾小姐先前那樣對你，你也該清醒了吧。她大膽表達出對你的虛情假意，引誘你向她求婚，純粹是利用你來刺激這個年輕人，一定是的。現在我完全看清楚她的手段了。你也認為他是她的情人，這點你不否認吧。」

他轉身面對母親，蠟灰的臉孔顯得陰沉。「沒錯，媽，我猜那是她的情人。」話聲一落，他又轉身。他扭動著身體，像承受極大的痛楚，一隻手托著腮幫子。桑頓太太再次說話以前，他猛然轉身過來。

「媽，不管那人是誰，他是她的情人。不過，她需要幫助，需要女性的提點。我擔心她可能面臨某種難題或考驗，我不知道究竟什麼事。妳畢竟是我的好媽媽，呃，溫柔的媽媽。去看看她，去聽聽她怎麼說，告訴她該怎麼做比較好。我知道問題不單純，應該有某種恐懼，讓她飽受折磨。」

「天哪，約翰！」這下子桑頓太太驚呆了。「你這話什麼意思？你這話什麼意思？你還知道什麼？」

他沒有答話。

「約翰！如果你不肯說，我怎麼知道自己不該往哪個方向去想。你沒有權利像剛剛那樣貶低她。」

「媽，不是貶低！我**沒辦法**貶低她。」

「那麼，你沒有權利說剛才那些話，除非你把話說清楚。這樣要說不要的，會毀了女人的名節。」

「名節！媽，妳怎麼敢……」他轉過頭來，用激動的眼神盯著她。接著，他挺直身子，讓自己恢復堅定的沉著與莊嚴，說道，「我不會再多說什麼了，事實就只有這樣，我認為妳會相信我。我有充分理由相信赫爾小姐碰上了某種跟感情有關的危機或困境，基於我對她的了解，我相信這份感情絕對單純又正當。至於我的理由是什麼，我不願意明說。她現在只是需要某個友善又親切的女性的建議，永遠別讓我聽見任何人說她的不是，或暗示她有什麼更嚴重的過錯。妳答應過赫爾太太要當那個人。」

「我沒有！」桑頓太太說，「我很高興當初沒有答應對她友善親切，因為當時我覺得，我沒有能力對赫爾小姐這種品行和性格的人付出友善和親切。我只答應給她建議和忠告，就像我教導自己的女兒一樣。如果芬妮天黑以後跟年輕男人在外頭閒逛，我也會用同樣的態度教她！我會依照我知道的情況去跟她說話，不會受到那些你不願意告訴我的『重大理由』影響。那時我就履行了我的承諾，負起我該負的責任。」

「她肯定受不了的。」他激動地說。

「我以她過世母親的名義說話，她受不了也要受。」

「好吧！」他轉身離開，「別再跟我說這些事了，我光想想都受不了。總之，妳去跟她談談也好，總比沒人跟她說好得多。」他回到自己房間，鎖好門以後，咬牙切齒地說，「哎！那種愛戀的眼神！還有那個該死的謊話。這個謊話顯示整件事背後藏著某種不可告人的恥辱，不能拿出來擺在我以為她時時刻刻置身其中的那種光明裡！噢，瑪格麗特，瑪格麗特！妳折磨得我好苦啊！瑪格麗特，妳不能愛我嗎？我是沒教養又冷酷，可是我絕對不會讓妳為我說謊。」

桑頓太太越是回想兒子如何拜託她仁慈看待瑪格麗特的失檢行為，心裡就越討厭她。想到自己能夠假藉履行責任之名，對她說出「心裡的話」，就體驗到一股殘酷的滿足感。她很清楚瑪格麗特有能耐對很多人施展「迷人魅力」，所以開心地想像自己完全不為所動。想到瑪格麗特美麗的容貌，她輕蔑地哼了一聲。瑪格麗特的烏黑秀髮、清透光滑的皮膚、明亮的雙眸，都阻擋不了桑頓太太花了大半夜時間、在腦海裡構思諸多義正辭嚴的責備話語。

「赫爾小姐在嗎？」她知道瑪格麗特在，因為她隔著窗子看見了她。瑪莎話才回答一半，她已經踏進小門廳。

瑪格麗特一個人坐著，正在給伊迪絲寫信，詳細地描述母親過世前那幾天的情景。她越寫越感傷，瑪莎通報桑頓太太來訪時，她連忙擦去情不自禁滴落的淚水。

她接待客人的態度極其溫婉賢淑，害得桑頓太太氣焰有點受挫，準備好的訓詞根本說不出口。構思得如此巧妙，卻沒了發表對象。瑪格麗特輕柔圓潤的嗓音比平時來得柔和，她的態度更為殷勤，因為她內心很感謝桑頓太太好心來探望她。她努力找些跟桑頓太太有關的話題，比如誇獎桑頓太太介紹來的女僕瑪莎，還說先前桑頓小姐提到的希臘小曲，她已經請伊迪絲幫忙找了。

桑頓太太相當受挫，因為她鋒利的大馬士革鋼刀碰上玫瑰，顯然無用武之地。她沉默無語，因為她在督促自己打起精神來執行任務。最後，她腦海裡閃過一絲懷疑，儘管可能性不高，她還是利用它來激勵自己達成這一趟的目的。她猜想，瑪格麗特這種溫馴表現都是裝出來的，是為了討她兒子歡心。也許另一段戀情不知為何已經破局，她才會見風轉舵，想吃回頭草。可憐的瑪格麗特！桑頓太太的猜測也許有那麼一點真實性：她原本就樂於取悅任何基於好意來探望她的人，加上她很在意、又害怕失去桑頓先生對她的敬重，這兩種心情不知不覺摻雜在一起。桑頓太太起身告辭，卻好像還有話要說。她清清喉嚨，說道：

「赫爾小姐，我今天來有個任務。我答應妳過世的母親，如果我粗淺的判斷力發現妳做了錯誤或（這裡她口吻稍微軟化了些）有欠謹慎的事，一定會出面規勸，至少會提供妳一點建議，不管妳接不接受。」

瑪格麗特站在她面前，像個罪犯般面紅耳赤，望著桑頓太太的眼睛瞪大了。她以為桑頓太太是來跟她談說謊的事，以為桑頓先生請他母親來向她解釋、她讓自己陷入了在法庭上遭到公開駁斥的危險！想到他沒有選擇親自前來責備她，來聆聽她的懺悔，並且恢復對她的正面評價，她的心情有點低落。但她仍然保持謙遜，願意拿出耐心、逆來順受地承受任何責難。

桑頓太太接著說：

「一開始我從僕人口中聽說有人看見妳跟某個男士走在一起，在離家有一段路的奧伍德車站，而且時間已經接近晚上，我幾乎難以置信。可是，很遺憾，我兒子確認了這件事。最低限度，這實在是一種輕率的行為，過去有很多女性的名聲都因此受損……」

瑪格麗特雙眼冒出怒火。她沒想到是這麼回事，這實在太羞辱人。如果桑頓太太談的是她說的謊話，那當然沒問題，她會坦然接受，會羞愧得無地自容。可是她竟要干涉她的行為，要評斷她的名聲。桑頓太太，一個區區的陌生人，這未免太無禮。她拒絕回答，一個字都不說。桑頓太太看見瑪格麗特眼裡的反抗精神，鬥志也被激發出來了。

「看在妳母親份上，我覺得有必要提醒妳避免這種不恰當行為。長此以往，這種行為即使沒有帶給妳實際上的傷害，也一定會損及世人對妳的評價。」

「為了我母親，」瑪格麗特含淚說道，「我可以忍受很多事，但不是所有事。我相信她不會希望看到我被羞辱。」

「羞辱，赫爾小姐！」

「沒錯，夫人。」瑪格麗特的聲音穩定了些。「這是羞辱。妳對我了解多少，竟然會以為……天哪！」她崩潰了，舉起兩隻手遮住臉龐。「我知道了，桑頓先生告訴妳……」

「妳錯了，赫爾小姐。」桑頓太太雖然很好奇瑪格麗特想坦承什麼，但她正直的天性阻止瑪格麗特繼續說下去。「別說了，我兒子什麼都沒跟我說。妳不了解我兒子，也不配了解他。小姐，他是這樣說的，可以的話妳仔細聽，這樣妳才能了解妳拒絕了什麼樣的男人。我兒子這個米爾頓製造商，他寬厚善良的心遭到鄙視，就在昨晚，他告訴我，『妳去看看她，我有充分理由相信她碰上了某種跟感情有關的危機或困境，她需要女性的提點。』當時他是這麼說的。除了確認妳二十六日晚上跟一個男士在奧伍德車站以外，他什麼都沒說，沒說半句對妳不利的話。就算他知道任何導致妳現在哭得這麼傷心的原因，他也沒有說出來。」

瑪格麗特依然雙手掩面，手指沾滿淚水。桑頓太太有點心軟。

「好了，赫爾小姐。我相信，某些行為表面上看起來或許不恰當，解釋清楚以後也許不是那麼回事。」

還是沒有回答。瑪格麗特在考慮該說些什麼。她不希望桑頓太太誤解她，但她卻不能、不可以提出任何解釋。桑頓太太失去耐性。

「跟朋友斷絕往來，我會覺得很遺憾。可是為了芬妮……就像我跟我兒子說的，如果芬妮做了這種事，我們應該要覺得是很大的恥辱。我擔心芬妮會被帶壞……」

「我沒辦法給妳任何解釋，」瑪格麗特低聲說，「我做錯了事，可是事情不是妳認為的或知道的那樣。我覺得桑頓先生對我的評斷比妳仁慈。」她淚流不止，費一番工夫才能忍住不哽咽。「不過，夫人，我相信妳是出於好意。」

「謝謝妳。」說著，桑頓太太站起來。「沒想到我的出發點會被人質疑，我以後再也不管了。妳媽媽拜託我，我原本不願意答應的。當初我懷疑我兒子喜歡妳，我就不贊成這件事。妳顯然配不上他。但是，暴動時妳做出那樣的讓步，不顧傭人和工人的指指點點，我覺得我不能再反對我兒子向妳求婚。對了，在暴動那天以前，他從來沒說過想向妳求婚。」瑪格麗特露出痛苦表情，

是外地人，不太可能知道這些人的習性，我卻清楚得很。」

「很抱歉我要求你去。他生氣嗎？他沒有像翰普那樣對待你吧？」

「他也沒有太客氣！」說著，席金斯又轉起銅板，這回自己轉著玩的成分大於逗孩子開心。「妳別這麼想，我只是回到原點。明天我再出去找。我也狠狠回敬他一頓。我告訴他，我對他的評價還沒有高到會自願上門找他兩次，是因為妳勸我去，而我欠妳一個人情。」

「你告訴他是我讓你去的？」

「我不記得有沒有提到妳的名字，應該沒有。我只說，有個狀況外的女人要我去，看看他是不是有一副好心腸。」

「那他……」瑪格麗特問。

「要我提醒妳別多管閒事……娃兒們，這回轉得最久……這還是他最客氣的一句話。不過沒關係，我們沒什麼損失，我再怎麼樣也不會讓這些孩子餓肚子。」

瑪格麗特放開扭來扭去的傑克，讓他重新坐回餐具櫃上。

「很抱歉我要你去見桑頓先生，我對他很失望。」

她背後有一聲輕響。她跟席金斯同時轉身，看見桑頓先生站在門口，臉上的表情既驚訝又惱火。瑪格麗特一心只想離開，不發一語地從他面前走過，對他深深一鞠躬，隱藏霎時轉白的臉龐。他也深深回禮，等她出去以後關上門。

瑪格麗特匆匆走向鮑徹家時，聽見席金斯家的門「嗒」地關上，心情更加低落。他看到她在那裡，顯然也很不高興。他確實如席金斯所說，有「一副好心腸」，可是他也有一股想要加以掩飾的傲氣。他把自己的善心神聖又安穩地收藏著，努力避免任何誘使他真情流露的機會。他一方面害怕內心的柔軟被人發現，一方面又希望所有人都知道他公正無私。有個男人為了跟他說話，懷著謙卑的耐心等他五小時，他卻輕蔑地對待他，他覺得自己有欠公平。至於那個男人也把握機會出言不遜，他倒是沒放在心上，反而因此更欣賞對方。他知道自己當時脾氣也很暴躁，那麼他們也算扯平了。

最後打動他的，是那五小時的等待。他自己沒有五小時可以揮霍。不過，他倒是付出一兩小時的時間，耗費心力與體力去查證席金斯說的話，打聽這個人的人品，以及他過去的種種。他不願意，卻不得不相信席金斯說的都是真的。而後這個念頭像被某種咒語驅使，潛入他的內心，喚醒他沉睡的柔軟心：席金斯的耐心與寬宏大量（他也聽說了鮑徹與席金斯之間的過節），讓他不再計較公不公平，直接提升到更神聖的本能。他專程來告訴席金斯他願意雇用他。他聽見瑪格麗特最後說的那句話確實有點不悅，看見她在那裡更不開心，因為他忽然明白她就是那個鼓吹席金斯去找他的女人。他只是在做一件對的事，很害怕承認自己是因為想到她才這麼做。

「那就是你提到的那個女人嗎？」他氣呼呼地問席金斯。「你當初可以告訴我的。」

「那麼也許你就不會那麼粗魯地批評她了。你說女人是一切災殃的亂源時，最好想想你媽媽也是女人。」

「所以你把我說的話告訴赫爾小姐了。」

「我當然說了，至少我覺得我說了。我要她別再插手干涉任何跟你有關的事。」

「那些是誰家的孩子？你的嗎？」桑頓先生老早打聽清楚了，當然知道那是誰的孩子。可是剛剛的開場白把氣氛弄僵了，他不知道該說些什麼來轉移話題。

「不是我的，也是我的。」

「就是你今天早上跟我提到的那些孩子？」

「當時你說，」席金斯轉頭過來，以毫不掩飾的惡狠狠口氣回答，「我說的話也許是真的，也許是假的，總之可能性不高。先生，我可沒忘。」

桑頓先生沉默片刻，之後又說，「我也沒忘。我記得自己說的話，我當時不應該說那樣的話，那時候我不相信你。我聽說了你跟鮑徹之間的事，如果有個人那樣對我，我絕不會去照顧他的孩子。現在我知道你說的都是真的。我向你道歉。」

席金斯沒有轉身過來，也沒有馬上回應。等他開口說話，口氣柔軟得多，雖然說出來的話還是挺刺耳。

「你有什麼權力打聽我跟鮑徹的事。他死了，我很遺憾，就這麼簡單。」

「的確是。你願意不願來我工廠工作？我今天來就是為了問你這個。」

席金斯頑固的內心有點動搖，然後又增強，而且無比堅定。他不肯答腔，桑頓先生也不願意再問。席金斯的視線落到孩子們身上。

「先前你說我放肆，說我騙人，愛惹是生非，你說的也許有點對，因為以前我經常愛喝個幾杯。我也曾經說你霸道，說你是一條老鬥牛犬，是個冷酷無情的廠主，事情就是這樣。為了這些孩子，老闆，你覺得我們兩個處得來嗎？」

「這個嘛！」桑頓先生似笑非笑地說，「我並沒有說我們兩個應該好好相處。不過，根據你剛剛說的，有件事倒是值得安慰：我們兩個對彼此的印象不會比現在更壞了。」

「這倒是，」席金斯沉思道，「我見過你之後一直在想，幸好你不肯給我工作，因為我從沒見過這麼讓我無法忍受的人。不過我可能太快下定論，對像我這樣的人來說，工作就是工作。所以，我會去。還有，我感謝你。就這麼說定了。」他用更坦率的語氣說。這時他突然轉身過來，第一次跟桑頓先生面對面。

「就這麼說定了。」桑頓先生堅定地握了席金斯伸出的手。然後他恢復廠主身分，說道，「我得提醒你，準時上工，我廠裡不需要懶散的人。我們訂的罰則一定嚴格執行。一旦我發現你在搗亂，你就走人。你現在知道該怎麼做了吧。」

「今天早上你提到我的智慧，我想我最好帶著去上工。或者你寧可我別帶腦子去？」

「如果你用腦子干涉我的事，那就別帶來。如果你懂得守分寸，那就帶著吧。」

「看來我需要一點腦子來判斷什麼是你的事，什麼又是我的事。」

「你的事還沒有開始，我的事還等著我去做。再見。」

桑頓先生還沒走到鮑徹太太家，看見瑪格麗特走出來。她沒發現他，所以他跟著她走了一小段距離，欣賞她輕快閒散的步態和她修長優雅的身材。突然之間，這份單純的喜悅滲入了嫉妒的毒素，不再純淨。現在她一定已經猜到他知道她有別的情人，他想趕上她，跟她說話，看看她會用什麼態度面對他。另外，有關她要席金斯去找他這件事，他也希望她知道他已經修正他早上的決定，證明她做得很對。只是，後面這個希望讓他有點難為情。他走到她身邊。她嚇了一跳。

「赫爾小姐，容許我說句話。妳剛才表達的失望稍嫌太早下定論。我答應給席金斯工作了。」

「那很好。」她冷冷地說。

「他說他跟妳說了我早上說的話，就是……」他吞吞吐吐，瑪格麗特幫他接下去：

「就是女人別多管閒事。你完全有權力表達自己的意見，而且我相信這個見解非常正確。只是，」她的語氣熱絡了些。「席金斯沒有說出全部的真相。」「真相」這個詞讓她聯想到自己的謊話，她突然打住，感到萬分不自在。

起初桑頓先生不明白她為什麼忽然停頓下來，接著他想起她撒的謊，想起那些事。「全部的真相！」他說，「天底下沒幾個人會說出全部真相。對於這點我已經不抱希望了。赫爾小姐，妳不跟我解釋一下嗎？妳一定已經知道我的猜測。」

瑪格麗特沉默不語。她在琢磨著，什麼樣的解釋可以讓她不至於背叛弗列德。

「算了，」他說，「我不會再多問了，我可能會害妳又犯錯。請相信我，我會保守妳的秘密。可是妳做事這麼大意，實在是很冒險。現在我只是以妳父親的朋友的身分跟妳說話。如果我曾經有別的想法或期待，當然都已經過去了。現在我已經不在乎了。」

「這我知道。」瑪格麗特強迫自己表現得淡然、無所謂。「我知道我在你心目中是什樣的人，但那是別人的秘密，如果我跟你解釋，一定會傷害到那人。」

「我完全無意打探那位先生的隱私。」他有點發火。「我對妳的關心純粹基於朋友的立場。赫爾小姐，也許妳不相信。雖然我曾經信誓旦旦地說我會永遠愛妳，現在我已經放棄了，都過去了。妳相信我的話嗎？」

「我信。」瑪格麗特平靜而哀傷地說。

「那麼，我想我們沒有必要繼續走在一起了。原本我以為妳可能有話要說，看樣子我們在彼此心目中根本不算什麼。如果妳相信我那些愚蠢的愛慕已經完全結束，我就祝妳有個愉快的午後。」說完他匆匆走開。

「他是什麼意思？」瑪格麗特心想，「他為什麼說那種話？一副我一直以為他喜歡我似的。其實我知道他不愛我，他沒辦法愛我。他媽媽一定會跟他說很多我的壞話。我才不在乎他。我是個淑女，我一定控制得了這種狂野、怪異、悲慘的感覺，幾乎害我背叛我親愛的弗列德，只為了重新博取他的好感——一個這麼大費周章告訴我他不愛我的男人的好感。來吧，我可憐的心！開心點，勇敢點。如果我們被人拋下，孤苦無依，我們還是可以彼此憐惜。」

這天下午她顯得歡欣鼓舞，她爸爸幾乎嚇一跳。她聊個沒完，把天生的幽默感逼到極限。即使她說的大部分話語裡帶點尖銳，即使她談到哈里街時有點嘲諷，赫爾先生也不忍心像平時那樣糾正她。因為他很高興看見她終於擺脫憂慮。那天晚上她下樓去跟瑪莉說話，回來時赫爾先生彷彿看見她臉上有兩行淚痕。不過不可能，因為她帶來了好消息，席金斯可以去桑頓先生的工廠工作了。她的精神萎靡了，連一句話都說不出來，更不可能像先前那樣亢奮地說個沒停。

接下來那幾天她的情緒時好時壞，赫爾先生開始擔心她，這時正好來了兩封信，他認為應該可以為她帶來一點改變，轉換一下心情。赫爾先生收到貝爾先生來信，說要來拜訪他們。這位牛津老朋友能來家裡小住，他跟瑪格麗特的生活都可以多點可喜的變化。瑪格麗特見到父親開心，也努力迎合爸爸。只是，雖然貝爾先生是她的教父，特別疼愛她，她實在太無精打采，一點都不在意。

倒是伊迪絲的來信帶給她一點振奮。伊迪絲在信裡充分表達了對姨媽過世的傷感，也詳細描述她自己和丈夫兒子的一切。最後她還說，因為孩子不適應那裡的天氣，她媽媽有意搬回英格蘭。她丈夫也可能離開軍旅，所以他們大家也許會一起搬回哈里街的老房子。然而，少了瑪格麗特，哈里街的房子好像欠缺了什麼。瑪格麗特特別想念那棟老房子，想念過去那種井然有序、風平浪靜的單調生活。以前她住那裡時，偶爾會覺得那種生活很叫人厭煩。自從離開哈里街以後，她的生活衝擊連連，近期以來內心的掙扎也讓她疲累不堪，所以她覺得即使遲滯不前，都是一種休息，可以讓人找回活力。

她開始期待伊迪絲一家人回國後，可以去度個長假，就算未來毫無希望，她至少可以透過短暫的假期找回掌控自己的力量。目前她覺得所有的話題都會扯到桑頓先生，她就算盡了全力也沒辦法忘掉他。每次她去看席金斯父女，他們就會談到他；她爸爸又開始給他上課了，所以經常引用他說的話；就連貝爾先生也免不了提及他的承租戶桑頓先生。他在信裡說，他應該會花很多時間跟桑頓先生相處，因為他們要研商新的租約，討論合約的新條款。

第四十章　走調

我沒有委屈：我本來就沒有權利，
我不曾失去：我本來就不曾擁有，
但，我的悲痛無法平抑；
因為有個人會為此歡天喜地，
為此我身陷苦海，傷心涕泣。
——懷亞特[89]

瑪格麗特並不認為貝爾先生能為她的生活帶來多少樂趣，但是為了父親的緣故，她也滿心期待。等貝爾先生來到，她立刻展現最親切自然的友誼。他說她真是個完全符合他心意的好女孩，只不過，這並不是她自己的功勞。她之所以能夠一見面就贏得他的讚賞，都要歸功她父親的優良血統。瑪格麗特也以讚美回應，說他穿戴起大學評議員的衣帽，顯得特別年輕有活力。

「我是指您的熱情和友善充滿年輕活力。我不得不說，您的那些見解，是我很久以來聽過最老套、最陳腐的。」

「赫爾，你聽聽你這女兒，她在米爾頓學壞了。她是個民主份子、極端激進人士、和平協會成員、社會主義者……」

「爸，那都是因為我支持商業向前邁進。貝爾先生寧可商業原地踏步，拿獸皮交換橡樹果實。」

「不對，不對。我會去挖地種馬鈴薯，會把獸皮上的毛刮下來織成寬幅布匹。小姐，講話別那麼誇張。我其實厭煩了這種忙碌喧囂，每個人都急匆匆趕過別人，忙著去發財。」

「不是所有人都能舒舒服服坐在大學教室裡，什麼事都不做，錢財就自動增值。也難怪這裡很多人都希望跟你一樣，不必傷一點腦筋，財產就愈來愈多。」赫爾先生說。

「我倒不這麼認為。他們喜歡的是忙碌和奮鬥。至於靜靜坐著，學習古人的智慧，或本著先知精神，忠實地規劃未來藍圖……哎呀！呸！我不相信米爾頓有任何人懂得靜靜坐著，那可是一門偉大的藝術。」

「我猜米爾頓的人也認為牛津的人不懂得怎麼行動，如果他們雙方彼此交流一下，倒不是什麼壞事。」

「對米爾頓人也許有好處。很多對他們有好處的事，其他的人可能不會很喜歡。」

「您自己不就是米爾頓人？」瑪格麗特問，「我還以為您會以自己的家鄉為榮。」

「我必須承認，我不覺得有什麼值得驕傲的。瑪格麗特，如果妳到牛津來，就可以見識到一個充滿榮耀的地方。」

「那好吧！」赫爾先生說，「桑頓先生今天會來跟我們一起吃晚餐，他很以米爾頓自豪，就像你以牛津為榮一樣。你們兩個一定得多多接近，想辦法讓對方的心胸更開闊點。」

「多謝了，我的心胸沒興趣變開闊。」貝爾先生說。

89. 湯瑪斯．懷亞特（Thomas Wyatt，一五〇三～一五四二），十六世紀英國駐法國與義大利大使，也是詩人。此處詩句摘自他的詩〈親愛的，妳給我的答覆〉（The answer that ye made to me my dear）。

「沒錯，享受。我不指明哪種享受，因為我相信你跟我都同意，純粹的娛樂是很低俗的享受。」

「我寧可把享受的本質定義清楚。」

「好吧！享受悠閒，享受金錢帶來的權與勢。你們都努力在賺錢，你們到底要錢做什麼用？」

桑頓先生沉默不語，片刻後他說，「我真的不知道，賺錢不是**我**的目標。」

「那什麼才是？」

「這是個私人問題，我恐怕必須開誠布公才能答得上來。可惜我好像還沒準備好這麼做。」

「別！」赫爾先生說，「我們的問答別涉及私人領域。你們兩位都不是代表性人物，你們都太有自己的個人特質。」

「我不知道這話算不算讚美。我倒想當牛津的代表人物，因為那裡優美的環境、豐富的學問和傲人的歷史。瑪格麗特，妳覺得如何？妳爸爸那句話算是誇獎我嗎？」

「我不了解牛津。只是，做為某個城市的代表人物，跟做為那裡的居民的代表人物有所不同。」

「說得對極了，瑪格麗特。我想起來了，今天早上妳不贊同我的意見，反倒很推崇米爾頓和這裡的製造業。」瑪格麗特看見桑頓先生驚訝地瞄了她一眼。想到貝爾先生可能讓他產生什麼聯想，她就覺得心煩。貝爾先生又說：

「啊，真希望能帶妳參觀我們的高街和我們的雷德克利夫廣場。我沒提到我們的大學，正如桑頓先生談到米爾頓的魅力時，我也會容許他略過這裡的工廠不提。我有權奚落我的出生地，別忘了，我是米爾頓人。」

貝爾先生所說的每句話，都比任何時候更惹桑頓先生不高興，因為這會兒他沒心情開玩笑。貝爾先生的各種習性都跟米爾頓的生活格格不入，在言語之中半尖銳地抨擊。若是在別的時刻，桑頓先生可以欣賞這些言論。可是現在，他滿腔怒火，才會想辦法反駁貝爾先生的無心批評。

「我並沒有說米爾頓是模範城鎮。」

「建築方面嗎？」貝爾先生俏皮地問。

「嗯！我們太忙，沒空打理外觀這種小事。」

「別說外觀是小事。」赫爾先生和善地說，「從小到大的每一天，我們都愛欣賞外觀。」

「等一等，」桑頓先生說，「別忘了，我們跟希臘人不同種族。對希臘人來說，美就是一切。貝爾先生大可以去跟他們聊聊悠閒的生活或寧靜的享樂，他們大多透過外在感官體驗那些東西。我不是瞧不起他們，但我也不會效法他們。我身上流著日耳曼族血液，在英格蘭的這一區，我們幾乎沒有與其他種族混合，我們保留了不少他們的語言，更多他們的精神。我們不認為生命是享樂的時光，而是行動與奮鬥的時光。我們的榮耀與美麗來自內在力量，這股力量讓我們成功地抵抗物質享受，戰勝更艱巨的困境。在達克夏這裡，我們的日耳曼族精神也展現在另一方面：我們痛恨別人在遠方為我們制定的法律。我們希望那些人允許我們導正自己，而不是用他們不完美的法令不斷干涉。我們主張自治，反對中央集權。」

「簡單來說，你希望回到七國時代[91]。嗯，我今天早上說你們米爾頓人不尊崇過去，那句話我收回。你們是索爾[92]的死忠信徒。」

91. Heptarchy，指西元五世紀到九世紀英格蘭島上的七個大國，後來其中的威塞克斯王國（Wessex）陸續併吞其他各國，建立英格蘭王國。

「假使我們不像你們牛津人那麼崇拜過去，那是因為我們要的是某種能更直接適用於現代的東西。研讀古籍以推測未來不是壞事，只是，對於那些在新環境裡摸索的人，經驗的寶庫如果能教導我們如何處理與我們關係最密切、最直接的事物，那就更好了。畢竟這些事物通常會遭遇重重困難，偏偏我們的未來又取決於我們如何面對與克服這些困境，而不是暫時把它們推到一旁。過去的智慧幫助我們跨越現在。然而不對！人們談論烏托邦，總是比談論隔天的責任更輕鬆。等其他人了卻了那份責任，他們馬上又叫嚷著，『咄，真丟臉！』」

「你講這麼多，我聽不出個所以然。你們米爾頓人肯不肯不恥下問，把你們的難題送到牛津去？也許我們可以提供一點淺見。」

這話惹得桑頓先生哈哈大笑。「我剛才說的話很多都是針對我們最近碰到的難題有感而發。我心裡想的是最近經歷過的幾場罷工，這實在是一件挺麻煩又有殺傷力的事，至少我個人付出不少代價。不過，最近這個令我痛苦的罷工，其實還挺高尚。」

「高尚的罷工！」貝爾先生驚呼道，「看來你對雷神索爾實在敬仰到骨子裡去了。」

瑪格麗特雖然看不出來，卻意識到桑頓先生無比氣惱，因為他覺得非常嚴肅的事，一再被拿來說笑。她不喜歡這種一方蠻不在乎、另一方卻因為個人關係深感興趣的話題，所以強迫自己聊點別的。

「伊迪絲說，她發現科孚島的印花棉布比倫敦的質料更好又更便宜。」

「是嗎？」赫爾先生說，「伊迪絲一定又誇大其詞了。瑪格麗特，妳確定嗎？」

「爸，她確實是這麼說的。」

「那麼我就相信一定是這樣，」貝爾先生說，「瑪格麗特，我知道妳說話絕對實在，妳表妹一定也是這樣。我不相信妳表妹說話會誇大。」

「赫爾小姐說話是公認的實在嗎？」桑頓先生刻薄地說。話一出口，他就後悔得想咬掉自己的舌頭。他是什麼人？為什麼要這樣拿她的恥辱來刺傷她？他今晚多麼邪惡呀，因為太久沒能接近她，一直悶悶不樂；又因為聽到某個名字而發火，只因他相信那就是博得她芳心的情人；現在他又脾氣暴躁，因為貝爾先生想藉著爽朗自在的閒聊，讓大家度過愉快的夜晚，而他卻不能以輕鬆的心情去回應。貝爾先生是在場所有人的好朋友，他跟他已經相識多年，應該也熟知他的行事風格了。最後他又對瑪格麗特說出那樣的話！過去只要他出言不遜或鬧彆扭惹惱她，她就會起身離開，今晚她卻沒有。她一動不動坐著，只是震驚而哀傷地瞥了他一眼，那眼神像是莫名遭拒的孩子，眼睛慢慢瞪大，填滿悲切又帶點責怪的傷感。而後那雙眼睛往下看，從此專注做著針線活，再也沒開口說話。

他忍不住看她一眼，看見她的身體隨著一聲嘆息顫動，彷彿在某種異常寒冷的天氣裡發抖。他想到故事裡那個「搖著孩子又責罵孩子」的母親，如果她忽然被喚走，沒看到孩子慢慢露出信任的笑容，顯示他完全信賴媽媽的愛，也證實他還是愛媽媽，心情肯定就跟他現在一樣。接下來的時間他應答草率無禮，情緒不安又煩躁，分不清俏皮話或真心話，一心只盼著她看他一眼，或說一句話，好讓他懷著悔恨與謙卑俯首請罪。可是她不看他，也不說話，修長的手指飛快地來回縫著，無比穩定、無比敏捷，彷彿那就是她生命中最重要的事。

他心想，她一定不喜歡他，否則他激情而熱烈的渴望一定能迫使她抬起視線，看看此時他眼裡的悔悟，哪怕只有一瞬間也好。他幾乎想對她出奇招，希望藉由某種公然而突兀的粗魯行為，爭取向她傾訴心中悔恨的機會。幸好他走路回家，戶外的新鮮空氣讓他清醒過來，並且下了重大

92. Thor，北歐神話中負責掌管農業與戰爭的神祇，相傳索爾外出巡視就會雷雨交加，因此又稱為雷神。

決定：今後要盡可能避免跟她碰面。因為她的臉、她的身影和她那有如旋律般純淨柔和的嗓音威力太強大，總是害他進退失據。好啦！他總算嘗過戀愛的滋味了，那是一種尖刻的苦楚、強烈的感受，而他在那股烈火中掙扎！他會奮力逃出那個火坑，進入中年的安詳與寧靜。體驗過這種激情之後，歷練更豐富、更有人情味。

他有點突兀地告辭以後，瑪格麗特才站起來，默默地收拾針線。她縫合的布塊很有份量，倦怠無力的胳膊感到異常沉重。她圓潤的臉頰似乎拉長也變直了，整個人看起來彷彿度過了格外忙碌疲憊的一天。他們各自就寢之前，貝爾先生喃喃說出他對桑頓先生的不滿。

「我從來沒見過這麼得意忘形的人，一句逆耳的話都聽不得，開個玩笑都不行。不論你說什麼，好像都刺傷他自命不凡的尊嚴。以前他單純高尚得像朗朗晴天，你說什麼他都不介意，因為他不自負。」

「他現在也不自負。」瑪格麗特轉過頭來，以平靜又清晰的口吻說。「今天晚上他有點失常，他來這裡以前肯定碰到什麼煩心事了。」

貝爾先生敏銳的視線從眼鏡上方投向她，她從容冷靜地承受。等她走出去，他突然問：「赫爾！你有沒有想過，你女兒和桑頓先生之間可能有那種法國人所謂的『情愫』。」

「不可能！」赫爾先生先是吃了一驚，而後有點慌亂。「不對，你一定是弄錯了。我幾乎可以確定你看錯了。就算他們之間有什麼，那一定是桑頓先生單方面的事。可憐的男人！我希望、也相信他沒喜歡上她，因為我敢肯定她不會接受他。」

「那好吧！我是個老光棍，一輩子跟愛情這玩意兒保持安全距離，也許我的意見沒有參考價值。否則我會覺得瑪格麗特也有點不對勁。」

「這點我敢確定你弄錯了，」赫爾先生說，「雖然瑪格麗特有時候對他的態度幾乎有點無禮，他還是可能會喜歡上她。可是瑪格麗特！我確定她絕對不會對他有任何想法。這種念頭從沒出現在她腦袋。」

「出現在她的心裡就夠了。反正我只是隨便聊聊，我一定是弄錯了。不管我弄對或弄錯，我睏啦。我看得出來我不合時宜的幻想可能會害你輾轉難眠，但我還是要帶著輕鬆的心情去睡了。」

赫爾先生決心不讓這種無稽之談影響他，於是他清醒地躺在床上，不去想這件事。

隔天貝爾先生向他們告辭。他要瑪格麗特知道，他有權利在她遭遇困難時幫助他、保護她，不管是什麼樣的困難。他又對赫爾先生說，「你這個女兒深得我心，好好照顧她，因為她是非常難得的寶貝，對米爾頓這地方來說，好得過了頭。事實上，她只適合牛津。我是說適合牛津那個地方，不是那裡的男人。目前我還想不到適合她的人。等我找到，就會帶到她身邊，就像《一千零一夜》裡的精靈，撮合卡瑪爾札曼王子和仙女守護的巴杜拉公主[93]。」

「求求你別做這種事，別忘了後續可能引發的麻煩。再者，我離不開瑪格麗特。」

「也對。話說回來，我們讓她再照顧我們十年，直到我們兩個性情乖張、又老又病。說真格的，赫爾，我希望你能離開米爾頓。雖然當初是我建議你搬來，但這裡一點都不適合你。如果你答應，我願意放下我那一丁點疑惑，接受大學裡的神職，到時候你跟瑪格麗特就搬來住在牧師公館，你充當業餘助理牧師，幫我照顧那些下層百姓；她白天是我們的管家，也就是村莊裡的善心女士[94]，晚上念書哄我們入睡。如果能過上這樣的日子，我就快樂似神仙啦。你覺得如何？」

93. 典故出自《一千零一夜》裡的短篇故事〈巴杜拉公主〉（Princess Badoura），故事中波斯王子卡瑪爾札曼與中國公主巴杜拉成年後遲遲不肯成婚，後來他們各自的守護精靈陰錯陽差成功撮合兩人。

94. 原文為Lady Bountiful，是英國劇作家喬治·法古爾（George Farquhar，一六七八～一七〇七）的作品《紈絝子弟的計謀》（*The Beaux' Stratagem*）裡的人物，家境富裕，樂善好施。

「絕不可能！」赫爾先生堅決地說，「我的人生已經有過一次重大改變，也付出慘痛代價。我要在這裡過完這輩子，要埋葬在這裡，從此消失在人世間。」

「反正我不會放棄，不過我暫時不會再跟你提這件事。我的『珍珠』[95]呢？瑪格麗特，過來，給我一個告別的吻。還有，親愛的，別忘了，我是妳最真誠的朋友，會盡心盡力幫妳。妳是我的孩子，瑪格麗特，記住這點。上帝祝福妳！」

之後，他們恢復平日那種風平浪靜的單調生活。不需要為病人提心吊膽，就連一直往來熱絡的席金斯父女好像也暫時退居一旁，不再時時浮現腦海。鮑徹家的孩子已經無父無母，現在由瑪莉負責照顧，瑪格麗特一有空就去幫忙。鮑徹家的孩子都搬進了席金斯家，年紀大的那幾個在上些粗淺課程，小的那些也有人照顧。瑪莉去上工時，就由鮑徹過世那天表現出過人智慧、讓瑪格麗特驚豔的好心鄰居負責，席金斯當然會付她工資。對於孩子們的各項安排，席金斯展現了冷靜的判斷、有條理的思考，跟他過去那種特立獨行的衝動行事大不相同。他每天準時去上工，冬天那幾個月裡，瑪格麗特很少見到他。偶爾碰面，她發現儘管他真心誠意一肩扛起照顧這些孩子的責任，卻不太願意提起他們的父親。他也不輕易談到桑頓先生。

「實話告訴妳，」他說，「他實在把我給搞迷糊了。他幾乎是兩個人：其中一個我老早認識，就是如假包換的廠主；另一個卻沒有一點廠主的習氣。這兩個人是怎麼一起待在一個身體裡，我實在想不通。不過我不會被這種事考倒。最近他經常上我這兒來，我才認識到不是廠主的那個男子漢。我猜他也被我嚇了一大跳，就像我也被他嚇了一跳。因為他就坐在那裡瞪大眼睛聽我說話，一副我是剛在哪個地方被逮到的不知名野獸似的。我可沒被他嚇倒。在我自己家裡，想嚇倒我沒那麼容易，這點他也看出來了。我跟他說了好些真心話，我覺得他如果年輕一點，比較聽得進去。」

「他沒有回應你嗎？」赫爾先生說。

「雖然我自認幫助他改進了不少，但我可不會說只有他單方面受益。有時候他會說些不太入耳的話，一開始可能會惹惱人，事後想想卻有那麼一點意思。晚上他可能會過來，要跟我討論孩子們上學的事。他不太滿意目前的情況，想看看他們的程度。」

「孩子們在……」赫爾先生才開口問，瑪格麗特就碰碰他手臂，拿錶給他看。

「快七點了，」她說，「現在天黑得慢。走吧，爸。」等他們走到離席金斯家有一段路的地方，她才能暢快地呼吸。她心情平靜下來以後，又有點後悔剛剛走過得太匆忙，因為他們最近很少見到桑頓先生，而他有可能去席金斯家，基於過去的友誼，她會很樂意見他一面。

沒錯！他很少到家裡來，就算只是基於上課這種乏味又冰冷的理由，他都很少出現。他對希臘文學表現得這麼冷淡，赫爾先生相當失望，畢竟不久前他還非常熱衷這門課程。如今他經常在最後一刻派人送來倉促寫就的短箋，說他公務纏身，沒辦法來跟赫爾先生上課。雖然其他學生上課時間比他更長，卻沒人能取代這個模範生在赫爾先生心目中的地位。赫爾先生非常珍惜他們之間的對話，如今這些對話片面中止，讓他深感沮喪與哀傷。他經常靜坐沉思，猜想著究竟是什麼因素導致這種改變。

某天晚上瑪格麗特正在做針線，被爸爸突如其來的問話嚇了一跳：

「瑪格麗特！妳覺得桑頓先生會不會喜歡上妳？」

他問這個問題時，幾乎害羞臉紅，但他想到貝爾先生那個被他否決的念頭，不知不覺話就出口了。

95. 瑪格麗特（Margaret）這個名字源於希臘文，意為珍珠。

瑪格麗特沒有立刻回答，但他從她低垂著的頭，猜想到答案會是什麼。

「嗯，應該吧。爸，我早該告訴你的。」她放下針線，以手掩面。

「不，親愛的，我不是無禮打探。我相信如果妳覺得妳也對他有意，一定會告訴我。他跟妳談過這件事嗎？」

一開始沒有回應，不一會兒她勉強小聲地說，「嗯。」

「而妳拒絕他？」

一聲長嘆。更無奈、更呆滯的神態，又一聲「嗯」。不過，赫爾先生還沒再開口，瑪格麗特已經抬起頭來，美麗而羞怯的臉龐紅通通的。她定定望著父親，說道：

「爸，我跟你說了這些，不能再說了。這整件事讓我非常痛苦，其中牽涉到的每一句話、每一個動作，都是難以形容地酸楚，我連想都沒辦法去想。爸，很抱歉我害你失去這個朋友，我也沒辦法。可是，唉！我很遺憾。」她坐在地板上，頭靠在爸爸膝蓋上。

「親愛的，我也很遺憾。貝爾先生問我這件事，把我嚇了一跳……」

「貝爾先生！他看出來了嗎？」

「有一點。可是，他覺得妳……我該怎麼說？他覺得妳對桑頓先生並不是完全沒有好感。我知道這不可能，真希望這整件事都只是想像。不過，我太了解妳的感受，絕不會認為妳對桑頓先生有那方面的感情。總之我很遺憾。」

接下來那幾分鐘，他們沉默地坐著。他慈愛地撫摸她的臉，發現她淚流滿面，幾乎有點震驚。而她一被爸爸的手碰到，立刻跳起來，擠出陽光笑容，開始聊起伊迪絲一家人。赫爾先生見她這麼急著改變話題，不忍心強迫她繼續談剛才那件事。

「明天……沒錯，明天他們就回到哈里街了。哇，感覺一定很怪！我很好奇他們會用哪個房間當嬰兒房？姨媽看到孫子一定開心極了。伊迪絲當媽媽了，好難想像啊！還有雷納克斯上尉，不知道他離開軍職以後會做什麼？」

「我看這樣好了。」赫爾先生急於迎合女兒，也熱絡地聊起這個新話題。「我一定得放妳兩星期假，到倫敦去看看他們。關於弗列德能不能脫罪，妳只要跟亨利聊上半小時，知道的訊息就會比讀他寄來的一打信多。這樣一來，旅遊跟正事都兼顧到了。」

「不，爸，你不能沒有我。更何況，我也不要離開你。」停頓片刻後，她又說，「弗列德的事我幾乎不抱希望了。亨利不好意思讓我們失望，但我看得出來他找不到證人，畢竟已經過了那麼多年。不行，」她說，「希望的泡沫很美，在我們心中也很珍貴，但它也像其他很多泡沫一樣，破碎了。我們只好自我安慰，至少弗列德現在很開心，而我們兩個又能這樣相依為命。所以爸，別再說你可以放我假，我會生氣的，因為我知道你離不開我。」

然而，換個環境的念頭在瑪格麗特心裡生根發芽。雖然未必採行她父親最初的提議，她開始考慮，如果能換個地方，對爸爸會有多大的好處。爸爸向來精神衰弱，現在又太常憂鬱，雖然沒抱怨過身體不舒服，卻因為媽媽生病過世，受到很大的打擊。儘管他固定跟學生上課，但那只是付出，沒有回饋，稱不上良伴，不同於過去桑頓先生來跟他讀書那種情況。瑪格麗特注意到連爸爸自己都沒發現的匱乏，他需要與同性友人開懷暢談。在海爾斯東時，他經常有機會拜訪附近的神職人員，交換一點心得。那些在田地裡辛勤勞動、或閒散地漫步回家、或在森林裡看顧牛群的工人，隨時都可以跟他聊上幾句。可是在米爾頓，所有人都太忙碌，沒時間坐下來好好談天，更不可能有成熟的哲學對談。這裡的人滿口生意經，只在乎當前、實際的事務，等處理完一天的工作，腦袋終於放鬆下來，他們就會懶散地休息到隔天早晨。工人結束一天的操勞之後，通常也不見人影，或許去上某種課程，去了某種俱樂部，或某家酒館，視他的個性而定。赫爾先生也曾考處在某些機構授課，但他這麼做主要是基於職責，對這項工作和它的目的並沒有太多熱情。瑪格麗特認為，除非爸爸能夠對那件事懷抱熱忱，否則很難做得好。

第四十一章　旅途的終點

我看到自己的旅途，就像飛鳥看見牠們的無垠航線，
我將會到達！至於什麼時間、如何繞行，
我不去追問。除非上帝降下冰雹，
或遮蔽視線的彗星、凍雨與漫天大雪，
在某個時刻，祂欽點的時刻，我將會到達；
祂引領我和那隻鳥。在祂欽點的時刻！

——白朗寧〈帕拉賽瑟斯〉96

冬季慢慢過去，白晝愈來愈長，卻沒有帶來通常伴隨二月驕陽而來的璀璨希望。桑頓太太當然沒再踏進赫爾家一步。桑頓先生偶爾過來，但他拜訪的對象是赫爾先生，也只待在書房。赫爾先生一如往常跟瑪格麗特聊起他們之間的談話，也由於如今機會難得，他更是看重這些對談。根據爸爸轉述的談話內容，瑪格麗特聽不出桑頓先生之所以中止拜訪，是出於任何憤怒或不快。罷工期間他的生意變得相當複雜，需要他花費比去年冬天更多精神去處理。不，瑪格麗特甚至發現他偶爾會聊到她，根據她聽到的，他談到她時態度跟以往一樣平和友善，既不避諱，也不刻意找

96. 白朗寧（Robert Browning，一八一二～一八八九），英國詩人。〈帕拉賽瑟斯〉（Paracelsus）是他的詩作。

機會提到她。

她萎靡不振，沒辦法給爸爸打氣。她挨過了很長一段充滿焦慮與憂愁、間或穿插狂風暴雨的時期，如今生活雖然沉悶而平靜，她的心卻已經失去調節的彈性。她給自己找些事做，除了教鮑徹兩個年幼孩子之外，也盡心竭力去做該做的事。用「盡心竭力」形容一點都不誇張，因為她的心已經不在乎自己所做的一切是不是有成果。她咬牙苦撐、克盡職責，跟一切趣味歡樂保持最大距離，生活似乎只剩下淒涼與陰鬱。

她唯一做得好的，是出於不自覺的孝心，默默地關懷撫慰父親。不論父親的情緒如何變化，瑪格麗特都能適時體貼理解；他有任何期望，她也總能設法預知，而後去達成。父親那些願望當然都沒有說出口，即使說了，也總是吞吞吐吐或伴隨歉意。她的乖巧柔順更是完美無缺、無可挑剔。三月份弗列德成婚的好消息傳來。他跟朵拉芮絲都寫了信。朵拉芮絲的來信自然是西班牙式英語；弗列德在文字使用上也有些錯亂或倒裝，顯示他新婚妻子的慣用語對他影響有多大。

弗列德收到亨利的信，說他在軍事法庭洗脫罪名的機會極其渺茫，因為找不到那些失聯證人。他寫了一封措辭激烈的信給瑪格麗特，揚言放棄英國國籍，甚至希望自己跟英國沒有一點關係。他說，就算英國赦免他的罪，他也不願意接受；就算政府允許他返國定居，他也會拒絕。他這番話讓瑪格麗特傷心痛哭。起初她讀信時，覺得弗列德的激烈反應有違常理。然而，經過一番深思，她看到隱藏在字裡行間那份希望破滅的沉痛。她覺得無可奈何，只希望弗列德耐心以對。

在下一封信裡，弗列德興高采烈地談論未來，完全不再追悔過往，她發現自己也需要拿出耐心。不過，朵拉芮絲那些怯生生、孩子氣的可愛信件慢慢打動瑪格麗特與她父親。這位年輕西班牙女孩顯然很希望情人的親人對她有好印象，她信裡每一個塗改痕跡都顯露出女性的細心與體貼，她宣布喜事的那封信附帶一件華麗的蕾絲短披風，是她親自為未曾謀面的小姑挑選的。她從弗列德口中得知，瑪格麗特是美貌、智慧與品德兼具的完美典範。因為這樁婚事，弗列德的事業也攀上他們夢裡的最高峰。巴伯爾公司在西班牙是數一數二的大公司，婚後的弗列德變成這家公司的小股東。瑪格麗特淺淺一笑，又嘆了一口氣。她想到自己當初多麼激烈地抨擊商業，如今她這個英姿勃發的哥哥也轉行經商，變成生意人！她馬上又自我反駁，默默地抗議自己把西班牙商人和米爾頓製造商混為一談。哎！管它商業不商業，至少弗列德非常、非常快樂。朵拉芮絲一定很迷人，她送的短披風多麼精緻！之後，她重新回到現實生活。

這年春天赫爾先生偶爾覺得呼吸困難，症狀一發作，他就顯得心情沮喪。瑪格麗特倒是不太緊張，因為平時只要不發作，父親的健康沒有一點異狀。但她還是希望父親能徹底擺脫它，所以堅持要父親接受貝爾先生的邀請，四月份到牛津一遊。貝爾先生也邀請了瑪格麗特，何止，他甚至特地寫信命令她去。只是，她覺得自己應該留在家裡過點清靜日子，暫時卸下一切責任，才能徹底放鬆，畢竟她的思緒與情感已經超過兩年沒有得到充分休息。

父親搭車出發前往火車站以後，瑪格麗特這才感受到，長期以來她的時間安排與精神狀態是多麼地緊繃。如今突然變得這麼自由，幾乎有點驚訝，甚至震撼。沒有人需要她照料或鼓舞打氣；也沒有病人需要她思前想後、計畫安排。她可以懶散，可以沉默，可以忘東忘西，更難能可貴的是，她願意的話，也可以縱容自己傷心。

過去幾個月以來，她自己的煩惱憂愁都得塞進陰暗櫥櫃裡。現在總算有餘暇可以翻出來，盡情憑弔，仔細觀察，找出真正的排解方法，讓它們重歸平靜。這幾個星期以來，這些煩憂雖然藏匿不見，她卻隱隱約約意識到它們的存在。現在她要徹底拿出來檢視，讓它們各自回到她生命中的正確位置。因此，她會動也不動地在客廳端坐幾小時，以無所畏懼的決心，回味記憶中的每一份苦楚。她只哭過一次，那就是想到自己信心不夠堅定、說出那個有損品格的謊話時。

現在她甚至不願意承認那次考驗的力量多麼強大，她為弗列德籌畫的一切都付諸流水，那個考驗變成無意義的嘲弄。其實這個考驗自始至終都沒有意義，因為從事情的後續發展看來，那個謊言愚蠢得可笑。永遠相信誠實的力量，終究才是更明智的抉擇。

在不安與激動中，她不經意翻開父親擺在桌上的法文書，有一段文字映入她眼簾，幾乎呼應了她此時嚴厲的自我貶抑：

我不願如此責難我的心：「無恥的東西，羞愧地死去吧，因為你背叛你的神，對祂不忠……」諸如此類的。我要用慈悲導正它，我要告訴它：「那麼來吧，我可憐的心，我們跌入深淵，但我們決心逃離。啊！我們振作起來，永遠離開它，呼求神的仁慈，希望未來祂能讓我們意志更堅定；讓我們重新踏上謙遜之路。拿出勇氣來，在神的協助下，從今以後我們要謹慎留意。」97

「謙遜之路，啊……」瑪格麗特思忖著，「那就是我錯失的！不過，我卑微的心啊，勇敢點！我們要往回走，藉由上帝的協助，也許我們能找到錯過的路徑。」

她站起來，決定找點事做，不再沉緬於自己的傷悲。瑪莎碰巧正要上樓，經過客廳門口，她喊她進來。瑪莎行事態度向來嚴謹、恭敬，是個中規中矩的僕人。瑪格麗特覺得她像裹著一層硬殼，以近乎呆板的服從，緊緊包藏她的真實性格，她想多了解她一點。瑪莎不太喜歡談論私人話題，幸好，最後瑪格麗特提起桑頓太太，這才讓她打開心門。瑪莎整張臉明亮起來，瑪格麗特再稍加鼓勵，她就敞開心扉，說了很多話。她說她父親早年跟桑頓太太的先生互有往來。不對，應該說她父親對老桑頓先生有恩。實際情形如何，瑪莎並不知情，畢竟那時候她年紀還小，到了她接近成年時，兩家人因為境遇不同，各分東西。那時她父親原本在貨倉裡擔任職員，卻時運不濟，一蹶不振，她媽媽又生病了，如果不是桑頓太太，套句瑪莎自己的話，她跟妹妹早就「沉淪」了。桑頓先生找到她們姊妹，照顧她們，為她們打算。

「當時我發高燒，身子很虛。桑頓太太和桑頓先生把我接回家不眠不休地照顧，他們還送我到海邊養病。醫生說那種熱病會傳染，他們卻一點都不在乎。只有芬妮小姐例外，她跑到她未婚夫家裡做客去了。雖然當時她是有點害怕，幸好後來都沒事了。」

「芬妮小姐要結婚了！」瑪格麗特驚訝地說。

「是啊，對方也是有錢人，只是年紀比她大得多。那個人姓華森，他的工廠在海列再過去的某個地方。雖然他已經有很多白頭髮，不過這算是一樁好姻緣。」

聽到這個消息，瑪格麗特沉默了半晌，瑪莎又想起了她的禮儀，以及一貫的簡潔應答。她打掃了壁爐，問瑪格麗特幾點要吃晚餐，然後板著臉走出去，就跟進門時一樣。瑪格麗特最近有個不太好的習慣，只要聽見有關桑頓先生的消息，就開始想像這件事會如何影響他的心情，猜測他開心或不開心。這時她強迫自己打起精神，終止那些思緒。

隔天她幫鮑徹家兩個孩子上課，之後出門散步，最後再去探望瑪莉。她有點驚訝，因為席金斯已經下班回到家。那時節天黑得慢，她誤以為時間還早。從席金斯的神態看來，他在謙遜之路上似乎又前進了些，話變少了，也不像以前那麼自以為是。

「老先生出門去了是嗎？」他問。「孩子們跟我說的。嘖，這些孩子可精得很。我覺得他們比我兩個女兒都機靈。我這樣說可能不太好，畢竟其中一個女兒已經躺在墳墓裡了。這天氣一定有

97. 這段文字摘自法國天主教神學家兼文學家聖方濟各・沙雷（François de Sales, 一五六七～一六二二）的作品《虔誠生活導論》（*Introduction à la Vie Dévote*，或譯《成聖捷徑》）。

點古怪，讓人想出門遊蕩。我的廠主，就是那邊那間工廠那個，也不知道蹓躂到哪兒去了。」

「所以你今天才那麼早回來嗎？」瑪格麗特不明所以地問。

「妳知道什麼。」他不以為然地答。「我不是雙面人，老闆面前一個樣，老闆背後又一個樣。我等全鎮的鐘都敲完，才下班。不。不。那個桑頓人夠好，可以當個對手；他又太好，不可以欺騙他。當初多虧了妳，我才能去那裡上班，我很謝謝妳。這段時間下來，桑頓的工廠看起來還不賴。小子，你先停一下，過來給赫爾小姐念點好聽的讚美詩。這就對了，兩腿站穩了，右手臂伸出去，要像烤肉叉一樣直。一、二、三，預備，起！」

小傢伙背了一首衛理公會讚美詩，詩的內容超出他的理解範圍，但那抑揚頓挫的音調很吸引他，所以他用足以媲美國會議員演說的精湛節奏背誦出來。瑪格麗特聽完後給予掌聲鼓勵，席金斯要孩子再背一首，又一首。瑪格麗特相當驚訝，過去他對於任何跟神有關的事物態度輕蔑，如今竟然不知不覺地對這些東西感興趣，實在太怪了。

瑪格麗特回到家已經過了晚餐時間，但她一點也不擔心，因為不會有人等她；休息時也可以盡情沉浸在自己的思緒裡，不需要緊張地盯著另一個人的表情，來決定自己該表現得正經或歡樂。晚餐過後她決定整理一大疊信件，把要銷毀的挑出來。

她找到四、五封亨利的來信，內容是有關弗列德的案子。她仔細地重讀一遍，原本只是為了確認弗列德洗刷罪名的機會有多少。等她讀完最後一封，評估勝訴機會多寡時，不得不注意到信裡流露出的些許性格。從措辭的僵硬度看來，姑且不論亨利對這個案子的關注程度有多高，他顯然從沒忘記他們之間的關係。瑪格麗特一眼就看得出這些信寫得很技巧，卻找不到一點熱誠或真心。但她還是決定把它們當成珍貴物品保存下來，所以小心翼翼擺在一旁。信件整理完畢後，她陷入沉思。

奇怪的是，這天晚上她不停想起離家在外的父親。她獨處時覺得如釋重負，卻又幾乎為此自責，因為父親出遊她才能獨處。過去兩天來她又有了元氣，找到全新的力量和更光明的希望。一些預計要做的事原本感覺像苦差事，如今反倒像是娛樂。早先蒙住她雙眼的病態障蔽已經消失，她更真實地看見自己的處境與任務。如果桑頓先生願意重拾舊日的友誼……不，只要他肯像過去一樣，偶爾過來陪爸爸解解悶，就算她永遠見不到他，她也會覺得未來的人生路即使不算燦爛美好，至少也明確又平坦。她嘆息一聲，起身回房就寢。雖說「我只要走一步就夠了[98]」，雖說孝敬父親是她唯一而明確的職責，她的心裡仍然有一股焦慮，以及遺憾的痛苦。

那個四月的夜晚，赫爾先生也想著瑪格麗特，一如她那麼不尋常地、那麼持續不斷地想著他。他到處拜訪老朋友，重遊舊地，一天下來又倦又累。原本他考慮太多，覺得朋友可能會因為他宗教立場改變，對他敬而遠之。雖然有些朋友得知他信心動搖後難免震驚、哀傷或憤怒，等他們見到這個曾經喜愛的老朋友，就把他的信仰問題拋到腦後。就算記得，也只是態度上增添了一份溫和的肅穆感。畢竟赫爾先生認識的人不多，因為他就讀的學院規模比較小，求學時代個性靦腆保守。那些年輕時願意去探究他沉默與遲疑外表下細膩的思想與情感的人，都非常喜歡他，對他產生一份對女性般的善意保護。經過這麼多年，又歷經這麼多變遷，舊友依然對他保有善意，這比任何粗魯或否定的言語更教赫爾先生無力招架。

「我們的行程好像排得太滿，」貝爾先生說，「你受米爾頓空氣殘害太久，現在身子不舒服了。」

「我只是累了，」赫爾先生說，「問題不在米爾頓的空氣。我已經五十五歲，活到這把年紀，體力自然會變差。」

98. 這個句子出自英國作家紐曼（John Henry Newman，一八〇一～一八九〇）的詩〈雲之柱〉（The Pillar of Cloud）。讚美詩〈仁慈的光，請帶路〉（Lead, Kindly Light）即採用此詩內容譜曲而成。

「胡扯！我都過六十了，還是精力旺盛，不論身體或精神都一樣。別再說這種話。五十五！唷，你根本還是個年輕人。」

赫爾先生搖搖頭。「過去這幾年的日子！」說完後他停頓片刻。他原本半躺在貝爾先生的豪華安樂椅上，這時坐直起來，用帶點顫抖的熱切語氣說道：

「貝爾！你該不會以為，如果我可以預見我脫離教會、辭掉牧師職會造成什麼後果，我就會改變初衷吧。不會！就算事先知道**她**會吃很多苦，我也會公開承認我的信念已經異於我擔任神職的教會。如今想來，就算我能預知我會因為心愛的人受苦，嘗到犧牲帶來的最慘烈折磨，我還是會不惜一切，公開脫離教會，只是對家庭的安排會有所不同，會更明智。可惜我覺得上帝並沒有賜給我太多智慧或力量。」說完，他重新躺回椅子裡。

貝爾先生回答之前，誇張地擤了鼻涕。接著他說，「祂給你力量去做你的良心認為對的事，除此之外，我不認為我們還需要更崇高或更神聖的力量，智慧也是。我知道我也沒多少智慧和力量，可是，很多人愚蠢地把我看成聰明人，用個性獨立、意志堅定等等言不由衷的話形容我。即使是最愚笨的傻瓜，只要他嚴守自己簡單的對錯標準，比如進門前在鞋墊上擦擦鞋，就比我聰明、比我強大。話說回來，人都太容易上當受騙！」

談話停頓了一會兒。赫爾先生先開口，繼續先前的思緒。

「關於瑪格麗特。」

「關於瑪格麗特，然後呢？」

「萬一我死了……」

「胡說！」

「她要怎麼辦？我經常想這個問題。她表妹應該會邀她過去住，我盡量這麼想。她姨媽嘴裡雖沒說，心裡是很愛她的，可是，一旦人不在跟前，她多半會忘記。」

「這種人多得是。她表妹那一家都是什麼樣的人？」

「她丈夫長得挺英俊、口才好，很討人喜歡。伊迪絲是個被寵壞的小美人，瑪格麗特全心全意疼愛她。伊迪絲的心只要騰得出空來，也是很愛她的。」

「赫爾，你也知道我幾乎把你的瑪格麗特疼到骨子裡了。這話我跟你說過。當然，她是你女兒，又是我的教女，所以我上次見到她以前就已經很關心她。這回我去米爾頓看你，完全被她收服了。我這個老頭子心甘情願被俘，願意跟隨征服者的戰車而去。因為她就像個艱苦掙扎過，或許還在掙扎當中的人，那麼的高貴、沉穩，而且明顯勝利在望。沒錯，她目前有太多煩心事，臉上卻是那種表情。所以，我擁有的一切，她需要的話都可以拿去用。不管她肯不肯接受，等我死了，這些都是她的。

「不只如此，雖然我是個六十歲的痛風老頭，我也願意充當她的護花使者。說真格的，老朋友，我會以照顧她為首要職責。只要是我的聰明、我的智慧或我歡喜的心能提供的協助，我絕不吝惜。我不會擔心她的事。我太了解你了，你不給自己找點煩惱是不會開心的。不過，你會比我多活很多年。你們這種瘦子總是在引誘死神，也總是騙過死神！像我這種肥肥胖胖、氣色紅潤的人通常死得快。」

如果貝爾先生能預見未來，也許會看見火把已經倒轉[99]，神情肅穆又平靜的天使就在近處，向他朋友招手。那天晚上赫爾先生的頭躺上他的枕頭以後，就再也起不來了。隔天早上僕人進他房間請安，沒有得到答覆，走到床邊一看，發現他平靜俊俏的臉龐已經蓋上死神不可抹滅的封

99. 倒置的火把常見於墓園雕刻，象徵死亡。意思是生命的火炬會繼續在死後的世界燃燒。

「喔，等我死了，我的錢就全歸她啦。如果這個亨利有那麼一點配得上她，而她也喜歡他，嗯，那我就想辦法結婚成家。我很擔心自己一時大意，就被某個姨媽給迷住啦。」

他們倆都沒有心情說笑，所以沒發現貝爾先生這番話有點突兀。貝爾先生吹了一聲口哨，卻只擠出一陣長長的嘶嘶聲。他換了座位，心情卻沒有得到安慰或緩解。桑頓先生動也不動坐著，他拿起報紙專注盯著，其實只是想靜靜思考一番。

「你上哪兒去？」一段時間後貝爾先生問。

「去阿弗爾。想弄清楚棉花價格為什麼大漲。」

「噁！棉花、投機、黑煙；徹底清理、用心維護的機器；生活在底層、被忽視的工人。可憐的赫爾！可憐的赫爾！你很難想像他從海爾斯東搬到米爾頓，環境的變化有多大。你去過新林區嗎？」

「去過。」答得非常草率。

「那你就知道那裡跟米爾頓差別有多大。你去過新林區哪個地方？到過海爾斯東嗎？那是個風景優美的小村莊，有點像德國奧登森林裡的村莊。你知道海爾斯東嗎？」

「我看過那地方。從那裡搬到米爾頓，確實是很大的改變。」

這回他堅決地拿起報紙，像是不願意再聊下去。貝爾先生只好繼續思考該怎麼跟瑪格麗特說這個消息。

瑪格麗特在樓上的窗邊，看見貝爾先生下車，直覺地閃過不好的念頭。她站在客廳中央，克制住跑下樓的衝動。整個人變成了石頭，臉色蒼白，動彈不得。

「噢，不！我看你的表情就知道了！如果他還在人世，你會派別人來，你絕不會離開他！噢，爸！爸！」

第四十二章 孑然一身

當你喜愛的某個嗓音，
曾經響亮甜美，卻突然消失，
在寂靜中，你不敢哭泣，
它將你包圍，像新染的重病。
何種希望？何種援助？何種樂音可以
消除你耳畔那片死寂？[100]

——白朗寧夫人

這件事衝擊太大，瑪格麗特整個人衰頹不振。沒有啜泣、沒有淚水，任何言語都不能帶來寬慰。她躺在沙發上，雙目緊閉，除非有人跟她說話，否則絕不開口，答話時總是氣若遊絲。貝爾先生慌了手腳，他不敢棄她而去，又不敢邀她跟他回牛津。他這趟來米爾頓的目的之一，就是帶瑪格麗特回牛津。只是，瑪格麗特整個人倦怠乏力，顯然禁不起旅途奔波，恐怕沒辦法去看她過世的父親最後一眼。

貝爾先生坐在壁爐旁，琢磨著該如何是好。躺在沙發上的瑪格麗特一動不動，幾乎連氣息都

100. 此處文句摘自白朗寧夫人的詩〈代替〉（Substitution）。

沒有。他一步都不肯離開她，一把鼻涕一把眼淚的蒂克森殷勤待客，在樓下為他準備了午餐，連番三催四請，他也不肯去吃。最後蒂克森幫他送了一盤食物上來。一般來說，他對吃食十分挑剔講究，敏銳的舌尖能品嘗出食物的各種風味。可是現在，芥末雞吃在嘴裡像木屑。他把一部分雞肉弄碎，適度灑上胡椒和鹽巴，叫蒂克森餵瑪格麗特吃。瑪格麗特只是虛弱無力地搖搖頭，以她目前的狀況，食物顯然只會噎著她，無法滋養她。

貝爾先生嘆了一大口氣，挪動坐得挺舒適的老邁身軀（因為旅途奔波有點僵硬），跟著蒂克森走出客廳。

「我不能這樣丟下她。我得寫封信到牛津，讓他們在我回去之前做好葬禮的各項準備工作。伊迪絲不能來陪她嗎？我來寫信給她，叫她一定要來。瑪格麗特這時候需要有個女伴，至少陪她說說話，讓她好好哭一場。」

蒂克森在哭，流了足足兩人份的淚水。等她擦乾眼淚，聲音夠穩定，她才告訴貝爾先生伊迪絲就快臨盆了，不適合出遠門。

「那麼，看來我們只好請蕭夫人過來。她已經回英格蘭了，對吧？」

「沒錯，先生，她已經回來了。不過，在這種關鍵時刻，我想她應該會想留在女兒身邊。」蒂克森說。她不太喜歡有個陌生人跑來家裡，搶走照顧瑪格麗特的優先權。

「關鍵時刻個……」貝爾先生及時管住自己的嘴，用幾聲乾咳取代不雅字眼。「伊迪絲第一次懷孕的『關鍵時刻』是在科孚島，那時她倒是挺愜意地待在威尼斯或那不勒斯，或某個天主教城市。再者，跟無依無靠、沒有家人和朋友的瑪格麗特比較起來，那個幸福女人的『關鍵時刻』算什麼。妳看看瑪格麗特，直挺挺躺在沙發上，一副那沙發是陵墓，而她是上面的石頭雕像似的。妳看著吧，蕭夫人一定會來。明天晚上以前幫她把房間和任何她需要的東西準備好。我負責叫她來。」

於是貝爾先生給蕭夫人寫了一封信。蕭夫人讀得淚漣漣，直說信裡的口氣就像她親愛的將軍生前痛風即將發作時一樣，所以她要把這封信好好珍藏起來。儘管蕭夫人疼惜瑪格麗特的心絕不虛假，但如果貝爾先生以請求或督促的語氣讓她有所選擇，給她拒絕的空間，她可能不會來。正是嚴厲無禮的命令，才能讓她克服惰性，允許女僕先打理她的行李，再打理她的人。雷納克斯上尉送蕭夫人下樓乘馬車，伊迪絲戴了帽子、裹上披巾、流著眼淚來到樓梯口說道：

「媽媽，別忘了，瑪格麗特一定要搬來跟我們住。星期三科斯莫會去牛津，妳一定要託貝爾先生帶話給他，告訴我你們什麼時候回來。如果妳需要科斯莫幫忙，他也可以從牛津趕到米爾頓去。媽，別忘了，妳一定要帶瑪格麗特回來。」

伊迪絲回到客廳，亨利在裡面，他正在拆最新一期《愛丁堡評論》，頭也不抬地說，「伊迪絲，如果妳不喜歡科斯莫離家太久，我可以去米爾頓一趟，看看能幫上什麼忙。」

「喔，謝謝你。」伊迪絲說，「我相信貝爾先生會盡力把事情處理好，應該不需要幫手。只是，大學評議員多半沒有什麼辦事能力。我親愛的瑪格麗特！如果她能搬回來住，是不是很好？幾年前你們處得很好。」

「是嗎？」他顯得心不在焉，似乎對《愛丁堡評論》的某段文字很感興趣。

「嗯，也許不是，我忘了。當時我眼裡只有科斯莫。剛好我們都回來住在舊家，隨時等著瑪格麗特回來，姨丈竟然在這時候過世，你說是不是很湊巧？可憐的瑪格麗特！從米爾頓搬來倫敦一定是很大的改變！我要幫她的房間換些新印花棉布，讓它看起來又新又亮，這樣她心情會好一點。」

蕭夫人也懷著同樣的善意前往米爾頓，偶爾她會擔心初見面時的情景，不知道該怎麼熬過

「他們一直住在國外。他們的確有資格要她搬過去，這點我必須承認。她是這個姨母養大的，跟這個表妹情同手足。我心煩的是，我想收她當女兒，而且我很氣這些人，因為他們好像不太看重自己的這項特權。如果弗列德出面，情況又不一樣了。」

「弗列德！」桑頓先生驚呼。「他又是誰？他有什麼權利……」他半途打住激動的詢問。

「弗列德……」貝爾先生驚訝地問，「你不知道嗎？是她哥哥。你沒聽過……」

「我從來沒聽過他的名字。他在哪裡？他做什麼的？」

「赫爾一家人剛搬到米爾頓時，我應該跟你提過他的事呀，就是他們家那個涉及兵變的兒子。」

「我到現在才聽說這個人。他住在哪裡？」

「西班牙。他一踏上英國土地，就可能會被逮捕。可憐的孩子！他沒辦法參加父親的葬禮，一定很難過。我們只好請雷納克斯上尉出席了，因為我不知道還可以通知哪些親戚。」

「我也可以出席嗎？」

「當然可以，非常感謝。桑頓，你果然是個好人。赫爾喜歡你，前幾天他在牛津還跟我聊起你。他很遺憾最近很少見到你。我很感謝你願意送他最後一程。」

「那麼弗列德呢？他沒回過英國嗎？」

「沒有。」

「赫爾太太過世那段期間他沒回來嗎？」

「沒有。當時我在那裡。我跟赫爾已經很多年很多年沒見面了。上次我來……不對，我是在葬禮過後一段時間才來的。當時我沒看見弗列德。你為什麼這麼問？」

「有一天我看見赫爾小姐跟一個年輕人走在一起。」桑頓說，「好像就是那段期間。」

「喔，那一定是亨利，雷納克斯上尉的哥哥。他是個律師，他們之間往來很密切。我記得赫爾告訴過我亨利可能會過來。你知道嗎……」說著，貝爾先生轉過來，瞇起一隻眼睛，以便另一隻眼睛能集中火力、端詳桑頓先生的臉。「我曾經猜想你對瑪格麗特有那麼一點情意。」

沉默不語，表情不變。

「赫爾也這麼覺得。一開始他沒這麼想，是我灌輸他這個念頭的。」

「我欣賞赫爾小姐。她挺好看，任誰都會喜歡。」桑頓先生經不起貝爾先生鍥而不捨的追問，只得承認。

「就這樣！只是這麼含蓄地說她『挺好看』，像某種引人注目的東西。原本我還希望你人品夠高尚，會向她表露真情。只不過，我很清楚她會拒絕你。然而，即使得不到回應，還能繼續愛她，你的人品就會顯得比其他那些根本沒機會認識她的人——不管什麼人——來得崇高。『挺好看』，真是的！你把她當成馬兒或狗兒了嗎？」

桑頓先生的雙眼噴出熾烈的火焰。

「貝爾先生，」他說，「你說這些話以前，應當記住，不是所有男人都像你一樣，可以自由自在地表達情感。我們聊點別的吧。」

因為，儘管他的心像聽見號角聲似地，隨著貝爾先生所說的每一個字躍起。他知道自己剛剛說的話，會讓自己從此只要想到貝爾先生，就聯想到內心那個最珍貴的東西，但他還是不願意被逼著說出他對瑪格麗特的愛。他不是讚美的學舌鳥，聽見別人稱揚他推崇、深愛的事物，就想盡辦法要說出比對方更優美的頌詞。他把話題轉到他跟貝爾先生之間租賃關係的乏味事項。

「院子裡那堆磚塊和泥漿是做什麼用的？房子需要修理嗎？」

「沒有，不需要。謝謝你。」

「那麼你自己花錢蓋的？如果是，我倒要感謝你。」

「我在蓋一間食堂。給那些人用的，我指的是工人。」

「我還以為你太挑剔，一個單身漢，住這樣的房子還嫌不夠大。」

「我認識了一個怪人，我安排他照顧的一兩個孩子去上學。有一天我到他家附近去支付一筆小錢，經過他家，看見他們吃著炸得黑呼呼的午餐，一小塊黑炭似的肉，當時就起了這個念頭。今年冬天食物價格漲得太高，我就想到，如果能大批採購，一次煮出大量食物，就可以節省很多錢，大家也可以吃好一點。所以我去找那個朋友——或敵人，就是我剛剛說的那個怪人——商量，沒想到他把我的計畫批評得一無是處。我只好暫時擱置，一來覺得執行困難，二來如果我硬要這麼做，就等於干預工人的自主性。

「沒想到，這個席金斯突然跑來，煞有介事地向我提出另一個供餐計畫，而且已經徵得其他好幾個工人的同意。他那個計畫跟我的計畫太雷同，可以說就是我的構想。坦白說，他的態度讓我有點『惱火』，有點想放棄整個計畫，不再管這檔事。可是，只因為我沒有得到原創者該享有的榮耀與功勞，就把當初自己覺得既睿智又完善的計畫棄之不用，實在有點幼稚。於是我冷靜地接受他們派給我的角色，那有點像俱樂部的總管：大批採購食物，再提供能勝任的女總管或廚娘。」

「希望你滿意自己的新職務。你會挑選馬鈴薯或洋蔥嗎？或者令堂協助你採買？」

「完全沒有，」桑頓先生說，「她反對整個計畫，現在我們不跟彼此談這件事。我做得還不錯，從利物浦買進品質極佳的牲畜，由自己家族裡的屠子切割。我可告訴你，女總管料理出來的熱騰騰午餐一點都不含糊。」

「你會不會基於職責，每道菜都先嘗一嘗？希望你擁有發言權。」

「起初我很謹慎小心，只負責採買。即使在這方面我也不會自作主張，都是工人開菜單，透過管家轉達給我。有一回牛肉太大塊，另一回羊肉不夠肥。我猜他們知道我很用心尊重他們的選擇，不會硬要他們接納我的意見。某天有兩、三個工人——我朋友席金斯也在其中——問我要不要跟他們一起吃。那天我其實忙得很，可是他們跨出了一步，如果我不迎上前去，他們一定會受傷，所以我走進食堂。那是我這輩子吃過最愉快的午餐。我告訴他們（我是指坐我隔壁的人，因為我不擅長公開說話）我吃得多麼開心。後來，只要哪天又出了那道菜，他們一定會跑來問我，『老闆，今天有馬鈴薯燉肉，你要一起來嗎？』如果他們沒邀我，我絕不會自己跑去，就像我不會不請自來地跑到軍營的大食堂用餐。」

「我猜你在場時，你那些東道主說起話來不方便。有你在，他們沒辦法罵老闆。他們一定會利用沒有馬鈴薯燉肉的日子大鳴大放。」

「嗯，到目前為止我們盡量避開那些爭議話題。不過，如果有任何老問題出現，我一定會在下一個馬鈴薯燉肉的日子說出我的看法。話說回來，雖然你自己也是達克夏人，你其實不了解我們達克夏男人。他們非常有幽默感，說起話來夠嗆辣！現在我慢慢了解其中一些人，他們在我面前都是有話直說。」

「沒有什麼比吃東西這件事更能拉近階級差距，效果遠勝過死亡。哲學家死得簡潔；偽君子死得招搖；心思單純的人死得謙卑；可憐的傻子死得不明就裡，就像麻雀摔落地面。然而，無論哲學家或傻子、酒館老闆或偽君子，吃起東西來都一樣，只要他們消化功能一樣好。你這是理論中還有理論！」

「我根本沒什麼理論。我討厭理論。」

「請原諒我說錯話。為了表示懺悔，你能不能收下這張十英鎊紙鈔，讓那些傢伙加點菜？」

「謝謝你。我寧可不收。他們付我爐子和工廠後側那個烹調區的租金，等新食堂蓋好，還得付更多。我不希望這件事變成慈善工作。我不接受捐款，一旦破例，恐怕就會有人到處說嘴，這件事就不再單純了。」

「任何新計畫都會有人說嘴，這是難免的。」

「如果我有敵人，他們可能會利用這個共餐計畫大放厥詞，說我假仁假義。不過你是我朋友，我相信你會用沉默來表達對我這項實驗的尊重。目前這還只是一把新掃帚，掃起地來還挺乾淨。時間一久，我們肯定會碰到不少絆腳石。」

第四十三章　瑪格麗特遷居

即使最無足輕重的事物，
辭別的時刻都不再渺小。
——艾略特[101]

蕭夫人對米爾頓的嫌惡，已經到了她那種溫和個性所能忍受的極限。這地方太喧鬧嘈雜、烏煙瘴氣；街上的窮人渾身髒兮兮；貴婦打扮得太花枝招展；她見到的男人不管身分高低，衣裳都不合身。她百分之百肯定瑪格麗特只要留在米爾頓，身子絕對好不了，她更擔心自己的神經舊疾會復發。瑪格麗特一定得跟她回去，而且事不宜遲。有關這點她雖然沒有明說，至少也表現在實際的催促行動上。

虛弱倦怠、心力交瘁的瑪格麗特勉強讓步，答應只要過了星期三，她就陪姨媽回倫敦，把支付賬單、清空家具、關窗鎖門這些事交給蒂克森處理。星期三是個哀傷的日子，因為她父親將在那天下葬。他遠離兩處故居，妻子的骨骸孤伶伶躺在陌生人之間。母親遺骸的事很令瑪格麗特苦惱，因為她覺得，要不是自己聽見父親死訊後整個人陷入昏沉狀態，一定可以做更好的安排。星期三來到之前，她收到貝爾先生來信：

101. 此處詩句摘自英國詩人埃賓尼澤・艾略特一八二九年發表的長詩〈村長〉（The Village Patriarch）。

親愛的瑪格麗特：

我原本真的打算星期四回米爾頓，很不幸，我們普利茅斯學院的評議員偏巧這時候奉召執行職務。這種情況少之又少，所以我不能缺席。雷納克斯上尉和桑頓先生都在這裡。雷納克斯上尉看起來挺時髦，心地也好。他說他可以跑一趟米爾頓，幫妳找找遺囑。遺囑顯然不存在，否則當初我要妳找就已經找到了。上尉還說，他一定得帶妳和他岳母回家。他太太產期在即，他最晚只能停留到星期五。不過，妳家那個蒂克森倒是挺可靠，不管她獨自一個人，或跟妳一起，相信她都能撐到我過去。

如果確實沒有遺囑，我會讓我在米爾頓的律師處理相關事務，因為我猜這位時髦的上尉恐怕辦不了什麼事，他捲翹的大鬍子倒是挺壯觀。屋子裡的東西會拍賣掉，所以妳先把想保留的東西挑出來，或者事後再列張單子寄過來也行。我再說兩件事就完了。妳應該知道，就算妳不知道，妳可憐的父親也知道。等我死了，我的錢跟東西都是妳的。我當然還不打算死，我說這個只是為了解釋接下來的事。

目前雷納克斯夫婦好像很喜歡妳，以後也許會繼續喜歡妳，也許不會。所以，最好大家先協議好，只要妳跟他們彼此願意住在一起，妳每年會支付他們兩百五十英鎊。這筆錢當然包括蒂克森的開銷，可別被人連哄帶騙地多付錢。這麼一來，哪天上尉不想再收留妳，妳就不會無家可歸。到時候即使我沒有叫妳過來幫我打理家務，妳也可以帶著妳的二百五十英鎊到別地方去。至於妳的衣裳、蒂克森的薪水和零食（年輕小姐都愛吃零食，總得等到成熟長智慧才改變），我會請教我認識的女士，也看看妳可以從妳爸的遺產拿到多少，再敲定數目。瑪格麗特，這會兒妳是不是已經暴跳如雷，搞不懂這個老頭子有什麼權利這麼自以為是地安排妳的這些事。這老頭子確實有權利。他是妳父親三十五年來的摯友，妳父親結婚時，他當男儐相；妳父親過世時，他親手闔上他的眼睛。更何況，他是妳的教父。在信仰上他對妳幫助不大，因為他自知在這方面妳比他優越，所以他只好在物質上略盡棉薄。再者，這個老頭子在這世上舉目無親：「有誰會悼念亞當·貝爾呢？」他心意已決，瑪格麗特·赫爾不會拒絕他。讀完信後立刻回覆，告訴我妳的答案，即使只有兩行也好，但是**不許道謝**。

瑪格麗特拿起筆，用顫抖的手潦草地寫道：「瑪格麗特·赫爾不會拒絕他。」她不想用這個句子，可是身子太虛，想不出更好的詞語。她光是寫這些字就已經疲累不堪，就算她想得到更好的說辭，恐怕一個字也寫不出來。她不得不重新躺下，盡量什麼都不想。

「親愛的孩子！那封信惹妳生氣或心煩嗎？」

「沒有！」瑪格麗特有氣無力地說，「等明天一過，我就會好得多。」

「親愛的，我敢肯定，在我帶妳離開這裡的髒空氣之前，妳絕對好不了。我沒辦法想像妳怎麼能在這裡忍受兩年。」

「我又能上哪兒去？我不能丟下爸爸跟媽媽。」

「好了，親愛的，別難過了。我相信一切都會有好結果。我只是完全想不通你們這日子是怎麼過的。我們管家的老婆住的房子都比這棟好。」

「這裡有時候也很美，比如夏天裡。妳不能光從目前的情況論斷，我在這裡過得很開心。」說完她閉上眼睛，表明不想再說話。

比起過去，這房子現在舒適多了。入夜以後氣溫下降，蕭夫人命人在每間臥室都生起爐火。她挖空心思寵愛瑪格麗特，買了各式各樣美味佳餚和奢華用品，都是些她自己心情不好時會從中找到安慰的東西。這些東西都吸引不了瑪格麗特，即使她迫不得已注意到它們的存在，也只是讓她對姨母心生感激，畢竟姨母忍受諸多不便在照顧她。她全身乏力，卻躁動不安。一整天下來，為了不讓自己去想正在牛津舉行的那場儀式，她從這個房間走到那個房間，有氣無力地把一些她想保留的東西放到一旁。蕭夫人吩咐蒂克森跟著她，表面上是幫她做事，暗地裡卻是要想辦法勸瑪格麗特儘快坐下來休息。

「蒂克森，這些書我要留著。其他那些妳能不能寄給貝爾先生？這些書都是他喜歡的類型，何況又是爸爸的書。這本……等我離開以後，麻煩妳送去給桑頓先生。等等，我來寫張字條附在裡面。」她彷彿害怕自己多想，連忙坐下來寫道：

敬愛的先生，函附書籍為先父遺物，相信您會珍視。

瑪格麗特敬上。

她又開始在屋子裡打轉，把東西拿起來翻翻看看，百般不捨地撫摸。這些物品儘管樣式過時、破舊又寒傖，卻都是她從小就熟悉的。她沒再開口說話，所以蒂克森對蕭夫人的回覆是，雖然她從頭到尾都在說話轉移赫爾小姐的注意力，赫爾小姐卻一個字都沒聽見。瑪格麗特走動了一整天，到了晚上身體格外疲累，自從聽見父親死訊以來，不曾睡得這麼好。

隔天吃早餐時，她告訴姨母她想去向一兩個朋友辭行。蕭夫人反對：

「親愛的，妳在這裡不可能會有關係這麼密切的朋友，需要妳一大早去告別。妳還沒上教堂呢。」

「可是如果雷納克斯上尉下午就到，而我們必須……而我必須明天出發，我就只剩下早上的時間。」

「喔，沒錯，我們明天一定要出發。我愈來愈相信這裡的空氣對妳不好，害得妳氣色不好，像生了病。再者，伊迪絲希望我們回去，她可能在等我。妳現在這種年紀，我不能讓妳一個人去。不行，如果妳一定得去拜訪這些朋友，我跟妳去。蒂克森應該可以幫我們找馬車吧？」

於是蕭夫人跟著去照顧瑪格麗特，也帶了女僕去照顧她的披巾和軟墊。瑪格麗特平時去見朋友都是單獨出門，不管什麼時間，說走就走。看到姨媽擺出這麼大陣仗，如果不是心情太低落，應該會莞爾一笑。她不太敢告訴姨媽她要去的其中一個地方是席金斯家。她只能暗自希望到時候姨媽不願意下車，因為她得走進巷子，那些掛在繩索上晾曬的衣物可能會隨風翻飛，拍打在她臉上。

蕭夫人經過一番天人交戰，一方面考慮的是自己舒適，一方面是身為女性長輩的責任。這天舒適略占上風。她千交代萬叮嚀要瑪格麗特小心，別染上熱病，因為這種地方到處都潛藏病菌。之後，她才允許瑪格麗特去一個她平常想去就去，不必提防什麼、也不需要任何人許可的地方。

席金斯出門去了，家裡只有瑪莉和鮑徹的一兩個孩子在。瑪格麗特有點懊惱自己沒有算準時間。瑪莉雖然親切善良，可惜腦子不太靈光。她一聽明白瑪格麗特的來意，馬上嚎啕大哭。瑪格麗特坐馬車過來時，腦海裡浮現了千言萬語，這下子什麼都不必說了。她只能安慰瑪莉，也許將來某個時候、在某個地點，她們還有機會再見面。她也要瑪莉轉告席金斯，晚上下班後如果有空，她很希望他能來家裡看她。

她離開時停下來看看四周，有點遲疑地說：「我想拿點貝西的東西，做個紀念。」

瑪莉立刻展現慷慨大方的天性，有什麼可以送瑪格麗特的呢？後來瑪格麗特挑選了一個普通的杯子，她記得以前這個杯子總是擺在貝西身邊，方便她隨時可以喝點東西潤潤發熱乾燥的嘴唇。

「哎呀，拿個好點兒的東西，那個才值四便士。」

「這個就好，謝謝妳。」瑪格麗特說完趕緊離開。瑪莉因為能送人一點東西，臉上還掛著歡喜的光采。

「接下來去桑頓太太家。」瑪格麗特心想。「不去不行。」想到這裡，她的臉變得僵硬又慘白，好不容易才找到明確的言語向蕭夫人說明桑頓太太是什麼人，她又為什麼一定得去跟她道別。

她們（因為這一站蕭夫人也下了馬車）被僕人帶進客廳，壁爐火剛剛生起。蕭夫人裹緊披巾，打起哆嗦。

「好冷的屋子！」她說。

她們等了半晌，桑頓太太才出現。她得知瑪格麗特終於要離開她的視線範圍，內心不免稍微軟化。她看見瑪格麗特的白皙臉龐哭得發腫，注意到她努力想穩住顫抖的嗓音，想起過去瑪格麗特面對各種煩憂時展現的無比耐性，以及在不同時間場合表現出來的氣魄，臉上的表情比平時更為和藹，舉手投足之間甚至有一股慈愛。

「請容我介紹我姨媽蕭夫人。桑頓太太，不知道妳聽說了沒，我明天離開米爾頓。我希望離開前見妳一面，為上次見面時我對妳的態度致歉。也要告訴妳，雖然我們彼此誤解很深，但我知道妳是一番好意。」

瑪格麗特這番話聽得蕭夫人一頭霧水：瑪格麗特感謝桑頓太太的好意！還為態度不佳道歉！但桑頓太太答道：

「赫爾小姐，我很高興妳還我一個公道。我之所以那樣責備妳，確實只是基於職責，沒別的意圖。我向來都希望當妳的朋友。很高興妳能明白我的心意。」

「還有……」說到這裡，瑪格麗特的臉漲得通紅。「妳能不能也還我一個公道，雖然我沒辦法——我選擇不要——為自己辯解，也請妳相信我並沒有做出妳擔心的那種不當行為？」

瑪格麗特的聲音如此溫柔，眼神寫滿哀求，向來不受瑪格麗特迷人風範影響的桑頓太太終於也被打動了。

「好，我相信妳。這事別再提了。赫爾小姐，以後妳住哪裡？我聽貝爾先生說妳要離開米爾頓了。妳向來就不喜歡米爾頓。」桑頓太太冷冷一笑。「話雖如此，妳也別奢望我會恭喜妳終於離開這裡。妳以後住哪裡？」

「住我姨母家。」說著，瑪格麗特轉向蕭夫人。

「我姪女會跟我一起住在哈里街，我們情同母女。」蕭夫人慈祥地看著瑪格麗特。「我很樂意向任何曾經善待她的人道謝。哪天妳跟妳先生來倫敦，我女兒和女婿，也就是雷納克斯上尉夫婦，一定會跟我一起好好招待你們。」

桑頓太太心想，瑪格麗特帶著姨母大駕光臨，卻疏於向她姨母說明「桑頓先生」和「桑頓太太」的關係。於是她馬上回答：「我先生過世了，桑頓先生是我兒子。我沒去過倫敦，應該沒有機會去接受妳的熱情招待。」

這時桑頓先生走進來，他剛從牛津回來，身上的喪服說明他去牛津的原因。

「約翰，」桑頓太太說，「這位女士是蕭夫人，赫爾小姐的姨母。很遺憾，赫爾小姐是來向我們道別的。」

「那麼妳要走了！」他低聲說。

「是，」瑪格麗特說，「我們明天走。」

「我女婿會來接我們，他晚上就到。」蕭夫人說。

桑頓先生轉過身去。他沒有坐下，好像專心看著桌上的物品，彷彿找到了一封還沒拆閱的信件，一時忘了客人還在。他甚至沒有察覺客人已經起身告辭。不過，他還是連忙上前去，護送蕭夫人下樓乘車。等待馬車過來的時間裡，他跟瑪格麗特並肩站在門階上，兩人不禁想起暴動那天的情景。他腦海緊接著浮現隔天她說的話。當時她激動地宣稱，她關心他的程度，就跟關心那些鋌而走險的暴力份子沒有兩樣。儘管他的心渴望著愛，怦怦狂跳，想到她那些傷人話語，他的表情變嚴酷。「不行！」他告訴自己，「我試過一次，結果一敗塗地。讓她走吧，帶著她的鐵石心腸和她的美麗容貌。雖然她五官還是美麗可人，但她的表情多麼堅決，臉色多麼難看！她一定是擔心我會說出什麼需要嚴峻制止的話來。讓她走吧。不管她多麼嬌媚，不管她可以繼承多少財產，她很難找到比我更愛她的人。讓她走吧！」

他說再見時，聲音裡沒有一絲遺憾，也不帶任何情感。他果決而冷靜地握住她伸出來的手，然後隨意放開，彷彿那是一朵已然枯死或凋萎的玫瑰。那天接下來的時間，他家人都沒再見到他。他忙著處理公務，至少他是這麼說的。

跑完這兩個地方以後，瑪格麗特全身力氣都耗盡了，只好接受姨母的關切和安撫，聽她頻頻感嘆「我早跟妳說了！」蒂克森說，瑪格麗特的模樣簡直就跟聽見她父親死訊那天一樣，她跟蕭夫人討論是不是該延後明天的旅程。等蕭夫人不太情願地建議瑪格麗特延後幾天出發，瑪格麗特扭動身子，彷彿承受極大的痛苦，說道：

「噢！我們走吧。我在這裡沒辦法安心，在這裡我好不起來。我要忘掉這一切。」

於是一切照計畫進行。雷納克斯上尉來了，帶來伊迪絲和她兒子的消息。瑪格麗特發現，這種無關緊要又隨性的談話，說話的人儘管友善卻不過度熱情、也不急於表示同情，對她的心情大有幫助。她精神恢復了些，等到席金斯差不多快來了，她靜靜離開客廳，在自己的房間等候。

「唉！」席金斯見她走進來，說道，「沒想到老先生就這麼走了！我聽說這件事時，渾身都沒了力氣。『赫爾先生？』我問他們。『以前當過牧師那個？』他們說，『是啊。』我說，『那麼，這世上最好的人走了，管它第二好的是誰。』我馬上趕來看妳，來告訴妳我有多傷心。可是廚房那些女人不肯通報，她們說妳病了。我的天，妳這會兒看起來不一樣了。妳要去倫敦當上流淑女了吧？」

「不是什麼上流淑女。」瑪格麗特淡淡一笑。

「哎呀！桑頓說……他一兩天前說，『席金斯，你最近見過赫爾小姐嗎？』我說，『沒有。有一群女人不讓我見她。如果她病了，我可以等。我跟她熟得很，就算我見不到她，沒辦法跟她說話，她一定知道老先生過世我很難過。』然後他說，『老兄，你可以見到她的時間不多了。這個地方她一天都不想多待。她有些上流親戚，他們要來帶她走，我們再也見不到她啦。』我說，『老闆，如果她離開前我見不到她，我就想辦法在下一個聖靈降臨節[102]去倫敦，我說到做到。不管她的什麼親戚，都沒辦法阻擋我跟她道別。』上帝祝福妳，我早就知道妳會來。我告訴老闆妳離開米爾頓之前也許不會來跟我說再見，只是不想反駁他的看法。」

「你說得沒錯，」瑪格麗特說，「只有你明白我的為人，我相信你不會忘記我。就算米爾頓沒有任何人會記得我，我也知道你會。你也會記得爸爸，你知道他是個多麼善良、多麼溫和的人。對了，席金斯！這是爸爸的《聖經》，我想送給你。我自己很想留著，但我知道他會希望送給你。為了爸爸，我相信你會喜歡它，也會好好讀一讀。」

「妳說得沒錯。就算是魔鬼寫的字，如果妳要求我為了妳和老先生去讀，我也會照做。小姐，妳這是幹什麼？我絕不會拿妳的錢，妳收回去吧。我們是好朋友，不要扯到錢。」

「這是給孩子們的，鮑徹的孩子。」瑪格麗特趕緊解釋。「他們可能用得到。你沒有權利替他們拒絕。我一毛錢都不會給你。」她笑著說，「別以為這裡面有你的份。」

「那麼，小姐，我只能說，祝福妳！祝福妳！阿門。」

102. 指復活節過後的第五十天。這天也是猶太教的五旬節，根據《聖經》記載，聖靈在這天降臨。

第四十四章　舒適不等於平靜

乏味的循環，從不停歇，
昨天的面貌與今日無別。
——古柏[103]

他看到了人的舉止行為，應當遵守何種禮儀常規；
然而，除非他自己能達到標準，否則永遠不會滿足。
——盧克特[104]

伊迪絲坐月子那段期間，哈里街住宅極為靜謐，瑪格麗特得到她所需要的充分休息，也趁此機會思索最近兩個月來她面臨的變化。她發現自己突然變成豪宅裡的囚犯，與世上所有愁緒與煩憂徹底隔絕。生活這部機器的輪子上足了的潤滑油，愉快又平順地向前滾動。蕭夫人和伊迪絲不厭其煩地告訴瑪格麗特，這裡就是她的家，對她也百般呵護，以至於瑪格麗特覺得自己有點不知感恩，因為她始終覺得，海爾斯東的牧師公館才是她理想的家。不，就連米爾頓那棟寒酸的小房子也是。雖然爸爸在那裡時總是焦慮不安，媽媽一病不起，又有經濟拮据導致的種種煩惱。

伊迪絲迫不及待等著滿月，好幫瑪格麗特的房間布置各式各樣舒適用品和漂亮擺飾，她自己的房間就有很多這樣的小東西。蕭夫人和她的女僕則是花了大把時間幫瑪格麗特添購新裝，往她衣櫥塞進款式繁多的高雅服飾。雷納克斯上尉為人大方友善、風度翩翩，每天在妻子的梳妝間裡陪她坐一兩小時，再陪兒子玩一小時。如果當天不需要出席午宴，他就去俱樂部悠閒度過剩餘時間。當伊迪絲終於下樓來，重新扮演她在這個家的慣常角色，瑪格麗特還在靜心休養，也就是說，她還沒開始感受到生活的匱乏與單調。她恢復過去的習慣，開始觀看、欣賞、侍候伊迪絲。她開心地幫伊迪絲處理一些類似職責的瑣事，比如回覆短箋、提醒她赴約、沒別的娛樂時哄她開心，忙得老是覺得這裡疼、那裡不舒服。

這段時間伊迪絲一家人都忙著應付倫敦的社交旺季，瑪格麗特經常單獨留在家裡。獨處時她的思緒就會飛回米爾頓，產生一種對照兩地生活的奇妙感覺。她開始耽溺在這種不需要奮鬥或努力、平靜無事的輕鬆自在裡。她擔心自己會陷入昏昏欲睡的麻木之中，忘了這世上除了圍繞著她的奢華生活之外，還有其他事。倫敦或許也有辛勤忙碌、揮汗工作的人，但她從沒見過；就連僕人也住在他們自己的底層世界裡，只有在男女主人需要什麼或一時興起，才會冒出來。她無從體會那個世界裡的希望或恐懼。瑪格麗特覺得自己的內心、自己的生活模式裡有種怪異的空虛感。有一回，伊迪絲躺在沙發上，她照舊坐在旁邊的矮凳，輕描淡寫地跟伊迪絲暗示這些想法，前一天晚上跳舞跳累了的伊迪絲倦怠地摸摸她臉頰。

「可憐的孩子！」伊迪絲說，「這會兒全世界都樂陶陶地，妳每天晚上一個人待在家裡，實在有點可憐。等亨利從巡迴法庭回來，我們很快就會辦餐宴，到時候妳也可以享受不一樣的樂趣。」

103. 英國詩人兼聖詩作者威廉・古柏（William Cowper, 一七三一～一八〇〇），此處文句摘自他的長詩〈希望〉（Hope）。

104. 弗里德希・盧克特（Friedrich Rückert, 一七八八～一八六六），德國詩人、翻譯家兼東方語言教授。此處文句摘自他的詩〈珍珠串〉（Strung Pearls）。

也難怪這日子這麼鬱悶，可憐的甜心！」

瑪格麗特不認為餐宴是什麼萬靈丹，但伊迪絲很以她操辦的餐宴自豪。她說，「跟過去媽媽主持的那些貴婦午宴大不相同。」在蕭夫人看來，女兒女婿依他們的喜好安排的宴會，無論風格和賓客人選都跟過去她主辦的那些更正式、更冗長的餐敘迥然不同，但她對這兩種宴會卻同等喜愛。雷納克斯上尉對待瑪格麗特格外親切，像個兄長。瑪格麗特真的很喜歡他，只除了他太在意伊迪絲的衣裳和外表，他覺得妻子應該以美貌驚豔世人。每到這種時候，潛藏在瑪格麗特內心那個倔強的瓦實提[105]就會浮現，幾乎忍不住想說出真心話。

瑪格麗特一天的行程如下：早餐前她可以享受一兩小時的寧靜，因為早餐吃得晚，而且不準時。吃的時候其他人總是帶著倦容、半睡半醒，時間又拖得特別長，但她仍需全程參與，因為早餐後大家要討論當天的活動。這些活動與她無關，即使她不能提供意見，也得表示認同與支持。她還得寫沒完沒了的短箋，因為伊迪絲總是把這份差事交給她，當然不忘給她許多擁抱與讚美，誇獎她寫的信優美動人。等小姪子梭爾托早晨散步回來，她會跟他玩一會；在僕人用餐時間照顧孩子；搭車出門或訪客上門；等蕭夫人和伊迪絲夫婦出門赴午餐或午前邀約，瑪格麗特就自由了。雖然自由，卻因為她原本就心情沮喪、身體虛弱，這種無所事事的時刻反倒有點煩人。

原本蒂克森從米爾頓回來只是尋常小事，如今她卻懷著渴盼與關切期待著。可惜，蒂克森還在米爾頓忙著處理赫爾家的善後事宜。過去共同生活那麼長時間的熟人一下子全斷了音訊，她的心突然鬧起饑荒。沒錯，蒂克森報告處理進度的信件中會提及桑頓先生，說他建議家具該怎麼處理比較好，或該怎麼跟克朗頓這棟屋子的房東交涉。可是，桑頓先生——或任何米爾頓舊識——的名字也只是偶爾出現。

某天晚上瑪格麗特獨自坐在客廳，手裡拿著蒂克森的來信。她沒在讀，只是咀嚼著信的內容，回想過去的日子，想像那裡的繁忙生活，少了她好像也沒多大差別。她納悶著，米爾頓的一切是不是照常快速運轉，就像她跟爸爸從來沒到過那個地方一樣。她也在心裡自問，那些人之中是不是沒有人想著她（不包括席金斯，她沒想到席金斯）。這時，貝爾先生突然來了，瑪格麗特匆匆把那封信塞進針線籃裡，慌張地跳起來，臉蛋紅通通，彷彿做了什麼虧心事。

「哎，貝爾先生！沒想到你會來！」

「雖然把妳嚇了一大跳，希望妳還是歡迎我來。」

「你吃過了嗎？你怎麼來的？我吩咐他們幫你準備午餐。」

「除非妳也一起吃，否則，妳也知道，我是天底下最不愛吃的人了。其他人呢？出去吃午餐？把妳一個人留在家？」

「是啊！我正好休息一下。我剛剛還在想……你要不要冒險吃個午餐？我不知道家裡還有什麼可吃的。」

「實話跟妳說吧，我在俱樂部吃過了。他們的料理比以前差，所以我就想，如果妳正要吃，我就順便吃頓像樣的午餐。不過算了，算了！整個英格蘭有能力臨時燒出一桌好菜的廚子不到十個。就算他們廚藝夠好，爐火也還夠旺，脾氣卻未必夠好。瑪格麗特，妳給我倒杯茶好了。妳剛剛說妳在想什麼？對了，妳急急忙忙收起來的那封信是誰寫來的？」

「只是蒂克森寫來的。」瑪格麗特臉變得更紅。

「呀！就這樣？妳猜我在來這裡的火車上碰見誰？」

105. 典故出自《聖經．以斯帖記》第一章。瓦實提（Vashti）是波斯亞哈隨魯王的王后，容貌出眾。有一天亞哈隨魯王大宴賓客，命人傳王后前來，讓眾人欣賞她的美貌，王后拒不聽從。

「不知道。」瑪格麗特決定不去猜。

「妳該怎麼喊他？表妹夫的哥哥該怎麼稱呼？」

「是亨利嗎？」瑪格麗特問。

「對，」貝爾先生答，「你們以前就認識，對吧？他是什麼樣的人？」

「很久以前我挺喜歡他。」說到這裡，瑪格麗特視線往下。之後又抬起來直視前方，繼續用平時的語氣說，「你也知道後來我們通過信，討論弗列德的事。不過我將近三年沒見過他了，也許他變了。你覺得他這人如何？」

「很難說。首先，他忙著想弄清楚我是誰，我做什麼的，所以沒時間告訴我他做什麼的。只不過，他那樣不著痕跡地摸談話對象的底細，可不是什麼好現象，充分顯示他的性格。瑪格麗特，妳覺得他算英俊嗎？」

「才不！當然不。你呢？」

「我不覺得。不過也許妳會覺得他好看。他常過來嗎？」

「他在倫敦時應該常來。我搬回來這段時間他一直在外地。貝爾先生，你從哪裡來的？牛津或米爾頓？」

「米爾頓。妳沒發現我被煙熏得又乾又扁嗎？」

「當然發現了，我以為那是牛津的古味。」

「少來，有點腦子行不行！如果是在牛津，什麼樣的房東我都能應付，都能讓他們乖乖聽我的，不像你們的米爾頓房東，搞得我一個頭兩個大，最後只得舉白旗投降。他要到明年六月才肯把房子收回去。幸好桑頓先生幫忙找到新房客。瑪格麗特，妳怎麼不問我桑頓先生好不好？我可告訴妳，他真是你們家很熱心的朋友，幫我解決了大半的麻煩。」

「那麼他好嗎？桑頓太太也好嗎？」瑪格麗特趕緊問。雖然她想大聲說，音量卻還是很小。

「應該都很好。我原本住他們家，可是他們家女兒整天聊結婚的事，逼得我只好搬走。桑頓自己也吃不消，雖然那是他親妹妹。他經常一個人呆坐在房裡。不管當主角或配角，他都已經過了在乎這種事情的年紀了。倒是那個老太太，竟然隨波逐流，迎合女兒的興致挑選橙花和蕾絲，讓我非常意外。我以為她個性嚴謹些。」

「她為了掩飾她女兒的弱點，可以偽裝自己的情感。」瑪格麗特低聲說。

「也許吧。看來妳挺了解她，是吧？她好像不太喜歡妳。」

「我知道，」瑪格麗特說，「啊，茶終於來了！」她開心叫道，好像鬆了一口氣。亨利跟著茶點一起進來。他吃完逾時午餐後，走路到哈里街來，顯然以為弟弟和弟媳會在家。自從他在海爾斯東向瑪格麗特求婚遭拒那個難忘的日子以來，這是他們第一次見面，瑪格麗特很慶幸貝爾先生在場，她猜想亨利的心情也跟她一樣。一開始她幾乎不知道該說些什麼，幸好她要幫忙擺放茶點，有藉口保持沉默，他也可以趁此機會恢復鎮定。說實在話，這天晚上他算是強迫自己到哈里街來，主要是希望把這場遲早要面對的尷尬會面給解決了。就算弟弟和弟妹在家，氣氛還是會很彆扭，如今他發現她是在場唯一的女性，免不了要跟她多說點話，更是加倍彆扭。瑪格麗特熬過初見面那陣尷尬與羞怯之後，先找回冷靜，開始聊起腦海裡浮現的第一個話題。

「亨利，我非常感謝你為弗列德做了那麼多事。」

「只可惜沒有好結果。」他說話時匆匆瞥了貝爾先生一眼，似乎在評估在他面前可以透露多少。瑪格麗特看穿他的心思，轉而對貝爾先生說話，一來邀他加入談話，二來暗示貝爾先生也知情。

「那個霍羅克斯，也就是最後一個證人，原來也跟其他人一樣起不了作用。亨利發現他去年八月才從澳洲出海，也就是弗列德回英格蘭、提供名單的前兩個月。」

「弗列德回英格蘭來！妳沒跟我說過！」貝爾先生震驚地嚷嚷。

「我以為你知道。我一直以為爸爸跟你說了。不過，那是秘密，也許我現在也不該說出來。」

瑪格麗特顯得有點不知所措。

「我沒跟我弟弟和妳表妹說過這件事。」亨利職業化的冷淡口吻夾帶著一絲責備。

「沒關係，瑪格麗特。我不是生活在多嘴多舌、論長道短的是非圈裡，身邊也沒有想從我嘴裡打探消息的人。妳對像我這樣忠實可靠的老隱士透露一點秘密，沒什麼好擔心的。我永遠不會告訴別人他回過英格蘭，我沒有洩露消息的危險，因為不會有人問我。等等！」他突然打斷自己的話。「他是不是妳媽媽葬禮時回來？」

「媽媽過世時，他陪在她身邊。」瑪格麗特柔聲說。

「沒錯！沒錯！因為有人問我他是不是那時候回來過，我一口否認。才幾個星期前的事。那是誰呢？喔！我想起來了！」

但他沒有說出那人的名字。瑪格麗特猜測向他打聽的是桑頓先生，她很想知道自己有沒有猜錯。雖然她想問貝爾先生，卻問不出口。

他們靜默了半晌。亨利對瑪格麗特說，「既然貝爾先生也了解弗列德的不幸處境，那麼我最好把尋找有利證據的過程都告訴他。所以，如果他明天肯賞光跟我一起吃早餐，我可以向他報告我們搜尋那些下落不明的人的結果。」

「如果可以的話，我也想聽聽詳情。你們不能過來這裡嗎？我不敢邀請你們兩位來用早餐，但我相信姨媽他們會很歡迎你們。弗列德的案子目前看起來雖然毫無希望，我還是想知道所有細節。」

「我十一點半有個約。既然妳這麼說，我當然會來。」亨利似有所悟，忽然興沖沖地。瑪格麗特見狀暗自沉吟，幾乎後悔提出這個再自然不過的請求。貝爾先生站起來四處找帽子。剛才擺茶點時，他的帽子被挪開了。

「好啦！」他說，「我不管亨利接下來有什麼計畫，我可得走啦。今天跑了很遠的路，到了我這把年紀，是有點吃不消。」

「我會留下來等我弟弟和弟妹。」亨利顯然還不打算告辭。瑪格麗特想到要跟他獨處，忽然一陣困窘畏懼。那天在海爾斯東花園梯形步道上的情景不停浮現腦海，她不由得想像亨利恐怕也是如此。

「貝爾先生，再多坐一會兒，」她急忙說，「我想讓你看看伊迪絲；也希望伊迪絲認識你。拜託！」她一面懇求，一面把手搭在他胳膊上，雖沒用力，卻很堅決。貝爾先生看出她眼裡的慌亂，重新坐下來，彷彿她的輕微碰觸帶著某種難以抗拒的力道。

「亨利，你現在看出來我拿她一點辦法都沒有了吧。」他說。「我也希望你注意到她巧妙的遣詞用字。她要我『看看』她表妹伊迪絲，我聽說她是個大美人。她說到我的時候，又很老實地換了字眼，說要讓伊迪絲『認識』我。瑪格麗特，看來我這副長相沒什麼好『看』的吧？」

他發現他一說要走，她就心慌意亂，所以故意說說笑，好讓她鎮定下來。瑪格麗特聽出他的玩笑，回敬了他一句。亨利心裡不免納悶，他弟弟為什麼會說瑪格麗特的美貌大不如前。當然，她一身肅穆黑衣，確實跟伊迪絲形成對比。伊迪絲身穿白色縐紗喪服，舉止輕盈活潑，絲滑的金黃色長髮柔軟又光澤。瑪格麗特介紹她跟貝爾先生認識時，她十分得體地露出酒窩、臉蛋微紅，深知不能辜負自己的美人頭銜，雖然眼前這個末底改[106]只是個沒沒無聞的大學評議員，也得讓他

106. 《聖經．以斯帖記》，猶太人末底改（Mordecai）收養了父母雙亡、容貌出眾的堂妹以斯帖。以斯帖後來被送進宮，繼瓦實提之後，成為亞哈隨魯王的王后。

崇拜、欣賞她的姿色。蕭夫人和雷納克斯上尉各自向貝爾先生表達友善而真摯的歡迎之意，讓他違反本意地喜歡上這家人，特別是當他看見瑪格麗特多麼自在地融入這個家庭，扮演著姊姊與女兒的角色。

「可惜我們沒能在家裡接待您，」伊迪絲說，「還有你，亨利！只不過，我不知道你會來，所以沒能留在家裡等你，或貝爾先生！為了瑪格麗特的貝爾先生……」

「天曉得妳不肯犧牲的還有什麼，」亨利說，「即使只是午宴！還有穿上這身漂亮衣裳的喜悅。」

伊迪絲不知該氣或該笑。亨利可不想害她在這個左右為難的困境中鬧起脾氣，趕緊又說：「明天早上妳能不能表現一下妳的犧牲精神。首先，請我過來吃早餐，來見貝爾先生。其次，能不能請妳把早餐時間訂在九點半，而不是十點？我有些書信和文件要給瑪格麗特和貝爾先生過目。」

「真希望貝爾先生在倫敦這段期間可以把這裡當自己家，」雷納克斯上尉說，「只可惜我必須向他致歉，家裡沒有多餘的房間。」

「謝謝你，太感激了。如果你提出邀請，就會發現我是個粗野的土包子。因為，雖然有這麼多討人喜歡的朋友，我恐怕還是得婉謝你的好意。」說著，貝爾先生對在場的每個人一一行禮，心裡暗自得意剛才那句話竟然轉得這麼漂亮。那句話如果平鋪直敘說出來，意思大概會變成：「我才受不了跟這群舉止得體、說話斯文的人相處時那種拘束感，根本像吃著沒有加鹽巴的肉。幸好他們家沒有空房間。我那句話說得多麼八面玲瓏呀！看來我已經掌握優雅談吐的訣竅了。」

他跟亨利肩並肩走到大街上時，還在沾沾自喜。他突然想到瑪格麗特請他多待一會兒時的懇求神情，也想起很久以前有人跟他提起過亨利，說亨利愛慕瑪格麗特。他的思緒於是換了個方向：「你跟瑪格麗特認識很久了吧。你覺得她臉色怎樣？我覺得她太蒼白，不太健康。」

「我倒覺得她氣色好得很。現在想起來，我剛到時，她看起來確實不太好。不過，等她活躍起來，就跟以前沒有兩樣了。」

「她經歷了不少事。」貝爾先生說。

「是啊！她碰上那麼多事，我也覺得很遺憾。不只是親人過世那種無法避免的哀傷，還有她父親的行為可能帶給她的煩惱，再來就是……」

「她父親的行為！」貝爾先生用驚訝的語氣說，「你肯定聽到了錯誤訊息。他做了最誠懇的事。他展現的決心，超出我過去認識的他。」

「也許我的消息錯誤。是接他牧師職位那個人告訴我的，那人聰明理性，是個非常有行動力的牧師。那人說，教會並沒有要求赫爾先生辭掉神職，把全家人帶到工業城鎮，靠當私人教師的微薄收入謀生。主教確實問他願不願意調到別的教區。即使他心裡有些疑惑，他還是可以留在原來的教區，所以他根本沒有理由辭職。這些鄉下牧師生活太封閉、孤立。我是說，他們身邊沒有學識跟他們相當的人可以對談，沒辦法借助別人的思維調整自己，或察覺自己的步伐究竟太快或太慢。他們多半會用一些假想的疑惑干擾自己的信仰，為了自己某些不確定的空想，拋棄做好事的機會。」

「我的看法跟你不一樣。我不認為他們『多半』會做跟我可憐的朋友赫爾一樣的事。」貝爾先生心裡老大不高興。

「也許我用『多半』這個詞有點一竿子打翻一條船。不過，他們的生活模式通常不是讓他們過度自信，就是培養出病態的道德良知。」亨利一派冷靜地說。

「那麼你在律師界沒遇見過度自信的人囉？」貝爾先生問，「我猜病態的道德良知就更少了。」

他心情愈來愈糟，把剛學會的優雅談吐訣竅都拋到腦後。亨利這下子總算發現自己惹惱了貝爾先生。其實他只是隨便閒聊，打發兩人同行的這段時間，對這個問題並沒有特定立場。他趕緊改口說，「當然，以赫爾先生這個年紀，還為了某種也許不正確——不過這無所謂——的虛幻見解，勇敢搬離住了二十年的家，放棄所有生活習慣，也是很不容易的事。你不得不敬佩他，敬佩之中還帶著一點憐憫，就像你會同情唐吉訶德[107]一樣。他真是非常溫文儒雅的紳士！我永遠記得我在海爾斯東那天，他對待我的那種文雅又坦率的熱忱。」

貝爾先生氣還沒全消，不過，為了消弭自己心中的些許疑慮，他急於相信赫爾的作為確實有那麼一點唐吉訶德色彩。他大聲說，「是啊！何況你沒見識過米爾頓，跟海爾斯東簡直天差地別！我已經好些年沒去過海爾斯東了，但我敢保證，那裡景物依舊，一草一木都跟上個世紀一模一樣。至於米爾頓！我每隔四、五年才去一次，那裡是我的出生地。實話跟你說，我走在那些建在我爸爸果園上的貨倉之間，還經常會迷路。你要走另一條路了嗎？好吧，祝你晚安。我們明天哈里街見。」

107. 西班牙作家塞萬提斯（Miguel de Cervantes Saavedra，一五四七～一六一六）發表的同名小說裡的主角，是個耽溺於幻想，動機善良、行為卻盲目的矛盾人物。

第四十五章　不全是夢境

我年輕時飄揚在歡樂氣氛裡的
那些樂音，都到哪兒去了？
最後一絲振盪已然消失，
聆聽的人也不見蹤影；
就讓我閉上雙眼，走入夢鄉。
——華特・蘭德[108]

那個午後貝爾先生跟亨利閒聊，勾起他對海爾斯東的回憶。當天晚上海爾斯東主宰他整個夢境。他重新變回普利茅斯學院的教師。又是一場長假，他住在海爾斯東牧師公館，好友赫爾新婚燕爾，既得意又幸福。他們挑戰不可能的任務，凌空跳過那彎潺潺小溪，宛如整天都騰躍在空中。一切事物彷彿都真實不虛，只有時間和空間是假的。所有事件都取決於內心情感，而非具體存在，因為它們根本不存在。然而，那秋日的繁茂枝葉美不勝收；鮮花與香草的清新香氣撲鼻而來。牧師公館的年輕女主人在屋子裡忙前忙後，她對婚後的物質條件有多少埋怨，對她英俊又忠

108. 此處文句選自英國詩人兼作家華特・蘭德（Walter Savage Landor）的詩集《老樹的最後果實》（*The Last Fruit Off an Old Tree*）。

誠的丈夫就有多少自豪。這些都是貝爾先生二十五年前在真實生活中觀察到的現象。

那場夢如此真實，以致他醒時反倒以為置身夢境。他在哪裡？在倫敦某家旅館門窗緊閉、擺設精緻的房間裡。不久前跟他說話、在他身邊走動、碰觸他的那些人上哪兒去了？死了！葬了！永遠消失了，不管這世間的永遠會延續到何時。雖然不久之前他還為自己充沛的體力沾沾自喜，他畢竟老了。他的生活是如此孤單寂寞，光是想想都叫人難以忍受。他迅速下床更衣，準備到哈里街吃早餐，努力忘懷再也找不回的過去。

他沒辦法專心聽亨利解釋細節，他只看到瑪格麗特眼睛瞪大、嘴唇轉白，因為任何一丁點還弗列德清白的證據，彷彿都被命運之神裁定無效，化為烏有。亨利講到最後一個希望的破滅時，向來收放自如的職業化口吻也多了點委婉與溫柔。瑪格麗特其實早已知道這樣的結果，只是，那接二連三叫人失望的細節，無情而徹底地摧毀她所有希望，還是讓她忍不住落淚。亨利停止誦讀。

「我看我最好別再念下去了。」他的語氣充滿關切。「我這個建議真蠢。赫爾中尉……」雖然弗列德的軍人身分已經被殘忍剝奪，聽見亨利這麼稱呼哥哥，她還是感到一絲安慰。「現在過得很幸福，無論財富或前途，都比留在海軍更有前瞻性。再者，他顯然已經把妻子的國家當成自己的國家。」

「確實是這樣，」瑪格麗特說，「我的傷心難過好像有點自私。」她勉強擠出笑容。「可是我再也見不到他了，我好孤單。」亨利整理了一下的文件，暗自希望自己此刻已經擁有預期將來能得到的榮華富貴。貝爾先生擤了擤鼻涕，卻不發一語。不久後瑪格麗特顯然恢復了往日的平靜。她非常親切有禮地感謝亨利幫忙。她覺得自己剛剛的表現，可能會讓亨利覺得他的說明帶給她不必要的痛苦，所以連聲向他道謝，因為那是她願意承受的痛苦。

貝爾先生過來向她道別。

「瑪格麗特！」他邊戴手套邊說，「明天我要去海爾斯東看看那個老地方。妳要跟我去嗎？或者去那裡會讓妳太難受？坦白說吧，別擔心。」

「噢，貝爾先生！」她激動得說不出話來。她只是拉起他痛風的手來親吻。

「好啦，好啦，這就夠了。」他尷尬得臉紅。「蕭夫人應該會放心讓妳跟我出門。我們明天早上出發，大約下午兩點就可以到。我們先吃些點心，然後在一家以前叫倫納德勳章的小旅店預約午餐。之後到森林裡走走，好提振食慾。妳受得了嗎？對我們倆來說，這都是一場考驗，至少我會很開心。我們在小旅店吃午餐，就算有野味，頂多也只有鹿肉。午餐後我打個盹，妳可以出去看看老朋友。我一定會平平安安把妳帶回來，除非發生火車事故。出發前我會幫妳買一千英鎊保險，至少帶給妳親戚一點安慰。沒出意外的話，我星期五午餐以前就會把妳帶回來還給蕭夫人。如果妳同意，我就上樓跟她說。」

「我說不出我有多想去。」瑪格麗特淚漣漣地說。

「那麼，為了表明妳的謝意，接下來這兩天好好管住妳的眼淚。如果妳做不到，我恐怕也會被妳感染，這我可不喜歡。」

「我一滴淚都不再流。」瑪格麗特眨眨眼睛，甩掉睫毛上的淚水，勉強笑了笑。

「這才是乖女孩。那麼我們上樓把事情搞定。」貝爾先生向蕭夫人提出這個計畫時，瑪格麗特興奮得幾乎顫抖。蕭夫人起初很震驚，接著是疑慮和困惑，最後，貝爾先生的強勢語氣逼得她不得不放下心裡的想法。這麼做是對是錯，合不合乎規矩，她始終拿不定主意。直到瑪格麗特開心結束海爾斯東之旅，平安回來之後，才總算下了定論。她覺得自己始終相信這是貝爾先生的好意，而她自己也認為這樣對瑪格麗特最好，因為瑪格麗特經歷了太多焦慮不安，正需要改變一下環境。

第四十六章　今與昔

每當我再次大膽追憶，
那愉快歡樂的往昔，
我仍然不免懷念，
已經殞滅的故人。
一旦締結真誠友誼，
彼此之間心有靈犀，
我們在靈犀中找到喜悅，
我也在靈犀中與他們連結。
——烏蘭特[109]

約定的時間還沒到，瑪格麗特已經準備就緒，還有一點空閒時間，趁沒人注意偷偷灑了幾滴淚。只要有人把視線投向她，立刻露出燦爛笑容。她只擔心趕不上火車。幸好沒有！他們準時到車站。等安穩地上了車，坐在貝爾先生對面，呼嘯奔馳過那些知名大站，她才終於暢快又開心地呼吸。她看見熟悉的南方鄉間小鎮和村莊，懶洋洋躺在純淨溫暖的陽光下，屋頂的瓦片在日光照耀下，更顯紅豔，跟北方冰冷的石板大異其趣。成群的鴿子繞著古雅的尖形山牆飛翔，緩緩停棲在這裡或那裡，弄亂牠們柔軟光亮的羽毛，彷彿要讓每一根纖毛都沾染那叫人愉悅的暖意。

車站幾乎沒有人，大家好像都過得心滿意足，懶得出門旅行。完全沒有瑪格麗特兩度搭乘倫敦・西北線時見到的繁忙騷動。這條路線要到歲末年終才會甦醒、熱鬧起來，那時會有許多有錢的度假客穿梭其間。至於那些忙碌往返的商旅，這條線和西北線呈現的景觀大不相同。幾乎每個車站都有一兩個人無所事事地在觀望。他們雙手插在口袋裡，那麼全神貫注地、單純地看著。車上的乘客不禁納悶，等火車轟隆駛過，眼前只剩下空蕩蕩的鐵道、幾間工具棚和遠處一兩片田野，那時他還有什麼可看。熱氣在靜謐的金黃色大地上舞動，一座座農場飛馳而過，每座都讓瑪格麗特想起德國田園詩〈赫爾曼與多蘿塔〉[110]和〈伊凡潔琳〉[111]。她從白日夢中被喚醒：已經來到他們下火車、改搭輕便馬車前往海爾斯東的地方了。

一波波強烈情緒穿透她的心，究竟是痛苦或快樂，她幾乎無法分辨。每一哩路都滿載回憶，都是她無論如何不會遺忘的。每個回憶都帶給她難以言喻的渴望，為「消逝的時光」[112]垂淚。上一次走過這條路，是陪著父母一起離開。那個日子、那個季節陰鬱消沉，她淒涼絕望，但至少他們還在她身邊。如今她父母雙亡，孤單一人，雙親竟然都離開了她，消失在地表上。耀眼的陽光灑在海爾斯東這條道路上，在這夏日光輝裡，每處彎道、每棵熟悉的樹木都跟過去一樣，絲毫未變，讓她不由得傷感。大自然從來不曾改變，永遠朝氣蓬勃。

109. 此處文句摘自德國詩人烏蘭特（Ludwig Uhland，一七八七～一八六二）的作品〈渡河〉（The Crossing）。

110. Herman and Dorothea，德國詩人歌德（Johann Wolfgang von Goethe，一七四九～一八三二）於一七九七年發表的長篇敘事詩，描述法國大革命期間發生在萊茵河東岸的愛情故事。

111. Evangeline，美國詩人朗費羅（Henry Wadsworth Longfellow，一八〇七～一八八二）於一八四七年發表的作品，描述法國入侵北美阿卡迪亞地區時，少女伊凡潔琳在戰爭中與未婚夫失散的故事。

112. 此句摘自英國詩人丁尼生的詩作〈淚水、無謂的淚水〉（Tears, Idle Tears）。

貝爾先生約略猜到瑪格麗特的心思，睿智又慈祥地保持沉默。馬車駛到「倫納德勳章」門前，這地方既是農場也是旅店，跟大馬路有一段距離，幾乎是在宣告：主人家不是靠旅客的眷顧維生，所以不需要太招搖。相反地，顧客必須自己找上門來。建築物本身面對村裡的綠地，門前有一棵年歲不可考的椴樹，樹下圍了一圈長椅。倫納德家族那塊威風凜凜的盾牌，就掛在濃密的綠葉深處。旅店的門敞開著，卻不見熱情趕來招呼客人的店主。等待的時間裡，他們大可從容偷走店裡許多物品。老闆娘終於現身，熱誠地歡迎他們，像在迎接應邀前來的賓客。她也為自己的姍姍來遲致歉。她說，眼下正是收乾草的時節，得要趕緊把工人的吃食送到田裡。一來她忙著把食物裝籃，二來馬車離開大馬路以後，就走在柔軟的草地上，所以她沒聽見車輪聲。

老闆娘道歉完畢後，驚呼一聲，「天哪！」瑪格麗特原本待在客廳陰暗處，這時一抹光線投射進來，照亮她的臉。「是赫爾小姐！珍妮！」她跑到門口喊她女兒。「進來，快進來，赫爾小姐來了！」她走向瑪格麗特，像母親般慈愛地握起她的手。

「你們大家都好嗎？牧師和蒂克森小姐好嗎？尤其是牧師！上帝保佑他！我們一直很捨不得他離開。」

波奇斯太太沒有提到她母親，顯然知道她已經不在人世。瑪格麗特想告訴她父親過世的消息，卻一時哽咽，說不出話來，只好摸摸身上的深色喪服，勉強擠出「爸爸」兩個字。

「什麼！先生，不會吧！」波奇斯太太轉頭望向貝爾先生，想確認自己猜測的悲傷事實。「今年春天……也可能是去年冬天……有個先生來到這裡跟我們說了很多赫爾先生和瑪格麗特小姐的事。他說赫爾太太已經不在了，可憐的夫人。可他沒提到牧師生病的事！」

「的確是這樣，」貝爾先生說，「他走得很突然，當時他正好去牛津看我。波奇斯太太，他是個好人，我們如果能走得像他那麼安詳，就該謝天謝地了。親愛的瑪格麗特，過來！她爸爸是我多年好友，她是我教女，所以我帶她一起回來這裡看看。我很久以前就知道，妳這裡有舒適的房間和豐盛的午餐。看來妳不記得我了，我姓貝爾，以前牧師公館沒有空房間時，我來這裡住過一兩次，嘗過妳釀的香醇麥芽酒。」

「沒錯，真是對不住，我只顧著跟赫爾小姐說話。瑪格麗特小姐，我先帶妳到房間去，好讓妳脫下帽子洗把臉。今天早上我才把好些新採的玫瑰放進水甕，當時我在想，也許會有客人來，沒有什麼比泡過麝香玫瑰的山泉水更清甜的。沒想到牧師走了！哎，雖然說我們大家總有一天都得死。那位先生說，赫爾太太過世後，牧師傷心過後又打起精神來了。」

「波奇斯太太，妳安頓好赫爾小姐以後就下樓來，我想跟妳討論一下午餐。」

瑪格麗特房間裡的小窗子幾乎被玫瑰和藤蔓遮蔽，她把它們推開，探頭出去，看見牧師公館的煙囪凸出在樹梢上，還從枝葉間辨識出屋子的熟悉輪廓。

「噯！」波奇斯太太說。她鋪好了床，還讓珍妮去拿一疊帶有薰衣草香氣的毛巾來。「小姐，時代變了。我們的新牧師有七個孩子，目前又在以前的瓜棚和工具房的地方蓋嬰兒房，準備迎接更多孩子。他還換了新爐柵，客廳裝了玻璃窗。他跟他太太都是閒不住的人，做了很多好事，至少他們說那些是好事。如果不是，我倒覺得那只是為了雞毛蒜皮理由搞得天翻地覆。小姐，這位新牧師滴酒不沾，也擔任治安官；他太太有很多節約烹調的見解，主張做麵包不加酵母。他們倆話都很多，而且老是同時說，常把聽的人搞得頭昏腦脹。你總要等到他們走了，才能清靜一下，這時又會想到你也有話要說。牧師老是跑到田裡去查工人的飲料罐，看看裡面裝什麼。如果不是薑汁汽水，就嘮嘮叨叨。可我有什麼辦法，我媽和外婆也都給乾草工人送好喝的麥芽酒。身體不舒服就用鹽巴和番瀉葉治療。我當然要照她們教我的辦法做。牧師太太要給我蜜餞來代替藥，她說蜜餞好吃多了，可我不相信它能治病。小姐，我很想多聽些妳的事，可我得走了，我很快就回來。」

貝爾先生點了草莓、奶油、全麥麵包和一壺牛奶（以及他自己的專屬點心馬提耳頓乾酪配波特酒），等著瑪格麗特下樓來享用。他們簡單吃過之後，就出門散步去了。四面八方都有他們魂牽夢縈的熟悉景物，一時之間不知該往哪個方向去。

「我們要經過牧師公館嗎？」貝爾先生問。

「不，暫時不要。我們走這條路，再從牧師公館後面繞回來。」

有些地方的老樹去年秋天被砍掉，或某間占用公有地的人簡易搭蓋的破敗小屋消失了。瑪格麗特懷念每棵樹和每間小屋，像懷念老友似地憑弔它們。他們來到過去跟亨利作畫的地點，那截留有閃電燒痕的白色老山毛櫸樹幹也不見了，當時他們坐在上面描描畫畫。住在那棟頹圮小屋裡的老人過世了，小屋也拆掉了，重新建起一棟端正美觀的小房子。原本長著老山毛櫸的地方如今變成一座小園子。

「沒想到我年紀已經這麼大了。」瑪格麗特沉默片刻之後說，說完轉頭嘆息。

「沒錯！」貝爾先生說，「年輕人看見熟悉事物改變，就會感慨歲月的不可思議，之後就見怪不怪了。我覺得所有變化都理所當然，人事的遷移在我看來稀鬆平常，在妳看來卻新奇又難以接受。」

「我們去看小蘇珊，」瑪格麗特拉著貝爾先生走上一條穿過林蔭深處、綠草如茵的小路。

「樂意之至。我不知道小蘇珊是誰，不過，由於純樸蘇珊[113]的關係，我對所有的蘇珊都有好感。」

「我離開時沒有跟我的小蘇珊道別，她很失望。我一直很過意不去，總覺得只要我多跑一趟，她就不會那麼難過。她家有一段路，你確定你不累嗎？」

「很確定。呃，只要妳別走那麼快。是這樣的，這附近沒什麼風景可看，我很難找藉口停下來喘喘氣。如果我是丹麥王子哈姆雷特，妳就會覺得跟一個『上氣不接下氣的胖子』走在一起還挺浪漫。看在哈姆雷特份上，可憐可憐我這病弱的身子。」

「為了你，我會走慢點。我喜歡你多過喜歡哈姆雷特二十倍。」

「基於『活驢勝過死獅子』[114]的原則嗎？」

「也許吧。我不愛分析自己的感情。」

「我知道妳喜歡我就夠啦，不需要太仔細探究那是什麼喜歡。只是，我們也不需要走得像蝸牛。」

「那好吧。照你的速度走，我配合你。如果我走太快，你就可以像你自己比喻的哈姆雷特，隨時停下來沉思。」

「謝謝妳。只是，鑑於我媽並沒有謀殺我爸，事後又嫁給我叔叔[115]，我不知道該沉思些什麼。除非猜想一下我們能不能吃到一頓美味可口的午餐。妳說呢？」

「我覺得大有可能，波奇斯太太的料理在海爾斯東是很受稱道的。」

「那妳有沒有考慮到現在田裡忙著收乾草，她可能會分心？」

113. Simple Susan，愛爾蘭作家瑪莉亞・艾吉渥茲（Maria Edgeworth，一七六七～一八四九）同名小說裡的主角。這篇故事收錄在她的小說集《父親的助手》（*The Parent's Assistant*）。

114. 典故出自《聖經・傳道書》第九章第四節：「只要還活著，就有指望。因為活著的狗，勝過死了的獅子。」作者稍加改編。

115. 《哈姆雷特》是莎士比亞四大悲劇之一，故事描述丹麥王子返國奔父喪，卻發現母親改嫁新王，也就是他叔叔，而叔叔竟是殺害他父親的凶手。

貝爾先生東拉西扯地說笑，以免瑪格麗特太想念過去。瑪格麗特感受到他的好意。她雖然不至於不知感恩到希望自己此時獨自一人，卻還是寧可靜靜走在這些心愛的小徑上。

他們來到蘇珊的寡母的住處。蘇珊不在家，她去教會附設的學校上學了。蘇珊的媽媽察覺瑪格麗特有點失望，開始表示歉意。

「哎呀！沒關係。」瑪格麗特說。「我很高興聽到她去上學。我早該想到的，只是，她以前都在家幫著妳。」

「是啊，沒錯，所以我很想她。以前我利用晚上的時間教她一點我會的東西。我懂的當然不多，但她手腳愈來愈俐落，所以少了她我還挺難過的。她現在懂的東西比我多得多了。」蘇珊的媽媽嘆口氣。

「我的想法不見得對。」貝爾先生嚷嚷道。「別管我說什麼。我比這世界落伍一百年。我得說，那孩子留在家幫媽媽的忙，每天晚上跟著媽媽讀一段《新約》，受到的教育會比天底下所有學校能教的更優質、更單純、更自然。」

瑪格麗特不想回答他，免得他繼續發表高見，演變成長篇大論。她轉頭問蘇珊媽媽，「貝蒂・巴恩絲還好嗎？」

「不知道。」蘇珊媽媽口氣不太好。「我跟她絕交了。」

「為什麼？」瑪格麗特問。過去她是村子裡的和事佬。

「她偷了我的貓。」

「她知不知道那隻是妳的？」

「誰曉得，應該不知道吧。」

「妳不能去跟她說那是妳的貓，然後把貓要回來嗎？」

「不行！她把貓燒掉了。」

「燒掉了！」瑪格麗特和貝爾先生不約而同驚呼。

「烤了！」蘇珊媽媽解釋。

這句話有說等於沒說。瑪格麗特反覆探詢，才弄清楚這起恐怖事件。原來貝蒂被某個吉普賽算命師騙了，把丈夫上教堂的衣服借給那個算命師，算命師信誓旦旦地說，星期六晚上就會送還衣服，免得貝蒂的丈夫發現。沒想到他說話不算話。貝蒂擔心丈夫生氣，想到某種野蠻的鄉間迷信，說是貓被活活煮熟或烤死時，發出的淒厲叫聲能驅動暗黑力量，來實現殺貓人的願望，據說這方法靈驗過。蘇珊媽媽顯然也相信它的功效，她唯一氣憤的是，為什麼偏偏選中她的貓當祭品。

瑪格麗特聽得毛骨悚然，苦口婆心地規勸，都不能扭轉蘇珊媽媽的想法，最後只好失望地放棄。她一步一步地引導蘇珊媽媽接受某些她認為合情合理的見解，到了最後，蘇珊媽媽聽得一頭霧水，只是一味重複自己最初的看法，那就是「這種事當然很殘忍，我自己不會這麼做。只不過，任何人想要實現願望，這種方法還是最有效，我聽過太多實例了。當然啦，這麼做確實很殘忍。」瑪格麗特只得搖頭嘆息，最後心情鬱悶地離開。

「妳是個好女孩，沒有趁機奚落我。」貝爾先生說。

「怎麼說？你這話什麼意思？」

「我認輸。有關教育這件事，我錯了。任何教育都比讓那孩子接受這種異教迷信好得多。」

「喔！我想起來了。可憐的小蘇珊！我一定得去看看她。你介不介意到學校去看看？」

「一點也不。我對她現在受的教育有點好奇。」

他們沒再多說話，在許多鬱鬱蔥蔥的小谷地之間迂迴前進。只是，眼前的柔嫩綠意無法驅走瑪格麗特聽到那殘忍行為後、心裡的震驚與難過。蘇珊媽媽講述整個過程的口氣，也顯示她欠缺想像力，沒辦法對受苦的動物產生憐憫心。

他們走出森林，來到學校所在的寬闊草地時，耳畔傳來嗡嗡話聲，像小蜜蜂在蜂巢忙進忙出。校門敞開著，他們走了進去。一名身穿黑衣、活力十足的女性到處走動，看見了他們，以一種女主人的姿態歡迎他們。瑪格麗特記得過去偶爾有訪客走進學校參觀，她媽媽也會露出這種神情，只是更溫和、更慵懶些。她馬上知道那是現任牧師的太太，也就是接替她母親位置的人。如果可能的話，她不想跟對方打照面。但她馬上克服這種心情，謙遜地走上前去，看到很多明亮的眼神認出她來，也聽到幾個孩子壓低聲音說道，「是赫爾小姐。」牧師太太聽見了，態度變得熱絡。瑪格麗特真希望自己不要覺得牧師太太似乎帶點優越感。

牧師太太對貝爾先生伸出手，說道：

「赫爾小姐，這位是妳父親吧，你們倆長得有點像。先生，很高興見到你，我相信我先生也是。」

瑪格麗特告訴她這不是她父親，又結結巴巴地說父親已經過世了。她不禁納悶，如果真像牧師太太所說，爸爸承受得了重遊海爾斯東嗎？她沒聽見牧師太太在說什麼，乾脆讓貝爾先生代她回答，自己轉頭去看看那些認識的孩子。

「啊！赫爾小姐，看來妳想給他們上課，如果是我就會想。第一班站起來，跟赫爾小姐上文法課。」

可憐的瑪格麗特，她來學校是為了探望舊識，絕非教學訪視，她覺得自己被綁鴨子上架。不過，這麼一來她倒是可以接近那些渴盼的小臉蛋。這些都是她過去熟悉的孩子，她父親曾經為她們施行過莊嚴的洗禮。她坐下來，怔怔望著女孩們五官的變化，也趁大夥不注意時握了握蘇珊的手。第一班的學生忙著找書，牧師太太有點過度熱絡地善盡地主之誼，拉著貝爾先生絮絮叨叨地說明音標符號，轉述她跟督學之間有關這個主題的談話。

瑪格麗特低頭望著課本，卻什麼也看不進去。她聽著孩子們嘁嘁喳喳的說話聲，往日時光浮現腦海，想著想著，淚水奪眶而出，直到教室裡忽然一片沉寂。有個女孩顯然被看似簡單的字母「a」給難住了，不太確定它的詞性。

「a，不定冠詞。」瑪格麗特溫和地說。

「不好意思。」眼觀四面耳聽八方的牧師太太立刻打岔。「密爾索姆先生教過我們，『a』是……有誰還記得？」

「絕對形容詞。」五六個孩子同時回答。瑪格麗特羞愧地坐著：孩子們懂得比她多了。貝爾先生轉身偷笑。

整節課瑪格麗特沒再說話。等課程結束，她默默走到一兩個過去比較熟的孩子身邊，跟她們聊幾句。她們都從小孩長成大女孩，容貌變得太多，她幾乎認不得了。正如同她自己，離開三年後，也慢慢從她們的記憶中消失。她很高興能再次見到她們，儘管這份喜悅裡摻雜一絲哀傷。學校放學了，時間還早，牧師太太邀請瑪格麗特和貝爾先生跟她一起回牧師公館，看看現在牧師正在施作的種種……「改善」這個詞幾乎脫口而出，她臨時換成比較不失禮的「改變」。瑪格麗特一點都不想看那裡的改變，畢竟那會跟她記憶中可愛的家有所衝突。然而，雖然知道重遊舊居痛苦難免，她卻很想再看看那棟老房子。

牧師公館從裡到外面目全非，所以她沒有想像中來的難受。這裡已經不是原來那棟屋子，過去花園和草地總是修剪得整齊漂亮，即使一片飄零的玫瑰，都是那精緻合宜布局裡的瑕疵。如今卻到處散見孩子們的用品：這裡一包彈珠，那裡一個鐵環。一頂草帽壓在玫瑰枝頭，就像掛在帽釘上，折彎了開滿花朵的纖細枝條。如果是在過去，他們會把這樣的枝條往上撐，百般呵護。鋪了地墊的方形門廳也是隨處嗅得到活動力十足的快樂童年氣息。

「哎呀！」牧師太太說，「赫爾小姐，家裡太亂，妳可別見怪。等兒童房蓋好，我一定會好好約束他們。我們在整修兒童房，原本應該是妳的房間。赫爾小姐，你們沒有兒童房怎麼應付得來呢？」

「我們家才兩個孩子。」瑪格麗特說。「你們孩子很多吧？」

「七個。妳看這裡！我們要在這裡開一扇窗，正對馬路。牧師整建這房子花了不少錢。我們剛來時簡直沒法住人。當然，我的意思是我們這一大家子住不下。」屋裡每個房間都變了，包括牧師太太提到的那個房間，也就是過去赫爾先生的書房。誠如赫爾先生所說，這間書房的綠蔭與恬靜有助於冥想，只是，某種程度上可能讓人養成沉思多於實踐的性格。新開的窗子俯瞰馬路，正如牧師太太所說，有諸多好處。行動派的牧師可以隨時留意馬路，就算正在撰寫最嚴謹的布道詞也一樣。牧師那群迷途羔羊偶爾偷偷溜往誘人的酒館，自以為神不知鬼不覺，其實早被盯上了。牧師的帽子和手杖就掛在近處，隨手一拿就能出門攔截那些教民。那些人想趁被嚴格禁酒的牧師逮到之前在「歡樂樵夫」暢飲幾杯，腳程還得夠快才行。這一大家子都敏捷、活潑、大嗓門又好心腸，個性顯然也大而化之。貝爾先生只要看到特別惹他嫌的改建，就讚不絕口。瑪格麗特擔心牧師太太發現貝爾先生在耍著她玩。其實不然！她完全信以為真，沒聽出他的弦外之音。等他們離開牧師公館，慢慢走向旅店，瑪格麗特忍不住說了貝爾先生幾句。

「瑪格麗特，別罵了。我這都是為了妳，如果她不那麼自以為優越地跟妳介紹房子的裝修，覺得房子被他們改得多好又多妙，我也許會守規矩。如果妳一定要說教，那就等吃過飯，正好幫我催眠，也有助消化。」

他們倆都累了，尤其是瑪格麗特，原本她打算吃過午餐出去走走，在童年住處附近的樹林和田野間多逛逛，這時只得作罷。不知怎的，這趟海爾斯東之行跟她的預期不盡相同。到處都有改變的痕跡，儘管不明顯，卻無所不在。家家戶戶都不一樣了，出外、死亡或結婚帶來的變化，或日日月月歲歲年年的自然變遷，無聲無息地帶領我們從孩提到少年，再從成人到衰老。之後我們瓜熟蒂落，平靜地回歸大地之母懷抱。很多地方都不復舊貌：這裡少了一棵樹，那裡斷了一根枝椏，原本的陰暗處因而多了一道幽長光線。有一條馬路整修後變窄了，從馬路岔出去的無數綠蔭小徑都被圈圍起來耕種。據說這是一大進步，瑪格麗特卻不禁嘆息，懷念過去路旁青草地那如詩如畫的美景，那幽深寂靜的氛圍。她坐在窗邊小巧的長椅上，感傷地凝視緩緩聚攏的夜幕，夜色正好呼應她此時的滿腔憂思。貝爾先生難得走了一天路，這會兒睡得正香甜。有個臉色紅潤的鄉村姑娘端來他們的晚點，他才醒過來。這位姑娘平時負責侍應，今天顯然換個口味，跑到田裡幫忙收乾草去了。

「唷！有人嗎？我們在哪裡？那是誰……瑪格麗特嗎？喔，我全想起來了。我很難想像還有哪個女人會那麼憂鬱地坐在那裡，兩條胳膊打直抱住膝蓋，一張臉專注地面對正前方。妳在看什麼？」他來到窗子旁，站在瑪格麗特背後。

「沒什麼。」說著，她迅速站起來，露出短時間裡擠得出的最開心笑容。

「確實沒什麼！只是一片乏味的樹林，還有晾在歐洲野薔薇樹籬上的白床單，與無所不在的潮溼空氣。把窗子關上，過來吃晚餐。」

瑪格麗特沉默了大半晌，靜靜撥弄手裡的湯匙，沒有特別留意貝爾先生在說什麼。就算他反駁她的話，她也只是笑笑，彷彿他贊同她似的。最後她嘆了一口氣，放下湯匙，沒由來地提高音量說話。那種聲音通常意味著，說話的人對於接下來要談的主題已經反覆斟酌一段時間了。她說，「貝爾先生，你還記得昨晚我們聊到弗列德的事吧？」

「昨晚。當時我在哪裡？喔，想起來了！老天，簡直像一星期以前的事了。是啊，沒錯，我記得我們談到他，可憐的孩子。」

「嗯。你記不記得亨利提到，媽媽過世那段時間弗列德人在國內？」瑪格麗特說得比平時小聲。

「記得。這件事我之前沒聽說。」

「我卻以為……我一直以為爸爸跟你說了。」

「沒有！他沒說過。妳為什麼提這個？」

「那段間時我做了很不好的事，我想告訴你。」她突然抬起頭，用明亮而誠實的眼神看著他。「我說了謊。」她的臉色漲紅。

「嗯，我得說這的確很不對。坦白說我這輩子也撒過不少謊，我猜妳所謂的謊話是從嘴裡說出來的，但我不只直截了當用言語騙人，有時候會用行動，或某種迂迴的卑鄙手法，誤導別人不採信某個事實，或相信某句假話。妳知道誰是謊話的始祖嗎？很多人自以為品德高尚，其實都牽扯上撒謊、門第不相稱的婚姻或攀親帶故之類的事。我們每個人身上都流著被謊言污染的血液。我原本以為妳跟大多數人一樣，不會犯這種錯。什麼！妳在哭嗎？不，如果會害妳哭，我們就別談了。我相信妳一定很後悔，今後絕不會再犯，何況事情過了那麼久了。總之，我希望妳今天晚上開開心心，而不是哭哭啼啼。」

瑪格麗特擦乾淚水，想說點別的，卻又衝口而出。

「貝爾先生，求求你聽我說。也許你能幫上我。不，不是幫我。如果你知道真相，也許可以幫我解開誤會。不，這樣說也不對。」瑪格麗特沒辦法清楚表達自己的意思，顯得氣餒。

貝爾先生變得一本正經。他說，「妳仔細說吧。」

「說來話長。弗列德回家時，媽媽病得很嚴重，我心亂如麻，也非常擔心我會害他陷入危險。媽媽剛過世，我們就收到警訊。蒂克森在米爾頓碰見一個叫李奧納的人，那人以前認識弗列德，兩人好像有過節，至少那人想拿弗列德的緝捕賞金。因為這件事，我催促弗列德去倫敦。你從我們昨晚的談話也知道了，弗列德去那裡問亨利，如果出來受審，洗刷冤屈的機會有多少。我陪他去火車站。那是某天傍晚，天色慢慢變暗，但還能看得清路人的臉孔。我們到得太早，所以到附近的田野間散步。當時我心慌意亂，一直擔心這個李奧納，因為我知道他就在附近。我們在外邊時，夕陽餘暉照在我臉上，有個人騎馬過來，經過我們站著的梯磴底下那條馬路。我看見那人盯著我，起初沒認出他來，因為陽光直射我眼睛。不一會兒我適應強光，才發現那是桑頓先生，我們互相鞠躬行禮。」

「他當然看到弗列德了。」貝爾先生幫她接話。

「對。後來在車站裡，有個人醉醺醺走過來，拉住弗列德的衣領，弗列德掙脫時，那人一個踉蹌摔下月台，摔得不遠，也不深，不到一公尺。可是，天哪！貝爾先生，不知道為什麼，他就死了！」

「真傷腦筋。我猜那個人就是李奧納。弗列德怎麼脫身的？」

「那人摔倒以後他立刻跳上車走了。我們當時一點都不覺得跌那一跤會有什麼嚴重後果，看起來實在沒什麼。」

「那麼他沒有當場死掉。」

「沒有。兩三天以後才死。還有，哎，貝爾先生！最糟糕的來了。」她緊張地絞擰十指。「有個警探來家裡找我，問我是不是曾經跟一個年輕男人去車站，因為那個年輕男人推或打了李奧納，造成他的死亡。這是不實指控。當時我們還沒收到弗列德安全出海的消息，也許他還在倫敦，可能會因為這個不實指控被逮捕，到時候他涉嫌叛變的真正身分也會暴露，最後可能被槍斃。這些念頭閃過我腦海，所以我告訴警探那個人不是我，說我那天晚上沒有去車站，我什麼都不知道。我當時一心只想救弗列德，沒辦法分辨是非對錯。」

「我覺得妳做得很對，換做是我也會這麼做。妳是捨己為人，我希望我也能這麼做。」

「不，你不會的。這是錯誤行為，不服從、對神沒信心。當時弗列德已經安全離開英格蘭，而我六神無主，一時忘了還有另一個證人可以證明我在場。」

「誰？」

「桑頓先生。你也知道他在車站附近看見我了，我們還對彼此行禮。」

「喔！他根本不會知道這個醉鬼死掉的事。我猜警方的調查根本沒有結果。」

「嗯！他們的調查進行到一半就中止了。桑頓先生什麼都知道，他是治安官，是他查出那人的死不是摔倒造成的。他事後才聽說我撒的謊。噢，貝爾先生！」她突然舉起雙手蒙住臉，彷彿不想面對那段記憶。

「妳向他解釋過嗎？妳告訴過他妳出乎本能的強烈動機？」

「那是信念不足的本能；是抓住罪惡、避免自己沉淪的本能。」她痛苦地說，「不！我怎麼能？他對弗列德一無所知。這是我們家的秘密，在當時看來它牽涉到弗列德洗刷冤屈的機會，我能夠為了挽回他對我的好感，擅自向他透露嗎？弗列德離開以前一再提醒我，別告訴任何人他曾經回國。你也知道，爸爸連你都沒說。不行！我可以承擔恥辱，至少我以為自己辦得到。我確實也做到了，桑頓先生從此瞧不起我了。」

「他始終看重妳，這點我很肯定。」貝爾先生說。「當然，這件事多少說明了……不過他每次提到妳，都懷著敬意與尊重，只是，現在我總算明白他的態度為什麼總是有點保留。」

瑪格麗特沒有接腔，沒有留意貝爾先生接下來的話，一句都沒聽懂。過了一會兒，她說，

「你說他提到我態度有點『保留』，那是什麼意思？」

「沒什麼！只是他不肯跟我一起稱讚妳，讓我很惱火。我像個老笨蛋，以為全世界的人都該跟我有一樣的看法，他顯然不贊同。當時我很納悶。不過，他不明白前因後果，一定很困惑。畢竟他看見妳天黑以後跟某個年輕男人在外面散步……」

「那是我哥哥！」瑪格麗特喊冤。

「沒錯，但他怎麼會知道？」

「我不清楚。我從來沒往那個方向想。」瑪格麗特漲紅了臉，顯得既受傷又不平。

「也許他原本也不會往那個方向想。至於那個謊話，我必須強調，在那種情況下，有其必要。」

「沒有必要，現在我明白了。我非常後悔。」

他們沉默了許久，瑪格麗特先開口說話。

「我可能再也見不到桑頓先生了……」她中途打住。

「我倒覺得比這不可能的事多著呢。」

「我相信我見不到他了。不過，我還是不希望受到……受到朋友這麼深的誤解。」她眼裡滿是淚水，聲音卻依然穩定。貝爾先生看向別處。「現在弗列德已經放棄所有希望，不再奢望洗脫罪名、回到英格蘭。如果能把一切解釋清楚，也算還我自己一個公道。如果你願意，如果你可以，或剛好碰到好機會（拜託別勉強向他解釋），如果剛好可以，你能不能把事情經過告訴他，也讓他知道我同意你這麼做？雖然我可能再也不會跟他見面，可是為了爸爸，我覺得我不應該

失去他的尊重。」

「當然可以，我認為他應該知道。即使只是一丁點誤解，我也希望妳為自己辯白。他看見妳跟年輕男人走在一起，一定不知道該做何感想。」

「關於這點……」瑪格麗特傲氣地說，「我的看法是『心懷邪念者蒙羞』[116]。只是，如果剛好有機會，我還是希望能順其自然地把真相說清楚。我想向他解釋，不是為了澄清我自己的不恰當行為。如果我認為他對我有所懷疑，就不會在乎他怎麼看我。不是的。我是希望他知道當時我面臨什麼樣的考驗，又如何墜入陷阱。簡單來說，就是我為什麼撒那個謊。

「我自己內心很清楚那是錯誤行為，相較之下，別人怎麼看根本無所謂。如果你不介意的話，我們別再談這個話題了。我做都做了，罪也犯了。現在我只能放下，可能的話，今後再也不撒謊。」

「好吧。如果你非得要搞得自己彆扭又鬱悶，隨妳便。我向來把良心這玩意兒緊緊關在魔術玩偶盒裡。因為當它跳出來，我會被它的尺寸嚇一跳。我會再次哄它進盒子裡，就像漁夫哄精靈。我會說，『太好了。沒想到你在這麼小的空間裡關了那麼久，我真的沒發現你的存在。先生，麻煩你，別再長大啦，你那朦朧的輪廓都把我搞糊塗了。你能不能把自己縮回原來的身材？』一旦它回到瓶子裡，我肯定會封上瓶口。世上最有智慧的所羅門王把精靈關在裡面，難道我會違反他的初衷，再次輕率地打開瓶子？」

瑪格麗特笑不出來。她幾乎沒聽見貝爾先生說的話。她滿腦子只有一個念頭，起初只是不經意想著，如今已經根深柢固，那就是：桑頓先生不再像過去那麼看重她，他已經對她失望，再多的解釋都改變不了現狀。她在乎的不是他的愛。對於他的愛，以及她要不要給予回應，她已經決定不再多想，而且說到做到。她在乎的是他的尊重與好感，希望他有一天會像傑洛德．葛里芬[117]

的美麗詩句：

當你聽見我的名字，會回頭張望。

她想這些的時候，不停哽咽、隱忍。她安慰自己，無論他怎麼看她，都無損於真實的她。但這只是無濟於事的陳腔濫調，只是虛言假語，輕易就被她的懊悔壓垮。她有許多問題想問貝爾先生，話到嘴邊卻又問不出口。貝爾先生以為她累了，早早打發她回房休息。回房後她在敞開的窗邊端坐幾小時，凝望上方的深紫天幕。繁星升起，眨了眨眼，又消失在濃密的樹林後方。地球上有一盞微弱燈光點燃一整夜，是她昔日臥房裡的一根蠟燭。那裡現在是兒童房，住著牧師公館的現任住戶，等待新兒童房建成。瑪格麗特忽然體會到人世的變遷，個人的微不足道，生命的迷惘與失望，沒有任何事維持原貌。這種細微、遍及一切的不穩定，帶給她的痛苦，更甚於時光不在，人事全非。

「現在我終於明白天國是什麼模樣，也了解那些句子是多麼莊嚴、多麼寧靜！『昨日、今日、永永遠遠，始終如一。』[118]永垂不朽！『從永恆到永恆，祢都是上帝。』[119]我頭上的天空看上去

116. Honi soit qui mal y pense。這句話是法語古諺，鑄在英國騎士榮譽制度最高級的嘉德勳章上。

117. Gerald Griffin，一八〇三～一八四〇，愛爾蘭詩人兼劇作家。此處文句摘自他的詩〈你記憶中的位置〉（A Place in Thy Memory）。

118. 此句出自《聖經．希伯來書》第十三章第八節，原文是：「耶穌基督昨日、今日、永永遠遠，始終如一。」

119. 此句出自《聖經．詩篇》第九十篇第二節。

似乎不可能改變，但它會變。我太疲倦了，我厭倦了總是不由自主地快速流轉過生命的這些時期。我生命中不管是地方或人，什麼都留不住，就像受困於情慾的人，在但丁《神曲》描述的第二圈地獄裡無止境地旋轉。我現在的心境，就跟其他宗教的女人斬斷塵緣時一樣，在塵世的單調乏味裡，尋求天國的亙久不變。如果我是天主教徒，而且可以狠狠打擊自己的心，讓它變成槁木死灰，也許我會去當修女。但我會渴望同類……不，不該說同類，因為對同類的愛無法填滿我的心，替代不了我對某些個人的愛。也許本該如此，也許不，今晚我想不出個所以然。」

她帶著消沉的心入睡，四、五個小時後又喪氣地醒來。晨光帶來希望，她對事情的看法又光明了些。

她更衣時聽見兒童的嬉鬧聲，心想，「變化終究是對的。假使世界停滯不前，就會倒退，會衰朽。但願這句話不至於不合邏輯。只要往外看，不要只在意變化帶給我的痛苦，那麼周遭的一切進展其實正確又有必要。如果我想擁有正確的判斷力，或一顆可信賴的心，就不能只想著境遇如何影響我。」她走進客廳向貝爾先生道早，眼裡笑意滿盈，隨時可以牽動嘴角。

「唷，小姑娘！妳昨天睡得很晚，今早起床也慢。我有個消息要告訴妳：有人請吃午餐，妳有興趣嗎？一早就有人來請，真的是晨露未乾的大清早。牧師已經來過了，他正要去學校。他來得這麼早，是不是為了乾草工人的健康，來給我們的客店女主人上一堂禁酒課，這我可說不準。總之，我快九點時下樓來，他已經在這裡了。他邀請我們過去吃午餐。」

「可是伊迪絲等著我回去，我不能去。」瑪格麗特慶幸有這麼好的藉口。

「沒錯！我知道，我也是這麼告訴他。我猜妳不會想去。如果妳有興趣，還是可以改變主意。」

「我不想！」瑪格麗特說，「我們照原訂計畫，十二點出發。他們實在熱忱又好客，可惜我真的沒辦法去。」

「那好吧。別擔心，交給我處理。」

出發前瑪格麗特偷偷溜到牧師公館花園後側，摘了一枝蔓生的忍冬。前一天她沒有摘花，是怕被人發現，評斷她的動機和心情。回程時她經過公有地，發現那裡又充滿舊時的迷人氛圍。四面八方傳來的尋常生活聲響，比全世界任何地方都更動聽。那裡的光線更為金黃，生活更為平靜，夢幻般的喜悅俯拾皆是。瑪格麗特想到昨天的心情，她告訴自己：

「我也隨時在變，一會兒這樣，一會兒那樣。原本還失望埋怨，只因事情跟我想像中的不一樣；現在突然發現現狀遠比我想像的畫面美好。噢，海爾斯東！你是我今生的最愛。」

幾天後她心情恢復平靜，很慶幸自己走了這一趟，很高興再次見到海爾斯東。海爾斯東永遠會是她心目中最美麗的地方，只是，那裡會讓她想起太多過去的事，尤其是她的父母，如果一切重來，她可能不會想再重返故居。

第四十七章　有點缺憾

經驗像個蒼白樂師，
手拿毅力的洋琴[120]；
彈奏出我們無法理解的樂音，
那是神在祂的世界的意旨，
一種哀婉、複雜的小調。[121]
——白朗寧夫人

大約這個時候，蒂克森從米爾頓回來了，變成瑪格麗特的貼身女僕。她帶來許許多多有關米爾頓的流長蜚短：桑頓小姐結婚後，瑪莎過去服侍她，轉述那場引人注目的婚禮上有關伴娘、禮服和餐宴種種；街坊都覺得桑頓先生把這場喜宴辦得過於盛大，畢竟他因為罷工虧了不少錢，還得付訂單的違約金；蒂克森百般珍視的家具拍賣時換不了幾個錢，實在夠倒霉的，畢竟米爾頓的人那麼有錢；有一天桑頓太太過來，用非常低廉的價格買了兩件東西。隔天桑頓先生也來了，看上一兩樣東西，自己跟自己競標，看得圍觀的人樂呵呵。蒂克森發現，這麼一來就扯平了，因為桑頓太太給得太少，桑頓先生給得太多。貝爾先生寄來很多訂單，要了一堆書。他有太多講究，搞得人一頭霧水。如果他能親自來一趟就好了，寫信通常只會把人搞迷糊。關於席金斯父女，蒂克森沒什好說的。她的記憶有點階級偏見，回想那些比她卑下的人事物時，總是不太靈光。她覺得席金斯想必好得很。他來過家裡好幾趟，想知道瑪格麗特小姐的近況。只有他問起瑪格麗特小姐，桑頓先生也問過一次。那麼瑪莉呢？喔！她當然也很好。高大壯碩、邋裡邋遢的丫頭。她倒是聽人說瑪莉進了桑頓先生的工廠工作，因為她爸爸希望她學煮飯。這是什麼鬼話，難道她不會煮飯嗎？或者她是在夢見聽說的，話說回來，她竟會夢見席金斯父女這樣的人，未免奇怪。

瑪格麗特同意蒂克森的看法，覺得這樣的事確實沒道理，可能是做夢。無論如何，她很開心，現在總算有個人可以跟她聊米爾頓和那裡的人。蒂克森卻不太喜歡這個話題，寧可把那一段人生藏在陰暗角落裡。她比較喜歡詳述貝爾先生說過的話，那些話暗示他有意讓瑪格麗特當他的繼承人。只不過，瑪格麗特不願意附和她這個念頭。無論她怎麼旁敲側擊，或裝出猜測、確認的表情，都得不到肯定答覆。

這段期間瑪格麗特心裡始終有一股隱約模糊的期待，希望聽到貝爾先生去米爾頓處理公事。他們在海爾斯東時說好了，關於弗列德那件事，貝爾先生必須親口向桑頓先生解釋，而且不能太刻意。貝爾先生不熱衷寫信，只是偶爾來信，篇幅或長或短，視他的心情而定。瑪格麗特收到信時並不覺得自己抱著任何期望，讀完之後卻總是失望地把信放下。他不會去米爾頓，信裡完全沒提到這件事。好吧！要有耐心，遲早會撥雲見日。貝爾先生的信跟平時的風格很不相同，內容特別簡短，總是大發牢騷，偶爾甚至出現不太尋常的怨言。他不期待未來，似乎也懊悔過去，厭倦現在。瑪格麗特覺得他可能健康出了問題，去信關懷。他回了一封短箋說，有一種老毛病叫做壞脾氣，他現在就是為之所苦。至於這種毛病是心理或身體上的問題，隨她怎麼想。他就是想要

120. dulcimer，一種以小錘敲擊的絃琴。

121. 此處文句選自白朗寧夫人的詩作〈複雜的樂曲〉（Perplexed Music）。

痛快地發牢騷，也不想每次發牢騷就向人匯報。

基於這封短箋，瑪格麗特不再詢問他的健康狀況。某天伊迪絲聊起上次貝爾先生來倫敦時不經意跟她提起的事，瑪格麗特因此開始猜想貝爾先生可能打算秋天時帶她到卡地斯探望弗列德夫婦。她反覆追問伊迪絲，問得伊迪絲有點煩，直說她只記得這些。她說貝爾先生只說他有點覺得自己應該親自去問問弗列德有關叛變的事，瑪格麗特也可以順道去認識新嫂子。貝爾先生還說，反正他放長假時總會找個地方去，去西班牙有何不可，就這樣。伊迪絲不希望瑪格麗特離開他們，所以這些事讓她很不安。接下來，因為沒別的事做，她就哭了，她說她對瑪格麗特的愛，遠超過瑪格麗特對她的愛。瑪格麗特全力安撫她。西班牙之行雖然只是空中樓閣，她卻沒辦法向伊迪絲解釋這件事讓她多麼嚮往、多麼歡欣。伊迪絲一心一意認為，與她無關的任何開心事，都是對她的無言冒犯，至少是一種冷漠。瑪格麗特只好把那份喜悅放在心裡，等到換裝準備用餐時，才偷偷表達出來。她問蒂克森會不會很想去看看弗列德少爺和他的新婚妻子。

「小姐，她信天主教，對吧？」

「應該……嗯，沒錯，肯定是！」瑪格麗特想到這件事，心情有點低落。

「他們住在天主教國家？」

「對。」

「那麼我不得不說，我的靈魂比親愛的弗列德少爺重要得多。小姐，我在那裡會一直擔心自己被洗腦。」

「我反正不一定會去，」瑪格麗特說，「就算要去，我也沒那麼嬌貴，非得有妳陪著出門。別擔心，親愛的老蒂克森，如果我們去了，妳就可以放長假。只是，我覺得這個『如果』機會渺茫。」

蒂克森不喜歡聊這個。首先，她不喜歡瑪格麗特每次想拉近距離就喊她「親愛的老蒂克森」。她知道瑪格麗特對任何人都會用「老」這個字，這是她表達親切感的方式。只是，蒂克森向來不喜歡把這個字套在自己身上，她才剛滿五十歲，自認還在生命顛峰期。再者，她不喜歡別人把她的話聽得太認真。她對西班牙儘管有諸多恐懼，卻也懷著某種潛藏的好奇，比如宗教法庭和天主教的種種神秘事物。因此，她乾咳幾聲，彷彿顯示自己願意排除萬難。她問瑪格麗特，如果她謹慎提防，絕不見神父，也不進教堂，那麼她還會有被洗腦的危險嗎？當然，弗列德少爺不知為何已經改變信仰了。

「我猜他會改變仰信都是為了愛。」瑪格麗特嘆息道。

「說的也是，」蒂克森說，「我可以不接近神父，不進教堂，愛情卻會趁你不注意偷走你的心。我看我還是不去的好。」

瑪格麗特不敢想太多去西班牙的事，可是，西班牙至少可以轉移注意力，不必成天不耐煩地盼著桑頓先生得知真相。貝爾先生好像暫時會待在牛津，不急著去米爾頓辦事。瑪格麗特似乎受到某種不明原因的約束，沒辦法主動問貝爾先生、或提及他造訪米爾頓的計畫。她也不敢說起去西班牙的事，畢竟當初他跟伊迪絲聊這件事時，可能只是有口無心。他們同遊陽光燦爛的海爾斯東期間，他完全沒提到西班牙，所以當初應該只是一時興起。如果真有此事，那會是多麼美好的事，目前這種單調無趣的日子她過得有點膩了。

這段時間裡，瑪格麗特最大的生活樂趣來自伊迪絲的兒子。那孩子乖巧聽話時，是他父母的榮耀，帶給家人許多樂趣。但他有自己的強烈主見，只要發起脾氣，伊迪絲就會無奈又疲倦地投降，嘆口氣說，「老天，我該拿他怎麼辦！瑪格麗特，拜託！搖鈴叫漢利過來。」

然而，比起那孩子平時的乖寶寶模樣，瑪格麗特更喜歡他鬧彆扭的時候。她會把他抱進房間，兩個人好好對壘一番。她會用堅定的毅力讓他靜下來，連哄帶騙地使出各種安撫招數，直到他用沾滿淚水的熱乎乎小臉蛋磨蹭她的臉，又親又吻，最後躺在她懷裡或伏在她肩上睡著。瑪格麗特覺得那是最甜蜜的時刻，讓她體驗某種今生無緣品嘗的滋味。

亨利經常來家裡走動，為這個家帶來某種還算不討人厭的新鮮感。瑪格麗特覺得他雖然比過去更優秀傑出，卻也更冷漠。不過，他明智的品味和豐富淵博的知識，也為原本相當平淡的對談添加許多趣味。瑪格麗特發現他偶爾流露出對弟弟、弟媳和他們生活模式的鄙夷，他認為他們的生活輕佻、瑣碎又漫無目標。他曾經當著瑪格麗特的面，用相當尖銳的語氣質問弟弟是不是打算從此放棄就業。雷納克斯上尉說他的錢足夠維持生活，瑪格麗特看見亨利不屑地噘起嘴唇問道，「這就是你人生的目標嗎？」

不過這兩兄弟感情還算挺不錯，就像任何兩個人的關係，只要比較聰明那個持續引導另一個，被引導那個就會耐心跟隨。亨利全力發展事業，深謀遠慮地建立對自己有利的人脈。他目光精準、志向遠大、理智、自豪、伶牙利齒。貝爾先生來倫敦那天晚上，瑪格麗特跟亨利聊了很多弗列德的事，之後他們就很少說話，只有一家人聊天時偶爾對話幾句。不過，這些就足以讓她擺脫羞澀，也讓他克服受傷的自尊與虛榮。當然，他們經常見面，只不過，她覺得亨利刻意避免跟她獨處。她認為他跟她一樣，也看出來他們倆在各方面的見解和對一切的品味都已經漸行漸遠。

然而，每當亨利口若懸河，或說出什麼真知灼見，她發現他總是察看她的表情，即使只是匆匆一瞥。再者，在他們倆共同參與的家庭閒聊中，只要她在說話，他就會特別尊重地聆聽。他似乎不太情願表現出這種尊重，甚至盡可能隱藏，因而顯得更真實。

第四十八章 「從此無跡可尋」

我親愛的、我父親的故友！
我無法與你分離！
我從沒表達，你也從未知曉，
你在我心中多麼重要。

——佚名

伊迪絲操辦的餐宴組成要素如下：她的朋友帶給大家美好的視覺享受；她丈夫提供輕鬆的流行話題；亨利和他少數幾個前途不可限量的朋友帶來聰慧機敏、博大精深的知識。他們都能善用這些知識，不顯得太迂腐，也不會阻礙宴席上的順暢交談。

這些宴會氣氛愉悅，然而，即使置身其中，瑪格麗特仍然感到一絲缺憾。每一種才華、每一種情感、每一種學識，不，就連對美德的追求，全都變成燦爛一時的煙火。那隱藏著的神聖火焰，在劈哩啪啦一陣火光之後耗盡。他們聊藝術時僅止於感官層次，只顧著討論外觀，忽略了自我的提升。他們跟朋友聚在一起時會熱烈討論崇高話題，獨處時卻想都不會去想。他們揮霍了自己的賞析能力，將它化成連串得體言語。某一天，男士們上樓走進客廳後，亨利來到瑪格麗特身邊跟她說話。這幾乎是她搬回哈里街之後，他首次主動找她攀談。

「剛才吃飯時妳好像不太喜歡薛利先生的言論。」

「是嗎？我的臉一定很善於表達。」瑪格麗特回答。

「向來如此，還是跟過去一樣表情豐富。」

「雖然只是說笑，但我不喜歡……」瑪格麗特匆忙說道，「他那樣公然擁護某件他明知道不對、甚至錯得昭然若揭的事。」

「可是他說挺巧妙，每個字都那麼貼切！妳記得他用的那些有趣的修飾語嗎？」

「記得。」

「而且很不屑，妳大概很想補這一句吧。雖然他是我朋友，也請妳別顧忌。」

「看吧！就是你這種口氣……」她突然打住。

他等了半晌，看她會不會把剩下的話說完。但她只是紅著臉走開。她走開以前聽見他用低沉又清晰的聲音說：

「如果妳不喜歡我的語氣和我的思考模式，妳能不能告訴我，讓我有機會學著討妳歡心？」

這幾星期以來貝爾先生一直沒有提起去米爾頓的事。他在海爾斯東時曾經說過短期內要去一趟米爾頓，那麼他應該已經以通信方式把事情處理好了。瑪格麗特知道他會盡可能避開他不喜歡的地方，再者，他不可能會知道那件需要當面解釋的事對她有多重要。她知道他很清楚那件事一定得做，但究竟是夏天、秋天或冬天去做，差別不大。已經八月了，他也沒提起他向伊迪絲透露過的西班牙行，瑪格麗特只好慢慢接受希望破滅的事實。

某天早上她接到貝爾先生來信，說他打算下星期到倫敦，有個計畫要跟她談一談。此外，他也想順道看看醫生，因為他開始覺得她說得可能有道理，他暴躁易怒時，出問題的可能是他的健康，而不是他，至少這樣想他心情會好一點。整體來說，他信裡的口氣有點故作輕鬆。瑪格麗特事後才留意到這點，因為她讀信時，伊迪絲的震驚反應轉移了她的注意力。

「來倫敦！天哪！我已經熱得發暈，沒力氣再辦餐宴了。再者，大家都出城去避暑，只剩下我們這一家蠢蛋，到現在還拿不定主意上哪兒去。根本沒人能來陪他吃飯。」

「比起妳那些千挑萬選的賓客，我相信他寧願跟我們安安靜靜吃頓飯。再者，如果他身體不舒服，他可能不會接受邀請。我很高興他終於承認了。我從他寫的信就看出來他生病了，我問的時候他不肯承認，又找不到人打聽他近況。」

「哎呀！他沒事的，不然他不會想去西班牙。」

「他沒說要去西班牙。」

「是沒有。可是他要跟妳談的計畫顯然跟那有關。天氣這麼熱，妳真的要去嗎？」

「沒事，接下來會一天天變涼。嗯，想想也對！我只是怕我想得太多、期望太高，任何事想得那麼專注、那麼刻意，到頭來肯定是一場空。就算表面上願望實現了，精神上也不會感到快樂。」

「瑪格麗特，那都是迷信。」

「不，我不這麼認為。這正好提醒我，不要為這種強烈的期待興奮過了頭。這有點像在說『給我孩子，不然我就死。』[122]我怕我也叫嚷著：『讓我去卡地斯，不然我就死。』」

「親愛的瑪格麗特！他們會勸妳留在那裡，到時候我怎麼辦？噢！真希望我可以在這裡幫妳找個對象結婚，這樣我就能留住妳！」

「我不會結婚。」

「胡說，加倍胡說！就像科斯莫說的，妳太有魅力，明年一定會有不少男士專程為妳而來。」

122. 出自《聖經・創世記》，拉結嫁給雅各後不孕，卻嫉妒雅各的元配利亞連連生子，因此對雅各說這句話。

瑪格麗特傲慢地挺直身子。「伊迪絲，妳知道嗎？有時候我覺得妳在科學學得有點……」

「怎樣！」

「有那麼一點粗俗。」

伊迪絲哭得慘兮兮，邊哭邊指控瑪格麗特一點都不愛她，不再把她當朋友了。瑪格麗特這才覺得自己因為自尊受傷，說了太重的話。接下來那一整天她想方設法討好伊迪絲，情感受傷的伊迪絲像個受害者躺在沙發上，偶爾嘆一大口氣，最後終於睡著。

貝爾先生沒有依約來到，延期後也沒出現。隔天早上他的男僕威利斯寄來一封信，說貝爾先生身子不舒服已經一段時間，所以行程一延再延。到了出發前，他忽然中風。威利斯還轉述醫生的說法：貝爾先生可能熬不過當天晚上。更可能的是，瑪格麗特小姐收到信時，他可憐的主人已經與世長辭。

瑪格麗特是在早餐時間收到這封信，讀得臉色發白。之後她默默把信交給伊迪絲，離開飯廳。

伊迪絲讀信時飽受震撼，像個受驚嚇的孩子抽抽答答地哭了起來，害她丈夫不知所措。當時蕭夫人在自己房間裡吃早餐，安慰妻子的重責大任因此落到他頭上。這似乎是伊迪絲記事以來跟死亡最接近的經驗：一個原本這天要來跟他們一起吃午餐的男人，躺在那裡做垂死掙扎，或者根本已經死了！一段時間後，她才想到瑪格麗特，連忙站起來，上樓到瑪格麗特房間。蒂克森正在收拾簡單行李，瑪格麗特焦急地戴帽子，淚水不住往下流，雙手抖得幾乎沒辦法繫緊帽帶。

「親愛的瑪格麗特！太震撼了！妳在做什麼？妳要出門嗎？科斯莫可以去發電報，或幫妳做任何事。」

「我要去牛津。半小時後有一班火車，蒂克森願意陪我去。我一個人去也行，我一定要再見他一面。何況，他說不定好些了，需要人照顧。他就像我爸爸。伊迪絲，別阻止我。」

「但我必須阻止妳，媽媽一定不答應。瑪格麗特，我們一起去問她。如果他有自己的房子，我就不會介意，可是他住宿舍！我們去問媽媽，至少要跟她說一聲，花不了一分鐘。」

瑪格麗特讓步了，結果錯過那班火車。乍聞變故的蕭夫人嚇得慌了手腳，寶貴的時間就這麼溜走了。幸好兩小時後還有一班車，大家你一言我一語討論合不合乎禮儀之類的事，最後敲定由雷納克斯上尉陪瑪格麗特跑一趟，因為她唯一的堅持就是要搭下一班火車去，不管有沒有人陪，什麼禮儀規矩的也都拋到一旁。她父親的朋友——也是她自己的朋友——奄奄一息躺在那裡，那幕景象無比清晰地浮現她腦海，給她勇氣為自己爭取獨立行動的權利，連她自己都感到驚訝。火車出發前五分鐘，她總算安穩地踏進車廂，跟雷納克斯上尉面對面坐著。

貝爾先生前一天晚上就過世了。她很慶幸自己跑了這一趟，因為她看到他住的地方，日後只要想起那裡，就會連帶想起她親愛的父親，以及父親最珍惜的摯友。

他們出發前答應過伊迪絲，萬一是最不好的結果，就趕回去吃午餐，她只好依依不捨地環顧父親過世的房間一眼，再默默地跟那個妙語如珠、詼諧俏皮的和藹老人道別。

雷納克斯上尉在回程火車上睡著了，瑪格麗特可以放心地哭泣，回想這命運多舛的一年裡遭遇的種種苦難。她還沒完全接受一個變故，另一個就接踵而來，不但沒能取代前一波哀慟，反倒掀開尚未癒合的傷口。不過，聽見姨媽和伊迪絲迎接她時的溫柔語調，以及快樂的小梭爾托的歡欣鼓舞，看見家裡光線明亮的房間，白皙美麗的女主人伊迪絲焦急又關懷的表情，瑪格麗特打起精神，不再昏沉恍惚地陷入那種幾乎帶點迷信色彩的絕望。她開始覺得，即使是她，也有機會感受到歡笑與喜悅。她躺在伊迪絲常躺的沙發上，梭爾托在大人教導下，小心翼翼端茶給阿姨。等到瑪格麗特上樓換裝時，已經能夠感謝上帝沒有讓她親愛的老朋友受太多病痛折磨。

等肅穆的夜晚來臨，整棟房子歸於沉寂，瑪格麗特還坐在窗邊凝視倫敦的夏夜星空。鬆軟雲朵平靜地飄在皎潔月光中，遠處溫暖幽暗的燈火動也不動伏臥在地平線周遭，投射出粉紅微光，映在雲朵上。瑪格麗特的房間就是她童年到少女階段的日間兒童房，當時她的情感和良知剛開始萌芽、活躍。她記得曾經在某個這樣的夜晚對自己承諾，要像她讀過或聽說過的愛情小說裡的女主角一樣，勇敢而高貴地過一輩子。要度過法國人說的「無所畏懼、無可非議」的人生。

當時的她似乎認為，只要立定志向就能達成目標。如今她已經學到，要想成為真正的勇者，光靠立定志向還不夠，她還得祈禱。她只相信自己，卻墮落了。那個對她最失望的人，永遠無法得知她的理由和她受到的考驗，這就是她的罪行該有的後果。她終於正視自己的罪，也了解這個罪的本質。貝爾先生好心地為她辯解，說幾乎所有人都做過可受公評的行為；還說只要動機純正，就沒有所謂邪惡。這些話安慰不了她。

當初她第一個念頭是，如果她知道弗列德已經脫險，應該會毫不畏懼地說出實情。如今想來，這個念頭卑微又可憐。不，即使到了此刻，死亡再度教會她生命的真相，她想透過貝爾先生爭取桑頓先生諒解的做法，也變得微不足道。就算所有人的言語、行為與沉默都意圖欺騙；就算可能失去最鍾愛的事物或最心愛的人；就算沒有任何人能依據她的誠實與否來決定要稱頌她或鄙視她，她也要獨自坦然站在上帝面前。她祈禱自己從今往後擁有只說真話、只做實事的力量。

第四十九章 找回平靜

她緩步走向陽光普照的沙灘，
沿途頻頻狐疑駐足；
哀傷是如此神聖，令人沉默無語。
——胡德[123]

「瑪格麗特是繼承人吧？」伊迪絲在丈夫耳畔悄聲說。哀傷的牛津之旅結束後這天晚上，他們夫妻倆在房間裡說話。她讓丈夫俯低了頭，自己又墊起腳尖，先提醒他別太震驚，才問出這個問題。只是，雷納克斯上尉似乎一無所知，即使聽說過這事，也早忘掉了。一所小型學院的評議員不可能留下太多遺產。另外，他從來沒想過要瑪格麗特付生活費，一年二百五十英鎊未免誇張，畢竟瑪格麗特不喝葡萄酒。伊迪絲有點氣餒地站回地面，滿腔的浪漫幻想破滅。

一星期後，她蹦蹦跳跳來到丈夫面前，深深欠身行禮。

「最尊貴的上尉，我對了，你錯了。瑪格麗特收到律師的信，她是剩餘遺產受贈人，遺產大約有兩千英鎊，其他那些以米爾頓房地產現值估算，大約四萬鎊。」

「什麼！那她對這種天大的好運有什麼反應？」

123. 此處文句摘自英國詩人胡德的長詩〈希蘿與李安德〉（Hero and Leander）。

「她好像早就知道了。她的臉沒有一點血色，直說那筆錢讓她很害怕。那只是胡言亂語，很快就會過去。媽媽還在向她道賀，我偷偷溜過來告訴你。」

大夥兒一致同意，往後應該由亨利充當瑪格麗特的法律顧問。她對所有相關文件表格一竅不通，幾乎什麼都得請教他。他幫她挑選法定代理人，帶各種文件來給她簽名。他教她認識那些神秘的法律名詞和文件時，心情前所未有地快樂。

「亨利，」某天伊迪絲調皮地說，「最近你經常跟瑪格麗特聊很久，你知道我希望事情怎麼發展嗎？」

「我不知道，」他紅著臉說，「妳最好別告訴我。」

「好吧，那我就不需要叫科斯莫別太常邀那些羅密歐來家裡。」

「隨妳便。」他故作鎮定地說。「妳心裡想的事，可能會、也可能不會發生。這回我表白以前，一定會先確認成功機率。妳想邀誰來就邀誰來。伊迪絲，我這麼說也許對妳不太禮貌：如果妳插手，可能會把事情搞砸。長期以來她在我面前非常羞澀生疏，最近才慢慢改變她的潔諾比亞[124]風格。如果她稍稍偏向異教信仰，肯定會展現出她骨子裡的埃及豔后[125]本色。」

「至於我，」伊迪絲說，「我很高興她是虔誠的基督徒，我身邊很少像她信仰這麼堅定的。」

那年秋天，瑪格麗特終究沒去成西班牙。她自始至終都希望出現某種天賜良機，安排弗列德到巴黎去，那麼她很容易就能找到人陪她去巴黎。既然去不了卡地斯，她只好接受現實，去了諾福克郡東北海岸的克羅默。蕭夫人和伊迪絲夫婦決定去那裡避暑，也一直希望她能一起去。想當然耳，他們生性疏懶，不會太積極協助瑪格麗特達成心願。某方面來說，克羅默對她反而最有益處。她需要休息，也需要增強體力，提振精神。

她很多希望都落空了，包括她希望、也相信貝爾先生能去向桑頓先生解釋弗列德的事，也就是造成李奧納死亡那起不幸事件的前因後果。不管桑頓先生對她的看法有什麼改變，她都希望他能真正了解她做了什麼，又為什麼那麼做。如果能把事情說清楚，她會滿心歡喜。這下子除非她能下定決心不再回想那件事，否則她一輩子都沒辦法安心。那些事已經過了那麼久，除了貝爾先生，她想不到還能透過什麼管道去向他說明，貝爾先生卻過世了。她不得不像大多數人一樣，接受被誤解的事實。她告訴自己，很多人都會碰上這種事，但她的心還是很痛，還是渴望總有一天，多年以後的某一天，至少在他離開人世以前，能夠了解她當時的苦衷。她覺得，只要能確知他總有一天會明白真相，她並不需要親耳聽見這個結果。但這個願望跟其他很多願望一樣，沒有一點意義。當她說服自己認清這點，就能把全副心思和力量轉向當前的人生，竭盡全力好好活下去。

她經常在海邊一坐就是幾小時，專注地望著一波波海浪前撲後繼地拍打岸上的卵石。或者她會眺望遠處起伏的波濤，在天空下閃閃發亮，不自覺地聽著永恆的詩篇在耳畔響起。不知什麼緣故，她的心莫名得到了撫慰。她始終倦怠地坐在地上，雙手交扣抱住膝蓋；蕭夫人多半去逛街買東西；伊迪絲夫婦在海灘上騎馬，有時深入內陸；兩名保母各自帶著孩子散步，來回走過她面前，悄聲議論她到底看見什麼有趣的東西，可以每天坐在那裡看那麼久。大家聚在一起用餐時，瑪格麗特總是沉默不語、專注思考。伊迪絲覺得她有憂鬱傾向，所以當雷納克斯上尉提議等十月份亨利從蘇格蘭回來，邀請他過來度假一星期，伊迪絲歡天喜地附議。

124. *Zenobia*，西元三世紀帕米亞王國（Palmyrene Empire）王后。國王遭暗殺身亡後，她代理兒子主掌政權，征服東羅馬地區，與羅馬帝國漸行漸遠。

125. *Cleopatra*，古埃及托勒密王朝最後一任法老，她色誘凱撒大帝，順利取得執政權，也保全埃及免被納入羅馬帝國版圖。

事實上，由於這段時間的沉澱，瑪格麗特才能讓自己過去與未來的一切事項，依據它們的源起和重要性，各自回歸該有的位置。在海邊那些時間並沒有虛度，而且成效漸漸顯現在她臉上。任何人只要有點覺察力，或願意加以理解，都能看得出來。她的改變深深震撼了亨利。

「我覺得來海邊度假對瑪格麗特有很大的好處，」他趁瑪格麗特暫時離開，對其他人這麼說，「她看起來比在哈里街時年輕十歲。」

「一定是因為我買給她的那頂帽子！」伊迪絲得意洋洋地說，「我一看見那頂帽子，就知道很適合她。」

「很抱歉。」亨利用他平時對伊迪絲說話那種半鄙視、半縱容的口氣說，「我相信我有能力區別服飾的魅力和女性的美。區區一頂帽子沒辦法讓她的眼神那麼明亮柔和，嘴唇那麼豐滿紅潤，整張臉充滿寧靜與光澤。她就像……」他壓低聲音，「就像海爾斯東時代的瑪格麗特，而且有過之而無不及。」

從那時起，精明又野心勃勃的亨利開始使出渾身解數追求瑪格麗特。他愛她甜美的容貌，他看見她心靈的可塑性，自以為可以輕而易舉地左右她，讓她認同他決心要達成的所有目標。在他心目中，她的財產只是她完整而優秀的性格與地位的一部分。在此同時，他很清楚她的財富可以立刻助他這個窮律師平步青雲。最後他會飛黃騰達、譽滿天下，屆時他就能把一開始向她借用的資金連本帶利還給她。他從蘇格蘭回來以後，曾經去米爾頓處理她的產業，以幹練律師審時度勢的銳利眼光，看出她在這座日益繁榮小鎮擁有的土地與屋舍可望年年增值。他跟瑪格麗特目前一個是委託人、一個是法律顧問，他很高興這種關係慢慢取代海爾斯東那個不幸錯誤的回憶。也因為這種關係，他們之間除了親戚間的一般接觸之外，多了許多近距離談話的難得機會。

亨利在米爾頓雖然沒見到她認識的那些人，但只要他聊起那地方，瑪格麗特就特別喜歡聽。

蕭夫人和伊迪絲談到米爾頓的口氣總是厭惡與不屑；瑪格麗特剛搬到米爾頓時，也表達過那樣的心情，現在她回想起來就覺得慚愧。然而，亨利幾乎比如今的瑪格麗特更欣賞米爾頓的特質和那裡的居民。他們的活力、他們的幹勁，他們打拚奮鬥時那種不屈不撓的勇氣，他們生氣勃勃的生活方式，深深地打動他、吸引他。他不厭其煩地談論那裡的人，從沒發現他們孜孜不倦耗費心力追求的許多目標，其實是非常自私、非常物質主義。瑪格麗特儘管聽得開心，卻也得坦誠地指出，在米爾頓人諸多值得敬佩的高尚品格之中，這是一個污點。亨利發現，當她對其他話題感到厭倦、回應變得草率簡短，只要一問起達克夏人的某種特殊性格，就能讓她眼神重現光采、面容亮麗動人。

他們回到倫敦以後，瑪格麗特實踐了她在海邊下的決心：找回自己生命的主控權。他們去克羅默以前，她凡事聽從姨媽的安排，彷彿她還是初到哈里街那個恐懼擔憂、哭著入睡的孤單女孩。在海邊的漫長沉思中，她了解到，她總有一天必須為自己的生命和自己的選擇負起責任。她想辦法解決身為婦女面臨的最大難題：有多少事該服從權威，又有多少事可以自己做主。

蕭夫人性情格外溫和，伊迪絲也遺傳了母親的溫馴天性，她們三個人之中，脾氣最差的可能是瑪格麗特。她靈敏的觀察力與過度活躍的想像力讓她輕率急躁；太早就離開雙親，使得她心氣過高。但她的心有種難以形容、孩子般的柔軟，過去即使偶爾任性，也叫人難以抗拒，何況如今又得到世人所謂的好運，更容易打動人。因此，她哄得姨媽百般不願地答應她的請求，爭取到承擔起自己人生的權利。

「不過別太固執，」伊迪絲懇求她。「媽媽希望妳有個專屬腳夫。我相信妳一定很願意，因為家裡其他那些男僕實在很討人厭。親愛的，就算為了讓我開心，別太一意孤行，我只要求妳這點。無論雇不雇腳夫，凡事都別太堅持。」

「伊迪絲，別擔心。等僕人吃飯的時間到了，我一有機會就暈倒在妳懷裡。萬一梭爾托去玩火，或小寶寶在哭，妳就會開始希望身邊有個意志堅定的女人，來幫妳處理緊急狀況。」

「那麼以後妳不會變得太正經，不能說笑，也不能開心吧？」

「當然不會。我能夠自己做決定以後，肯定比以前更開心。」

「那妳不會變得太有個性，不肯讓我幫妳買衣服吧？」

「我倒真的打算自己買衣服。妳喜歡的話可以跟我一起去，但我只選擇自己喜歡的衣服。」

「噢！我本來很擔心妳為了方便到處亂坐，以後都只穿棕色或灰色衣服。幸好妳願意保留一點虛榮心，傳承人類老祖宗的天性。」

「伊迪絲，只要妳跟姨媽願意相信，我還是跟過去一樣。只不過，我不需要照顧丈夫和孩子，那就給自己找點事做，買衣服就是其中之一。」

蕭夫人和伊迪絲夫婦經過一番秘密會商，認為瑪格麗特這些決定反而增加亨利的勝算。他們不讓那些家裡有適婚年齡兒子或兄弟的人接觸瑪格麗特，也一致認為，除了他們家人之外，瑪格麗特好像也只喜歡跟亨利相處。其他被她的容貌或傳說中的財富吸引而來的仰慕者，都被她不經意的輕蔑笑容驅走，轉而投向其他更容易討好的美女，或可以繼承更多財富的女孩。她跟亨利的關係愈來愈親近，但他們倆都不容許別人對這件事說長道短。

第五十章 米爾頓的變化

我們往上、往上、往上；
而後我們下滑、下滑、下滑！
——兒歌

在此同時，米爾頓的煙囪冒著黑煙，機器持續轟隆作響、永不停歇地賣力工作，撞擊力聲勢驚人，旋轉起來叫人暈眩。木頭、鐵具與蒸氣無止境地勞動著，沒有知覺也沒有目的。它們持續不懈地做著單調的工作，那種永不倦怠的忍耐力，足以跟身強體壯的工人相匹敵。而那些有知覺有目標的工人忙碌不休地追求著……什麼？街頭幾乎看不到閒晃的人，沒有人把走路當休閒。每個男人臉上都刻畫著熱切與焦慮的線條。他們狂熱急躁地打聽消息，在市場與交易所彼此較勁，正如在生活中一樣，沉迷於極端自私的競爭。城鎮瀰漫著一股低迷氣息；很少人來採購，一旦真的有人來採購，賣方反倒投以懷疑的眼光，因為信用極不可靠。就連那些信譽最穩固的業主，也可能受到鄰近港口運輸公司倒閉的拖累。

到目前為止，米爾頓還沒傳出倒閉事件。不過，美國不少大型投機事業後市相當悲觀，據說米爾頓某些商家肯定在咬牙苦撐。人們就算沒有開口問，臉上也總是寫著這樣的問題：「有什麼消息？誰垮了？我會受到什麼影響？」如果有兩三個人湊在一起聊天，他們多半只敢討論哪些人比較安全，不敢妄加臆測誰可能會倒閉。在這樣的時局裡，隨便一句閒話，就可能害那些原本有機會挺過難關的人一敗塗地，還會拖垮很多人。

「桑頓很安穩，」他們說，「他規模夠大，而且年年擴充。他很有生意頭腦，走的每一招險棋都特別慎重！」這時有個人拉著另一個人走到一旁，交頭接耳說，「桑頓的規模是很大，可惜他把獲利都拿來擴廠，手邊沒有資金。他的機器設備都是這兩年的新款，害得他……這我們就不說了！明眼人都看得出來！」話說回來，那個哈里森本來就怨天尤人，他繼承了父親的事業，卻因為害怕失敗，不敢改變經營方式來擴大規模，看到別人更勇於冒險或更有遠見，賺了更多錢，他就眼紅。

實際的情況是，桑頓先生已經寢食難安。他向來以自己辛苦建立的商譽自豪，如今也因此飽受煎熬。他雖然一手打造了自己的事業版圖，卻不認為這是他的優點或個人特質所致。他覺得他的成就要歸功於商業賦予每一個勇敢、誠實、堅持不懈的人的力量。這種力量提升了他的眼界，讓他看見並理解如何在這世間功成名就。坦白說，藉由這種宏觀視野，他在商業界能夠發揮比任何其他行業更大的權力與影響力。在遙遠的東方或西方，人們或許沒見過他本人，聽見他的名字卻會肅然起敬，會滿足他的願望，他說的話一字千金。桑頓先生就是懷著這樣的理想從商。「那裡的商人像王子。」[126]他母親大聲誦念《聖經》，彷彿吹響號角，鼓舞兒子迎向挑戰。他只是跟其他許多男、女或小孩一樣，把目光放在遠方，對眼前的事漠不關心。他想要在陌生國度或遙遠的海外打出名號，想創立一家世代相傳、遠近馳名的商號。他默默耕耘這麼多年，才在自己的城鎮建了自己的工廠，帶領自己的工人打拚出一點小小成績。

他跟工人向來過著井水不犯河水的生活：距離很近，卻從不接觸，直到他偶然（看似偶然）認識了席金斯。一旦他跟那一大群工人之中的某個人面對面、心對心，彼此拋開廠主與工人的身分，他們都開始意識到，「原來我們都有一顆溫暖的心。」[127]那就是微妙的轉折點。如今，他擔心跟兩三個工人剛建立起的對等關係被迫中斷，擔心自己心裡規畫的一兩個實驗計畫無緣得見天日，更加深了他偶爾感受到的恐懼。直到如今，他才意識到最近自己對廠主這個身分產生了多麼強大而深厚的興趣，只因這個身分讓他有機會近距離接觸到一群古怪、機敏、學識不高，卻充滿個性與強烈情感的人，也在他們之間擁有莫大權力。

他反思米爾頓廠主這個身分。一年半（或者更久，因為天氣雖然冷得像冬天，卻已經到了晚春時節）以前的罷工——他年輕時的罷工，現在他已經老了——害得他當時手上的幾筆大訂單沒能準時交貨。早先他為了順利履行合約，投注了大筆資金採購新穎又昂貴的機器，也買進大量棉花。他之所以交不出貨，某種程度上是因為他從愛爾蘭引進的勞工技術生疏，他們製作的成品很多都有瑕疵，他的工廠向來以製造一流商品為榮，自然不能交出那樣的產品。

曾經有好幾個月的時間，罷工導致的麻煩一直困擾著他。那時只要見到席金斯，就會莫名其妙地發火，只因為他想到席金斯涉及的那場罷工造成他多大的損失。不過，他意識到自己這股突如其來的憎恨後，決定加以約束。他不願意消極地避開席金斯，他必須相信自己有能力控制怒氣。於是，只要符合工廠相關規定、只要他抽得出時間，席金斯隨時可以找他談話。他經常納悶，像他跟席金斯這樣的兩個人，做著同一個行業，各自以不一樣的方法朝相同目標邁進，為什麼會用截然不同的角度看待對方的身分與職責。想著想著，他的怨恨消失了，也跟席金斯展開一段另類友誼。這段友誼或許未必能防止未來彼此在意見或行動上的衝突，至少能讓他們倆以更多

126. 見《聖經・以賽亞書》，意思是商人的財富、聲譽與權力相當於王子。
127. 此句出自英國詩人華滋華斯（William Wordsworth, 一七七〇～一八五〇）的詩〈坎布蘭的老乞丐〉（The Old Cumberland Beggar）。

慈悲與憐憫看待對方，對待彼此更有耐心與善意。桑頓先生和他的工人之間的情誼不但增進了，彼此也都發現了一些過去只從單方面去了解的事實。

如今景氣進入蕭條期，市場交投冷清，大公司股價都下跌，桑頓先生的股票幾乎腰斬。工廠接不到訂單，買機器那筆資金的利息平白損失了，交出去的貨很難收款。工廠要持續營運，各項開銷都不能少。然後，他採買棉花的付款期到了，手頭卻沒多少現金，也沒有資產可供變現，只能去借高利貸。但他並不絕望，他日以繼夜念茲在茲，設法預見並應付各項緊急開銷。他對待家中女眷的態度一如往常般平和又溫柔；在工人面前話變少了。所幸工人都了解他，知道他心裡有很多煩惱。即使他以唐突又決絕的口氣答覆他們的提問，工人也會以同情的眼光看待，不再像過去一樣懷著敵意、怒火中燒，一有機會就嚴詞以對、冷酷抨擊。「老闆要操心的事多著呢。」有一天席金斯說道。他聽見桑頓先生先是氣呼呼地質問某件事為什麼沒做好，事後從廠房外走過時，又悶悶地嘆了一口氣。那天晚上，席金斯跟另外一個工人下班後留下來，神不知鬼不覺地把那件事給做好。桑頓先生一直蒙在鼓裡，以為是收到他命令那個工頭親自完成的。

「哎！我知道哪個人看見我們老闆像塊灰棉布似地坐在那裡，心裡會很難受，就是老牧師。如果他看見我們老闆現在這種悲慘表情，一定會愁得不知如何是好。」席金斯心想。當時他在馬博洛街上碰見桑頓先生，朝他走去。

「老闆，」他攔下快步往前走的桑頓先生。桑頓先生猛然抬頭，驚訝中帶點不悅，彷彿原本專注的思緒突然被打斷。

「你最近有瑪格小姐的消息嗎？」

「你說哪位小姐？」桑頓先生反問。

「瑪格小姐，就是赫爾小姐，老牧師的女兒。如果你稍微動動腦子，就會知道我說的是誰。」

（他說這話的口氣沒有一絲不敬。）

「喔！是啊！」突然間，桑頓先生臉上的愁雲慘霧一掃而空，彷彿他心裡的焦慮都被一陣夏季和風吹走了。雖然他的嘴唇還是緊緊抿著，友善的眼神裡卻帶著笑意。

「她現在是我房東了。偶爾我會從她在這裡的代理人口中聽說她的事。她跟親戚住在一起，過得很好。席金斯，謝謝你。」那句「謝謝你」雖然拖拖拉拉才說出口，卻帶著濃厚的感情，給了敏銳的席金斯一點靈感。也許那只是某種假象，但他還是想繼續這個話題，看看能聊出點什麼來。

「老闆，她還沒結婚吧？」

「還沒。」烏雲再度籠罩他的臉。「據我所知，好像有談到這方面的事，對象是親戚的親戚。」

「那麼她應該不會再回來了？」

「沒錯！」

「老闆，先別走。」說著，他湊上前去，像要說什麼秘密。「那個年輕人沒事了吧？」他邊說邊眨眨眼，強調他也知情，卻是讓桑頓先生更摸不著頭腦。

「我是說那個年輕人，他們喊他弗列德少爺，就是她哥哥，來過米爾頓那個。」

「來這裡。」

「是啊，就是老太太過世的時候。你放心，我不會說出去的。我和瑪莉早就知道了，是瑪莉在那裡工作時聽說的，我們從沒跟人說起。」

「所以他來過。那個人是她哥哥！」

「當然是。我以為你知道，否則我不會說的。你知道她有個哥哥吧？」

「嗯，他的事我全都知道。所以赫爾太太過世時他回來過？」

「不！我不說了。我說不定已經給他們惹麻煩了，因為他們誰都不說。我只是想知道他的罪名洗脫了沒？」

「據我所知還沒，我什麼都不知道。赫爾小姐現在是我房東，我們只透過她的律師溝通。」說完他轉頭走開，去辦他原本要辦的事，拋下什麼消息都沒打聽到的席金斯。

「那是她哥哥，」桑頓先生自言自語。「我很高興。也許我再也見不到她，不過，能解開這個謎題，也是一種安慰，鬆了一口氣。我早就知道她是個端莊的姑娘，卻希望得到確認。現在我放心了！」

這件事像一條小小的金線，穿過他眼前黝暗無光的厄運之網。他的運勢似乎愈來愈晦黯、愈來愈陰鬱。他的代理人主要跟美國一家貿易商合作，那家貿易商跟其他好幾家一起倒了。在這種時機，公司行號就像一副紙牌，任何一家出狀況，都會引發連鎖效應。桑頓先生的欠款怎麼辦？他熬得過去嗎？

他每天晚上抱著成堆帳本和文件躲進自己房裡，家裡其他人早都上床睡覺了，他還在熬夜。他以為沒人知道睡覺時間他都在忙些什麼。某天早上，晨曦剛穿過百葉簾的縫隙悄悄透進來，他還沒睡，絕望而蠻不在乎地想著，再過一兩小時又要開始忙碌的一天，睡不睡也無所謂了。這時他的房門開了，他母親站在門口，身上還穿著前一天的衣裳。她跟他一樣一夜沒睡。他們四目相對，面容冷峻嚴酷，帶著一夜未睡的倦容。

「媽！妳怎麼沒睡？」

「約翰，我的孩子，」她說，「你煩惱得睡不著，我又怎麼能睡得著？你沒告訴我你碰上什麼麻煩，我卻知道你已經操心好一陣子了。」

「生意不好。」

「所以你害怕……」

「我什麼都不害怕。」說著，他抬起頭，挺直脖子。「現在我知道不會有人被我拖累。先前我只擔心這個。」

「那麼你呢？你會不會……生意垮了嗎？」她向來穩定的語調罕見地顫抖。

「不算垮。我不得不放棄，但我不欠任何人錢。也許我有機會東山再起，機會很誘人……」

「怎麼說？噢，約翰！保住你的名聲，不要怕冒險。怎麼東山再起？」

「有人介紹一樁風險很高的投機交易。如果成功，我就能徹底脫困，不會有人知道我曾經差點滅頂。不過，萬一失敗……」

「萬一失敗……」她走上前，手搭在他胳膊上，屏氣凝神聽他下半句話。

「我就變成拖垮很多好人的無賴，」他陰沉地說，「我目前的情況是，我的債權人和資金都很安全，一毛錢都沒有損失。我自己的錢都沒了，可能都賠光了，我已經山窮水盡。所以，我等於拿債權人的錢去冒險。」

「但如果成功，他們永遠不會發現。那樁交易風險真這麼高嗎？我猜不至於，否則你根本不會考慮。如果成功……」

「我會變有錢人，但我會一輩子良心不安！」

「可是！你沒有傷害任何人呀。」

「是沒有。但我為了區區個人的飛黃騰達，可能會毀掉很多人。我下定決心了！親愛的媽媽，如果我們搬離這個家，妳不會難過吧？」

「不會！可是看見你失去一切，我會心碎。你要怎麼辦？」

「無論碰到什麼情況，我還是原來的約翰．桑頓，努力做對的事，犯幾個大錯，想辦法勇敢地爬起來。可是媽，這很難。我做了那麼多、計畫那麼周詳。我才剛找到全新力量，可惜已經遲了，一切都結束了。我年紀太大，沒辦法用同樣的心境重新來過。媽，那太難了。」

他轉身背對她，雙手蒙住臉。

「我沒辦法思考，」她用慍怒不滿的語氣說，「事情怎麼會這樣。我的孩子是個好兒子，為人正直、心地善良，他想做的事卻沒有一樣能成。他遇上喜歡的女人，她對待他卻像對待任何普通人；他認真工作，到頭來落得一場空。其他人無往不利，賺進金山銀山，他們微不足道的名聲至高無上，沾不上一點恥辱。」

「我也沒沾染任何恥辱。」他低聲回應。但桑頓太太自顧自地說下去。

「有時候我懷疑公理到底在哪裡，現在我相信天底下根本沒這樣的東西。你落到這步田地，雖然我們也許會變成要飯的，你始終是我的約翰．桑頓，我最親愛的兒子。」

她摟住他脖子，淚眼朦朧地親吻他。

「媽！」他溫柔地抱住媽媽。「我的命運不管好或壞，都是誰安排的？」

她搖搖頭。這時候她一點都不在乎信仰不信仰的。

「媽，」見媽媽沉默不語，他接著說，「我也曾經不服氣，可是我不要再那樣想了。幫幫我，就像小時候妳幫我一樣。當時爸爸剛過世，我們三餐不得溫飽，妳經常鼓勵我。當然，我們絕不會再過那種苦日子。那時妳說了很多勇敢、崇高、信心滿滿的話。那些話也許很少浮現我腦海，但我從來沒忘記過。媽，再用以前那種口氣跟我說話，我們的心不要因為外在環境變得冷酷。如果妳再說說以前那些打氣的話，我就能感受到小時候那種單純的虔敬。我會用那些話勉勵自己，但從妳嘴裡說出來，意義很不一樣，因為我會想起妳承受過多少擔憂和苦難。」

「我是吃過苦，」她啜泣著說，「可是都不像這次那麼難熬。我親眼看著你失去你應得的一切！我可以對自己說那些話，卻沒辦法對你說。我不能！約翰，上帝對你很無情，太無情。」

她哭泣時像所有老年人，不自主地抽搐顫抖。最後她忽然發現周遭一片寂靜，這才止住哭聲，靜心聆聽。沒有聲響。她轉頭察看，發現兒子坐在桌邊，兩條胳膊平放在桌上，臉朝下俯身向前。

「噢，約翰！」說著，她扶起他的頭。兒子蒼白的臉出奇地沮喪，一時之間她以為那是死亡的前兆。不過，那種僵硬的表情漸漸消失，皮膚也恢復血色，她才又看見兒子原有的神采。她醒悟到，只要兒子還在，就是上帝對她最大的祝福，種種憤懣屈辱消失無蹤。她為此感謝上帝，僅僅為此。她激動不已，所有的埋怨都煙消雲散。

他沒有馬上說話，只是走過去拉開窗簾，讓拂曉的爛漫晨光充塞整個房間。風從東邊來，凜冽沁寒的天候已經持續了幾星期，市場對夏季輕薄衣物的需求不高，重振商機的念頭只得打消。跟媽媽聊過之後，他心裡踏實多了，因為他知道，往後他們或許再也不會提起這些煩惱，但他們知道彼此的感受，知道雙方的見解即使未必全然一致，至少不衝突。桑頓拒絕參加芬妮的丈夫提議的投機交易，芬妮的丈夫很不高興，再也不可能把手頭上的現金挪過來資助大舅子。事實上，他自己要用那筆錢賭它一把。

到最後依然沒有任何轉機，事情的發展就像桑頓先生幾星期以來擔心害怕的一樣，他必須放棄長期以來為他帶來榮耀與成就的事業，到別的工廠謀職。馬博洛工廠和附屬住宅簽了長期租約，只得想辦法轉租出去。關於接下來的工作，已經有機會找上門來。翰普花了一大筆錢在附近城鎮幫兒子設了廠，他看上桑頓的穩健與歷練，竭力邀請他過去當合夥人。然而，小翰普對這個行業所知不多，只知道賺錢，其他一概不在乎；做起事來不管喜不喜歡，都相當殘酷無情。桑頓婉拒合夥，因為那會阻撓他結束營業後僅剩的寥寥幾項計畫。如果只當個經理，他倒是不反對，那樣一來，他除了賺錢之外，至少還能行使一點權力。他可不想跟唯利是圖、獨斷獨行的人合作，他很清楚彼此不出幾個月就會爭執不斷。

他靜靜等待。他妹夫靠那次大膽交易賺進大筆財富，消息傳遍交易所。他懷著謙卑的心冷眼旁觀。這件事轟動一時，世人讚嘆不已：華森先生的智慧和遠見無人能及。

第五十一章 重逢

振作起來，我勇敢的心！我們要冷靜、沉著，
沒錯，我們管得住眼睛、臉頰與舌頭；
收藏起任何一丁點洩露心事的印痕，
無論過去、現在或未來，她都是最心愛的人。
——韻文戲作

這是個燠熱的夏夜，伊迪絲走進瑪格麗特房間。第一次穿著騎裝，第二次換好宴會禮服。第一次沒找到人，第二次看見蒂克森正把瑪格麗特的禮服放在床上。伊迪絲留下來，卻煩躁不安。

「哎呀，蒂克森！別用那些難看的藍花配那件暗淡無光的金色禮服。太沒品味了！等一等，我去拿些石榴花過來。」

「太太，這不是暗淡無光的金色，這是淡黃色。藍色跟淡黃色很搭。」蒂克森還沒抗議完，伊迪絲已經拿著鮮紅色花朵走進來。

「赫爾小姐人呢？」伊迪絲把紅花配在禮服上，看了看效果，又氣呼呼地說，「我想不通，姨媽怎麼會允許她在米爾頓養成街頭巷尾到處亂逛的習慣！我總擔心哪天會聽說她闖進某個破爛地方，碰見什麼恐怖的事。我沒有僕人在身邊，一個人肯定不敢走到那種街上。那不是淑女該去的地方。」

蒂克森品味遭到嫌棄，還在忿忿不滿，這會兒她有點不耐煩地說：

「這就難怪了。我老是聽淑女們說一大堆當淑女的規矩，其實卻是怕東怕西、嬌貴又挑剔。我說難怪這世上已經找不到半個聖人了……」

「瑪格麗特！妳總算回來了！我一直在找妳。看妳熱得臉蛋紅通通，可憐的孩子！我要告訴你那討人厭的亨利做了什麼事！他已經超越他當大伯該有的分際啦。我的宴會已經安排得完美無缺，可以讓寇塞斯特先生賓至如歸。這個亨利卻突然跑來，雖然滿口道歉，甚至拿妳當藉口，要我邀請米爾頓那個桑頓先生，就是妳那個承租戶。他好像來倫敦辦一些跟法律有關的事情。害我宴會多出一個人。」

「我不想吃。什麼都不需要，」瑪格麗特低聲說，「我讓蒂克森幫我拿些茶點進來，吃完就到客廳等你們上來。我想先躺一躺。」

「不，不！這絕不成！妳的臉色確實很蒼白，都是因為天氣太熱。這個餐宴少不了妳。（蒂克森，花再放低一點。瑪格麗特，這些花插在妳黑溜溜的頭髮上，紅得像火焰。）妳也知道我們打算讓妳跟寇塞斯特先生聊聊米爾頓。對了！這個人是米爾頓來的，看樣子一切都會很圓滿。寇塞斯特先生可以好好向那人打聽他想知道的事。等寇塞斯特先生下回在下議院發表演說，我們就可以從中找出妳的經驗和桑頓先生的智慧，一定有趣極了。亨利剛剛說了一句挺俏皮的話。我問他這個人會不會上不了檯面。他說：『我的小弟妹，如果妳有腦子的話就不會。』所以我猜他不會滿口土話。以達克夏的人來說，這算很了不起。對吧，瑪格麗特？」

「亨利有沒有說桑頓先生來倫敦辦什麼事？跟他租的房子和土地有關嗎？」瑪格麗特故作鎮定地問。

「喔！他破產了，差不多是那回事。就是妳頭痛那天亨利跟妳說的那樣……到底是什麼來著？（對了，太完美了，蒂克森！赫爾小姐讓我們很有面子，妳說是吧？）瑪格麗特，真希望我有女王的高個子，有吉普賽人的褐色皮膚。」

「桑頓先生的事呢？」

「哎，我對法律上的事真是一竅不通，亨利一定很願意跟妳說。我大概聽到的是，桑頓先生目前很不走運，不過他為人非常正派，我得好好接待他。我不知道該怎麼接待他，所以來找妳幫忙。妳先跟我下樓去，在沙發上休息個十五分鐘。」

亨利提早到，瑪格麗特紅著臉問他桑頓先生的事。

「他來跟我討論轉租的事，就是馬博洛工廠、住宅和附屬建築。他沒辦法續租，我們要看一下合約書和租賃契約，還要草擬一些協議。我希望伊迪絲可以好好招呼他，只是，我硬要她邀請他來吃午餐，看得出來她很生氣。我猜妳會願意對他表達一點關心。對於一個時運不濟的人，我們應該禮貌更周到。」他坐在瑪格麗特身邊，壓低聲音跟她說話。話聲一落他就跳起來，把剛走進來的桑頓先生介紹給伊迪絲和雷納克斯上尉。

瑪格麗特趁眾人相互介紹的空檔，憂心地望著桑頓先生。上次見面已經是一年多前的事了。期間發生太多事，他的容貌改變不少。他身材魁梧，個子依然比一般人高些，他舉手投足從容不迫，毫不做作，更顯出眾。他的臉蒼老了些，眉頭深鎖，卻流露出一股鎮定沉著。如果你剛聽說他遭逢的挫折，一定會被他那種與生俱來的沉穩和男子氣概打動。

他進門時一眼就看出瑪格麗特也在場，也看見她聚精會神地在聽亨利說話。他以老朋友的身分，非常得體地走過來打招呼。瑪格麗特聽見他平靜的問候，臉頰泛起紅暈，整個晚上都不曾消退。她好像沒什麼話要跟他說，只是淡淡地問起米爾頓一些故友。他覺得那些都只是不得不說的應酬話，不免有點失望。其他客人陸續抵達，大家似乎都跟主人家十分熟絡，他退居一旁，偶爾跟亨利閒聊幾句。

「瑪格麗特氣色好極了，對吧？」亨利問。「米爾頓不適合她。她剛回倫敦時，我覺得從來沒見過哪個人改變那麼大，今晚她容光煥發。她體力也好多了，去年秋天她走個三公里路就累了，星期五傍晚我們走到漢普斯特又回來，隔天她就跟今天一樣神采奕奕。」

「我們」！誰？就他們倆？

寇塞斯特先生非常聰明機敏，在國會裡聲勢扶搖直上。他頗有識人之明，對桑頓先生在用餐時說的一段話留下深刻印象。他向伊迪絲打聽說話的是什麼人，得知答案後，竟說「原來是他！」伊迪絲十分驚訝，她沒想到寇塞斯特先生也聽說過這位米爾頓的桑頓先生的名號。餐宴進行格外順利，亨利心情特別好，把他冷嘲熱諷的機智幽默發揮得淋漓盡致。桑頓先生和寇塞斯特先生找到一兩個彼此都感興趣的話題，吃飯時只能粗淺聊聊，等餐後再深入討論。瑪格麗特的石榴花完美襯托她的容顏，雖然她多半靠向椅背，悶不吭聲，伊迪絲也不介意，因為賓客們的談話一點都不受影響。

瑪格麗特在打量桑頓先生的臉。他始終沒看向她這邊，所以她可以偷偷觀察這短短時間內他面容的變化。他的臉只有偶爾聽見亨利的俏皮話時，才會閃現昔日的開心神情，眼睛重新變得喜悅而明亮，雙唇微啟，露出過去那種燦爛笑容。他的視線一度本能地轉向她，彷彿想確認她也有同感。等他們四目相望，他的表情丕變，再次顯得嚴謹不安，直到用餐結束，他的目光都刻意避開她的方向。

賓客之中只有兩位女士，蕭夫人和伊迪絲負責陪她們說話。等女士們離開餐桌走進客廳，瑪格麗特無所事事地做她自己的針線活。不久男士們走進來，寇塞斯特先生和桑頓先生聊得正起勁。亨利來到瑪格麗特身邊，悄聲說：

「伊迪絲真該謝謝我為這場餐宴做出的貢獻。妳無法想像妳這個承租戶多麼理性、多麼好相處。寇塞斯特先生想知道的事，他全都解釋得一清二楚。我想不通他怎麼會把生意搞砸。」

「如果你有他的能力和機會，一定會成功。」瑪格麗特說。亨利不怎麼喜歡瑪格麗特的語氣，不過，她這句話跟他心裡的想法不謀而合。亨利沉默的空檔，他們聽見寇塞斯特先生和桑頓先生在壁爐旁的談話。

「說真的，我在米爾頓附近短暫停留期間，經常聽人說起你的名字。大家好像都很關切，或者我該說很好奇事情會如何發展。」接下來幾句話他們沒聽清楚，而後是桑頓先生的聲音。

「我這人沒什麼特別值得稱道的，如果人們那樣說我，那是他們誤解了。我參與新事務通常進展緩慢，而且總覺得很難讓別人認識我，特別是那些我想認識、希望與他們真誠相待的人。不過，即使我有這麼多缺點，我還是認為自己過去一直走在正確的路上：先跟某個人建立友誼，接下來就認識很多人。我們彼此互蒙其利，因為各自都有意識或無意識地教導對方。」

「你說『過去』，我相信你現在還走在同樣的道路上。」

「我得打斷他們。」亨利急忙說道。他拋出一個突兀卻還算適當的問題，巧妙地轉移話題，免除桑頓先生必須承認事業失敗的尷尬。只是，等這個新話題結束，桑頓先生卻接續先前未完成的談話，回答寇塞斯特先生的提問。

「我的事業經營不善，不得不把工廠收掉。目前我打算在米爾頓謀個差事，希望能找個容許我按照自己的方式做事的雇主。我不是那種會貿然採取什麼先進理論的人，只希望能夠有機會跟工人建立溝通管道，彼此之間不再只有『金錢關係』。米爾頓製造商似乎不太看重這些，所以這可能會是阿基米德在找的那個推動地球的點[128]。因為每次我跟他們聊起我想嘗試的一兩個實驗，他們都嚴肅地搖頭。」

「你剛剛說那些是『實驗』。」寇塞斯特先生的語氣又多了一絲絲敬意。

「我覺得它們只是實驗，我不確定會產生什麼結果，只是認為應該有人試一試。我的看法是，任何機構，不管多麼完善，不管它在籌組與運作上思慮多麼周延，除非它能提供不同階級的人相互接觸的機會，否則就無法讓那些階級緊密結合。這種階級之間的交流是存亡關鍵。工人很難理解雇主花了多少時間在書房裡費心構思如何為工人謀福利。一項完整的計畫就像一部機器，足以因應各種緊急狀況。可是在工人心目中，那個計畫也像一部機器，他們不了解，這樣的完美計畫需要多少苦心與遠見。

「我有個構想，如果能夠付諸實行，就能促成人跟人的交流。一開始可能不太順利，但每次碰上阻礙，就會引起更多人的關注。最後，大家都會希望它能成功，因為大家都對計畫的形成有所貢獻。即使到了那個階段，只要它不再以眾人的共同利益為出發點，我相信它就會失去活力，名存實亡。因為有共同利益，人們才會想辦法從不同角度、用不同方式看待彼此，進而熟悉對方的性格與為人，甚至個人特質與表達模式。如此一來，我們會增進彼此的了解，我甚至大膽地說，我們會更喜歡彼此。」

「所以你認為這些計畫可以防止罷工？」

「一點也不。我頂多只是期待這些計畫可以讓罷工不再像過去一樣導致仇恨與對立。樂觀點的人可能會認為，階級與階級之間的真誠對談可以消弭罷工，我可沒那麼樂觀。」

桑頓先生像是突然想到了什麼，走到瑪格麗特的座位旁，沒頭沒腦地聊起這個話題，彷彿認定她聽見了剛剛那番對談。

「赫爾小姐，有幾個工人給我一份志願書，我猜是席金斯負責執筆。他們說，如果哪天我需要雇人，他們還想在我手底下做事。那樣很好，對吧？」

「嗯，的確是。我很高興。」說著，瑪格麗特抬起頭，用藏著千言萬語的眼神望著他，在他深情款款的注視下，視線又往下垂。他回望她大約一分鐘，似乎不知道自己到底想做什麼，而後嘆口氣說，「我就知道妳會喜歡。」說完轉身走開，沒再跟她說話，只在臨別時說了句「再見」。

亨利向瑪格麗特告別時，她紅著臉、期期艾艾地說，「明天我能跟你談談嗎？我有點事想請教你。」

「當然可以，看妳什麼時間方便，我隨時可以過來。能為妳效勞，是我的莫大榮幸。十一點嗎？太好了。」

他興奮得眼神乍亮：她愈來愈依賴他了！看樣子他很快就能確認她的心意。他已經決定，一定要確認她的心意，才會再向她求婚。

128. Archimedes，西元前二八七～西元前二一二，古希臘學者，發明槓桿原理與阿基米德原理。據悉他曾說，「給我一個支點，我可以舉起地球。」在此比喻不太可能的事。

第五十二章 「烏雲散去」

不管歡喜或悲傷，不管希望或害怕，
從今往後都是如此，就像此時此刻，
無論平靜或衝突，無論暴雨或晴朗。
——佚名

隔天上午，伊迪絲走路躡手躡腳，不時提醒梭爾托別太大聲說話，彷彿任何突發性噪音都會打擾樓上客廳那場晤談。到了下午兩點，客廳門依然緊閉。之後，傳來男人跑下樓的聲音，伊迪絲往外探頭一看。

「亨利，怎麼樣？」她露出探詢的表情。

「沒事！」他答得草率。

「進來吃午餐！」

「不，謝了，我沒空。我已經在這裡浪費太多時間了。」

「那麼還沒有結果。」伊迪絲喪氣地說。

「沒有！門都沒有。永遠不會有結果，如果我沒猜錯妳的意思。伊迪絲，那件事永遠不會成，別再想了。」

「可是那樣對我們大家都很好。」伊迪絲語帶懇求。「如果能把瑪格麗特留下來，我就不會擔心孩子吵鬧。我一直很擔心她會去卡地斯。」

「哪天我結婚，一定想辦法找個會哄孩子的小姐，我能做的就這樣了。赫爾小姐不會接受我，我也不會向她求婚。」

「那你們都聊了些什麼？」

「聊了許多妳不懂的事，比如投資啦、租約啦，還有土地的價值。」

「那些事就別告訴我了。如果你們聊了這麼久，就只談這些無聊事，你們倆未免太蠢。」

「那好。明天我還會再來，帶桑頓先生一起來，我們還要跟赫爾小姐談事情。」

「桑頓先生！跟他有什麼關係？」

「他是赫爾小姐的承租戶，」亨利邊說邊轉身，「他不想續租了。」

「喔！好吧。細節我不懂，別跟我說。」

「妳唯一需要知道的細節是，明天把樓上客廳留給我們用，別讓任何人打擾。今天有點吵，僕人和孩子進進出出，我說的話老是被打斷。我們明天要談的事很重要。」

沒有人知道第二天亨利為什麼沒有出現。桑頓先生準時上門，瑪格麗特讓他等了將近一小時，才走進客廳，臉色蒼白、神情焦慮。

她倉促說道：「很抱歉亨利今天不在場，由他來解釋會比我清楚得多。他是我的顧問……」

「如果造成妳的困擾，我向妳致歉。要不要我去事務所找他過來？」

「不必了，謝謝你。我只是要告訴你，失去你這樣的房客，我有多麼遺憾。不過，亨利說，未來情勢看好……」

129. 這是英國劇作家湯馬斯・海伍德（Thomas Heywood，一五七五～一六五七）創作的歌曲名稱。

「他一點都不了解，」桑頓先生淡淡地說，「一個幸福快樂、好運連連的男人，是不會了解那種時不我予的感覺：一切回到起點，卻不再充滿年輕人的活力與衝勁；生命過了大半，卻一事無成；虛度的歲月什麼也沒留下，只剩苦澀的回憶。赫爾小姐，我寧可不要聽亨利對我的評語。那些成功又快樂的人，通常沒辦法設身處地體會別人的不幸。」

「你這麼說不公平，」瑪格麗特溫和地說，「亨利只是說，他覺得你很有機會東山再起，你甚至會比過去更成功。等我解釋完你再說話，拜託你！」她恢復鎮定，用顫抖的手快速翻找幾份法律文件和帳務報告。「喔！找到了！嗯，他幫我草擬了一份提案，真希望他能過來向你說明。是這樣的，我在銀行裡有一些閒錢，只能拿到兩分半利息。我可以借給你一萬八千零五十七英鎊，你拿去經營馬博洛工廠，以後付我更高的利息。」她的嗓音比較清晰穩定了。桑頓先生沒有說話。她繼續翻找另一份擔保契約，努力表現得像在公事公辦，而且整件事對她有利。她翻找這份文件時，心跳幾乎停止，因為她聽見桑頓先生喊她名字，聲音沙啞顫抖，柔情蜜意。

「瑪格麗特！」

她抬頭一望，立刻又低下頭，用雙手遮住臉龐，掩飾熾熱的目光。他上前一步，再度用急切的語調喚她。

「瑪格麗特！」

她把頭埋得更低、臉也藏得更密實，幾乎靠在桌面上。他來到她身邊，跪下來，嘴巴湊到她耳邊，喘著氣悄聲說道：

「小心點。如果妳不說話，我就放肆地認定妳答應嫁我了。如果妳要我走，只要說一聲。瑪格麗特！」

她聽見他的第三次呼喚，把依然用白皙小手摀住的臉轉過來對著他，靠在他肩膀上，手還是沒放開。她柔嫩的臉蛋緊貼著他的臉，感覺太甜蜜，所以他不急著去看她羞紅的雙頰和深情的眼眸。他緊緊抱住她，兩個人都沒說話。最後她才啞著嗓子說：

「喔，桑頓先生，我不夠好！」

「不夠好！別挖苦我了，我才配不上妳。」

一兩分鐘後，他輕輕拉開她蒙著臉的手，把她的手臂拉過來抱住自己頸子，就像暴動那天保護他的姿勢。

「我的愛，妳記得嗎？」他輕聲問，「記不記得事後我用傲慢無禮回報妳？」

「我只記得我對你的態度有多糟。」

「抬起頭來！給妳看樣東西！」她慢慢面對他，滿臉迷人的嬌羞。

「妳認得這些玫瑰嗎？」他拿出皮夾，裡面珍藏著幾朵乾枯的花朵。

「不記得！」她好奇地問。「是我送你的嗎？」

「不是！這只是沒價值的東西，不是妳給的。妳可能佩戴過它的姊妹。」

她仔細看看那些花，思索片刻，這才淺淺一笑，說：

「是海爾斯東的玫瑰，對吧？我認得葉子邊緣的鋸齒。你去過那裡？什麼時候去的？」

「即使在我最心灰意冷、求愛無望的時刻，我還是想看看瑪格麗特成長的地方。我從阿弗爾回來時去的。」

「你一定得把這些花給我。」她輕柔地使了一點勁，想拿他手上的花。

「沒問題，只是妳得付點代價！」

「我該怎麼跟姨媽說？」兩人靜靜享受一段甜蜜時光後，瑪格麗特說。

「我去跟她說。」

「不行，我必須親口告訴她，可是她會怎麼說？」

「我猜得到。她會先驚叫一聲：『那個男人！』」

「別這麼說！」瑪格麗特說，「否則我也要模仿你媽憤慨的口氣：『那個女人！』」

（全文完）

國家圖書館出版品預行編目資料

北與南 / 伊莉莎白・蓋斯凱爾 (Elizabeth Gaskell) 著；陳錦慧譯 . -- 初版 . -- 臺北市：商周出版：家庭傳媒城邦分公司發行，2017.09
面；　公分 . -- (商周經典名著 ; 58)
譯自：North and south

ISBN 978-986-477-311-4(平裝)

873.57　　　106014742

商周經典名著 58

北與南

作　　者／伊莉莎白・蓋斯凱爾（Elizabeth Gaskell）
企劃選書／黃靖卉
責任編輯／黃靖卉

版　　權／黃淑敏、吳亭儀、邱珮芸
行銷業務／周佑潔、黃崇華、張媖茜
總 編 輯／黃靖卉
總 經 理／彭之琬
事業群總經理／黃淑貞
發 行 人／何飛鵬
法律顧問／元禾法律事務所 王子文律師
出　　版／商周出版
台北市104民生東路二段141號9樓
電話:(02) 25007008　傳眞:(02)25007759
E-mail:bwp.service@cite.com.tw
Blog:http://bwp25007008.pixnet.net/blog
發　　行／英屬蓋曼群島商家庭傳媒股份有限公司城邦分公司
台北市中山區民生東路二段141號2樓
書虫客服服務專線:(02)25007718;(02)25007719
服務時間：週一至週五上午 09:30-12:00；下午 13:30-17:00
24 小時傳眞專線：(02)25001990；(02)25001991
劃撥帳號：19863813；戶名：書虫股份有限公司
讀者服務信箱：service@readingclub.com.tw
城邦讀書花園：www.cite.com.tw
香港發行所／城邦(香港)出版集團有限公司
香港灣仔駱克道193號東超商業中心1樓
E-mail:hkcite@biznetvigator.com
電話:(852) 25086231 傳眞:(852) 25789337
馬新發行所／城邦(馬新)出版集團【Cite (M) Sdn. Bhd. 】
41, Jalan Radin Anum, Bandar Baru Sri Petaling,
57000 Kuala Lumpur, Malaysia.
Tel: (603) 90578822　Fax: (603) 90576622
Email: cite@cite.com.my

封面設計／廖韡
排　　版／極翔企業有限公司
印　　刷／韋懋實業有限公司
經 銷 商／聯合發行股份有限公司
電話:(02) 2917-8022　Fax: (02) 2911-0053
地址:新北市231新店區寶橋路235巷6弄6號2樓

■2017年9月12日初版一刷
■2021年5月14日初版二刷
定價380元

Printed in Taiwan

城邦讀書花園
www.cite.com.tw